国家社科基金项目

中国人民大学"985工程"资助项目

刘海清 / 著

法国文学与绘画美学：
对话与融合

人民文学出版社

图书在版编目（CIP）数据

法国文学与绘画美学：对话与融合/刘海清著.—北京：人民文学出版社，2020
ISBN 978-7-02-015363-3

Ⅰ.①法… Ⅱ.①刘… Ⅲ.①文学史—研究—法国②绘画史—研究—法国 Ⅳ.①I565.09②J209.565

中国版本图书馆 CIP 数据核字(2019)第 111645 号

责任编辑　黄凌霞
装帧设计　黄云香
责任印制　任　祎

出版发行　人民文学出版社
社　　址　北京市朝内大街 166 号
邮政编码　100705
网　　址　http://www.rw-cn.com

印　　刷　三河市中晟雅豪印务有限公司
经　　销　全国新华书店等

字　　数　372 千字
开　　本　880 毫米×1230 毫米　1/32
印　　张　14.625　插页 3
印　　数　1—2000
版　　次　2020 年 2 月北京第 1 版
印　　次　2020 年 2 月第 1 次印刷

书　　号　978-7-02-015363-3
定　　价　75.00 元

如有印装质量问题，请与本社图书销售中心调换。电话:010-65233595

目 录

绪 论 ··· 1
 第一节 国内外研究综述与选题意义 ······················ 2
 第二节 本论著的思路、方法与结构 ······················· 7
 第三节 法国文学与绘画关系的溯源与概览 ············· 10
  （一）古典哲学家的诗画思想 ························· 11
  （二）诗画关系的历史演变与理论轨迹 ·············· 14
  （三）现当代文论家的跨艺术评论 ···················· 21

上 篇

第一章 中世纪时期：造型艺术与文学创作的宗教色彩 ······ 31
 第一节 基督教影响下的中世纪艺术 ···················· 34
 第二节 中世纪文学与基督教文化 ······················· 38
 第三节 圣经文学、宗教图像与图文交流 ··············· 44
 第四节 中世纪文艺的审美意义 ·························· 50

第二章 文艺复兴时期：人文主义思潮中的绘画与文学 ······ 54
 第一节 "再现"引发的变革 ······························ 60
 第二节 以人为本的绘画与文学 ·························· 64
 第三节 绘画与文学中的享乐主义 ······················· 71
 第四节 绘画与诗歌中的神话灵感、造型美学 ·········· 77

第三章 十七世纪：古典主义文艺与巴洛克文艺的交锋 ······ 82
 第一节 古典主义绘画与文学 ···························· 86

第二节　巴洛克造型艺术的特点 …………………………… 90
　　第三节　巴洛克小说的审美内涵 …………………………… 95
第四章　十八世纪：绘画美学与文学创作的混合杂糅 ……… 110
　　第一节　十八世纪前期的巴洛克小说 …………………… 113
　　第二节　洛可可绘画与洛可可文学 ……………………… 116
　　第三节　启蒙思潮影响下的绘画与文学 ………………… 121
　　第四节　美术与文学领域的"中国热" …………………… 125
　　第五节　狄德罗与卢梭的文艺观 ………………………… 129

中　篇

第五章　十九世纪：文学流派与绘画流派的交汇 …………… 137
　　第一节　浪漫主义文艺的演变与唯美主义的诞生 ……… 140
　　　（一）浪漫主义绘画与文学的创作原则 ………………… 140
　　　（二）浪漫主义绘画与文学的历史题材、情感书写 …… 143
　　　（三）浪漫主义画家与作家对自然的歌颂 ……………… 148
　　　（四）浪漫主义绘画与文学的异域情调、梦幻色彩 …… 152
　　　（五）浪漫主义作家与画家的跨艺术实践 ……………… 155
　　　（六）唯美主义与社会小说的对立 ……………………… 157
　　第二节　现实主义小说与绘画艺术、摄影艺术 ………… 160
　　　（一）写实主义画家的客观再现与民主意识 …………… 161
　　　（二）现实主义小说家的跨艺术实践 …………………… 163
　　　（三）福楼拜文学与印象派绘画的"现代性" ………… 168
　　　（四）摄影术对绘画和文学的影响 ……………………… 171
　　第三节　自然主义文学与绘画艺术 ……………………… 173
　　第四节　象征主义文学与绘画艺术 ……………………… 179
　　　（一）于斯曼小说与象征主义绘画 ……………………… 182
　　　（二）波德莱尔的艺术思想与象征主义诗歌 …………… 184

（三）象征主义诗歌与印象派绘画 …………………………… 189
第六章　巴尔扎克的现实主义小说与绘画美学　198
　第一节　小说空间描绘与风俗画艺术 ……………………………… 199
　第二节　人物形象塑造与肖像画艺术 ……………………………… 204
　第三节　艺术家小说中的社会哲理与美学思想 …………………… 209
　　（一）《猫打球商店》中的婚姻观 ………………………………… 209
　　（二）《钱袋》中的爱情观与金钱观 ……………………………… 211
　　（三）《玄妙的杰作》中的艺术创作观 …………………………… 211
第七章　福楼拜的小说创作与艺术美学思想　216
　第一节　"中立性"审美与艺术化构思 …………………………… 217
　第二节　"近视性"文学与摄影美学 ……………………………… 221
　第三节　"现代性"文学与印象主义美学 ………………………… 226
　第四节　福楼拜与莫罗的美学共鸣 ………………………………… 231
第八章　左拉的自然主义文学与印象主义美学　237
　第一节　左拉关于印象派绘画的艺术评论 ………………………… 238
　第二节　左拉小说建构与印象主义艺术 …………………………… 243
　　（一）左拉小说与印象派画家的现代性题材 …………………… 243
　　（二）左拉小说叙述的印象主义风格 …………………………… 247
　第三节　《杰作》：一部关于印象派艺术的小说 …………………… 251
第九章　莫泊桑小说中的绘画美学　259
　第一节　肖像画艺术与"图说"式叙事 …………………………… 260
　第二节　《漂亮朋友》与《女神游乐场的酒吧间》 ……………… 268
　第三节　小说空间建构与印象主义美学 …………………………… 273

下　篇

第十章　二十世纪：文学思潮与艺术风潮的互涉和共建 …… 283
　第一节　现代艺术流派的革新与演变 ……………………………… 287

第二节　立体主义拼贴美学与造型诗 …………………………… 294
　　第三节　超现实主义绘画与文学 ………………………………… 298
　　第四节　现代主义小说家的艺术化写作 ………………………… 303
　　　（一）"乌力波"团体的文学实验 …………………………… 304
　　　（二）普鲁斯特的"艺术小说" ……………………………… 306
　　　（三）纪德小说的嵌套美学 ………………………………… 307
　　　（四）马尔罗小说的艺术基调 ……………………………… 307
　　第五节　新小说的空间化叙事与后现代特征 …………………… 309
　　　（一）罗伯-格里耶小说的嵌套美学与电影美学 ………… 310
　　　（二）克洛德·西蒙小说的拼图美学 ……………………… 313
　　　（三）米歇尔·布托小说的空间美学 ……………………… 315
　　第六节　新新小说的艺术风格 …………………………………… 319
　　　（一）索莱尔斯的文本写作与碎片化美学 ………………… 320
　　　（二）图森小说的马赛克风格 ……………………………… 321
　　　（三）艾什诺兹小说中的电影美学 ………………………… 322

第十一章　保尔·克洛岱尔的东方美学观与诗画智慧 ……… 325
　第一节　东方文化启发下的艺术审美观 ………………………… 325
　第二节　东方美学思想与荷兰绘画评论 ………………………… 328
　第三节　书法艺术、诗画智慧与"空无"美学 ………………… 332

第十二章　普鲁斯特小说：记忆建构与视觉艺术的融合 …… 338
　第一节　美学启蒙、艺术构思与审美意识 ……………………… 339
　第二节　摄影机制、记忆底片与风景空间 ……………………… 346
　第三节　隐喻视角、通感记忆与绘画参照 ……………………… 351

第十三章　安德烈·马尔罗小说：从"艺术的想像"到
"写作的想像" ……………………………………………… 359
　第一节　艺术的想像 ……………………………………………… 361
　第二节　写作的想像 ……………………………………………… 365

  第三节 马尔罗小说与绘画美学 …………………………… 369
   （一）色彩渲染 ……………………………………………… 371
   （二）光线明暗 ……………………………………………… 373
   （三）框架分割 ……………………………………………… 376
  第四节 马尔罗小说与电影美学 …………………………… 379
  第五节 艺术世界的精神内涵 ……………………………… 383
第十四章 克洛德·西蒙小说：人生、自然与历史的
  多折画 ……………………………………………………… 387
  第一节 新小说实验与绘画美学 …………………………… 388
  第二节 巴洛克美学与文字画风格 ………………………… 394
  第三节 色彩美学与艺术化篇章 …………………………… 400
  第四节 文本游戏与空间能指 ……………………………… 405
第十五章 莫迪亚诺小说：视像空间美学与艺术化叙事 …… 411
  第一节 城市空间与心理空间的交汇 …………………… 412
  第二节 明暗维度的视像符号 ……………………………… 415
  第三节 意象化的空间叙事 ………………………………… 419
  第四节 艺术家形象与文化参照 …………………………… 422
结 语 ……………………………………………………………… 428

参考文献 ………………………………………………………………… 438
致 谢 ……………………………………………………………… 459

绪　论

　　人类文化从视觉认知的角度,可分为文本文化和图像文化两大类。图像是人类模仿现实和再现自然的一种艺术表现方式,文本是人类文明发展到一定阶段为了更准确、更系统地传达思想和沟通感情而创造的一种符号系统。一般来说,文学是以语言和文字符号为表达手段,而绘画则是用笔、墨、颜料等物质材料来创造可视形象,前者具有形象的间接性和描绘的自由性等特点,后者则讲究构图美、线条美、色彩美等。画家常取材于文学的世界,某些语言符号也常出现在视觉艺术作品的画面空间中,而造型艺术也为文学形式的多样性提供了可能,两者之间由此产生了一股张力。文字与图像之间的辩证关系贯穿古今,当今视觉文化和图像技术飞速发展,更是引起作家和读者们对图文关系的高度重视。

　　在西方艺术史与思想史纵横交错的历程中,从中世纪到今天,法国文学与绘画艺术有着不计其数的交汇之处,这两个领域在历史上经常面临着同样的美学问题、社会背景和时代风尚,并在相同的文化资源里寻求着类似的答案,拥有共通的思想动机和审美意识。从主题角度来看,圣经故事、神话传说、寓言典故、历史事件和文化模式造就了文学与绘画共同的创作原型和精神内涵。从虚构角度来看,文学与绘画作品中的肖像刻画、景致描绘、场景布局等手法体现了两者相近的美学理念和再现技巧。从文本角度来看,可读与可视的关系日益密切,文本的空间化、视觉化可以预先构建读者的视角、感觉和想象,被艺术化的文字符号是语词意义创造的催化剂。

视觉艺术和图像修辞为法国文学注入了别样的审美意味和艺术激情,更为法国文学的创作打开了更多的可能性,尤其是绘画艺术启发着文学文本的时空形式,法国作家的文学建构也不断开拓着对视觉美学的理解、思考和实践。本论著的主要内容为梳理绘画艺术对法国文学发展的影响和渗透,重点探讨中世纪至二十世纪的法国文学建构史(小说为主,诗歌、戏剧为辅)与欧洲艺术发展史(绘画艺术为主,摄影、电影为辅)之间的共通区域和美学共鸣,阐述经典作家们的跨艺术思考及其文学作品对绘画美学手法的借鉴,并适当植入东方诗画艺术的空间元素及表达意向,兼论法国作家的东方美学观,借此发掘法国文学史与绘画史的多重关系与共同规律。在理论援引与实例分析相结合的基础上,本书将在文学文本与绘画艺术之间建立一种比较、对话、互证和互释的研究,从而总结法国文学与绘画美学互相交融、互相影响的发展历程。

第一节　国内外研究综述与选题意义

随着现代传媒的发展和文化的全球化,文学语言叙事与艺术媒介的渗透和关联成为现当代文学的重要发展趋势,也是当今世界文学批评的崭新热点。在这样的时代背景下,文学与艺术的交汇研究就具有了较强的现实意义和学术价值。西方文学批评泰斗韦勒克(René Wellek)和沃伦(Austin Warren)曾在《文学理论》(*Theory of Literature*,1949)一书中指出,文学与艺术的关系应该被看成"一种具有辩证关系的复杂结构","这种结构通过一种艺术进入另一种艺术,反过来,又通过另一种艺术进入这种艺术,在进入某种艺术后可以发生完全的形变"。① 美国学者玛丽·盖塞(Mary Gaiser)在其论文《文学与艺术》中指出文学与艺术之间存在着天然的姻缘关系:"从单个艺术品之间的偶然联系直到整个文化时期文学艺术作品互相渗透的极为复杂的情形,可以有无数值得研究的题目。"② 与世界文学中媒介艺术的兴起相呼应,法国文学的跨艺术研究以及文学空间理论有了很大发展,人们开始频频关注图像修辞在法国文学发展中的作用和影响,日益重视文学作品中表达手段的创新,其中包括语言对其他艺术手法的借鉴。

自二十世纪中叶以来,法国、瑞士和其他欧美国家出版了多部以法国文学与绘画艺术关联为主题的著作和论文集,这些研究或是系统地勾勒法国文学史与绘画史的共同发展历程,或是针对某些作家的艺术评论和跨艺术写作进行专门阐述,或是建构关于文字符号与图像艺术的相互交流机制和叙述空间体系,将法国文学与艺术美学的对话一次次推向高潮。

例如:瑞士学者让·鲁塞(Jean Rousset)的著作《巴洛克时代的法国文学:喀耳刻和孔雀》(*La Littérature de l'âge baroque en France:Circé et le paon*,1953)是一部关于一五八〇年到一六七〇年期间法国巴洛克文学与艺术的总结性著述,让·鲁塞的另一著作《形式与意义:从高乃依到克洛岱尔的文学结构漫谈》(*Forme et Signification:Essais sur les structures littéraires de Corneille à Claudel*,1962)阐述了十七世纪至二十世纪法国文学形式与意义之间的辩证关系。法国文论家让-皮埃尔·理查(Jean-Pierre Richard)的

---

① [美]雷·韦勒克、奥·沃伦:《文学理论》,刘象愚等译,三联书店 1984 年版,第 142 页。
② 乐黛云:"论文学与艺术的关系",《深圳大学学报》(人文社会科学版)1987 年第 3 期,第 8 页。

《文学与感觉：司汤达与福楼拜》(Littérature et Sensation : Stendhal et Flaubert, 1954)、《夏多布里昂的风景画》(Paysage de Chateaubriand, 1967)以法国经典作家的文学创作为例，生动地阐释了绘画、音乐等艺术美学在文学空间中的建构功能、审美作用和寓意机制。弗朗索瓦·福斯卡(François Fosca)的著作《从狄德罗到瓦雷里：作家与视觉艺术》(De Diderot à Valéry : Les écrivains et les arts visuels, 1960)探讨了十八世纪到二十世纪法国文学与视觉艺术的对话与融合。雅克·马利坦(Jacques Maritain)的名著《艺术与诗中的创造性直觉》(L'Intuition créatrice dans l'art et dans la poésie, 1966)把法国古今美学理念同诗性体验联系起来，援引了大量作家和文论家的观点来探讨诗画关系以及诗人与画家、作曲家的共通禀性。于勒里科·范克(Ulrich Finke)主编的《十九世纪法国：绘画与文学》(French 19th century : painting and literature, 1972)以翔实的素材和插图实例探讨了十九世纪法国主要代表作家的艺术评论及其文学作品中的绘画美学表达手法。

二十一世纪以来，法国又涌现出大量的比较美学研究，总结了不同历史时期法国文学与绘画艺术之间的主题互涉、美学互通等多种现象，其中主要有：让-皮埃尔·朗德赫(Jean-Pierre Landry)与皮埃尔·赛尔韦(Pierre Servet)主编的论文集《艺术的对话一：中世纪到十八世纪的文学与绘画》(Dialogue des arts, 1 : Littérature et peinture du Moyen Age au XVIIIe siècle, 2001)，洛朗丝·赫什(Laurence Richer)主编的论文集《艺术的对话二：十九世纪与二十世纪的文学与绘画》(Dialogue des arts, 2 : Littérature et peinture aux XIXe et XXe siècles, 2002)。这两部文集汇聚了国际学界关于法国作家与绘画艺术关联的比较性研究，涵盖了各个历史时期法国文学与绘画美学的相互影响，以详细的例证阐释了经典作家的跨艺术思考和实践。达尼尔·贝尔热(Daniel Bergez)的专著《文学与绘画》

(*Littérature et peinture*,2004)、蒙塞夫·凯米日(Moncef Khémiri)主编的文集《二十世纪的写作与绘画》(*Écriture et peinture au XXe siècle*,2004)都以法国作家的作品为例,针对文学与绘画美学的交流机制进行了系统阐释,揭示了语言叙事与绘画媒介的多维对话模式,并对某些作家的艺术评论和艺术化写作进行了分析。丹尼尔·戈隆诺斯基(Daniel Grojnowski)的著作《摄影与语言》(*Photographie et langage*,2002)和让-皮埃尔·蒙迪(Jean-Pierre Montier)等学者主编的文集《文学与摄影》(*Littérature et photographie*,2008)探讨了摄影美学和成像机制在法国现当代文学叙述中的重要作用。

此外,国外学界关于个别作家跨艺术写作的研究也层出不穷,在此仅列出部分代表性的著作,例如:迪迪·苏耶(Didier Souiller)的《欧洲的巴洛克文学》(*La littérature baroque en Europe*,1988)、让·维斯格伯(Jean Weisgerber)的《洛可可:美术与文学》(*Le rococo: Beaux-arts et littérature*,2001)、皮埃尔·拉弗格(Pierre Laforgue)的《诗如画:波德莱尔,绘画与浪漫主义》(*Ut pictura poesis: Baudelaire, la peinture et le romantisme*,2000)、让-皮埃尔·查哈德(Jean-Pierre Zarader)的《马尔罗的艺术思想》(*Malraux ou la pensée de l'art*,1996)、达卫德·瓦格(Davide Vago)的《普鲁斯特之色彩》(*Proust en couleur*,2012)、布丽吉特·斐拉图-孔博(Brigitte Ferrato-Combe)的《以画家身份写作:克洛德·西蒙与绘画》(*Écrire en peintre: Claude Simon et la peinture*,1998)、安妮·德米耶(Annie Demeyere)的《帕特里克·莫迪亚诺作品中的艺术家形象》(*Portraits de l'artiste dans l'œuvre de Patrick Modiano*,2002)等。这一系列论著针对有关作家的艺术思想及其文学作品中的艺术美学表达手法进行了深入阐释,并总结了不同历史时期法国文学与绘画艺术两个领域互相渗透、交流与融合的辉煌历程。

综上所述,国外学界着重从多个角度探索法国文学与绘画美学之间的交融,长期以来,我国学者对法国小说中跨艺术美学理念的关注略显不足,国内学界在此领域的研究主要是针对单个作家或个别文艺思潮的探讨。例如:"艺苑上的奇葩——巴洛克艺术:从建筑到文学——关于法国巴洛克文学"(冯寿农,《外国文学研究》1990年第1期)、"诗人中的画家和画家中的诗人——波德莱尔论雨果和德拉克洛瓦"(郭宏安,《外国文学评论》1993年第3期)、"浅谈法国诗学空间意识的表达兼及中法诗学汇通"(侯洪,《外国文学研究》2010年第4期)、"梦的附言——试论雨果绘画作品与文学作品的关系"(林辰,《名作欣赏》2013年第27期)、"普鲁斯特的艺术哲学——文学中的绘画与音乐"(臧小佳,《西北工业大学学报》社科版2015年第2期)、"人生、自然与历史的多折画——论克洛德·西蒙的新小说创作"(刘海清,《当代外国文学》2015年第4期)等期刊论文,以及湘潭大学硕士论文《论绘画与巴尔扎克的文艺观及小说创作》(罗莉红,2007)。这些研究或以比较美学的视角探讨了法国文学史上某些时期的跨艺术特色、作家的艺术评论体系以及文学叙事中绘画美学的介入,或以跨文化视野梳理了中法诗学空间理念的异同。在专著方面,刘成富的《20世纪法国"反文学"研究》(2002)、杨令飞的《法国新小说发生学》(2012)、张新木的《普鲁斯特的美学》(2015)、刘海清的《写作的想像:安德烈·马尔罗小说创作美学》(2008)等论著着重探讨了绘画艺术对新小说派作家、普鲁斯特、马尔罗等作家的重要影响。此外,"欧美文学论丛"(第八辑)《文学与艺术》(罗芃主编,2013)阐述了欧美文学与绘画、电影、音乐等艺术的多重关联。

在我国的法国文学史研究中,文学与其他艺术关联的研究方兴未艾,虽然国内学界对一些法国作家的艺术化写作进行了个别的介绍和分析,然而这些跨艺术性的文学研究开展得并不广泛和全面,并未对法国文学和绘画的交汇历程进行全面系统的溯源、阐释和总结。纵览国内学界,迄今为止还没有法国文学跨艺术建构史方面的综合性著作,对法国文学史与绘画史的综合比较(历史比较、内容比较、风格比较、理念比较)尚很少涉及,这为本研究留下了探索和深化的空间。因此,本论著在吸收国内外学术成果的基础上,尝试在这个领域进行更加深入和系统的研究,进一步发掘法国文学创作与绘画美学之间的历史关联、建构互通和理念融合,从而为我国的文学研究者提供可资借鉴的参照,为中法文学交流提供更多的契机,其重要性和启示意义不言而喻。

第二节 本论著的思路、方法与结构

法国文学与绘画艺术的发展进程密不可分,为了完成这一项跨艺术的文学研究,我们将立足于法国文学史的基本发展脉络,同时主要以欧洲艺术史为对照和辅证,沿着法兰西辉煌文化的轨迹,依照时间的线索去提取、审视和探索最具代表性的艺术思潮和文学作品,以丰富的文本实例和翔实的绘画素材展现作家写作与视觉艺术美学密切交融的精彩历程。

本论著具有综合的内容和多维的视野,将探究不同历史时期的法国文学创作与绘画潮流相辅相成的发展规律,展现经典作家与绘画领域的理念共鸣和美学碰撞,其中关于小说作品的剖析作为主线,并适当加入诗歌、戏剧等体裁作品的阐释,以确保论证体系的系统性和完整性。本研究涉及的时间范围跨越了法国文学史上的中世纪时期,文艺复兴时期,古典主义和巴洛克文艺时期,洛可可文艺和启蒙运动时期,浪漫主义、现实主义、自然主义和象征主义流派叠彩纷呈的十九世纪,以及现代主义和后现代主义文艺盛行的二十世纪,同时涉猎范围非常广泛,涉及了文学、语言学、艺术学、心理学、宗教学、社会学等学科范畴。这是一项理论与实践相结合、语言文本分析和艺术美学批评相结合的研究,不仅能提供关于法国文学发展史的审美学解读,还将系统梳理文学家们的跨艺术思考和实践。

本论著的研究重点为:一、对法国文学史各个阶段的社会背景、文化氛围和思想潮流进行系统的扫描和审视,探索文学流派与绘画流派在不同发展时期的历史因素和文化氛围,力图追溯这些文学与艺术风格的内因和外因,并针对绘画艺术对文学创作的影响进行举证,归纳两者的共通之处。二、以比较美学方法审视文学作品,分析法国文学创作在主题内容、场景虚构和精神内涵等方面与绘画艺术的美学共鸣,论证两者交汇的广阔性和丰富性,从而提供一部欧洲艺术史辉映下的法国文学发展史。三、从叙事学、文体学、语言学、哲学和艺术美学角度分析小说语言表达与绘画、摄影、电影等艺术符号之间的融合,探究文字的可视化、文本的空间化和图像符号的寓意化。

本论著总共分为"绪论""上篇""中篇""下篇"和"结语"五个部分,绪论分为三个章节,主要介绍本论题的国内外研究现状、创新意义、思路方法和内容结构,并在梳理古今诗画关系的基础上,对法国文学与绘画艺术的历史交汇进行大致的溯源与概览。

上篇部分包括第一章至第四章:第一章内容为中世纪时期文学创作与造型艺术的宗教特色,中世纪文学与绘画都深受基督教文化的影响,圣经文学与宗教图像之间体现了图文交流的关系。第二章内容为文艺复兴时期人文主义思潮中文学与绘画的共通之处,其中包括"再现"理念在文学、绘画领域引发的变革,以人为本的文学和艺术倾向,以及文学与绘画中的享乐主义风格和古代神话灵感。第三章内容为十七世纪巴洛克文艺与古典主义文艺的交锋,其中包括巴洛克造型艺术与巴洛克文学的审美内涵。第四章内容为十八世纪文学创作与艺术美学的混合与杂糅,其中包括巴洛克艺术和洛可可艺术对小说的渗透、文学与艺术领域的"中国热"、狄德罗与卢梭的艺术观等论题。

中篇部分包括第五章至第九章:第五章内容为十九世纪法国文学流派与绘画流派的交汇,其中涉及了浪漫主义文艺的演变与唯美主义的诞生、现实主义文学与绘画艺术的共通、自然主义文学与印象主义绘画的相互影响、象征主义文学与绘画艺术的共鸣等。第六章内容为巴尔扎克的现实主义文艺观与绘画美学表达手法,探讨其小说中的环境空间描绘、社会风俗画、人物肖像画和艺术家小说中的哲理思想。第七章内容为福楼拜中立性、客观性的文艺审美及其小说建构中的摄影美学、绘画美学。第八章内容为左拉的自然主义文学与印象主义美学之间的关联,分析左拉的自然主义、艺术思维以及他关于印象派绘画的艺术评论,并探究其小说建构与印象派绘画的关系,重点解析其小说《杰作》。第九章内容为莫泊桑小说中的绘画美学,分析其小说中的人物素描、肖像画艺术和图说式叙事。

下篇部分包括第十章至第十五章:第十章内容为二十世纪文学思潮与艺术风潮的互涉和共建,其中包括现代艺术流派的革新与演变,立体主义、超现实主义文学与艺术的发展,现代主义小说家的艺术化写作,新小说的空间化叙事与艺术参照,新新小说、新寓言小说对绘画、电影、音乐艺术表达手法的借鉴。第十一章内容为保尔·克洛岱尔的东方美学观与诗画智慧,将探讨他在东方文化启发下的艺术审美观和诗画实践。第十二章内容为普鲁斯特小说空间美学与绘画艺术的融合,探讨其小说的艺术化构思、风景空间、摄影机制、美术视野与图像修辞的隐喻功能,以及人物的时空体验与印象主义美学之间的关系。第十三章内容为探究安德烈·马尔罗在"艺术的想像"影响下的"写作的想像",研究他缔造的"想像的博物馆"思想体系及其小说建构对绘画、电影等艺术美学手法的借鉴,并探讨其艺术思想的精神内涵和哲学底蕴。第十四章内容为探讨克洛德·西蒙在新小说写作中运用的巴洛克美学、拼贴美学和印象派美学,赏析其小说的文字画效果和艺术化篇章。第十五章内容为解析莫迪亚诺小说的视像空间美学与艺术化叙事。

本论著的"结语"部分将进一步归纳本研究的主要观点、创新性内容和现实意义,廓清和总结法国小说创作与绘画艺术之间从古至今的多重关联以及美学理念的融合与变迁。

第三节 法国文学与绘画关系的溯源与概览

文字与图画作为人类文化的两种不同符号,也是人们认识世界、互相沟通交流的重要方式,两者之间的密切关系从古代延续到今日,不同时代的人文学者都在竞相讨论诗画之间的辩证关系。要理清法国文坛的诗画之间、文学与艺术之间如何更好地互鉴和互融,我们有必要先梳理一下前人的探索。西方早在古希腊时期就萌发了"诗画关系"的讨论,"诗"泛指"文学艺术","画"泛指"造型艺术",诸多哲学家讨论的诗画关系也就是文学与图像的关系。诗画关系(文学艺术与图像艺术的关系)大体分成"诗画同质"和"诗画异质"两种观点。关于诗与画的关系问题,中西美学史上都有过很多著名的论断。这些论断综合起来可归纳为三种基本观点:强调诗与画的并列相通;强调诗与画的特征、功能等方面存在着优劣差异;诗与画有同有异、无论高下。而我们千百年来讨论诗画关系,无非是希望做到艺术上的趋于完美与极致,使两种甚至多种艺术形式之间可以相互借鉴,以丰富各个艺术门类的创作灵感和内涵。

(一)古典哲学家的诗画思想

西方传统艺术思想起源于古希腊时代,其哲学基础是艺术模仿观,而模仿观的内核是艺术与真理的关系。诗画被称为"姊妹"艺术,诗与画在相互融合的同时,也不时有相互独立的趋势,体现了不同的美学理念。古希腊的西蒙尼得斯(Simonide de Céos,公元前556—公元前468)是较早涉猎诗画问题的思想家,其名言为"诗是有声画,画是无声诗",强调了文学与绘画两者之间的微妙关联。古希腊哲学家柏拉图(Platon,公元前427—公元前347)的"模仿说"是以绘画艺术为例进行阐释的,他将世界划分为现实世界和理念世界,认为现实世界是对理念世界的模仿,前者是虚幻的,后者是真实的。柏拉图认为理念是原型,个别事物是通过"摹仿"原型产生的,所以只是理念的不完善"摹本"或"影子"。他在《理想国》中以三张床为例来说明"理念、现象和艺术之间的关系":一是自然之床,即床的理念,二是可感之床,三是画家的床,画家的床是画家模仿可感之床创作出来的,而可感之床则是木匠模仿床的理念制造的,所以画家的床是摹本的摹本、影子的影子,是"模仿外形的一种影象",和真理隔了两层。[①] 柏拉图把艺术比拟为"镜中的映象",并由此得出结论:"从荷马起,一切诗人都只是摹仿者,无论摹仿德行,或是摹仿他们所写的一切题材,都只得

---

① 杨冬:《文学理论:从柏拉图到德里达》,北京大学出版社2012年版,第18—19页。

到影象,并不曾抓住真理。"①

柏拉图的艺术观依赖于"模仿"说这一思想,他对画家和诗人充满怀疑,诗画类比的主要依据是模仿和想象,这两种皆属于感觉和经验的范畴,皆诉诸于情感而不是理智。正是基于对感觉的不信任,他对画家和诗人想象性的模仿活动持否定态度,认为艺术的模仿本质和虚构性决定它不可能通达真理本身。他崇拜的老师苏格拉底(Socrate,公元前 469—公元前 399)也主张将艺术家驱逐于理想国之外,因为他眼中的诗画艺术在理想国中并无立足之地。苏格拉底提出有两个层次比艺术创作的产物(包括画和诗)更真实,一个是理式世界,一个是现实世界,也就是说,和艺术品相比,理式和现实本身要显得更为真实。以此为前提,苏格拉底担心艺术品是表象的表象,以致阻碍人们对世界的正确理解。在对文学(他用"诗"这一术语来界定)的论述中,他批评文学更本能、非理性的方面。所以文学与艺术对哲学构成一种挑战,因为哲学对大众的影响是以理性的思辨、而不是情感上的诉求来实现的,所以在某种意义上,艺术是危险的。

亚里士多德(Aristote,公元前 384—公元前 322)将诗、画、音乐等各类艺术命名为"模仿",进一步确立了西方传统艺术思想的哲学基础。他的《诗学》并不注重探讨各类艺术之间的共通性,而是通过分类强调各类艺术之间的差异性,在模仿媒介上,画家和雕塑家"用色彩和形态摹仿,展现许多事物的形象",而诗人或歌唱家则用声音来摹仿。② 亚里士多德强调了艺术模仿理念的真理性品质,进而肯定了艺术的真理性价值,而不是像柏拉图那样贬低艺

---

① [古希腊]柏拉图:《理想国》,见《柏拉图文艺对话集》,朱光潜译,人民文学出版社 1963 年版,第 76 页。
② [古希腊]亚里士多德:《诗学》,陈中梅译注,商务印书馆 1996 年版,第 27 页。

术。从逻辑上来讲,只有承认艺术与真理之间的内在联系,才能促成艺术去不断追求完美和表现真理本身。尽管柏拉图和亚里士多德都附带地提到过诗与画之间的平等关系,但为两者的比较奠定美学基础的是古罗马时期的贺拉斯(Horace,公元前65—公元前8),他在《诗艺》中发出了"诗如画"(Ut pictura poesis)的名言:"诗歌就像图画:有的要近看才看出它的美,有的要远看;有的放在暗处看最好,有的应放在明处看",①他认为诗人和画家是一对伴侣,虽然他并未深入言及两者的相似性,但他的"诗如画"理念得到了广泛应用,为文学与绘画的对话开启了一个充满无限可能的空间。

以上为古典哲学家们对艺术模仿本质和诗画关系的看法。与西方相比,中国的"诗画同质说"更加根深蒂固,它的发展通过文人画、山水画、题画诗等载体使诗与画达到了空前的融合。早在魏晋南北朝时期,文人画的创作实践就出现了,文人画是带有文人情趣思想的绘画,其作者身份集诗人、书法家和画家于一身。文人画是以文学诗词之心去感受万物,以简洁淡雅、清新飘逸的水墨色彩表达诗情画意,并不以写实为专务。北宋文学家、书画家苏轼在《东坡题跋》卷五《书摩诘〈蓝田烟雨图〉》中将唐代诗人、画家王维奉为诗画融合的楷模:"味摩诘之诗,诗中有画;观摩诘之画,画中有诗。"苏轼找到了诗画之间的审美契合点,两者虽属不同门类,但在抒情寄意方面却是相通的。

相较之下,中国和西方对于诗画关系的认识有显著不同,这与中西方诗画所探讨的具体文艺对象的不同有关。我国古代谈论的诗是抒情诗,画多指山水画、文人画,诗画的契合点在于传情达意,而西方自古希腊以来谈论的诗主要是叙事性史诗,画指的是人物画,侧重表现故事,诗画结合点在于模仿。中国论画讲"意",重神

---

① [古罗马]贺拉斯:《诗艺》,杨周翰译,人民文学出版社2008年版,第142页。

轻形、强调心境,西方论画讲"法",力求形似、主张摹效原物。中国的诗画结合以诗为主,神韵高于形似,画要向诗靠近。中国古代诗画艺术因为对"意境"的共同关注形成姊妹艺术。而西方诗画艺术被理性截然分开,更有很多艺术家对诗与画的优劣互争高低,诗画究竟孰优孰劣引起了激烈争论,以文艺复兴和启蒙运动时期最为显著。无论文化背景如何,中西方诗画理念都为两种艺术的发展做出了巨大贡献。

(二)诗画关系的历史演变与理论轨迹

对诗画关联的辩证性思考、文本与图像的对话一直贯穿法国文学史的各个阶段。中世纪时期,基督教将希腊的艺术模仿理想改造成了神学形态的艺术理想,强调上帝是理想美与艺术美的根源,艺术在某种意义上成了教会支配下为神效力的工具,绘画成为圣经文学的附庸。这种现象解释了当时的雕刻家、画家和彩窗工艺者并没有现代意义上的艺术家地位,而且后人大多都不知道各种艺术作品创作者的姓名。画家们的作品受到圣经文本的严格限制,即使在创作中融入自己的灵感,也不能明显干扰到主题故事的内涵,创作的意图是预先设定好的。很多艺术家,尤其是画家并不太会识文断字,必须向专门的教堂"设计师"请教才能完成绘图工作,所以他们从事的并非自由的艺术。

事实上,西方文艺复兴以前,绘画被认为是贵族所不屑的艺术,是一种机械的手艺劳动,而诗歌、音乐被视为高尚的"自由艺术",比绘画高级。到了文艺复兴初期,这种见解仍然根深蒂固,诗人和哲学家是宫廷中的上宾,而画家和手工业劳动者一样组织在行会里,多才多艺的画家们大多精通艺术、数学、人体解剖和冶炼铸造,属于社会先进的阶层,不能再忍受卑微的地位,所以奋起反抗陈旧的观念。文艺复兴时期的造型艺术空前繁荣,当时的理论家一方面承认甚至极力主张诗与画的平等,一方面却在设法表明一种艺术形式高于另外一种,或两者之间在不断地竞争。意大利、法国和英国的艺术理论家大都宣称绘画跟诗歌一样,是一门人文艺术而非机械艺术,他们试图通过把画家与诗人相提并论来提高前者地位,许多阐述绘画优于诗歌的论著就很好地证明了这一点。意大利画家阿尔伯蒂(Leon Battista Alberti,1404—1472)就是这样一位论者,他在《论绘画》(De pictura,1435)中阐释了绘画的构成和意义,论述了几何学和透视学的重要作用,将绘画视为捕捉艺术原型、反映世界、师法自然的镜子,所以绘画具有最高的价值,能够比其他艺术种类更忠实、更准确地模仿和再现现实。

意大利著名画家达·芬奇(Leonardo da Vinci,1452—1519)为绘画的辩护反映了当时艺术家的呼声,他极力推崇绘画的地位和价值,指出绘画能够卓越地描绘世界。在西方文艺批评史上,达·芬奇很早便对诗画关系展开了深入思考和比较,具有开拓意义。他将绘画与诗歌、雕塑、音乐、数学等学科比较,并强调绘画相对于文学的优势:"想像的所见及不上肉眼所见的美妙,因为肉眼接收的是物体实在的外观或形象,通过感官而传给直觉。但想像除了依靠记忆,就无法越出直觉的范围","诗在诗人心中或想像中产生,仅仅因为他和画家都表现同样的事物就想和画家分庭抗礼,但实际上他们是望尘莫及的",①这表明达·芬奇眼中的绘画表达手段比其他文艺方式更加逼真和直观。在诗画与现实的关系上,达·芬奇继承了模仿说的观点,认为绘画是自然的模仿者,他主张画家作画需遵循物理学、几何学、透视学等科学理念,艺术应当好比镜子一样逼真地再现自然。他阐述了一种"眼见为实,耳听为

---

① [意]达·芬奇:《达·芬奇论绘画》,戴勉编译,广西师范大学出版社2003年版,第8页。

虚"的逻辑,还将绘画比喻为"哑巴诗",将诗比作"盲人画"。① 他认为盲人比哑巴失去更多的艺术欣赏条件,因为绘画的视觉空间可包罗自然万象,而诗人只有文字符号来再现自然。总之他对绘画的偏爱胜于诗歌,这种诗画比较作为近代第一次真正意义的跨艺术比较,开了西方近代诗画批评、近代文学与其他艺术比较的先河。

可见文艺复兴时期的人文学者和艺术家强调以艺术的逼真再现和自然模仿来表现人的尊严与理想美,他们对诗画关联的价值、功能和目标做了系统的比较和实践,古代的诗画类比被重新发现并得到创造性应用,例如法国十六世纪作家拉伯雷(Rabelais,1494—1553)小说的凸版印刷和文字图形布局打破了文本叙述的单向线索。随着人们对古代世俗性遗产的重新发现,文艺复兴时期的西方思想家们批判了中世纪的神学艺术理想,复兴了古希腊的艺术模仿自然的学说,为文学和绘画注入了自由、写实和快乐的空气,人本主义的视角在一定程度上取代了形而上的神学宗教视角。

随着"诗如画"观念深入人心,文学和绘画的距离在十七世纪进一步缩短。法国诗人、画家兼艺术评论家杜·弗瑞斯努瓦(Du Fresnoy,1611—1668)于一六七三年写道:"绘画与文学是两位在各个方面都十分相似的姊妹","绘画是沉默的诗","诗为会言说的画"。② 诗画一致说被古典主义作家和画家们普遍接受,他们在诗里追求画的明晰的表达方式、绚烂的色彩、静态的形象、精练的概括,而在画里追求象征、抽象的含义,当时描绘自然景色的田园诗和注重象征概念的寓意画都很流行,画家们经历了从机械化职

---

① [意]达·芬奇:前引书,第11页。
② Roland Bourneuf, *Littérature et peinture*, Québec:L'instant même,1998,p.16.

业到自由艺术者的过渡和转型。

十八世纪法国启蒙思想家狄德罗(Diderot,1713—1784)是为诗歌争胜的诗画异质论者,他编纂的《百科全书》梳理了法国绘画和诗歌之间的关系,他还发表大量的沙龙评论来对色彩与语言、可视与可读等方面进行反思和评价。狄德罗认为"画家只能画一瞬间的景象;他不能同时画两个时刻的景象,也不能同时画两个动作"。① 狄德罗的沙龙批评"对绘画的分析是与对诗歌的分析交织在一起的",它所呈现的"更多的是现代所特有的现象:对诗歌的思考和对造型艺术的思考之间的接近"。② 狄德罗认为诗人是善于想象的,画家是表现事物的,诗和画存有差异,但是诗和画的界限并非不可调和,艺术家可以通过想象达到诗意效果,成功的画家就像成功的诗人一样具有灵气,当一幅画能够激起人的情感和联想时就成为一首诗。"诗歌风格""诗意构图"是狄德罗经常用来表示绘画情感魅力的术语,他相信绘画的意象激发和情感唤起是画家的重要目标,他力图使文学、绘画等各类艺术都成为启发心灵、传播理性的途径,从而进一步密切了文学与造型艺术之间的关联。

十八世纪德国的古典文艺批评家莱辛(Lessing,1729—1781)提出了"诗画异质说"。莱辛在他的美学论著《拉奥孔》(*Laocoon*,1766)中明确提出了"论画与诗的界限",指明两者在模仿对象和模仿方式上都有区别。莱辛认为诗与画的区别是声音艺术与视觉艺术、时间艺术与空间艺术之间的区别,所以诗与画都应坚守各自的领地。他强调画用线条和颜色描绘空间和物体,追求的是物体

---

① [法]狄德罗:《狄德罗美学论文选》,张冠尧、桂裕芳等译,人民文学出版社2008年版,第369页。
② [德]胡戈·弗里德里希:《现代诗歌的结构——19世纪中期至20世纪中期的抒情诗》,李双志译,译林出版社2010年版,第12页。

的形态美,不适宜描绘动态变化的情节,而诗通过语言叙述持续的动作,所以不能逼真地描写事物的形态,但可以表达永恒的精神意象性。① 文学的长处在于可以展示动作的延续性,而绘画则受限于静止的图像,也就是说每次只能表现一个特定的时间或动作场景,所以莱辛得出了"诗优画劣"的结论,②他更看重诗的想象力和自由表现力。

　　虽然莱辛的分析细致入微,但他过分强调诗画差异,将二者割裂开来,没能认识到诗画之间相互融通的辩证关系,这是他的局限。中国现代美学的开拓者朱光潜先生曾在他的美学著作《诗论》里写了一篇文章,即《诗与画——评莱辛的诗画异质说》。他用大量中国诗歌和绘画的例子批评莱辛的"诗宜于叙述动作而画宜于描写静物"的说法,认为"艺术受媒介的限制,固无可讳言。但是艺术最大的成功往往在征服媒介的困难。画家用形色而能产生语言声音的效果,诗人用语言声音而能产生形色的效果,都是常有的事"。③ 朱光潜既不含混地将诗画等同,也不单纯强调诗画差异,他认为绘画艺术可以超越自身限制来表达情感。中国的诗画艺术都讲究意境,现代美学家宗白华先生追求诗与画的统一,认为"诗和画的圆满结合(诗不压倒画,画也不压倒诗,而是相互交流交浸),就是情和景的圆满结合,也就是所谓'艺术意境'"。④ 宗白华提倡诗画相生、互相借鉴,他以唯物主义观点看待诗画关系是可取的,诗和画本质上有着根本区别,但在精神意境上的追求却较为接近,各有各的优势。可见中西方诗画理念存在着明显差异,中

---

① [德]莱辛:《拉奥孔》,朱光潜译,人民文学出版社1979年版。
② 刘石:"西方诗画关系与莱辛的诗画观",《中国社会科学》2008年第6期,第160页。
③ 朱光潜:《诗论》,上海古籍出版社2001年版,第128页。
④ 宗白华:《美学散步》,上海人民出版社2011年版,第13页。

国文字由象形文字转化而来,中国画与语言符号原本同一,即画与诗同一,而且中国画并不追求对外在物象的真实刻画,而是如中国诗一般追求意境、气韵和氛围的渲染,诗情与画意常有异曲同工之妙。而注重模仿和分析的西方更加强调绘画的外在真实和诗画差异性的问题。

进入十八世纪以后,西方的审美意识不断深化和拓展,形成了更加系统的美学思想,这突出表现为德国哲学家康德(Kant,1724—1804)的审美理想与黑格尔(Hegel,1770—1831)的艺术理想,他们将艺术模仿的理想演变成形而上理念(绝对精神)的模仿或显现。黑格尔明确地将艺术理想当作终极绝对精神或神性精神的感性显现方式,认为"美是理念的感性显现"。[①] 康德厘清了将美的艺术与科学技术混为一谈的问题,从审美的视角区别了艺术与非艺术,认为艺术是人类凭借理性、想象和天才禀赋所进行的自由的创造活动,审美意象是理性观念的感性形象显现。康德将美的艺术区分为三种:语言的艺术(包括演讲术、诗艺)、造型的艺术(包括雕塑、绘画、建筑、园林)、感觉游戏的艺术(包括音乐、色彩),并将诗艺视为一切艺术中的最高等级,因为诗的传达方式是文字符号,可超出自然和规范的束缚,提供一种显现概念或思想无限性的自由形式,以知性的哲理和感性的想象扩张人的心灵。康德不仅重视艺术的分类,而且十分强调各种美的艺术在同一作品中的结合,以及由此显现的理念对人的思想品格的提升和对精神的教益,艺术的综合感染力可促进人类的道德修养、提高日常生活的情趣,从而体现出审美的价值。虽然康德和黑格尔的美学思想和艺术划分存在着一些局限和不足,但他们承认艺术是真理或理念的表现方式,倡导艺术的完美品质和表现真理的使命,从而为西

[①] 朱光潜:《西方美学史》,人民文学出版社2011年版,第467页。

方文艺追求完美、表现真理进一步奠定了思想基础,人类正是按照美的规律、美的艺术来发展自我与社会文明。

上述的文学家、画家和哲学家论述了诗与画的区别或结合,其实也是从对立和统一的角度指明了文学艺术与绘画艺术之间辩证统一的关系。十九世纪的法国文学与绘画高度繁荣,它们之间的相互影响更是十分突出。沙龙美术展览与报刊印刷业的发达也催生了诸多的艺术评论。现代绘画批评不是由画家本人和职业批评家来完成的,而是由作家来完成,从而为文学家与画家的美学碰撞和艺术交流提供了平台。诗人波德莱尔(Charles Baudelaire,1821—1867)穿梭于各种门类艺术之间,其艺术沙龙评论涉及了诗歌、小说、戏剧、绘画、雕塑和音乐等领域,奠定了现代艺术批评的基本原则。波德莱尔立足于绘画实践和通感理念,以具体意象去象征抽象观念,为文学与绘画之间的相通提供了更多丰富的灵感,也使得文人和画家在通感状态下可以轻松跨越艺术门类的门槛。波德莱尔颇有远见地指出了艺术合流的趋势:"今天,每一种艺术都表现出侵犯邻居艺术的欲望,画家把音乐的声音变化引入绘画,雕塑家把色彩引入雕塑,文学家把造型的手段引入文学。"① 十九世纪法国蓬勃发展的文化环境激发了各种艺术形式之间的交汇,诗人、小说家、文论家们也普遍自觉地把视觉艺术的美学理念和表达手法运用到文学创作中,为诗歌、小说注入了丰富的艺术营养和表达活力。

二十世纪的法国作家们更多地依照绘画原理和艺术范式构筑作品,哲学家们也继续对文学、绘画等艺术的地位进行了辩护和推崇,例如德国哲学家海德格尔(Martin Heidegger,1889—1976)指出

---

① [法]波德莱尔:《1846年的沙龙:波德莱尔美学论文选》,郭宏安译,广西师范大学出版社2002年版,第336页。

艺术创作的本质是将存在者的真理自行设置入作品,他将艺术的真理性置于科学之上,认为艺术思想乃是真理的原始发生方式,而科学只是其中的一种衍生形态,所以艺术是显现真理和存在意义的基本途径。法国哲学家梅洛-庞蒂(Maurice Merleau-Ponty,1908—1961)也为各类艺术的真理性进行了现象学的辩护,将艺术视为哲学的拯救之途。在《知觉现象学》《眼与心》等著作中,梅洛-庞蒂强调视觉乃是身体与世界之间肉身性的交汇的产物,画家从自身的艺术直觉出发,与世界建立起肉身的交流,恰恰能揭示出世界的真相。他还将语言与图像的关系问题置于身体现象学视域中,对"诗是有声画、画是无声诗"这一经典的语图相似论进行了重新诠释,或者说他把语言和绘画共同纳入对身体的理解中,将两者都视为身体的态势,使诗画异质论重新融入诗画相似论。这些哲学理念进一步促进了文学创作与视觉艺术的融汇。

(三)现当代文论家的跨艺术评论

二十世纪法国的文学空间批评与艺术美学评论尤为丰富。诸多的文论家发表了大量的艺术评论或美学论著,以独特的视角质询文学与视觉艺术的关系、媒介艺术的叙述功能和图像修辞的审美机制,形成了丰富多彩的跨艺术评论。法国著名美学家、哲学家雅克·马利坦在其名著《艺术与诗中的创造性直觉》(法文版 1966;英文版 1953)中,把法国古今绘画、音乐的美学理念同诗性体验、诗性直觉与诗性意义联系起来,揭示了"艺术"与"诗"的差异性与不可分割性,并在援引古往今来文人和艺术家的基础上,探讨了诗与现代绘画艺术的关系以及诗人、画家与作曲家的共通禀性,阐发了关于诗歌、绘画、音乐的对照性思考。

马利坦所说的"艺术"不是指惯常意义上作为客体的艺术品,而是泛指人类进行艺术创作的精神活动,他所说的"诗"也不是单纯的书面诗句,而是泛指创作主体与客体之间的内在交流,即"事物的内部存在与人类自身的内部存在之间的相互联系"。① 他认为伟大的小说家既是诗人也是艺术家,艺术和诗都包含着精神的创造性,只不过对于诗来说,精神的创造性的释放是自由的,而对于艺术来说,精神的创造性的释放是不自由的,因为它从属于一个对象或被束缚在作品的制作上。他认为两者相互依存:一方面,诗依附于艺术,"诗自然地附属于艺术,而且本质上趋向艺术";另一方面,"诗超越艺术",艺术受诗的支配,艺术因为诗而显神韵,诗是所有艺术的神秘生命,艺术的拯救便出自诗性直觉,即创造性直觉,它是智性的闪现和情感的自然流露。② 马利坦指出创造性直觉在每个人身上都存在,只不过诗人和艺术家比普通人更关心自我同客观事物的内在交流,所以更有利于它的发展。他重点以象征主义、印象主义、立体主义、超现实主义等流派的文人和艺术家为例,论述了诗对于艺术的超越,以及诗性体验、诗性意义从产生到释放的过程,强调了诗性直觉在艺术创造中的决定性作用。他还指出现代抽象艺术之所以失败,是因为它完全摈弃了事物的自然外形,故而丢掉了创造性的直觉:"在诗中,不可能存在与抽象绘画相等的事物","使得现代绘画(我不说抽象绘画)对我们异常可贵的,是这样一个事实:它的手段非常地适合诗性意义的解放"。③

马利坦还关注了中国传统文学中的诗性经验,比较了东方艺术(中国艺术与印度艺术)与希腊艺术的异同,他眼中的东西方艺术具有彼此对立的特征,西方艺术重视创作者的主体自我,而东方艺术是西方个人主义的对立物,主要朝向群体,重在揭示客体事物

---

① [法]雅克·马利坦:《艺术与诗中的创造性直觉》,刘有元、罗选民等译,三联书店1992年版,第15页。
② [法]雅克·马利坦:前引书,第184页。
③ [法]雅克·马利坦:前引书,第213页。

的超自然含义,但马利坦最终发现重客体的东方艺术也隐约揭示出艺术家的主观创造性,而重主体的西方艺术也展现了事物的内涵,所以东西方艺术形成一种互补互涉的关系。马利坦在该书中还论述了音乐内在化在现代诗中的体现。这些关于诗与艺术的真知灼见不仅为现代艺术的存在价值提供了理论支撑,而且更深入地探索了艺术与诗之间的辩证关系,艺术与诗的和谐统一、形神兼备的创作效果正是诗人和艺术家们的共同追求。

法国"意识批评"文论家让-皮埃尔·理查的两部著作《文学与感觉:司汤达与福楼拜》和《夏多布里昂的风景画》以法国经典作家为例,生动地阐释了绘画、音乐等艺术美学在文学空间中的建构功能、审美作用和寓意机制。在《夏多布里昂的风景画》中,理查揭示了浪漫主义作家夏多布里昂小说中如画般的自然景象描写,在文字与图像之间建立了密切的对话。在《文学与感觉:司汤达与福楼拜》中,理查将司汤达的文学世界视为感觉的世界,指出正是绘画和音乐使司汤达懂得了写作的真谛,艺术美学的经验有助于司汤达解决他的文学问题。在小说创作中,正如司汤达所钟爱的画家要使僵硬的外形变得柔和、感性和富有表现力,司汤达也首先勾勒出所描绘对象的"肌腱"的主线,再逐一打磨、装扮和点缀:"风景也有自身的肌腱;画家把风景当作和谐的大躯体展现在画布上;司汤达以解剖家的冷冰冰的目光注视着景物。在一切外景之中,他首先注意到构成整体的主要线条,和将整体区分开的可见边线。只有观看全景,他才得到最大的乐趣:原野随着地势的清晰的起伏铺展在眼前。他若活到今天,将是一位空中景观的入迷者。"①对司汤达而言,绘画开辟了把现实的目光引向想象和梦幻

---

① [法]让-皮埃尔·理查:《文学与感觉:司汤达与福楼拜》,顾嘉琛译,三联书店1992年版,第26页。

的道路,任何动人的文学描写都应像伟大的绘画和爱情一样推动人们的心灵去自由漫游。而音乐好比温柔的绘画,在不确定的、模糊的表达中启发人们的思绪和回忆,歌词类似于绘画中的素描与色彩,是一种清晰的表达,而歌曲的曲调则是一种模糊的启迪途径,因而音乐既是模糊的,又是精确的,给人们带来无尽的遐想,音乐中即兴的力量和自由的威力给听众带来一种永久的活力,所以画家和音乐家对人们感官的愉悦令人陶醉。

当代旅法文学家、美学家程抱一(François Cheng,1929—)将中国古代书法和绘画的空间审美意识引入到法国,激起了中法学界的共鸣。程抱一在法国出版的《中国诗语言研究》(*L'Écriture poétique chinoise*,1977)以唐诗为研究素材,以宇宙论中的阴阳、虚实和天地人关系为依据,从词句、格律、意象三个层面研究中国表意文字的形与意,《虚与实:中国画语言研究》(*Vide et plein:le langage pictural chinois*,1979)则围绕中国的宇宙论和"虚"的概念梳理了笔墨、阴阳、山水、人天、意境和神韵等层次。两本著作从哲学、美学与历史学的角度针对中国的诗与画进行了比较研究,阐明了中国的绘画艺术、书法艺术与诗歌艺术之间的密切关联。程抱一指出,中国的文字系统决定了一整套的表意实践,其中包括诗歌、绘画、书法、神话和音乐。"在中国,各门艺术并未被隔离开来;一位艺术家专心从事诗歌——书法——绘画三重实践,仿佛它们是一门完整的艺术,在这一活动中,他的生存的所有精神维度都得到了开发:线性的歌吟和空间的塑造,咒语般的动作和视觉化的言语"。① 由笔画构成的中国表意文字体现了多样化的组合,而书法则弘扬了表意文字的视觉之美,"笔画的粗细,笔画之间或对比

---

① [法]程抱一:《中国诗画语言研究》,涂卫群译,江苏人民出版社2006年版,第11页。

或对称的关系",使中国人"得以表达其感性的多重方面:刚与柔、激越与宁静、紧张与和谐"。①"书法艺术,由于意在重建暗含在文字的笔画中的初始韵律节奏和富有活力的动作,而使中国艺术家摆脱了忠实地描绘物质世界外部特征的顾虑,并且很早便激发了一种'精神性'的绘画,这种绘画不去追求形似和估算几何比例,而是通过摹写大自然的基本线条、形态和运动,以寻求摹仿'造化之功'。"②画作、书法和诗歌一样按照韵律、笔画和节奏来进行,中国的题诗画尤其体现了诗画结合的空间意识,两者的空间编织缔造了颇具灵韵和造型之美的境界,既影响了诗人构思的方式,也影响了画家的画面布局。

对空间审美意蕴和视觉图像的探讨,在后现代文论家那里也不乏其人。罗兰·巴特(Roland Barthes,1915—1980)对媒介艺术十分关注,他从符号学与美学的角度去探秘和解码照片、绘画、音乐以及形体艺术,曾经写下了《音乐、嗓音、语言》《绘画是一种言语活动吗?》《图像修辞学》《文字与图像》等篇章。他以广告图片和摄影作品为对象,将西方修辞学理论和他的符号学理论相结合,开创了图像修辞理论研究。摄影对巴特而言具有特殊魅力,从《神话学》(*Mythologies*,1957)开始,他就曾对摄影进行过符号学解读,并在此后的《埃菲尔铁塔》(*La Tour Eiffel*,1964)、《符号帝国》(*L'Empire des signes*,1970)中有意识地选取照片作为插图,其自传《罗兰·巴特自述》(*Roland Barthes par Roland Barthes*,1975)的第一部分展示了他的家庭影集,该书尝试同时用文字媒介和图像媒介来建构表现自我的空间,并利用可视与可读之间的张力来实现自我书写的立体化。在《摄影讯息》《图像修辞学》《第三层意义》

---

① [法]程抱一:前引书,第11页。
② [法]程抱一:前引书,第16—17页。

等文章和专著《明室——摄影纵横谈》(*La Chambre claire*:*Note sur la photographie*,1980)中,巴特对摄影图像、广告图片和电影剧照都进行了研究。巴特在《明室》中以主观现象学方法来探明摄影本质,以他的观看体验和个人情感为出发点来理解摄影,并命名了摄影的两个主题:"意趣"(studium)和"刺点"(punctum)。"意趣"特指照片中与摄影师创作意图和文化内涵相关的内容,而"刺点"则指照片中能刺痛观者的细节。例如照片中一位黑人女子佩戴的项链刺痛了巴特,这令他想起了终生未嫁、生活凄凉的姑姑,因为姑姑也戴过类似的项链。"刺点"宛如普鲁斯特的玛德莱娜小蛋糕,激起了往昔的回忆。当处于丧母之痛中的巴特在温室庭院照片中看到母亲童年时的样子,他捕捉到了母亲眼中的"至善"神情,与自己的眼神极为相似,从而确信自己寻回了母亲的可靠形象和血浓于水的深厚感情,也找到了摄影的真谛:"时至今日,还没有任何图画艺术品能够让我确信一件东西从前存在过,若让我确信,必须通过别的中介;可是,通过照片,我立刻就能够确信,世界上没有什么人能让我以为那是假的",①照片成为情感的载体。

近年来,一些叙事学家的著作也涉及了语言与图像之间的辩证关系,例如结构主义文论家茨维坦·托多罗夫(Tzvetan Todorov,1939—2017)发表了大量艺术评论,他在《日常生活颂歌:论十七世纪荷兰绘画》(*Éloge du quotidien*:*essai sur la peinture hollandaise du XVIIe siècle*,1993)一书中评述了十七世纪荷兰风俗画的历史背景、阐释模式、文化内涵与伦理价值,并将绘画与文学文本进行了类比。热奈特(Gérard Genette,1930—2018)的《转喻》(*Métalepse*,2004)等论著从修辞学中借取术语和灵感,对文学、绘画、电影等

---

① [法]罗兰·巴特:《明室——摄影纵横谈》,赵克非译,文化艺术出版社2003年版,第180—181页。

领域进行旁征博引的跨界分析,使得普鲁斯特、马奈等大批作家、艺术家交相呼应,造就了文学和视觉艺术交相辉映的幻象奇观。文体学家乔治·莫里尼埃(Georges Molinié,1944—2014)的《符号文体学——艺术的效果》(*Sémiostylistique：L'effet de l'art*,1998)等著作探讨了文学与其他艺术之间的关联和互动,从语言学、文体学、接受美学等多个角度探讨了文字符码的艺术效应以及艺术化文本的美学寓意和隐喻机制。

上 篇

第一章　中世纪时期：造型艺术与文学创作的宗教色彩

中世纪是欧洲历史上的一个重要时代，一般是指公元四七六年西罗马帝国灭亡至公元一四五三年东罗马帝国灭亡的这一段历史时期，封建制度的形成、发展和解体是这一时期欧洲历史的主线。公元九世纪中叶，查理大帝建立的庞大帝国一分为三，最西面的王国就是后来法国的主要疆域，从这时期到十五世纪末，法国经历了从分封制到中央集权制的过渡。封建等级制按公、侯、伯、子、男的爵位排列，最下层是骑士，与此同时，从中世纪的农奴制度中产生了初期的市民和资产者阶层。中世纪因其复杂的历史时期形成了独具特色的文学传奇和艺术成果，人们在战乱、疾病和困苦中通过大量的文学和艺术创作表达着对生命的赞美和对美好生活的向往，其文艺作品也展现了王权特色与宗教特色，留下了珍贵的文化遗产。

早在公元前一世纪，当希腊文化和罗马文化还处于鼎盛时期时，人类的人生观与世界观就已发生了变化。某些人的心灵在世俗万物之外洞察到另一个神秘的世界，在他们的思想中，理性精神让位于神秘主义，现实的需求让位于宗教的需要。基督教最初出现于罗马帝国统治下的巴勒斯坦地区，从公元一世纪开始逐渐形成了自己的教义和礼仪，到二世纪发展为独立完善的教会组织。

随着基督教在西方的发展,古希腊艺术理想开始与基督教结合。

古罗马时代的普罗提诺(Plotinus,约205—270)并非基督徒,但他是促成古希腊艺术模仿理想过渡到神学艺术理想的先驱人物,他将柏拉图的客观唯心主义哲学与基督教神学观念、东方神秘主义等思想熔为一炉,他建立的新柏拉图主义体系有力地促进了中世纪基督教神学的塑造。他将美的根源归结到彼岸世界,并对有别于世俗艺术的"美"的追求怀有极高的期待。这使西方人极为注重文艺作品中永恒真理甚至信仰的启示。他的超验思想旨在引导人们摆脱现实世界中毁灭与悲惨的景象,转而观照一个善与美的永恒世界,这为基督教文论家的基本取向和神学思考铺平了道路。公元三一三年,罗马皇帝康士坦丁(Constantine,272—337)皈依基督教并颁布"米兰敕令"以后,基督教的传播更为普遍。公元三九二年,基督教正式成为罗马帝国的国教,新的思维方式从此获得了支配地位。

伴随着新的世界观的产生,一种新的哲学思潮开始流行。新柏拉图主义流行于公元三至五世纪的欧洲,被视为以古希腊思想来建构宗教哲学的典型,它仍归属于柏拉图主义阵营,却带有折中主义倾向,它的特点在于建构了超自然的世界图式,明确人在其中的位置,把人神关系置于道德修养的核心,具有更浓厚的神秘主义色彩。

古罗马帝国时期天主教思想家圣·奥古斯丁(Saint Augustine,354—430)借用了新柏拉图主义的思想,系统地阐释了圣经中的神学归类,为人认识上帝的绝对权威奠定了思想基础。奥古斯丁的论说影响深远,例如《忏悔录》《上帝之城》《论三位一体》等对基督教神学有极大贡献的论著,从而发展出自由意志、原罪、恩典、预选以及三位一体论等论说。奥古斯丁相信上帝(即神)创造了一切,人类的原罪与生俱来,人类的失败大致是过分的欲念和不圣洁的意念造成的,只有神能恢复罪人意志的自由。奥古斯丁的主要贡献是针对基督教进行了全面的哲学论证,他死后被天主教会封为圣人,他的去世也被西方史学界视为精神层面上的欧洲中世纪的开始,为西方世界未来神学的发展奠定了理论框架。奥古斯丁把美的源泉推向上帝,在一定程度上贬低了艺术之美,他认为艺术与万物虽美,但是上帝之美无与伦比。

与奥古斯丁不同,中世纪基督教正统神学的正宗代表托马斯·阿奎纳(Thomas Aquinas,约1225—1274)承认艺术具有引领基督教信徒向善的宗教价值。阿奎纳认为自然是上帝的艺术品,艺术品是艺术家的作品,由于万物源于上帝且相互关联,所以"艺术摹仿自然的过程实际上就是万物创生过程的体现,亦即对上帝创造万物的反映(摹仿),故而艺术能引领人们理解上帝万能",[①]此番论点为神性的弘扬带来了积极且美好的影响。

总之,中世纪前夕的基督教已经将古典艺术理想改造成了神学形态的艺术理想,强调上帝是理想美与艺术美的根源。"基督教否定希腊、罗马的泛神教,必然要否定希腊、罗马的艺术品,否定以写实手法为基础的造型法则",人们的审美观念发生了变化,"真实美不为基督教所容",所以"中世纪的艺术品很少模仿现实生活而侧重于表现一种理念,常常借助于寓意、象征和抽象的手法"。[②] 在欧洲中世纪的艺术与文学中,基督教的影响占有绝对的统治地位,从而决定了当时社会的生活方式和意识形态,这一漫长时期的文学、建筑、绘画和雕刻艺术都不可避免地具有浓厚的宗教特色。法国的中世纪文学与绘画艺术在创作背景、题材选取和表

---

① 雷礼锡:"西方传统艺术理想的基本范畴与特点",《中南民族大学学报》(人文社会科学版)2009年第5期,第152页。

② 邵大箴、奚静之:《欧洲绘画史》,上海人民美术出版社2009年版,第36—37页。

达形式方面存在着诸多的思想共鸣和美学交汇。

第一节 基督教影响下的中世纪艺术

中世纪艺术不仅是东西方文化融合的成果,而且成为基督教传播教义的有力工具,基督教题材在造型艺术中得到充分的显现。中世纪的美术分为早期基督教艺术、拜占庭艺术、罗马式艺术、哥特式艺术等几个发展时期。这些阶段的雕刻、绘画、建筑等艺术都重在表现基督教的思想观念。中世纪艺术在风格上与古希腊罗马艺术有较大的差异,往往趋向于装饰性、抒情性、象征性以及观念画的表达,本质上远离了现实生活,而且不太注重写实性的技法,也不太遵守透视、比例、质感和量感等原则,往往采取变形、抽象和超脱时空等手法。壁画艺术、镶嵌艺术、圣像画、抄本画及色彩艺术都有着巨大的发展。

初期基督教绘画的色彩比较注重物体的固有色调和自然属性,例如天空是蓝色的,草木是绿色的等,但是后来绘画领域的色彩观念逐渐偏离了自然,色调的构成不再是为了追求单纯的视觉效果,还要表达象征性的内涵。在中世纪的教堂艺术中,色彩和图案往往包含象征性的寓意,例如在有些教堂的镶嵌画中,圣徒的皮肤是蓝色的,天使的皮肤是红色的,前者的蓝色,即天空之色,意味着圣徒洁净的灵魂就存在于高远的天国之中,象征着一种形而上的虔诚境界,而红色则象征着神灵的博爱。在公元四世纪和五世纪,镶嵌画的空间色彩处理也趋向抽象化和概念化,这便使画面具有独特的色调和强烈的表现力,这种超越自然的镶嵌画曾给十九世纪末的点彩派绘画带来了极大的启示。

宗教职能决定了中世纪的绘画表现手法与形式,由于基督教艺术把宣传教义作为主要使命,所以艺术作品大都成了宗教教义的图解,往往把现实生活排斥在艺术表现的范畴之外,同时也就忽略了不符合教义的表现手法,尤其是基督教艺术的主要服务对象是众多的教徒,所以在艺术表达上必须要简明清晰,突出最能引起神圣感觉或恐怖氛围的形体。中世纪的艺术家为了实现这一目的,就要使肉体简化为最抽象、最简洁的形式,从而简化或摈弃了传统的以模仿现实为宗旨的造型法则,这一点与现代派画家手法有着惊人的相似。

东罗马帝国迁都到了拜占庭后,将其改名为君士坦丁堡,故其艺术也就有了拜占庭艺术之称,其对欧洲艺术的强烈影响贯穿四世纪到十五世纪中期,融合了古典艺术的自然主义和东方艺术的抽象装饰。到了拜占庭时期,绘画内容的主体仍然是人,但是"人"已经被"神化"了,因为画家所要表现的并非肉体,而是灵魂,肉体只是灵魂的象征。所以中世纪的艺术并不是要描绘现实世界,不再以人和自然的标准作为尺度,而是要展示造物主的美德和力量,所以它的艺术形式也就不会停留在现实和事物的表面,而是要创造出最令人触动的形象。拜占庭艺术强调对基督神性的描绘,通常不注重对人性的刻画。圣像是拜占庭艺术的重要组成部分,内容多为基督教的教义和圣母。圣像是一种小型雕像,种类有壁画、镶嵌画、象牙雕塑等,被人用来膜拜。圣像的画面布局安排巧妙,有较强的叙事性,观者通过画面人物的表情动作可以窥见人物的内心。

亨利・福西永(Henri Focillon,1881—1943)是法国二十世纪伟大的艺术史家,他的代表作《西方艺术》开创了中世纪艺术研究的新视角,他认为"建筑是推动中世纪艺术的主要力量",并将罗马式定义为一种风格,指出"大部分罗马时期的艺术并不能称为罗马式"。① 大约在十世纪晚期,正当拜占庭艺术遍布欧洲时,另

---

① 陈旭霞:"福西永与《西方艺术》",《艺术探索》2012年第4期,第37页。

一种艺术在西欧各地逐渐形成,并一直延续到十二世纪,这就是罗马式艺术,它旨在以庄严的教堂建筑风格彰显出上帝的荣光。罗马式教堂广泛使用雕塑装饰,在教堂正立面通常有一个半圆形空间来安装一块最大的浮雕构图,取材于"最后的审判"。例如,法国奥顿教堂上的这块浮雕颇具代表性,作为审判者的耶稣在构图的中央位置,左边是接受善者进入天堂的情景,右边是天使衡量罪人的善恶比重并将其赶入地狱的场面,下面一层是复活的人们。罗马式风格的艺术家为了造就出装饰性的形式,不惜使人体变形,人物的形体都被刻意夸张和变形,细小的头部、拉长的身材比例、不自然的动作和恐怖的面部表情构成了中世纪教堂艺术特有的造型画面。

相比之下,哥特式建筑上的人物雕像更加生动、自然和逼真,具有现实主义风格。哥特式艺术是十二世纪至十六世纪初期在欧洲出现的一种新型建筑艺术,法国是哥特式艺术的发展胜地,法国著名的夏特尔教堂便是标准的哥特式建筑。在教堂门侧的立柱上,雕刻有许多站立的人物形象,有的是圣经中的先知和圣徒,有的是皇帝和皇后,体现了政教合一的思想。大门侧柱上的石雕人物虽然有着中世纪那种典型的被拉长的身材和呆滞的目光,但也表现出人物的个性和动作的变化。其中以教堂南墙的《四圣徒像》最为出色,圣经中四个不同时代的圣徒形象都以圆雕形式出现,神态生动且富有个性,形体比例和服装刻画也比同时代的作品更加准确和细腻。这些安静平和、超然脱俗的雕像体现了基督教徒的崇高信念,具有很强的宗教感染力。艺术家将某些形象理想化了,这在某种意义上也是种变形,他们力图使人体具有更崇高的美。此外,法国著名的兰斯大教堂西门的《圣母往见》堪称哥特式雕塑中的极品,人物的造型远远盖过了柱身的存在,这组雕像共四尊,叙述的是圣母在"天使报喜"之后去见她的表姐以利沙伯的情景,两人的相会体现出愉悦和欣慰的眼神,洋溢着自然的幸福,凸显了艺术家重新把握生活的高超技艺和写实风格。

哥特式艺术的特点集中体现在教堂建筑上,它以尖形拱门代替了罗马式的半圆形拱门,门前饰有许多形象生动的浮雕和石刻,墙壁较薄、窗户较大、饰有彩色玻璃的图案,光线比较充足,外部有许多高耸的尖塔,给人造成一种向上升华、天国神秘的幻觉。高耸的尖塔把人的目光引向虚无缥缈的天空,使人忘却今生,幻想来世。法国的巴黎圣母院教堂就是著名的哥特式建筑,十九世纪浪漫主义大师雨果(Victor Hugo,1802—1885)在其小说《巴黎圣母院》(Notre-Dame de Paris,1831)中对中世纪古建筑进行了大量描写,尤其是巴黎圣母院大教堂:

> 毫无疑问,巴黎圣母院至今仍然是雄伟壮丽的建筑。
>
> 圣母院的正面,建筑史上少有的灿烂篇章。正面那三道尖顶拱门,那镂刻着二十八座列王雕像神龛的锯齿状束带层,那正中巨大的花瓣格子窗户,两侧有两扇犹如助祭和副助祭站在祭师两旁的侧窗,那用秀丽小圆柱支撑着厚重平台的又高又削的梅花拱廊,还有两座巍巍、黝黝的钟楼,石板的前檐,上下共六大层,都是那雄伟壮丽整体中的和谐部分,所有这一切,连同强有力依附于这肃穆庄严整体的那无数浮雕、雕塑、镂錾细部,都相继而又同时地,成群而又有条不紊地展现在眼前。可以说,它是一曲用石头谱写成的波澜壮阔的交响乐……
>
> 每块石头上都可以看到在天才艺术家熏陶下,那些训练有素的工匠迸发出来的百般奇思妙想……①

---

① 丁宁:《西方美术史十五讲》,北京大学出版社2003年版,第102—103页。

雨果眼中的巴黎圣母院是人类的伟大创造，也仿佛是神的创造，宗教的威严蕴含在这逻辑严密、巧夺天工的建筑艺术之中。哥特式建筑被认为是中世纪基督教艺术的最高成就。如果说罗马式建筑主要是以修道院的大教堂为代表，那么哥特式建筑则以都市市民的中心大教堂为代表，进一步加强了教堂的社会意义。哥特式教堂内部的空间更加宽敞和明亮，内外装饰更加华丽。尖顶拱形以恢宏上升的形式抓住人们的视线，高耸入云的塔尖宛如合十祈祷的双手，把人们对上帝的崇拜引向天穹。高耸垂直空间与纵向深度空间突出了上帝的威严与人的渺小，彩绘玻璃窗的绚丽色彩和室内灯光的闪烁交错，映照着玲珑剔透的雕像、雕花，使人感到神权的至高无上。哥特式教堂的精致典雅也使得绘画深受其影响，这一时期的绘画艺术在用色和线条的描绘上更富有生活气息和想象力，给人以自由感、唯美感。一直到十三世纪以后，雕刻与建筑才开始分道扬镳，较大的、独立的雕像才得以产生。

第二节　中世纪文学与基督教文化

随着经济的发展和文化交流的需要，公元四世纪末，法国人的祖先高卢人开始使用通俗的拉丁语。在墨洛温王朝时期，这种拉丁语已演化成罗曼语（即古法语，有两种方言：北方使用奥依语，南方使用奥克语）。八一三年的图尔主教会议要求教士们使用通俗的罗曼语来进行传教，这标志着罗曼语已成为一门日常语言。八四二年，秃头查理和日耳曼人路易结盟，发表了《斯特拉斯堡誓言》(*Les Serments de Strasbourg*)，这个法语文本成为法语最古老的文献。后来法兰克岛的方言逐步取代了各地方言，经过十四世纪至十六世纪的演变，至十七世纪发展为现代法语。十一世纪以前，连古法语文献也很少见，十一世纪武功歌和英雄史诗的出现标志着法语文学真正开始。巴黎圣母院从一一六三年开始兴建，十三世纪开始出现大学，约在一二〇〇年，卡佩王朝国王腓力二世（奥古斯都）(Philippe II Auguste,1165—1223)在巴黎中心城岛西端建立一座方形城堡，这座城堡后来成为卢浮宫的前身，同年，他正式批准巴黎大学的成立，从那时开始，许多学校被建立起来。一二〇四年，腓力二世颁布法令将国名由"法兰克"改成"法兰西"，因此他由"法兰克国王"(roi des Francs)改称为"法兰西国王"(roi de France)。

法国的中世纪文学包括史诗文学、骑士文学和市民文学，最早以吟唱的方式向民众传播。它们与民间文学有千丝万缕的联系，是在民间叙事诗和抒情诗的基础上发展起来的。中世纪文学的基本形式是诗，除了纪事散文和小说以外，戏剧、传奇、小故事等都用诗句写成，多半是十音节诗和八音节诗，行吟诗人是诗歌的传播者或创作者。到了十三世纪，随着散文的出现和印刷术的发明，出现了大量用散文写作的骑士小说。人们将武功歌和故事诗的题材大量改写成散文，再重新抄写加工成手稿，配以精美的插图，或由书店重新出版，因此骑士故事诗逐渐被骑士小说所取代。

武功歌和英雄史诗是主要用来歌颂帝王和忠臣的史诗文学，最有名的《罗兰之歌》(*La Chanson de Roland*)热情赞颂了为抵抗外族侵略战死疆场的英雄人物罗兰，颇具悲壮情怀。罗兰的传奇在行吟诗人口中吟唱了一百多年，在十一世纪末、十二世纪初出现了最初的史诗手抄本。随着封建制度的形成，人们产生了统一国家的愿望，封建诸侯除了征战西班牙，还进行多次十字军东征，从而鼓励了尚武精神。英雄史诗宣扬了王权至上和向往统一的法兰西，大量描写了基督徒以弱胜强、打败异教徒的英勇感人事迹。这种强烈的民族情怀、政治觉悟和宗教色彩必然受到王权和教会的大力支持，因而英雄史诗的流行颇具群众基础和社会基础。在一二百年内,它从北方蔓延到南方并达到鼎盛局面。

　　繁荣于十二世纪、十三世纪的骑士文学也受到基督教的巨大影响。骑士隶属于封建制度,当时封建社会混乱不堪,骑士们不得不到处出卖服务为生,于是教会通过驯服骑士进行社会干预,宗教元素也因此出现在骑士的道德准则中。骑士必须为了最神圣的事业用骁勇的武力保卫教会、妇女和孤儿,阻止坏人作乱的危害,而且不伤害弱势群体。十一世纪下半叶,骑士文学(la littérature courtoise)开始兴起,"骑士文学与英雄史诗截然相反,宣扬的已不是尚武精神,而是情爱",①骑士的精神生活逐渐成为文学的描绘对象。骑士文学包括骑士抒情诗和骑士叙事诗(骑士小说),骑士抒情诗出现于十一世纪下半叶的法国南部,随后传播到北方,中心内容是讴歌骑士对贵妇人的典雅爱情,如纺织歌是为刺绣或纺织的妇女歌唱的,破晓歌则写男女幽会、天将破晓,女方提醒男方离别的时刻到来。骑士和女人间的情爱不仅因为欲望,更源于内心的精神需要,这种需要与他们在宗教生活中对圣母玛利亚的崇敬与热爱有紧密的联系。玛利亚的形象与诸多中世纪抒情诗描绘的理想女性具有相同的品德和美丽。骑士正是为了她们才去经历艰难险阻,所以他们带着同样的崇敬对待自己的心上人。信仰上帝、爱戴上帝、尊敬上帝成为骑士追求完美的道路,也是以教会为根基的社会的真实写照,所以骑士成为"神化"了的人,爱、信、从成为他们的道德准则。

　　十二世纪下半叶,在法国北方兴起了骑士叙事诗。骑士叙事诗的代表诗人是克雷蒂安·德·特鲁瓦(Chrétien de Troyes,约1135—1190)。例如他的代表作《佩瑟瓦尔或圣杯故事》(*Perceval ou le conte du Graal*,1181—1190),《圣杯故事》讲述佩瑟瓦尔偶遇

---

① 郑克鲁:《法国文学史》(上卷),上海外语教育出版社2003年版,第5页。

一队骑士之后无比欢喜,决心成为他们那样的人。母亲让他跟骑士们到亚瑟王的宫廷里去。佩瑟瓦尔来到亚瑟王宫廷时,正好有个穿红衣的骑士前来挑战,却被佩瑟瓦尔一枪刺死。接着佩瑟瓦尔来到了一个美人的城堡和她共度良宵,并打败了为追求她而包围城堡的克拉马德斯。随后有个渔夫给他指路,他来到了另一座城堡,发现城堡的国王就是那个渔夫。佩瑟瓦尔接受了渔王赠予的一把剑,还看到一个光芒四射的圣杯,好奇的他未敢就此询问。翌日,城堡消失了。在附近的森林,佩瑟瓦尔得知母亲去世的消息,重新出发去寻找圣杯,五年后最终来到圣杯的城堡,他遇到了身为隐士的舅舅,舅舅向他指明了圣杯的含义,是给渔王的父亲进餐用的,并责备他忘却了母亲,儿子走后不再记挂母亲,她因思念儿子而死去。佩瑟瓦尔最终在圣杯的城堡里向隐士做了忏悔,皈依了基督教。在此期间,骑士高文也去寻找圣杯,却一次次陷入险境。"这部小说描写的就是骑士被基督教化的过程",作者把小说题献给菲力普伯爵,"表现了两种骑士制度的对立:一种是菲力普伯爵代表的基督教的骑士制度,另一种是由亚历山大大帝代表的不讲慈悲的骑士制度"。[①] 小说里的佩瑟瓦尔和高文分别代表这两种制度,而高文的失败预示着佩瑟瓦尔的胜利,可是克雷蒂安还没有写完小说就去世了,之后出现了许多《圣杯故事》的续集,这部小说成为后来与圣杯有关的一切文学作品的起源,表达了人们寻找天主的努力。

由吉约姆·德·洛里斯(Guillaume de Lorris,13世纪)和让·德·墨恩(Jean de Meung,约1240—1305)联合创作的长篇叙事诗《玫瑰传奇》(*Le Roman de la Rose*)是梦幻式的爱情寓言,"玫瑰"代表少女,叙述"情人"追求"玫瑰"而不得的故事,这部传奇采用

[①] 吴岳添:《法国小说发展史》,浙江大学出版社2006年版,第14页。

寓意和隐喻手法，人物除诗人本人外都以概念为名，如爱情、美丽、理智、吝啬、嫉妒等。前半部主要写诗人梦游花园，爱上一朵玫瑰。爱情、欢迎、直爽等支持他的行为，危险、嫉妒、谣言则多方阻拦和破坏，玫瑰受到监视，诗人则朝夕思念。在后半部，爱情发动文雅、慷慨、直爽、怜悯、大胆等一起大力帮助诗人，克服种种障碍，终于使诗人得到了玫瑰。这部传奇反映了骑士的爱情观点和普通人的感情理念，旨在批判宗教的禁欲主义和蒙昧主义，谴责十三世纪教皇用来压制异端、蛊惑民心的游乞僧团，主张要以理智和自然的原则对待爱情和生活，这种独特的批判寓意在中古时期产生了广泛的社会影响。

如果说骑士文学主要歌颂了骑士忠君爱国的理想和宗教信仰般的爱情，那么市民文学则体现了法兰西民族诙谐幽默、勇于挑战宗教权威的性格。法国的中世纪市民文学又可分为市民戏剧、市民抒情诗、故事诗等不同的体裁，主要反映普通市民阶级的现实生活，既嘲笑教士和贵族的愚蠢，也幽默地讽刺自身的缺点和弱点，从而形成了一种喜剧式的风格。故事诗常以教士为嘲讽对象，暴露教士的贪婪、狡诈、勾引妇女等恶行劣迹，描写劳动人民的机智、美德和反抗精神，例如十三世纪作家吕特博夫（Rutebeuf，约1245—1285）所写的《驴的遗嘱》《修士德尼丝》《教士的母牛布吕南》等。中世纪的教士披着宗教外衣，过着奢侈腐化的生活，其败德污行引起人民的强烈不满。

《列那狐传奇》是十二世纪至十四世纪民间许多人根据伊索寓言、东方寓言和民间动物故事创作的寓言故事诗。它以列那狐巧斗伊桑格兰狼的情节为主线，描写了它在狮王、狗熊和狼之间巧妙周旋，千方百计打击别人和保全自己的故事。列那狐利用自己的智慧和狡猾，使有勇无谋的伊桑格兰狼被冰冻在河面上，被开水烫得焦头烂额，有时连威武的狮王都会上当、受到戏弄和惩罚。各种动物代表着当时法国社会的各个阶层,揭露了封建统治阶级的专横和弱肉强食的社会现实。列那狐代表着市民阶层即新兴资产者的利益,它一方面应付狮子、熊、狼等封建权贵,另一方面又欺负乌鸦、麻雀等小民百姓。列那狐故事诗以富于讽刺性和喜剧性的笔法,通过动物王国里的冲突隐喻了中世纪法国错综复杂的社会矛盾,表现了市民阶级与封建贵族、教会等统治势力的斗争。

从历史的角度来看,基督教促进了法国中世纪文学形式的丰富和发展。宗教信仰以及宗教仪式是中世纪戏剧萌生和发展的根源。市民戏剧包括宗教剧(Le Théâtre religieux)和滑稽剧(Le Théâtre comique),而宗教剧又包括奇迹剧和神秘剧。宗教戏剧最初产生于基督教礼拜仪式过程中,从十世纪至十二世纪中叶,教士用拉丁文写作的礼拜仪式剧在教堂演出。十三世纪兴起的奇迹剧将日常生活和小人物搬上舞台,剧中犯罪、通奸或者乱伦的人会受到法庭的谴责,也有圣母前来救赎。例如诗人吕特博夫的剧本《泰奥菲尔的奇迹》(Le Miracle de Théophile,约1260)描写见习生泰奥菲尔向魔鬼出卖自己、做尽坏事,后来圣母挽救了他。十五世纪的神秘剧大多以耶稣受难为主题,例如《受难神秘剧》(Le Mystère de la Passion)主要讲述耶稣的生活、审判、死亡和复活。同时舞台还有魔鬼扮演小丑的角色来制造轻松诙谐的效果。

综上所述,形式多样的中世纪文学充满了宗教元素。武功歌、小说、抒情诗、世俗诗、滑稽剧等文学形态及其社会功用都脱胎于宗教文化。尽管世俗文学逐渐兴起,宗教素材仍然是当时文学创作的主要源泉,很多文人选择记述圣人的生活或福音传教,其中包括神父的经文、圣徒传记、圣母玛利亚系列故事。意大利编年史学家雅克·德·沃拉金(Jacques de Voragine,1228—1298)创作了一部关于中世纪基督教圣人和殉道者的列传《黄金传奇》(La Légende dorée,约1261—1266)。最早的作家无一不从宗教中汲取灵感，几乎所有中世纪的文学作品类型和内容都或多或少带有宗教色彩，或是宗教赋予人物忠君爱国的理想，例如骑士文学和武功歌；或是批判宗教戒律和教会黑暗，例如市民文学；或主题情节与宗教有关，例如奇迹剧和神秘剧。从辩证法的角度来看，一方面，有些作品以宗教体系麻醉了大众的思想，另一方面，基督教宣扬的仁慈博爱的精神和对堕落罪恶的谴责也净化了社会的道德。

第三节　圣经文学、宗教图像与图文交流

中世纪的法国文学深深地打上了基督教的烙印，造型艺术也是如此，文学与绘画汲取着同样的宗教灵感，对话频繁，彩绘玻璃和宗教画上有着大量的手写批注，同样图像也在宗教著作中占据了重要地位，如插图版《圣经》和祷告书。在中世纪，基督教成了欧洲封建统治的有力支柱和人们精神生活的寄托后，必然决定了中世纪文化艺术发展的方向、内容与形式。基督教美术的主要职能首先是为了达到宣传教义和教育信徒的目的，其次是为了营造装饰美的艺术效果，以此来缔造宗教强大和繁荣的景象，从而吸引更多的信徒。

在那段狂热的宗教时期，基督教需要将《圣经》中的内容传达给百姓，然而那时的大众很少有人识字，只有少部分群体能读懂文字，那么唯有通过图像的方式才能让人们理解圣书的内容。对于目不识丁的文盲群众，教会机构凭借图像来解释教义和圣事非常合适，因而图像艺术成了教皇宣传《圣经》信息的有力手段。从认知的角度来看，人们对图像的体验具有语言所不能替代的特点，艺术审美感受所带来的震撼力也是语言不能代替的，与宗教有关的彩绘读本和插图艺术弥补了人们语言和文化认知的不足。因而图像以其独特的吸引力和直观性，承担着诠释新约与旧约最重要章

节的任务。正是在此基础上,西方文化史中文学与绘画的对话开始频繁起来。

图画在宗教仪式中占据着首要地位,教堂里装饰着具有教化意义、直接取材于圣经史的图画。图像和文本一样传递着信息,将可读的东西转换为可视的东西。神父等宗教权威人士都意识到图画呈现所带来的巨大收益,即激发信徒的热情和传播信仰。教堂的彩绘玻璃窗将圣书文本里的重要片段和人物转换为视觉图像,因而形成了一部"文盲的圣经",加之雕像、祭台、多折画屏和教堂墙上悬挂的画作,圣人的生活和宗教史的历程被悉数呈现。

中世纪绘画的大部分题材直接来源于《圣经》,画家从宗教文学中选出意义非常的场景进行展现,画作有时会附带一些文字标注,辅助解释图画与宗教故事之间的关联。被转化为图像的《圣经》片段颇为众多,比如:圣母往见、天神报喜、耶稣诞生、耶稣受难、耶稣复活、以马忤斯的朝圣者、圣母升天、最后的审判等。在当时禁欲主义的前提下,只有基督在绘画中有裸体的特权,因为画家需要反映基督受难的真实场景和忍辱负重的牺牲精神,但是对于凡人的裸体表现被排除在外。圣人们的生活往往通过多折画屏的形式讲述出来,或浓缩在某些象征性的画面中,比如古罗马天主教圣徒塞巴斯蒂安被箭射穿时,带着恍惚出神的表情,这一神态自文艺复兴后大受追捧,画家们效仿其平和淡然、富有肉感的面孔特征来描绘圣人的脸庞。

基督教为图文交流提供了最重要的意识载体,被图像化的宗教文本具有了形式的美感,兼具了教化作用与艺术欣赏功能。在十二世纪时,艺术的主要中心在修道院,于是人们对大开本《圣经》和神学书籍进行大量的装饰。在十三世纪,艺术创造越来越转移到世俗人的手中,而越来越多的新兴贵族渴望占有和使用书籍,书籍的需求量也越来越大,新款书籍就流行起来,这些书有许多是供私人使用的小卷本,手抄本插图成了奢华的时尚品,其中经常出现的书籍包括圣经诗篇、祈祷书、动物寓言书、圣徒生平传记等。十三世纪的欧洲还流行一种说教本《圣经》的手抄本。以前的《圣经》全文只配有少量插图,相比之下,说教本《圣经》的策划者挑出更多的段落来辅以插图和评论。

在中世纪,印刷术还没有传入欧洲,复制书籍只能依靠手抄,因此书籍的生产是缓慢的过程,难以广泛地普及。十三世纪之前,书籍主要是在各个修道院之间流通。能够直接接触和阅读手抄书籍的多是修道院中的神职人员。手抄本是他们每天进行祈祷、崇拜的指引,也是他们学习研究宗教和哲学的典籍。对于神职人员和僧侣来说,阅读功能和崇拜功能是手抄书籍的主要功能。而黎民百姓无法亲自阅读这些珍贵的书籍,只能在教堂礼拜时远远看着神职人员手捧瑰丽的经文进行布道。因此这些手抄书籍对百姓而言更多的是一种宗教的象征。教堂的传教事业和礼拜仪式都需要书籍,皇帝们还用镶嵌着金银珠宝的精美福音书作为礼品馈赠给修道院和教堂,或奖赏给功臣,中世纪的贵族和修道院的教徒们将拥有精美贵重的圣书抄本视为光荣和尊严的象征,对于基督教徒来说,手抄本如同圣骨、圣器和祭服一样重要。

古希腊罗马的艺术传统通过拜占庭延续下来,在很大程度上要归功于绘图抄本这一传播媒介,尽管它不是唯一的媒介。教堂建筑中的纪念性壁画,堪称广大百姓的"图画圣经"和公共艺术。由于教会的控制,壁画的题材有限,而抄本绘画是以宗教人物、权贵阶层、普通民众和艺术鉴赏家为服务对象的一种私人性艺术,其表现内容从宗教到世俗,十分广泛,公共艺术不允许的题材可根据委托人的要求在抄本绘画中得到表现。插图本之所以流行乃是由于中世纪人们内在的精神需要,绘画叙事与语言叙事的融合能满足各个阶层审美的需要。正如古希腊哲学家亚里士多德在《形而上学》中所指出的:"求知是所有人的本性。对感觉的喜爱就是证明。人们甚至离开实用而喜爱感觉本身,喜爱视觉尤胜于其他","和其他相比,我们也更愿意观看。这是由于,在一切感觉中它最能使我们认知事物,并揭示各种各样的区别"。① 可见视觉形式对人获取各种信息的重要性。

  手抄本《圣经》流传欧洲各地,中世纪的抄本绘画不同于现代书籍上的插图,主要组成如下:一、"细密画"(miniature)大量兴起,用于《圣经》封面、扉页、篇首大写字母和书中的插图,达到了"图文并茂"的效果,细密画的内容有福音书、宗教故事、著者肖像、世俗场景等。二、首字母(initiale)是抄本的主要装饰手段,可以置于一段正文或整页之前,用各种植物或动物、写实或抽象的母题与纹样对文字进行装饰。三、装饰边框,有时由首字母延伸而成,有时用带状的细密画构成,或单纯用动植物的装饰图样构成。四、装饰页和插图,整页布满装饰图案,主要以宗教故事为主,部分插图运用了金色与银色,使圣经故事中的人物有被神化的效果,手抄书籍的色彩非常鲜艳。

  宗教书籍的装帧非常讲究和豪华,常在金属或象牙封皮上嵌以珠宝和黄金,主要是通过装饰更好地传达神的书面启示,其次也具有非常实用的功能,细密画能使经文更加形象化、生动化,首字母的显眼信息可使读者很快找到需要的章节。从公元 6 世纪到印刷术传入以前,修道院的僧侣是造书业的中流砥柱。中世纪欧洲的修道院都有誊抄室,僧侣们用鹅毛笔、铅笔等工具抄写和修饰书籍。最古老的技术是用木板作为封皮,装订后配上环扣、角铁以保护封皮,后来出现了用皮革、宝石、象牙、金银来装饰的豪华书籍。

---

① [古希腊]亚里士多德:《形而上学》,苗力田译,中国人民大学出版社 2003 年版,第 1 页。

书页是经过鞣制的犊皮,可保存几百年。中世纪手抄本的装饰元素从罗马时代简单的花草式、几何式跃升到复杂的螺旋和蜗纹,炫目的金黄色被大量运用,经过华丽装饰的福音书有"神谕"的感觉。抄写工整的文本四周常饰以彩色的装饰性起首字母和框饰、尾饰,还有整页的插图。这些装饰性的字母、框饰和插图还常采用贴金箔或银箔的方法来制作,使书页闪闪发光。因此,彩绘手抄本在英文中被称作"闪耀的抄本"。在政局黑暗、瘟疫流行、生活艰苦的中世纪,鲜艳夺目的手抄书籍犹如在黑暗中的一盏明灯,给人以希望。中世纪晚期的书籍制作和交易是国际性的,抄本的抄写、插图和销售常常在不同的地方进行。画家的旅行和抄本的销售促进了哥特式风格的广泛传播。早在十三世纪,抄本绘画就将法国的哥特式风格传向德国、西班牙、意大利与英国。

例如,一部名为"托莱多《圣经》"的说教本就是一部非常豪华的插图书,其装潢和配图的富丽多彩与其第一位持有者的社会地位非常匹配,这位主人就是卡斯提尔王国(Kingdom of Castile)的布兰茜王后。书中的插图取自《新约全书》的"启示录",画的是圣约翰心中的"天城耶路撒冷"。该手抄本插画大约作于公元一二二六年至一二三四年,现收藏于纽约皮尔庞特·摩根图书馆。它的版面分为两栏,每栏四个单元,每一个圆框左面都有文字,框里的图画是对框外文字的图示。每一个圆形图框和旁边的文字构成一个单元,对称排列,彼此关联。例如在插页右边一栏最上面的两组图文就相互阐释,最上面右角的那段拉丁语铭文写道:"它(墙)是碧玉造的,城本身是精金的,如同明净的玻璃。城墙的根基是用各样宝石修饰的",① 而旁边的小插图上画着一个天使,他向圣约

---

① [英]安妮-谢弗·克兰德尔:《剑桥艺术史:中世纪艺术》,钱乘旦译,译林出版社 2009 年版,第 82 页。

翰指示着角楼和城墙围起来的耶路撒冷天城,城墙涂成了碧玉般的绿色。紧接着下面那个圆框里有一位主教正对着几个修士讲话,这几个人的右边是摩西,他手里握着写有"十诫"的书板。这幅画旁边的铭文对该画面进行了诠释:一、"碧玉的墙"和"精金的城"象征着人的信仰应该坚定、人品应该高尚,如同碧玉和金子般珍贵。二、"宝石修饰的墙基"则意味着先知和教长们怀有世间的美德。这部《圣经》手抄本中的插图与十三世纪的彩绘玻璃窗有异曲同工之妙,例如法国夏特尔大教堂西墙耶西树玻璃窗上的图案也是分成平行的两栏,每栏也都由圆形小画组成。

中世纪书籍的版面正文中心编排得比较紧凑,四周留有边白,可用作绘制装饰或标注注释。文字内容以分栏的方式排版,这种做法逐渐流行起来并沿用至今。部分书籍中的重点句子或段落用红色或蓝色标出,更加方便阅读,有时版心的方框被放大的装饰性首字母及藤蔓状的框饰打破,版面更加生动。除了常规的矩形版心编排,中世纪书籍还有倒三角、倒纺锤形的版心编排等,这些形式都一直沿用到印刷时代。在公元十一世纪的一部《希波克拉底誓词》中,出现了十字架形的文字编排,加强了肃穆庄严的视觉效果。中世纪的书籍装帧被后世的西方书籍传承下来,即使在印刷时代,装饰性首字母依然作为书籍装帧的一个重要元素而受到重视,许多艺术家都曾设计过典雅华丽的起首字母。

中世纪的插图艺术具有多重内涵,其主题包括信仰、欲望和爱,其中以信仰为主。但除了大量宣扬宗教信仰之外,仍有许多表现世俗幸福生活和美好爱情理想的内容,延续了"爱"这一人类最基本的情感主题。著名的爱情叙事诗《玫瑰传奇》在中世纪的法国被广为传播,与该书精彩的插图有密切关系。书中的插图将优雅感人的爱情故事与强烈的感官色彩巧妙地结合在一起,极大地满足了那个时代的人们表达情感的需求。在这个关于情爱和性爱学说的经典宝库中,性爱颇具仪式感和传奇感,其插图大量运用隐喻和象征性的手法,将人的欲望和深奥的启示融合在一起,缔造了一种颇具诱惑力的神秘气氛。

中世纪虽然被称为"黑暗的时代",但中世纪艺术无论从数量与质量上都不逊色于任何时代,在欧洲,几乎没有一个时期会像中世纪那样赋予书籍装帧如此明显的精神意图与时代特征,图像与框架语义都指向宗教崇拜。这正是内容与形式、文字功能与视觉效果的高度统一。但中世纪书籍装帧中图文并茂的设计元素却并没有随这段历史的终结而告终,而是在其后的几百年中得到了传承和发展。例如中世纪手抄本中以植物藤蔓形式出现的框饰一般用于强调某一部分的正文内容,这种形式启发了西方传统装饰中的"葡萄须",类似的图形便是由中世纪书本框饰的藤蔓图样发展而来,尤其是晚期哥特式抄本中的涡卷饰、螺线饰装饰图样对文艺复兴以及之后的巴洛克、洛可可装饰艺术产生了深刻影响,足以证明中世纪艺术经久不衰的生命力和图文交流的巨大活力。

第四节　中世纪文艺的审美意义

中世纪艺术家的主要任务就是通过各种视觉形式来叙述宗教的故事,将教义变得形象化起来。有些人对中世纪艺术屈从于宗教目的而倍感惋惜。比如意大利画家兼作家阿尔贝多·萨维尼奥(Alberto Savinio,1891—1952)曾经在《威尼托之行》(*Voyage en Vénétie*)中叹息中世纪的画家只能通过展现宗教文学来完成创作。[①] 然而这一说法忽略了一个基本事实:多亏了教

---

①　Daniel Bergez, *Littérature et peinture*, Paris: Armand Colin, 2004, p.10.

堂的需求,大量艺术家才得以涌现并建构了艺术的历史。即便在文艺复兴后的几个世纪里,这样的情形依然存在:在私人买卖稀少的情况下,只有王室的赞助和教堂的订购才能保障艺术家们的生存。

中世纪艺术的地位和意义并不符合现代美学的标准。这些作品并没有追求创作的原创性,艺术家首先被认为是画匠或绘图者。然而绘画中的图像并非简单的插图,事实上它也是基督教圣书启示和预言价值的形象化表达。中世纪艺术透过各种造型形式缔造了丰富的伦理道德意义。可以说,宗教精神是艺术的内在动机,艺术依靠宗教得到了辉煌发展,因而艺术与宗教能够取得有机的统一,之后的画家又从宗教画中衍生出历史画、风俗画、风景画、肖像画等多个画种。

从总体上来看,虽然基督教符合了中世纪时期各个统治阶级巩固中央集权统治的需要,他们利用艺术来宣传宗教和麻痹人民思想,虽然中世纪的文学和造型艺术受到宗教的强势影响,各自的发展都受到了基督教的限制,但是,宗教也为文学和艺术创作提供了大量珍贵的素材和意象,而且宗教在一定程度上提高和丰富了文学和艺术的表现技巧。

中世纪的基督教艺术曾作为统治阶级的政治工具,带给人们思想禁锢和宗教束缚的恐惧,但我们也从中看到了宗教理性中真善美的存在,因此我们不应过分苛责中世纪基督教的作用。正如十八世纪德国启蒙时代的启蒙思想家席勒(Friedrich Schiller,1759—1805)在《审美教育书简》(1795)中所指出的:"艺术是自由的女儿","人们在经验中要解决的政治问题必须假道美学问题,因为正是通过美,人们才可以走向自由"。[①] 席勒正式把审美教育

---

① [德]席勒:《审美教育书简》,冯至、范大灿译,上海人民出版社2003年版,第19,21页。

作为独立的理论问题加以研究,他认为要使感性的人成为理性的人,除了首先使他成为审美的人以外,没有其他途径。带有宗教色彩的文学或者造型艺术作为一种道德手段,也是审美教育的重要内容,对社会上的不良风气和道德败坏有制约作用。宗教在审美教育方面能够更好地促进人的理性意识的完善,它的精神结构和神性准则能够促使人类反省自身、弃恶扬善,使社会心理和民族风尚保持在一个较高的水准之上,宗教中的真善美意识可作为审美教育的理性启示在社会教育中发挥其作用。

雨果说过:"中世纪的精神历史是写在大教堂的石头上的。"① 在漫长的充满愚昧和黑暗的中世纪,绘画艺术展现的宗教和对天国的向往给予当时人们精神的寄托,使人感受到其描绘的理想世界是对人们伤痛的抚慰,给人们心灵带来和平与宁静。纵观法国文学史,《圣经》不仅为一代代作家和诗人提供了大量的题材内容和人物原型,而且基督精神的丰富文化内涵也蕴藏在文学作品之中,在一定程度上起到了匡正人性、净化道德的积极作用。不可否认,文学在接受宗教洗礼的同时,也表现出对宗教制度的反叛和改写,在中世纪文学史上,不乏一些具有反宗教倾向和反教会专制腐败的文学作品。但是在特定的历史阶段和文明有限的文化背景下,宗教、文学和造型艺术都成为满足人性深层需要的重要手段,能起到宣泄思想、疏导人心的社会作用。

宗教的理性丰富了审美教育和人格教育的内容,自古以来,人性与神性的冲突和统一,启发着无数文学家和艺术家们建构出拯救和逍遥的人生模式,并且开拓出一个广阔的艺术天地,以对抗充满矛盾的现实世界,极大地吻合了人类超越世俗的需要和对真善美的诉求。综上所述,中世纪的造型艺术与文学作品汲取着同样

---

① 丁宁:《西方美术史十五讲》,北京大学出版社 2003 年版,第 81 页。

的来自基督教文化的灵感源泉,文字与图像保持了一种互相对话、互相阐释的交流关系,为以后几百年绘画和文学的发展奠定了基础和格局。灿烂辉煌的中世纪文化对人类文明的发展产生了深远的影响。

第二章　文艺复兴时期：人文主义思潮中的绘画与文学

欧洲的中世纪尽管产生了丰富的文学作品，但由于自然科学落后，教会思想占据着统治地位，所以人们的意识还处于相对蒙昧的状态，往往处于对天堂的希冀和对地狱的恐惧之中。十一世纪后，随着经济的复苏与发展、城市的兴起与大众生活水平的提高，人们开始追求世俗人生的乐趣，然而这些倾向违背了天主教的主张。十四世纪，在城市经济繁荣的意大利，最先出现了人们对天主教文化的反抗。意大利是资本主义萌芽最早兴起的国家，当时的意大利人民一方面极度厌恶天主教的神权统治和虚伪的禁欲主义，另一方面他们转向古代的精神财富，借助于复兴古希腊罗马的文化形式来表达自己的思想主张和精神诉求，这就是历史上的"文艺复兴"运动。意大利成为欧洲文艺复兴的发源地，之后再加上宗教改革、日心学说、美洲的发现、印刷术的发明，最终爆发一场全欧洲范围的文艺复兴运动，由意大利各城市扩展到西欧各国，于十六世纪达到巅峰，带来一段文学、艺术与科学的革命时期，揭开了欧洲近代史的序幕，被认为是中古时代和近代的分界。

文艺复兴运动和人文主义思潮是新兴资产阶级打着恢复古希腊罗马文化的旗号，在思想文化领域进行的一场大规模反封建、反教会的运动。人文主义者用"人权"对抗"神权"，对宗教神学进行了大胆改革。宗教改革始于德国人马丁·路德（Martin Luther，1483—1546）的新教改革，后来法国人约翰·加尔文（John Calvin，1509—1564）在日内瓦创立更彻底的加尔文新教，欧洲各国都发起了反对罗马天主教教皇极端统治的运动。其实，这些宗教改革的实质就是新兴资产阶级迫切需要政治上的权利，利用民众对天主教的不满进行一次彻底的人性解放。文艺复兴运动以人为中心，以人本位思想代替神本论思想，发扬个人的自由批判精神，促进了私有财产的保护和资本主义社会的萌芽，使欧洲历史进入现代社会的新纪元时代。

欧洲的文艺复兴并非简单地在文学和艺术上模仿古人，而是在继承古代文化遗产精华的基础上，打破中世纪的宗教思想枷锁，创造出反映新兴资产阶级愿望的文化和艺术。人文主义者认为人是社会的主体，而不应只强调神的存在，因此十六世纪的很多欧洲画家开始着重描绘有关普通人世俗生活的题材，而且人们对画家的个人生活愈来愈感兴趣。意大利画家、西方艺术史家乔治·瓦萨里（Giorgio Vasari，1511—1574）针对这一主题在一五五〇年至一五六八年间撰写了《最优秀画家、雕刻家和建筑师的生活》（Les Vies des meilleurs peintres, sculpteurs et architectes）一书。而且画家们开始将写实主义融入宗教主题，以生活中的人物原型来表现神的形象。这时期的意大利画家乔托（Giotto，1267—1337）、达·芬奇、米开朗基罗（Michelangelo，1475—1564）、拉斐尔（Raphaello，1483—1520）、提香（Titian，1488—1576）、乔尔乔涅（Giorgione，1477—1510）、波提切利（Botticelli，1445—1510）、丁托列托（Tintoretto，1518—1594）、委罗内塞（Veronese，1528—1588）、卡拉瓦乔（Caravaggio，1571—1610）等人的艺术作品强调现实生活的意义，反对禁欲主义，表达了对人的尊严价值、世俗生活、欲望情感和创造力的热情歌颂。这些画家的艺术革新被传播到法国、德国、英国等其他欧洲国家,有力促进了欧洲艺术的人文主义进程。

从文学上来说,文艺复兴就是高举古希腊罗马文化的旗帜,开创人性复归、个性解放和资产阶级人文主义文学的新时代。这场运动的文学先驱人物当属意大利文学三杰但丁(Dante,1265—1321)、彼特拉克(Petrarca,1304—1374)、薄伽丘(Boccaccio,1313—1375),他们是欧洲文艺复兴的开拓者和奠基者。但丁的长诗《神曲》通过作者与地狱、炼狱及天堂中各种人物的对话,批判了中世纪的蒙昧主义和种种恶行,歌颂了灵魂的美好、真理的可贵与理想的引导。诗人彼特拉克呼吁人们要热爱尘世生活,他的《歌集》中的爱情诗冲破了中世纪禁欲主义的藩篱,歌颂了大自然的美妙和爱情的美好。作家薄伽丘的写实主义小说集《十日谈》以一三四八年佛罗伦萨瘟疫为背景,讲述七位女性和三位男性到佛罗伦萨郊外山上的别墅躲避瘟疫,这十位男女每人每天都要讲一个故事来度日,这些故事来源于历史事件、古罗马时期的《金驴记》、法国中世纪寓言、东方民间故事,以及宫廷传闻、街谈巷议。这些故事除了赞扬爱情、智慧和理性之外,还讽刺了教会的虚伪,肯定了人们享乐的权利。

此外,荷兰思想家爱拉斯谟(Erasmus,1466—1536)的《愚神颂》嘲笑了教会僧侣们的禁欲主义和伪善,揭露了他们自己放荡淫逸,却要别人远离享乐、追求来世,他主张以教育、理性、智慧来认识自然、造福人生,人的自由快乐是天生的权利。英国作家、空想社会主义者托马斯·莫尔(Thomas More,1478—1535)的《乌托邦》也批判了陈旧的社会观念,主张建立一个废除私有制、产品归全社会所有、公民在政治上一律平等、人人参加劳动的理想社会,并鼓励人们积极追求现实的幸福生活。意大利史学家马基雅维利(Machiavelli,1469—1527)的《君主论》认为资本主义经济的发展迫切需要建立统一的中央集权国家,从而结束由于教皇和教会所引起的分立状态。

上述的文艺创作与著述论说为欧洲的文艺复兴运动奠定了文学、艺术学、政治学与社会学基础,强调了人的自由意志、快乐、知识和理性的重要性,并提出了理想社会的框架,从而也深远地影响了法国的文艺复兴运动。法国由于百年战争的战乱和长期封建割据的限制,城市发展比较缓慢,所以文艺复兴要晚上两个世纪。法国国王弗朗索瓦一世于一五一五年登基,这一年被认为是中世纪结束的标志,从此开始到一六一〇年亨利四世去世为止,是法国的文艺复兴时期。

弗朗索瓦一世登基之后,为了加强中央王权和取得民众支持,他宣布自己为科学和艺术事业的保护人,鼓励人们研究语言和文化。中世纪的僧侣和学者都用拉丁语写作,对于法语的振兴极为不利。法语的改革和统一成为法国社会文化发展的迫切需要。弗朗索瓦一世于一五三〇年成立了王家学院,即后来的法兰西公学院,作为人文主义学者同守旧的巴黎大学对抗的阵地。弗朗索瓦一世在一五三九年发布敕令,规定用法语代替拉丁语作为官方语言。印刷术的发展也促进了文学的传播,一四七〇年法国第一个印刷厂在巴黎大学建立,极大地方便了师生的教学,也为文化的普及和传播奠定了技术基础。一四七〇年巴黎首度出现出版社,到了一五一五年时已有一百多家出版社。维吉尔、荷马、亚里士多德、柏拉图等许多古典作家的名著开始大量印刷和发行,从而推动了古代语言与文化的研究,许多大学设立了古典文化研究中心。

从十五世纪末到十六世纪中叶,法国不断入侵意大利,并长期占据意大利北方大片土地,趁机把意大利艺术品和书籍带回法国,促进了意大利人文主义精神的引进和传播,所以战争在一定程度上促进了文化交流,引发了法国的文艺复兴。意大利文学艺术的繁荣推动了法国对意大利的学习和模仿,不少学者开始致力于古希腊罗马文化的研究,从中发掘出新的形式和意义。法国国王对意大利文化一直抱有极大的兴趣,不断邀请意大利艺术家到法国宫廷工作,例如达·芬奇曾被弗朗索瓦一世邀请到法国,在那里度过了一生中最后的岁月。这些艺术交流有力促进了法国绘画艺术的发展。文艺复兴观念进入法国美术是从法国画家让·富凯(Jean Fouquet,1420—1477)开始的,他除了创作细腻优美、风格写实的肖像画,还曾为薄伽丘《十日谈》绘制插图,成为后世插图艺术的典范。让·克鲁埃(Jean Clouet,1480—1541)是十六世纪法国肖像画艺术的最杰出代表,他的绘画《弗朗索瓦一世》《查理七世》表现出栩栩如生的人像刻画手法。一五三○年前后,弗朗索瓦一世扩建枫丹白露宫,邀请意大利样式主义画家罗索(Rosso,1494—1540)、普里马蒂乔(Primaticcio,1504—1570)等人与法国画家安东尼·卡隆(Antoine Caron,1521—1599)、雕刻家让·古戎(Jean Goujon,1510—1565)等人合作来装饰宫殿,他们将意大利矫饰主义画风与法国优雅艺术传统结合起来,取材于神话及宗教寓言,塑造了诸多充满诗情画意的裸体画,形成了颇具装饰性风格和贵族气息的枫丹白露艺术流派。十六世纪下半叶亨利四世重修枫丹白露宫时,出现了第二代枫丹白露画家。枫丹白露派画家融合了样式主义与哥特式传统,代表画家有让·古赞父子(Jean Cousin the Elder,1490—1560;Jean Cousin the Younger,1522—1595)、弗朗索瓦·克鲁埃(François Clouet,1515—1572)等。由于多年的宗教战争,法国绘画艺术的发展受到了一定的阻碍,它的辉煌是在巴洛克时代以后。

在意大利文化艺术的影响和启发下,文艺复兴时期的法国作家和艺术家们同样以人作为思考的中心,充分展示人的本性和精神诉求。十六世纪法国的人文主义文学分为三个阶段。第一阶段为十六世纪上半叶,以小说的成就最大。第二阶段在中叶,以七星诗社的活动为主。第三阶段在下半叶,散文占领了文坛。十六世纪早期的法国小说有了比较明确的形式,出现了第一个短篇小说家玛格丽特·德·纳瓦尔(Marguerite de Navarre,1492—1549)的《七日谈》(*L'Heptaméron*,1558—1559),特别是伟大的小说家弗朗索瓦·拉伯雷,他的杰作《巨人传》(*Gargantua et Pantagruel*,1532—1564)标志着长篇叙事小说的诞生,表达了人文主义者的精神诉求。这些小说的特点是以讽刺和戏谑的方式反抗封建制度的清规戒律,展示人的自由本性,彰显人文主义思想。以龙萨(Ronsard,1524—1585)、杜贝莱(Du Bellay,1522—1560)等诗人为首的"七星诗社"是法国第一个重要诗歌流派,它在一五四九年成立时发表了《捍卫和弘扬法兰西语言》宣言,是当时文人们力求丰富和壮大法语的典型表现。十六世纪的法国诗人书写了无数瑰丽的诗篇,这些诗歌融神话、宗教、爱情、人生感悟为一体,具有激荡人心的力量。蒙田(Montaigne,1533—1592)从早期人文主义者的热烈呼吁解放转向后期更为理智的人性思考,他的《随笔集》(*Essais*,1580)力求深入地解析自身和实在地洞察现实,启发个人从自我弱点的牵绊和封建社会的束缚下解放出来。

  文艺复兴是一个文化转型时期,它将极端化了的人神关系做了调整,"它肯定人是生活的创造者和主人,要求把思想、感情和智慧都从神学的束缚中解放出来",①从而有了人的觉醒与解放。文艺复兴时期已经出现了诸多围绕作者本身而创作的作品,例如,德国画家阿尔布雷特·丢勒(Albrecht Dürer,1471—1528)擅长创

---

① 李少林(主编):《欧洲艺术史》,内蒙古人民出版社2006年版,第14页。

作自画像,蒙田和七星诗社都将自我的个体性(individualité)视为创作的重要源泉。艺术领域对创作者原创性的承认还表现在越来越多的画家和诗人在其作品上签上了自己的名字。总而言之,从创作题材、表达手法和精神指向等方面来看,十六世纪法国文学的变革进程与同时期欧洲艺术的演变相辅相成,文字写作与美术领域呈现出精彩纷呈的呼应与对话。

第一节 "再现"引发的变革

西方绘画从古希腊开始,一直追求高度的写实。古希腊的绘画熟练地运用素描、色彩、明暗法、人体解剖法等知识和技能来模仿自然。中世纪的绘画与宗教结合紧密,多以神性为出发点,画面的平面装饰感强烈,然而"光影明暗都显得含混不清",而文艺复兴时期的人们"区分了光影","拥有了自己的话语权"。① 画作中不再有强烈的宗教膜拜情节,而是融入更多的科学方法和情感抒发,其对自然的展现与古希腊精神相似。西方绘画至文艺复兴时期,达到了写实的巅峰,其后至十九世纪下半叶的五百年间一直保持着这种忠实"再现"世界的传统。尽管文艺复兴的进展缓慢,且不同国家开始的时间不尽相同,但它带来的变革仍十分激进,它将艺术作品带到"再现"(représentation)的专属领地中。这一演变同样影响了文学和绘画。

"再现"引发了文学和绘画领域的现实主义转向。首先,与中世纪一样,文艺复兴时期的文学同绘画相比更少地受到意识形态的牵制,两者的发展相辅相成。"现实主义"(réalisme)在尚未成

---

① [法]艾黎·福尔:《法国人眼中的艺术史:文艺复兴时期艺术》,付众译,吉林出版集团有限公司2010年版,第25页。

为一个美学概念之前,在十六世纪的欧洲文学和绘画中已经有了突出表现,尤其是在法国。很多作家通过对现实的观察和分析来完成艺术式的"再现"。其次,文艺复兴后的艺术是属于平民大众的,其现代性首先体现在重新发现了古希腊罗马辉煌灿烂的文明,弘扬了古代的人文主义思想和理性精神。中世纪神学思想将上帝之美视为美的最高形式,然而文艺复兴时期的欧洲艺术重新强调以艺术模仿的最优形式来表现人的尊严与理性美,自然事物都有美的特征,这是一种刻意求真的精神。

意大利画家阿尔伯蒂对艺术的功能、方法、目标和艺术家的身份重新进行了界定,他充分发展了艺术即模仿自然的观念,是西方第一位将视觉理论系统地运用到绘画技术研究中的人,他在《论绘画》中将绘画设想成向自然打开的窗口,观者可从中观察到窗外的精彩世界,而画家要在这个窗口表面上再现远处的三维空间。阿尔伯蒂把实体画框比喻成通向另一个世界的窗子,从此框架(cadrage)效应和定点透视成为重要的原则,"框"便在西方艺术话语中占据了一席之地,它意味着两个世界之间的审美交流。阿尔伯蒂借用了修辞学概念来阐述绘画,并展示了如何将数学和光线运用于绘画实践,他首次提出空间表现应基于透视几何原理,强调实物观摩、写真传神等理念,奠定了文艺复兴美术现实主义和科学技法的理论基础。画家们开始采用更先进的复制视觉世界的技法,例如"暗室"技法(chambre noire)利用光学原理投射出要展现的画面,框架、方格和线条分割技法可以使画家将不同物体轮廓铺陈于画布平面,解决了在平面上真实地表现三度空间的方法,提高了油画的艺术表现力,意味着西方绘画描绘客观对象的再现技巧得到了空前的提高。

自文艺复兴起,一直到十九世纪末,我们知道"透视法"(perspective)在绘画史中的重要性。正如皮埃尔·弗朗卡斯泰尔(Pierre Francastel)①在其论著《艺术社会学研究》(*Études de sociologie de l'art*,1970)中所说,人们对透视法的推崇基于当时的社会意识形态——它要求艺术家们如实地再现客观世界。正因为世界是美的,这种崇高的美恰恰说明了世界起源的神圣性,所以要尽可能忠实地再现这个世界。因此,观察者被潜在地要求在一个固定位置上欣赏画作,即以某个立足点为中心。合理表现空间是文艺复兴时期艺术家的伟大成就,空间表现的可测度性成了一个热门的话题。在达·芬奇的画作中,我们能清楚地看到两种创造透视效果的技巧,也就是给观者一种立体的空间感:其一,"缩形透视"(perspective de réduction),物体因远去而逐渐缩小;其二,"空气透视"(perspective aérienne),要求空间的蓝色渐变和物体轮廓的模糊处理。

透视法的系统化伴随着一种新的绘画定义,文艺复兴时期的美术家们开始描绘现实生活中的人和世界。达·芬奇认为"绘画是自然的合法儿子",要求画家以镜子为师,按镜子中的映像来修正图画,同时他也强调"画家不能只是像镜子一样重复自然的面貌,而且还应运用理性去洞察自然",意味着画家要"凭借最敏锐的视觉,观察自然和人生",达·芬奇的画论渗透了人文主义思想的内涵。② 他还注重绘画与科学的结合,把透视、明暗、比例、解剖、动植物等学科知识运用其中,创造性地提出了人体美结构和黄金分割定律,他的《蒙娜丽莎》体现了画家对人体结构和神情姿态的科学把握,该画充分运用了黄金分割的协调比例和过渡性的光

---

① Pierre Francastel, *Études de sociologie de l'art: création picturale et société*, Paris: Denoël-Gonthier, 1970. 皮埃尔·弗朗卡斯泰尔(Pierre Francastel, 1900—1970),法国历史学家和艺术批评家,20世纪艺术社会学奠基人之一。

② 邵大箴、奚静之:《欧洲绘画史》,上海人民美术出版社2009年版,第94—95页。

影变化使人物的身材和肌肤层次更加细腻,立体感的画面使得人物的目光更加传神。平民艺术家卡拉瓦乔以明暗对比和光的表现来描绘画面,把背景变为暗色调,通过虚化背景来突出人物的神态和表情,从而使得画面极富戏剧性。例如他的静物画《捧果篮的男孩》以细腻的明暗对比诠释了生命稍纵即逝的主题,晦暗背景中的男孩上半身处于光线的映射下,突出了他俊美白皙的青春面庞和带着淡淡忧伤的眼神,他怀抱的果篮中的水果和叶子已不再新鲜,正在枯萎的水果有明显被虫子侵咬过的痕迹,暗示着一切都会回归到死亡的黑暗之中,呈现出一个最真实的自然形态。

与绘画的写实主义倾向相对应的是,十六世纪的法国文学横扫昔日贵族文学矫揉造作的文风,给文坛带来贴近现实、雅俗共赏的清新空气。受文艺复兴影响,人文学者们重新研究古希腊和拉丁文作品。这股风潮使人民视野更加广阔,并开始置疑中世纪末以来稳固的宗教思想。方言文学兴起,拉伯雷最擅长表达方言文学中的自由、活力和热情,他以滑稽诙谐和荒诞颠覆的故事方式演绎了他那个时期的社会生活和现实问题。他的小说《巨人传》通过卡冈都亚和庞大固埃两个巨人国王的神奇事迹,鞭挞了十六世纪法国封建社会和教会的黑暗腐朽,知识渊博、力大无穷、热爱和平的巨人形象隐喻了拉伯雷眼中理想化的人类,反映了新兴资产阶层对个性解放的自由追求。拉伯雷在人文科学、自然科学与社会科学等领域都有很深的造诣,《巨人传》以活泼、健康、生动的人性形象取代了呆板的宗教形象,以科学的真理对抗着宗教的愚顽,形成法国文学史上的一个高峰,同时它意味着散文叙事文学取代了中世纪的韵文叙事文学,促进了近代短篇小说和长篇小说的诞生,《巨人传》是一部继往开来的文学作品。

从一五三二年的版本开始,几乎接下来的每一版《巨人传》都含有插图,有的版本会有一些简单的木版画,这些可能是为扉页或是首字母作的画,而在有的版本里,我们可以看到很多精美的骑士插图。在早期的版本里,比如十六世纪、十七世纪的作品里,装饰性的扉页插图是主体。然而到了十八世纪,用一些小插画、肖像画、地图画以及关于巨人动作的场景画来描述或补充文本变得流行起来。这种做法到了十九世纪更加普及,而十九世纪正是图书插画革新的一个时代。到了二十世纪,尤其是三十年代和五十年代,插图的发展更加壮大。仅仅法国一个国家就大约有六十位插画家为《巨人传》作图,有三千多幅原创图画产生。他们作画的方法各有不同,包括了木版画、线雕、蚀刻版画等艺术形式。

第二节 以人为本的绘画与文学

人本主义影响了绘画领域的演变,文艺复兴时期的画家逐渐从长期的基督教神学的桎梏中解放出来,勇于探索和创新,不断从古希腊罗马的古典艺术中吸取营养。文学和绘画的共同演变表现在对人性的重视和对人体的迷恋上。世俗的、情色的肉体成了被欣赏的主题,而不再是腐化堕落的符号。受文艺复兴时期微观和宏观思想的复合影响,"人体"被看作是宇宙结构的微观等同物。达·芬奇根据古罗马建筑家维特鲁威(Vitruve)在《建筑十书》中的描述,在其素描画作《维特鲁威人》(*L'Homme de Vitruve*)中绘出了完美比例的人体,展现了一个赤裸的健壮中年男子在同一位置上的"火"字形和"十"字形姿态,他的两臂微斜上举,两腿叉开,以头、足和手指各为端点,正好外接一个圆形,同时另一图像叠加其中:男子两臂平伸站立,以他的头、足和手指各为端点,正好外接一个正方形。这个完美图形指代了世界的整体性。

文艺复兴绘画艺术中的女性形象主要包括圣母像、裸女像和女性肖像。宗教题材的画作出现了世俗化的倾向,圣母、圣婴和其他宗教传说人物等艺术形象不再是呆板、僵冷且毫无感情的宗教符号,而是具有了很强的世俗性和现实性,揭示了以人为中心、人神统一的时代精神。例如:乔托创作的教堂壁画用《圣经》题材宣扬人生、表现现实、讴歌人的躯体和精神,拉斐尔的《花园中的圣母》等画作展现的圣母没有高高在上的神秘色彩,许多圣母原型正是现实生活中的女性,甚至与非宗教的神话人物维纳斯在画作再现中有着惊人的相似。因而,宗教人物圣母不再是那个悲痛的丧子之母,而在某种程度上成为博爱的象征。在文艺复兴时期,维纳斯-丘比特的形象与圣母-圣子的形象交相辉映。随着人文主义思想的传播,圣母像以及世俗女性肖像画开始展露人世间的欢乐与柔情。这种意识形态的更替体现了当时艺术创作题材的演变。

卡拉瓦乔的绘画通过把圣母和耶稣的贫民化处理来表现大众的苦楚和现实生活,例如,在他的画作《基督下葬》中,基督身上没有了金色的神圣光晕,而是像普通老百姓一样在下葬时只用白布包裹着尸体。在他的画作《圣母之死》中,没有飞翔的天使和诸神的赞颂,死去的玛利亚躺在一个破陋的农家茅舍的床上,一群农民围着她哭泣,玛利亚被穷困糟蹋得头发蓬乱、面容憔悴,死时连一双鞋袜都没有,赤着一双脚,还有一半躯体伸在床外。贫民被请进了神圣的艺术天地,所以当时的教士们竟以卡拉瓦乔丑化了圣母形象为由拒绝了这幅画。卡拉瓦乔笔下的圣母平凡如草芥,反而更加贴近人民的心灵,彰显着朴素高尚的品质。这种立足于劳动人民的人文笔触把当时的写实艺术推向了一个新的里程碑,对十八世纪的市民写实艺术和十九世纪的批判现实主义艺术都产生了深远的影响。

文学也经历了同样的以人为本的演变。尽管神学的视点并未消失,然而日后伦理学家的思想潮流已经在批判文学中萌芽,社会提供了第一手的材料并影响了作者的眼界。文艺复兴时期的人文作家们以全新的文艺姿态反对封建愚昧和禁欲主义,歌颂爱情和世俗生活,主张用自然知识和科学理性取缔愚昧的陋习和照亮人们的心灵,并对教会的腐败虚伪和思想桎梏进行了激烈批判,鼓励人们享受现世的幸福生活。"拉丁文 Humanitas 除了指称人类之意义以外,还有知识文化、文明、教育的意思",①因此人文主义除了意味着按照古希腊罗马文化去培育人的思想以外,还指涉一种智慧的人生理想和生活哲学。

玛格丽特·德·纳瓦尔是弗朗索瓦一世的姐姐,纳瓦尔国王的王后,她博学多识,通晓古今,积极支持整理古希腊罗马作品,参与翻译意大利文艺复兴的成果,而且同情宗教改革,是人文主义者的保护人。一五三四年弗朗索瓦一世开始迫害新教徒,玛格丽特的宫廷成了新教徒的避难所。玛格丽特的《七日谈》仿照《十日谈》而作,被誉为法国文学史上第一部真正的短篇小说集。小说中讲故事的人是来自法国和西班牙等国的五位年轻贵妇和五位青年男子,他们从比利牛斯山区的疗养地归来,由于山洪暴发,便来到一座修道院里暂住,他们每人每天讲一个故事来消磨时间,但是作者还未写完就去世了,第八天只讲了两个,总共讲了七十二个故事,所以小说集取名为《七日谈》。这些故事都是宗教和世俗的趣闻,内容大多是僧侣的伪善、教士的淫荡、男女之间的感情纠葛,同时反映了当时社会的门第观念和等级差别。上流社会的贵族女子不能嫁给没有贵族头衔和财产的人,然而她们往往会爱上贫困却英俊勇敢的平民青年,这些都是那个时代女性们面临的实际问题。每个故事后面都附有青年男女的感想和评论,从而提高了作品的现实意义,起到针砭时弊、反对封建等级观念和宣扬人文主义精神

---

① 郑克鲁:《法国文学史》(上卷),上海外语教育出版社 2003 年版,第 84 页。

的作用。玛格丽特的女性观虽然认为维护自身贞洁是女性的美德,但在不同程度上对禁欲主义进行了批判,表现出女性对爱情的渴望以及男女平等思想的萌芽。

杰出的讽刺大师拉伯雷多才多艺、学识渊博,他在医学、数学、法律、天文、地理、考古、哲学、神学、音乐、植物学等领域都有很深造诣。《巨人传》原名《卡冈都亚和庞大固埃》,分为五部,叙述卡冈都亚及其儿子庞大固埃两个巨人国王的故事。小说第一部名为《庞大固埃的父亲,巨人卡冈都亚骇人听闻的传记》,写卡冈都亚是个胃口极大的巨人,在学习神学后变得愚蠢,于是父亲让他师从人文主义者,并把他送到巴黎去学习。当邻国入侵时,卡冈都亚回国途中与若望修士结为朋友,他们联手击败来犯者,胜利后卡冈都亚为若望修士建立"德廉美"修道院,其院规为:"做你想做的事"。第二部名为《渴人国国王庞大固埃传》,写卡冈都亚的巨人儿子庞大固埃在巴黎认识了朋友巴奴日,跟他学到了各种智慧。足智多谋的巴奴日代表着当时社会的市民阶层。第三部名为《善良的庞大固埃英勇言行录》,写巴奴日到渴人国做总督,他想结婚并征询别人的意见,得到不同的回答,据说在神瓶上才有答案,于是他们决定远渡重洋去寻找神瓶。第四部和第五部都是第三部的续集,第四部写庞大固埃、巴奴日等人寻访神瓶的经历,途中经过了诉讼岛、嘲弄教皇岛、混沌岛、空虚岛、伪善岛、盗窃岛、愚人岛等地方。第五部继续写他们的经历,最后他们在灯笼国的一个海岛殿堂里看到了神瓶,听到神瓶发出的第一个字就是"喝"。巴奴日意识到:"不是笑而是喝,才是人类的本能。不过,我所说的不是简单的、单纯的喝,因为任何动物都会喝,我说的是喝爽口的美酒","酒能使人清醒","因为它有能力使人的灵魂充满真理、知识和学问"。[1]

---

[1] [法]拉伯雷:《巨人传》(下卷),成钰亭译,上海译文出版社1981年版,第1096页。

拉伯雷在小说中阐释了人的概念和理想,中心内容就是提出人的解放。《巨人传》的两位国王卡冈都亚和庞大固埃都是体能上和精神上的巨人,他们饭量惊人、力大无穷、智力超群、择善而从,但他们不是神,而是人。他们先天的超能素质只是用来说明人自身的价值和尊严。卡冈都亚出生时大叫"喝呀"、全书结尾时庞大固埃一行人高唱"畅饮"之歌,以及神瓶的谕示"喝"是一种前后呼应的双关修辞手法,暗示人类应通过喝的本能来畅饮真理、畅饮知识、畅饮爱情。吴岳添认为:"拉伯雷用巨人的形象歌颂了人的力量和智慧,用人权取代了神权。他一扫中世纪宗教文学的说教和骑士文学的言情风气,彻底抛弃了寻找圣杯之类的题材,而是以寻找'智慧源泉'的神瓶为主题,大张旗鼓地提出了人文主义的理想,因而使这部独具特色的作品成为一个渴望知识、真理和爱情的新时代来临的标志。"①《巨人传》宣扬人的生理需要、物质需要和精神需要,同时大力强调知识和科学的重要性,所有这些都体现了反对封建神学愚弄、提倡个性发展和全面学习的人文主义思想。

拉伯雷以丰富的想象力、通俗粗犷的语言、嬉笑怒骂的文笔、漫画式的夸张造就了《巨人传》这一狂欢风格的巨著,因而他被誉为伟大的笑匠,这种笑既是欢乐的、兴奋的,也是讥讽的、嘲笑的。《巨人传》不仅是一部滑稽小说,更是一部立意深邃的社会小说、政治小说,它通过离奇怪诞的情节对法国社会的教育、宗教、战争、法律、经济、婚姻等问题都进行了巧妙的影射和犀利的抨击。小说通过"反教皇岛"的变化辛辣地嘲笑了教会,揭露教皇掠夺人民的财富:"从前这里的人既富裕又自由,人们把他们叫作'爽快人',可是后来穷了,遭罪了,成了'教皇派'管制下的人。"②小说还讽

---

① 吴岳添:《法国小说发展史》,浙江大学出版社2006年版,第33页。
② [法]拉伯雷:《巨人传》(下卷),成钰亭译,上海译文出版社1981年版,第832页。

刺教会的经院哲学令人变得愚昧无知,在卡冈都亚写给庞大固埃的信里,他要求儿子掌握多种语言和技能,既要掌握各种天文地理、文学艺术和医学知识,还要学会十八般武艺,以便保卫家园。这封信主张的是以综合素质教育来培养全知全能的"巨人",这个理想旨在反对窒息人性的封建经院教育,充分发挥人的全部潜能和自由意识。

法国十六世纪下半叶最重要的作家是蒙田,他先受到斯多葛主义的影响,后来转为怀疑论。十六世纪后半期的法国陷入狂热的宗教内战,对现实感到失望的蒙田撰写了包罗万象、针砭时弊的散文作品《随笔集》三卷,该书是蒙田一生事迹的忠实记录和自我思想的理性剖析,是一部通过个体透视人类的人文百科全书,内容涉及政治伦理、民情风俗、人生哲理、天文地理、草木虫鱼。他以睿智平实的语言旁征博引古希腊古罗马作家的著述,并将笔触扎根于人的具体境况,力图捕捉和呈现人类的境遇,表达了对穷苦大众的怜悯和对当权人士的谴责,尤其对人性进行了深刻剖析。蒙田始终将写作视为认识自我、抑制非理性的方式,他反对世界的不平等,指出压迫他者是人类的缺陷,并质疑一切的神性、神道与神权。《随笔集》的主角是人,这个"人"既是自我,又是人类,而不是耶稣或上帝。蒙田常常谈论宗教,却绝少论及基督,也不提起福音书。我们从中可以感受到一个深沉的人文主义者执着求真的怀疑精神和博大慈爱的宽容姿态。蒙田书中所表现的冷静怀疑的剖析态度、智慧从容的思想火花和寓意隽永的至理名言深远地影响了以后几个世纪的社会思想。

在《随笔集》第一卷《论友谊》中,蒙田借用肖像画周边的怪诞装饰来形容自己的文学创作:"我在欣赏一位画家给我作画的方法时,产生了模仿他的念头。他选择板壁最中央也是最好的地方,施展他的全部才华给我画了一幅画,而周围的空白被他填满了怪诞的装饰,这些装饰画的魅力仅在于它们繁复多样、新奇独特。我这些散文是什么呢?其实也不过是怪诞的装饰,奇形怪状的身躯缝着不同的肢体,没有确定的面孔,次序、连接和比例都是随意的","我倒很乐意在这点上模仿画家,至于前者,我的能力还不足以画出一幅丰富、高雅和成熟的画"。① 蒙田在文中所说的怪诞装饰指的是绘画中的花边装饰,当他看到朋友在画框四周勾勒出边饰时,于是将自己的写作定义为修饰边框的装饰,而不是画面中央的内容。他认为自己无法像朋友一样画出完美的画,所以只能去模仿画框的边饰,而这边饰正是他的文学作品,正如他在开篇《致读者》中的声明:"我在此书中要描绘的是我自己","我本人是我写作的素材"。② 蒙田自认能力浅薄,还不足以画一幅完美的自画像,只能去尝试模仿花边装饰,体现了他一贯的谦逊姿态。蒙田虽描绘自己,却不愿以中心自居,枝蔓丛生的边饰也意味着其文笔具有自由漫谈的特征。蒙田用"怪诞"一词来形容自我,也说明他"在动笔之初便对人性的弱点和自己的写作内容有着清醒的认识,并且不乏自嘲与自我警示的意味","怪诞原本就是表面普通而内心复杂的人类自己",③体现了人文主义者内省、审慎、理性、智慧、怀疑的自我审视和自我批评精神。正是由于对人性的深入研究,蒙田走上了自我剖析和怀疑探索之路,这种怀疑和探寻既是一个人文主义者认识深化的表现,也是一个受着历史局限的思想家所具有的矛盾特点。

---

① Montaigne, *Essais*, I, Bordeaux: P. Villey et Saulnier, 1595, p. 388-389.
② Montaigne, *ibid.*, p. 3-4.
③ 周皓:"蒙田:随笔的起源与'怪诞的边饰'",《外国文学评论》2015 年第 2 期,第 11 页。

第三节 绘画与文学中的享乐主义

中世纪的禁欲主义是基督教的首要戒律,基督徒必须压抑个性、听命上帝,个人思想被宗教禁锢起来,社会文化氛围也极端保守。人们只能依靠祈祷来麻痹现实的痛苦,企盼来世的幸福。然而到了文艺复兴时代,众多人文主义者和新兴阶层逐步从禁欲的环境中解放出来,他们积极倡导享乐主义,反对禁欲主义,要求个性的解放。

第一,政治的因素和经济的发展促进了享乐主义的风尚。十五世纪下半叶,百年战争结束和南部归并国家版图以后,法国的经济复兴了。到十六世纪,法国社会跨入了资本主义时代,有产阶层的生活需要增加了,拥有地位和财富的王公贵族大肆建造豪华的宫殿和别墅,为纵情享乐创造条件。新兴的资产阶层也过着奢侈浪费的生活,享受着金钱带来的刺激,尽情展示着自己的个性。

第二,从社会风气来看,文艺复兴时期的享乐主义风尚使得人们对待性生活的态度比较随便和洒脱,导致男女的性行为比较混乱。上层社会多数婚姻是基于经济或政治利益而结合的,所以通奸行为和婚外情行为也变得普遍化和公开化。有些学者甚至认为当时所有的婚外性行为仅仅是一种娱乐方式。在性道德堕落的这个时代,教士的腐化堕落和民间的私生子问题也蔚然成风。

第三,在艺术革新方面,随着意大利文艺复兴艺术的传入和人文思想的传播,法国画家开始接触意大利艺术,并运用它来改良传统思想,从而摒弃了法国中世纪艺术的禁欲传统,于是在宫廷绘画中,裸体人像成为一个重要题材,画家们开始注意揭示人的感情和心境,从而把形象塑造得生动具体,笔法非常精细和写实。国王和富裕的资产者成为文学艺术的保护者,艺术家不再被视为卑贱的手艺人,他们在宫廷里被接待和恭维,他们的作品被富裕阶层高价收购,于是艺术家们为了获得较高的社会地位及优越的生活条件,就必须迎合王公贵族、资产者的口味。所有这些因素导致了文艺复兴时期的法国绘画明显地带有宫廷色彩和享乐色彩,并使其成为这一时期法国绘画的特色。

诸多画家和作家都用笔墨肯定了享乐主义精神,他们通过文学作品、油画、雕塑等方式来表达对美的感受,宣传美好的现实生活,这些作品在社会上的广泛传播影响了普通百姓的价值观念。例如,委罗内塞到了威尼斯以后,发现人们追求的不是对宗教的虔诚,而是对生活的享乐,于是他把圣经故事画成了现实生活中的盛大宴会场面,例如《利未家的宴会》《加纳的婚礼》。《加纳的婚礼》讲的是耶稣和圣玛利亚以及使徒们在加纳遇到一户人家正在举办婚宴,主人邀请他们一起参加,婚宴上的酒喝光了,耶稣将坛中的水变成了葡萄酒,大家又继续喝酒欢乐。米开朗基罗创作的《最后的审判》的色情化也非常突出:画中的人物无论善恶都是赤身裸体的,那些神圣人物的裸体形象被伪善的教会人士视为淫秽和渎神,后来教皇就令人为这些裸露的身体添画了遮羞布条。直到最近的整体修复才重现了这一巨型壁画的原初状态。

威尼斯画派的世俗享乐基调非常明显,代表画家有乔尔乔涅、提香、丁托列托、委罗内塞等人。乔尔乔涅的人物造型画《酣睡的维纳斯》开创了西方绘画中历久不衰的一个题材:躺卧着的裸体女神像。提香的《乌尔比诺的维纳斯》中的维纳斯侧卧在柔软的睡榻上,面色绯红,仿佛春情荡漾,一手持有一束玫瑰花,一手遮盖着下体,其撩人的姿态迎合了上层社会的风雅口味。丁托列托在《苏珊娜和长老》中展现了女性浴后的迷人裸体,画面描写了苏珊娜裸身沐浴的情景,两个好色的老头暗中窥伺着她的风姿。在《维纳斯、乌尔刚和马尔斯》中,丁托列托用风俗画的形式描绘了维纳斯与马尔斯的幽会,其夫乌尔刚前往捉奸,马尔斯躲在化妆台下,小爱神丘比特悠然地躺在床上。

十六世纪三十年代开始,法国的枫丹白露画派带有浓厚的宫廷艺术色彩,其特点为世俗化、装饰性、现实性和享乐性,构图精美,线条高雅,具有情爱与肉感的象征。法国画家弗朗索瓦·克鲁埃的名画《沐浴的贵妇人》中坦露丰满双乳的裸体妇女是亨利二世的爱妾,正在女仆的服侍下沐浴。《埃丝特蕾姐妹》(佚名)也是枫丹白露画派的代表作,该画描绘了亨利四世的宠姬埃丝特蕾两姐妹沐浴时相互戏玩的情景,左边的女人伸手捏弄右边女人的乳头,相当诱人,图中的人体有着圆滑的肩膀、丰满的身体与硕大的乳房。

总体而言,文艺复兴时期的意大利与法国的上流文化圈形成以裸女为中心的情色氛围,尤其侧重女人的乳房。乳房之所以成为情色象征,主要还是靠王公贵族赞助的诗人、画家、雕刻家的大力炒作和推动。画家在画像中着重描绘女性丰盈的乳房,人们对裸体的态度也就更加开化和放纵。文艺复兴时代的性观念极其开放,婚前性关系、试婚习俗、通奸等现象非常普遍。裸体被视为一种时尚,一种对美的追求和崇拜。事实上,文艺复兴时期有很多名媛自愿充当艺术家的裸体模特,许多人甚至花钱邀请画家给自己的女人绘制裸体像和裸露图,亨利二世曾多次让画家们为他的宠姬制作裸体画像,宫廷里处处装饰着歌咏美丽女体的艺术作品。

爱情乃至宗教题材在文艺复兴时代的绘画中变得异常现实化与肉欲化,这种色情化在文艺复兴时期的诗歌里也表现得十分突出和明显。十六世纪的法国诗人创作了大量颂扬女性身体的诗歌,很多爱情诗篇体现了以肉欲为中心的人体美崇拜。人体美和女性美在诗歌中具有崇高的地位,也是当时社会放纵的性爱观以及普遍的现实主义审美观的体现。文艺复兴时期的享乐主义主观上是上层社会为了享受世俗的奢侈生活,客观上则起到了促进个性解放和情感自由的作用。

十六世纪三十年代到五十年代间,法国爆发了颂赞乳房的热潮。七星诗社领袖龙萨的诗歌喜欢以露骨的描写来颂扬女性的身体,他在一次宫廷舞会上爱上了青春动人的银行家女儿卡桑德拉,可惜他身为神职人员无法娶妻,只好将满腔爱意化为一首首充满了肉欲和色情意味的情诗,即《情诗集》(Les Amours)。该书卷头插画分别是龙萨与卡桑德拉,前者头戴桂冠,凝视着裸胸的卡桑德拉。这些情诗一再赞美她"象牙般的乳房""处女蓓蕾""乳汁草原""贞洁乳房""洁白细腻的胸口"等,如果他有幸"探索"这样的双乳,他的幸福将远超过国王:"我的手不听指挥,逾越了贞洁之爱的规矩,探索你那灼烧我的乳房。"①梦中情人的乳房虽然带来极大快乐,但也激发了龙萨的痛苦,因为他不能越雷池一步。一五五五年,多情的龙萨在家乡爱上农家少女玛丽·杜班(Marie Dupin),为她献上一册《玛丽情诗集》,例如这首名为《小亲亲,快快起身,你懒劲十足……》中的诗句情真意切,颇为感人:"黎明的睡意不肯让少女梦醒,/也罢,吻你一百遍眼睛和乳房,/我教训你清晨时应快快起床。"②

诗人克莱芒·马罗(Clément Marot,1496—1544)醉心于人性的复归,他的诗作既反映了社会的动荡和时代的变迁,也歌颂了自然之美和女性之美。他在一五三五年撰写了一首诗《美乳赞》(Le Beau Tétin),掀起了"炫描派"(blazon)的"玉体赞"狂潮。"炫描派"诗作着重描绘女体每个部位之美,眼睛、眉毛、鼻子、耳朵、舌头、头发、腹部、臀部、手臂、大腿、膝盖、足踝都可大书特书,乳房犹

---

① [美]玛莉莲·亚隆(Yalom M.):《乳房的历史》,何颖怡译,华龄出版社2001年版,第72页。
② 程曾厚(译):《法国诗选》,复旦大学出版社2004年版,第94页。

然。例如马罗诗歌《美乳赞》中的诗句:"玉乳新长成,比蛋更白,/如白缎初剪,素锦新裁,/你竟使玫瑰感到羞愧,/玉乳比人间万物更美,/结实的乳头不算乳头,/而是一颗象牙的圆球,/正中间有物坐得高高,/一枚草莓或一粒樱桃,/无人触及,也无人看见","玉乳成熟,真叫人馋煞,/玉乳的呼求日夜可闻,/请快快让我配对成婚","到底是谁会三生有幸,/能够以乳汁使你充盈,/让你少女的玉乳变成/妇人的乳房,美丽,完整"。① 如果说"炫描派"歌颂女体之美,表达了情色主义的正面意义,"反炫描派"(antiblazon)则点出了男性对女性身体的负面感受,马罗也曾用"反炫描"手法描绘乳房:"乳房,不过是臭皮囊,松弛的乳房,下坠的乳房……这样的乳房只能哺育地狱撒旦之子。"②对男性而言,女性的身体既反映出男人的性欲望,也投射出他们潜意识里对衰老与死亡的恐惧和焦虑。

在"炫描派"当道时,里昂为诗歌的振兴提供了良好的氛围,在众多里昂诗人中,莫里斯·赛夫(Maurice Scève,1501—1564)善于描写美女,在诗集《黛丽》(*Délie*,1544)中把肉体之爱升华为柏拉图式的精神恋爱。在诗人的灵魂深处,爱和恨、希望和失望、喜悦和悲哀等感情交织在一起,诗人热恋的女子在肉体上忠于丈夫,但在思想感情上却和诗人融为一体。

里昂女诗人佩内特·杜纪耶(Pernette du Guillet,1520—1545)才貌双全,她的诗作多半描绘了心智欲摆脱肉体的羁绊,寻求知性伴侣的渴望。她在《铿锵集》中幻想自己裸体在溪中沐浴,她将弹琴吸引爱人前来,虽然允许爱人靠近她身边,但如果他企图妄动,她就会对他的眼睛泼水,强迫他乖乖听歌:"他会滔滔不绝,

---

① 程曾厚(译):《法国抒情诗选》,商务印书馆2013年版,第100—101页。
② [美]玛莉莲·亚隆(Yalom M.):《乳房的历史》,何颖怡译,华龄出版社2001年版,第69页。

目中无人,/我会让他独自高谈阔论:/我一步步离开他走去,/赤身裸体跳入水中沐浴/但是,同时我又非常想要/我小巧的诗琴,琴弦协调,/我熟悉此琴,我知其音律,/我会对他唱起一支歌曲,/看看他又会有什么动态:/而如果他对我径直走来,/我会让他放大胆子靠近:/如果他想摸我,谨慎小心,/我,我至少会在两只手内,/满满抄起清冷冷的泉水,/朝他的眼睛或脸上抛洒。"①如同绘画艺术一样,诗人在诗歌中把诗意的自然风景和人物形象结合起来,形成绮丽优美的艺术效果。露易丝·拉贝(Louise Labé,1524—1566)以女性的笔触表现爱欲:"我活着,我死亡,我燃烧,我沉溺",她埋怨前任爱人杳无音讯,渴望再度躺在他的胸膛(《十四行诗集之八》),也渴望再度将他拥入"柔软的乳房"中(《十四行诗集之九》)。② 乳房与心胸饱受爱情的荼毒与折磨,过往欢愉的记忆更加深了女诗人的痛苦。

  人文主义文学作品为享乐主义提供了充分的思想铺垫。拉伯雷在小说《巨人传》中描写的"德廉美"修道院的口号就是培养"全知全能的人"和"做你想做的事","德廉美"修道院的青年男女健康正直、热爱自然、热爱生活,不受任何教规戒律的束缚,他们人人平等、和睦共处、自由恋爱,充分体现了新兴资产阶级摆脱宗教束缚和追求个性解放的诉求。蒙田的《随笔集》既揭示了人活在现世生活的价值,也肯定了人享受生存之乐的正当性,他呼吁人们全身心地接受并感谢大自然造就的一切,这是人文主义者对天主教会禁欲主义的挑战,是资产阶级自由、平等观念的前奏曲。蒙田还充分肯定人的能力,表明人是可以努力认识自身的,每个人创造自己的命运,真正的哲士是自己幸福的主人。蒙田的思想平和中庸、

---

① 程曾厚(译):《法国诗选》,复旦大学出版社2004年版,第71—72页。
② [美]玛莉莲·亚隆(Yalom M.):《乳房的历史》,何颖怡译,华龄出版社2001年版,第70—71页。

宽容智慧,主张人顺从自己的天性去追求幸福和快乐,他反对压迫和杀戮,体现了以人为本和崇尚理性的人文主义精神。

第四节 绘画与诗歌中的神话灵感、造型美学

除了"情色"这一享乐目的,绘画与文学(尤其是自七星诗社以来的诗作)都从古代神话传说或圣经故事中汲取灵感,以模仿和改编古代经典主题为特点。美惠三女神、缪斯、维纳斯、普塞克、狄安娜、阿克特翁、西西弗斯、普罗米修斯等古神话人物启发了大批画家和作家的灵感,为他们的创作提供了纷繁的人物原型和故事情景,贡献了一个完备的、辨识度极高的创作源泉。画家和作家们的作品以丰富的想象和独特的方式塑造着这些人物形象,使之成为表达思想情感、富有隐喻性质的图画形象。

文艺复兴时期的艺术家除了喜爱采用基督教题材表现新的时代内容外,还热衷于表现中世纪所禁止的异教题材,即古希腊罗马的宗教和神话。他们对古希腊罗马文化极其推崇,因而这一时期出现了大量裸体的女神画像,例如,法国枫丹白露画派的老古赞的代表作《潘朵拉魔瓶前的夏娃》具有出色的艺术想象力,把人类祖先首次画成安详高雅的女神模样。法国枫丹白露画派的佚名画作《猎神狄安娜》描绘狄安娜出巡狩猎的情景,狄安娜在山野间手持弓箭,与众仙女侍从一起以狩猎为戏。没有留下姓名的画家用精致的弧线勾勒出少女端庄修长的身段和迷人的贵族气质,仿佛涤荡了凡世间的污秽。狄安娜是罗马神话中的月亮与狩猎女神,她不仅是森林、动物、植物的保护神,还能保护妇女多生子女,减轻她们生育时的痛苦,是一位伟大的自然之神。

在意大利画家笔下,神话人物更是不计其数。波提切利的《维纳斯的诞生》和《春天》线条流畅,在对神性的刻画中深刻体现

出了人文精神,高歌欢乐的神话场面反映了人间的欲求。还有丁托列托的《莱达和天鹅》《银河的起源》都借用了古代神话的母题。《银河的起源》再现了赫尔墨斯奉宙斯之命,把刚出生的赫拉克勒斯带到赫拉身边,想借她沉睡的机会吮吸奶水,以求长生。赫拉从睡梦中惊醒,奶水喷涌而出,化作了天空中的银河。维纳斯形象在文艺复兴之后的画作中依然持续存在。

  文艺复兴时期的女神画像既是对爱情的宣扬、对感官体验的刻画,同时也歌颂了绘画行为本身的幸福。七星诗社的情诗也体现了这一点。波提切利在《春天》中所绘的女神形象在龙萨的抒情诗中同样可见,在一个惹人怜爱、熟睡的女人的发间,"女神们欲前来筑巢"(摘选自 Ronsard:Second livre des *Amours*),①画面感极强的语句唤醒了我们对古代田园牧歌的记忆,光和色彩在诗中创造了一个和谐的反差,诗中的叙述如画般建立了起来。

  杜纪耶在《铿锵集》悲歌第二首中对情人展开想象:"啊,但愿这清泉威力巨大,/也能把他变成阿克特翁,/并非为了让他把命葬送,/像鹿一样被他的狗吞吃:/而是让他感到是我的奴隶:/这奴隶要有十足的奴性,/让他明白应有自知之明,/并且让狄安娜对我羡慕,/为我窃取她的法力吃醋。/我会多么幸福,多么自尊!/当然会相信自己是女神。/但是,纵然自己心情舒畅,/我真想有如此恶毒心肠,/让阿波罗和众缪斯扫兴,/让缪斯一个个心神不定,/少却一个诗人,全心全意,/为缪斯的神圣合唱出力?"②阿克特翁是希腊神话中的牧人,撞见月神兼狩猎神狄安娜出浴,被点化成鹿,后被自己的牧狗吞吃。女诗人引用此神话表明自己在爱情关系中不再是被动者,她幻想自己也成为女神,用智慧来掌控恋人。

---

① Daniel Bergez, *Littérature et peinture*, Paris:Armand Colin,2004,p. 15.
② 程曾厚(译):《法国诗选》,复旦大学出版社 2004 年版,第 72 页。

饱含隐喻的神话形象交织在诗歌中,它能引起读者对于这些神话符号的完整想象,因而,作家只需稍稍提到一点,目的就达到了。龙萨在《情诗集》第十二首诗中写道:"我,被激情吞噬的普罗米修斯,/我敢做又敢为,可我命该如此,/命运之神戏弄我,竟如此猖狂。"①普罗米修斯因为人类偷天火被罚,秃鹰吞食他的肝,但他的肝又重新长出来,此句比喻诗人激情不灭,却为情所苦。七星诗社重要成员杜贝莱曾客居意大利,深深思念家乡,他在《遗恨集》(*Les Regrets*)第三十一首诗中如此感叹:"幸福啊!尤利西斯壮游时勇往直前,/金羊毛的征服者具有不凡的身手,/最后都返归家乡,而且更足智多谋,/生活在家人身边,欢度自己的余年!"②尤利西斯是荷马史诗《奥德赛》的主人公,特洛伊战争胜利后在海上漂泊十年始返家乡,诗人借用这个神话原型表达了自己的思乡之情和故土之恋。

法国诗人、战士阿格里巴·多比涅(Agrippa d'Aubigné,1552—1630)曾经作为新教领袖投入戎马生涯,在他的《惨景集》(*Les Tragiques*)第一卷《灾难》中,法兰西被喻为苦难深重的母亲,母亲怀中的两个孩儿以扫和雅各相互争斗和残杀:"这个该死的以扫,穷凶极恶的强盗,/把本该两人喝的甜乳汁糟蹋不少,/他到了不想让弟弟活命的地步,/竟然也置自己的宝贵生命于不顾。/但弟弟雅各苦于今天又腹中空空,/又久久地在心里强压下种种悲痛,/他终于奋起自卫,愤怒使他和兄长/展开正义的战斗,母亲就成了战场。"③诗人运用讽喻的手法将其经历的教派冲突置于圣经故事的映照中,《圣经》中的以扫是以撒的长子,雅各是以撒的次子,这对兄弟在诗歌中实质上是天主教和新教的化身,他们的冲突

---

① 程曾厚(译):前引书,第93页。
② 程曾厚(译):前引书,第78页。
③ 程曾厚(译):前引书,第113—114页。

揭露了宗教战争引发的苦难和罪恶,诗歌以天国的惩罚和上帝的审判结束,完成了故事中有故事的嵌套效果,加强了诗歌的悲剧效应和批判色彩。

文艺复兴时期的绘画与诗歌常常被称为姊妹艺术,其相似性和密切性被广泛认可并得到系统的阐释。除了一些共同的神话灵感之外,文学与绘画的共通之处还体现在画家与作家们对隐喻的共同偏好,绘画和文学也可以成为造型形式或文字符号的分解与重组。"黄瓜、葫芦、豌豆、甜瓜、桃子和石榴,在文艺复兴时期的色情诗歌中,这些瓜果经常被赋予双关、性暗示、色情和同性恋的意味",①这种双关性也被运用到绘画和手工艺术中。意大利画家阿尔钦博尔多(Arcimboldo, 1527—1593)以人物肖像画和图案讽喻画而闻名,例如《厨师》《水果篮头像》《花神》《四季》等,其画作多由现实中的蔬菜、瓜果、花卉、鸟、鱼、书籍和其他生活物品以一种怪诞和游戏的方式组合而成。这些组合的肖像和造型利用错视性构建出具有双重意象的图像,例如《秋》远观是一个中年男子的肖像,近观则会发现男子的形象由各种瓜果组合而成,葡萄形成了人物的头发,蘑菇成了人物的耳朵,南瓜是人物的帽子等,这些瓜果都呼应着"丰收的秋"这个主题。这种组合肖像具有艺术的独特性和意义的多重性,营造出一种虚幻又真实、怪诞又理性的氛围,被视为20世纪法国超现实主义运动的先驱。

这种关于造型形式的组合、并置、重叠与双关也体现在诗歌的修辞手段中。随着语文学和古文研究的发展,人们对谜语、字谜中的文字游戏十分迷恋。例如,龙萨在《情诗集》中写道:"玛丽,将你的名字颠倒,就会发现爱"(Marie, qui voudrait votre nom retourn-

---

① 魏百让:"阿尔钦博尔多组合肖像中'组合形式'的源头",《世界美术》2016年第2期,第98页。

er,/Il trouverait aimer.),其中,"Marie"和"aimer"就是一组字母改变位置、重新排列之后的词语(即 anagramme)。① 这种具有象征意义的文字游戏向造型艺术汲取了灵感,使得文本具有一种视觉上的重组效果。正如拉伯雷《巨人传》第五卷结尾用酒瓶图形诗(calligramme)的视觉形式呼应了"圣瓶"的主题,卡冈都亚出生时大叫"喝呀"以及后来神瓶的谕示"喝"是前后呼应的双关修辞,庞大固埃等人找到智慧源泉神瓶时高唱"畅饮"之歌,暗示人类应该通过喝的本能来畅饮知识、真理和爱情,具有渴望的象征意义,实际上是在号召粉碎一切束缚人性的桎梏,是对古希腊酒神精神的呼唤。文艺复兴时期的文化将可读与可视的内容紧密地联系在了一起。

---

① Daniel Bergez, *Littérature et peinture*, Paris: Armand Colin, 2004, p.16.

第三章 十七世纪:古典主义文艺与巴洛克文艺的交锋

欧洲文学和艺术的古典主义(Le Classicisme)起源于十七世纪的法国,它是封建社会向资本主义社会过渡时期盛行于欧洲的文艺思潮。古典主义绘画与文学遵循理性思维,要求构图形式或文学语言规范明晰,例如绘画的"黄金律构图"和戏剧的"三一律"等,并模仿古希腊罗马文艺的严谨风格。一五九八年,法国国王亨利四世签署"南特敕令",旷日持久的宗教战争结束,此后的法国逐渐成为一个君主专制国家,王权的加固也是贵族和资产阶级相互妥协的产物,两个阶级的斗争在政治、宗教、文化等各个方面都有所反映。一六六一年"太阳王"路易十四亲政后集王权于一身,为绝对王权服务、忠君爱国的古典主义戏剧繁荣起来,王公贵族们在剧场里欣赏着具有崇高风格的悲剧和喜剧。同时宫廷里开始流行豪华的艺术装饰和讲究的礼仪,上流社会名人在贵妇主持的沙龙里高谈阔论,形成了一种虽矫揉造作却优美典雅的贵族文学。古典主义的影响在欧洲持续了近两百年之久,法国的高雅风尚成为欧洲各国模仿的榜样,法语变得极为丰富,首相黎世留在一六三五年创立法兰西学士院,旨在进一步规范和统一法语。

古典主义文艺在欧洲流行了两个世纪,直到十九世纪初浪漫主义文艺兴起才结束,它在十七世纪的法国发展得最为完备。始于十七世纪的法国古典主义先是与巴洛克文艺交锋,后又被浪漫主义所反对,发展为新古典主义。法国古典主义绘画与文学都强调借古喻今,其美学原则是用古代的艺术理想与历史事件来表达当代的思想主题,其政治基础是中央集权的君主制,哲学基础是笛卡尔(Descartes,1596—1650)的唯理主义理论。笛卡尔发表了《方法论》(*Discours de la méthode*,1637)和《形而上学的沉思》(*Méditations métaphysiques*,1641)等著作,其哲学体系的形成标志着"理性主义"(rationalisme)的诞生。他反对盲目信仰宗教权威和经院哲学,把理性视为获取知识的唯一源泉,坚信通过理性才能认识世界,并提出"我思故我在"。笛卡尔是一个二元论者,他的思想一方面含有反对中世纪经院哲学和宗教教条的进步唯物论成分,另一方面仍有许多与封建意识形态相妥协的唯心论观点。古典主义的作家和艺术家们就在这种唯心论的"唯理论"哲学思想指导下进行创作,他们一方面强调社会生活的合理化,认为表现公民的义务和理性胜于个人的欲望倾向,既抨击贵族的骄奢淫逸,也揭露资产阶级的恶习弊端,另一方面,极力模仿古希腊、罗马文学艺术,采用古代传说题材,趋向复古主义。法国哲学家让·德·拉布吕耶尔(Jean de La Bruyère,1645—1696)的古典主义论著《品格论》(*Les Caractères*,1688)一面以讽刺的语言针砭时弊,一面描绘理想中的人物形象与品格,表达了对理性主义的见解。这本书促进了文学伦理道德批评的发展,在一定程度上反映了新兴资产阶级反对宗教教条的斗争精神。

  古典主义文艺由于受到复古主义的束缚,创作方法渐渐趋向僵化,形成抽象化和形式主义的弊病,阻碍了现实主义的发展,到十七世纪八十年代时似乎已到强弩之末,由此爆发了"古今之争",预示了新文学的到来。在古典主义思潮兴起和发展的同时,巴洛克(Le Baroque)文艺也在欧洲广泛发展起来。"古典主义与巴洛克在十七世纪的欧洲平分秋色,各擅胜场","古典主义代表节制,强调理性,而巴洛克则醉心于运动与效果。但这两大潮流绝非对立,它们都强调表现,并不相互敌对",①古典主义绘画和文学排斥激情,重视秩序和法则,体现了严谨庄重的审美情趣,这同自由不羁的巴洛克文艺形成鲜明的对照。"巴洛克"一词源自葡萄牙珠宝术语 barroco,本意为"不规则的珍珠",在很长的时间内都含有"怪异""野蛮"等贬义,泛指各种稀奇古怪、不合常规、离经叛道的事物,并引发争论。直到从一八六〇年开始,瑞士学者雅各布·布克哈特(Jacob Burckhardt,1818—1897)和海因里希·沃尔弗林(Heinrich Wölfflin,1864—1945)赋予该词以褒义,用以指称一种普遍存在于欧洲建筑、绘画、雕刻、音乐等领域的共同艺术现象,巴洛克一词才有新的美学概念,沃尔弗林认为巴洛克是"运动"的美学,古典主义则是"稳定"的美学。② 所以"巴洛克"美学指称的是流行于十六世纪末至十八世纪中期的欧洲文艺风潮,它极力强调运动与变化,打破了理性的平衡、和谐与宁静,是一种浪漫、激情、夸张、繁复、奢华的艺术风格,这种颠覆传统、刻意创新的文化现象逾越了艺术门类的界限,既有宗教的神秘特色又有享乐主义的张扬色彩。巴洛克艺术在其产生地意大利获得了主要的美学内涵,很快便延伸到西班牙、荷兰、德国和法国等西欧国家,内容涵盖了绘画、文学、建筑和音乐等多个领域。欧洲各国的古典主义与巴洛克各自本身并不构成整齐如一的风格,而是由于国家、历史、社会和信仰的不同,形成异彩纷呈的变体。

在法国文化史上,古典主义文艺与巴洛克文艺的交锋贯穿了整个十七世纪。巴洛克风潮的兴起取决于三个因素:第一,巴洛克

---

① [法]彼埃尔·卡巴纳:《古典主义与巴洛克》,董强译,吉林美术出版社 2002 年版,第 6 页。
② Bertrand Gibert, *Le baroque littéraire français*, Paris: Armand Colin, 1997, p. 19.

艺术的产生与反宗教改革时代的宗教复兴密切相关,罗马教廷于一五四五年至一五六三年期间在意大利北部城市塔兰托召开的主教大会,被认为是欧洲天主教势力反对新教宗教改革的序幕。为了吸引更多的信徒,天主教大教堂在耶稣会的推动下,向人们推行一种"诱惑式"的宗教,于是加强了艺术对宗教的宣传和表达,以极尽奢华繁复的教堂装饰来激发民众的宗教情感。教堂的大量需求造就了画家、雕刻家和彩窗设计者们的大好时代。

第二,路易十四不断发动对外战争和掠夺海外殖民地,使法国获得了欧洲霸主地位,为了彰显霸主的威严,法国开始建筑巴洛克样式的豪华壮丽的宫殿,绘画、雕刻、室内装饰也要与之相适应,连出入宫廷的贵族的服装、礼仪、言谈举止都变成隆重、威严、骄傲的风格。艺术成为皇权显赫的宣传工具。

第三,文艺复兴后期的法国矛盾重重,危机四伏,此消彼长的新旧教之争、国家战争和社会矛盾使得人民困苦不堪。特别是蒙田"怀疑论"的发表,更加剧了人们的精神危机。宗教战争后的人们在思想上发生了空前的变革,对传统的价值产生了怀疑,开始质疑人性完美的无限可能性。陈众议指出,巴洛克文艺在一定程度上对人文主义有所背反,"早期人文主义向往自然、关注人性的呐喊在迅速膨胀的个人主义和纷纷崛起的资本主义城市中走向了自己的反动。于是,市民社会中金钱的罪恶、人性的乖谬便残酷、淋漓地暴露出来,从而与欧洲各封建王国和天主教廷的奢靡、腐败之风殊途同归",因此,从某种意义上说,巴洛克文学"与其说是开拓风尚的,毋宁说是反映现实的"。①

欧洲的政治、经济、宗教、艺术的冲突与融合,构成了法国巴洛

---

① 陈众议:"'变形珍珠'——巴罗克与17世纪西班牙文学",《外国文学评论》2005年第4期,第75页。

克文学生成的历史文化语境,社会意识形态的复杂性与压抑的时代气氛在十六世纪末至十八世纪初的法国文学里,反映出一种躁动不安、奔放不羁的精神状态,这就是"巴洛克"文风,代表了一种多面的、解构的、流动的思想趋势。法国的巴洛克作家在理想与现实之间构建文学的世界,写作的内容包括田园牧歌、典雅爱情、民俗风情、宫廷逸事、战争灾难、魔幻世界与理想社会的描摹等各类题材,诗歌、小说和戏剧等不同体裁的文体风格皆表现为连绵不断的动势、新奇大胆的想象和对传统规则的刻意突破,各种奇巧元素的运用甚至到了矫揉造作、怪诞夸张的程度。巴洛克戏剧和小说反对古典主义的"三一律",情节繁多,地点易变,人物也变幻无常,既追求高贵典雅,也不排斥俚俗粗野,作家们的笔触一边指向神话、基督教文化和乌托邦式的想象,另一边指向世俗的现实生活和民间野趣,寄托了彼时人们对美好生活的浪漫遐想和对晦暗现实的讽喻批判,具有夸张的激情、高昂的情调和强烈的戏剧感。

第一节　古典主义绘画与文学

古典主义画派是十七世纪和十八世纪前半期流行于欧洲的一种艺术流派,以古希腊、罗马时代的艺术为典范,从"神话、《圣经》和历史故事"中提取题材,"艺术趣味强调崇高和典雅",①追求构图的均衡严谨、古希腊罗马雕塑般人物的刻画和明暗色调的柔妙,努力使作品产生一种庄重、崇高、永恒、和谐的古韵之美。古典主义画家们推崇理性主义而轻视情感,具有重视客观描绘,不掺杂主观情绪的理性原则,他们把古代和现代思想、天主教和世俗思想兼收并蓄,令现实镜像透出神秘的启示。例如法国画家乔治·德·

---

① 邵大箴、奚静之:《欧洲绘画史》,上海人民美术出版社2009年版,第181页。

拉图尔（Georges de La Tour, 1593—1652）和尼古拉斯·普桑（Nicolas Poussin, 1594—1665）将古典主义精神表达得颇为完美，他们崇尚自然理性的古典主义，题材大多是神话、圣经、历史故事或王朝史迹。拉图尔被称为"烛光画家"，他擅长描绘光线与阴影，大部分画作都在刻画夜晚的场景，采用单独的蜡烛或火炬作光源而产生阴影，人物在烛光下忽隐忽现，营造出强烈的对比。拉图尔的作品含蓄静谧，无论是探讨生死主题还是宗教主题，都带着一股神秘和安详的气氛，代表作有《圣爱莲哀悼圣赛巴斯蒂安》和《灯前的玛德莱娜》等。

普桑一生中大部分时间定居意大利，他崇尚古代艺术的高尚题材，力求完美的素描构图，人物造型庄重典雅，富于雕塑感，画作精雕细琢、构思严肃而富于哲理性，具有稳定静穆和冷峻崇高的艺术特色。普桑的绘画《阿卡迪亚的牧人》谱写了一曲悲凉、深沉的牧歌，画面背景为优美的旷野、阳光、树木、远山和蓝天，然而居于画面中间的石碑和坟墓陡然增添了沉重肃穆的气氛，四个头戴花冠的牧人或立或跪，正在辨读碑上的铭文，石碑上的铭文指出这是传说中的乐土，环状的构图把人体与风景组成诗一般和谐的境界，人物似乎在与自然的互动中寻找不朽和永恒。普桑的另一幅名为《海尔曼尼克之死》的画作故事取材于古罗马历史，讲述了受人们爱戴的罗马将军海尔曼尼克执行上级统帅的命令而被毒死的故事。这个英雄主义的悲剧故事意味着理智和义务在大局面前战胜了情感，悲壮高亢的情绪更能激发人们的斗志。普桑绘画用明晰庄重的古典艺术形式表现了理性沉思的精神和崇高的社会道德意识。

在十七世纪，得益于画家地位的提升，绘画进一步取得了"自由艺术"的地位，"艺术家"也具备了现代意义创作者的概念，意味着作品的个人化。虽然古典主义崇尚模仿古代的艺术，但是也对艺术家的独创性寄予期望,古典主义者们在艺术家独创性道路上走得更远,绘画逐渐找回了"自由艺术"的尊严,即"自由"的人所创作的艺术,人们期待从中看到画家的技巧、思考和视野。随着法国皇家绘画和雕塑学院在一六四八年的建立,画家们也成了理论家和批评家,诸多画家也参与了这场反思艺术的工作,在借鉴古典哲学家和作家思想的同时,提出了他们自己的美学原则:愉悦和教化的必要性、对古典和历史的致敬、对美丽大自然的模仿再现、力求逼真、合乎礼仪、追求品位。这些画家们的信条同样表现在作家们的笔下。绘画与文学理论上的重叠延续到实践中,例如画家普桑的画作题材几乎都出自他的阅读,同样文学也力图通过生动的描写来达到绘画般的视觉效果和审美意蕴。

十七世纪古典主义文学在题材选取、创作灵感和美学风格等方面与古典主义绘画颇为相近。法国的古典主义文学犹以戏剧的成就最大。法国文艺理论家布瓦洛(Boileau,1636—1711)的《诗的艺术》(*L'Art poétique*,1674)是古典主义的美学法典,他将理性作为文艺的最高准则,要求作家要有社会责任感和道德规范,写景状物和文思表达必须合乎理性,满足了法国封建君主专权的需要和贵族阶级的审美趣味。布瓦洛将悲剧、喜剧和史诗视为主要体裁,牧歌、悲歌、颂歌等歌谣为次要体裁,由于小说没有明晰的审美规则,布瓦洛对它未做论述。可见古典主义者推崇的体裁是戏剧、史诗和诗歌,而不是小说。弗朗索瓦·德·马莱伯(François de Malherbe,1555—1628)是古典主义文学的开创者,他要求文学语言准确、明晰、和谐、庄重,主张诗歌轻感情、重理智,诗句要格律严整,为诗歌的规范化奠定了基础。

法国古典主义戏剧的题材和人物大多来自古代戏剧、史诗、神话和历史,戏剧家们在政治上拥护王权,宣扬个人利益服从国家利益、感情服从理智,他们的理性多指对中央王权的拥护、对公民义务的履行和对个人情欲的克制,同时他们大多强调规范化的戏剧创作法则,即同一地点、同一时间和同一情节的"三一律"法则,代表作家为高乃依(Corneille,1606—1684)、拉辛(Racine,1639—1699)和莫里哀(Molière,1622—1673)。高乃伊把悲剧建立在个人爱情与国家或家族义务之间的冲突上,拉辛则把悲剧建立在个人感情与理智的冲突上,莫里哀的喜剧具有鲜明的反封建、反教会的特色。高乃依、拉辛和莫里哀的戏剧都具有一定的民主思想,但他们都没有摆脱宫廷趣味。在美学风格上,拉辛和高乃依的悲剧都具有一种崇高庄严的风格,他们的剧本题材主要写有关君王、统帅、圣人和英雄的故事。拉辛的语言具有细腻动人之美,代表了古典主义的优雅风韵。

高乃依的文学语言具有雄辩遒劲的阳刚之美,其剧本多以国家民族的英雄事业和家族荣誉为主题,表现了古典主义的崇高风格,例如《熙德》(Le Cid,1637)中的唐罗狄克与施曼娜相爱,这对情侣的两位父亲却因国王选太子师傅一事争吵起来,施曼娜父亲打了对方父亲一记耳光。唐罗狄克得知此事后万分纠结,父仇不可不报,但对方又是爱人的父亲,最终理性战胜了个人情感,家族的荣誉促使他在决斗中杀死了爱人的父亲。万分矛盾的施曼娜想请求国王处死唐罗狄克,此时唐罗狄克手里拿着剑请求施曼娜杀死他,施曼娜最终放弃对爱人的惩罚。后来唐罗狄克在战斗中立了功,施曼娜原谅了他。男女主人公都把荣誉和责任放在爱情和婚姻的前面,直到最后国王出面干预,一对有情人才终成眷属,国王是现实生活中阶级矛盾调停人的象征。剧本既照顾到荣誉和责任的传统观念,又顾全个人利益和个人幸福,表现了两种意识的妥协调和,体现了崇高和谐的古典主义精神。

高乃依从正面推崇理性,而拉辛则从反面批判丧失理性的恶果,例如他创作的悲剧《费得尔》(Phèdre,1677)的女主人公身为王后,却爱上了国王前妻之子,她发现王子另有所爱后,便加害于他,最后悔恨交加而自杀。拉辛的悲剧多以爱情、欲望与理智的冲突为主题,语言柔情缱绻、细腻动人,代表了古典主义的优雅风韵。再如拉辛的另一悲剧《安德洛玛克》(*Andromaque*,1667)谴责了权贵阶层为满足情欲而置国家利益义务于不顾的非理性行为。特洛伊英雄赫克托耳的妻子安德洛玛克在城邦被攻陷后,沦为希腊爱庇尔王庇吕斯的女奴。庇吕斯爱上了她,以处死她的儿子为要挟,迫使她屈服就范,并因此拖延与斯巴达公主的婚期。愤怒的公主于是指使自己的追求者希腊使节去杀死庇吕斯,又因后悔而自杀。国王为了满足私人情欲而不顾民族利益,公主为了泄恨而做出疯狂的报复,希腊使节为了实现意中人的愿望而违拗使命,甚至成了弑君凶手,他们的行为都缺乏理性。唯有机智勇敢的安德洛玛克一心要保全儿子的生命,是个具有高度理性的女性形象。

第二节 巴洛克造型艺术的特点

巴洛克艺术是指一六〇〇年至一七八〇年流行于意大利、法国、奥地利、德国、荷兰、西班牙、英国等地的一种艺术主潮。十七世纪以后,以意大利为中心,金碧辉煌、气势雄伟的巴洛克风格建筑开始流行,既符合天主教会炫耀财富和追求神秘感的要求,也反映了贵族阶层追求享乐的世俗思想。巴洛克风格的建筑柱子特别粗大,屋顶、柱廊和墙壁布满繁复的雕刻,以满足王家的霸者心态,例如路易十四时期凡尔赛宫内部的富丽堂皇的装饰,以及意大利雕刻家、建筑师贝尔尼尼(Bernini,1598—1680)受教皇之托而设计建设的罗马圣彼得大教堂广场,教堂前广场柱廊气势宏大,造型复杂且富有动感,与米开朗基罗的大教堂圆顶相互呼应,形成壮丽的景观。

叶廷芳指出,巴洛克建筑将一切艺术种类和成分集于一身:"文学的题材、戏剧的效果、音乐的节奏与韵律;华美的雕塑、绚丽的绘画、涡漩的线条,使它们服从于一个统一的构思,从而使整个建筑物构成一个富丽堂皇、灵动欲飞的综合艺术品。"① 巴洛克建筑艺术形成了雍容华丽、庄严宏伟的特征,追求豪华、奇特、浮夸、感官美,其空间概念是极度扩张的,试图通过对光线、色彩的大胆运用和透视效果表达无限的概念,塑造颇具层次感、深度感的空间。建筑与雕塑运用各种起伏波动的曲线、复杂多变的几何图形来造成强烈的动感,绘画也采用对角线、弧线来达成动态的效果。

巴洛克艺术的体验源于对变化、浮夸以及宏大的痴迷,尤其建筑壁画往往以巨大的画幅、复杂的构图与色彩华丽的手法表现宫廷的奢华和教会的壮丽。这种痴迷使得画家竭尽所能地使用"错视画法"(trompe l'œil),Trompe l'œil 原是法语,意思是"欺骗眼睛",后来进入英语词汇,特指一种笔触逼真、透视奇异,以至于让观者产生错觉的画法。例如,教堂穹顶明明是个封闭的屋顶,"错视画"壁画使屋顶看起来像是个开放的天空。意大利著名画家提埃坡罗(Tiepolo,1696—1770)开创了天顶画的开阔视野,他所画的建筑穹顶的天花板,虽然是个封闭的屋顶,看起来却像个无限开放的天空,而且天空中还点缀有神话人物或飞翔的天使,有时在天花板边缘会画上一些倚靠的人物,更加强化了这种幻象效果,从而创造出具有无穷感、立体感、深度感、层次感的空间。意大利画家米开朗基罗也将错视画法的美学效果展现得淋漓尽致。装饰成了画作布局的一个指导性原则,以至于绘画作品里常充满各类表达,没有统一的中心或设有多个中心,就像画中四处分散的人物。

---

① 叶廷芳:"巴罗克的命运",《文艺研究》1997年第4期,第88页。

巴洛克时代与文艺复兴之间的关系是"继承和发展的关系","而不是对立的矛盾",①例如巴洛克文艺中常有的享乐思想和伤感情绪已经在文艺复兴时期扎下了根,当然,两者在很多方面也展现出截然不同的审美特质。相对于文艺复兴时期崇尚的和谐与简洁,巴洛克艺术倾向于追求变化、夸张与繁缛。如果把文艺复兴时期的艺术美学观比作浑圆的珍珠,那么巴洛克艺术的美学规则是形状不规则的珍珠,它是宁可打破形式上的均整也要着重于表现艺术强度的一种形式,它非常强调艺术家的想象力,并善于运用华丽的色彩、线条的动势和光线的对照,达到一种戏剧性的夸张效果。巴洛克绘画中"非理性的成分增强,平衡让位于不平衡,人体比例、运动和构图的和谐让位于过分的夸张与强调","一切都在运动,犹如旋风,人的动势和姿态失去平衡和控制"。②

因而巴洛克绘画是一种激情的艺术,极力强调运动与变化,打破了理性的宁静与和谐。巴洛克画家笔下的人物丰满健壮,尤其女性画不再柔弱。他们一反古典主义的庄严含蓄风格,强调紧张的情绪和激动的感情色彩,用强烈的色块和明暗对比来凸显画面的戏剧效果,并在构图上应用对角线、斜线、曲线来制造动感。巴洛克风格的画家主要有法国的尼古拉斯·普桑、荷兰的鲁本斯(Rubens,1577—1646)和伦勃朗(Rembrandt,1606—1669)等。

普桑是十七世纪法国古典主义绘画的奠基人,也是法国巴洛克时期重要画家,他崇尚文艺复兴大师拉斐尔、提香,醉心于古希腊、罗马文化遗产的研究,其作品大多取材于神话、历史和宗教故

---

① 叶廷芳:前引书,第87页。
② 邵大箴、奚静之:《欧洲绘画史》,上海人民美术出版社2009年版,第147页。

事。例如,《劫持萨宾妇女》是普桑的巴洛克风格作品,描述的是罗马人因新建罗马城,需要很多年轻的妇女,但邻近的城市不愿把姑娘嫁给罗马人,罗马人领袖决定智取,他们邀请邻近的萨宾人携带家眷来参加盛会,罗马人领袖扬起了披风作为暗号,每个士兵抢一个姑娘,对其他人不加伤害。这个题材被用来表现英雄主义和果断精神。画中描绘的罗马领袖披着红袍站在建筑物高处,威风凛凛地观察着这一场野蛮的劫掠。被劫掠的女人四肢乱动、搏斗挣扎,力图从罗马士兵的臂膀中挣脱出来。虽然这是一个充满暴力的题材,但整个画面充满运动感和活跃的气氛,色彩浓烈且富有层次,妇女们玉石般的柔嫩皮肤同罗马人的黄铜色肌肉形成对照,体现了戏剧性的视觉效果。伦勃朗的绘画也深受巴洛克风格的影响,他的《伯沙撒的盛宴》取材于圣经故事,巴比伦国王伯沙撒用其父掳自耶路撒冷寺庙的金银器皿大摆筵宴,饮至高潮,这时在宫殿的墙上突然出现了一只手,写下了几行金色大字,预言了新巴比伦王国的灭亡。不久波斯帝国就攻陷了巴比伦,伯沙撒也被杀死。这幅作品抓住了众人看到上帝的警告文字时大惊失色的表情和手足无措的样子,明暗对照的画面与夸张传神的动作皆显现出巴洛克艺术的动感魅力。

鲁本斯被誉为天才的巴洛克风格画家,他曾应路易十四母亲的邀请,画了许多美化宫廷的作品,掺杂了许多神话的元素,"他的作品题材丰富,神话、历史、风景、市场、竞技、战斗均囊括其中,可主题只有一个,即透过自然的无数表征展开对生命活力的不懈追求",[①]即使宗教神话是他的主要题材,但他还是以世俗的视角去描绘神性境界。他的画构图宏大,色彩华丽而富于变化,明暗对

---

① [法]艾黎·福尔:《法国人眼中的艺术史:十七至十八世纪艺术》,袁静、李澜雪译,吉林出版集团有限公司2010年版,第34页。

比显著,线条曲折,很能抓住观者的心灵。例如他将夸张的色彩对比手法应用到基督形象的创作中,他为比利时安特卫普圣母大教堂所做的绘画《耶稣下十字架》表现了与中世纪保守画法和庄严基调的决裂:死亡场景成了被颂扬的对象,画家将这一事件渲染得明亮多彩,强光映照出受难耶稣的健壮躯体和红色鲜血,带有活生生的生命悲剧意味。鲁本斯热爱巴洛克艺术运动性的场景表现方式,他画的人物都肥胖健壮,妇女也决不柔弱,彰显了复杂的力量游戏和气势磅礴的画风。例如鲁本斯的《劫夺柳西帕斯的女儿》取材于希腊神话,描绘的是宙斯与丽达所生的孪生儿子卡斯托耳与波吕刻斯将迈锡尼王的两个孪生女儿劫走的瞬间。画家将女人丰满的裸体置于画面的中心,两兄弟肤色与衣饰的深色调与两姐妹的浅色皮肤形成鲜明对比,更加突出了男性身躯的勇猛与女性身体的肉感,男人、女人、马匹交织在一块,颇有人仰马翻、天翻地覆之势,飘扬的红斗篷、高抬的马蹄、长啸的马头以及两姐妹伸出的双手更衬托出运动的力量。画中的男人健壮结实、神韵威武,女人体态丰腴、表情生动,呈现出鲜明的巴洛克艺术风格。该画描绘的是传统抢婚情节,实则宣扬了爱情之美和生命力之美,体现了人文主义的反禁欲思想,同时也含有纵欲享乐的元素,洋溢着乐观与激情的趣味。

总之,对宏大壮观场面的追求、对激情和动感的强调、对自由和新奇的崇拜构成了巴洛克艺术的美学品格。巴洛克艺术"既有宗教神秘的一面,又有世俗放荡的因素;既有狂热的感情色彩,又有相当矜持的冷静思考;非理性的幻想和面对现实的细致观察、表面的夸张和对内心活动的探求等许多矛盾的对立的方面都交织在一起"。[①] 巴洛克艺术是崇高与通俗的化合与裂变,是多元认知方式和价值标准催

[①] 邵大箴、奚静之:《欧洲绘画史》,上海人民美术出版社2009年版,第148页。

生的矛盾复合体。

第三节　巴洛克小说的审美内涵

　　法国的巴洛克文学是在一个动荡、怀疑、探索的时代生成的,它以独有的文化精神品格承载着时代的复杂脉动与普遍心态,既有文艺复兴时期的人文主义基因,又具有浪漫主义情怀和现实主义底蕴,而且不乏悲观厌世的虚无主义色彩。十六世纪的蒙田在《随笔集》的《论后悔》一文中指出了世界的动荡不安和千变万化,阐述了游移不定、矛盾不断的社会环境给人带来的不确定性和不稳定性,人的思想和行为也必然随时跟着时局的变化而变化:

> 　　我描绘的形象虽然变化无穷,一人千面,却真实无误。地球不过是一个永远动荡着的秋千,世上万物都在不停地摇晃。大地、高加索的山岩、埃及的金字塔也不例外。万物不仅因整个地球的摇晃而摇晃,而且各自本身也在摇晃。所谓恒定不过是一种较为缓慢无力的晃动而已。我把握不住我描绘的对象。他浑浑沌沌、跟跟跄跄地往前走,如同一个永不清醒的醉汉。我只能抓住此时此地我所关注的他。我不描绘他的整个一生,我描绘他的转变:不是从一个年龄段到另一个年龄段——或者如常言所说,从这七年到下七年——的转变,而是从这一天到下一天,从这一分钟到下一分钟的转变。必须把我描述的事与时间结合起来,因为我可能很快就变,不仅境遇在变,而且意图也在变。这里记录了各色各样变化多端的事件,以及种种游移不定、乃至互相矛盾的思想;或是因为我已成了另一个我,或是因为我通过另一种环境,用另一种眼光捕

捉我描绘的客体。①

蒙田所揭示的世界的变化性和不稳定性是整个人类状况的缩影,也反映到了巴洛克文学之中。无限的宇宙处于永恒运动当中,科学的发展改变了人们的宇宙观,哥白尼以日心说否定了地心说,人们意识到宇宙万物时刻都在变化和变形,这种动态观比文艺复兴的静态观更具说服力。世界常动不宁,一切尘世生活都是变化不定的,一个"动"字可以概括巴洛克文艺的世界观核心。

自然科学变革所激发出的焦虑不安和探索精神渗透于文学与艺术的各个领域。法国哲学家、科学家布莱兹·帕斯卡尔(Blaise Pascal,1623—1662)在他的《思想录》(*Pensées*,1669)中提出发问:

> 人在自然中到底是个什么呢?对于无穷而言就是虚无,对于虚无而言就是全体,是无和全之间的一个中项。他距离理解这两个极端都是无穷之远,事物的归宿以及它们的起源对他来说,都是无可逾越地隐藏在一个无从渗透的神秘里面;他所由之而出的那种虚无以及他所被吞没于其中的那种无限,这二者都同等地是无法窥测的。然则,除了在既不认识事物的原则又不认识事物的归宿的永恒绝望之中观察它们(某些)中项的外表而外,他又能做什么呢?万事万物都出自虚无而归于无穷。②

帕斯卡尔认为人是无穷小和无穷大之间的一个中介,所以必然会感到迷惘和恐惧,这种比例失调的人正是巴洛克人物状况的真实写照,"巴洛克文学恰恰表达了这种普遍的恐慌和不安,但是

---

① [法]蒙田:《蒙田随笔全集》(下卷),陆秉慧、刘方等译,译林出版社2001年版,第19页。
② [法]帕斯卡尔:《思想录》,何兆武译,湖北人民出版社2007年版,第14—15页。

它也具有超脱疑惑和重建自我的恒久意志,因为巴洛克人物在探寻自我的同时也在寻找人生的意义,试图找到自己的根基、确立自我、规划未来"。①

可见从十六世纪到十七世纪,法国文学与绘画艺术都表达了关乎人类境遇的价值主题,让人们切实地感受到现实的纷杂、动荡、凝重与沉郁。在此期间,法国由于战乱频繁、教派纷争不断,加之各种怀疑主义、感性主义、理性主义的影响,巴洛克作家们不可避免地陷入了精神上的彷徨与动荡之中。世界易逝、人生如梦,这是巴洛克作家们普遍的生存感受,一方面,作家的使命意识促使他们关注社会现实、摹写民生,另一方面,人生苦短、及时行乐的思想又普遍蔓延。巴洛克文学兼具现实主义和理想主义特征,之前的欧洲文学题材大多是《圣经》故事、古代神话和传说、历史事件和中世纪骑士生活,并不以普通平民为主人公,而巴洛克文学大量展现当代生活,甚至让社会底层人物充当主人公。

瑞士学者让·鲁塞是十七世纪法国文学研究的著名专家,他的著作《巴洛克时代的法国文学:喀耳刻和孔雀》曾轰动一时,探讨了一五八〇年到一六七〇年期间法国巴洛克文学与艺术的特色。全书的发展围绕两大主题:变形和炫耀,喀耳刻(Circé)象征着"变形",喀耳刻是希腊神话中住在地中海小岛上的一位精通巫术的女怪,太阳神的女儿,她是女巫、女妖、巫婆等称呼的代名词,经过的旅人受她蛊惑,被她变成牲畜或猛兽,孔雀(le paon)象征着浮夸和炫耀。② 这意味着"变形"美学和"浮夸"意识成为巴洛克文学的主宰,变形和夸张乃是智者的艺术情趣,巴洛克文艺充满了多姿多彩的、非理性的幻想,例如对动势效果、反差效果、怪诞场

---

① Jean-Pierre Chauveau, *Lire le Baroque*, Paris:DUNOD,1997, p.27.
② Jean Rousset, *La Littérature de l'âge baroque en France:Circé et le paon*, Paris:José Corti,1953, p.13-14.

面和奇喻修辞的追求,让人耳目一新。例如让·鲁塞对巴洛克文学形式的评价:"在被当作玩物和变形的英雄人物与破碎、开放、多中心的结构之间;情节冗长,时间展延,线索时断时续互相交错,人物跑马灯似的移动,戏剧内容膨胀,给人以运动、复杂和累赘的感觉。"①史忠义就此指出,让·鲁塞的方法就是首先找出巴洛克建筑和绘画的基本主题、规律与同时代文学作品群体的基本主题、规律的相似性,然后试图对一种结构破碎的诗(像波浪和螺旋那样流动的诗)和一种结构齐整的诗(例如马莱伯的诗)进行对比和反证。② 人们有时不由自主地形成了巴洛克风格,例如高乃依的作品在巴洛克时期曾试图跳出变化和变形的圈子,却陷入了另一种特征"炫耀",孔雀象征着巴洛克式的炫耀特质。

巴洛克作为综合的文艺思潮,不拘泥于各种艺术形式之间的界线,将建筑、绘画、雕塑、音乐、文学等不同形式的创作美学融为一体,巴洛克风格尤其体现在丰富的装饰和浮夸的表达手法上,绘画与文学都是如此。钱钟书先生曾将巴洛克译为"奇崛",所以巴洛克文学就是"奇崛的文学",它的想象极其丰富,意象非常怪谲,辞藻十分华丽,感情特别强烈,节奏起伏不定,给人一种动态感和浮游美。法国的巴洛克作家认为世界是不断变化的,因而要充分表现自由,热爱自然美景,重视非同寻常,喜欢玩弄文字游戏和俏皮话,爱用夸张、对比、拟人、隐喻和反衬。这一时期见证了修辞学的胜利,文学和绘画表达出类似的激情,对十九世纪浪漫主义文学产生了深远影响。

法国的巴洛克文学分为诗歌、小说和戏剧三个方面,侧重描写田园牧歌式的理想生活、宗教战争带来的浩劫,涉及人的处境、大自然、世界的奥秘等。十七世纪的法国诗坛涌现出一批才思敏捷、

---

① [法]让-伊夫·塔迪埃:《20 世纪的文学批评》,史忠义译,河南大学出版社 2009 年版,第 76 页。
② [法]让-伊夫·塔迪埃:前引书,第 77 页。

想象丰富的巴洛克诗人,他们的诗歌不仅洋溢着自由奔放的浪漫情愫,而且追求一种矛盾、复杂、充盈和高远的境界,与古典主义诗歌大异其趣。泰奥菲尔·德·维奥(Théophile de Viau,1590—1626)、圣阿芒(Saint-Amant,1594—1661)等巴洛克诗人的诗歌创作都不约而同地表达了对青春韶华、时光流逝、孤独落寞的感叹,也流露了追求爱情、纵情享乐的意识。维奥的《黎明颂》一诗被视为巴洛克抒情诗中的佳作,充满了田园牧歌的浪漫气息和新奇的比喻,例如:"曙光正向白昼的额头,/播撒碧蓝、黄金和象牙,/喝足海水的太阳天马,/开始歪歪斜斜的周游","菲丽丝,快起身,别再睡,/让我们去园子里看看,/花园是否像你的脸蛋,/已经种下百合和玫瑰"。① 圣阿芒追求自由和娱乐的诗歌形式,写了很多关于饮酒美食、吟咏瓜果的诗篇,饶有风趣、雅俗共赏,四方游历的他以讴歌四季景色来寄托情思,例如巴黎之春、罗马之夏、阿尔卑斯山之冬等。这些诗歌构思巧妙,打破现实事物的逻辑关系,自由地组合意象,进行奇特的剪接,缔造非理性的幻觉,并大量运用隐喻和幽默手法,也不忌讳俚俗的语言,带有新异、奇崛的审美色彩。

　　古典主义对小说的忽视反而使得巴洛克小说摆脱了古典主义法规的束缚,得到了长足的发展。小说是用通俗的语言表现的,而且心理描写比戏剧更为细腻,读者可以更加自由地阅读和体验人物的喜怒哀乐。所以十七世纪的法国小说虽然笼罩在古典主义戏剧的光芒之下,实际上却拥有大量读者,作家和作品也不断涌现。在十六世纪末到十八世纪中叶这段时期里,小说逐渐发展壮大,成长为一种独立的文学体裁。十七世纪的小说家既然被古典主义的主流文学所排斥,就只能在贵族沙龙小说和市民写实小说两个领域中大显身手,其类型包括心理小说、田园小说、历史小说、冒险小

---

① 程曾厚(译):《法国诗选》,复旦大学出版社2004年版,第141、143页。

说和流浪汉小说等体裁。短篇小说在十七世纪也得到了飞速发展,例如让·德·拉封丹(Jean de La Fontaine,1621—1695)的寓言诗,实际上是哲理小说的雏形。巴洛克文学不仅宣扬宗教的神圣和皇权的威仪,而且传达着丰富的人生体验。

十七世纪上半叶,法国在宗教战争后渐趋稳定,许多封建贵族聚集在贵妇主持的沙龙里高谈阔论,矫饰趣味成为社会风气,矫饰者(女才子)一词本意指上流社会的贵妇人,她们寻求超乎平庸的语言表达方式,索梅兹(Somaize)的《矫饰者词典》(*Dictionnaire des Précieuses*,1659)收集了许多例子,例如将扫帚说成"清洁的工具",镜子是"妩媚的顾问",椅子是"谈话的舒适",眼睛是"心灵的镜子",音乐是"耳朵的天堂",月亮是"黑夜的火炬",蜡烛是"阳光的补充"等,它反映了贵族在百无聊赖的生活中以文字游戏取乐。① 由此产生了矫揉造作、美化贵族的诗歌和小说作品,形成了足以与古典主义戏剧分庭抗礼的贵族沙龙文学。法国贵族沙龙小说风格矫揉造作、优美典雅,按体裁可以分为田园小说、历史小说和心理小说,代表作家有奥诺雷·杜尔菲(Honoré d'Urfé,1567—1625)、玛德莱娜·德·斯居代里(Madeleine de Scudéry,1607—1701)、拉法耶特夫人(Madame de La Fayette,1634—1693)等。

田园小说拒绝古典主义的理性原则,把生活的偶然性作为推动故事情节发展的主要力量,在叙事手法上多依靠意外、离奇事件的插入来改变叙事的方向,造成复杂感、夸张感和丰富感。田园牧歌式文学主要表现理想的情爱世界,此类作品的爱情冲突几乎都是由误会、嫉妒或巧合造成的,与社会黑暗层面关涉不大,因此这种爱情描写由于缺乏现实生活基础而显得人物矫饰、情感虚浮、情节老套。田园小说以奥诺雷·杜尔菲的《阿丝特蕾》(*Astrée*,

---

① 郑克鲁:《法国文学史》(上卷),上海外语教育出版社2003年版,第163页。

1607—1627)为代表,全书五千多页,描写了牧童与牧女之间曲折离奇的爱情故事,也展现了美丽的自然风情。这种卷帙浩繁、枝蔓丛生的小说写作正如让·鲁塞所指出的,《阿丝特蕾》的特色就是人物个性的"不稳定""多变""矫饰"以及象征性的自然背景描写。① 小说主要写牧羊姑娘阿丝特蕾和牧羊男子塞拉东的爱情纠葛。故事发生在五世纪时的福雷兹地区。牧童塞拉东一直爱着牧羊女阿丝特蕾,但他们两家是仇人,出于谨慎的阿丝特蕾让塞拉东公开追求阿曼特,塞拉东的情敌塞米尔设法令阿丝特蕾相信塞拉东与阿曼特真的相爱了,阿丝特蕾愤怒地与塞拉东提出分手,无论塞拉东如何解释,均难以消除牧羊姑娘的误解。失恋后的塞拉东在绝望中投河自尽,被三个水仙(仙女)相救。后来他摆脱了仙女,躲进了森林,继而男扮女装,化装成少女接近阿丝特蕾,和她成了形影不离的好朋友。阿丝特蕾同这个很像塞拉东的少女产生了热烈的友谊,并向后者表达了自己的悔恨。杜尔菲来不及写完小说就去世了,他的秘书巴罗(Baro,1596—1650)续写了一个完美的结局。在再次经历了一些曲折之后,最后阿丝特蕾亲口说出希望塞拉东恢复为原来的面貌,在神奇的爱情之泉面前与他言归于好。这对有情人在小说结尾终成眷属。

小说《阿丝特蕾》出版后引发强烈的反响,很受读者欢迎,连高乃依和拉辛都大量引用它的章节,杜尔菲也因此在欧洲田园体小说史上占据了重要的地位。其实这类田园小说采用了隐喻的手法,牧童象征着乡村贵族,水仙代表着公主,反映了贵族的思想情趣和对理想生活的追求。小说的成功主要在于作者对人物心理细致入微、淋漓尽致的描摹,写出了爱情中的嫉妒、猜疑、痛苦、胆怯、

---

① Jean Rousset, *La Littérature de l'âge baroque en France : Circé et le paon*, Paris: José Corti, 1953, p. 32-34.

执着、专一等表现,这种细腻感人的"牧歌"式爱情对于向往美好爱情的青年读者来说,是一种诱惑和补偿,而且小说中的奇思妙想也符合当时年轻人的审美趣味。这部田园牧歌小说通过牧羊人与牧羊女之间离奇荒诞的爱情故事,在魔幻故事的框架中构筑精神的乌托邦,挥洒出瑰丽的想象和诗意的柔情。小说中还有大量的战争情节,这种冒险的气氛和亦真亦幻的虚构体现出鲜明的巴洛克特色。可见在田园小说中,"乔装"(déguisement)是常用的叙述策略,小说中的塞拉东数次乔装为女性,"巴洛克式的乔装改扮无处不在,并具有多种形式:有趣的反串、身份的掩饰,甚至是性别的改变等",体现了新奇的想象色彩,从而引发了强烈的戏剧效应。[1] 此外,小说中跌宕起伏、变化无常的爱情故事契合了宇宙的运动法则,女主人公坐在河岸边观察着流水,发出了这样的感叹:"一切都在变化,周而复始地变化,没有什么比易变更稳定,没有什么比变化更持久","易变"(inconstance)的主题,尤其是爱情的变幻无常,是巴洛克文学的重要构成元素。[2]

历史小说以玛德莱娜·德·斯居代里的长篇小说《居鲁士大帝》(*Artamène ou le Grand Cyrus*,1649—1653)和《克莱莉》(*Clélie*,1654—1660)为代表。斯居代里出身名门望族,在沙龙中结识了许多社会名流,她虽然写的是历史,其实描写的是十七世纪上半叶巴黎贵族社会的思想感情和生活风尚,体现了贵族沙龙文学的典雅风格。《居鲁士大帝》的故事发生在公元前五世纪的波斯,国王居鲁士爱上了曼达娜公主,为了向她表达爱情,他化名为她的父亲效劳。当曼达娜被敌人俘虏,他又为了救她进行了不懈的战斗。《克莱莉》也是借用历史故事和军事冒险的框架来叙述男女之间

---

[1] Laurence Plazenet, *La littérature baroque*, Paris: Seuil, 2000, p. 32.
[2] Laurence Plazenet, *ibid.*, p. 28.

的爱情奇遇。斯居代里惯于"借用史诗的笔法来描绘英雄美人的悲欢离合,歌颂了贵族的英雄主义。在她的笔下,男主人公无不英俊潇洒、骁勇善战,女主人公则全都温柔多情、贤淑美丽,使贵族们从中看到了自己的完美形象"。① 但是斯居代里并未盲目迎合贵族的放荡风气,而是主张道德规范和尊重妇女,她在小说中为妇女受奴役的地位感到不平,并教育贵族们的恋爱要遵守文明的规则,而且她还写作了一系列《道德会话录》(1680—1692),所以她被誉为法国第一个女伦理学家。

上述小说不但在内容上比中世纪的艳情小说更为深刻,而且在表现手法上也丰富得多,这些在拉法耶特夫人的心理小说代表作《克莱芙王妃》(*La Princesse de Clèves*,1678)里表现得更为明显。《克莱芙王妃》对典雅爱情的描写揭示了现实生活中的情感矛盾,承载着那个时代上层社会的浪漫精神和诗意情怀。小说写美丽富裕的德·沙特尔小姐按照母亲的意愿嫁给克莱芙亲王,但在一次宫廷舞会上,又结识了英俊潇洒、风度翩翩的德·内穆尔,两人一见钟情。王妃毕竟是一位真诚、有教养的名门闺秀,传统的伦理道德使她长时间抵制着婚外情的危险诱惑。尽管她并不爱亲王,她还是用理智控制了自己的感情,主动地将此事告诉了丈夫,克莱芙亲王虽然赞赏妻子的纯洁,心里还是感到嫉妒,他郁郁寡欢,最后积郁而亡。克莱芙王妃恪守妇道,拒绝了德·内穆尔的求爱,到修道院去了却余生,成为守身如玉的理想人物。作者暗示"德行"应以巨大的牺牲为代价,小说写的虽然是一个三角婚外恋,但丝毫不流于庸俗肤浅,其美学品位高雅。作者将男女主人公置于激情与理性对立冲突的旋涡里,以丰富生动的心理来再现人物的艰难抉择和刻骨铭心的情感,引起读者的同情和伤感,带给人们复杂的情

---

① 吴岳添:《法国小说发展史》,浙江大学出版社2006年版,第45页。

感心理体验,开启了近代心理小说的先河。

巴洛克文学强调在情感与理性的矛盾冲突中刻画人物丰富复杂的性格,拉法耶特夫人把现实的人和事传奇化,做到了常中见奇的巴洛克文学效果。例如两位主人公虽然处于俊男美女如云的宫廷中,却被写得具有异乎寻常之美,秀雅貌美的德·沙特尔小姐被惊为天人,而德·内穆尔先生诙谐风趣、风流倜傥,总是成为众人瞩目的唯一焦点。小说还再现了典雅人物精致的语言、高贵的举止、优雅的仪表,对宫廷外交、皇家气派、政治权谋与人情世态都有出色的描绘,展现了纷繁复杂的社会习俗、现实矛盾和精神氛围。《克莱芙王妃》不仅揭示了宫廷贵族的虚浮情感,更肯定了理想的道德和忠贞的美德,强调爱的责任和义务,批判情欲至上的个人主义,具有极高的伦理道德价值。

贵族文学题材主要描写爱情和感情生活。在巴洛克作家看来,在压抑的时代氛围里,在动荡不定的社会环境中,只有在爱情的疆域中,被压抑的感情才可以自由喷发,想象的翅膀才可以任意翱翔,所以他们往往在心中筑造起一个想象的、可以无限舒展自我意识的世界。当然巴洛克文学也并非专属于贵族,它以贵族审美趣味为核心,同时涵摄了其他社会阶层,尤其是民间的集体意识和狂欢精神,体现了一种雅俗共赏的审美追求,既有贵族的典雅,又不乏民间的俗趣。这种审美趣味既富有现实生活的世俗气息,又充满浪漫神奇的艺术色彩。巴洛克文学固然追求风雅庄重,"却并不拒绝而且还有意借鉴或戏拟民间各种俚俗谐谑的艺术形式","无论是贵族还是平民巴洛克作家,都偏爱活泼谐谑的感性叙事",在作品中增加喜剧元素,赢得大量的民间读者。①

---

① 金琼:"巴洛克文学的多元化价值及其影响场域",《广州大学学报》(社会科学版)2011年第3期,第68页。

在巴洛克作家笔下,俚俗、粗野、荒诞等内容随处可见。底层民众的俚俗趣味是对典雅庄重的颠覆,是原始本能意识的投射与变形,也是人性的抒发与解放。巴洛克文学中俚俗的表现方式丰富多彩,例如人物的奇行异举使读者诧异于人物的非同凡响,这种怪诞趣味早在十六世纪拉伯雷的《巨人传》中就已经萌芽,该小说充满了粗鄙调笑的话语和怪诞奇特的形象,广泛展现出世俗社会的人生百态,传达了一种带有民间狂欢精神的奇诞意味。卡冈都亚及其儿子庞大固埃不仅形象怪诞夸张,语言也充满着机智、幽默、夸张、反讽、嘲弄和谐谑的喜剧感。该作品使用粗鄙的人物语言,不时穿插民间的笑话和插科打诨。正是典雅与俚俗的对立与互动,显示了巴洛克文学审美趣味上的矛盾性、多元性与互补性,增强了巴洛克文学的艺术张力。

随着这些影响极大的作品的出现,小说开始了从神秘向平凡的转变过程,市民写实小说也乘机繁荣起来。市民写实小说既不同于维护王权的古典主义作品,也有别于美化贵族的贵族沙龙小说,它们不加掩饰地描绘现实生活,因而被贵族们视为粗野和庸俗。现实中的善与恶、美与丑、真与假、奢华与赤贫、教义与物欲,以及人性的复杂性和多面性动摇了理想主义的基础,法国的冒险小说家和流浪汉小说家们以怀疑主义的目光审视着不断变化的世界,所以他们的文学没有秩序、纪律和规则可言,要充分表现自由。在此类小说中,"寻找"和"巧合"成为推动故事发展的动力,故事的变化难以预测,人不甘受命运的摆布,敢于冒险拼搏、感情用事。作家热衷于描写暴力、暗杀、酷刑和性冲动,用一些流血、死亡、腐尸、淫乐等场面制造出一种出奇制胜的美学效果。[1]

---

[1] 冯寿农:"艺苑上的奇葩——巴洛克艺术:从建筑到文学——关于法国巴洛克文学",《外国文学研究》1990年第1期,第84页。

弗朗索瓦·费讷隆（François Fénelon,1651—1715）出身贵族，他接受过天主教的神学教育，知识渊博，个性宽容，能言善辩，他的冒险小说《忒勒马科历险记》(Les Aventures de Télémaque, 1699) 取材于荷马史诗《奥德赛》，主要写忒勒马科离家寻访父亲的故事。他一路上到过许多国家，了解到不同的社会和政治制度，其中有平等公正、抑恶扬善的理想国家。他在小说里谴责暴君的不合理行为，提出国王应服从法律的主张，这些对现实的影射触怒了路易十四，他因此被流放到边远地区。这也说明了古典主义为什么要蔑视小说，因为史诗最适于歌颂王公贵族，而小说却往往起着揭露和批判的作用。

法国作家西哈诺·德·贝尔热拉克（Cyrano de Bergerac, 1619—1655）是一位颇有想象力的巴洛克小说家，他一生放荡不羁、崇尚自由，他创作的小说《另一世界或月球上的国家和帝国》(L'Autre Monde ou les États et Empires de la Lune, 1657) 和《太阳上的国家和帝国的趣事》(Histoire comique des États et Empires du Soleil, 1662) 是巴洛克式的典型小说。作者以惊人的想象力叙述主人公坐上自己发明的火箭到月球和太阳上旅行，之后发生了一系列荒诞不经的离奇故事。主人公落入巨人的手中，巨人把他当成家畜，他在魔鬼的干预下获得解放，发现了月球社会，这是他理想的社会和乐园。他不情愿地回到地球之后，被当作巫师关了起来。他又发明了一种新机械，把自己送到了太阳上，他访问了太阳上的许多国家，还在民主的鸟国受到鸟儿的审判，鸟国的国王由最弱的人担任，而且只要受到三只鸟儿投诉就应被罢免，这些奇幻情节显露出启蒙时代理想社会的萌芽。后来他在哲学家王国与笛卡尔相遇，故事就此中断。两部小说以风趣诙谐的语言嘲笑宗教迷信，宣扬了唯物论、无神论和乌托邦的观点。作者采用了第一人称，极尽夸大词汇和堆叠华丽辞藻，并且运用了同音异义词等修辞手法和讽刺幽默的笔调,巧妙地把幻想和现实融为一体,开了哲理小说和科幻小说的先河。由此可见,巴洛克小说通过真与幻的交织,在摹写社会现实、抒写人生感慨的同时,也不时将人们引入一种理想、浪漫、奇崛的诗性境界。

法国作家保尔·斯卡龙(Paul Scarron,1610—1660)以滑稽玩笑的文风而著称。例如他的喜剧《亚美尼亚的堂雅菲》(*Don Japhet d'Arménie*,1653)写了上流社会小姐捉弄宫廷小丑的故事,堂雅菲是宫廷中供人取乐的小丑,却妄想获得贵族小姐的爱情,于是一位小姐假装约他在闺房里相会,暗地里却让自己的父亲把他抓住,逼他脱光衣服,使他丑态百出。斯卡龙的另一喜剧代表作当属《滑稽小说》(*Le Roman comique*,1651—1657),上下两部分别于一六五一年和一六五七年发表,叙述了一个剧团在外省巡回演出时与当地居民之间的滑稽纠纷。流浪剧团在外省过着风餐露宿的艰苦生活,有时还会遇到强盗拦路抢劫,乡镇当局更是对他们百般刁难,客店老板也趁机勒索。小说以诙谐幽默的文笔叙述了剧团演员们在外省的滑稽遭遇,既令人捧腹大笑,又令人感慨不已。可见巴洛克时期的作家充分展现了生活的丰富多彩,他们被现实趣闻所吸引,喜欢制造生活的欢乐和轰动的效应,因此,巴洛克文学兼具现实主义和浪漫主义的色彩,使人们在现实的阴暗中看到无尽的欢笑和乐观的情怀。

流浪汉小说是巴洛克叙事文学中一种典型的体裁,它突破了一般巴洛克文学所蕴含的反宗教改革精神,把目光投向社会下层,透过出身低微的卑贱者或"反英雄"的"小人物"来观察社会,进而揭示黑暗的社会现象。这类小说中的流浪汉在社会的眼中不啻是行为粗鄙、语言粗俗的无赖汉,他们往往大智若愚,虽然貌似愚钝,却不乏狡猾智慧,在流浪过程中受尽上流社会的嘲笑与捉弄,但总会看准机会给他们狠狠的反击。所以这类小说也叫"机智小说",

它有很强的颠覆主流社会价值观的意识。

夏尔·索莱尔（Charles Sorel,1599—1674）是一个继承了西班牙流浪汉小说传统的法国作家。索莱尔的代表作是长篇小说《弗朗西荣的滑稽故事》(*La Vraie Histoire comique de Francion*,1623—1633)，写的是年轻绅士弗朗西荣的爱情故事。美人罗莱特的丈夫身体羸弱，弗朗西荣急于取而代之，由此开始了一连串离奇和滑稽的故事。他曾到巴黎学院学习，艳遇不断，结识了媒婆阿加特，并成为诗人和大贵族克雷昂特的心腹。他的一系列滑稽遭遇再现了庸俗、愚昧和迂腐的时代风气。他最后来到意大利旅行，虽然情敌们的嫉妒招致很多麻烦，但他终于娶到了梦想的女人。该小说以滑稽模仿的语言和嘲弄的笔调描绘了贵族、资产者、学究、农民和媒婆等各类人物的趣事，还有宫廷场景、决斗、诉讼、宴会、调情、寻欢作乐等场面，生动地反映了社会生活的各个方面。索莱尔的另一小说《胡闹的牧羊人》(*Le Berger extravagant*,1627—1628)的男主人公读了《阿丝特蕾》等小说后入了迷，干出了种种蠢事。该小说讽刺了当时贵族沙龙文学的英雄主义和田园牧歌等脱离现实、任意虚构的写作方式，在一六三三年再版时被冠以"反小说"(Anti-roman)的名称。索莱尔书写的滑稽故事充满了"反英雄"的人物形象，从中可以看出西班牙小说《堂吉诃德》对他的影响。因而索莱尔的小说具有鲜明的巴洛克文学特色，也为十八世纪的写实小说开辟了道路。

综合以上所述，法国的巴洛克作家们将巴洛克艺术的运动激情、装饰性的夸张、富有想象力的构思和戏剧性的艺术效果运用到小说的叙述中。巴洛克小说大都冗长拖沓，情节的延长意味着事物在运动，使读者在动荡不定的情势和虚幻的境界里漫游，由此激起读者超越现实的渴望，引发读者的感悟和反思。巴洛克作家们的作品既立足于现实生活，又充满了浪漫的梦想色彩，从沙龙文学中的宫廷争斗、感情矛盾和爱情虚幻,再到市民小说中的战争灾难、宗教迷惘、科幻想象和民间历险,实质上是以文学虚构的复杂世界来揭露社会现实的晦暗残酷,或者以理想世界的浪漫绮丽帮助人们躲避现实的混乱和冷漠,表达人们对理想精神家园的向往和皈依,使人们在真与幻的两极之间,产生一种既厚重又奇幻的独特审美感受。巴洛克文学体现了多元化的审美追求,对未来法国文学的发展具有不容忽视的影响场域。

第四章 十八世纪:绘画美学与文学创作的混合杂糅

十八世纪法国绘画与文学的美学特征是混合杂糅的。巴洛克是十六世纪末至十八世纪初期流行于欧洲的艺术风格,到了十八世纪,宗教怀疑主义与启蒙思维并起,引领社会走向颠覆与革命,艺术风格作为社会文化的视觉再现系统,与时并进。巴洛克的辉煌壮丽风格于路易十四去世之后渐转消弭,路易十五执政后的宫廷文艺以奢华、精巧、典雅和轻佻的趣味取代了路易十四时期的严肃、宏伟和英雄气概,洛可可(Le Rococo)风格便是这种艺术趣味的典型表现,它起源于十八世纪的法国,受到路易十五的大力推崇,在十八世纪上半叶成了全欧洲艺术风格的主流。洛可可一词从法文单词 rocaille(用贝壳石子堆砌的假山)派生而来,原指贝壳似的装饰图案。① 路易十五时期不少贵族都喜欢用精致的假山和涡形花饰来装饰住宅。随着社会经济的发展,洛可可艺术由宫廷形成后流行开来,一种纤秀、精致、典雅、活泼的新型艺术风格在法国民间形成,它从室内装饰扩展到建筑、雕塑、绘画、音乐和文学,这便是洛可可文艺。

洛可可艺术作为巴洛克艺术之延续与变异,是当时法国贵族

---

① Jean Weisgerber, *Le rococo: Beaux-arts et littérature*, Paris: PUF, 2001, p. 1.

政治与启蒙运动背景之下文化精神的演化与转变,巧妙地表达了十八世纪新兴资产阶级的审美意识。在十八世纪的法国,洛可可风格侵袭了宫廷贵族生活的各个领域,不论是绘画、雕塑,还是装饰、家具与服饰。声名显赫的蓬巴杜夫人是路易十五的情妇,她主持的艺术沙龙一度左右了整个宫廷的趣味,致使美化妇女成为流行的风尚,让洛可可风格的艳情艺术和贵族趣味主宰了十八世纪前半期。洛可可绘画摆脱了宗教题材的沉重,以上流社会男女的享乐生活为主要题材,多描绘全裸或半裸的妇女和精美华丽的装饰,配以天堂般的自然风景。

洛可可艺术实际上是古典主义艺术在新的时代背景下的变种,主要表现封建贵族和有产阶层浮华享乐的审美情趣,贯穿了大半个世纪。巴洛克绘画风格延续至十八世纪中期,古典主义带来的类别划分被保留了下来:历史画最受推崇,其次是肖像画和风景画。然而这并不妨碍一些次要类别画风的兴起。新古典主义风尚在十八世纪六十年代末初露端倪,占据领导地位的洛可可艺术渐趋落伍。十八世纪的欧洲盛行考古,许多知识分子专注于古典文化的研究,古典包含着古希腊的哲学、神话、悲剧与史诗,也包含着罗马时代的历史,这些元素成为法国大革命前后知识分子向往的主题。相对于巴洛克时代极度煽动感官激情,启蒙运动更加强调理性。当时许多启蒙运动的知识分子相信,古典文化的优秀在于建立在理性基础上,艺术家们也致力于研究古典,大发思古之幽情。"新古典并不等同于古典,是隔着历史遥远的距离,重新把古典元素拿到当代来使用,赋予这些元素新的时代意义"。① 新古典主义的"新"在于借用古代题材和技法来描绘当下现实中的重大事件和英雄人物,直接为资产阶级夺取政权和巩固政权服务,具有

---

① 蒋勋:《写给大家的西方美术史》,湖南美术出版社 2016 年版,第 195 页。

鲜明的现实主义倾向。

可见十八世纪法国绘画艺术的发展有诸多的分支。十八世纪洛可可艺术的宫廷趣味与享乐基调往往与当时启蒙思想家们所提倡的理性精神和平实艺术相违背,然而洛可可在某种意义上也是一种对理性的反映,它抗辩古典的规则束缚,要求从学院的局限中挣脱,重获自由表达的机会。正如西方史学家雅克·巴森(Jacques Barzun,1907—2012)的看法:"洛可可是'启蒙在嬉戏',在理性之中稍歇口气。"①洛可可与启蒙运动之间的关系呼应着十八世纪法国的社会表征、时代情感与审美意识。启蒙运动呼吁的自由和理性精神在新古典主义绘画时期已经开枝散叶,在启蒙文学领域更加茁壮成长,以戏剧、小说等多样化的体裁形式蓬勃发展。理性的精神已渗入到十八世纪人们的集体意识和日常生活,随着日益高涨的启蒙运动,文学家和艺术家们呼唤用理性的智慧之光驱散现实的蒙昧黑暗,追求自然、理性、平衡的新世界,反封建、反教会的理性主义被推向巅峰。

与绘画领域的多元化风格相比,十八世纪的法国文学也有诸多分支,作家同画家们在主题选择和审美情趣等方面有着诸多的交汇和碰撞,同时巴洛克文学、洛可可文学与启蒙文学呈现出混合与杂糅的态势。十八世纪法国文学领域的美学多样性颇为突出,古典主义的遗风中掺杂了自由的气息,融合了巴洛克、洛可可、新古典主义等各种美学风格。十八世纪上半叶的法国小说主要还是对十七世纪贵族沙龙小说和市民写实小说的模仿,尤其一些流浪汉小说具有鲜明的巴洛克文学特色,一些贵族沙龙小说兼具了巴洛克文学的奇崛风格和洛可可文艺的调情享乐风格,不过它们共

---

① [美]巴森:《从黎明到衰颓——五百年来的西方文化生活》(中),郑明萱译,台北猫头鹰出版社2004年版,第679页。

同的特点都是反映了法国十八世纪的社会现实和文化现象。十八世纪中后期的法国文学保留了多种文艺潮流的典型元素,启蒙思想家们的哲理小说大量发展起来。

第一节　十八世纪前期的巴洛克小说

十八世纪上半叶的法国文学受到了西班牙文学的影响。十八世纪初期,路易十四为了争夺西班牙王位的继承权,在西欧进行了多年战争,使得法国人民对西班牙的社会文化生活产生了浓厚兴趣,借鉴西班牙题材成为当时法国文坛的时尚。西班牙的流浪汉小说是一种典型的巴洛克文学体裁,其诙谐幽默的语言、滑稽夸张的文风和对社会生活的辛辣嘲讽,对当时法国的小说创作产生了深远影响,也为批判现实主义小说的发展开辟了道路。流浪汉小说往往以"末世论的基调"展现孤单个体的流浪、斗争和精神旅程,这些"反英雄"人物"以自己的方式洞悉世界的迷宫","虽然其成长学习的方式是粗放的,但是会逐渐获得一种意识"。[1] 这些人物的奇行异举彰显了人性的复杂,体现了游移不定、矛盾不断的环境给人带来的多面性、不确定性和不稳定性。他们可能卑微琐碎、行为粗暴,对社会政治和道德规范采取冷漠、不屑和愤怒的态度,但他们的动机并不邪恶,体现了作家们对普通大众命运的关注和对不合理社会现实的批判。

法国作家阿兰-勒内·勒萨日(Alain-René Lesage,1668—1747)的代表作有喜剧《主仆争风》(*Crispin rival de son maître*,1707)和小说《瘸腿魔鬼》(*Le Diable boiteux*,1707)、《吉尔·布拉斯》(*Gil Blas*,1715)等,这些作品具有鲜明的巴洛克文学特色,以

---

[1] Didier Souiller, *La littérature baroque en Europe*, Paris: PUF, 1988, p.230.

反讽和戏拟手法打破现存的秩序和规范,以镜像虚构的方式折射现实,让主人公在游历中学习人生和了解世界。例如《瘸腿魔鬼》的名称借自西班牙流浪汉小说家路伊·维雷·德格瓦拉(Luis Vélez de Guevara,1570—1644)的同名小说,所以在卷首有献给德格瓦拉的题词。小说的背景为西班牙的马德里,主人公唐克列法斯的情人想逼他成婚,于是把他骗来监禁起来。他设法逃了出去,偶然钻进一个阁楼里的星相家实验室,看到一个瘸腿魔鬼阿斯莫德被关在玻璃瓶里,据说他掌管着人间姻缘和娱乐。唐克列法斯把魔鬼放了出来,报恩的魔鬼于是带着他飞越马德里所有的屋顶,让他看到了无数人间隐私,从而揭露了尔虞我诈、道德沦丧的社会风气,以及贵族们的腐朽堕落、穷苦人的悲惨遭遇和官僚的利欲熏心,其中有小偷盗窃、骗子分赃、妓女卖淫,还有骗取少女贞操的贵族,抄袭别人的作家,盼望守财奴父亲快点死去的子女们,私吞国家钱财的银行家。最后魔鬼又被星相家召回去关在瓶子里。小说通过两位主人公旅行中的所见所闻,把西班牙各个阶层的生活景象和风土人情展示在读者眼前。勒萨日以西班牙背景作为掩护,其实是抨击法国的黑暗社会现实,并借魔鬼之口来揭露贵族、神甫和法官等人的腐败虚伪,谴责了社会风气的败落。小说中不乏古怪荒唐的事物,文风夸张、用词怪僻,喜欢玩弄文字游戏和俏皮话,精于隐喻和反衬。例如小说中有一个弹着六弦琴唱歌的高个子青年,他因为遇到一个冷酷无情的爱人而变得神经错乱,他哼唱的歌曲"西班牙人的歌"体现了巴洛克文学惯用的交错配列和夸张的修辞手法:"我心里的火不住地燃烧,/我眼中的泪老流个不完;/但眼泪不能将心火浇灭,/心火也不能把眼泪烧干。"[1]小说人物的对话充满着机智、幽默、嘲弄和谐谑的喜剧感,荒诞不经的小说情

---

[1] [法]勒萨日:《瘸腿魔鬼》,张道真译,人民文学出版社1957年版,第72页。

节、妙趣横生的俚俗语言和新奇的想象都体现了巴洛克文学典型的奇崛情趣和夸张手法，让人们切实地感受到现实的纷杂、动荡、凝重与沉郁，具有很强的心灵震撼力和颠覆主流社会价值观的意识。可见巴洛克文学善于通过对社会环境的刻意变形和渲染，来营建一种象征性、隐喻性的人类生存处境。

勒萨日的另一代表作是长篇小说《吉尔·布拉斯》，故事发生在十六世纪末至十七世纪中期的西班牙马德里，描绘了流浪汉吉尔·布拉斯一生的冒险经历，主人公在各地流浪，观察到世态炎凉和众生相，反映了法国封建社会腐朽没落的状况，成为启蒙文学的先声之作。平民少年吉尔·布拉斯骑着骡子外出闯荡，结果处处碰壁和上当，被抢劫后又含冤入狱。他为了谋生给别人当仆人，伺候过大主教、医生、花花公子、女戏子和贵族人士，虽然他尽心尽力，却总是被解雇或抛弃。于是他在社会的大染缸中随波逐流，学会了说谎骗人、唯利是图，最后他成了首相的亲信，于是利用职权贪污受贿，却由于不择手段为皇太子拉皮条而被皇帝关进监狱。他设法出狱后到乡下隐居。太子即位后他野心复燃，重入宫廷，不久又因首相倒台而重新归隐乡里，从此过上了不问世事的逍遥生活。① 巴洛克小说是一种富于动态的文学，主题大多是描绘人生际遇的变幻无常和人心的游动不定，小说中吉尔·布拉斯的命运一直处于动荡和变化之中，大千世界变幻莫测，一切事物有如过眼云烟，在时空中游动，在他的心灵中激起反响和变化。世界易逝、人生如梦，这正是巴洛克作家们的普遍生存感受，因而十八世纪前期的巴洛克文学承载着时代的复杂脉动和动荡不安，既有文艺复兴时期的人文主义基因，又具有浪漫主义情怀和现实主义底蕴。

---

① ［法］勒萨日：《吉尔·布拉斯》，杨绛译，人民文学出版社1959年版。

第二节　洛可可绘画与洛可可文学

十八世纪法国洛可可风格的画家主要有让-安东尼·华托（Jean-Antoine Watteau,1684—1721）、弗朗索瓦·布歇（François Boucher,1703—1770）和让-奥诺雷·弗拉戈纳尔（Jean-Honoré Fragonard,1732—1806）。他们或将轻浮的情色融入传统神话题材，或将祥和欢愉带入宗教题材，或将田园风光引向浪漫主义的方向。尽管这种绘画风格显得娇媚浮华，缺少精神内涵和深刻意义，但它以法国式的愉悦优雅使绘画艺术摆脱了宗教题材，在反映现实生活方面向前迈进了一步。这些画家们处在一个法国封建专制制度由盛而衰的时代，其画作内容以表现上流社会的享乐生活和优雅女性为主要内容，忠实地反映了那个时代贵族阶层的奢靡之风。从表现形式上来看，洛可可绘画缺乏巴洛克艺术的宗教气息，不再是巴洛克时代强烈的明暗对比，浓艳的色彩让位于典雅优美的浅色调，题材涉及贵族生活、人物肖像、风景、神话等。

华托在表现贵族的纵情享乐、男欢女爱、沙龙社交和妇女的娇颜肉体方面显示出了杰出的艺术才能，他最著名的画作《舟发西苔岛》（1717）描绘了一群贵族男女去无忧无虑的爱情乐园西苔岛游玩的情景。华托被公认为洛可可裸体艺术的先驱，他的《朱庇特与安提俄珀》《梳妆》中的人体造型娇媚可爱，蕴藏着甜美的激情。布歇则把洛可可的情色之美表现得淋漓尽致，代表画作有《维纳斯的凯旋》《浴后的狄安娜》《沙发上的裸女》等。弗拉戈纳尔的《秋千》描绘一个年轻美貌的少妇在荡秋千，坐在后面石凳上哄着少妻玩耍的是她年老的丈夫，但令少妻开心的并不是这位老夫，而是深藏在树丛中的一个小伙子，少妇不停地向小伙眉目传情，还有意把鞋甩向小伙的方向。类似这种描绘男女风流艳事的画作还有弗拉戈纳尔的《偷吻》《门闩》等,这些以调戏、幽会和偷情为内容的画作迎合了上流社会轻浮淫逸的艺术趣味。

十八世纪法国的贵族沙龙小说、哲理小说与洛可可绘画艺术在题材方面构成了多重的呼应,形成了洛可可风格的文学现象。法国洛可可绘画和矫饰文学都喜欢刻画女性形象和男女之爱,这些女性形象往往清纯却风骚、可怜却堕落、贪婪却真实。例如,法国画家让-巴蒂斯特·格勒兹(Jean-Baptiste Greuze,1725—1805)对这种反常的人性进行了刻画,在其画作《破水罐》中,他刻画了一个堕落的女孩,面带忧伤,脸色苍白,但却有让人无法抵挡的诱惑和魅力。破水罐、凌乱的裙子和围巾象征着她的堕落,而美丽无辜的大眼睛是她的魅力所在。法国作家普雷沃神甫(L'abbé Prévost,1697—1763)的小说中也不乏此类女性形象。他主要的小说为《一个贵族的回忆和奇遇》(*Mémoires et aventures d'un homme de qualité*,1728—1731),共七卷,其中最后一卷是《格里欧骑士和玛侬·莱斯戈的故事》(*Histoire du chevalier des Grieux et de Manon Lescaut*),简称《玛侬·莱斯戈》(*Manon Lescaut*,1731)。《玛侬·莱斯戈》的女主人公玛侬是一个具有复杂两面性的女性,既心地善良又水性杨花,是奢侈糜烂风气的产物,她嗜好奢靡,享乐成癖,遇上一见钟情的情人,她的爱情无比热烈,遇上富豪,她就像妓女一样下贱。她与贵族青年格里欧一见钟情,两人私奔到巴黎。玛侬为了满足自己的奢侈生活给别人当情妇,格里欧的父亲不能容忍儿子的放荡行为,派人把他带回家中。后来格里欧成为一名神甫,与玛侬重逢后,两人再次私奔到巴黎生活。一场大火烧毁了他们的家当,格里欧被迫靠赌博行骗谋生,结果钱财又被仆人偷走。玛侬去给一个老贵族当姘妇,与格里欧合伙卷走老贵族的馈赠,但被抓住。格里欧打死看守,与玛侬成功越狱,在出逃途中遇见老贵族的儿子,在行骗他时再次遭到逮捕。格里欧被父亲保释出狱,玛侬则被流放到美洲服役。格里欧决定陪她流放,来到新奥尔良。当地总督的侄子想强占玛侬,格里欧与他决斗,刺伤了他。一对情人仓皇出逃,玛侬在途中染病身亡,格里欧埋葬她后返回法国,改过自新。《玛侬·莱斯戈》继承了中世纪骑士小说的爱情至上的传统,如此狂热强烈的激情、跌宕起伏的命运和扣人心弦的情节既有巴洛克小说的奇幻特色,也有洛可可小说的缱绻风情。

  洛可可绘画的主题是调情、爱情、嬉戏、音乐和歌舞等,类似的主题元素在十八世纪的哲理小说和戏剧体裁中随处可见。例如,华托的名画《音乐课》《情歌》《舞者》《爱之园》等画作。这一景观模式也存在于洛可可时期的文学中,那时很多年轻的女子都想学习音乐、文学和艺术,而音乐老师们则充当了情人、追求者或勾引者的角色。这在狄德罗的小说《拉摩的侄儿》(*Le Neveu de Rameau*,1762)中有所体现,拉摩的侄儿寄生于巴黎大户人家和时尚咖啡馆,往返于贵族家庭,充当贵妇小姐们的音乐老师,有过风流韵事,其中不乏一些弹奏音乐的场面。卢梭(Rousseau,1712—1778)的小说《新爱洛绮丝》(*La Nouvelle Héloïse*,1761)描写的是平民音乐教师圣·普乐和他的贵族女学生朱丽之间的爱情。但世俗社会的门第观念使这对恋人被迫分开,最终朱丽嫁给了一个贵族。婚后的朱丽向丈夫坦白了过去并得到丈夫的谅解,她的丈夫主动请圣·普乐担任他们儿子的家庭教师,他们这对恋人又开始朝夕相处,但时刻保持理智,最后朱丽在忧郁痛苦中染病去世。当时的贵族女子通常在婚前受到严格的监视,在婚后则欺骗丈夫,以弥补婚前损失的谈情说爱的机会,而卢梭反对贵族的荒淫,提倡严肃忠实的家庭生活,所以朱丽在婚前坦诚接受了情人,而在婚后却克制自己、忠于丈夫,成为恪守道德的典范。还有戏剧家博马舍(Beaumarchais,1732—1799)的第一部戏剧《塞维利亚的理发师》(*Le Barbier de Séville*,1772)刻画了卑鄙贪财的音乐教师巴西利奥,剧中也有少女罗西娜弹奏钢琴、吟唱爱情歌曲的场面,似乎是在向身边的心上人表白心声。

洛可可绘画偏重展现爱情、柔情和情欲的主题,同样洛可可风格的文学也着力于表现人的情感,尤其是爱情的魅力。法国作家马里沃(Marivaux,1688—1763)的戏剧作品充斥着异性之间的追逐、诱惑和调情场面。马里沃经常出入贵妇的沙龙,他的喜剧主要有《意想不到的爱情》(La Surprise de l'amour,1722)、《爱情与偶然的游戏》(Le Jeu de l'amour et du hasard,1730)等。这些剧作大多描写贵族青年之间的爱情,虽然剧情充满波折,但是往往有一个聪明的仆人从中干预和撮合,使有情人终成眷属,体现了文学虚构中常用的"巧合"情节。在戏剧《爱情与偶然的游戏》等作品中,聪明机智、美丽动人的年轻女子代表了情窦初开、被爱情唤醒的少女类型,此类形象正如画家华托笔下的少女形象。

卢梭在他的《忏悔录》(Les Confessions,1782)中描写了自己与不同女人的数段艳遇,最富有诗意的选段是他把自己看成是华伦夫人的学生、朋友和情人,心里充满了青春的希望和甜蜜的期待,他眼中的美丽景象宛如一首田园的牧歌:"我在幻想中看到家家都有田舍风味的宴会;草场上都有愉快的游戏;河边都有人洗澡、散步和钓鱼;树枝上都有美果;树荫下都有男女的幽会;山间都有大桶的牛乳和奶油,惬意的悠闲、宁静、轻快以及信步漫游的快乐。总之,凡是映入眼帘的东西,都令我内心感到一种醉人的享受。"[①]此番场景宛如一幅清新婉约、怡情动人的洛可可风景画,传达着自然、理性与和谐的气氛。

不忠、调情和轻浮是洛可可绘画与洛可可文学常用的主题。例如法国作家拉克洛(Choderlos de Laclos,1741—1803)的长篇书

[①] [法]卢梭:《忏悔录》(第一部),黎星译,人民文学出版社1980年版,第68页。

信体小说《危险的关系》(Les Liaisons dangereuses, 1782)就是再现了贵族男女之间的淫乱关系:梅尔特伊侯爵夫人是贵族日尔古的情妇,后来日尔古抛弃她去追求杜尔维夫人。怀恨在心的她开始进行疯狂的连环式报复,她让自己昔日的情夫瓦尔蒙子爵去勾引杜尔维夫人,又让瓦尔蒙的骑士当瑟尼去向日尔古的未婚妻塞西尔求爱。后来瓦尔蒙成了杜尔维夫人的情夫,她自己则成了当瑟尼的情妇。瓦尔蒙还想和她重修旧好,但是当瑟尼在一次决斗中杀死了瓦尔蒙。瓦尔蒙死前交出了所有信件,揭露了梅尔特伊侯爵夫人的真面目,使她声名扫地,再加上因患天花毁容,她最后逃到了国外。杜尔维夫人也死了,塞西尔进了修道院。拉克洛如同洛可可画家般栩栩如生地刻画了上流社会里贵族的糜烂生活,但与宫廷绘画艺术不同的是,该小说张扬的并非是一种享乐情趣,而是包含着对当时社会腐朽风气的批判。

伏尔泰(Voltaire, 1694—1778)的哲理小说《查第格》(Zadig, 1748)、《老实人》(Candide, 1759)和《天真汉》(L'Ingénu, 1767)也描写了当时法国社会的浮恶、轻佻和淫逸之气。《查第格》中的主人公查第格的命运曲折多变,他有过热烈的爱情,但这爱情却不堪一击,他的妻子在他"死"后第二天就要割下他的鼻子献给她的新情人。在《老实人》所展现的巴拉圭草原上,年轻的姑娘竟然会同猴子这种动物奔逐调情,真可谓荒诞至极。在《天真汉》中,天真汉的叔叔想通过教会的门路来营救侄儿出狱,他先后去求助神甫和主教,他们却都在忙于和贵妇小姐们厮混,无暇接见。这位叔叔四处碰壁后只剩一种办法,那就是以牺牲天真汉未婚妻的贞节为代价。这些腐化堕落的场景构成了一幅幅上流社会的讽刺画,伏尔泰正是通过荒淫无耻的场面来揭露封建社会统治阶级的没落和腐朽。

第三节　启蒙思潮影响下的绘画与文学

洛可可绘画是法国大革命前夕的宫廷艺术主流,但随着启蒙运动的崛起,启蒙思想家们纷纷以戏剧、小说、评论等形式抨击教会的腐败和贵族的淫乱,使艺术家们产生了自觉与反省的力量。十八世纪下半叶,在洛可可艺术还盛行的时期,出现了平民写实主义美术倾向,这种倾向反对远离生活的古典主义,热衷于表现普通市民的日常生活和朴实的审美情趣,使艺术更多地走向了大众和民主,对自然的描绘也从神话的框架中解放出来。例如,法国画家夏尔丹(Chardin,1669—1779)就发展出了不同于洛可可的平实画风,他延续了荷兰传统的风俗画和静物画,以当代资产阶级和平民大众的劳动生活为主题,并把视点转向日常的柴米油盐主题,厨娘、女教师、洗衣妇和男女仆人在他的作品里随处可见,凸显了平民阶层勤劳俭朴、和善友好的美好品德。这种平民写实艺术受到狄德罗的鼓励和支持,狄德罗大力抨击布歇那些描绘女性丰乳肥臀的绘画,认为这样的画家空有技巧,却无崇高的品位和思想,使绘画沦为满足贵族低劣品位的色情之作,伏尔泰、卢梭等启蒙思想家也提倡人性的崇高和人的平等性,鄙斥无节制的放纵享乐。

一七八九年法国大革命的爆发结束了巴洛克、洛可可的宫廷艺术传统。君权神授的主流思想被天赋人权的理念所取代,自由、平等、博爱的口号响彻云霄。大革命的浪潮引领着艺术家去思考新的艺术方向。在知识阶层,一种新的美学思潮正在酝酿。十八世纪后半叶,在反封建的资产阶级革命即将爆发的时期,古典主义衍生出两种派别:一派是墨守成规的宫廷派,它认为古代艺术是任何时代和民族都应模仿的唯一样板,形成了僵化的教条,另一派是与启蒙运动有关的新古典主义,它正视社会现实,赞美公民的革命热情和为社会服务的高尚品质,丰富了古典主义的内涵。

新古典主义兴盛于十八世纪中期,在十九世纪上半期发展至顶峰。"法国启蒙运动的学者们主张面向生活的美学观念对新古典主义的形成有很大的影响。十八世纪下半叶的古典主义之所以区别于十七世纪的古典主义,就在于它排斥了抽象的、脱离现实的、绝对美的概念和贫乏的、缺乏血肉的形象。它以古典美为典范,但从现实生活中吸收营养。它干预生活,生气勃勃,在一七八九年大革命时代,俨然成为一支向旧世界挑战的劲旅。"①特别是法国资产阶级大革命之后,新古典主义输进了自由、平等、博爱的新鲜血液,在创作上摆脱了唯心论、唯理论和清规戒律的束缚,使得文艺作品成为反封建、反教权的思想武器,从而促进了现实主义文学和艺术的发展。

新古典主义美术一方面要复兴古希腊罗马时代庄严、肃穆、优美和典雅的艺术形式,另一方面它又极力反对贵族社会倡导的巴洛克和洛可可艺术风格。新古典主义反对脱离现实的艺术形象,它以古代美为典范的同时尊重自然,追求真实、庄重、和谐,强调理性而非感性,注重从现实生活中汲取素材。大革命后的卢浮宫以新古典的方式被改建,拿破仑是一位古典爱慕者,他重新规划巴黎所依据的新古典精神,体现在凯旋门、先贤祠的设计和日常家具的摆设中,他推动新古典主义成为全欧洲的新美学形式。

画家雅克-路易·大卫(Jacques-Louis David,1748—1825)是法国新古典主义画派的奠基人,他的画风严谨、技法精工,一反巴洛克的奢华夸张和洛可可的纤弱娇媚,正符合启蒙运动的理性精神。他极力反对君权政治,曾参与革命行动,是西方画家介入政治

---

① 邵大箴、奚静之:《欧洲绘画史》,上海人民美术出版社2009年版,第214—215页。

的先例。例如,大卫的《马拉之死》描绘了雅各宾派领袖马拉在浴缸沐浴时遇刺身亡,控诉了政坛的暴力行为。马拉为革命的理念而死,极具古典悲剧的崇高性。然而大卫对大革命的狂热逐渐转化为对拿破仑的狂热,拿破仑最初是以法国大革命口号来进行军事行动的,因此欧洲许多知识分子对拿破仑抱有幻想,大卫后来创作的《拿破仑加冕》《拿破仑越过阿尔卑斯山》等画作意味着他又回到了革命之前宫廷御用绘画的华美状态,使绘画成为统治者歌功颂德的工具。

画家们开始把目光转向了现代人和普通人,这在过去法国的艺术中是很少见的。在十八世纪的绘画和小说中,当代现实生活开始成为艺术核心并获得了独立而鲜明的地位,这标志着普通人的解放。十八世纪的法国小说已发展为一种自由、灵活、兼容并蓄的文学体裁,同时成长为一种大众文学体裁,小说主人公不再拘泥于贵族阶层和传统的英雄人物,还涌现出更多的"反英雄"人物:"普通的乡绅、农民、补锅匠、理发师、流浪汉、侍女、孤儿、小偷、强盗等都会成为书中的主角,整个故事的发展会以他们的观察、感受和行动为核心进行组织。这样,普通人就能够在小说中看到自己或者身边人物的生活和命运,就会感到真实而亲切。"①

最令人注目的是,启蒙文学的创作体裁呈现出多样化的趋势,而且体裁混杂的形式确保了小说的开放性,缔造了十八世纪法国文学的辉煌。孟德斯鸠(Montesquieu,1689—1755)的书信体小说《波斯人信札》(*Lettres persanes*,1721)将游记、哲理与政论结合在一起,借两个波斯人之口对当时的法国社会作了细致的观察和出色的评判,标志着哲理小说的成熟。卢梭的《新爱洛绮丝》也是书信体小说,体现了一种古典雅致与理性哲思交相糅合的启蒙美学。

---

① 王岚:"反英雄",《外国文学》2005年第4期,第47页。

伏尔泰是法国新古典主义到启蒙美学转折时期的重要代表,他摇摆于对古典范式的服从与拆解之间,他既想成为史诗作者,其史诗《亨利亚德》(*La Henriade*,1728)叙述了亨利三世和亨利四世两朝的事迹,又希望步悲剧作家拉辛的后尘,例如他创作了悲剧《中国孤儿》(*L'Orphelin de la Chine*,1755),同时他也是哲学家,他的《哲学通信》(*Lettres philosophiques*,1734)反映了其扎根人类生存境遇的哲学思想,他还创作了《查第格》《老实人》等脍炙人口、叙述新颖的哲理小说。

体裁的多样性渐渐催生了现代性的艺术品位,狄德罗号召画家和作家都应尽可能地再现当代的环境和日常的生活,文学从而发现了一种"如画"(pittoresque)的诱惑。法国作家路易-塞巴斯蒂安·梅西埃(Louis-Sébastien Mercier,1740—1814)的著作《巴黎图景》(*Tableau de Paris*,1781)的标题就已显露出其文字如画的企图。卢梭的作品也透露出这样一种如画的视觉诱感,兼具了诗情画意的美景和借景抒情的艺术特色。对大自然美景的赞颂是《新爱洛绮丝》的一大特点,小说中的爱情故事发生在风景优美的瑞士莱芒湖畔,大自然风光与人物内心情感融为一体。卢梭的自传《忏悔录》对风光旖旎的大自然做全景式描绘,这在当时颇具新意,但符合了大众的期待。卢梭认为只有在优美的田园风光和大自然的山光水色之中,心灵才能够得到净化和升华,才能感到喜悦和陶醉,他歌颂大自然的目的在于否定丑恶的现实,优美的自然风景令人忘却了城市的烦嚣和现实的烦恼。卢梭促进了法国浪漫主义文学的崛起和繁荣。

十八世纪下半叶,随着启蒙运动的深化和公共舆论的发展,法国作家与画家的地位继续提升,创作更加个人化,主观性(subjectivité)渐渐成为他们逾越古典教条和范式来进行创作的原则。之前欧洲图书的出版和流通都处于较为严密的审查和监督体系之下。这种控制体系不利于作家的创作和新书的问世，阻碍了新兴思想的自由传播，所以遭到作家们的激烈反对。剧作家博马舍于一七七七年创立了剧作家协会，捍卫了文学家们的著作权和版税权，作家们从此可以靠自己的文笔生活。在作品商品化、创作个性化以及文学艺术日渐繁荣的背景下，读者令作者从传统资助和出版体制的限制中解放出来，作家与读者之间的关系发展为直接的商业关系。私人需求的发展对画家产生了同样的影响。例如华托的《热尔桑画店》展现了一家巴黎画店内的场景，售货员向顾客兜售画作。这幅画的主题反映了十八世纪私人市场的发展，艺术家在官方规则之外享有越来越多的自由。

第四节　美术与文学领域的"中国热"

中法文化交流源远流长。十五世纪末，《马可·波罗游记》在欧洲出版，其中描写的中华帝国引发了欧洲商人和传教士的极大兴趣，尤其是在意大利传教士利玛窦传教成功之后，大批的传教士来到中国。早在十六世纪，法国人文主义作家就开始把目光投向东方和中国，拉伯雷在《巨人传》中第一次象征性地提到了中国：在印度以北的中国附近，存放着智慧的圣瓶，他让主人公庞大固埃到神秘的东方寻找神谕，暗示中国是智慧和理想的"圣地"。十七世纪下半叶，太阳王路易十四派遣传教士入华交流。首批法国传教士白晋（Joachim Bouvet，1656—1730）获康熙皇帝恩宠后返回法国，招募更多传教士来华，其中巴多明（Dominique Parrenin，1665—1741）曾长期担任清帝御用翻译，雷孝思（Jean Baptiste Regis，1663—1738）将《易经》译成拉丁文。来华的法国传教士将大量中国典籍译成法文带回国内，杜哈德（J. B. Du Halde，1674—1743）神甫发表了系统介绍中国的书《中国帝国志》（1735），激发了文人墨客的才思。

西方传教士将神秘而强大的东方帝国逐渐呈现在欧洲人面前。与传教活动同样兴盛的还有中法两国之间大量的商贸往来。从一六〇二年东印度公司成立到一六九七年法中正式通商,中国的丝绸、瓷器、刺绣、绘画等精美绝伦的工艺品被大量输入法国,尤其在上层社会受到热烈追捧,中国元素成了品位和地位的代名词。宫廷里摆起了中国图案的装饰品,贵妇们纷纷摇起了中国式的扇子,宫廷花园也模仿借鉴中国风的装饰图案和亭台楼阁。中国工艺美术在欧洲开花结果、盛极一时,引领了上流社会喜爱中国服饰的风潮。装饰宫廷的需要和贵族们的群起效仿引发了中国产品的供不应求,许多法国工匠开始仿造中国制品谋利,"中国热"也从宫廷蔓延到民间,法国成为欧洲"中国热"的中心区域。

中国工艺美术在西方世界的审美层面和日常生活中曾掀起巨大波澜,中国式瓷器、漆器、金银器等工艺品的流行促进了欧洲巴洛克和洛可可艺术风格的出现。就艺术形式而言,中国趣味(chinoiserie)被认为是巴洛克风格和洛可可风格之间的衔接,其特征是镀金、上漆、大量使用蓝白两色、运用不对称形式、摈弃正统的透视法、采用东方人物形象和图案。中国的精美丝绸和瓷器图案,尤其是明清时代青花瓷、珐琅彩的雅致细节和明快柔美的色调给当时沉闷浓艳的巴洛克装饰带来了新鲜的血液。洛可可艺术反对巴洛克的僵硬线条和过于繁复艳丽的图案,将中国画的写意元素和西方美术的写实风格结合起来,缔造了一种细腻高雅、色调清淡、纤秀柔美的风格。洛可可式的审美趣味为中国风格提供了生根发芽的基础,而中国风格的引进,又促进了洛可可的多样化与繁荣。

洛可可画家们对中国文化产生莫大的兴趣,他们除了热衷于收集中国艺术品和参考传教士记载的中国风土人情,也开始用画笔对中国人物进行具体的描绘。例如华托在为米埃特宫所制作的壁画中,针对中国风土人情作图像志的描绘。布歇则擅于以轻松活泼的风俗画形式表现中国人的生活情趣与日常习惯,他笔下的中国美人总是以杏眼和瓜子脸形象示人,中国男子往往是长袍马褂、光头结辫、蓄着八字胡,孩童则活泼可爱,例如《中国渔钓》《中国庭院》《中国集市》等作品。中国元素在布歇绘画中有很多体现,例如《就餐者》中的大肚弥勒佛、中国瓷盘和青花陶瓷瓶,《系吊带丝袜的女士与仆人》中的中国花鸟画屏和中国陶瓷茶具。另一洛可可画家皮勒蒙(Jean-Baptiste Pillement,1728—1808)设计的中国风图案具有灵妙的东方风情,他出版的图册囊括了人物、树木、花鸟、建筑、器物等中国画元素。

同样在文学领域,中国文化激发了法国作家的想象力和创造灵感,这一时期的法国文学作品中出现了大量的中国符号和中国元素,迎合了民众对异域风情的好奇与向往。古老遥远的东方事物和中国风情成了作家趋之若鹜的时髦题材。法国作家托马-西蒙·格莱特(Thomas-Simon Gueullette,1683—1766)较早对中国进行了想象性描写,其小说《达官冯皇的奇遇——中国故事》(*Les Aventures merveilleuses du Mandarin Fum-Hoam, Contes chinois*,1723)是嵌入中国框架下的虚构传奇,以《一千零一夜》《十日谈》为模仿对象,以主人公冯皇每晚给中国新皇后讲一个故事的形式展开叙述,引领读者神游了印度、波斯、中国以及阿拉伯等东方国家。格莱特通过杜撰想象中国皇帝和异国公主的跨国之恋,颂扬了中国皇帝的仁政和美德,书中尊奉佛教教义的中国君主对政敌和异教徒的宽容、仁慈,以及中国新皇后知恩相报、秉承责任与信义,无一不是法兰西文学人文主义理想的别样呈现,折射着法国文化的精髓。

布瓦耶·德·阿尔让(Boyer d'Argens,1704—1771)以中国为题材创作了书信体小说《中国人信札》(*Lettres chinoises*,1739)。这

部小说讲述了几名中国哲学家游历世界各地,在旅途中互通信息和介绍当地风俗的故事。相较伏尔泰热情洋溢地赞美中国,阿尔让则试图一分为二地看待中国,为法国社会提供一面反射自身的镜子。小说中在巴黎旅行的中国哲学家图索断章取义地批评了中国的老子学说,指出所谓的点石成金、长生不老、神灵预言、避世无为都是欺骗教徒的虚伪谎言,图索将道家学说与道教混为一谈,实际上是将其描述为西方基督教的模样来进行批判,目的是影射和讽刺法国的宗教愚昧主义,唤醒人民被蒙蔽的思想。《中国人信札》成书于十八世纪上半叶,当时的法国正处于大革命前夜,封建专制势力和教会的文化控制也不断加强,所以该小说大力歌颂汉语,倡议将汉语引入法国教堂,并对中国的历史文化和选官制度进行辩护,实际上是抨击和讽刺法国当局的封建专制和文化钳制政策。

伏尔泰非常推崇中国的儒家道德,他在书房里悬挂孔子的画像,并在画像下面题诗明志:"唯理才能益智能,但凭诚信照人心;圣人言论非先觉,彼土人皆奉大成。"①耶稣会士马若瑟(Joseph de Prémare,1666—1736)将中国元杂剧《赵氏孤儿》译成法语后,伏尔泰以此写出了他的戏剧《中国孤儿》。虽然名字近似,但《中国孤儿》与《赵氏孤儿》的故事背景、人物特点、表达主题均不相同。伏尔泰将背景置于宋末元初,地点设在北京,将宋称为中国,将元称为鞑靼。在成吉思汗攻破北京之际,官员臧惕临危受命保护宋朝皇帝的小王子。鞑靼士兵全城搜索这名遗孤,臧惕谎称自己的儿子就是中国孤儿,他的妻子伊达美发现自己儿子被交出之后,独自找到成吉思汗,希望用自己的命来换回儿子,臧惕的谎言就此暴

---

① [法]伏尔泰:《哲学辞典》(上册),王燕生译,商务印书馆1991年版,第322页。

露。成吉思汗发现伊达美是自己曾经的爱人,以迎娶她作为放人的条件,然而伊达美忠诚于丈夫,誓死不从。救孤行动失败后被擒的臧惕夫妇决定在监狱中慷慨赴死。成吉思汗最终被这对夫妻的德行所感动,决定放弃鞑靼野蛮的习俗,接受中国文明道德的教化。《赵氏孤儿》展现的朝臣之间的斗争,宣扬的是为臣为民应有的品德,《中国孤儿》展现的则是鞑靼和中国两个民族间的争斗,突出的是为君治国的道德要求。伏尔泰创作的成吉思汗形象其实与历史真实的蒙古帝王不能等同视之,事实上,伏尔泰只是借用了中国的文化背景和成吉思汗之名来创造出一位具有法兰西特质的君主形象,用中国人民的传统美德来陶冶法国人民的情操和精神。

第五节 狄德罗与卢梭的文艺观

十八世纪法国的艺术评论更加丰富,神父杜博斯(Jean-Baptiste Dubos,1670—1742)曾著有《关于诗和绘画的批评思考》(*Réflexions critiques sur la poésie et sur la peinture*,1719),他重视感性的审美意识,从感觉和效果等层面说明诗和画表达手法的特点,主张诗和画都应具有感动人心和陶冶情操的作用。

狄德罗把唯物主义的认识论应用于他的文学观和绘画评论,精辟地阐述了文艺与现实的关系以及现实主义艺术的规律和问题。在美学方面,他提出了"美在关系说",主张美不是人的主观臆想,而是可以唤起美感的客观存在,没有什么抽象的、绝对的美,只有与一定条件相联系的具体的美。狄德罗在探讨艺术美、自然美、真实美等问题时,总是把对"关系"的思考摆在首位。他认为诗歌和绘画等艺术创作是对自然的模仿,真实与否便是衡量艺术美的首要标准,真实就是如实反映自然、正确反映万物的关系,"只有建立在自然万物的关系上的美才是持久的美",而艺术的模仿不是简单的抄袭,还需表现出事物的普遍规律和本质联系:"事物的普遍秩序应该永远是诗歌理性的基础。"①以此类推,艺术的使命是揭示事物的普遍秩序,真实的模仿离不开理性的支撑。

狄德罗还在《论戏剧诗》一文中指出,艺术的真实不同于历史或生活的真实,历史叙述已经发生的事,即"真实的真实",艺术却临摹一种"逼真"的"情理的真实","在自然界中我们往往不能发觉事件之间的联系……而诗人却要在他的作品的整个结构中贯穿一个明显而容易觉察的联系。所以比起历史学家来,他的真实性虽少些,而逼真性却多些"。②可见艺术能够展现事物之间微妙的联系,将生活现象变得更易于理解,这正是艺术美与现实美之间的区别,艺术既要模仿自然,又要超越自然,艺术美应高于现实美,所以狄德罗在《沙龙随笔》中也曾指出雕塑需要比真人更伟大、更动人、更富独创性。

在戏剧艺术领域,狄德罗提出了旨在打破传统悲剧和喜剧界限的"严肃剧"说,并从"美在关系说"引申出著名的"情境说",提出社会情境应成为戏剧的主要对象,人物性格由情境来决定。通过这些理论,狄德罗创立了以当代现实生活为题材的"市民剧",从而为资产阶级占领戏剧舞台开辟了道路。伏尔泰等启蒙思想家仍把古典主义法则视为不变的定律,狄德罗虽然高度评价古典主义作家的贡献,却认为古典主义关于悲喜剧的划分和种种清规戒律阻碍了戏剧为现实生活服务,他提倡作品应反映时代精神,因为十八世纪市民阶级的社会处境、道德面貌和奋斗生涯正是启蒙时代精神的体现,而这一切却被排除在戏剧舞台之外。古典主义悲剧往往表现英雄伟人、王公贵族的崇高,喜剧则往往嘲笑第三等级

---

① [法]狄德罗:"关于《私生子》的谈话",张冠尧、桂裕芳译,《狄德罗美学论文选》,人民文学出版社2008年版,第105、106页。

② [法]狄德罗:"论戏剧诗",徐继曾、陆达成译,前引书,第143页。

的世态人情。古典主义的"理性"和"真实"指的是合乎常理和贵族风尚,狄德罗的"理性"则要求深入观察和思考事物,"真实"意味着展示不同时代现实生活的丰富性、复杂性、差异性和矛盾性。除了内容题材的改革,狄德罗还对戏剧的情节布局、舞台布景、服装配置等提出了革新性的建议,并提出在新剧种中以散文代替韵文,从而使戏剧与现实生活更加接近,这对欧洲戏剧的发展产生了重大影响,与狄德罗相呼应,莱辛在德国也掀起了"市民剧"运动。

狄德罗对于"天才"(génie)这个词有着极大关注,他阐释了这个词的语义演变:"天才"最初指一种保护神,而今则指涉一种主观能动性,这种秉性正是艺术创作的动力。[①] "主观性"是富有感情的,在小说和戏剧中它能激起各种情绪。与当时的理性主义思潮不同,狄德罗赋予了情感极其重要的意义。他认为艺术虽应以理性为基础,但没有热情和激情的作品会令人感到乏味,艺术不该枯燥,所以虚构和想象是必要的。在遵循自然秩序的基础上,感性认识经过抽象思维转化为更深刻的形象,这正是艺术创作的过程。因而狄德罗并不是一个冷静的现实主义者,他强调"天才""想象""激情"的重要性,诗人和画家在模仿自然的基础上必须有所创造,需加入一定的"主观性",这些感性的理论对十九世纪的浪漫主义运动产生了深远影响。

狄德罗在一七五九年至一七八一年间为巴黎绘画展览与沙龙所写的画论、沙龙随笔等艺术评论开创了法国美术批评的先河。他不仅从诗学的角度系统地评论绘画,在作者、观者、主题、风格、理念、可视与可读关系等方面进行反思,而且鼓励画家到街道、公园、市场和乡村去细心观察现实人物的真实动作和精神面貌。为宫廷趣味代言的洛可可艺术遭到了狄德罗的猛烈抨击,布歇更是

---

① Daniel Bergez, *Littérature et peinture*, Paris: Armand Colin, 2004, p. 24.

首当其冲。布歇创作了很多浓妆艳抹的肉体画面和荒淫放荡的低级趣味场面。狄德罗尖锐批判这种奢靡轻浮的画风,提倡表现平民生活的健康质朴的艺术,他这样告诫艺术家们:"我劝你们一定要坚持选择正派的主题。一切向人们宣扬堕落的作品都是注定要短命的……一幅画,一座雕塑,不管如何完美,怎能抵消对一个纯洁心灵的腐蚀呢?"①以狄德罗为代表的百科全书派认为反映贵族生活的洛可可绘画无法满足先进资产阶级的要求,他们渴望那种对社会和人民有益的、能代表普通人生活理想的艺术出现。

狄德罗尤为重视艺术的民主倾向和社会教育作用,他主张各种艺术成为传播真善美、启发心灵的工具。真就是真理,善就是道德,真理和美德是艺术的两个朋友。狄德罗对作家和画家的修养非常重视,认为诗人和画家应该是"人类的教导者、人生痛苦的慰藉者、罪恶的惩罚者、德行的酬谢者"。② 狄德罗非常欣赏画家夏尔丹和让·巴蒂斯特·格勒兹,因为他们的画以朴实真挚的人民生活为题材,体现了中下层人民的勤劳美德,生动地表现了人们的日常生活和人情风俗,精确地描绘出了画中人的身份、个性和心情,体现了现实主义和道德主义的结合。这种返璞归真的美学思想与狄德罗的要真实、要自然的呼吁是一致的,而这正是狄德罗对戏剧所期待的,文学艺术应具有趣味性、社会性和文明性。

狄德罗乐观地认为科学和艺术的发展会带来社会的进步,并没有对两者的负面影响进行更多深入的反思。而卢梭却做到了这一点,他在《论科学与艺术》(*Discours sur les sciences et les arts*, 1750)中提出了"科学与艺术的复兴是否有助于教化风俗"的发问,"当生活日益舒适、工艺日臻完美、奢侈之风开始流行的时候,

---

① [法]狄德罗:"一七六七年沙龙随笔",张冠尧译,《狄德罗美学论文选》,人民文学出版社 2008 年版,第 470 页。
② [法]狄德罗:"画论",徐继曾、宋国枢译,前引书,第 376 页。

真正的勇敢就会削弱,尚武的德行就会消失;而这些也还是科学和种种艺术在室内暗中起作用的结果"。① 出身贫苦的卢梭深刻洞察了社会的黑暗,他认为科学和艺术带来的好处大都被贵族阶级占有和享用,人民却处在水深火热的苦难中。相比之下,与卢梭同时代的伏尔泰等人出身于上层阶级,无法理解普通大众的疾苦,他们盲目相信科学和艺术的兴盛必定带来社会的进步和文明的发展。卢梭的艺术观并不是要否定一切艺术,而是对当时法国社会功利性、矫饰性、取悦性的艺术进行批判,他为了保护人民淳朴的道德风尚,主张对庸俗化的艺术活动进行批评和审视,号召施行与民同乐的艺术形式。

卢梭从人性完善和道德提升的目标出发,意识到文明进步本身的矛盾性,他在《论科学与艺术》中论述了古代城邦社会与近代公民社会的不同,他眼中的古代城邦社会是风俗淳朴的美德社会,而近代社会则因科学和艺术的流俗化使人际关系变得虚伪腐化。在他看来,科学与艺术使王位得到了巩固,艺术教会了人们矫揉造作的语言,"我们的风尚流行着一种邪恶而虚伪的一致性,每个人的精神仿佛都是在同一个模子里铸出来的,礼节不断地在强迫着我们,风气又不断地在命令着我们;我们不断地遵循着这些习俗,而永远不能遵循自己的天性。我们再不敢表现真正的自己",而在以前的时代,"我们的风俗是粗朴的,然而却是自然的;从举止的不同,一眼就可看出性格的不同……人们很容易相互深入了解"。② 所以科学理性和艺术在一定程度上消解了自由和美德的存在。卢梭在之后的《论戏剧》中还分析了戏剧舞台艺术的表演性和虚假性给人类道德生活带来的伦理灾难,失真的艺术会导致

---

① [法]卢梭:《论科学与艺术》,何兆武译,商务印书馆1963年版,第27页。
② [法]卢梭:前引书,第9—10页。

人类道德的滑坡,只有保持对本真的不断追求,社会风俗才能日趋淳朴。卢梭对艺术的批判源于他对法国社会道德风尚日益败坏现象的反思,艺术虽然点缀了人类的生活,却造成奢侈虚假之风的盛行,所以卢梭希望通过思想上的重建来启发人们回归淳朴的道德风尚。

中 篇

第五章 十九世纪：文学流派与绘画流派的交汇

法国大革命之后，十九世纪的法国先后经历了拿破仑帝国的盛衰、波旁王朝的复辟、一八三〇年七月革命、一八四八年二月革命、普法战争、巴黎公社和震动全欧的德雷福斯事件，同时法国对外推行扩张主义和殖民主义的政策，从十九世纪下半叶开始，它先后占领了非洲广大地区和印度支那，成为帝国主义国家。十九世纪既是法国政治上最为动荡的时代，也是法国文学史上最辉煌灿烂的时代，因为动荡不安的政治历史和社会生活正是产生各种文学思潮和艺术流派的温床，也为画家和作家们展示社会现实提供了丰富的启示和题材。法国小说也正是在十九世纪进一步发展成熟和壮大，成为最重要的文学体裁，而且达到了前所未有的高峰。浪漫主义、现实主义、印象主义、自然主义、象征主义等文艺潮流交替更迭、交相辉映，为世界文化宝库留下了不朽的作品。

十九世纪法国的作家和画家开始强调彰显个性，其独立的创作地位被社会承认，他们的传奇被法国作家亨利·穆杰（Henri Murger, 1822—1861）写成一本名为《波希米亚人的生活情景》（*Scènes de la vie de Bohème*, 1851）的故事集，叙述了分别是哲学家、画家、音乐家、诗人的四位青年共同成立了波希米亚俱乐部，经常举行艺术活动，他们的物质生活极为贫困，其最大财富是艺术才华,艺术家从而拥有了"波希米亚"式的形象。吴岳添指出,"波希米亚一词的原意,是指前捷克斯洛伐克的西部地区,那里人口最为密集,吉卜赛人也最多。吉卜赛人又称茨冈人,原来居住在印度西北部,从十世纪开始向西亚、欧洲和美洲等地迁移,过着以歌舞和占卜为生的流浪生活。波希米亚因此有了新的含义,即指在性格和生活方面放荡不羁的人"。① 在法国人的想象中,波希米亚人会让他们联想到不受传统束缚的吉卜赛人,因而自十九世纪开始,巴黎形成了现代意义上的波希米亚,玩世不恭的知识分子、自由不羁的艺术家们具备着波希米亚人的特质。在这一时期的文学里,出现了很多吉卜赛人形象,例如雨果笔下美丽善良的爱斯梅拉达、梅里美(Prosper Mérimée,1803—1870)笔下追求自由的嘉尔曼。

十九世纪法国文学与绘画的流派趋于定型,沙龙、画廊和出版商共同推动了社会文化的繁荣,不同艺术种类间的互通理念更加显著和广泛,它们之间的交汇也更多了。作家与绘画领域来往密切,文豪雨果曾十分迷恋绘画,他的画作后来结集出版,笔墨简约凝练、独具特色,颇有些中国水墨画的意味。十九世纪的许多作家经常进行美术画作的批评或艺术史的研究,诗人波德莱尔不仅给自己的诗集绘画插图,还专门发表大量的文章来评论古往今来的绘画艺术,他的美学思想大多集中在这些画评上。梅里美起初就是画者,莫泊桑也是位优秀的水彩画者,精通艺术史的司汤达(Stendhal,1783—1842)著有数部艺术评论,左拉(Émile Zola,1840—1902)也书写了大量关于印象派绘画的艺术评论。不仅有很多文学家书写艺术评论,而且还有很多画家亲自写文章阐述自己的艺术理论。

由于作家们精深的艺术素养,他们能够从不同的角度汲取绘

---

① 吴岳添:《法国小说发展史》,浙江大学出版社 2006 年版,第 154 页。

画的营养,来丰富和变革文学的表现内容和叙述技巧。绘画艺术对作家的启发在浪漫主义、现实主义、自然主义、象征主义等十九世纪文学流派的创作体系中得到了充分体现,夏多布里昂(Chateaubriand,1768—1848)、巴尔扎克(Honoré de Balzac,1799—1850)、福楼拜(Gustave Flaubert,1821—1880)、龚古尔兄弟(Edmond de Goncourt,1822—1896;Jules de Goncourt,1830—1870)、左拉、莫泊桑(Guy de Maupassant,1850—1893)、于斯曼(Joris-Karl Huysmans,1848—1907)、波德莱尔等作家们实践着文学话语和绘画艺术的交流互动,他们的写作理念与浪漫主义、写实主义、印象主义、象征主义等绘画流派之间有着各种深刻微妙的关联。作家与画家们拥有共同的文化背景和灵感来源,一次次发起了促进自由和现代性的新斗争,反抗学院派的陈旧传统。随着写实主义的发展,法国绘画不再依附于文学的题材,然而文学作品比以前更加自觉地在绘画美学中找到灵感。

十九世纪法国文学与绘画的联系变得更加密切和深入,两者在不同时期的发展都是一个互相渗透和影响的过程。首先,小说家和诗人们通过研究绘画艺术来充实自己对于文学写作的思考和策略,透过绘画艺术领悟到艺术家的审美品质,并将绘画美学的表达手法和先进理念熟练地运用到小说叙述或诗歌表达的革新中,加强了文本空间的视觉性效果和审美意蕴。读者对这些艺术化的文学篇章的接受和解读也取决于自身的文化素养和积极参与,正如观赏者对美术画作的重构一样。其次,作家们经常以艺术家为小说人物,从艺术角度探讨画家们的创作困扰、艺术挫败和人生感悟。此类作品中的故事主题大多围绕画家们伟大而孤独的英雄主义精神、冲破技艺手法局限的努力和对艺术完美境界的狂热追求,反映了作家们对当代画家境况的深切关注和对绘画领域的不懈探讨。

第一节　浪漫主义文艺的演变与唯美主义的诞生

十八世纪末到十九世纪初,欧洲工业和自然科学得到空前发展,资产阶级逐步取得统治地位,它迫切要求改变社会现实,要求艺术依照本阶级的意志去描绘生活,特别是启蒙主义和浪漫主义要求用美好的想象去代替恶浊的现实。因而法国浪漫主义思潮是资产阶级大革命后封建制度全面崩溃、资本主义逐步确立、社会矛盾日益尖锐时期的产物。法国大革命关闭了贵妇沙龙,摧毁了上流社会的审美趣味,画家和作家们因此得以摆脱宫廷和沙龙的制约,可以自由地选取创作素材和倾诉个人情感,他们高举浪漫主义的大旗,最终推翻了古典主义长达两个世纪的统治,形成了汹涌澎湃的浪漫主义潮流。"从渊源上来说,古典主义主张模仿古代的希腊罗马文学,浪漫主义则反其道而行之,取材于基督教和中世纪以来的法国历史,以及当代国内外的现实生活",①除却国家历史的展现,浪漫主义作家和画家质询的还有当下人类的命运。

(一) 浪漫主义绘画与文学的创作原则

浪漫主义思潮发生于资产阶级获得政权之后,是启蒙主义的继续。浪漫主义决不排斥理性,而是竭力将理性和感情融为一体,以抵制现代工业文明带来的人的异化。浪漫主义虽然关注个体,其理想却代表着整个民族的根本利益。浪漫主义作家出于对现实的强烈不满,尤为注重大众的精神生活,他们偏重表现主观理想,抒发强烈的个人情感,因而"主观性"成为浪漫主义文学最突出的特征。二三十年代兴起的浪漫主义文艺思潮包含了不同的倾向,

---

① 吴岳添:前引书,第 125 页。

它特别关注资本主义制度下受压制的个性和人权,表现在艺术创作中就是强调主观感情的表达和对个性的描绘。因而浪漫主义作家和艺术家们以追求自由、平等、博爱和个性解放为思想基础,喜欢奔放的幻想和性情的抒发。在反映客观现实方面,作家们注重从主观内心世界出发,抒发对理想世界的热烈追求,常用热情的语言、瑰丽的想象和夸张的手法来塑造文艺形象。

十九世纪浪漫主义艺术的诞生是对新古典主义、学院派美术的一次革命,也是一种强调个性表现和创作自由、重视想象和情感的新艺术,以泰奥多尔·热里科(Théodore Géricault,1791—1824)、欧仁·德拉克洛瓦(Eugène Delacroix,1798—1863)等法国画家为首的浪漫主义绘画主要有以下特征:1.在题材方面,不再仅仅描绘上层社会,而是描绘下层劳动人民的生活,塑造个性鲜明的人物形象,颂扬人的精神价值,争取个性解放和人权思想,有时也从文学作品和历史故事中寻找创作的题材。2.强调艺术创作的自由,反对古典主义的清规戒律,崇尚热烈奔放的艺术想象和主观抒情,注重对人内心世界的发掘。3.提出返回自然的口号,厌恶城市文明,讴歌大自然之美和异国情调的魅力。4.不再排斥民间文学,重视民族文化传统,深受骑士文学和感伤主义影响。5.构图变化丰富,色彩对比强烈,笔触奔放流畅,使画面具有强烈的感情色彩和激动人心的艺术魅力,以各式各样的个性美代替唯一绝对的理想美。新古典主义画家青睐以明确的轮廓线条来把握形态,而浪漫主义画家重视色彩而非线描,追求大块色彩的效果,用色彩去塑造形体,使得色彩成为一种独立的、传达情感的绘画语言,这对未来印象派绘画的变革有启示作用。

同样在文学领域,随着法国浪漫主义运动先驱斯达尔夫人(Mme de Staël,1766—1817)的《从文学与社会制度的关系论文学》(*De la littérature considérée dans ses rapports avec les institutions sociales*,1800)、《论德国》(*De l'Allemagne*,1813)等理论作品问世,人们强烈呼吁适应当下社会潮流和现代审美的新艺术。杨令飞指出:"斯达尔夫人从政治社会环境中去理解和阐释作品的特性,她猛烈抨击矫揉造作的沙龙文学和妨碍创作自由的古典主义文学法规,认为受资产阶级革命影响的浪漫主义文学,由于按照想象中应该有的样式来塑造形象,以想象丰富、性格超凡、情节离奇、感情炽热、夸张大胆见长,因此将比过去时代的文学更有力量和独创性。"①

封建政治与古典主义的高压激发了雨果的逆反情绪,他在著名的《〈克伦威尔〉序言》(*Préface de Cromwell*,1827)中呼吁作家从传统美学的分类与规则的限制中解放出来,支持"崇高"(sublime)与"奇异"(grotesque)的融合,这在力求统一格调的古典主义美学中是不可想象的。《〈克伦威尔〉序言》以绘画艺术实例为参照,反对古典主义拘泥于崇高美的桎梏,阐明了奇诞、滑稽、丑怪等元素在文学和绘画创作中的巨大作用,提出了美丑对照的审美原则,成为浪漫主义运动的宣言。雨果在《巴黎圣母院》等小说的创作中注重夸张抒情性的场景描写和美丑对照的人物塑造,颇具浪漫主义特色。雨果的戏剧《艾那尼》(*Hernani*,1830)对古典主义的三一律标准和语言戒律都带有对抗性与践踏性,其中的人物塑造和情节设计全面贯彻了《〈克伦威尔〉序言》宣扬的反差和对照原则,日常通俗口语也进入了作品,故而奠定了戏剧史上浪漫派对古典派的胜利。雨果批判了古典主义严重脱离现实的谬误,发出了语言自由的呐喊,呼吁将文学形式从诸多美学限制中解放出来,并主张文学应面向现实,自由地选择描写对象,更多地反映第三等级平

---

① 杨令飞:"浪漫主义:一种文学上的自由主义",《国外文学》2005 年第 1 期,第 41 页。

民的生活。

十九世纪法国的浪漫主义文学主要有以下特征:1.以民主的立场抨击封建制度或资本主义文明的罪恶现象。2.以人道主义的立场批判社会现实,同情下层人民的困难,并以此去构筑理想的社会图景。3.描绘异国情调和自然风光,在大自然美景中寻找精神的寄托。4.宣扬个性解放,抒发个人苦闷,反对社会对人的精神束缚和压迫。5.从民间文学题材中吸收养料,歌颂民间传说中的英雄人物。6.描述异乎寻常的故事情节、自然环境和人物形象。

可见浪漫主义思潮为十九世纪法国文学与绘画之间的共鸣提供了丰富的资源和共通的主题。浪漫主义作家和画家反对社会上统一的创作形态,他们对主观情感有着同样的热情,更注重感性体验,推崇想象力带来的无限灵感源泉。"主观性"与"个体性"引导了画家的创作,自画像越来越多,绘画成为反映创作者个人思想情感的介质,同样抒情类文学和自传体裁也取得了成功。自我的探寻或自我的表达,成为文学和绘画创作的基本动力。同新古典主义相对立,浪漫派作家与画家尊重每个人的感觉,他们追求和表现"个性美",认为"美"不是唯一的、绝对的,而是根据人们个性不同而变化的。他们坚信,只局限于绝对的"理想美"的艺术创作思想,只能使艺术永远步前人的后尘,而只有承认了"个性美",艺术创作才会因人而异,作品才会具有特色。从这个意义上说,浪漫主义画家和作家们都是倡导个性美的先驱。

(二)浪漫主义绘画与文学的历史题材、情感书写

泰奥多尔·热里科是浪漫主义绘画的先驱,他的画作《梅杜莎之筏》(1819)以丰富生动的色彩表达了强烈的悲剧震撼力,是浪漫主义画派的开山之作。该画背景是一八一六年法国军舰"梅杜莎"号在前往西非的途中沉没,船长和高级军官们坐着救生艇

逃离,把一只临时扎成的木筏留给一百多名乘客和船员。他们在大西洋上漂流了十多天,只有少数人侥幸活了下来。在这条木筏上,人们为了生存互相残杀乃至相食,上演了一幕幕人间惨剧。这场悲剧的直接责任在于船长,他当时已多年不曾航行,是通过政治关系才获取这一职位。所以这幅画实质上是谴责政府对这场海难的发生负有责任。画中人物的个性形态鲜明:怀抱死去儿子的男人的沮丧、垂死者的痛苦呻吟和向救援船挥手的人们的强烈渴望。画中将一个黑人置于最高点,这在当时受到了争议,热里科本人拥护废奴主义。

德拉克洛瓦把浪漫主义绘画推向巅峰,他摒弃了法国学院派画家所钟情的古典题材,开始从文学素材中挑选主题。他反对古典主义绘画那种呆板平庸的画风,重视情感的表达和个性的彰显,擅于表现幻想和运用色彩。他的画中有许多豪迈奔放的场面,比如他的画作《自由领导人民》(1830)把幻想与现实融为一体,演绎了一八三〇年法国"七月革命"中巴黎市民们反对波旁王朝封建专制的战斗情景,引导人民前进的是象征着资产阶级革命的自由女神,她一手拿枪,一手高举着大革命时期的蓝白红三色旗,成为经典的浪漫主义艺术形象。整幅画的气氛热烈而激昂,光与影的戏剧性效果、丰富炽热的色彩和奔放跃动的画面具有感人肺腑的力量,再加上烟雾弥漫的纷乱情景,彰显了人物的斗志。

那个时代的人们常把德拉克洛瓦比作雨果。波德莱尔指出正是文学的素养成就了这位伟大的画家:"德拉克洛瓦先生在本质上是文学的,这是他才能的另一个非常伟大、非常广阔的素质,并使他成为诗人们所喜爱的画家",[①]而雨果则是诗人中的风景画

[①] [法]波德莱尔:《浪漫丰碑:波德莱尔谈德拉克洛瓦》,冷杉译,北京金城出版社2013年版,第108页。

家:"维克多·雨果先生过于具体、过于关注于大自然的表面而成为诗中的画家。德拉克洛瓦始终尊重自己的理想,常常在不知不觉中成了绘画中的诗人。"①德拉克洛瓦是个诗意和想象的创造者,他直接在诗歌中汲取绘画的灵感:"为了寻找题材,我所必须做的,乃是去翻翻书本,从中获取灵感,然后再任凭情绪去引导我进行创作,如但丁、拉马丁、拜伦和米开朗基罗等人的作品。"②德拉克洛瓦是一个地道的"文人画家",其成名作《但丁之舟》便是直接取材于但丁的《神曲》,他酷爱拜伦、莎士比亚、歌德等人,并从他们的文学作品中寻找绘画题材,创作了《哈姆雷特》《在书斋里的浮士德》等系列画作,从这些画中我们都不难看出画家对文学题材的偏好。

浪漫主义时期的画家与诗人在创作理念和审美效果方面有很多共通之处。雨果是浪漫手法的集大成者,善于抒情、写景、咏史和绘画,在小说、诗歌、戏剧、艺术创作方面都得心应手。雨果的诗歌和小说善于以史诗的规模去再现复杂的社会生活,其作品充满激情澎湃的描绘、跌宕起伏的情节、大胆奇特的想象力和对照鲜明的艺术手法。雨果的小说名作《悲惨世界》(*Les Misérables*,1862)好比一幅笔力雄浑的、传奇性的历史壁画,是对浪漫主义名画《自由领导人民》的文学呼应,因为两者都涉及了一八三〇年七月法国人民推翻波旁王朝的革命运动,再现了巴黎巷战的激烈景象与人民的战斗勇气。雨果的另一部小说《海上劳工》(*Les Travailleurs de la mer*,1866)是人与大自然搏斗的史诗,与热里科的名画《梅杜莎之筏》、德拉克洛瓦的画作《十字军进入君士坦丁堡》(1840)中的悲剧性题材、戏剧性场面和动乱的环境有异曲同工之妙。

---

① [法]波德莱尔:前引书,第55页。
② [法]德拉克罗瓦(又称:德拉克洛瓦):《德拉克罗瓦日记》,李嘉熙译,广西师范大学出版社2002年版,第41—42页。

理想与现实的巨大反差使得浪漫主义作家对忧郁的气质情有独钟,抒发个人感情和感伤情怀的浪漫主义小说在十九世纪初应运而生。斯达尔夫人说:"忧郁是才气的真正的灵感的源泉:谁要是不感觉到这种情操,谁就不能期望取得作家的伟大荣誉。"①斯达尔夫人的情感小说《黛尔菲娜》(*Delphine*,1802)、《柯丽娜》(*Corinne*,1807)分别描写了两个贵族女子的爱情悲剧,体现了社会对人性的压抑和妇女们对美好生活的不懈追求。

与此同时,一股名为"世纪病"的现象风行于十九世纪初的法国。理性王国、自由社会的美好理想曾鼓舞人民奋不顾身地参加法国大革命,然而革命后的社会现实使这些理想全都落空,人民群众仍是被专制的对象。这时的知识分子普遍感到前途渺茫,对生活和人生充满失望和怀疑。随着拿破仑帝国的覆灭和波旁王朝的复辟,王权和神权的恢复使一批年轻人失去信仰、无所适从,与现实环境格格不入,时代风云的变幻令他们变得茫然不知所措,无法找到追求的目标,只好在厌倦与无聊中虚度时日,他们大多生性孤僻忧郁、悲观失望却富有才华,在现实生活中却找不到自己的位置。

作家夏多布里昂身处这个动荡不安的时代,他对第一帝国感到失望,也对复辟王朝感到失望,其小说《勒内》(*René*,1802)的主人公即为"世纪儿"的典型代表,贵族青年勒内自幼在忧郁孤寂中长大,由于失去了财产继承权,过着四处漂泊的拮据生活,孤独、伤感、厌世的他看不到生命的意义,最后在虚无和绝望中死去。除了夏多布里昂之外,早期的浪漫主义小说家邦雅曼·贡斯当(Benjamin Constant,1767—1830)、夏尔·诺迪埃(Charles Nodier,1780—

---

① 郭宏安:《从蒙田到加缪——重建法国文学的阅读空间》,三联书店2007年版,第65—66页。

1844）、维尼（Alfred de Vigny,1797—1863）和缪塞（Alfred de Musset,1810—1857）也在写作中涉及了世纪病的题材。

贡斯当的小说《阿道尔夫》（*Adolphe*,1816）塑造了又一个"世纪儿"形象，小说主人公阿道尔夫的爱情纠葛令他产生了忧郁、孤独、寂寞、无奈和厌世的心理。诺迪埃的小说《萨尔兹堡的画家》（*Le Peintre de Salzbourg*,1803）叙述了一个名叫沙尔的德国青年画家，由于政治原因被迫离开恋人在欧洲流亡。当他回到家乡之后，恋人已嫁作他人妇，他感到无比痛苦和忧伤。恋人的丈夫知道他们的恋情后，为了成全他们而服毒自杀。恋人悲伤地进了修道院，沙尔也进了多瑙河畔的修道院，后来死于泛滥的河水之中。显而易见，主人公的感伤与当时流行的世纪病有相通之处。维尼创造了哲理诗歌的形式，擅长采用象征化手法来表达人生哲学，他的寓言诗集《狼之死》（*La Mort du loup*,1843）讴歌了没落贵族孤傲坚忍的精神，表现了维尼本人的痛苦和忧郁。缪塞被誉为浪漫主义的神童，他的长篇小说《一个世纪儿的忏悔》（*La Confession d'un enfant du siècle*,1836）塑造了一个精神饱受折磨的法国青年形象，他代表了拿破仑时期的一代人，由于拿破仑帝国的覆灭和波旁王朝的复辟，丧失了可以通过自由竞争和个人奋斗获得成功的机遇，因而患上了忧郁、失望、孤独、无为的"世纪病"。

浪漫主义情感可分为积极的浪漫主义和消极的浪漫主义。一般来说，消极浪漫主义的作品展现了一种孤独、忧伤、痛苦的情感，书中人物被黑暗的现实所折磨，结局常带有悲剧色彩，夏多布里昂和缪塞就是消极浪漫主义的代表作家。而与此相反，积极浪漫主义作家的文风常常是欢乐明快、积极向上的，情感氛围也是自然、温和、愉悦的。

女作家乔治·桑（George Sand,1804—1876）笔下的文字便渗透着积极的浪漫主义，她的作品鼓励人们具有追寻幸福和蔑视社会偏见的勇气。她早期的作品有激情小说《安蒂亚娜》(*Indiana*, 1832)、《华伦蒂娜》(*Valentine*, 1832)等,大多描写爱情上遭遇不幸的女性,她们不懈地追求独立与自由,充满了青春的热情与反抗的意志。她后期的田园小说充满了美好的情感希冀,例如《魔沼》(*La Mare au diable*, 1846)、《弃儿弗朗索瓦》(*François le Champi*, 1848)、《小法岱特》(*La Petite Fadette*, 1849)等,这些作品都有鼓励女性克服伦理道德障碍、勇于追求幸福的描写,孕育着女性主义的萌芽。乔治·桑写作《魔沼》时的灵感源于她看到了一幅描绘农夫耕地的版画,画上有这样一首动人心弦的四行诗,她把它放在小说的开头:"你汗流满面,/仅换来一生的清贫。/你长年劳累,日渐衰弱,/如今,死神已把你召唤。"① 但乔治·桑并未把农民描绘成悲惨愁苦的面貌,她以理想主义的目光观察世界,她笔下的农民也拥有美好的欢乐和爱情,而且比贵族更加朴实和健康。这种感情是人物在共同的田园生活中产生的纯朴爱情,使她的田园小说蒙上了一层理想的光彩。

(三)浪漫主义画家与作家对自然的歌颂

黑格尔认为,浪漫派艺术的核心是绝对的内心生活,更是精神主体对自我独立自由的认识。自我的胜利伴随着对大自然情感的发展,自然是人类意识的一面镜子。浪漫主义的自然是欲望投射和表达无限的空间。波德莱尔在《1846年的沙龙》一文中指出:"对于欧仁·德拉克洛瓦来说,大自然是一部浩瀚的字典,他目光自信而深邃地翻动和查看着这部字典。这种绘画主要源于回忆……他充分享有一种难以把握的独创性,这就是主题的内心

---

① [法]乔治·桑:《魔沼》,罗旭译,人民文学出版社1994年版,第1页。

性",①也就是说德拉克洛瓦笔下的自然并不仅仅存在于外部,而是更多地来自画家的心灵,画作只是创造者在大自然那里的提取物,这种独创性依赖于画家内在的个性情感和学识思想。德拉克洛瓦也像波德莱尔一样主张在画室里创作,而不是在自然中写生,这是一种为主观想象进行辩护的美学原则,在大自然面前,他靠想象力画画,他在《日记》中写道:"在我的心中,蕴藏着一种内在力量,它比我的身体更强而有力,时常赋予我以新的生命。对某些人来说,这种内在的力量似乎并不存在,而对于我,它的力量却远甚于我的肉体;没有它,我终将死亡,而化为乌有。这种力量就是我的想象力,它主宰我的一切,鞭策我不断向上。"②

法国风景画大师柯罗(Jean-Baptiste-Camille Corot, 1796—1875)的一生跨越了新古典主义、浪漫主义、写实主义和印象派早期等几个时期,他创作的自然风景画《蒙特枫丹的回忆》《芒特的嫩叶》《罗马的农村》《枫丹白露的树林》《里沃的风景》《夕阳》等兼具古典美感与浪漫主义色彩,他的画描写的大多是清晨或傍晚中的森林、湖水、天空,有时画面笼罩在轻烟薄雾之中,其朦胧之感有如梦境。有些风景画中还加上了一些神话或传说中的人物,为画面增添了虚实相生的活力,缔造了一种梦幻与现实交织的浪漫想象,表达了一种宁静致远的恬淡心境。柯罗的笔触细腻传神,同时富有诗情韵致和感情纹理,他的绘画成为风景画发展史中不朽的丰碑。

再如同时代的另一位风景画大师、德国浪漫主义画家卡斯帕-大卫·弗里德里希(Caspar-David Friedrich, 1774—1840)也迷

---

① [法]波德莱尔:《浪漫丰碑:波德莱尔谈德拉克洛瓦》,冷杉译,北京金城出版社2013年版,第57页。
② [法]德拉克罗瓦(又称:德拉克洛瓦):《德拉克罗瓦日记》,李嘉熙译,广西师范大学出版社2002年版,第47页。

恋于诗意盎然的大自然,他的《山上的十字架》《巨人山》《海上生明月》《孤独的树》《雾海上的漫游者》等画作展现了荒原、高山、大海、落日、月夜、森林、教堂等富有象征意味的自然景象以及静谧空无的氛围。他的风景画是自我心灵的写照,他很少描绘具体的、真实的自然景色,而是将不同地区、不同季节的风景拼贴组合为心中的风景,挥洒出无尽的诗意。《雾海上的漫游者》(1818)是艺术史上的经典,画中群山巍峨、云雾缭绕,一位背对观者的人物站在画面正中的高山之巅,一览众山小的气概令人过目难忘。徘徊者的背影是孤独的,在面对无限的自然时崇拜有余,表现出人类的弱小和无力感,折射出画家面对现实社会的迷茫。漫游者的背影又是坚定的、智慧的,他像一位引领者,带领观者走入一片"精神的风景",让思绪自由升腾于浩瀚无边的茫茫宇宙,迈入与天地对话、与上帝沟通的浪漫情境中。

于是,对大自然的呈现逐渐成为一种包含丰富情感和心灵意识的艺术表达类型,在浪漫主义文学和绘画上都是如此。卢梭提出的"回归自然"的理念深远地影响了十九世纪的浪漫主义文艺,大自然成为画家和文学家们创作的焦点,他们往往把现实中的痛苦经历、孤芳自赏的态度和敏感的自我意识通过自己作品中的风景刻画来进行淋漓尽致的展现。这一时期浪漫主义小说的共同特点是借景抒情,对景物的描写夹杂着地方色彩或异国情调,抒情之中又含有哲理性的思考,而这种对人生和自然的思考又往往体现了作家的感伤情怀。

夏多布里昂与乔治·桑在各自作品中对大自然的歌颂式和图画式描绘成了一种对理想境界的沉思,大自然成为人们精神上的避难所,无限的自然情怀凝结了人们的欲望、悸动和理想。夏多布里昂曾在《基督教的真谛》(*Le Génie du christianisme*,1802)一书中对音乐、绘画、雕刻和哥特式建筑的诗性之美加以评说,同时他也是写景巨匠,其小说《阿达拉》(*Atala*,1801)是一部爱情悲剧,主人公爱情的烦恼和美洲原野的自然美景有机地结合在一起。《阿达拉》的主人公之一老酋长沙克达斯在月光下和流亡的法国青年勒内同乘独木舟在密西西比河上顺流而下,老人对勒内叙述了他坎坷的经历。年轻时的沙克达斯随父与敌对的印第安部落作战,不幸被俘。在即将被烧死之际,敌方首领的女儿阿达拉趁着黑夜解救了他,然后和他一起逃进森林。阿达拉爱着沙克达斯,却一直拒绝他的爱。一场暴风雨之后,传教士奥布里神甫收留了他们。阿达拉最终因绝望而服毒自杀,临死前她吐露了心中秘密,原来是她母亲在弥留之际让她发誓永不嫁人,把她的贞操清白交给上帝。小说情节并非跌宕起伏,但作家用大量笔墨描绘了壮丽的密西西比河和美洲原野风光,绮丽的自然成为爱情悲剧的背景和陪衬,反而更催人泪下。这种手法给夏多布里昂带来"文坛画家"的美誉。[①] 该小说深受大众喜爱,被译成多国文字,而且许多画家、雕刻家和作曲家都曾以这部小说为题材进行创作,甚至有一些瓷器制造商、钟表制造商和理发师也以小说中的人物作为模特,这部畅销小说的影响远远超过了文学的范围。

一八四八年革命以后,乔治·桑对革命前途感到失望,于是放弃巴黎的政治生活,隐居到故乡的庄园中,她创作的田园小说《魔沼》《弃儿弗朗索瓦》《小法岱特》等作品的主角都是纯真、善良、勇敢的女性形象,这些美化的人物加上美丽的大自然这个背景,组成了积极浪漫主义的华彩篇章。乔治·桑的田园小说以抒情见长,她受卢梭"回归自然"的影响,擅长描绘山水田园的画卷,从大自然的绚丽风光到农民日常生活的琐碎细节,彰显了人与自然的和

[①] 钱培鑫:"从《阿达拉》看夏多布里昂的写景艺术",《法国研究》2001年第2期,第68页。

谐关系以及人间的真善美情愫。乔治·桑虽对农村资产者的重利盘剥提出谴责,却也大大美化了小农经济的生活,一切都沉浸在美好的牧歌气氛之中,她把对大自然美景的描写和对劳动人民勤劳质朴品德的歌颂结合在一起,读者看到的是诗情画意的自然环境、淳朴亲切的民俗与不问世事的洒脱。

(四)浪漫主义绘画与文学的异域情调、梦幻色彩

作家和画家们对自然景观的迷恋反映出了对异域和别处的渴望,这种对异乡情调的渴望正是浪漫主义气质的重要组成部分之一。十九世纪绘画中的东方主义也在发展,德拉克洛瓦对东方的风土人情和民族艺术有着极大的兴趣和爱好。一八三二年他到摩洛哥、阿尔及利亚等地旅游访问,收集了大量素材,并在东方的地毯和丝织品工艺方面学到了色彩对比知识,回国后他创作了《阿尔及尔妇女》《阿拉伯幻想曲》《摩洛哥犹太人的婚礼》等大量具有异国风情的作品。《阿尔及尔妇女》中昏黄的光线、紫色的窗帘、异域女子迷离的眼神以及丰腴的身体等都抒发着异域的浪漫情调。旅行的主题融入未知的、但在情感上亲密无间的远方,成为画家感性体验的来源。

除了时间维度和空间维度的逾越,旅行和"他处"的抵达也可以在人们的头脑和自我幻想中实现,浪漫主义在感情的狂热中往往伴随着离奇而荒诞的幻想,梦幻与疯狂有时成了灵感表现的空间。一八〇八年,拿破仑的军队开到了西班牙,西班牙画家弗朗西斯科·戈雅(Francisco Goya,1746—1828)看到的不是他幻想中的解放,而是残暴的烧杀抢掠,无数百姓被屠杀,于是在一八一四年画了《1808年5月3日》来铭记那些杀戮,这是一幅描绘法军镇压起义者暴行的悲剧性作品。从此戈雅开始深入人类诡异的心灵,揭发统治者的暴力和侵略战争的本质,他以梦魇式的幻想为题材,

展现着人类的苦难命运,成为浪漫主义绘画的先驱。戈雅在糟糕的健康状态下创作的"狂想曲"和"黑色画"版画系列表现了他近于癫狂的痛苦心理。晚年的戈雅因为长期接触铅白而中毒,失去了听觉,成了聋人,他把自己的房子称为聋人屋,在墙上画了多幅壁画,这些画使整栋住宅充满女巫与幽灵,展现了他对疯癫的恐惧与人性的阴暗面,被称为"黑色画"。戈雅笔下的疯人体格健壮,他们或歌或啸,疯狂更像是外界强加于他们的处境和宿命。另外,他在"狂想曲"版画组合中创作了许多鬼怪形象,有些直指宫廷的黑暗,讽刺封建社会的虚伪腐败,将推行愚民政策、欺压人民的统治阶级比作愚蠢的驴子,将腐败而专制的国家比作监狱,还有些画讽刺了宗教的伪善残忍、教会和僧侣的愚蠢贪婪,表现了人民在宗教统治和封建专制下遭遇的苦难和不幸。

  东方、梦幻和疯狂的元素也存在于浪漫主义文学领域。雨果的诗集《东方集》(*Les Orientales*, 1829)已颇具东方意味。文人们的旅行开始向东方靠近,众所周知,十九世纪的很多作家们都进行了"东方旅行":夏多布里昂、福楼拜、莫泊桑等,他们或者力图找到东方文明的神秘起源,或者想要找寻另一束思想的光芒。对于浪漫主义者而言,"别处"不仅意味着地理方位的空间迁移,也可以是时间维度的迁移。十九世纪见证了现代意义上历史的诞生和无处不在的时间观念。这一时期的人们对历史的质询夹杂着个人的感想和形而上的思辨。个体对根源的追寻在自传中得到了充分表现,在群体中则表现为对国家起源的探索。得益于历史学家的工作和法国文学批评家圣伯夫(Sainte-Beuve, 1804—1869)的著作《十六世纪法国诗歌、戏剧的历史图景与批评》(*Tableau historique et critique de la poésie française et du théâtre français au XVIe siècle*, 1828),人们开始重新发现中世纪和文艺复兴时期丰富的文学宝藏。这一发现激励了历史小说的写作,例如雨果一八三一年发表的小说《巴黎圣母院》中的故事就发生在十五世纪,这种文学倾向也促进了历史画的发展。

法国浪漫主义作家热拉尔·德·奈瓦尔(Gérard de Nerval,1808—1855)在其作品中进行精神的漫游。奈瓦尔生于巴黎,父亲是军医,母亲早亡。他从小就失去了母爱的温暖,把母亲想象成一个虚幻易逝的梦。一八三六年,奈瓦尔疯狂地爱上女演员珍妮·科隆,然而珍妮·科隆却不顾他的狂热追求嫁给他人,伤心的奈瓦尔受到刺激,于一八四一年得了精神病,被迫入院治疗,不久痊愈。奈瓦尔开始到欧洲和更远的东方去旅行,并且不断地发掘具有神话臆想色彩的女性题材。这位伟大的天才和疯子从此一直徘徊于梦境和回忆的痛苦边缘,他只能紧紧抓住困扰了他后半生的精神疾病的间歇来进行创作。奈瓦尔一边进出于疯人院,一边奋笔疾书,相继完成了游记《东方之旅》(*Voyage en Orient*,1851)和《幻象》(*Les Chimères*,1854)、《西尔维》(*Sylvie*,1854)、《奥蕾莉娅》(*Aurélia*,1855)等传世之作。这些作品回忆了作家青少年时期的生活,描写了风景秀丽的故乡风情和少年时代恋人的形象,行文充满梦幻气氛和神秘色彩。诗歌《幻象》充满了暗示和象征的朦胧意象,让意识之流汩汩流出。如果说他的格律诗是梦幻之作,他的散文则是在清醒地描述和记录其精神错乱和迷幻的历程,《西尔维》通过空间的移动来表现内心的旅行,《奥蕾莉娅》把主人公的梦幻写得栩栩如生,尤其探索了疯人的精神世界,后来去世的女演员珍妮正是奥蕾莉娅的原型,奥蕾莉娅与女神、圣母以及奈瓦尔母亲的形象交融在一起。这两部小说充满了神秘的幻象和温柔的忧郁,试图在现实与梦幻之间保持诗性的平衡。奈瓦尔在梦幻中找到了他理想的世界、纯洁的爱情和永恒的欢乐,在他的作品中,现实与梦境好似水乳交融,两者之间的过渡和转换十分轻松自然。他像描绘日常生活一样来描绘梦幻世界,同时又用梦境般的语言来刻画真实的事件或人物,从而发掘人们真正的精神活动。一八五五年初,奈瓦尔吊死在马路边上。他在世时未受赏识,后来被奉为象征主义和超现实主义的先驱。

(五) 浪漫主义作家与画家的跨艺术实践

在浪漫主义文学与绘画交汇发展的背景下,很多画家拿起了稿纸,作家则拾起了画笔,例如绘画是雨果的爱好,他在流亡前不久停止写作、专心从政时,花了更多功夫在绘画上。雨果创作了数千幅绘画作品,其素描画和水彩画有出色的美学品质,其作品包括名著插画、人物画、风景画、抽象画、无题画、幻觉画等,其自由的想象风格和洒脱的写意精神体现了浪漫主义美学精神。他最喜爱绘画风景和城堡,例如《鹰首雨果城堡》《三棵树的风景》《河景》等画作。雨果常用深棕或黑墨笔画,很少用彩色,他的以墨代彩的水墨画事先不勾草图,没有先入为主的想法,运笔自如,依墨色浓淡和墨迹大小点染而成,这种纵情写意的自由风格与中国传统画的"泼墨"非常相似。雨果倾向于描绘那些恢宏壮阔、具有崇高美的场景画面,在文学创作中也不例外,他喜欢描写波澜壮阔的历史事件,因为他喜爱史诗般的雄伟。当然雨果也有讽刺和戏谑的爱好,他的早期绘画带有儿童讽刺画的童趣。滑稽和崇高的融合是雨果绘画的真实特色,也是他浪漫主义文学创作的灵感来源,雨果的许多绘画作品可被视为其文学写作在艺术世界的延伸,例如《巴黎圣母院》《悲惨世界》《海上劳工》等小说中某些史诗般的场景描写与其绘画作品中壮丽的想象力有共通之处。

法国浪漫主义和东方主义画家、作家、艺术评论家欧仁·弗罗芒坦(Eugène Fromentin,1820—1876)在耕耘文学园地的同时也进行着画家的事业,尤其擅长绘画东方阿拉伯风土人情。弗罗芒坦作画时惯于将人物置于自然环境中,以光和色彩塑造艺术形象,他将风景速写的美学原则引入小说描述,缔造了一种鲜明的视觉化文本,例如他的小说《一个撒哈拉的夏天》(Un été dans le Sahara,1857)中的景象描写:"埃尔-拉古阿愈来愈近。绿洲向右边展开,椰子树的绿色树梢变得比较清楚了,我们发现了第二个石堆,像第一个一样,石堆上有黑色的房子;不见塔楼,两座山丘之间有一座白色的建筑物;右边一点第三个石堆是一堆玫瑰色岩石,上面有一座伊斯兰隐士墓,再向右是一座金字塔,比周围高,玫瑰色也比较浓;在间隙中,沙漠的紫罗兰色的线继续出现。这就是埃尔-拉古阿北面的全景","我首先看见在一座阳光直射的平原上,出现了一座白色岩石堆带着许许多多昏暗的点,呈现出一座城市的黑紫色的高处的轮廓和它的塔楼;下面冷绿色的密密实实的矮树丛稍稍竖起,像是长满胡须般麦穗的田地"。① 这段素描式描写展现了富有光感、色感和空气感的人物动态与自然景色,光影与色彩的细腻造型颇具浪漫气息,同时隐含着印象主义美学的萌芽。

十九世纪画家与文学家的关系非常密切。诗人波德莱尔博览群书,四处旅行,来往于青年画家和文学家之间,过着波希米亚人式的自由生活。波德莱尔在文艺批评方面颇有才能,他著有《1845年的沙龙》《1846年的沙龙》《1859年的沙龙》《现代生活的画家》《浪漫派的艺术》《美学珍玩》等艺术评论,以诗人的视角论述了法国艺术史上经典画家和艺术流派的创作特色,并发表了对油画、素描、漫画、雕塑和摄影等艺术的独特见解,这些文艺评论提供了崭新的审美视野和表现角度,也成为西方艺术研究的重要参考文献。波德莱尔被浪漫主义的情感之美、想象之美所征服,他在此基础上提出了灵性之美的维度,即强调了创作中思想的重要性。

---

① [法]安娜-玛丽·克里斯丹:"欧仁·弗罗芒坦——画家兼作家",杜新玲译,《世界美术》1983年第2期,第46页。

波德莱尔用"现代性"来定义浪漫主义,并将画家德拉克洛瓦视为典范,他先后在一八四五年、一八四六年、一八五九年的《沙龙》《一八五五年世界博览会美术部分》及《欧仁·德拉克洛瓦的作品和生平》等评论中分析了这位画家的自由想象和重视色彩的创新技法。相对于古典主义画家安格尔(Ingres,1780—1867)的唯美和严谨,波德莱尔无疑更加偏爱德拉克洛瓦绘画中的情感、激情、想象、学识和其画作带给观者的幸福、忧郁、浪漫的印象,喜欢他笔下的画面既像大自然一样生动和活跃,又有超自然的趣味和艺术魅力。

如上所述,浪漫主义画家们喜欢描写鲜明的个性、异国的情调、生活的悲剧、传奇的故事,因此经常从一些故事和文学作品中寻找题材,以表现其情感和幻想的主观世界,同时很多画家也通过文字来阐述艺术理论。例如德拉克洛瓦书写的《日记》时间跨度为一八二二年到一八六三年,虽然中间间断过几年,却完整地展示出画家本人成长的心路历程,阐释了他的绘画实践和理论见解,也记载了他丰富多彩的社交生活,留下了巴尔扎克、乔治·桑、梅里美、波德莱尔、肖邦、柯罗等同时代的作家、诗人、音乐家和画家在日常交往中的真实形象。因而这部《日记》成了十九世纪中叶法国社会生活的真实写照和人文景观。

(六)唯美主义与社会小说的对立

十九世纪前期的法国浪漫主义是在对抗波旁王朝封建文化专制的背景下产生的,与资产阶级自由主义思潮的发展密切相关,因而这是一场与政治和社会现实密切相关的文学运动。十九世纪三十年代后,法国浪漫主义文学逐渐演变为不同的倾向,其中一种倾向就是所谓的"社会小说",雨果和乔治·桑都创作出了"社会小说"的代表作。作为浪漫主义旗手的雨果一直都很重视文学的教化作用,强调着作家的社会职责,文学的任务是发出人民的呼声。雨果的小说《巴黎圣母院》通过描写美丽善良的吉卜赛少女爱斯梅拉达在中世纪封建专制下受到迫害摧残的悲剧,影射了当下封建专制社会的黑暗、反动教会的猖獗和司法制度的残酷,突出了反封建的主题。雨果的另一长篇小说《悲惨世界》则进一步揭露了资本主义社会的尖锐矛盾和贫富悬殊,抨击了资产阶级法律的虚伪,刻画了下层人民的悲苦命运,提出了当时社会亟待解决的三个迫切问题:贫穷使男子潦倒、饥饿使妇女堕落、黑暗使儿童羸弱,受到全世界人民的欢迎。

乔治·桑创作了《木工小史》(*Le Compagnon du tour de France*,1840)、《康素爱萝》(*Consuelo*,1843)、《安吉堡的磨工》(*Le Meunier d'Angibault*,1845)等空想社会主义小说,揭露了资本主义社会的罪恶和妇女的命运问题,批评了资本主义财产制度和婚姻制度,进而提出空想社会主义的理想,向往一个没有贫富之分和阶级偏见的社会,闪烁着民主主义、人道主义思想的光辉。

其他著名的浪漫主义通俗文学和社会小说还有大仲马(Alexandre Dumas,1802—1870)的小说《三个火枪手》(*Les Trois Mousquetaires*,1844)、《基度山伯爵》(*Le Comte de Monte-Cristo*,1845—1846),以及欧仁·苏(Eugène Sue,1804—1857)的小说《巴黎的秘密》(*Les Mystères de Paris*,1842—1843)、《人民的秘密》(*Les Mystères du Peuple*,1849—1857),这些作品以人道主义原则来审视社会现实,都对法国不公正的社会现象进行了揭露和批判,表现出人人自由平等的理念和关怀人、爱护人的倾向。

与此同时,另一种与"社会小说"对立的倾向出现在法国文坛,它反对文学为现实生活所限制,反对文学艺术反映社会问题,反对文学艺术有"实用"的目的。这一种倾向逐步发展为"为艺术而艺术"的唯美潮流,在十九世纪下半叶风靡一时。诗人、小说家、艺术评论家泰奥菲尔·戈蒂耶(Théophile Gautier, 1811—1872)是法国唯美主义的先驱,也是"为艺术而艺术"的倡导者,他反对文学艺术被赋予教化功能,认为艺术的价值在于完美的形式,艺术家的任务在于表现形式之美,主张每种艺术都能充分发挥各自的优点和特色,并自由地从其他艺术种类中获取灵感。戈蒂耶的唯美主义虽然在浪漫主义运动中诞生,却和浪漫主义的主流意识有所偏离,他由浪漫主义向唯美主义的过渡始于诗集《阿尔贝丢斯》(*Albertus*, 1832)的序言,他首次提出只有艺术才是人生的真正安慰。

戈蒂耶的小说《莫班小姐》(*Mademoiselle de Maupin*, 1835)塑造了一位性格叛逆、特立独行、女扮男装、风流倜傥、剑术精湛、勇于冒险的年轻女性形象,莫班小姐不认同以财产和门第为支配的婚姻,不愿接受社会既定的游戏规则,想将命运握在自己的手中。戈蒂耶为该小说写的长篇序言被视为唯美主义的宣言,以讥讽的笔调抨击了当时的两派文学批评,一派是咒骂浪漫派作品的批评家,他们奉古典主义为楷模,指责浪漫派作家背离传统的道德规范,败坏了社会风气,另一派是以圣西门、傅立叶为代表的批评家,戈蒂耶抨击他们以文学的社会功用来扼杀对艺术本身的追求。虽然这篇序言并非严格的理论性文章,但它以鲜明的观点标志着唯美主义思潮的产生。

归纳起来,戈蒂耶的艺术主张主要有三点:1.艺术独立于政治和道德之外,"艺术的目的只能是艺术本身——即对美的追求,美的天敌是实用观念",①外界不能强加给它任何功利的目的。2.诗人只崇拜唯一的东西,那就是美,诗的本质是"对一种

---

① [法]泰奥菲尔·戈蒂耶:《莫班小姐》,艾珉译,人民文学出版社2008年版,第7页。

最高的美的向往",①只有美是永恒的,因而诗歌与造型艺术有着密切的关系。3. 为了达到美的境界,文学必须讲究文体技巧和艺术形式上的难度。戈蒂耶痛恨传统和当局强加给文学艺术的清规戒律,对种种扼杀艺术个性的政治、宗教或道德说教进行了强烈抗议。

十九世纪中叶,随着资产阶级统治的巩固、理想的幻灭和信仰危机的产生,法国浪漫主义逐渐走向衰落,唯美主义的人气上升,特别是戈蒂耶的诗集《琺琅与雕玉》(*Émaux et camées*,1852)以完善的技巧和精致的形式来赞颂自然美、人体美与艺术美,堪称"为艺术而艺术"美学理念的具体实践,诗人甚至挑战和借鉴绘画、音乐的表达技巧,试图让诗歌能像绘画一样产生视觉效果,像音乐一样充满韵律。这一种文学倾向在十九世纪六十年代促进了法国第一个唯美主义文学流派——帕尔纳斯派(Parnasse)的产生,唯美主义主要活跃于十九世纪中后期,后来的象征主义和世纪之交的现代主义也从中受到启发,其影响很快传至欧洲、美洲和亚洲。帕尔纳斯派的主要诗人泰奥多尔·德·邦维尔(Théodore de Banville,1823—1891)和勒孔特·德·李勒(Leconte de Lisle,1818—1894)也都主张"为艺术而艺术"的文学创作思想。

第二节　现实主义小说与绘画艺术、摄影艺术

西欧的现实主义文艺思潮是资本主义制度确立和发展时期的产物,由于资本主义制度种种弊病的暴露,人们的浪漫热情和理想王国的幻想破灭了,于是形成了一种冷静务实的社会心理。现实主义文学就是这种尖锐复杂的阶级矛盾和社会心理在文学上的反映。在思想

---

① ［法］泰奥菲尔·戈蒂耶:前引书,第18页。

方面,辩证法、唯物主义哲学、空想社会主义学说以及自然科学的新成就,都对现实主义文学的兴起产生了影响。十九世纪是一个非凡的时代,一八四八年马克思和恩格斯共同发表了《共产党宣言》,一八三〇年火车进入了客运阶段,一八三七年和一八七六年科学领域里分别发明了电报和电话,一八五九年达尔文出版了《物种起源》,文学和绘画的天地里也充满了探索的气息。

法国的现实主义文学在十九世纪三十年代后臻于成熟,奠基人为司汤达和巴尔扎克,之后的福楼拜、莫泊桑等作家亦做出了很大的贡献,其文学作品描绘了全景般的社会现实。现实主义文学的基本特征是:反映生活的真实性、强烈的揭示性和批判性、人道主义思想、描写典型环境中的典型性格。与此同时,文艺批评家开始发挥作用,艺术商、收藏家和美术博物馆都得到了很大发展。在绘画艺术领域,"现实主义"的审美意识成了许多画家们的共同追求。

(一)写实主义画家的客观再现与民主意识

十九世纪中叶,继浪漫主义绘画之后,法国出现了赞美大自然、客观地再现普通人生活的现实主义绘画运动。法国画家古斯塔夫·库尔贝(Gustave Courbet,1819—1877)在绘画上提倡现实主义,力图摆脱古典主义的理性原则,克服艺术的说教成分和浪漫主义的主观性,如实地表现出时代的风俗、思想和面貌。一八五五年,库尔贝由于他的作品《画室》和《奥尔南的葬礼》被万国博览会拒绝,自费举办了名为"写实主义"的个人画展,他因此成为现实主义文艺流派的领袖。库尔贝的画作呈现了更加开阔的现实视野,不再拘泥于学院派的庄严历史题材和浪漫派的唯美画面。库尔贝的理想是创造一种鲜活的艺术:"从本质上来说,绘画是具体的艺术,它只能描绘真实的、存在着的事物……而不是虚构和捏造这个事物本身。美存在于自然中。"①一八六一年,库尔贝在安特卫普的画家代表大会上指出现实主义实质为民主的艺术,应该对社会矛盾和劳动民众予以深切关注和客观描绘,所以他的绘画转向人民大众的平凡生活。

库尔贝常年将农民和农村生活作为绘画主题,这和学院派追求的恢宏历史场景大相径庭。库尔贝的《奥尔南的葬礼》是挑战主流意识形态的画作:水平布置的画面,阻挡了任何升天的企图;画面中间底部,有一道深陷的坑,吸引观者的目光往下;画中人物的表情近乎冷漠或迟钝,与预期的静思氛围相差甚远,还有前景的一条流浪狗分散着观者的注意力。前景布置得密不透风,使画作几乎失去了景深,所有这些都旨在否定彼处的存在,将宗教仪式呈现得毫无意义。与众多古典主义画家充满寓意的作品相反,它没有传达出任何预设的信息。画布和颜色都体现了最明显的物质性和真实性。当画家追求画面本身的艺术自主性时,其现代性的萌芽因此而建立。

十九世纪法国的写实主义画家还有让-弗朗索瓦·米勒(Jean-François Millet, 1814—1875)、奥诺雷·杜米埃(Honoré Daumier, 1808—1879)、泰奥多尔·卢梭(Théodore Rousseau, 1812—1867)、柯罗等,他们不仅赞美自然、歌颂劳动人民,而且针砭时政、讽刺政客、揭露不同政权体制下的社会问题,深刻而全面地展现了现实生活的广阔画面。

米勒以表现当代农民生活题材而著称,他在巴黎郊区枫丹白露附近的巴比松村结识了卢梭、柯罗等画家,共同组成巴比松画派。米勒用现实的眼光去观察自然和生活,其画作以描绘农民的

---

① 迟轲(主编):《西方美术理论文选:古希腊到20世纪》,江苏教育出版社2005年版,第249页。

田间劳动和普通生活为主,他创作了许多家喻户晓的作品,例如《播种者》《牧羊少女》《拾穗者》《晚钟》《扶锄的男子》等,这些乡村风俗画以感人的生活气息和朴实温暖的人性闻名于世。米勒从不虚构画面的情景,每一幅画都取材于法国农民的耕耘、放牧等日常劳动与俭朴生活,寄托了他对农民生活境遇的无限同情,散发着质朴的诗意。

杜米埃是著名的讽刺画大师、雕塑家和版画家,是当时最多产的艺术家,他的诸多作品涵盖了整个路易·菲利普的时代,被视为《人间喜剧》的补充,他通过上千幅讽刺漫画给七月王朝描绘了一幅幅全景画卷和法国社会的众生相,就反映现实的广度、深度和艺术形象的典型化而言,也只有杜米埃的画作能和巴尔扎克的鸿篇巨著相提并论。杜米埃不仅与巴尔扎克在《漫画》和《喧哗》杂志社一起共事过,他还创作了几幅名为《人间喜剧》的系列漫画,而且他还为《高老头》等小说创作了多幅插画,文字与插图互相阐释、相得益彰。杜米埃的所有艺术创作堪称一部十九世纪三四十年代法国资产阶级生活的编年史。

(二)现实主义小说家的跨艺术实践

文学与绘画一向有着密切的关系,以库尔贝为代表的现实主义绘画就是与以巴尔扎克为代表的现实主义小说同步发展的。与此同时,法国作家路易-艾德蒙·杜朗蒂(Louis-Edmond Duranty,1833—1880)等创办了杂志《现实主义》(*Le Réalisme*,1856—1857)表示支持,尚夫勒里(Champfleury,1821—1889)又发表了论著《现实主义》(*Le Réalisme*,1857),于是导致了"现实主义"一词的流行。现实主义运动的目标是,在对当代生活细致观察的基础上,对现实世界进行客观、真实、无偏见的个性描绘与再现。现实主义早于象征主义,这两者似乎是相对立的。然而,正是在现实主义文学和绘画中,现代性被创造出来。现实主义对于当时的人们而言,首先代表了轰动性的丑闻,人们攻击库尔贝的《奥尔南的葬礼》有伤风化,同样福楼拜的小说《包法利夫人》(*Madame Bovary*,1857)因其锐利的批判锋芒受到当局的指控,使福楼拜受到起诉并被指控为诽谤宗教和败坏道德,该小说还一度被罗马教廷列为禁书。

随着十九世纪现实主义艺术的崛起,上述状况有了改观。法国早期批判现实主义作家大都经历了从浪漫主义向现实主义转变的过程。司汤达是法国批判现实主义文学的奠基人,对绘画艺术也颇有造诣,他通过对意大利民族革命运动以及对文学、音乐和绘画的关注,表达其文学理想和艺术见解。他首先以音乐家评传《海顿、莫扎特、梅达斯泰斯的生平》(*Vies de Haydn, Mozart et Métastase*,1815)登上文坛,也曾出版传记作品《罗西尼的一生》(*Vie de Rossini*,1823)。司汤达旅居意大利多年,曾撰写意大利游记《罗马、那不勒斯和佛罗伦萨》(*Rome, Naples et Florence*,1817)以及《罗马漫步》(*Promenades dans Rome*,1829)。在进行大量艺术考证的基础上,他发表艺术论著《意大利绘画史》(*Histoire de la peinture en Italie*,1817),此书分析了意大利辉煌的绘画艺术诞生的条件,并从公众舆论、宗教作用、商业贸易、新兴艺术的保护、十字军东征、东西方艺术遗产等角度展开论述,堪称艺术批评史上的里程碑著作,他在书中最先提出了有关批判现实主义思想的文艺理论。在《意大利绘画史》的"导言"中,他一方面颂扬古往今来艺术之美的魔力和绘画给人带来的愉悦,另一方面也批判了意大利宗教制度的艺术专制:"可见意大利花费在宗教虔诚上的钱财相当于它全部地产的代价。就像不幸的母亲生下孩子,给予他生命的同时也在自身留下不可治愈的病根,宗教也是这样,它培育了绘画却又把绘画推向歧途;宗教使绘画与美疏离,失去了表现力。"①后来司汤达发表文论《拉辛与莎士比亚》(*Racine et Shakespeare*, 1823—1825),专门论述了美术中浪漫主义和古典主义的区别,他认为浪漫主义是为人民服务的艺术,而且阐述了现实主义文艺的创作原则,文艺必须适应时代需要和反映当代生活,随时代的前进而不断推陈出新。

司汤达把小说定义为沿着大路移动的一面镜子,力求使文学描写符合实际生活的形态、面貌和逻辑。他的小说《红与黑》(*Le Rouge et le Noir*, 1830)是法国批判现实主义文学的开山之作,小说描写出身低微的外省青年于连在当地市长家中当家庭教师时,勾引市长夫人,后来又在巴黎勾搭一个贵族小姐。市长夫人出于嫉妒,揭穿了他的丑行。他一怒之下,开枪打伤了市长夫人,法庭以预谋杀人的罪名判处他死刑。上流社会的迫害与个人的野心是于连悲剧的根源。小说的题目《红与黑》引发了多种诠释和解读,较普遍的看法为书名暗示了两大对立阵营的尖锐冲突,"红"代表革命、军功和军旅生涯,"黑"则代表教士的黑袍、教会和教士的职业。在拿破仑帝国时代,年轻人可以参加革命的军队,凭着勇敢建功立业,但拿破仑失败后,封建王朝复辟,贵族和教会勾结,平民青年没有出路,只能以教士职业为晋身之阶,法国进入了一个钩心斗角、虚伪腐败、个性受到压抑的时期。小说通过于连与卑微的命运作艰苦斗争的短短一生,淋漓尽致地反映了复辟时期的阶级斗争。可见司汤达善于从政治角度把握社会规律和表现生活的真实本质,作家一般不在作品中直抒感情,而是以象征性的语言艺术来达到揭示当代社会政治谎言和道德谎言的目的。

---

① [法]司汤达:《意大利绘画史》导言,摘录自司汤达:《拉辛与莎士比亚》,王道乾译,上海世纪出版集团2006年版,第242页。

法国现实主义文学以其广阔的社会画面、独特的艺术形象和强烈的理性批判精神而著称,内容上主要涉及城市富裕平民和没落贵族的矛盾,以及小市民的虚荣。巴尔扎克是举世公认的现实主义大师,在他之前,法国小说一直未能完全摆脱题材内容的格局,巴尔扎克大大拓展了小说的艺术空间和题材范围,让社会生活中的方方面面都在他笔下得到了富于诗意的描绘。巴尔扎克是小说艺术的革新者,他将戏剧、史诗、绘画等多种艺术表现手法熔于一炉,把叙事、描写和抒情交织在一起,使小说成了一种表现力极强的、综合性的艺术形式。巴尔扎克创造性地实践和发展了现实主义的典型化理论,在《人间喜剧》中创建了壮观的人物画廊,他的九十余部小说构成了一幅包罗万象的社会风俗画,展现了十九世纪法国社会的全景,使小说具有了历史文献价值。巴尔扎克虽是现实主义大师,但他的艺术手法并不拘泥于现实主义,他不受任何传统或艺术流派的束缚,只要能真实地反映世界的本来面目,他乐于使用一切可能运用的艺术形式,尤其参照大量的绘画艺术来塑造小说人物肖像和构建故事场景。《人间喜剧》中层出不穷的画家名字和画作名称构成了一座名副其实的无墙的艺术博物馆,具有象征、暗喻、提喻、夸张、反讽等多种修辞功能。巴尔扎克小说中既有细致入微的图说式描绘,也不乏浪漫的艺术想象和奇特构思,乃至荒诞离奇或超现实的成分。无论采用何种艺术手法,巴尔扎克始终尊重生活规律、尊重现实本质,把认识和再现客观世界的真理视为作家的天职。

　　十九世纪的艺术环境激发了各种艺术形式之间的杂糅和接近,福楼拜、龚古尔兄弟、莫泊桑等作家们都尝试在他们的文学作品中汇集一些绘画的特征和元素,尤其与印象派绘画有很多交汇和关联。在这种意义上,他们也是画家,不过这些"画家"的目的是将视觉的感受通过语言文字的形式表达出来。格外重视文体美的福楼拜擅于运用艺术形式来填充文学思维和丰富叙述策略,其戏剧和小说作品的诸多灵感来自经典画家的创作题材,而且他擅于运用色彩、光影和风景等元素编织视觉性极强的小说空间,其小说叙述的客观性、展示性、描述性和艺术性体现了他对摄影美学的有意识参照以及与印象派绘画美学的共鸣。如画般的小说空间负载着人物的精神诉求和心灵世界,缔造了颇具暗示性、视觉性和造型美的文体效果,表达了对资本主义社会现实的批判。

龚古尔兄弟也举足轻重,他们的小说颇具现实主义力量和自然主义基调,而且他们审美趣味高雅,对造型艺术有很好的鉴赏力。他们在小说写作中惯于采用一种"艺术笔法",即在描述场景时借助一些艺术化图景或参照一些经典画家来辅助叙述,他们也经常将印象派绘画中的光色逻辑和明暗对比运用到小说背景环境的描写中。他们还创作了一部艺术家题材小说《玛奈特·萨洛蒙》(*Manette Salomon*,1867),小说叙述了一个画家自毁才能的故事。故事发生在路易·菲利浦的统治末期和第二帝国时期,画家柯里奥利的模特叫作玛奈特·萨洛蒙,她做了这个缺乏意志的人的情妇、妻子和暴君。画家的才能衰退了,最后沦为一个为金钱趋奉时尚的平庸画匠。小说中大量的图说式描写同时结合了图像和语言,这种绘画式写作使得文本中的现实具有可视性。

莫泊桑本人也是一位素描家和水彩画家,他对美术创作充满好奇和乐趣,著有较多的艺术评论。他有很多画家朋友,不仅在艺术审美层面上与印象派画家们产生了共鸣,而且他的小说空间建构以视觉印象彰显内在意识,尤为注重人物肖像的刻画、气氛的营造和风景的烘托,其中不乏印象派绘画风格的景象描写和对经典艺术作品的参照。莫泊桑极为注重感觉和视觉的表达,他的小说主题和叙述技巧同绘画美学有多重的近似、关联和影射,促进了一种可视规则统领下的视觉性文本的产生,加强了小说的思想力量和审美意蕴。

（三）福楼拜文学与印象派绘画的"现代性"

在巴尔扎克的作品中，永远看得见作者本人的伟大身影，这位伟大的"梦幻"追求者试图把握一切、解说一切、认识一切，他激情满怀，与虚构出来的人物同呼吸、共命运，时刻剖析其心理、评判其言行。和巴尔扎克不同，福楼拜对现实主义小说艺术的最大突破，是从作品中剔除作者的主观抒情和批评成分，像科学家对待大自然一样，以冷静客观的态度对事物做出客观真实的观察和反映，从而发展了客观化写作艺术。客观性和中立性是福楼拜毕生追求的艺术准则，这是他深受实证主义哲学影响的结果，也是对浪漫主义的一种反驳。他以自己的写作实践证明，功力深厚的作家完全可以通过富有象征意义的细节和事件的组合来达到批判现实的目的，而不是一定要直抒胸臆。

为了实现客观化的文学写作，福楼拜不仅注重观察视角的科学和翔实，而且往往采用人物内聚焦、内心独白和自由间接引语等叙述手法。而有限视野所造成的意义空白，叙述声音引起的模棱两可，则要读者发挥想象去填补、运用智慧去分辨。福楼拜在文学叙述方面的大胆创新使他成为西方现代派文学的先驱，他的长篇小说《圣安东尼的诱惑》(*La Tentation de Saint Antoine*, 1874)以剧本形式写成，表现了中世纪埃及基督教隐修院创始人圣徒安东尼在魔鬼诱惑面前从困惑走向新生的过程，表达了对社会和宗教弊端的批判。该作品没有连贯的情节，也没有作者的评论，而是展现了主人公安东尼进入梦幻之后所产生的颠三倒四的内心独白和无序的联想，这种超时空的绵延和非理性的潜意识表达方式与传统的心理小说不同，成了未来意识流小说创作的先锋之作。

福楼拜是一位把美置于文学创作首位的作家，他认为题材无好坏之分,重要的在于如何表现它,内容和形式是不可分割的整体,美即产生于两者的和谐一致。他在一八五二年一月十六日写给女友露易丝·科莱(Louise Colet)的信中声称想写一本基于"无"的书(un livre sur rien):"对我来说美的,我想写的,是一本基于'无'的书,一本没有外在束缚的书。它依靠文笔的内在力量立足,就像没有支撑的地球在空中伫立,一本几乎没有主题的书,或者至少主题几乎是看不到的。"[1]此番话语体现了福楼拜寻求文学形式独立性的意愿和追求艺术之美的唯美倾向,他试图脱离主题的牵绊,认为语言表达和叙述风格要比故事情节本身更加重要。事实上,福楼拜的"现实主义"对不成熟的读者来说是一个陷阱,他们从中看到的只是对现实的再现。而福楼拜的小说文本具有双重意义,他在描绘现实的同时,也潜在地树立了文本本身独有的形式。当他写下《包法利夫人》和《情感教育》(*L'Éducation sentimentale*,1869)这两本凭着内在风格的力量而支撑起来的小说时,福楼拜十分清楚地知道这是一次解构传统叙事的实践,其文学语言和叙述形式独立于主题内容。

事实上,随着现代性思想的发展,文学和绘画创作者的主体性逐渐被淡化,作家或者画家退出作品,不再用自己的道德意识和价值取向去直接影响读者或观者。同样绘画领域的美学现代性更多地表现在对传统观念的推翻,外界预设的寓意教化功能让位于作品本身的独立性。在浪漫主义画家那里,即便德拉克洛瓦和热里科使色彩的地位有所提升,但绘画依然被历史、英雄、神话题材所束缚。直到十九世纪下半叶,随着现实主义画家库尔贝将视角转向平民生活,克洛德·莫奈(Claude Monet,1840—1926)、爱德

---

[1] Flaubert,"*À Louise Colet*,16 janvier 1852",*Correspondance*,tome 2,Paris:Gallimard,1980,p.29.

华·马奈(Édouard Manet,1832—1883)、奥古斯特·雷诺阿(Auguste Renoir,1841—1919)、埃德加·德加(Edgar Degas,1834—1917)、卡米耶·毕沙罗(Camille Pissarro,1830—1903)等法国印象派画家们继承了写实生活的传统,进一步脱离了对宗教、历史、伦理等题材的依附,他们深入原野、乡村和街头,将光谱学的新成果引入绘画,关注"光照在自然物体表面时所引起的持续变化效应,以及如何将这种感觉转为绘画"。① 他们认真研究户外的光线、色彩、瞬间和气氛,把对自然清新生动的感觉和对光色变化的真实表现放到了绘画的首位,留下瞬间的永恒图像。

一八六三年,画家马奈在巴黎落选者沙龙展出的油画《奥林匹亚》和《草地上的午餐》以其离经叛道的艺术形式引发轰动。《草地上的午餐》不论是题材还是表现方法都与当时的学院派原则相悖,内容为全裸的女子和衣冠楚楚的绅士在公园的草地上野餐,没有任何寓意借口,也没有预先设定的意义,这一点令当时的观众感到困惑。该画在画法上也进行大胆的革新,摈弃了传统绘画中的精细笔触和大量的棕褐色调,代之以鲜艳明亮、对比强烈、近乎平涂的色块。一八七四年,巴黎画展展出了莫奈的画作《日出·印象》(1872),这幅油画描绘的是一轮红日从布满浓雾的水面上冉冉升起,晨曦中的小船在逆光的水波中荡漾,远处的海港在水雾交织中模糊不清,一切都处在朦胧和缥缈的变化中,展现了日出的海港给予人的真实视觉印象。画面上没有明确的形体和结构,只有跳跃的色彩和光线,真实物体只是画面上模糊的印象。可见印象主义绘画重视的不再是物体的本身,而是以物体为媒介,奉光线为老师,反映色彩的瞬息万变和摇曳多姿。有些守旧的批评

---

① [英]唐纳德·雷诺兹:《剑桥艺术史:19世纪艺术》,钱乘旦译,译林出版社2009年版,第82页。

家用此画标题中的"印象"来嘲讽莫奈等独立画家,从此这一画派得到了"印象主义"的名号。

印象派绘画多描绘现实中的世俗生活和自然风景,摆脱了对主题内容的依赖,跳出了讲故事的传统绘画程式的约束,让绘画返向画面自身,在构图上多截取客观物象的某个片段或场景来处理画面,把传统的轮廓解体于光线与色彩之中,色彩成为独立的表达形式,突出了绘画形式本身的审美价值。这种艺术的自主性被视为现代性绘画诞生的标志。从文学与绘画作品的独立性地位和先进的表达理念来看,福楼拜引领的客观性写作与印象派绘画美学颇有共通之处,他让小说文本获得了独立自主的艺术地位,其小说作品的文学性或者艺术价值不再受主题内容的钳制,而是更多取决于叙述形式和文体风格方面。而且福楼拜主张客观描写自然的本相和传达人物的真实感觉,其小说中诗情画意的氛围、文本的间断和留白、点染式的视觉性描绘被视为与印象派绘画美学相近的文学风格,让读者以主动的方式更多地参与建构作品的审美空间。福楼拜引领的小说现代性和印象派绘画现代性的确立是一个齐头并进的发展过程。

(四)摄影术对绘画和文学的影响

世界上公认的第一张照片产生于十九世纪二十年代,是由法国人尼塞福尔·涅普斯(Nicéphore Niépce,1765—1833)大约在一八二七年拍摄的一幅黑白照片,十九世纪中期的照相术已经有了很大发展。摄影术(la photographie)几乎与现实主义审美潮流同时出现。第一期《现实主义》杂志于一八五六年出版,而第一个摄影协会在一八五一年成立。短短几年间,摄影的出现在绘画领域造成了空前的危机,以神话和历史题材取胜的传统绘画渐渐被日常生活剪影所取代。

照相术的产生和发展对绘画艺术带来了严重的挑战,促使艺术家们去寻找新的出路。西班牙画家巴勃罗·毕加索(Pablo Picasso,1881—1973)曾就此现象指出:"照相术及时到来,将图画从文学、故事甚至是主题中解放出来。主题的某一方面从此属于照片的范畴。画家们难道不该利用他们重新获得的自由去做点其他的事情吗?"①此前的绘画承担着记录形象的任务,随着照相术的普及,绘画艺术和画家们已失去从前的优势,这种危机感促使艺术家放弃了照片式的古典画法,转而寻找绘画的新方向。

摄影术的到来也显然给艺术领域的创新注入了活力,大量的视觉图像影响了画家的目光。十九世纪照相术的出现对于绘画的现代性进程具有重大的促进意义:"摄影揭示了表象的多样性以及直接捕捉真实的能力,这便促使人们就同一场景置于不同光线和氛围之时形象所产生的变化进行探索。于是印象派应运而生,它是把现实主义置于视觉感受全部控制之下的结果",②印象派绘画便在这种历史条件下产生了,画家们开始走出画室,置身于大自然,记录转瞬即逝的景色。除了对自然取景的兴趣,印象派画家还研究光和色彩随一天中时间的改变而产生的变化。通过在露天中作画,画家将景色中光线的角度用对应的色彩重现出来,构成了一种"光的混合",并由观赏者重新建构起来。因此,印象派的画作形式开放且富有活力,这要求观赏者运用一种新型的视觉感知模式。换句话说,观赏者在解读绘画和重构图像时具有更多的主动性。

随着摄影的发展,图像媒介因而在社会交流中扮演着越来越

---

① Maria Lucia Claro Cristovão, "Description picturale: vers une convergence entre littérature et peinture", *Synergies Brésil* 8 (2010), p. 93–94.
② [法]雅克·德比奇等:《西方艺术史》,徐庆平译,海南出版社2000年版,第328页。

重要的角色,其影响波及艺术的各个领域,这其中也包括处于浪漫主义和现实主义交替时期的法国文学。摄影潜移默化地改变着人感受、记忆、理解世界的方式,影响着文学艺术的历史性演变,并使其审美范式发生转变。在菲利普·阿蒙(Philippe Hamon)的论著《图像群:十九世纪的文学与图像》(*Imageries*: *littérature et image au XIXe siècle*,2001)中,作者分析了十九世纪大量的图像是如何颠覆了市民的视觉文化,街道上充满了五花八门的图画。[①] 墙上的海报、广告,广场上的雕塑,富人公寓里的照片、相簿、报纸,以及插图作品、漫画和明信片的数量都大量增加。这也是法国举行大型展览的时期,图画的入侵不仅改变了巴黎闲适之人的目光,也改变了作者的目光。福楼拜、左拉、莫泊桑等作家在文学领域中缔造了一种百无一漏的描写风格,这种直观详尽的文学描写与照相机的清晰拍摄和放大成像十分类似,可以展现每个细微之处。因而视觉性的图像效果侵占了文学作品的正文,而文学作品也成了视觉效应的重要生产源地。

第三节　自然主义文学与绘画艺术

十九世纪后半叶是一个充满变革的时代,自然主义思潮出现在六十年代,自然科学的研究,尤其是唯物主义的充分发展,加上实证主义哲学和进化论的影响,在丹纳之后将左拉推向了时代的前沿。吴岳添指出,"自然主义"一词最初在古代哲学中代表唯物主义,即以自然为世界本原的理论,它在十六世纪的西方哲学中与享乐主义或无神论有关,自十七世纪开始它在美术

[①] Philippe Hamon, *Imageries* : *littérature et image au XIXe siècle*, Paris: José Corti, 2001.

领域指对大自然的模仿和描绘,在十八世纪发展为一种哲学体系,认为世界是一个可被感知的现象世界。一八四八年,波德莱尔最早称巴尔扎克为自然主义者。一八五八年,法国文学家、史学家、美学家伊波利特·丹纳(Hippolyte Taine,1828—1893)发表于《评论报》上的《巴尔扎克论》首次给文学中的自然主义下了定义,即按照科学观察的方法来描写生活。事实上巴尔扎克并不完全符合此定义,是左拉真正继承了丹纳的思想,借助于从自然科学获得的启发而确立了一整套自然主义思想体系,自然主义一方面排斥浪漫主义的想象、夸张、抒情等主观因素,另一方面着重对现实生活进行客观的写照,并试图以自然规律,特别是生物学规律解释人和社会。

丹纳在法国哲学家奥古斯特·孔德(Auguste Comte,1798—1857)的影响下试图以实证的观点来建立美学思想,他的《艺术哲学》(*Philosophie de l'art*,1865)一书纵览了欧洲艺术发展的进程,展示了文学与其他艺术(绘画、雕塑、建筑、音乐)的差异与交汇,并论述了文艺作品的生成条件及其本质、理想,在他看来:"总是环境,就是风俗习惯与时代精神,决定艺术品的种类。"①丹纳游走于文学史与绘画史之间、文学与其他艺术之间,关注各门类艺术的流变和不同媒体艺术的相互渗透,对法国作家的跨艺术思维产生了深远影响。在《艺术哲学》中,丹纳指出单纯的模仿不可能产生真正的美,他批驳了那种绝对正确的模仿必定产生最美作品的说法,指出艺术不只是简单模仿现实,它还必须显示出艺术家对所表现事物的主要观念,即表现出事物的"本质"属性,艺术要通过表现"特征"而达到"真实",丹纳的"特征说"深深影响了当代的艺术家和作家。

---

① [法]丹纳:《艺术哲学》,傅雷译,广西师范大学出版社2000年版,第71页。

十九世纪中期以来,法国作家与画家们都在探寻一条通向艺术真实的理想途径,"真实"一时成了创作实践和美学理论的中心课题之一。写实主义画家库尔贝和自然主义作家左拉都一再表示直接受益于丹纳的学说,他们相信通过对人与事物"特征"的观察,就能"真实"地描写客观世界,反映其本质。丹纳提出了性格对环境的依赖关系,这就为一批现实主义艺术家在创造典型人物和描写环境时提供了美学依据。在丹纳以前,福楼拜、司汤达已开始重视对客观世界风貌和环境特征的精确描绘。在巴尔扎克现实主义体系中,"环境"是揭示人类社会生活的基点,到左拉的自然主义"实验小说"中,它已成了决定性因素。左拉一方面受益于丹纳,另一方面又不满足于丹纳的种族、环境、时代三要素说,他认为除了环境对人物性格的重大作用,遗传也支配着种族的命运和发展。

左拉在接受孔德的实证主义哲学、丹纳的文艺理论与克洛德·贝尔纳(Claude Bernard,1813—1878)的实验医学的基础上,逐渐形成了自然主义理论。左拉自创作初期起就不断在他的文章里提到"自然"(la nature)这个词,既表示自然界,也包括人类社会,他所说的再现自然,就是要真实地描绘人类生活。六十年代的左拉在与朋友瓦拉布莱格(*Valabregue*)的通信中曾提出一种屏幕(écran)理论,就是将文艺作品看作人们用以透视和再现现实的屏幕一样的东西。这种再现不一定忠实于原来的人和物,因为不同颜色的屏幕会给予事物不同的颜色。左拉总结了文学与艺术创作的历史,认为总共有三种屏幕:古典主义屏幕、浪漫主义屏幕和现实主义屏幕,他最赞赏现实主义屏幕对客观世界的真实写照,这些观念成为自然主义文学理论的雏形。

一八六八年,左拉在小说《泰莱丝·拉甘》(*Thérèse Raquin*)第二版序言中,首次使用了自然主义小说家的名称,公开打出"自然主义"的旗号,意味着人类社会受科学规律的支配和影响。① 一八七〇年普法战争爆发,战败的法国被迫割让阿尔萨斯、洛林两省,成为法国历史上的奇耻大辱,一些爱国主义作家极为震惊和愤慨。一八七九年,以左拉、于斯曼、莫泊桑为首的六位作家在梅塘别墅的一次聚会时,提议各人写一篇以普法战争为背景的中短篇小说,这六篇小说于一八八〇年出版,题为《梅塘之夜》(Les Soirées de Médan),被视为自然主义运动的宣言,尽管他们之中有人不赞成自然主义,但他们的作品都带着自然主义的烙印。

一八八〇年,左拉发表文集《实验小说》(Le Roman expérimental),主张用自然法则和遗传学等科学方法来观察和描写对象,从而如实地感受和表现自然(现实世界),并提出了"真实感"(le sens du réel)这一概念,他指出大仲马、雨果和乔治·桑等作家是靠想象创作的作家,但巴尔扎克、司汤达、福楼拜、龚古尔兄弟等作家却是以观察和分析的方式来描绘时代,从而强有力地表现了自然。左拉认为作家的主要能力不再是想象了,取而代之的应该是"真实感":"小说家最高的品格就是真实感","真实感,就是如实感受自然并照其本来的样子表现它",即"传达出生活的准确印象"。② 他指出一个伟大的小说家就是有真实感的人,能独立地表现自然。因而左拉的自然主义根本上是写实主义的极致发展,他对人的生理性、阶级性和民族性进行着深入的挖掘。

左拉之所以成为自然主义文学的领袖,除了受现实主义文学家的影响,还有绘画艺术领域的影响。在左拉的小说写作中,他的自然主义思维与艺术造诣很好地结合在一起,绘画元素成为他构

---

① 吴岳添:"左拉学术史——十九世纪法国的左拉研究",《东吴学术》2011年第4期,第110页。

② Émile Zola, *Le Roman expérimental*, Paris: Bibliothèque - Charpentier, 1923, p. 208-210.

建小说主题、叙述结构和场景空间的重要象征。例如:《小酒馆》(*L'Assommoir*,1876)中的女主人公热尔维丝与丈夫古波举行婚礼之后,一行人在婚礼仪式后想要消磨时间,阴错阳差地来到了卢浮宫,博物馆里的辉煌画作让这些穷人叹为观止。在众多画作中,左拉重点提到了如下几幅画,即鲁本斯的《乡村的节日》、委罗内塞的《加纳的婚礼》和热里科的《梅杜莎之筏》,这些画作分别呈现的盛宴狂欢场景、弱肉强食场面与主人公热尔维丝夫妇经历的生活息息相关:筵席、暴饮暴食、酗酒、堕落、死亡,小说中有很多关联性的暗示。去卢浮宫之前和之后,婚礼一行人都进行了奢侈的盛宴,这种难以餍足的欲望贯通全篇。工业革命造成的生存困境令热尔维丝周围的小手工业者们为了逃避现实而醉生梦死,他们酗酒乱性,滥施家暴,懒惰成性。而缺乏定力、随波逐流的热尔维丝也被恶劣的环境同化。《小酒馆》中充斥着酒精的诱惑和食色的欢愉,这些享乐如果适度都是可以接受的,但是热尔维丝的软弱和对逃离身边污浊环境的渴望让她更深地沉迷于这些诱惑。第七章中的狂欢是穷人们欲望和痛苦的释放,热尔维丝大摆筵席,也暴露了她暴饮暴食的生理弱点,这场盛宴与梅杜莎之筏的幸存者的海上经历有暗合之处。在逃离的过程中,木筏上因为食物不足,人们就把伤员和老人当成食物吃掉。热尔维丝其实也是一个牺牲品,而左拉也带有象征意义地将其变成一道主菜:烤鹅,当这道佳肴上桌时,人们欢呼雀跃。染上酗酒恶习的热尔维丝最终被吃人的社会所吞噬,悲惨地死去。小说对热尔维丝夫妇酗酒、纵欲、破产后的非人生活进行了触目惊心的渲染铺陈。面对工人阶级贫困和堕落的现状,左拉开出了疗救的药方:关闭小酒店,开设学校。左拉希望通过有效的社会改良来消除工人的不幸处境和治愈社会的疮疤。因而《小酒馆》开篇中卢浮宫的几幅画作起着影射人物命运、统领小说情节全局的作用,体现了左拉独特的绘画隐喻思维和艺术才华。

左拉不仅是位小说家,而且是一位活跃的绘画评论家,他曾在报刊上多次撰文为马奈等印象派画家宣传和辩护。前期印象派的立足得益于左拉的声援,后期的保罗·塞尚(Paul Cézanne,1839—1906)又与左拉有多年友谊,他们都从对方身上学习。左拉主张以科学实验和客观观察的方法从事创作,他不仅对印象派绘画进行了卓越的评论,而且在文学创作中有意模仿绘画艺术,其小说的主题素材、空间构图和场景描写与印象派绘画有诸多暗合之处,这与他跟印象派画家们的友谊和交往有关。长篇小说《杰作》(*L'Œuvre*,1886)是左拉以印象派画家友人塞尚为原型创作的艺术家小说,小说的主人公克洛德体现了对艺术精益求精的执着追求,他在不合理的艺术体制和残酷的社会现实中苦苦挣扎,最终以失败告终,这部小说是关于当时法国绘画界的真实写照。

保尔·拉法格(Paul Lafargue,1842—1911)对自然主义文学有着独特的看法:"自然主义,在文学上它相当于绘画方面的印象派,禁止推理和概括。根据这种理论,作家应当完全站在旁观的地位,他接受某种感觉而加以表现,不能超过这限度,他不应当分析现象和事变的原因,也不应预告它的后果;作家的理想是做到像一张照相底片一样。……可是,如果扮演照相底片角色的脑筋既不很敏感,又不很宽广,那就很难免获得只是很不完整、很不全面的形象,比用最荒唐的幻想画成的图画更远离现实。"①这意味着拉法格认为自然主义就是原样不动地复制世界。针对这类看法,左拉进行了反驳,他说:"他们强加于我们自然主义作家一个可鄙的责备,就是说我们想单纯地做摄影师。我们已经声明过,艺术家必

---

① [法]拉法格:《文论集》,罗大冈译,人民文学出版社1979年版,第158页。

须具有个人的气质和自己的表现(特色),但这声明没有效果。"①左拉对自然的无个性复制毫无兴趣,他极力提倡作家的独创性思维、艺术才华和个性气质,正如他于一八八四年指出的:"发现自然主义不同于照相术的人们将有可能明白……个性风格,它是小说的生命。"②

左拉的自然主义文学与印象派绘画都取材自然、回归生活、反映现实,两者在描述真实的同时又加入生动的个性风格和感觉体悟。共处于传统与现代转折点上的自然主义文学与印象画派的共同创作立场,在很大程度上决定了它们在题材革新、美学理念和表达技巧上的彼此渗透。左拉的写作并没有沦为"现实"的奴隶,其自然主义小说与印象派绘画在削弱作品题材故事性的同时,均将笔触转向对平常事物的感受性。印象派画家转向描摹日常事物给人的直观感觉和真实印象,左拉也以琐碎平常的生活场景取代跌宕起伏的故事情节,以极富感受性的场景艺术和浓重的生命体验感染读者心灵。我们可以看到左拉像科学家一样冷静观察自然并客观记录现实,但他又在小说叙述中加入了大量的象征手法和隐喻符号,从而神奇地将现实事物和人物情感用诗性的文本修辞以及富有韵律和色彩的语言细微地表达了出来。这种对自然真实和创作个性的双重追求使得左拉小说呈现出一种审美意象化的文体风格和艺术化的表达倾向。

第四节 象征主义文学与绘画艺术

十九世纪后半叶,浪漫主义逐渐深入并转向象征主义。让·

---

① 徐知免:"论左拉",《法国研究》1985 年第 2 期,第 5 页。
② [法]左拉:《印象之光:左拉写马奈》,冷杉译,北京金城出版社 2013 年版,第 3 页。

莫雷亚斯(Jean Moréas,1856—1910)于一八八六年九月十八日在《费加罗报》发表文学宣言《象征主义》(*Le Symbolisme*),标志着这一流派的名称被正式确立下来。莫雷亚斯并不是象征主义的倡导人,他不过是个命名者而已。和帕尔纳斯派不同,象征主义作家们反对帕尔纳斯派片面注重造型美的唯美主张,重新重视抒写个人感情,然而它抒写的个人情怀与浪漫主义的抒情有很大不同,它抒写的不是日常生活中的喜怒哀乐,而是不可捉摸的内心隐秘和隐藏在事物背后的真理,因而象征主义作家听从内在心灵意识的召唤,以及自我与自然之间神秘的"应和"。象征主义与当时流行的唯心主义哲学思潮互相呼应,它努力提高诗人的主体价值,要发现自我、表现自我。作者不再被动地反映和模仿自然,而是要去征服和改造自然,不再受外界事物的影响,而是要让外界事物染上主观的感情色彩。

作为象征主义文学的先驱,波德莱尔不再一味强调抒发个人情感,而是更多侧重于感受世界的方式,以及人与自身及万物之间的内在联系,即通过有限的表达来影射无限的精神境界。波德莱尔将整个宇宙比喻为"形象与符号的仓库,由想象力赋予他们地位和相应的价值",①他认为"想象力是最具科学性的一种能力,因为只有它理解万物间的相似性,或一种被神秘主义宗教称之为应和的东西"。② 从他的主张中可以看出,他所说的想象力不是空想或无序的表达,而是一种建立在理性和灵性基础上的能力,促使人发掘出灵魂深处的世界。

象征主义的哲学基础是神秘主义。波德莱尔十分重视神秘的

---

① Charles Baudelaire, "Salon de 1859", *Œuvres complètes*, Pléiade, Paris: Gallimard, 1961, p.1044.

② Charles Baudelaire, "À Alphonse Toussenel", *Correspondance*, I, Paris: Gallimard, 1973, p.336.

感觉,在谈到美的问题时,他说:"我发现了美的定义,我的美的定义。那是某种热烈的、忧郁的东西,其中有些茫然、可供猜测的东西。……神秘、悔恨也是美的特点。"①他的诗集《恶之花》(*Les Fleurs du mal*,1857)大量使用梦幻、暗示、交感、象征、夸张、变形、奇喻等表达手法,把人们带进了一座"象征的森林",癫狂的直觉或者持久的梦幻均能成为领悟神秘美的方式,从而使诗歌具有神秘朦胧的色彩。

十九世纪文学领域的象征主义与绘画领域的象征主义展现了诸多的交流和共鸣。同样对十九世纪下半叶的象征主义画家来说,绘画重要的是反映个人的主观感觉,使个人从现实中超脱出来,将其引向虚无缥缈的"理念"世界和理想的彼岸。法国象征主义画家居斯塔夫·莫罗(Gustave Moreau,1826—1898)和奥迪隆·雷东(Odilon Redon,1840—1916)如同波德莱尔一样都追求艺术的精神功用和神秘梦幻境界的深层意义。莫罗主张艺术应当是思辨的、灵性的、富于哲理的,他的绘画大多取材于宗教传说和神话故事,他把作品置于神话与梦幻的境界中,用虚幻的主题和光怪陆离的形象来传达神秘主义的情调。雷东的画作充满了奇异怪诞的神秘色彩,他认为绘画主要是想象的结果,而不是依靠视觉印象的再现,因此他反对印象主义的光色追求,致力于表现一些怪诞幽灵和离奇幻象。可见象征主义诗人和画家们皆沉醉在神秘主义的艺术境界中,他们从外部世界返回到内心,表现着宇宙原始玄奥的生命力,通过静观、沉思或迷狂的心理状态获得真理和智慧,从而得以超越鄙俗的资产阶级现实,进入完美、自由、神秘的灵性境界和精神游弋。

---

① [法]波德莱尔:《1846年的沙龙:波德莱尔美学论文选》,郭宏安译,广西师范大学出版社2002年版,第12页。

(一) 于斯曼小说与象征主义绘画

　　法国作家乔里-卡尔·于斯曼是法国文学史上一个承前启后的关键人物,标志着十九世纪法国文学史从自然主义到象征主义的转变。他早期参与了以左拉为首的自然主义文学流派的活动,后来皈依天主教,他因为自己的小说美学、诗学倾向、宗教观念与左拉不同,所以离开了自然主义流派。于斯曼精于小说的创新,擅长对颓废主义进行深度剖析,其作品语言灵活多变,内涵深奥,以物质形象体现精神世界,并带有反讽色彩,被视为象征主义文学的先驱。

　　从一八七六年起,作为艺术专栏作家的于斯曼为多家报刊撰写艺术评论,大力推广现代画家,他曾对马奈、莫奈、德加、塞尚等画家给予高度评价。于斯曼的散文诗集《巴黎速写》(*Croquis Parisiens*,1880)以浓墨重彩的写实文笔记录了巴黎社会的万象,勾画了女神游乐厅、马戏团的宏大场面与街头游走女人、摊贩的众生相,构筑了一座晦暗又闪亮的"光之城",颇具视觉效果,如同早期印象派的手笔,从而打破了常规的视觉感受,捕捉了更细腻的官能感受和情感色彩,在雅俗结合的语言中体现了黑色幽默和忧郁风格。于斯曼的画评《现代艺术》(*L'Art moderne*,1883)和《某些人》(*Certains*,1889)表现出他独具慧眼的艺术鉴赏力,收录了他对印象派画家以及居斯塔夫·莫罗、奥迪隆·雷东等象征主义画家的赏鉴,他详细评论了莫罗画笔下的莎乐美等富有梦幻色彩的艺术形象,也对雷东的木炭画、木版画和素描进行了阐释。他称赞莫罗作品题材的丰富象征含义以及激昂的色调、耀眼的肌体所构筑的绘画真实性,而雷东的绘画则是一个充满奇异鬼怪和疯狂梦幻曲的神秘世界,充溢着奇妙的视觉想象。

　　可以说绘画艺术启发了于斯曼,他通过参与艺术沙龙等活动,最终实现了艺术性的小说写作。他对绘画艺术的评论可以被视为小说家进行尝试的平台。于斯曼自称是画家的文学代言人，在这种角色下，他致力于用词汇来研究色彩。小说《逆流》(À rebours，1884)是于斯曼最重要的作品，也是法国小说史上一部毋庸置疑的杰作。主人公让·德塞森特是没落的贵族后裔，他厌倦了都市巴黎的放荡糜烂生活，于是隐遁到乡村的一幢房子里，将房子布置得华丽而富有艺术气息，开始离群索居的颓废生活，成为一名古怪隐遁的审美家。他嗜读波德莱尔等象征主义先驱的作品，爱好居斯塔夫·莫罗和奥迪隆·雷东的象征派绘画艺术，为自己构建了一个神秘的精神遐想世界。小说的内容就是让·德塞森特在乡下隐居期间的日常生活和思想活动，从头到尾没有连贯的故事情节，只是杂乱地、随意地描写各种事物以及主人公从中引发的联想。《逆流》全书共十六章，每章涉及一个话题，分别涉及自然现象、社会生活、艺术现象、私人生活的各个方面，体现出了作者对当时资本主义社会风俗道德、精神风尚、艺术审美的个性化评价和批判，这本小说堪称那个时代的文化百科全书。

画家和作家的创作可成为彼此的参照物，于斯曼构建的小说美学使他在文学领域获得巨大的荣耀。《逆流》的写法精致细腻，以感官愉悦为目的，更是一场视觉盛宴，在小说史上并不多见，被誉为象征主义的奠基之作、颓废主义的全面解构、神秘主义的文学圭臬、唯美主义的不朽经典，展现了一个隐居文人让·德塞森特的物质生活和精神遐想。第五章中的让·德塞森特有幸得到了画家居斯塔夫·莫罗的两幅杰作，其中一幅是《在希律王面前跳舞的莎乐美》(1876)："在熏香的邪恶气味中，在这一教堂的热烈氛围中，莎乐美伸展左臂，做出一个下命令的姿势，右臂则弯曲，举着一朵大莲花，举到脸孔的高度，还踮起脚尖，按照一个蹲在侧旁的女子拨弦弹琴的节拍，徐徐前行。她表情安详，肃穆，几乎可称为崇高,开始跳起应能唤醒老希律王昏钝感觉的淫荡之舞来;她的胸脯波动起伏,随着旋转不止的项链的摩擦,乳尖很快尖尖地挺立;一颗颗钻石紧贴在她湿润的皮肤上,闪闪发亮。"①这段描写充分体现出主人公所追求的颓废生活的审美趣味。在莫罗的另一幅水彩画《幽灵显现》(1876)中,让·德塞森特看到莎乐美在砍下的圣者头颅面前热舞:"她几乎全身赤裸;舞到炙热时,裙纱已全乱,锦缎早坠地;她身上只剩金银和珠宝饰物。"②

莫罗画中妖艳的莎乐美形象激起了《逆流》主人公让·德塞森特关于色情、欲望、邪恶、恐惧和痛苦的幻想。于斯曼将艺术带给人的感官享受和精神快感描写得淋漓尽致,尤其对"颓废"这一艺术形式和生活方式的刻画可谓登峰造极。这部《逆流》一直被文学史家们看作是颓废主义的圣经。一八八六年,法国诗人阿纳托尔·巴茹(Anatole Baju,1861—1903)创办了《颓废》杂志(*Le Décadent*,1886—1889),更是标志着颓废主义的存在。当然于斯曼在颓废的情调上加入了现代享乐主义、神秘主义、象征主义和宗教色彩。所以以于斯曼等人为代表的颓废派作家在十九世纪末期形成了一种特有的文学"逆流"。

(二)波德莱尔的艺术思想与象征主义诗歌

波德莱尔留下了大量关于绘画和音乐艺术的美学评论。他的思想上承浪漫主义的余韵,下开象征主义的先河,为现代文艺美学奠定了基本原则。他首先用"现代性"来定义浪漫主义,并将画家德拉克洛瓦的浪漫主义美学原则视为典范。以德拉克洛瓦为代表的画家摆脱了古典题材的限制和平庸保守的画风,而是取材于更

---

① [法]于斯曼:《逆流》,余中先译,上海译文出版社2016年版,第73—74页。
② [法]于斯曼:前引书,第78—79页。

加广阔的历史和文化,注重想象的作用和光色技法本身的艺术感染力。波德莱尔自命名为"超自然主义者",他认为自然本身没有想象力,自然只是作家创作的媒介,作家需要通过提炼现实和锤炼语言来赋予自然内在的精神性。德拉克洛瓦也对自然持保留态度,他眼中的自然是一本巨大的词典,画家可从中获取信息,但不能简单地临摹它。

波德莱尔赞誉德拉克洛瓦为画家中的诗人,主要在于他是最富暗示性的画家,他的画能最大限度地唤起诗性想象,发人深思。德拉克洛瓦的画作已孕育着全新的观念,即把绘画从主题中解放出来,有时色彩的表达甚至就是画作的主要目的。德拉克洛瓦作画的目的不在于准确地复制对象,而是把人们所知所见的对象成分同艺术家心灵上的对象成分匹配起来,这就需要画家的主观感知来实现,色彩和线条要由心灵来赋予。所以波德莱尔指出人类面前的大自然正被另一种自然所替代,这种自然就是作者的精神和个性,艺术家应根据眼见来绘画,但更应根据"心感"来绘画。波德莱尔也进一步意识到:"不应当把想象的感觉混同于心灵的感觉",浪漫主义只注重激情,德拉克洛瓦和波德莱尔还需要更多的东西,艺术不仅是感觉的产物,还应受到理智和心境的驾驭,艺术家应当成为自己艺术的主人,本能和有意识地协调和构建艺术效果,因此德拉克洛瓦认为:"天才的主要品质是协调、构建、拼装各种关系",波德莱尔认为,艺术家只需实现"两个主要条件:印象的一致性和效果的整体性",德拉克洛瓦与波德莱尔的英雄所见略同,这些美学思想为现代艺术流派的到来开辟了道路。①

随着时间的推移,波德莱尔发现德拉克洛瓦的美学现代性并

---

① [法]波德莱尔:《浪漫丰碑:波德莱尔谈德拉克洛瓦》,冷杉译,北京金城出版社2013年版,第16页。

不全面，其作品与现代生活的距离逐渐扩大，所以他在《1846年的沙龙》结尾处呼吁一种扎根于现代生活的艺术形式。一八五九年，一位描述当代生活的插图画家贡斯当丹·居伊（Constantin Guys，1802—1892）走入了波德莱尔的视线，他根据居伊各类题材的绘画发表了《现代生活的画家》（Le Peintre de la vie moderne，1863）一书，为现代绘画的发展奠定了理论基础。居伊与主流画家不同，并未使用油画进行创作，而是专注于素描，包括水彩画、铜版画等。波德莱尔将他的画作归为几大主题："战争年鉴""盛典和节日""军人""女人和女孩""车马"等，他认为居伊绘画的极简主义和粗陋画法正是外部生活的转译，只是用少量的线条暗示来唤起观者的回忆和想象，由观者根据素描的轮廓在头脑中将原始场景补充完整，也就是说其创作的过程是由观众的想象来完成的。因而居伊的绘画并不局限在单一的时间维度中，它可以超越现实生活进入其他状态的勾勒，从而克服了短暂易逝的时间，呈现出永恒的维度。

居伊的绘画既可表现转瞬即逝的时光，又包含着永恒的回味和暗示，所以波德莱尔在《现代生活的画家》中给"现代性"做出了新的界定："现代性就是过渡、短暂、偶然，就是艺术的一半，另一半是永恒和不变"，[①]他认为现代艺术的任务是从转瞬即逝中提炼永恒的东西，同时从现代生活中开拓美。此番观点成为后人关于美学现代性定义的基础，这种过渡的、短暂的、变化的成分不应忽视。波德莱尔所说的现代性，主要是指现世性，属于每个时代的特征，人们在不断变化的城市生活中获取灵感。波德莱尔认为每个时代和每个民族都有自己的美和道德的表现，他在文中抨击了当

---

① ［法］波德莱尔：《现代生活的画家》，郭宏安译，浙江文艺出版社2007年版，第32页。

时绘画的弊病,即艺术家总是把一切主题都披上古代的外衣,在题材上过于守旧。波德莱尔主张艺术之美包括两个部分,既与神话或历史的古典美有关,也与当代生活的现代美有关,艺术不应回避现实,现代性是对生活的运动性的一种特别关注,他鼓励画家们到现代生活中寻找题材,尖锐地反对当代画家去模仿古人,提倡画家们描绘当代的社会现实。他眼中的艺术应该是一面如实反映芸芸众生的镜子,能够展现城市生活的各个方面,并把目光转向乞丐、醉鬼、女店员和妓女等边缘群体。

波德莱尔通过对绘画艺术的精深领悟实现了对现代性的敏锐意识,他反对崇古抑今,认为美具有现代性,美就存在于现实的世界,当然美是可以通过"应和"来发掘的,艺术家的角色就是用象征的语言和丰富的想象力来表达和说明一个更为真实的世界,这些理念成为西方现代主义文学的基石。波德莱尔提倡的"美"不等同于古典主义艺术家提倡的"完美无瑕",很多不美甚至是丑陋的形象也进入到他的视野中,在他看来,"自然"的东西"不止于自然",而"美"的东西也"不止于美"。波德莱尔深入到存在的本质,尝试在丑陋、怪异和荒诞中提取美,其诗集《恶之花》通过对丑的事物的审美,深刻地揭示出巴黎这座病城的灵魂。波德莱尔在诗歌题材上大胆创新,勇于选取城市的丑恶与人性的阴暗面,把社会病态诉诸笔端,对资产阶级的道德价值采取了反叛的态度。波德莱尔的美学意识也启发了当代画家们绘画题材范围的扩大,画家们不再只专注于表现唯美的事物和生活,开始描绘一些丑陋的形象。

波德莱尔的诗歌意境幽深、声色俱全,建构了芳香、颜色和声音相互应和的艺术境界,表现了文学与美术之间的共鸣。例如,《恶之花》中的咏画诗《灯塔》(*Les Phares*)全诗共有十一节,前八节出现了鲁本斯、达·芬奇、伦勃朗、米开朗基罗、华托、戈雅、德拉克洛瓦等画家的名字,颇具艺术内涵的诗句分别概括了各个画家的基本风格和绘画精神,例如:"鲁本斯,遗忘之河,懒散的花园,/新鲜的肉枕,虽不能让人抚爱,/却不停地涌流着那生命之泉,/像天空中的风,像海里的潮水",鲁本斯的画作以鲜亮的色彩和肉感的人体抒发着生命的激情。"伦勃朗,充满怨声的悲惨的医院,/一个大十字架是唯一的点缀,/那儿,从秽物中发出含泪的祈愿,/突然间透过冬季太阳的光辉",光影大师伦勃朗笔下的医院象征着宗教,这是一份含泪的祈愿,试图使衰落的基督教拯救人世。"戈雅,充满着未知之物的噩梦,/巫魔夜会中人们把胎儿烹煮,/揽镜自照的老妇,赤裸的儿童,/好让魔鬼们理好它们的袜子",戈雅在痛苦的噩梦中放出了魔女和恶魔,充满着恐怖的景象。"血湖里恶煞出没,德拉克洛瓦,/周围有四季常青的松林遮蔽,/奇怪的号声在忧愁的天空下/飘过,仿佛韦伯被压抑的叹息",德拉克洛瓦笔下堕落的人物往往带有屠杀的暴力与血腥。诗人在审美体验中把握了艺术家们绘画风格的本质特征。题目《灯塔》是全诗的中心,用来指引船只方向的灯塔往往象征着光明和希望,所以画家们的创作隐喻了人类希望的指路明灯或灵感之光。追根溯源,在十九世纪末二十世纪初的法国,精神上的颓废压抑与惶惑不安,生活上的焦虑孤独与空虚无聊,肉体上的欲望沉沦,成为普遍的精神状态,《灯塔》所描绘的正是众人的世纪病心态。

波德莱尔的诗歌在绘画艺术的映照中思考自身,纯诗的概念开始独具雏形。这些美学原则直接影响了十九世纪法国最有声望的象征主义诗人魏尔伦(Paul Verlaine, 1844—1896)、马拉美(Stéphane Mallarmé, 1842—1898)、兰波(Arthur Rimbaud, 1854—1891)。与波德莱尔的五官通感论略有不同的是,兰波更加强调视觉和听觉的通感,追求诗歌中文字和声音的色彩,他是"色彩诗"的代表。兰波善于运用通感和象征手法,提出了"通灵人"(*Le*

Voyant,或译为幻视者)和"语言炼金术"(L'Alchimie)的理念,他的诗歌也是实践声、色、味交感理论的典范,他那首《元音》(Voyelles)又称《彩色十四行诗》,成为象征主义诗歌的奠基石,例如该诗的首句:"黑 A,白 E,红 I,绿 U,蓝 O",在接下来的诗句中,这些字母又被喻为一系列奇特的意象,例如 A 又是闪光苍蝇毛茸茸的黑色紧身衣,幽暗的海湾,E 又是雾气和帐篷的纯真、冰川的傲峰、白衣国王、小白花,I 是咳出的血、愤怒或忏悔中的笑容,U 又是碧海的周期和神秘的振幅、布满牲畜的牧场的和平,O 又是号角的尖音和明亮的紫色眼睛。兰波的文字炼金术使诗歌具有了视觉化的倾向,他将颜色放入文字,创造了各种色彩鲜亮的语词,把字句、意象、感官和心境并置在一起,从中窥见声、色、香俱全的形态,造成一种视觉性的冲击,营造出神秘、幽深、奇特的意境。兰波本人也创作了很多钢笔画,其笔法放荡不羁、线条零乱却自由潇洒,他主张绘画不再复制客体,而应该通过线条、颜色来实现创作的魔术,这种不再复制现实的现代绘画理念与他的诗歌炼金术主张是相通的,即不再专注于描写和叙述,而是更多运用象征的表达手法。

(三)象征主义诗歌与印象派绘画

传承波德莱尔思想而发展起来的象征主义诗歌,以及几乎同时兴起的印象主义绘画,这两股十九世纪中后期的艺术潮流孕育于同一个社会大背景,并在相似的艺术氛围中浸染。众所周知,在同时代的画家中,真正开启现代绘画的是马奈,波德莱尔与马奈相识于一八六二年左右,诗人偶尔会在信件或《沙龙》中简要称赞马奈,却从未为他写过一篇画评,他对马奈这位画家开创的现代性也保持了沉默,这是由于两者在创作原则和表现方式上有所差异。评论家麦克·弗里德(Michael Fried)经过研究和对照,指出波德莱尔与马奈的现代性本质上有相通之处,即都保持着艺术的自觉性和对事物真实感的追求,是对现代性文化内涵的艺术刻画。不同的是波德莱尔只是以自然为中介,强调对现实进行诗意的变换、升华和改造,从中提炼永恒的意识元素,而马奈则立足于自然万象之本,主张以冷静客观的方式缔造一种纯粹的存在状态,换言之,前者的"真实"侧重于精神性,后者的"真实"着重于物质性。[1] 马奈的绘画淡化了叙事功能,着力展现绘画本身的属性,画中人物的目光往往是冷漠空泛的,缺乏与观者的意识交流和情感传递,观者面对的是沉默的绘画,这显然与波德莱尔的心理期待不符。马奈在晚年才遇到了他的欣赏者,例如左拉、马拉美等作家,左拉多次撰文声援马奈,马拉美尤为欣赏马奈画作中自由的目光。

虽然象征主义诗歌与印象主义绘画的创作理念和表达手法有所差异,但两者之间不乏一些微妙的美学关联。象征主义诗歌不满足于描绘事物的明确轮廓,诗人所追求的艺术效果是要使读者似懂非懂、若有所悟,这与印象派的朦胧画风有异曲同工之妙。而且印象派画家们的艺术观念与波德莱尔所倡导的艺术家要表现"现代的美"是分不开的,因为印象派的画笔传达了那种短暂的、转瞬即逝的、现代性的光华,明艳的色彩和颤动的光线塑造了日常生活的神话。尤其是在印象派发展的后期阶段,以塞尚、高更为首的"后印象派"画家不满足于片面地追求光与色的瞬间印象,他们强调作品要抒发画家的自我感受和主观感情,因此他们画笔下的世界不再是如实反映客观现实,而是渗透了画家个人的想象和感受,色彩也具有了更多的精神内涵。在艺术表现上,后印象派与印象派有着本质不同,后印象派重视形、色、体积的构成关系,强调艺术形象要异于生活的物象,要用作者的主观感情去改造客观物象,

---

[1] Michael Fried,"Painting Memories:On the Containment of the Past in Baudelaire and Manet", *Critical Inquiry*, Vol.10, n° 3, mars 1984, p.510-542.

要表现精神化的客观,这些美学理念与象征主义诗歌的灵性原则有了更多的靠近和共鸣。

波德莱尔对象征主义诗歌的贡献之一,就是他针对浪漫主义的重情感而进一步提出了重灵性。所谓灵性,其实就是思想。象征主义文学和绘画的现代性表现在作品题材的故事性被削弱甚至被消解,所强调的是作品的感觉性和精神性,所以象征主义画家和诗人都不以理智或客观的观察为基础,而是诉诸象征和想象的符号,更关心诗意的表达和玄理的揭示,所以展现的往往是形象的抽象性和不稳定性,以及强烈的主观色彩和朦胧晦涩的含义。象征主义诗歌的目的是表现比现实更为真实的东西,即人与自然之间、万物之间、人的感官之间各种隐秘的、内在的、彼此呼应的关系。《恶之花》所阐释的"应和论"意味着宇宙万物之间的感应、相通和隐喻性关联,诗人和画家作为神秘自然的传达者,不再仅止于对物质世界的单纯再现,而是借助暗示和象征的风格,这是象征主义者们做出的尝试,也是词语的共鸣、绘画的色彩之所以重要的原因。

魏尔伦的诗歌作品是诗画结合的杰出代表,他直接表达了对视觉的敏感:"在我身上,眼睛,尤其是眼睛,非常早熟。我盯着看一切,任何东西的外形都逃不脱我的注视。我不断地追逐形式、色彩、阴影。"[①]如果说我们可以从这位诗人身上看见印象主义的风格,这并不只是历史的巧合,魏尔伦作品的高峰《无言的浪漫曲》(*Romances sans paroles*)诗集发表于一八七四年,同年印象主义画派举办了第一次画展,魏尔伦的写作与印象主义画家的视野和技巧相呼应,他们都迷恋于不确定的、不可把握的、流动的气氛,崇尚

[①] 刘剑:《西方诗画关系研究:从 19 世纪初至 20 世纪中叶》,中国文联出版社 2016 年版,第 130—131 页。

感觉和回响,喜爱分解(印象主义者的笔触与魏尔伦的并列句法相呼应),拒绝工整的结构。魏尔伦一八六九年出版的诗集《佳节集》(Fêtes galantes)就是以色彩为主的诗集,其中的诗歌《月光》构建了一连串"印象",以半明半暗的色调描写了月光下树林中的假面舞会,带有鲜明的诗中有画的艺术效果。

正如画家马奈在画笔的点涂中能自由重建空间和图案,在魏尔伦《无言的浪漫曲》第二部分《比利时风景》之《布鲁塞尔》中,读者能够从诗句中感受到一种光线色彩渐变过渡的视觉性效果:"飞逝的丘陵斜坡/现出一片绿绿红红/半明半暗的灯光/照得一切朦朦胧胧/朴实的深渊上方/金光悄悄地变红"。魏尔伦反映了物质世界的真实,这个世界消解于蒸汽般的朦胧之中,荡漾在感官的世界里。波德莱尔在《现代生活的画家》中将艺术的"现代性"定义为短暂的、飞逝的、偶然的,而把瞬间飞逝的"印象"转换成永恒的艺术品,这正是魏尔伦诗歌和印象派绘画共同的追求。无论是印象派绘画所展现的光影的变幻和色彩的交融,还是魏尔伦诗句的音乐性和画面感,两者均以各自的技法触动观者和读者的感官,在他们的心中留下"印象"。

就创作手法和主题层面而言,象征主义诗歌和印象主义绘画都属于反传统美学的一次艺术尝试。象征主义诗歌和印象派绘画强调生命中抽象感觉的捕捉,用自己的印象塑造世界。诗人和画家们通过对飘忽不定的事物的捕捉对"美"进行重新定义,力图揭示难以言传的存在的奥秘。印象派绘画追求的是源于自然并升华于自然的模糊直觉,从追求视觉上的真实发展为追求一种整体印象上的真实、心灵的真实。而主观感觉是带有明显的个人特色的,简而言之,印象派绘画在一定程度上是画家自我感知、内心情感印象的刻画,与魏尔伦诗歌中捕捉细腻微妙、无形抽象的情感有异曲同工之处。《无言的浪漫曲》第一部分《被遗忘的小咏叹调》中描绘的雪景与莫奈的绘画《翁弗勒冰雪路上的马车与圣西蒙农场》（1867）中所呈现的景象有契合之处："烦闷啊，无边无际／铺满了原野／变幻不定的积雪／闪烁如砂砾"，"橡树如一群乌云／笼罩近旁的森林／雾一般的水汽"。这些诗句以冷色调画面调动起读者的感官，进而在读者心灵上留下冰冷的印象和孤独的震撼。《翁弗勒冰雪路上的马车与圣西蒙农场》也描绘了白色大雪覆盖大地的画面，整个画面以灰白黑三种色调为主，单调的冷色烘托出落寞的氛围，平涂的技巧使得积雪看起来有分层的效果，显现了光线在积雪上的反射，画中右上方并列的灰黑色所构成的森林与魏尔伦诗歌中"橡树如一群乌云"和"近旁的森林"等意象构成了呼应。

美国艺术史家威廉·弗莱明（William Fleming, 1909—2001）认为用法国哲学家亨利·柏格森（Henri Bergson, 1859—1941）关于时间的"绵延"理论来解释十九世纪晚期的西方艺术颇为恰当。因为柏格森认为，分离的、静止的画面会在人们的意识中交融为一种持续的时间之流。同样的情况发生在印象派绘画、象征主义诗歌、梅特林克剧本和德彪西的乐曲中。[①] 象征主义诗歌与印象主义绘画的手法有别，却彼此相连。印象派画家们摈弃对历史和文学的依附，以绘画本身的色彩语言为目标，直接面对自然写生，着重于描绘自然的刹那景象和印象，使瞬间成为永恒，瞬间印象中色彩光影的波动性和万千神韵使得那些画面像灵动的语词一样具有跳跃的诗性，激发出真实的体验和快感。同样象征主义诗歌也常常捕捉诗人在某一瞬间的顿悟和体验，把短暂有形的物质世界融化消解在模糊朦胧、变化无常的感官世界中，动用感官去留住片刻

---

① ［美］威廉·弗莱明、玛丽·马里安：《艺术与观念》（下），宋协立译，北京大学出版社2016年版，第599页。

的思绪,把对飘忽无形的情感的刻画作为感受生命深处隐秘的途径,使得"瞬间"浓缩成"永恒",使那些短暂的"美"获得了永恒的生命。

十九世纪的作家在考虑文字的画面性时,也往往会想到音乐性,帕尔纳斯派诗人泰奥多尔·德·邦维尔在他的诗集《奇歌集》(*Odes funambulesques*,1857)中曾经说道:"诗的音乐性,能够凭借其特质有目的地唤醒我们灵魂。"[①]如果说魏尔伦的诗歌强调音乐性和朦胧性的超脱境界,那么马拉美则热衷于以诗情画意和音符韵律来歌咏空虚、死亡和荒诞,直抵人的灵魂深处。马拉美作为十九世纪八十年代文艺思潮的核心人物,他组织的"星期二晚会"汇集了当时诸多诗人、画家等名流,高更等绘画大师都曾借鉴他的诗歌主题作过画,还有许多画家竞相为他的诗集创作插图。马拉美与印象派画家马奈、莫奈、雷诺阿、德加等人有密切的交往和友谊,有艺术史家指出:"正如印象派画家把混杂的色彩呈现于观赏者的视觉,把题材的内在联系展示于观赏者的意识中,马拉美同其他象征派诗人把静止的词语序列、形式及其相互之间的联系都留给读者去做判断",[②]象征主义者要求读者根据词语的暗示和隐喻去重构诗歌,这与印象派绘画的观者需要在视觉中重新组合"点彩画"中的"色点"是一致的。

印象派绘画中已经出现了留白现象(比如德加的舞女画,塞尚晚年的水彩画),"空无"也是马拉美诗歌表达的一大特点,他指出:"我吐出'花'这个词时……音乐般升起的不是所知的花蕊形

---

① Daniel Bergez, *Littérature et peinture*, Paris: Armand Colin, 2004, p.30.
② [美]威廉·弗莱明、玛丽·马里安:《艺术与观念》(下),宋协立译,北京大学出版社2016年版,第594页。

象,而是花的甜美理念——一切花束的空无。"①他的诗歌《骰子的一掷》体现了"留白"理念,他将书页视为一个空白的世界,运用字母的印刷技巧,充分发挥字母在印刷排版上的艺术功能,纸页和字母的形态也参与了诗的建构:"把大小字母不等的词语有意地间隔、分散在空白的纸页上,以造成意念浮沉、思绪起伏与自然应和的神秘效果,目的是要引起机敏读者的深思和遐想,从而使诗的自我宇宙展现一种空濛境界并可以同真的宇宙争高下。"②《骰子的一掷》体现了诗画结合的文本形式,诗中巧妙地运用了大号、二号、中号、大写、小写、粗体、斜体等排版形式,字词的分布与版面的空白形成了鲜明对比,虚实相生、自成妙境。马拉美的诗歌语言精练深奥、风格晦涩,具有朦胧婉转的隽永诗意。

个人经历的坎坷促使马拉美渴望在诗歌中超越世俗生活和现实世界,探求另一个本真的世界。他认为诗歌应摆脱功利性和实指性,成为独立于外部世界的自足的艺术形式,诗歌展现的应是纯净的艺术境界。马拉美从小喜欢中国诗画,对中国的道家思想也很感兴趣,他的"纯诗"境界正如中国画的意义不在于所画的景物本身,而在于画面与景物的审美空间所传达出的画外之音、缥缈之意。他希望通过纯粹的语言艺术打破社会生活中既定的能指与所指之间的联系,指向一个诗意的、抽象的、空灵的概念世界,这种诗性境界只可意会,不可言传。纯诗论和诗歌的音乐化是马拉美毕生追求的理想,他眼中的诗应是音乐和韵文的结合,诗歌的音乐意境和朦胧的意象能使诗歌语言摆脱叙事状物的非诗意功能,从而更好地发挥出暗示和象征功能,表

---

① Stéphane Mallarmé, *Œuvres complètes*, texte établi et annoté par Henri Mondor et G. Jean-Aubry, Bibliothèque de la Pléiade, Paris: Gallimard, 1951, p. 368.
② 葛雷、梁栋:《现代法国诗歌美学描述》,北京大学出版社1997年版,第112页。

现出抽象的意识。

与象征主义诗歌中"纯诗"概念的萌芽和诗歌的音乐化相呼应,美国的印象派画家詹姆斯·惠斯勒(James Whistler,1834—1903)于十九世纪六十年代提出了"纯画"的概念,所谓"纯画"就是"色彩和'画面图案'的科学","媒介并不限于仅仅作为意义或观念的载体,它们本身即是主题和意义"。① 这一概念体现了向形式自身回归的意识,即艺术品的意义并不完全在于其表现的主题,而在于其形式结构。现代绘画就是从拒绝文学性开始的,正如后印象派塞尚声称不要文学只要诗,诗保存在画家的大脑和心灵中即可。所以惠斯勒在巴黎受到印象派画家和波德莱尔、马拉美等诗人的熏陶后,喜欢借用音乐词汇来命名他的画作,如同音乐是声音的诗一样,绘画是可见的诗。

惠斯勒是个有创造精神的画家,他经常用夜曲、交响乐和改编曲等字眼给画作加上音乐性的副标题,例如《黑色和金色的夜曲:落下的火箭》《灰与黑的协奏曲:画家母亲的肖像》《白色交响曲:白衣少女》《玫瑰与银:产瓷国的公主》等。《灰与黑的协奏曲:画家母亲的肖像》画面被大面积的黑色和灰色所占据。母亲坐在房间的椅子上,神态慈爱,脖子上围着白色纱巾,手上拿着白色手帕,身穿黑色衣裙。墙壁和地板都是大面积的纯灰色,窗帘上星星点点的白色小花朵仿佛是跳动的音符。灰色的墙上挂着一幅画框,画上白色的背景与画面上另外几处的白色形成了呼应,如同黑色和灰色的交响曲中缓缓升起的白色音符,随着颜色的增强和层次的变化,发出从低音到中音再到高音的优美音乐。流畅的色彩好比音乐的旋律,传达出生动的感受。惠斯勒画作的通感风格与象

---

① 耿幼壮:《破碎的痕迹——重读西方艺术史》,中国人民大学出版社 2010 年版,第 164 页。

征主义诗歌是一致的,在他的画中,我们似乎聆听到了马拉美诗句的音乐性韵律,追求色彩、音乐、文字间的关联也是象征主义诗歌的诉求之一。

第六章　巴尔扎克的现实主义小说与绘画美学

伟大的批判现实主义作家巴尔扎克以《人间喜剧》为总标题，将九十余部小说联成一体，构成一幅幅丰富多彩的法国全景社会画卷。在巴尔扎克之前，法国小说的题材内容和艺术表现力都有一定局限。巴尔扎克极大拓展了文学的题材内容和叙述空间，他对文学最大的贡献在于对典型人物形象和社会风俗的细致刻画，并演绎了人物性格在社会环境中的变化和发展。而这一切得益于他的艺术素养，评论家丹纳称赞巴尔扎克的伟大之处在于将其所有作品连合成一部彼此关联的巨著，将文学、哲学与绘画艺术有力地统一起来。

巴尔扎克有很多艺术家朋友，他经常出席画家们的聚会，而且特别爱好收藏绘画，也曾多次游历艺术之国意大利，对意大利画家和雕塑家无比尊崇。对美术的爱好和钻研造就了他深厚的艺术素养，他常为巴黎的《漫画》等美术刊物撰写随笔，发表了大量艺术评论，例如《家庭室内生活画》《趣味画》《速写》《版画》《论艺术家》《西班牙素描》等文章。在他大量的书评、序跋和书信中，他常运用绘画领域的术语来论述文学，或者对著名画家及其画作进行精辟的品评。一八三〇年巴尔扎克曾在《侧影》周报数次发表文章《论艺术家》，将"艺术家"称号由造型艺术领域扩展至科学、政治、哲学和文学领域,强调有创造力的人都是艺术家,艺术家起着"指导并改造社会"的作用。①

文艺复兴以来,西方绘画忠实反映世界的再现传统影响了巴尔扎克的现实主义文艺观,文艺作品的真实性是巴尔扎克推崇至上的原则,现实主义能够在绘画中得到直接的体现,所以巴尔扎克经常借助绘画来阐述他的现实主义创作纲领。他在《人间喜剧》序言中指出作家应成为忠实描绘社会的画家,立志要做一个忠实于历史和社会的小说家。他的写作采用了绘画式写真和描摹手法,贯彻了一种镜子般映照现实的模拟方式,既造就了现实主义文学的真实性,也极大丰富了小说叙述的审美意蕴。他从容细致地描绘客观物质环境,在塑造人物时注重通过可视形式来刻画人物的内心世界。《人间喜剧》中的诸多小说作品具有浓厚的绘画性,以无数精确的细节还原了生活原貌的真实。

第一节 小说空间描绘与风俗画艺术

法国记者腓力克思·达文(Félix Davin,1807—1836)为《人间喜剧》写了《哲学研究》导言,该文以绘画视角概括了巴尔扎克的写作:"作者曾经像织工那样,离开织毯的背面,走到正面审视了一下整个的构图,因为很久以来总的构思在他脑子里已经萌现,于是,从那时起,他便开始揣摩如何实现这个整体。出其不意的,他在思想里把建筑物上的空白处用壁画添补起来,设想在这里加上一套组画,在那里塑造一个重要的形象,再远一点是一重背景,要不然就是一些引人联想的色彩。"②《人间喜剧》由风俗研究、哲学研究和分析研究

---

① 王秋荣(编):《巴尔扎克论文学》,中国社会科学出版社1986年版,第1页。
② 王秋荣(编):前引书,第182页。

三类内容构成,其中风俗研究是主干画廊部分,又被巧妙地分为若干画室,反映了私人生活、外省生活、巴黎生活、政治生活、乡村生活等场景,其中许多小说涉及绘画艺术,例如《猫打球商店》(La Maison du chat-qui-pelote,1830)、《钱袋》(La Bourse,1832)、《玄妙的杰作》(Le Chef-d'œuvre inconnu,1831)、《皮埃尔·格拉苏》(Pierre Grassou,1839)、《搅水女人》(La Rabouilleuse,1842)、《邦斯舅舅》(Le Cousin Pons,1847)等小说从不同角度揭示了艺术家们的日常生活、理想追求和精神困惑,也夹杂着巴尔扎克本人对艺术创作这一哲学命题的深入思考。

巴尔扎克曾借《搅水女人》中的雕塑家旭台之口表达了对艺术的尊崇:"一个大艺术家等于一个国王,比国王还强;先是他更快乐,无拘无束","其次他能支配一个幻想世界"。[①] 波德莱尔曾用"幻想家"(visionnaire)一词来致敬巴尔扎克的艺术才思:"很多人认为巴尔扎克的伟大声誉在于他是一个优秀的社会观察者,这种观点总是让我感到惊诧;事实上我一直认为巴尔扎克的杰出之处在于他是一个幻想家,一个充满激情的幻想家。"[②]巴尔扎克以艺术家般的构思创意和充满想象力的语言在《人间喜剧》中缔造了丰富的艺术幻象。

环境是人物思想的基础和活动的舞台。为贴近日常生活,巴尔扎克重点描绘了十九世纪巴黎与外省的环境:城市景致,街道楼房,家具什物,乡村风光等,勾勒了一幅幅可和经典画作媲美的蚀刻画。国外评论家指出巴尔扎克的环境描绘手法近似于荷兰风俗

---

① [法]巴尔扎克:《搅水女人》,选自《傅雷译文集》第三卷,安徽人民出版社1982年版,第330页。

② Stéphane Vachon, Honoré de Balzac, Paris: Presses de l'Université de Paris-Sorbonne,1999,p.248.

画艺术。① 十六世纪至十七世纪的荷兰风俗画以细腻真实的手法反映了普通市民的生活场景和居家摆设,充满着日常之美和平凡之美。同样在《人间喜剧》里,我们可以看到各类生活画面,其中有巴黎贵妇人的精美沙龙、大银行家的奢华府第、拉丁区充满酸腐气味的公寓、嘈杂的剧场,还有赌馆、街道、古董店、阁楼、小饭馆等。巴尔扎克小说空间大量运用光线、色彩、线条、框架、画像、风景等视觉元素,并把背景描写与人物刻画紧密结合,以明暗、透视、比例等手法将各类场景塑造成形并着色,实现了栩栩如生的文学描绘和寓意于形的审美意蕴。

《猫打球商店》的小说空间宛如一幅充满魅力的社会风俗画。一天黄昏时分,青年贵族画家索迈尔维从猫打球商店前经过,被店里的温馨景象吸引:"那时店堂里还没有点灯,周围很黑暗,形成一幅图画的幽暗背景;背景深处可以看见商人家的饭厅,饭厅里面一盏光辉灿烂的灯,放射着那种使荷兰派绘画增加不少美感的黄色光线。白色的台布、银餐具和水晶用具在光与影的鲜明对照下构成美丽的陪衬。家长的脸儿、他妻子的脸儿、学徒的脸儿、奥古斯婷秀丽的外貌","使人很容易猜测到这个家庭和平、寂静和简朴的生活"。② 此番景象在这位路过的年轻画家心中燃起久违的激情,他曾留学意大利,熟悉了拉斐尔等大师们的浪漫杰作,他的心灵渴求那些文静秀美的处女,而呢绒店老板女儿奥古斯婷在他眼中成了贬落凡尘的仙女,于是他回去后将店铺景象再现到画布上,由此画出的一幅少女肖像和一幅室景图在卢浮宫画展上引起轰动。奥古斯婷在这次画展上认出了画里的自己,画家趁机向她

---

① [苏]德·奥勃洛米耶夫斯基:《巴尔扎克评传》,中国社会科学出版社1983年版,第371页。
② [法]巴尔扎克:《猫打球商店》,选自《巴尔扎克中短篇小说选》,郑永慧译,人民文学出版社1997年版,第17页。

表白，两人正式相爱，突破世俗障碍走入婚姻，婚后却因思想情趣的差异以不幸的结局告终。

小说《高老头》(Le Père Goriot, 1834)全方位勾画了巴黎郊区的伏盖公寓，作者视线从建筑的侧面、正面扫描到房子内部："房内地板很坏，四周的护壁板只有半人高，其余的地方糊着上油的花纸，画着《忒勒马科》主要的几幕。"[①]住进伏盖公寓的高老头为两个女儿耗尽钱财，变成可怜虫，每逢开饭时，大家常在饭厅里拿他寻开心。墙纸画中的忒勒马科是法国散文家费讷隆代表作《忒勒马科历险记》中的英雄人物，该小说描写了希腊英雄奥德修斯在攻破特洛伊城后归途中失踪的故事。其子忒勒马科漂洋过海寻找父亲，历尽艰险，到过许多国家，下过地狱，作者谴责了暴君的穷兵黩武和穷奢极欲，实则影射了十七世纪法国人民对路易十四统治的不满。餐厅壁画内容与《高老头》的时代背景形成了互文映照，皆展现了封建王权时代的腐化现实和人们水深火热的生活。波旁王朝复辟给商人高老头带来了厄运，他为了贵妇女儿们的面子只得结束生意后搬到伏盖公寓居住，他耗尽财产来收买女儿的爱，孤独终老。小说中的外省青年拉斯蒂涅刚到巴黎就目睹了上流社会的物欲横流和灯红酒绿，从此掉进了大染缸，最终选择使用卑鄙的手段，利用女人实现自己踏入上流社会的欲望。可见小说中的绘画参照并不是盲目和随意的，而是具有渲染题旨的审美效果。

一系列的风俗画室是巴尔扎克按照自己的艺术素养从纷繁的生活真实中摄取和塑造的产物，他以大量的艺术化空间来激发场景的感染力，暗示人物的性格、身份和命运，使文学场面深入人心。

[①] [法]巴尔扎克：《欧也妮·葛朗台/高老头》，傅雷译，人民文学出版社1983年版，第188页。

《邦斯舅舅》的叙述空间围绕与艺术收藏有关的线索展开,主人公邦斯的全部收入都用于收集古董,经济的拮据令他受到亲戚的轻慢侮辱。他那价值不菲的藏画和珍玩勾起了小人的贪欲,庭长夫妇、旧货商、古董商等恶棍勾结起来,不断折磨病中的邦斯,偷盗他的精品,把他逼上死路。大量艺术品充斥着小说空间,起了推动故事进程和揭露社会丑恶的作用。巴尔扎克在小说中特地介绍了几幅名画的创作背景,并进行了专业性的描述和评论,展现了他丰富的绘画知识。

巴尔扎克发表小说《驴皮记》(*La Peau de chagrin*,1831)时已写作了十年,他发誓要用笔来完成拿破仑未竟的事业,每天夜以继日地工作,这样的劳累有损健康,于是巴尔扎克有了欲望达到、寿命缩短的启示。该小说的青年主人公瓦朗坦努力工作、志向远大,却偶然在赌博中输掉了身家,绝望中的他决定投水自杀。此时他碰巧走进一家古董店,店中的彩画、兵器、雕像、漆器、瓷杯、玻璃灯等艺术品和日用器皿的杂乱堆砌造就了一种怪诞的气氛:"好几幅大革命前的法国市长和过去荷兰市长的肖像,高踞在这堆乱七八糟的古物上头,像他们生前那样冷酷无情,以苍白和冰冷的眼光凝视着这堆东西。"①光怪陆离的艺术空间和文化遗迹既折射出作者对封建权贵阶层的讽刺,也奠定了离奇玄幻的叙述基调。此时神秘的古董商老头儿给了瓦朗坦一张能实现任何愿望的神奇驴皮,但每次愿望实现后驴皮会缩小,他的寿命也随之缩短。瓦朗坦随口许愿成了百万富翁,驴皮也缩小了。瓦朗坦唯恐驴皮继续缩小,因而有福不敢享,满怀恐惧地担心生命的末日来临。瓦朗坦将自己的一生"归结为一幅图画",后来他在歌剧院第二次遇到了赠予他驴皮的老古董商:"像欣赏一幅伦勃朗的老作品,不过这幅旧

---

① [法]巴尔扎克:《驴皮记》,郑永慧译,译林出版社 1999 年版,第 11 页。

画已被烟熏黑,重新修复过,涂过漆,装在新画框里。"①老古董商与第一次出现在店里时的神秘幽灵形象完全相反,此时打扮新潮的老头儿看上去油头粉面、滑稽可笑,他早就抛弃了勤俭节约的美德,尽情挥霍和享受着余生,与瓦朗坦矛盾苦闷的心情构成了反差。可见巴尔扎克擅于以风俗画室般的叙述空间来影射社会现实和传达人生哲理,加强了文学的现实批判意义。

第二节　人物形象塑造与肖像画艺术

绘画美学对巴尔扎克的渗透全面而深入,他在艺术理论、解剖学、透视学上的认识构成了他成功塑造人物的基础,正如他在《古物陈列室》初版序言中指出的:"文学采用的也是绘画的方法,它为了塑造一个美丽的形象,就取这个模特儿的手,取另一个模特儿的脚。"②他注重构建跨艺术的互涉空间,《人间喜剧》从古今艺术博物馆中汲取大量视觉资源和灵感,参照了提香、拉斐尔、伦勃朗、阿尔钦博尔多、鲁本斯等众多画家们的名字或风格,这些视觉信息如同向读者发出的一个个对话的信号,促使读者动用自己的文化素养,从视觉记忆中搜寻和撷取与这些名字相关的艺术信息,并通过对照和类比来想象出作品所描绘的情形。通过视觉效果来激发读者想象力是巴尔扎克惯有的手法。

《乡村教士》(Le Curé de village,1841)中的银行家太太韦萝妮克庄重柔美,幼年时的她"绰号小圣母",长着"圣母式的脸庞",宛如"提香的巨幅油画《圣母献堂瞻礼》中出神入化的小圣母","同

---

① ［法］巴尔扎克:前引书,第56页,143页,144页。
② 　王秋荣(编):《巴尔扎克论文学》,中国社会科学出版社1986年版,第143页。

样的天真烂漫,同样天使般惊讶的眼神,同样庄重纯朴的态度"。①她具有圣母般的美德,在礼拜天去望弥撒,平常做绒绣来贴补穷人。这位纯真的女性从少女时代就憧憬浪漫的爱情,残酷的现实却把她抛给了一个古板吝刻的银行家,从此她有了一些不幸的遭遇。她在与银行家的世俗婚姻中感到郁闷,于是靠祈祷、读书、骑马和绘画来解闷,后来她爱上了工人塔士隆。为获得自由,塔士隆不幸因偷盗而杀人,并被判死刑。从此韦萝妮克只能暗中苦修以求自惩。在神甫的启发下,她决心改造塔士隆家乡的落后面貌,以造福当地人民来补赎罪过,最后在天主信仰的慰藉中离世。《乡村教士》属于正面阐述社会改良方案的篇章,"图说"式描写生动刻画了韦萝妮克的性格和命运,她温柔娴静的形象与高尚的圣母形象颇为接近,体现了宗教的劝善作用和为民造福的务实精神。

在巴尔扎克笔下,提香这个名字总会让人联想到温柔纯净的圣女。然而有时他也会把一位衰老黝黑的老农与提香的画中人物联系在一起,例如《乡村教士》中塔士隆的父亲:"此人约有四十八岁,长着提香笔下所有使徒的那种俊美面孔:一张恪守信义、正直审慎的面孔,严厉的侧影,直愣愣的鼻子,碧蓝的眼睛,高贵的前额,端正的相貌,天生短而卷曲、不易折断的黑发,对称地朝两边分开,给露天干活晒黑了的脸膛平添了几分魅力。"②从这第一段引语中,我们可发现作者小说中的艺术参照对象并非某幅画中某个现成的人物,而是某一种类型的人物形象的代表,能让人联想到很多类似的场景画面。

巴尔扎克笔下温和美好的女性形象也常与文艺复兴时期意大

---

① Balzac, *Le Curé de village*, *La Comédie humaine*, Tome IX, Paris: Gallimard, 1978, p. 648.
② Balzac, *ibid.*, p. 723.

利画家拉斐尔的画中人物关联起来。拉斐尔一生画了很多圣母圣婴,并以此闻名于世,他擅长将宗教题材中刻板的圣母形象转化成世俗人间的美丽女性。《猫打球商店》的开头描写了画家索迈尔维初见奥古斯婷时的情形:"一个容貌清新如水中白花的年轻姑娘在窗口出现,她头上披着一条打褶的纱头巾,显得无比的纯洁","她那双眼睛,正是天才画师拉斐尔早就在其杰作中传诸不朽的眼睛",当她的视线和画家的目光相遇,害羞的她迅速把十字窗落下,"她与拉斐尔笔下那些已变得家喻户晓的处女一样娴静和优雅",①纯真秀美的奥古斯婷契合了画家心中理想的少女形象,激起了他的爱慕之情。

如果说拉斐尔笔下的圣女代表着女人的美丽,那么荷兰画家伦勃朗的油画则尤其表现了深邃和神秘的老人形象,此类形象被巴尔扎克用来刻画小说《塞拉菲达》(*Séraphîta*,1834)中博学多识的贝克尔牧师:"这位牧师约有六十多岁。面目慈祥,像伦勃朗的画笔偏爱的那种老人。两眼不大,但炯炯有神,眼周布满皱纹。眉毛很浓,但已开始灰白。黑色天鹅绒的睡帽下,露出两团棉花状的白发。"②这个智慧老人形象与小说《现代史内幕》(*L'Envers de l'histoire contemporaine*,1848)中医术高超的绝症治疗专家、波兰籍犹太名医阿尔贝松的形象十分相似:"在这张苍白清瘦的脸上面是梳得马马虎虎的灰色头发……戴着一顶黑丝绒无边圆帽,遮住了前额的一角,使金黄色的前额更加醒目,颇有伦勃朗的笔意",巴尔扎克还描绘了这位奇特医生的办公室:"办公室里的背景陈

---

① [法]巴尔扎克:《猫打球商店》,选自《巴尔扎克中短篇小说选》,郑永慧译,人民文学出版社1997年版,第6页。

② Balzac, *Séraphîta*, *La Comédie humaine*, Tome XI, Paris: Gallimard, 1980, p. 758 - 759.

设也与这位如同从伦勃朗的画中走出来的人物十分相衬、非常和谐。"①原著所用的"cadre"（背景）一词在法语中也有"框架"的含义，因而"cadre"一语双关，既指办公室的背景，又转喻为肖像画的画框。知名艺术家的名字可使读者更生动地联想小说情境和虚构的人物。

在《玄妙的杰作》中，法国画家尼古拉斯·普桑于一六一二年来巴黎拜访宫廷画家波尔比斯，在其画室偶遇古怪的绘画大师弗朗霍费，对他的博学多识和高超技艺心生敬意。弗朗霍费的外貌非常独特："双眼已经没有睫毛，突出的眉骨上很难看到几根眉须。让这副脑袋长在一个孱弱的身体上，套在织成鱼翅形的雪白耀眼的花边大翻领里"，"楼梯上暗淡的光线又给这个人物抹上了一层古怪的色调。你也许会以为这是一幅伦勃朗的油画，这幅没有框子的画在这位画家所特有的黑暗背景中无声无息地走动着"。② 此处的比喻寓意于形，渲染了老艺术家弗朗霍费的神秘气质和深邃思想，仿佛有一种稀奇的光芒笼罩着他，也昭示着他如痴如狂的艺术追求和不平凡的绘画经历。

在《皮埃尔·格拉苏》中，投机画商马居斯游说画家皮埃尔·格拉苏为富人威尔维勒一家三口画像，强调这家女儿有丰厚的嫁妆，"并且这个姑娘十分温柔可人，如同提香画中的美人一样浑身闪着金光"，这实质上是夸耀那位姑娘的身价。格拉苏笔下的这家人肖像呈现出十六世纪意大利画家阿尔钦博尔多的风格，该画家的人物肖像画由瓜果、蔬菜、花卉、鸟、鱼等物品组合而成。威尔维勒一家人的形象就像瓜果蔬菜的大杂烩，威尔维勒先生的脑袋

---

① Balzac, *L'Envers de l'histoire contemporaine*, *La Comédie humaine*, Tome VIII, Paris: Gallimard, 1978, p. 375–376.
② [法]巴尔扎克：《玄妙的杰作》，选自《巴尔扎克中短篇小说选》，张裕禾译，人民文学出版社1997年版，第623页。

又大又圆:"在画室里,这种脸儿被通俗地称为西瓜——这个水果搁在一只大南瓜上,那南瓜裹着一件蓝色呢衣服","那南瓜靠着底下两个芜菁——把它们叫作腿是不恰当的——向前挪动过来。这只瓜的呼吸声如同一只海豚,走起路来就像一只南瓜在一些被不恰当地称为腿的藤蔓上移动一样",瓜果系列还包括他的夫人,她的身材好比"可可椰子装上了一个头颅",至于女儿维吉妮,则宛如"一株石刁柏嫩苗,穿着一件黄绿相间的连衫裙,胡萝卜黄的头发(罗马人最爱这种头发)编成了辫子,盘在小小的头上"。① 格拉苏眼中的黄色代表着黄金和金钱,所以他觉得维吉妮娇媚可爱。资质平庸的他受到威尔维勒先生的赏识,成为其女婿,有了稳定的财源和皇家的勋章,被视为大艺术家,而小说末尾指导他绘画的天才画家约瑟夫·勃里杜恃才傲物,反而吓坏了富人们。小说宛如一幅妙趣横生的讽刺画,暗示刻意创新的天才画家不为人重视。

如上所述,巴尔扎克善于参照大量的绘画艺术形象和表达手法来刻画笔下的人物和环境,真实人物与画中人物交相辉映,再现与模仿构成了象征性的循环法则。巴尔扎克小说艺术的真实不等同于生活的真实,它不是对现实的照抄照搬,诸多的典型人物和叙述场景是他在长期的情感体验和艺术审美的基础上,对大量生活现象进行思考、提炼、升华后形成的艺术形象。因而这些肖像画不是对现实的机械性复制,而是一种全新的艺术创造,包含了一定的想象、虚构和深化,以比生活更加丰富的状态演绎出生命的意趣,体现了艺术源于生活、又高于生活的规律。

---

① Balzac, *Pierre Grassou*, *La Comédie humaine*, Tome Ⅵ, Paris: Gallimard, 1977, p.1095, p.1103.

第三节　艺术家小说中的社会哲理与美学思想

《人间喜剧》中有多部小说以画家为主人公,从而形成了一种艺术家小说的类型,不仅反映了画家阶层的生活经历和精神困惑,而且囊括了作者本人关于文学和艺术创作的美学原则,具有很大的现实批判意义和审美指导意义。

(一)《猫打球商店》中的婚姻观

《猫打球商店》属于《人间喜剧》风俗研究系列私人生活场景的部分。小说主要描写呢绒商纪尧姆先生(猫打球商店店主)的小女儿奥古斯婷与一位年轻贵族画家索迈尔维的婚姻。小说意在说明不同的出身、不同的生活环境和教养、门户不当的婚姻对人们的生活会有多么大的影响,青年男女如果只凭一时的感情冲动而结合,往往会酿成终生的不幸,而凭着理智在本阶层中选择配偶,结局则会好得多。巴尔扎克出身于资产阶级家庭,外祖父家是一户殷实的呢绒商,因此他从小对这类老派商人十分熟悉。小说以一种温和的嘲讽态度,精确生动地描绘了这个阶层的思想感情、生活习惯,写出了那种买卖人的精明、狡猾、吝啬、小气和由于缺乏教育而产生的种种狭隘可笑的观念,但作者将这一切与贵族社会的虚伪、腐朽和冷酷相对照时,显然对这些见识浅短、趣味庸俗,然而善良敦厚的老派商人表示了更多的温情。

画家索迈尔维在路过猫打球商店时被美丽动人的奥古斯婷吸引,为她画了一幅画像。奥古斯婷在画展中认出自己的画像后也爱上画家,两人不惜冲破家庭阻挠,不顾阶层地位问题而结婚。结婚数年后,奥古斯婷一直恪守妻子本分,可惜她的平凡和无知最终令画家感到厌倦。因两人修养和情趣的差异,奥古斯婷受到丈夫的冷落,于是她尝试让自己变得高雅起来,去读诗歌、听音乐会,然而依然无法虏获他的心,他转而去追求公爵夫人,并将其成名作《奥古斯婷画像》赠予公爵夫人。这位年轻的画家太太只好求助于娘家人,父母想通过法律手段解决,但她只不过想挽回丈夫的爱而已。走投无路的她只好去求助与丈夫有不伦之恋的公爵夫人,竟在公爵夫人画廊那里发现了丈夫为自己画的肖像画。奥古斯婷重新把画像带回自己家里,期望唤回丈夫当初的情感。不料画家看到画像后,竟为失去公爵夫人的爱而大发雷霆,暴怒地把画像摔成碎片。奥古斯婷的画像构成了这个爱情故事的基本脉络,它的产生、传递和毁灭昭示着爱情的萌生、发展、衰落、灭亡,同时画像也象征着生活中那些虚荣浮华、不切实际的东西。奥古斯婷最终没有挽回丈夫的心,失去爱情的她很快凋谢离世。

巴尔扎克塑造的人物奥古斯婷美丽、善良和单纯,命运却极为可怜。通过这位资产阶级少女和一位画家的爱情故事,巴尔扎克阐述了一种门当户对的婚姻哲学,他暗示"女子最好与同一阶层的男人结婚","爱情很难抵得住家务的烦恼,必须一方具有极坚强的品质,夫妻才能幸福;夫妻间首要的是彼此理解"。[①] 这样的论调意味着巴尔扎克不仅是小说家,而且具备了哲学家的头脑,尽管当时他未曾结婚。故事里这家呢绒店名为"猫打球商店",为何这样叫法?书里开篇有大段的描述,说店门的招牌是一幅古朴滑稽的画,上面有一只猫和人在打网球——这其实是在隐喻小说的主题:物以类聚,人以群分,婚姻也如此。不同阶层的人的婚姻结合更容易因思想和情趣的差异导致分歧,同样婚姻的幸福不取决于外在的地位和美貌,而是基于双方精神和心灵的融洽。

---

① [法]巴尔扎克:《猫打球商店》,选自《巴尔扎克中短篇小说选》,郑永慧译,人民文学出版社1997年版,第39页。

(二)《钱袋》中的爱情观与金钱观

《钱袋》描写了两个高贵心灵的结合,一个是出身贫寒、苦学成才的画家,一个是一贫如洗、却能保持高尚品格的普通少女。腓力克思·达文在他书写的《风俗研究》序言中指出:"《钱袋》是巴尔扎克拿手的,动人而纯洁的一部创作……它与巴黎联系起来是凭着关于一个破产老妇的房屋的描写,这是作者画架上最美丽的一幅画。"①苦学成才的画家希波利德初次见到家境贫寒的纯朴少女阿黛拉伊德时,感觉她如画中人一样美好:"从一盏老式的所谓'两面透风灯'的灯光中,他瞧见了一个从未见过的,极端惹人喜爱的年轻姑娘的头。这种头部通常认为只能在图画里有,可是如今突然显现在他的眼前,把艺术家理想中的美好的典型化为现实",②画家不顾地位与她相知相恋,并无偿修复了她已去世的父亲德·卢威尔先生的画像,令德·卢威尔夫人感到无比的欣慰。后来希波利德偶然丢失钱袋后陷入烦闷和猜疑,于是牌桌上的阿黛拉伊德与母亲互作暗号让他赢钱,而且为了给恋人一份惊喜,她竟熬好几夜缝制了一个装有十五个金路易的精美钱袋来送给画家,画家无比感动。这篇清新的爱情故事是巴尔扎克针对资本主义社会金钱婚姻所调制的一味解毒剂。

(三)《玄妙的杰作》中的艺术创作观

《玄妙的杰作》(又译为《无名的杰作》)选自《人间喜剧》的哲理部分,试图探讨和回答巴尔扎克本人关于创作的一些困惑:什么是艺术家? 艺术和才华是什么? 该小说中的绘画大师弗朗霍费花

---

① 王秋荣(编):《巴尔扎克论文学》,中国社会科学出版社1986年版,第226页。
② [法]巴尔扎克:《钱袋》,选自《巴尔扎克中短篇小说选》,郑永慧译,人民文学出版社1979年版,第216页。

了十年时间画《不羁的美女》，却总认为该画还不够完美，拒绝展示它。为一睹杰作风采，普桑请求自己女友给弗朗霍费当裸体模特，终于见到杰作，然而画布上只有层层堆积的颜料，并无影像，他只在画布一角看到一只优美生动的脚，这只脚在老画家为期十年的破坏性修改中幸存下来。普桑坦白说画布上什么也没有。当天夜里弗朗霍费悲痛自杀，死前把所有作品付之一炬。弗朗霍费对艺术始终如醉如痴，充满激情，当他在理智范围内运用他的高超画技时，他能画出杰作，然而他一旦走向极端，毁坏了本应成功的艺术，过于偏执的艺术追求成了他自掘的坟墓。

该小说诞生的一八三一年正是一个动荡的年代，法国刚经历了一八三〇年推翻复辟波旁王朝的七月革命，当时的许多画家为了生存而敷衍艺术。弗朗霍费以精益求精的创作姿态抵制肤浅的艺术，但理论的绝对又让他走进了死胡同。此小说曾给马克思留下深刻的印象，因为马克思创作《资本论》时感同身受，他的写作也要进行反复的修改和润色。其实巴尔扎克也像弗朗霍费一样是完美主义者，他通过弗朗霍费的悲剧阐明了艺术真谛的深奥和变幻、文艺探索的艰难和持久，这也是巴尔扎克艺术创作之路艰苦卓绝、血泪交融的生动写照和经验之谈。这部充满思想辩证法的哲理小说给世人敲响了警钟，即哲理永远是人类的朋友，过度的思想会扰乱人们的心灵，极端的探索会扼杀艺术的生命。

虽然弗朗霍费踏入了绝对艺术的死胡同，但他也不乏真知灼见，其中关于艺术真实的理论正是巴尔扎克的主张。弗朗霍费孜孜不倦地追求能传达出人物思想感情和生命运动的绘画艺术，他对宫廷画家波尔比斯的一幅圣女图进行评论时，也毫不客气地指出其不足之处："你们画了生活的表象，但没有表现其丰满充实的内涵——这种可意会而不可言传的东西也许就是灵魂"，"艺术的使命不是复制绘画的对象，而是表达它！你不应当是蹩脚的复制者,而应当是诗人!""否则,雕塑家用模子浇出个女人来就可以免去一切雕凿之功了!""不是丝毫不差地复制这只手",而是"想象手的运动和生命。我们要抓住事物和人物的精神、灵魂、面貌"。① 在弗朗霍费看来,画中的圣女躯体像是没有生命气息的苍白幽灵,满足于临摹现实的画家只完成了复制模特外形的任务,美是难以接近的,只有经过长期的实践才能抓住它。当弗朗霍费用少许淡蓝和棕红的油彩修改了圣女图,便使这血液凝滞的阴冷幽灵有了生气。巴尔扎克在此讨论了形神兼备原则在绘画中的重要性,现实主义文艺纲领旨在追求外在真实和内在真实的自然结合,一方面,绘画要再现事物的外部形象,另一方面,它又需要透过事物的外在描写传达出内在的精神和灵魂。

弗朗霍费的绘画理念预示了法国绘画未来发展的走向。他眼中的大自然没有明确的线条和素描:"线条是人类用以认识光对物的作用的手段,但在一切都是饱满充实的自然界,线条是不存在的。……惟有光的配置才能赋予人体以外形!所以我没有明确勾出人物的轮廓,我在四周布上一层半明半暗的金黄的、色调温暖的云雾,使人不能明确指出轮廓和背景交接在何处",近看的画面"模糊不清","但离开两步看,一切都挺立起来,清晰起来,浮现出来;人体转动,外形突出,空气在四周流通"。② 他认为单纯依靠线条的画家画不好人体,因为充满变化的世界并不是一个结构稳定、透视关系清晰的空间,他善于捕捉自然景色赋予人体的光感,表现瞬间的直觉印象,所展现的事物轮廓往往是模糊的,却是肉眼看到的更真实的世界。这种遵循光色韵律的绘画理念预示了西方艺术的现代性转向,堪称十九世纪下半叶印象派绘画的雏形。

---

① [法]巴尔扎克:《玄妙的杰作》,选自《巴尔扎克中短篇小说选》,张裕禾译,人民文学出版社1997年版,第627—629页。
② [法]巴尔扎克:前引书,第635—636页。

《玄妙的杰作》不仅引发了人们对现代性美学理念的思考,后来也得到了塞尚等印象派艺术家的认可和共鸣。弗朗霍费眼中的事物存在于自然环境之中,所以画家要将物体包裹在自然中,不留人为的线条痕迹,使其具有自然的生命感。这个思想用塞尚的话来说就是实现"与自然平行的自然",塞尚认为"纯粹的素描是一个抽象,自然中的一切东西,只有色彩,不能显然分为素描和色彩",①也就是说色彩是自然的基本元素,要以色彩来构图,素描和色彩是不可分的,明暗关系只有在色彩对比中才会显示出来,色彩越和谐,素描就越准确,色彩足够丰富时,形式也就得到充分的体现,从而更好地传达出自然世界的生命力。正如法国诗人朱尔·拉弗格(Jules Laforgue,1860—1887)的评价:"学院派画家只看到事物边沿的线条,在空间中塑造了形体,而印象派画家却看到了真实生动的线条,没有几何形式,而是由成千上万的不规则的笔触构成,从远处看,赋予了事物以生命。"②忠实表达视觉感受的弗朗霍费与当时的学院派画家相比已有了很大创新,他看得更高更远,对空气运动、光影差异、色彩变化等光学现象进行深入的考察和实践,通过光、色、意、形、美等元素的自然融合来塑造画面,达到了更加自然的艺术真实,堪称印象派画家的先驱。

综上所述,巴尔扎克在文学创作中对绘画艺术的吸收是全面的、内在的、富于深蕴的。他借鉴大量的美术形象和表达手法来刻画人物形象和社会环境,其小说以精雕细刻的手法描绘出客观世界的纷繁物象和多彩画面,并把空间勾勒与人物塑造紧密结合,重视外形肖像和内在神韵的刻画,提炼富有个性化和表现力的人物

---

① [法]约翰·利优尔德:《塞尚传》,郑彭年译,上海人民美术出版社1997年版,第216页。
② 沈语冰(主编):《艺术学经典文献导读书系·美术卷》,北京师范大学出版社2010年版,第65页。

形态,借此表达丰富的道德思想、社会哲理和审美情趣,从而以生动的艺术化想像实现了现实主义小说对真实的追求,借此表达了对资本主义社会庸俗道德和拜金现象的批判,体现了进步的社会伦理思想,当下时代的我们依然能够从他的思想宝库中汲取丰富的精神食粮。此外,他在小说中对艺术创作的奥秘和画家们的困惑进行专业的评价,并对绘画美学的发展进行了科学的探讨和展望,体现了对绘画艺术的精深领悟和独到运用。

第七章　福楼拜的小说创作与艺术美学思想

福楼拜出生于法国诺曼底地区鲁昂的一个医生世家，从而培养了他细致观察与剖析事物的习惯，对日后的文学创作颇有影响。福楼拜在中学时就热爱浪漫主义作品。浪漫主义的熏陶塑造了福楼拜细腻善感的气质，一八四三年他放弃法律后专攻文学。一八四六年后他主要定居鲁昂，埋头写作，与多位文人和艺术家保持书信交流，晚年的他曾悉心指导莫泊桑写作，其文学作品主要有长篇小说《包法利夫人》《情感教育》《圣安东尼的诱惑》等。

在斯宾诺莎唯理性主义和孔德实证主义影响下，福楼拜强调文学书写的客观性，即作家退出作品，作者避免用自己的主观评论、道德意识和价值取向去直接影响读者。为了避免自身直接介入文本，福楼拜通过客观化的叙述手段来间接表达小说的思想内涵，并采用内聚焦、自由间接引语、物象言说、空间叙事等解构传统叙事的手法。福楼拜格外重视文学作品的形式美和文体美，他说："没有美的形式就没有美的思想，反之亦然。"①为了缔造客观完美的文体，他在遣词造句和谋篇布局方面精益求精，他眼中的文学价

---

① ［法］福楼拜：《文学书简》，刘方、丁世中选译，《福楼拜文集》第五卷，艾珉主编，人民文学出版社2014年版，第17页。

值不再取决于主题内容,而是更多地体现在语言表达、叙述手法和文本结构方面,这使得作家、读者和评论家开始更多地关注写作技巧,促进了现实主义文学向现代性审美范式的微妙转变。

随着现代社会的发展,读者们不再满足于阅读小说情节,而是渴望更加开放型的作品,所以福楼拜不再注重编造情节,而是注重对创作素材的艺术加工。他孜孜不倦地追求叙述形式的独立性和艺术之美,其小说中的视觉性描绘手法和真实自然的观察视角被视为与绘画行为和摄影机制相近的文学元素。事实上,随着十九世纪下半叶各种艺术形式的杂糅与融合,福楼拜汲取了视觉艺术的资源,其小说写作不仅取材于经典画家题材,而且与摄影美学、绘画美学息息相关。本章将针对福楼拜文学创作的艺术灵感来源及其小说建构与艺术美学之间的交融进行系统的溯源、解析和阐释,从而全面揭示其作品中的中立性审美意识、客观化叙述风格、现代性美学理念和视觉性文体特色。

第一节 "中立性"审美与艺术化构思

福楼拜眼中的生活是一种艺术,世界是可观赏的景观,他说:"我们应当习惯于把世界看成一个艺术品,必须把这个艺术品的各种行为再现在我们的作品里。"[①]在他的心目中,"文学和音乐、绘画一样,首要任务是给人以美的享受","福楼拜是纯艺术的推崇者,艺术是他惟一的信仰,是他心目中至高无上的上帝","艺术创作若有功利性的考虑,便玷污了艺术的纯洁性","最卓越的天才和最伟大的作品从来都不作结论"。[②] 这位纯艺术的推崇者常

---

① 艾珉:《总序》,选自《福楼拜小说全集》(上),李健吾、何友齐译,人民文学出版社2002年版,第9页。
② 艾珉:《总序》,前引书,第6页。

与画家们交往,然而他并不像波德莱尔、左拉、于斯曼那样进行大量的艺术评论,也不像雨果、戈蒂耶和弗罗芒坦那样从事绘画的实践,他一直佯装为绘画知识的白丁,极少进行艺术评判。福楼拜指出:"你在全世界的任何一座博物馆里都会发现,一幅好的绘画并不需要评论和解释",①这种对美术评论的审慎态度体现了他"中立性"的审美意识,他更注重用眼睛去观察,而不是去做结论。他指出真正艺术家的目标在于观察而不是总结,这也是他给朋友的建议:"通过视线来抓住眼前的事实,而不是想着某本书。"②福楼拜始终主张客观科学的观察视角是艺术审美的前提条件。

虽然福楼拜不喜欢发表正式的艺术评论,但事实上他对绘画很感兴趣并经常出入各种美术沙龙,与画家、雕塑家们交往频繁,也曾偕同艺术家朋友们四处旅行。一八四九年至一八五一年期间,福楼拜与风俗画家马克西姆·杜坎(Maxime Du Camp,1822—1894)一起游历了埃及、巴勒斯坦、叙利亚等北非、西亚地区,东方风情为他的文学创作提供了艺术灵感。在福楼拜的书信和旅行记事本中,有一些关于风景画风格的简短描述,体现了他对于色彩和光线的敏感性,他的《文学书简》(*Correspondance*)以及《工作文集》(*Carnets de travail*)也涉及与视觉艺术有关的术语和理念。派尔蒂埃(Pelletier)指出:"福楼拜的作品为小说中的图画表现树立了典范。"③《包法利夫人》便是缔造了视觉性极强的小说空间。例如在包法利夫人的葬礼上,自然背景与送葬队伍的色彩反差非常明显:

---

① Flaubert,*À Alfred Baudry*,1867—1868,*Correspondance*,tome 3,Paris:Gallimard,1991,p.718.
② Flaubert,*À Ernest Feydeau*,4 juillet 1860,*Correspondance*,tome 3,Paris:Gallimard,1991,p.94.
③ Pelletier A. I,"Flaubert and the Visual",*Timothy Unwin*,Cambridge:Cambridge University Press,2004,p.180.

>　　妇女跟在后头,披着风帽朝下翻的黑斗篷,拿着一只点亮的大蜡烛。查理听见祷告声翻来覆去,看见蜡烛光络绎不绝,闻见蜡油和道袍的恶心气味,觉得自己软绵绵没有气力。一阵清风吹过,裸麦和油菜一片碧绿;露珠在道旁荆棘篱笆上颤抖。天边是一片欢乐的声音:一辆大车在车辙走动,远远传来鞭子噼啪的响声;一只公鸡啼个不住,要不然就见一匹马驹,跳跳蹦蹦,逃到苹果树底下。晴空飘着几点玫瑰色红云;淡蓝色浮光笼罩着蝴蝶花盖住的茅屋……
>　　黑布棺罩绣了好些眼泪似的白点子,不时被风吹开,露出灵柩。①

大自然中生机勃勃的绿色、玫瑰色、淡蓝色与葬礼中阴沉的黑色、白色形成鲜明对照,这一幅特色鲜明的乡村葬礼风俗画更加衬托出女主人公的悲惨命运是浪漫主义幻想和庸俗社会现实发生冲突的必然结果,加强了小说的悲怆气息和批判力度。正如福楼拜所说:"艺术的最高境界(也是最困难之处)既非令人发笑或哭泣,也非让人动情或动怒,而是像大自然那样行事,即引起思索。因此一切杰作都有这个品质。它们看上去很客观,但却颇费琢磨",②此番话语体现了一种客观中立的创作态度和颇具诗性色彩的审美意识。

福楼拜对文学插画所持的拒绝态度也是他中立性美学观的组成部分。他不允许自己的小说在有插图的情况下发表(这种决定不仅背离当时的社会习惯,更违背了出版人的经济利益)。对于插画形式的拒绝,属于福楼拜的美学范畴,这个行为可以解释为对

---

① [法]福楼拜:《包法利夫人》,选自《福楼拜小说全集》(上),李健吾、何友齐译,人民文学出版社2002年版,第323—324页。
② Flaubert, *À Louise Colet*, 26 août 1853, *Correspondance*, tome 2, Paris: Gallimard, 1980, p.417.

于具体化和简单化的拒绝。这种观念在他的两封书信中得到很明确的体现,这两封信涉及他与出版人米歇尔·勒韦(Michel Lévy)之间的冲突:"永远不要将插画放进我的小说里,因为最美的文学描绘也将被最拙劣的画作所吞噬和掩埋……一个画出来的女人终究只像一个女人,然而一个被写出来的女人却使得成千上万的女人幻想(那是不是自己)。所以,这是一个美学的问题,我非常明确地反对任何的插画形式。"①"勒韦对于加入插画的坚持使我陷入了一种无法描述的恐惧当中……使用诸多艺术形式还不如使其处于一种模糊当中,这些粗俗的伎俩只会因其荒谬的精确而扰乱我的美梦"。② 对于福楼拜来说,所有的插画只是情节解释的手段,这种浅表的表达会限制文字符号的无限启迪,文学应保持其不可捉摸的暗示风格和中立含蓄的诗性特质才更具艺术价值。他的小说正是凭借内在的文体风格支撑起来。

福楼拜的文学构思经常汲取绘画艺术的资源和灵感,其长篇小说《圣安东尼的诱惑》以剧本形式写成,灵感源于他在意大利热那亚旅行时欣赏到的荷兰画家老彼得·勃鲁盖尔(Pieter Brueghel l'Ancien,1525—1569)的同名画作:"这是我的毕生之作,因为构思来自于我一八四五年在热那亚见到的勃鲁盖尔(的绘画)。"③两人创作的《圣安东尼的诱惑》都是关于中世纪埃及基督教隐修院创始人圣安东尼面临魔鬼诱惑的故事。老勃鲁盖尔的画作于一五五五年至一五五八年间,圣安东尼离群索居,禁欲苦修,克服了妖魔野兽的挑战和蛊惑,实则影射西欧封建社会黑暗统治和人民的

---

① Flaubert,*À Ernest Duplan*,le 12 juin 1862,*Correspondance*,tome 3,Paris:Gallimard,1991,p.222.
② Flaubert,*À Jules Duplan*,le 24 juin 1862,*Correspondance*,tome 3,Paris:Gallimard,1991,p.226.
③ Flaubert,*À Leroyer de Chantepie*,5 juin 1872,*Correspondance*,tome 4,Paris:Gallimard,1998,p.432.

反抗,圣人成了人们自我拯救的精神寄托。与之不同的是,福楼拜让圣安东尼在灵与肉的焦虑中入梦,最后却在魔鬼的诱导下从困惑走向新生,在游历万象的梦幻中认识了先贤和宇宙,反省了苦修禁欲和愚忠愚信的宗教痴念,顿悟出皈依自然的真谛。剧情末尾描述基督面容显现在清晨的红日中,上帝变成了自然的同义语。福楼拜否定超自然的上帝存在,旨在突破虚妄的宗教禁锢和神学体系。

此外,福楼拜小说人物的艺术审美活动颇具现实指导意义,例如他的小说《淳朴的心》(*Un cœur simple*,1877)中朴实善良的女佣费莉西泰孤苦伶仃,一只叫鹭鹭的鹦鹉给她带来了慰藉,她发现教堂里一幅耶稣受洗画上的圣灵形象和鹦鹉颇为相似:"她觉得那画上的圣灵特别像鹭鹭。它那绯红色的翅膀,绿玉般的身体,简直就是鹭鹭的写照。"[①]她买下这幅画,并将画虔诚地供奉起来,鹦鹉和画像在她脑海里融为一体,即使鹦鹉后来离世,成为标本的它与宗教画被她供奉起来,陪着她直到终老。福楼拜借助宗教图像来暗喻可怜女仆对鹦鹉的痴狂情感有着信仰般的执着,可见他笔下的绘画审美成为一种艺术宗教,负载着人物脱离人生苦难的心理诉求。艺术想象是人类生命本能的直接呈现和对社会桎梏的抵抗,也是实现人生追求的一种可能性。

第二节 "近视性"文学与摄影美学

十九世纪中叶,摄影术与现实主义审美潮流几乎同时兴起,摄影术潜移默化地影响着文学审美范式的转变。"摄影诞生之时也

[①] [法]福楼拜:《淳朴的心》,选自《福楼拜小说全集》(下),刘益庾、刘方译,人民文学出版社2002年版,第33页。

是描写体裁开始入侵文学之时",①摄影在很大程度上成为当时文学描写的参照标准,尤其表现在现实主义作家对细节的关注、对客观再现方式的强调以及再现层面的面面俱到。精确的文学描绘被视为一种与摄影艺术相近的文学元素,可以形成鲜明的文字视觉化效果,福楼拜在小说写作中对于事物细节近乎强迫的关注和过于细腻的描写正如相机在拍摄瞬间将所有细节囊括入内。

这种巨细无遗的描写风格受到了某些批评家的质疑。龚古尔兄弟在阅读了《包法利夫人》之后,评价福楼拜笔下人物的"裙子领先于面貌","景色比情感更重要","对于人物体貌特征、衣着服饰的每个纽扣都进行持续不尽的描写,让人十分疲惫"。② 例如《包法利夫人》的开篇部分用在查理帽子上的笔墨不比描写人物本身所用的少:

> 这是一种混合式的帽子,兼有熊皮帽、骑兵盔、圆筒帽、水獭鸭舌帽和睡帽的成分,总而言之,这是一种不三不四的寒伧东西,它那不声不响的丑样子,活像一张表情莫名其妙的傻子的脸。帽子外貌像鸡蛋,里面用鲸鱼骨支开了,帽口有三道粗圆滚边;往上是交错的菱形丝绒和兔子皮,一条红带子在中间隔开;再往上,是口袋似的帽筒,和硬纸板剪成的多角形的帽顶;帽顶蒙着一幅图案复杂的彩绣,上面垂下一条过分细的长绳,末端系着一个金线结成十字形花纹的坠子。崭新的帽子,帽檐闪闪发光。③

---

① Paul Valéry, "Discours du centenaire de la photographie", *Études photographiques* (Novembre 2001). <http://etudesphotographiques.revues.org/265>.
② Maria Lucia Claro Cristovão, "Description picturale: vers une convergence entre littérature et peinture", *Synergies Brésil* 8 (2010), p.94.
③ [法]福楼拜:《包法利夫人》,选自《福楼拜小说全集》(上),李健吾、何友齐译,人民文学出版社2002年版,第4页。

衣着饰品与人物同样活跃,所以在龚古尔兄弟看来,"《包法利夫人》(同类型作品中的杰作,最真实的小说代表)在艺术和思想方面展现了极为物质的一面。饰品和人物可相提并论,物件与感想、激情同等重要,并使后者窒息。这更多的是一部描绘给眼睛看的作品,而不是诉说给灵魂听。该作品最可贵、最有力的部分在于其绘画性,而不是文学性"。①

可见福楼拜作品内涵的彰显更多通过视觉性信息来展示(faire voir),而不是故事的叙述和评论。作者并不直抒胸臆,而是通过冷峻的物象描写来追求"无我之境",为他想表达的动机和意境找到了一系列的客观对应物。衣帽服饰往往是个性气质的体现,福楼拜此处对帽子的描写诉诸了"丑""傻""不声不响""不三不四""寒伧"等形容词,暗示着帽子主人查理的平凡普通和不善言辞,后来成为乡村医生的他虽然老实善良,在妻子爱玛的眼中却平庸乏味,没有足够的魅力和情趣满足她的浪漫主义爱情幻想。因而传统文学的教化作用被可视的细节淹没,作家的主观性被摄影镜头般的客观性替代,尽管描写变得冗长和直接,但这种"近视性文学"被视为文学获得现代性的标志。福楼拜曾在一八五二年一月十六日写给女友露易丝·科莱的信中承认:"我懂得像近视的人那样观看世界",②此时的他正在创作《包法利夫人》,无疑这表明了他出色的视觉观察能力。

龚古尔兄弟曾在一八六三年六月五日《日记》(*Journal*)中指出:"传统文学是一种远视的文学,具有整体性特征。而现代文学

---

① Edmond et Jules de Goncourt, *Journal : mémoires de la vie littéraire*, 1851—1896, tome 1, Paris: Robert Laffont, 1989, p. 692.

② Flaubert, *À Louise Colet*, 16 janvier 1852, *Correspondance*, tome 2, Paris: Gallimard, 1980, p. 29.

(这也是它的进步)是近视的,具有细节性特征。"①福楼拜的老朋友马克西姆·杜坎在其《文学记忆》(Souvenirs littéraires,1892)一书中详细阐述了福楼拜的写作是一种"近视"(myope)的手法,"这种有力的写作表现为细节的堆砌、叠加和精确",而且他论述了两种文学风格的区别:"想象性文学可以划分为两个不同的派别,一种是近视派(l'école des myopes),另一种是远视派(l'école des presbytes)。近视派专注于观察细节,研究每一个轮廓,重视每一个事物,因为每个事物在他们看来都是独立存在的……他们的眼睛里好比设有一个显微镜,可以将一切放大了审视","而远视派的人专注于整体视野,所有的细节都消失,造成一种整体的和谐……他们不需要详尽描写或营造人物的视觉形象",他还指出梅里美的小说《科隆巴》便是远视派的代表,"近视派的人专注于刻画感觉,远视派的人则试图分析情感"。② 马克西姆·杜坎的身份为作家兼摄影师,他曾偕同福楼拜深入古埃及探险,拍摄了很多传奇的照片,所以他能从摄影美学角度感受福楼拜写作的视觉效果和直观印象,在他看来,福楼拜的写作视角好比一个具有放大和显微功能的光学镜片。

例如《包法利夫人》中新婚燕尔的查理早晨醒来对妻子爱玛的深情注视好比摄影机的镜头,展现出一个微观世界:"早晨他躺在床上,枕着枕头,在她旁边,看阳光射过她可爱的脸蛋的汗毛,睡帽带子有齿形缀饰,遮住一半她的脸。看得这样近,他觉得她的眼睛大了,特别是她醒过来,一连几次睁开眼睑的时候;阴影过来,眼睛是黑的,阳光过来,成了深蓝,仿佛具有层层叠叠的颜色,深处最

---

① Edmond et Jules de Goncourt, *Journal: mémoires de la vie littéraire*, 1851—1896, tome 1, p.971.
② Maxime Du Camp, *Souvenirs littéraires* (1892), Paris: Aubier, 1994, p.448-449.

浓,越近珐琅质表面越淡。他自己的视线消失在颜色最深的地方,他看见里面有一个小我,到肩膀为止。"①查理看到爱玛的眼睛宛如光学镜片,在不同光线下折射出不同颜色,而且在瞳孔里反射出他的影像,因而摄影术是福楼拜的有意识参照,体现了他对人物视野客观真实性的极致追求,其叙述视角与照相机的特写拍摄和放大成像十分类似。

埃德蒙·谢雷(Edmond Scherer)在评判《情感教育》时运用了摄影比喻:"整部作品未经编排。一些人物和场景仿佛巧合一般在我们眼前闪过,好似一套照片,这些样片确实非常美妙",然而"每个样片只为自己而存在。段落都在原地踏步"。② 过于详尽的描写会造就小说的画面感,但也会导致叙事缓慢。然而正是客观的细节造就了真实的感觉效应,福楼拜不再像传统小说家那样致力于情节叙事,而是将事实以一幅幅场景画面的形式呈现,旨在复原事件发生时的本来状态,而不是按照一般的叙事逻辑进行情节的整编。这使得他的小说文本充满了留白和间断,更类似于"画展"或"摄影展",传达了更强烈的视觉启示和诗性意义,不仅使叙述更具观赏性、暗示性和艺术感染力,也使读者参与到小说意义的建构中去。福楼拜"重展示""重场景""轻编排"的叙述策略使其成为现代性文学的创始人,未来的新小说流派也从中获得了很大启发。

追根溯源,在工业文明渐趋发达的十九世纪,随着宗教信仰危机的加深和实证主义思潮的影响,科学的观察视角和亲身的视觉体验成为人们认识世界的法则。摄影艺术逐渐成为"真实"的标

---

① [法]福楼拜:《包法利夫人》,选自《福楼拜小说全集》(上),李健吾、何友齐译,人民文学出版社2002年版,第30页。

② Edmond Scherer, "Un roman de M. Flaubert" (1869), *Études sur la littérature contemporaine*, Paris: Calmann-Lévy, 1882–1886, tome 4, p. 296–297.

杆,因为摄影成像的精确度契合了人们眼见为实的信念和对科学的幻想:"一个人能感受到的,尤其是他可以看到的,可以分离和捕捉到的就是最重要的。"①视觉的表象层面可引导人们达到对世界更深层的洞察,正如摄影术的几个步骤。摄影使现实生活的瞬间在图像媒介中再现,被镜头拍摄的客体经由感光胶片曝光成像,通过定影、显影、晾晒等过程形成照片。对福楼拜而言,摄影流程好比文学写作的过程,作家利用才智将客观现实通过文字媒介再现。这是现实生活被作家脑海投射和映照的过程,作家的书写成为现实世界的放大镜,和摄影师职业类似的观察视角决定了福楼拜的客观化写作、视觉性风格和现代性审美意识。

第三节 "现代性"文学与印象主义美学

十九世纪中叶以来,摄影术的普及促使画家们将图画从文学故事甚至是主题中解放出来,主题的某一方面从此属于照片的范畴,在这种背景下,画家们开始探索新的艺术途径。马奈、莫奈等印象派画家将空气运动、光影差异、色彩变化引入绘画,达到了更加自然的艺术真实,其画面开放且富有活力,具有更大的独立自主性,摆脱了对主题内容和学院派规范的依附,突出了艺术形式本身的审美价值,被认为是现代绘画的起点。

在十九世纪后半叶印象派发展的时期,同样在文学领域,福楼拜被视为现代性文学的先驱,因为他让文学文本获得了独立自主的艺术地位。他曾在一八五二年一月十六日写给女友露易丝·科莱的信中声称想写一本基于"无"的书,一本可以摆脱主题束缚、

---

① Kelly Jill,"Photographic Reality and French Literary Realism: Nineteenth-Century Synchronism and Symbiosis", *The French Review* 65.2 (Dec.,1991), p.196.

依靠文笔内在力量立足的书。福楼拜追求文学形式的独立性,他认为文学的力量不在于故事情节本身,而在于形式美和文体美,语言表达、文本结构和叙述风格非常重要。所以他的小说情节趋于淡化,注重场景的"展示"和"暗示"功能,让光线、空气、色彩和氛围构筑的小说画面来传达生命的直觉体验,给人以强烈的印象冲击,这种客观的视觉见证人角色与印象派画家们颇为相似,即艺术家将焦点转移到纯粹的视觉感受形式上,而不是主题内容。也就是说,不管在绘画还是文学领域,"艺术自主性意味着艺术获得了通过自身言说自我的合法性",同时也意味着"现代艺术把自己建构为一个具有独立价值的、与社会保持距离的自主性世界;正是由于这种距离,由于艺术自主性,艺术才能对社会进行深入观察,进而展开反思与批判"。① 同时代的左拉、都德、莫泊桑的文学主张不尽相同,却都拜福楼拜为师,左拉也得出了类似的结论:"一个艺术家是因他自身而不是因他所选择的题材而存在的","艺术品是作为通过一种有力的气质中介而表现的一件创造物"。②

普鲁斯特曾写了一篇题为《论福楼拜的"风格"》的文章,刊登于一九二〇年一月的《新法兰西杂志》上,此文指出福楼拜文学实现了新的视觉风格和一些没有转折痕迹的"空白"和间断,从而他认定小说文学在福楼拜之前偏重于动作,在其之后偏重于印象:"在《情感教育》中,福楼拜实现了革命;在这之前属于行动的在福楼拜那里变成了印象。事物与人一样有生命力。"③一九三三年,学者瓦尔特·米朗(Walter Melang)在德国通过答辩的博士论文中

---

① 杨向荣:"艺术自主性",《外国文学》2012年第2期,第101页。
② [美]约翰·雷华德:《印象派绘画史》(上册),平野、殷鉴、甲丰译,广西师范大学出版社2002年版,第174页。
③ Marcel Proust, "À propos du 'style' de Flaubert", *Contre Sainte-Beuve*, précédé de *Pastiches et mélanges* et suivi de *Essais et articles*, éd. P. Clarac et Y. Sandre, Paris: Gallimard, 1971, p. 588–589.

从非个人化叙述、断续句型、文本留白、直觉印象等角度论证了福楼拜的印象主义风格,将他定义为"印象主义作家",引发了诸多后续研究。福楼拜开现代小说之先河,如果说他对现代主义的探索尚处于自发的初始阶段,那么从时间进程和表达理念来看,文学领域的印象主义与绘画领域的印象主义齐头并进,所以福楼拜被奉为文学印象主义的奠基人,他以一种具有自主性、自动性和客观性的叙述艺术实现了对社会现实的反思与批评。①

福楼拜的文学书写颇具视觉性,却很少像巴尔扎克、司汤达那样在小说叙述中直接参照或列举具体画作,其绘画性大多存在于小说人物对世界的感知和体验中,其小说空间有着超越叙事的文学目标和诗性意蕴。《情感教育》刻画了资产阶级青年弗雷德里克·莫罗碌碌无为的人生经历,他中学毕业后就读于巴黎大学法科专业。在一次旅途中,他邂逅了画商阿尔努一家,他对美丽的阿尔努太太一见倾心,便伺机与她接触,但对方隐忍矜持,得到她的爱并非易事。他眼中的阿尔努夫人在中午艳阳和夕阳背景下的两个场景中呈现出不同的剪影:"她戴一顶宽边草帽,粉红色的飘带在背后随风飘拂","整个身躯,清晰地映衬在蓝天的背景上";"地平线的一边开始暗下来;另一边,天空抹上一大片桔黄色,山峦完全变黑了,顶峰被染得更红。阿尔努夫人坐在一块巨石上,背后映衬着这片火红的光"。② 自然背景和人物肖像充满着光和大气的韵律节奏,随着时间呈现出不同的变化,非常接近印象派绘画中光线与色调的构成。

---

① Bernard Vouilloux, *Le tournant 《artiste》de la littérature française. Écrire avec la peinture au XIXe siècle*, Paris: Hermann, 2011, p. 375 – 380. 该论文信息如下:Walter Melang, *Flaubert als Begründer des literarischen Impressionismus in Frankreich*, Dissertation (Emsdetten: Lechte, 1933).
② [法]福楼拜:《情感教育》,选自《福楼拜小说全集》(中),王文融、刘方译,人民文学出版社2002年版,第6页,第89页。

印象派绘画旨在激起观赏者的感官反应和直觉体验,这实际上构成了画作存在的理由,氛围和印象要胜于主题和动作,这与福楼拜的写作手法有异曲同工之妙。福楼拜感兴趣的不是情节,而是场景造成的气氛和印象,以及由此烘托出的精神境界。例如《情感教育》中的这个巴黎街头景象,弗雷德里克去拜见阿尔努夫人,却被告知她没有家,于是他独自在马路上闲逛:"玫瑰色的云霞,斜抹在屋顶的上方;店铺的天篷卷了起来;洒水车往尘土上洒了一阵水,清凉的空气中混杂着从咖啡馆散发出来的气味。咖啡馆敞着门,可以望见金银器皿之间摆着束束鲜花,花儿又映在一面面高大的镜子中。人群慢悠悠地走着。男人们三三两两地在人行道当中聊天;过往的女人,眼神无精打采,酷暑的疲倦使女性的面皮呈现山茶花色",此时的他感到美景怡人,"在他心目中,未来只是无休无止的谈情说爱的岁月"。① 银器、镀金、映照、镜子展现的视觉印象,尤其人物面孔上微妙细腻的色泽、光彩与印象派画家的光色手法颇为相似,洒水、气味、清凉、酷暑、疲倦等词让读者有一种可触可嗅的身临其境之感,从而昭示出弗雷德里克迫切想与阿尔努夫人见面的渴望、却又未能如愿的失望之情,暗示了他炽热的爱情幻念和软弱的个性气质。在恶浊鄙俗的社会环境中找不到位置的他更是把浪漫的爱情作为生活的全部,成为不切实际的幻想者。虽然他对文学艺术颇感兴趣,试写过小说,还跟人学习绘画,但都半途而废,他人性的弱点在于没有坚定的精神信念和人生志向。

印象派绘画中破碎、断续、点画的手法在福楼拜笔下亦有所体现,例如《情感教育》中描写弗雷德里克参加巴黎公共舞会的段落:"挂在柱子上的彩色纸灯笼,远远望去,好似给跳四对舞的人

---

① [法]福楼拜:前引书,第94页。

戴上了五色缤纷的火的冠冕。这儿那儿,一个底座托着一只石盆,喷出细细的水柱。叶丛间隐约可以看到一些石膏像,赫柏也好,丘比特也好,浑身涂满黏糊糊的油彩。"①"彩色纸灯笼""远远望去""这儿那儿"等断续句型加强了光与色的碎片感,"好似""隐约"等词语也突出了景色的印象感和朦胧感,舞会上的三教九流举止轻浮,与涂满黏腻油彩的青春女神"赫柏"、爱神"丘比特"等造型意象共同寓示着弗雷德里克颓废迷离的感情生活,深受浪漫主义影响的他始终走不出和阿尔努夫人无疾而终的爱情的痛苦,于是他在失意中自甘堕落,又交往了交际花、乡村女子、阔太等其他女人,成天周旋于畸形、迷茫、虚无的感情旋涡中,最终耽误了学业,浪费了青春年华,一无所获,走向精神的幻灭。

现代小说的鼻祖、美国作家亨利·詹姆斯(Henry James,1843—1916)把福楼拜比作"描绘人生的画家",把《包法利夫人》视作他最具代表性的"图画"。②《包法利夫人》的女主角爱玛是个农家的女儿,在修道院受过贵族化的教育,读过许多浪漫主义小说,所以她瞧不起当乡镇医生的丈夫包法利,于是在和情人的偷情中追寻传奇式的爱情。可是偷情没给她带来幸福,反而使她成为高利贷者盘剥的对象。最后她将家产挥霍殆尽,债积如山,情人也不肯施以援手,她在走投无路中服毒自杀。该小说运用自然风景的色彩、空气和光影来烘托爱玛婚后沉闷哀怨、情感空虚的生活:"正当四月初旬,樱草开花","黄昏的雾气,在光秃的白杨中间浮过,仿佛细纱挂在树枝,却比细纱还要白,还要透明,弥蒙一片,把白杨的轮廓勾成了堇色。远处有牲畜走动,却听不见蹄声,也听不见叫唤。钟声含着淡淡的哀怨,在空中响个不停","她真愿意像

---

① [法]福楼拜:前引书,第76页。
② [美]亨利·詹姆斯:《小说的艺术》,朱雯、乔佖、朱乃长等译,上海译文出版社2001年版,第136页。

往常一样,混在修女们中间,伏在跪凳上,一长排白面网当中,东一块、西一块黑点,是修女们的硬风帽"。① 此番户外景象色调极其柔和,黄昏的光线给树木涂上暖的色彩,雾气使画面产生了微妙的透明感和朦胧感,晚祷的钟声衬托出静谧落寞的氛围,令爱玛回忆起寄宿时期的少女时代,再加上点染技法下的光点和色块,她的缱绻愁绪和感性生命得以鲜活地昭示出来。风景的视觉空间带来了一种接近印象派户外绘画的诗意感觉和自然体验,也被作者赋予了含蓄的隐喻功能,承担起表征精神世界和文化形态的使命。

如上所述,福楼拜小说的艺术化书写将现实感知变换为审美空间,如诗如画般的小说场景负载着人物的心灵境界和情感意识,实现了对资本主义社会物化现实的批判和对庸俗趣味的审美救赎。福楼拜引领的客观性写作、近视性文学、现代性审美与印象派艺术、摄影艺术颇有共通之处,其小说叙述的视觉性外观变得比主题内容本身更为重要,尤其体现了十九世纪下半叶法国文学与绘画艺术的密切交融与美学共鸣,两者现代性的确立相辅相成。

第四节　福楼拜与莫罗的美学共鸣

象征主义画家居斯塔夫·莫罗是福楼拜喜欢的画家之一,而福楼拜也是莫罗最喜欢的文学家之一,他们的互相欣赏源于对美学观念的共享和坚持。福楼拜是憧憬文字造型美的小说家,而莫罗也是尝试成为"文学画家"的艺术家。福楼拜在莫罗身上找到了自己的影子。一八七二年福楼拜在写给侄女卡洛琳的信中说:

---

① ［法］福楼拜:《包法利夫人》,选自《福楼拜小说全集》(上),李健吾、何友齐译,人民文学出版社2002年版,第103页。

"我得知在巴黎有很多人(这其中包括画家居斯塔夫·莫罗)跟我一样患上了同一种病症,即不能忍受这个时代的人们。"①这里的病症是指福楼拜对当代人粗鄙低俗的美学品位感到失望,因此他对莫罗这位置身于潮流之外的艺术家颇为敬仰。早在一八六八年致法国艺术史家埃尼斯特·施斯诺(Ernest Chesneau,1833—1890)的信里,福楼拜感谢他在艺术著作中公正地看待和评价画家莫罗。福楼拜一直被模糊的、隐晦的风格所吸引,莫罗的绘画因其晦涩性和难懂性一直被众多的艺术评论家所舍弃,而这恰好符合了福楼拜的美学品位。

通过分析埃尼斯特·施斯诺的艺术著述和福楼拜《文学书简》中的相关内容,我们会发现福楼拜和莫罗的创作理念有着惊人的相似性,其中一个非常明显的线索是莫罗一向有意识地、细致入微地来构思和创作其绘画,而施斯诺的研究证明莫罗也像福楼拜一样坚信创作需要谨慎的步骤来达成,莫罗指出:"所有的细节、线条、结构布局以及画面的大致框架,都是深思熟虑的有意规划。"②我们可以轻而易举地将莫罗的这些艺术特质迁移和运用到关于福楼拜文学创作的评价之中,福楼拜五六十年代的信件也很好地证明了这一点,当时的他正在创作《包法利夫人》,在此期间他不仅要求文学作品结构严密、用词准确,还要求文字语句具有节奏感和韵律美,他的小说文体简练朴实却令人回味无穷。

在福楼拜和莫罗的眼中,艺术家本身的个性特点永远都不能出现在其作品当中,所有的个人陈述和坦白都应当避免出现,福楼

---

① Flaubert, *À sa nièce Caroline*, 22 août 1872, *Correspondance*, tome 6, Paris: Conard, 1930, p. 404.
② Ernest Chesneau, *Peinture-Sculpture*, *Les Nations rivales dans l'art*, Paris: Didier, 1868, p. 185.

拜在给乔治·桑等友人的信中多次强调非个人化的创作原则："个人算不了什么,作品才是全部",①"我们越少介入事物,就越有能力表现它本来的样子"。② 同样在莫罗看来:"在艺术作品的完成过程中有两个操作是不可缺少的:回归自我和从中抽离。后者做起来更难。"③可见他俩具有相近的艺术诉求和审美共鸣。这种"无我"的创作境界令我们想起中国学者王国维在《人间词话》中区分的"有我之境"与"无我之境","有我之境"以我观物,带有个人主观感情,而"无我之境"以物言说,创作主体完全退出,隐匿在艺术意象之后。前者是"显我",感情外露,后者是"隐我",隐藏感情。事实证明,福楼拜与莫罗皆在客观中立的"无我之境"中缔造出了含蓄深奥的"艺术之境"。

莫罗跟福楼拜一样坚信艺术创作需要艰苦谨慎的工作和有序的步骤来实现,他们都拥有足够的物质财富来支撑生活,不必要过多地担忧生活中金钱方面的问题,也不会轻易地屈服于简单的成功,而且他们为了自己的创作都选择了孤独的生活。莫罗不允许其作品集的名录中出现自己的画像,而福楼拜也做出了同样的选择。由于创作的严格和独立,他们都曾冒着作品滞销的风险甚至是惹怒公众的情况,《包法利夫人》发表后给福楼拜招致的诉讼就是一个例子。福楼拜经常会有把自己的手稿保存在抽屉里和永不发表它们的想法,如果不是他母亲和朋友的鼓励,《包法利夫人》可能永远不会发表,他说:"取悦于人并不是一件体面的事情。一

---

① Flaubert, *Lettre à George Sand* (1869), *Correspondance*, tome 6, Paris: Conard, 1930, p. 8.
② Flaubert, *À Louise Colet*, 6 juillet 1852, *Correspondance*, tome 2, Paris: Gallimard, 1980, p. 127.
③ Gustave Moreau, *L'Assembleur de rêves: écrits complets de Gustave Moreau*, Fontfroide: Bibliothèque artistique & littéraire, 1984, p. 186–187.

旦我们将作品发表,我们就走出了作品。"①尽管随着时间的推移,福楼拜的原则不再如此苛刻,但在他看来,作品的发表始终是出卖自身的代言词:"一本书,从本质上来说,也是有机的东西,属于作家的一部分。我们内心的所思所想在我们的写作中都会有所反映。但是一旦书被印刷出来,我们就只能跟这种亲密关系说再见了。"②

福楼拜的观念不可避免地让我们想起画家莫罗在当时很难下定决心出售他的画作:"我非常热爱我的艺术,以至于我只有创作时才是最幸福的。"③这种专注于作品的态度跟他们创作中的一个重要特点有关,那就是作品的未完成性,例如那些中途放弃的作品、创作了数次才完成的作品或者是本身就未完成的作品,这个现象在福楼拜的文学产出中也有所反映。未完成性的问题在莫罗的作品中随处可见,尤其是他许多艺术作品由半成品构成。在莫罗去世之后,国家甚至不知道该怎样接受他的遗产,人们发现莫罗的工作室里充斥着大量的手稿和未完成的作品,而且很少有完成的作品。

另外,福楼拜的文学题材和莫罗的绘画主题有很多相似之处,他俩都善于借助宗教传说和神话故事建构起神秘、诱惑和野蛮的东方世界,体现了两人对神秘主义和东方文化的共同痴迷。莫罗承认自己的水彩画《圣安东尼的诱惑》受启发于福楼拜的同名小说,而在一八七六年沙龙画展中,福楼拜观摩了莫罗的两幅画作

---

① Flaubert, *À Louise Colet*, 3 avril 1852, *Correspondance*, tome 2, Paris: Gallimard, 1980, p. 66.
② Flaubert, *À Ernest Feydeau*, 11 janvier 1859, *Correspondance*, tome 3, Paris: Gallimard, 1991, p. 5.
③ Gustave Moreau, *L'Assembleur de rêves: écrits complets de Gustave Moreau*, Fontfroide: Bibliothèque artistique & littéraire, 1984, p. 187.

《在希律王面前跳舞的莎乐美》(1876)与《幽灵显现》(1876),之后他完成的小说《希罗迪娅》(*Hérodias*,1877)与这两幅画作一样也取材于施洗者约翰被害的圣经传说。小说《希罗迪娅》以《新约·福音书》为题材,描写公元初年罗马帝国统治下一个犹太小国的宫廷斗争。希律王喜欢上弟媳希罗迪娅,希罗迪娅便抛弃丈夫委身于他。这一有悖伦理的行为遭到圣徒约翰的谴责,希罗迪娅怀恨在心。在王宫宴会上,希罗迪娅同前夫所生的女儿莎乐美以美艳的容貌和撩人的舞姿征服了所有人,希律王许诺满足她所有要求,她在母亲唆使下提出只要约翰人头,为难的希律王最终还是命人将约翰的头颅献给她。在这篇小说中,福楼拜对莎乐美跳舞的场面作了生动的描写。她闪动双眸,扭摆腰肢,抖动乳峰,满身琳琅婀娜,把男人们撩拨得神魂颠倒,宛如莫罗画中的莎乐美跃然纸上。

  福楼拜与莫罗构建的东方神话女性莎乐美代表了同一种类型的女人,都具有人格的模糊性:天使又魔鬼般、性感又神秘莫测,蕴含着命运、诱惑和危险的内涵。莎乐美这个典型的女性形象在莫罗的作品里遭遇了各种各样神话形象的变体和再生,例如朱迪斯、达丽拉、塞墨勒、斯芬克斯等形象,这些妖艳神秘的女性衣着华丽、富于肉感、如梦如幻,美丽的容貌透出冷酷和严峻,蕴含着罪恶、命运和死亡的内涵,即使是天真无邪的少女,也被描绘成冷漠和难以接近的样子,大多介入到与异性的冲突中。莫罗承认他画笔下的这些传奇女性形象主要是从当代妇女的气质中发现的,他借此对世纪末妇女的奢侈浪费、好逸恶劳、轻浮堕落等作风,以及整个社会人欲横流、道德沦丧、追求享受的世纪末现象进行了揭示、影射和批判。当时许多艺术家已注意到世纪末迷茫混乱的精神现象,这在波德莱尔的诗歌、于斯曼的小说中都有不同的表现,构成了一个普遍的文艺现象。莎乐美在画家和作家的作品中成为具有无法抵抗的诱惑力的女人的典型象征,尤其在十九世纪末的绘画和文学领域达到了一个巅峰。诸多画家和作曲家都从莫罗和福楼拜的作品中得到启发,这两位也被后人视为新型神话建构的鼻祖人物。

莫罗曾公开承认其画作中妖艳邪恶的女性气质实则影射了十九世纪末法国资产阶级妇女的不良风气,而《希罗迪娅》所展现的道德与罪恶、伦理与背叛、精神与物欲、美好与丑陋的对立冲突在一定程度上也警示了十九世纪末西方人欲横流、颓废混乱的精神现象,夹杂着颓废主义、现代享乐主义和神秘主义的内涵,体现了福楼拜对世纪末资产阶级社会文化和精神风尚的象征性影射。萨义德(Edward W. Said,1935—2003)曾在《东方学》一书中对福楼拜、奈瓦尔等作家的东方情结进行了详细阐述,从而认为在十九世纪诸多西方作家笔下,"东方与性之间一直存在着显而易见的关联",东西方的关系可以界定为一种性的关系。[①] 西方殖民话语凝视下的东方他者充满了异国情调,同时又是罪孽的、充满了性的愉悦,西方男性会下意识地将受压制的欲望和身份认同的困惑投射到东方女性身上,并将神秘古老的东方加以动情的想象虚构和美学的利用,使之服务于西方主体立场。可见福楼拜与画家莫罗之间具有多维的思想交汇与美学共鸣。

[①] [美]爱德华·W.萨义德:《东方学》,王宇根译,三联书店1999年版,第397页。

第八章 左拉的自然主义文学与印象主义美学

十九世纪下半叶,随着自然科学和孔德实证主义思潮的发展,法国作家与艺术家们建立了眼见为实的信念,试图以科学客观的方法观察和再现自然(现实),探寻着通向艺术"真实"的理想途径。在此背景下,左拉于六十年代中期提出自然主义理论,在其《实验小说》中提出小说家应运用自然法则和遗传学等科学实证的方法从事写作,其文学巨著《卢贡-马卡尔家族》(*Les Rougon-Macquart*,1871—1893)展现了第二帝国时代卢贡-马卡尔家族的自然史和社会史,其中最著名的作品包括《巴黎的肚子》(*Le Ventre de Paris*,1873)、《娜娜》(*Nana*,1880)、《妇女乐园》(*Au Bonheur des dames*,1882)、《杰作》和《小酒馆》等小说。

左拉生活在法国资本主义高速发展并逐渐走向垄断的时代,也是一个病态丛生的时代,他主张以科学实验和客观观察的方法从事文学创作,他的自然主义文学立足于大众生活和现实素材,追求事物的自然本性,与印象派画家们在题材选择、创作理念与审美追求方面呈现出很多的默契共鸣与互相渗透。印象派画家将笔触转向日常生活场景素材,将光学原理和空气运动引入绘画,捕捉自然的真实瞬间和光色画面,标志着现代艺术的起点。这种客观观察和表达自然的态度正是自然主义实验小说的原则。左拉的写作也取材于自然（现实），重视以科学实证的方式表现大众生活，其小说叙述的某些艺术特质被视为文学中的印象主义，而且左拉发表了大量关于印象派绘画的艺术评论，多次为马奈、塞尚等印象派画家宣传和辩护。本章将对左拉文学与印象主义绘画美学的多重交集进行系统的溯源、分析和阐释。

第一节 左拉关于印象派绘画的艺术评论

左拉的文学生涯、艺术评论与印象派画家们密不可分。从十九世纪六十年代开始，左拉与杜朗蒂、库尔贝、尚夫勒里等现实主义文艺家和塞尚、毕沙罗、马奈、莫奈、德加等印象派画家们交往密切，这些画家的作品经常遭到沙龙评审团的排斥。绘画上的印象主义与文学上的自然主义同样经历了大众审美的考验。根据官方的批评语言，马奈根本不懂绘画，人们嘲笑他是拿着一把形似笔刷的汤匙作画，而左拉小说中的市井语言被指责为对文学语言的侵犯，人们批评他对人性和生理欲望的描写有伤风化。左拉眼中的印象派画家怀有同样的对"真实"和"自然"的追求，所以他多次撰文声援印象派画家。左拉通过对印象派画家的评论更加系统地阐释了自然主义理论。

守旧的学院派和创新的印象派之间的冲突丰富了左拉艺术评论的灵感。印象派绘画是西方传统绘画艺术向现代绘画艺术转变的一个中介，开始摆脱了对历史、宗教和神话题材的依赖，成为独立自主的艺术体系。摈弃思想绘画是左拉艺术批评理论的基本出发点，他指责政论家普鲁东（Proudhon，1809—1865）的《艺术的原理及其社会目的》（1865）一书中关于艺术是功利性和说教性的观点。左拉拒绝道德和艺术之间的依附关系，提出了艺术要独立于意识形态和道德系统的现代性观点，他强调绘画的独立性和自律化原则,将焦点转移到纯粹的画面色彩本身,而不是主题内容,他眼中的造型作品首先是一种艺术形式、一种物质性,正如马奈绘画的目标并不是描述故事和情节,而是将笔触转向日常生活和事物给人的直观感觉和印象。

在六七十年代,左拉是印象派绘画的狂热拥护者。继现实主义画家库尔贝之后,马奈以日常所见的生活动态或自然风光入画,一八六三年他发表了《草地上的午餐》和《奥林匹亚》两幅离经叛道的画作,引起了一片嘲骂,此时左拉多次公开声援马奈。一八六六年左拉在《事件报》(*L'Événement*)开辟专栏"我的沙龙",抨击学院派的陈腐虚假,为马奈等画家进行辩护,随后左拉把该专栏文章结集为《我的沙龙》(*Mon Salon*,1866)出版。同时左拉还把关于文学艺术的尖刻评论以《我的恨》(*Mes haines*,1866)为名结集出版,该书批判了庸俗的文艺保守派,表达了对马奈等印象派画家们的肯定与赞赏。

左拉在《绘画的新方式:爱德华·马奈》一文中指出,马奈缔造了科学地表达自然景象和城市生活主题的新形式,对于现代绘画观念的转变具有重大意义。该文分析了马奈以色彩编码和直觉印象为基础的构图,认为马奈摒弃了学院派绘画暗沉的褐色调子,转而采用阳光下的丰富色彩韵律来建构画面,引发了色彩的自律性、象征性等现代艺术概念的产生,从而促动了一场美学革命。该文还指出,马奈将绘画从立体空间的传统束缚中解放出来,朝二维的平面创作迈出革命性一步,打破了焦点透视的支配地位,以"景宽"来代替"景深",造成了画面的平面化倾向,给人"以点带面"的感觉。这种画法用点取代了传统的线与面,当观者从近处观察画面时,看到的是不同的色点,但从远处观察时,这些点就会像七色光一样汇聚起来,达到栩栩如生的自然效果。

在《马奈先生》一文中,左拉赞颂马奈以简练、敏感和高超的方式描绘出鲜活的生活景象:"马奈先生性格爽快,不拘小节。他捕捉人物,在复杂的自然面前从不退缩","他表现的人都是由单纯但充满力度的点和块来呈现"。① 在《作品》一文中,左拉高度评价了马奈的名作《草地上的午餐》和《奥林匹亚》,指出这两幅画都从整体角度处理光线和色调之间的微妙关系,营造出率真、美妙、粗放的自然效果。《草地上的午餐》画面上有草有树,远处有河,一位穿衬裙的女人在小溪中嬉水,在前景中,两位穿戴严整的绅士和一位裸体女人坐在草地上野餐,画面内容引起了公众的愤怒,左拉就此指出观众不该把主题当成唯一的存在,因为像马奈这样的颜色分析画家,主题只是绘画的借口,人们应当从这幅画上看到整个清幽风景的力度和细腻,以及由大块光构成的结实肉体。《奥林匹亚》也体现了明暗色调的鲜明对比,该画以希腊神话中神山的名字奥林匹亚为题,然而内容却是一个裸女躺在床上,旁边是拿着鲜花的黑人女仆,女子的脚边站着一只眼睛圆瞪、毛发直立的黑猫。左拉认为这幅画用一种特殊的语言表现了光与影、人与物的真实感,他关注的是普遍印象的真实性,而不是在近距离可以进行分辨的细节的逼真。

左拉最为赞叹的并不是马奈作品题材的内容,而是他绘画技法上的卓越成就。马奈于一八六七年至一八六八年创作的《左拉肖像》展现了风华正茂、耽于思考的青年文人左拉。左拉在一八六八年五月十日《事件报》发表文章,描述了马奈创作《左拉肖像》时的情景,作为模特的左拉因为久坐疲惫想离开自己的位置,马奈却不同意,他说:"没有自然,我画不了,我不会编造。哪怕我按照教材来画,我也画不出有价值的东西。如果说我今天有点价值,这

---

① [法]左拉:《印象之光:左拉写马奈》,冷杉译,北京金城出版社2013年版,第25—27页。

要归功于我忠实的分析和准确的表现",因而左拉认定马奈"首先是一个自然主义者。他用眼睛看对象,而后再用优雅简练手法表现它",①马奈凭借忠实的颜色分析和明暗规律的把握,准确地缔造出一个风雅鲜活的作家生活场景。

左拉在印象派画家们的画作中也看到了自然主义的要素。印象派绘画注重遵循自然规律和客观描摹现实,坚持在户外捕捉自然光下事物的真实变化和瞬间印象,以光学视角建构画面,创作题材面向大众生活。所以左拉在一八六六年和一八六八年的沙龙文章中指出,马奈作为"一个现代画家,一个现实主义者,一个实证主义者",完成了肖像画、人物画和风景画方面的革命,创作了科学地表达自然景象和表现城市生活新主题的新形式,对现代派艺术有巨大影响。这种表现自然"真实"的方式也是左拉文学的特征,其小说写作也立足于现实素材的基础,在自然(即现实生活)中观察和展现事实,因而左拉把印象主义画派称为绘画领域的自然主义:"这种独特性宣告了自然主义流派的诞生。"②而自然主义又被视为文学中的印象主义,两者在审美追求和表达方式方面有很多共鸣,都受到了实证主义思潮的影响。

左拉曾将印象派视为崛起的一代,然而随着时间的流逝,他对后期的印象派艺术产生了怀疑与否定。从一八八六年起,以塞尚为首的后印象派认为画家不应简单地再现自然,还应表达观者面对自然时的主观意念和心灵感悟,所以会采用夸张与变形的描绘手法,这些理念背离了左拉的自然主义理想。再加上左拉一八八六年的小说《杰作》塑造了一个一败涂地、悲情自杀的印象派画家形象,塞尚认为左拉影射了自己的经历,导致了两人友谊的中断。

---

① [法]左拉:前引书,第105页。
② [法]左拉:前引书,第117、119页。

《杰作》出版十年之后，左拉批判了后印象派的分割主义和点彩主义，即整个画面布满色块（色点）的画法，他认为这是"对色点的令人震惊的滥用"，以及"三十年间光学反射理论导致的荒唐行为"，①他愤怒地疾呼："我为之斗争的真的就是为了这些吗？就是为了这种色彩明亮的画法，为了这些被滥用的斑点，为了这些反射的映像，为了光线的分离与瓦解吗？"②

左拉当初赞赏以马奈、莫奈和前期的塞尚为代表的印象主义以科学的视角捕捉瞬息即逝的光色效果，从而生动地写实日常生活和自然风景。然而以后期的塞尚、高更等为代表的后印象主义摈弃了自然主义的写实态度，他们把注意力转向主观的再创造，着重表达渗透着强烈情感的画面，从而动摇了西方绘画中以模仿为职能的根基。后印象派认为画家不能像前期印象派那样如实模仿世界，重点是用物象来表达内心情感，所以他们不满足于印象派画家过于客观地描绘世界，他们眼中物体的原初色彩并不重要了，更重要的是表达画家面对客观世界的主观印象，这无须与客观真相完全一致。

除了印象派后期演变这一因素，左拉生理状况的变化也是导致其审美变化的原因之一。根据评论家阿德玛（Adhémar）的考证，左拉偏爱早期印象派的部分原因在于他的近视，他无法看清轮廓和线条，但仍对色块比较敏感，这也为他偏爱印象画派埋下了伏笔。但戴上眼镜后，左拉的视线逐渐恢复，他对印象派的模糊画风也日益不满。③ 后期印象派以艺术家的主观情感去改造客观物象，从具象的物体和细节中脱离出来，并用轮廓、色彩将描绘的对

---

① Fernand Doucet, *L'Esthétique d'Émile Zola et son application à la critique*, Paris: Nizet, 1923, p. 117.

② Zola, "Peinture", *Le Figaro*, le 2 mai 1896.

③ J. Adhémar, " La Myopie d'Émile Zola ", *Aescalupe*, XXXIII (Nov. 1952).

象模糊化、概念化,最终让光影引起情感上的波澜,从这个角度看,后印象派绘画更加贴近文学中的象征主义而非自然主义。当然左拉的自然主义文学与早期的印象派绘画有很多共鸣和交汇之处,两者都取材自然、反映现实。

第二节 左拉小说建构与印象主义艺术

左拉将文学思维与艺术造诣结合在一起,其小说作品中有很多印象主义美学的明显印记,这与他跟印象派画家们的密切交流有关。马克·贝尔纳(Marc Bernard)评价左拉"写小说就像画画一样,简直是一个不是画家的画家",[1]左拉本人也坦承:"我不仅支持印象主义绘画,我还通过细腻的笔触、色调与着色,通过我五彩缤纷的描写,把它转化到了文学中。"[2]

(一) 左拉小说与印象派画家的现代性题材

十九世纪下半叶的欧洲正经历着一场浩大的工业革命,城市以前所未有的速度发展,新兴的资产阶级有着强烈的文化诉求,追求个性解放和自由民主的精神,反对保守落后的思想残余。在此背景下,文学艺术领域的改革也风起云涌,作家和画家们要求摆脱学院派古典艺术的桎梏和题材,追求艺术的创新和变革。印象派绘画带有这种鲜明的时代特色。印象派突破了古典主义的陈规和束缚,从画室走到户外并融入直觉和情感,发现了生动的色彩和千变万化的自然,用新的技巧展示了客观世界和精神世界的丰富性,为艺术家发挥个性提供了新的可能,同时也孕育了二十世纪艺术

---

[1] [法]马克·贝尔纳:《左拉》,郭太初译,上海译文出版社1992年版,第48页。
[2] Philippe Hamon, "A propos de l'impressionnisme de Zola", *Les Cahiers naturalistes*, n° 34, 1967, p. 142.

的变革。

波德莱尔曾经指出"现代性就是过渡、短暂、偶然",①他呼吁艺术家通过描绘当代城市生活来表达现代性,这对印象派画家们产生了重要影响,他们摈弃了古典艺术的神话、宗教和历史题材,突破了浪漫主义对文学故事、异国风情、英雄人物的偏爱,取材于十九世纪下半叶巴黎的都市化进程。欧洲工业革命促进了铁路迅速发展,银行、交易所、大百货商店纷纷开张,报纸、电报、电话加快了信息的交换,城市飞速发展。与此同时出现了大量新兴的休闲娱乐活动,咖啡厅、夜总会、新戏院、酒吧成为都市人生活的一部分。印象派画家们的题材体现了这种活跃的现代性,他们以崭新的方式表现资产阶级和新兴市民阶级的生活情调和文化活动,诸如郊游、野餐、露天音乐会、赛马、购物等。例如:雷诺阿经常取材于巴黎生活的喧哗景象和都市气息,他的名画《煎饼磨坊的舞会》色调活泼、氛围温馨,众人聊天、跳舞、喝酒的画面洋溢着幸福感与美感。马奈的画作《圣·拉扎尔车站》描绘火车驶进车站时的场景,火车周围被烟雾和蒸汽笼罩,朦胧的画面营造出人山人海的氛围,反映了巴黎火车站特有的喧嚣繁华。这一时期的巴黎城市面貌与都市生活日新月异的变化正是欧洲文明现代性进程的最好表征。

文艺作品的产生取决于时代的精神和风俗,由现代社会所激发的新话题促成了文学与绘画两者"现代性"的共同构建,现代城市成为作家和画家们偏爱的母题之一。左拉同样处于由传统到现代的转折点上,他反对离奇的故事虚构,主张回归自然和现实本身,其巨著《卢贡-马卡尔家族》是反映当时社会生活的

---

① [法]波德莱尔:《现代生活的画家》,郭宏安译,浙江文艺出版社2007年版,第32页。

巨幅画卷,关注了法国资本主义高速发展时代下的群体境遇,涉及的场所有沙龙聚会、百货商场、证券市场、菜市场、贫民窟、酒馆、娱乐场所、教堂等。从总体上看,左拉与印象派画家都在城市生活中发现了无尽的画意,展现了市民大众的日常生活,户外自然、街道、教堂、交易大厅、百货大楼、工厂、铁路、车站、咖啡馆、舞厅、菜市场、酒店等都是其作品的重要组成要素,表现了新兴市民阶级追求生活情调和个性解放的文化诉求,体现了一种活跃的现代性。

左拉与印象派绘画的共同题材包括赛马题材、酒馆题材、妓女题材和消费文化题材等。德加善于绘画赛马场面,例如《赛马骑师》,左拉小说《娜娜》中不乏赛马场景。马奈的《酒馆女招待》《娜娜》《在咖啡馆》《女神游乐场的酒吧间》,德加的《苦艾酒》,图卢兹·罗特列克(Toulouse Lautrec,1864—1901)的《身体检查》《洗衣女》等画作以大众生活和下层女性为题材,左拉的《娜娜》和《小酒馆》等小说也不乏类似的酒馆场景和女性形象。德加的《苦艾酒》中一对微醺男女空虚萎靡的精神状态与左拉小说《小酒馆》中穷困潦倒的古波夫妇在小酒馆中的酗酒场景十分相似。马奈于一八七七年所绘的《娜娜》展现了一个尚未出场演出的女孩正在化妆的景象,事实上,"马奈是根据左拉在一八七六年创作的《小酒馆》中的娜娜来塑造这个人物形象",[1]当左拉于一八八〇年在《娜娜》中继续创作这个声名狼藉的女人时,他在小说中提到了马奈的画来向他致敬。

波德莱尔曾在《现代生活的画家》中呼吁艺术家通过描绘当代的服饰来表现现代性,这对印象派画家产生了重要影响。一八

---

[1] Ruth Moser, *L'impressionnisme français. Peinture, littérature, musique*, Genève: Droz et Lille, 1952, p. 67.

五二年到一八七〇年,巴黎经历了城市大改建的时期,林荫大道、咖啡馆、百货商场层出不穷,新兴阶层的闲暇时光在构建新的社会。随着十九世纪的巴黎被举世公认为时尚之都,女性逛商场成为一种时尚,女性服装的生产和销售成为法国经济的重要部分,商品种类日益增多,社会各阶层的女性都竞相购买时装与时尚配饰,各类广告海报、图画和宣传册中充斥着大量的女性消费者形象。印象派画家热情地表现着新生活,他们的艺术是对那个时代都市化进程的呼应与表达,例如:马奈的《1867年的万国博览会》《春天》《女神游乐场的酒吧间》,莫奈的《撑阳伞的女人》,德加的《女帽店》《小小女帽工》《戴黑手套的女歌手》,雷诺阿的《林荫大道》《煎饼磨坊的舞会》,这些画作描绘了参观、购物、休闲和娱乐场景中衣着时尚的女子,女性投入到自己的工作、社交和生活中,成为不断壮大的消费阶层。

左拉小说《妇女乐园》《巴黎的肚子》分别对百货商场、女性消费和中央菜市场进行了描写。《妇女乐园》以十九世纪下半期法国资本主义发展为背景,展现了巴黎各个阶层的消费生活和商场的繁荣,尤其反映了女性消费文化的兴起。该小说女主角戴妮丝是来自省城的年轻女子,她在百货商场妇女乐园中逐步从低层售货员做到高级经理,最终成为合伙股东的妻子。一八八二年,《妇女乐园》首次以连载形式发表,同一年,马奈的《女神游乐场的酒吧间》在沙龙上展出,画中的时尚年轻女郎站在吧台后,吧台上陈列着五光十色的酒瓶子。尽管马奈画中吧台女郎销售的酒水饮料与戴妮丝经营的服装不同,但两人都是女售货员。戴妮丝前面柜台上的服装一片狼藉,她在拥挤繁忙的促销结束后还要整理好商品。左拉在一篇文章中指出:"几乎所有的女售货员,通过每天与富有的顾客打交道,获得了优雅的形象,最终形成一个身份模糊的无名阶层,处于劳动女性与中产阶级女性之间",女售货员和吧台女郎的工作目的都是为了吸引公众来消费。① 可见自然主义文学和印象派绘画都与商品文化大潮中的大众消费话语有所关联。这些现代城市生活的主题一直延续到二十世纪,左拉文学与印象主义绘画的交流影响着法国文学史由传统到现代的转折。

(二)左拉小说叙述的印象主义风格

文艺复兴以来的西方画家采用的焦点透视技法使绘画处于人的观念统摄之下,必然使其失却生动自然之感,因为外在世界是不稳定的、变化的空间。印象主义画家认识到人的视觉是瞬间的、游离的、具体的,外在世界绝不会展现为一个结构稳定、透视关系清晰的纯净空间,因此他们打破焦点透视的构图法而分别采用平视、俯视、仰视等不同视角的散点透视法,从而更好地捕捉大自然的瞬间印象和光色变化。

左拉小说中的景象描写体现了印象主义美学,这在《妇女乐园》的商场描写中尤为显著,商场内人群川流不息,毛织品部里挤满了顾客,柜台上堆满了布料:"真像一片汹涌的海潮,彩色模糊不清,发着羊毛的闷声,内中有青灰色,黄灰色,蓝灰色,这里那里闪出了苏格兰的格子花呢,底下是血红色的法兰绒。布匹上的白色标签,像是降落在十二月黑色土地上的连珠般零零落落的白色雪片。"②令人眼花缭乱的商品构成了色彩的海洋,这些句子宛如画笔点缀的小笔触,并列的逗号和短句造就出印象派的点画式效果。

在另一段《妇女乐园》的商场描写中,点染技法和碎片化视角进一步加强:"在细粉似的尘埃下方,一切都混杂在一起了,人们

---

① [美]露丝·E.爱斯金:《印象派绘画中的时尚女性与巴黎消费文化》,孟春艳译,江苏美术出版社2010年版,第43页。
② [法]左拉:《妇女乐园》,侍桁译,上海译文出版社2003年版,第87页。

已经分不清各部门的界限;那边,零星杂货部似乎是人山人海;再远一点,麻布部里有一角阳光从圣奥古斯丹新街的橱窗里射进来,像是一支金箭插在雪地里;这边,在手套部和毛织品部,稠密的一堆帽子和发髻挡住了这家店铺的远景。就连人们的打扮都看不见了,单单浮现着插羽毛和系丝带的帽子;有几顶男人的帽子呈现出一些黑点,同时,疲倦而又燥热的女人的苍白肤色罩上了如山茶花一般透明的色彩。"①这些构成画面的帽子、发髻和面孔并不是被单独描绘的,而是通过它们所呈现出来的视觉印象表现出来。作家关注的对象是光线照射在物体上产生的视觉影响,光和色由一些小点构成,或深沉如男人的帽子,或浅淡、半透明如女人的脸色。整体化的印象与碎片化的印象交织在一起,各种色点元素最终由观赏者解读和重构,琳琅满目的商品和络绎不绝的顾客带来一场流光溢彩、物欲横流的商业盛宴和消费狂欢,揭示了法国社会现代化的进程与女性消费群体的兴起。

  左拉的文学叙事类似于印象派绘画的散点透视法,即摒弃了全知全能的固定视角叙事手法,大量采用外部客观聚焦和多视角叙事,第三人称有限视角和多个不同视角的转换使得小说叙述更加客观真实,呈现出一种复调式的对话效果,这种多视角叙述是传统文学中那种教诲性的全知全能叙述向现代文学叙述形式转换的中介和过渡。在小说《巴黎的肚子》中,左拉对巴黎中央菜市场的描写就以多个人物视角进行了描写,构成了不同风格的写生画,表达了不同的心理情感。该小说描写了第二帝国时期巴黎市民阶层的愚昧和虚伪,以有名的巴黎中央菜市场为中心背景,该市场被称为巴黎之腹,为整个巴黎人民提供米肉果蔬,因此菜市场起到了把农村与城市各个阶层联系起来的作用,也成为第二帝国时期市民

---

① [法]左拉:前引书,第93—94页。

社会的象征和隐喻。小说的开端首先通过主人公弗洛朗的视角展开叙述,弗洛朗在夜间搭乘运蔬菜的马车进城,小说通过他的视角由远而近对巴黎进行了细致入微的描写:昏暗的城市,平坦而灰色的人行道上树影摇曳,纵横交错的街道阴暗而冷清,把死寂的巴黎推向黑夜的深处。弗洛朗曾被卷入巴黎公社起义,在街垒战中被警察误抓后关在离巴黎很远的监狱,成功越狱的他是政府通缉的逃犯,他来巴黎主要是避难和寻找他的弟弟。

清晨的中央菜市场到处摆满了山丘一样的蔬菜堆。饥肠辘辘的弗洛朗被包围在车、人、菜的海洋中,眼花缭乱、不知所措,在庞大拥挤、轰隆喧闹、迷宫般的市场中寸步难行,感到恶心和恐惧,暗示了他与菜市场所代表的庸俗市民阶层的对立关系。从小在菜市场长大的小伙子马若兰和小姑娘卡蒂娜却在这样的环境中生活得如鱼得水,他们眼中的菜市场充满了魅力。接下来左拉又从贫苦画家克洛德的视角来描写中央菜市场,视角的转换令叙述更加客观真实。克洛德眼中的市场充满了明亮、鲜艳、动人的色彩。当他和同伴弗洛朗来到鲜花市场,看到的是如下画面:"妇女们坐着,面前放着一些方方的花篮,篮里盛满了一束束的玫瑰花、紫萝兰、大丽菊、雏菊。花束的色彩由淡及暗,就像一堆血,慢慢地由一种十分优雅的银灰色变得暗淡。一只花篮旁边,点着一支蜡烛,照亮阴暗的四周,雏菊生动的彩斑、大丽菊的鲜血红、紫萝兰的淡紫色、玫瑰花栩栩如生的颜色,构成了一曲色彩的强音。"[①]这段描写捕捉到了光线下的色彩变化,分明是以印象派画家的笔触涂抹出来的。当他们一起来到蔬菜市场,菜的海洋在克洛德的眼中既是一幅光影交织的水彩画,也是一曲绚丽的光色交响乐:"黎明时分,

---

① [法]左拉:《巴黎的肚子》,金铿然、骆雪涓译,文化艺术出版社1991年版,第21页。

白蒙蒙的、柔和的水彩画渐渐隐没。烈日下,生菜心慢慢被晒干,绿色的音阶发出强烈的光芒,胡萝卜红艳艳的,萝卜变得热辣辣的。"①这些描写随着时间的变化来捕捉光色变化的效果,并诉诸了不同艺术的感觉维度,将美术色阶与音乐旋律关联起来,给人以可触可听之感,缔造了真实的色彩效果。

《巴黎的肚子》中的人物肖像描写也体现了印象派风格的光色笔法。弗洛朗在清晨初见经营熟食店的弟媳莉莎时,他迎着光线隐约看到一个卷着衣袖、身着白色围裙的女人沐浴在晨曦中:"太阳照着她雪白的一身格外明亮。在阳光下,头发是蓝的,皮肤是粉红的,袖子和衣裙发出亮光",②瞬间的光线映照出莉莎给人的雾里看花的虚幻印象。莉莎漂亮能干、颇具经商头脑,但她口蜜腹剑、极度虚伪,最后为了一己私欲向警察告发了弗洛朗。弗洛朗一直为推翻帝制而努力活动,却遭到出卖而被捕。菜市场里的小贩和市民以幸灾乐祸的心情目送他踏上囚车。左拉通过革命和人民不能相通这一悲剧,表达了他对革命的同情和对愚昧的批判。

左拉继承了福楼拜关于现代小说家不能直接在作品中发表思想的观点,只允许把个性情感自然地融入场景和意象的描绘中,从而使小说作品摆脱了人为的说教和观念的统摄。在左拉笔下,城市往往象征着工业文明的冷漠和弊端,而乡村则象征着纯真和生命。《巴黎的肚子》通过对巴黎中央菜市场的图说式描写再现了第二帝国时期商业泛滥对人性的腐蚀,表达了作者对混乱喧嚣的法国社会的不满和批判。巴黎市民置身于菜市场堆积如山的美食中间,某些人只满足于动物般的欲望,即食欲、性欲和金钱欲,变得贪婪、自私、低级和放荡。而巴黎郊外乡村的菜园则代表着活力和

---

① [法]左拉:前引书,第32页。
② [法]左拉:前引书,第36页。

生命,因为园中蔬菜仍是自然的一部分,巴黎菜市场却是蔬菜死亡呻吟和遍体鳞伤的场所。同时期的印象派画家卡米耶·毕沙罗也涉及了菜园题材,他喜欢描绘农民的开垦和田间劳动,例如一八七七年的《菜园和花树·蓬图瓦兹的春天》,一八七九年的《蓬图瓦兹的赫米达奇菜园》,一八八一年的《蓬图瓦兹莫比松菜园:锄地的农民》,毕沙罗的画透着轻松愉快、生机勃勃的自然气息,同样在左拉看来,大自然意味着生命,象征着人类的健康。例如左拉在小说《娜娜》中用浓郁的抒情笔调赞美乡村清爽的晴天、圆月的光轮、翠绿的山谷、宽广的平原,美丽的大自然甚至唤起了一个妓女对美的事物的感觉和羞耻感,她仿佛像孩子一样纯真,心中充满了美好的感情。大自然使她懂得了爱情,唤醒了她的母爱。总之,左拉的自然主义小说建构并非以故事抓住读者,而是使情节铺陈让位于展示性、视觉性的场景,以极富感受性、诗意性的画面感染读者。具有诗人和画家气质的小说家左拉用诗画结合的文笔验证了自然主义的旨归。

第三节 《杰作》:一部关于印象派艺术的小说

左拉把《卢贡-马卡尔家族》系列中的每一部作品都用于对某个特定领域的研究,其中《杰作》被用于研究十九世纪六十至八十年代之间的艺术界,展现了当时画家们的生活图景。作为当年艺术革新运动的积极参与者和重要见证者,左拉在小说中运用了很多亲身体验和真实回忆。《杰作》主人公克洛德·朗蒂耶是一位才华横溢、具有强烈创作欲、孜孜不倦追求完美艺术的画家。他与年轻的姑娘克里斯蒂娜偶遇后相爱并结婚,并把她作为模特来创作一幅承载着他勃勃野心的画作《女人》,然而尽管有克里斯蒂娜对其艺术创作的无私奉献与巨大付出,他仍然没能成功实现所期望的理想目标,这幅作品的完成总是显得无法实现、遥遥无期。克洛德的画作不被官方沙龙认可,与当时的艺术体制和社会现实之间产生了矛盾和冲突。克里斯蒂娜悲伤地承受着为绘画而疯狂的克洛德对她施加的苛刻要求,一直受到家长忽视的幼子因病夭折,克里斯蒂娜在小说的最后痛苦地说正是他的绘画毒害了她的一生。克洛德承受着焦虑和失败所带来的痛苦,最终在一个不眠之夜后,面对着他的画自缢身亡。

为了创作克洛德这个人物形象,左拉借鉴了很多画家的作品特点以及职业生涯中的逸闻趣事。例如春天傍晚时分的香榭丽舍大街,画面光线柔和,色彩温馨,宛如雷诺阿的林荫大道系列画作:"时间刚过四点钟,西斜的阳光刷过香榭丽舍大街,一切都是那么明亮",克洛德与朋友在咖啡馆外面就座,头顶绿色的树荫,能看见车水马龙的街景,"就像整个巴黎都踏着光轮在他们面前驶过似的。那些四轮大马车在阳光下,车轮转动很像是星光闪烁。尤其是那些个头很大的黄色公共马车,看上去比小马车更加金光灿烂,车夫们驭马行进,仿佛驾着金色祥云。连走路的行人也披裹着金光"。① 夕阳余晖的金色光芒暗示着印象派画家克洛德对未来怀有美好的梦想,初春的绿荫则象征着他心中的希冀,他相信自己凭借创新的绘画艺术终将以征服者的身份登上艺术的最高殿堂。

左拉在《杰作》的故事情节中加入了很多他本人关于印象派艺术的溢美之词,其中最为精彩有趣的内容无疑是作者对各个艺术展览会上评委会评价的描写,以及展览会上民众和舆论界反响的刻画。小说的第五章介绍了由一群被官方美术展览会拒之门外的画家所创办的落选展,第十章展现了官方举办的主流美术展览会的情形。左拉巧妙地利用公众对于画作的消极否定或热烈反

---

① [法]左拉:《杰作》,冷杉、冷枞译,北京金城出版社2014年版,第123页。

响,来展现新潮流趋势的出现以及人们思想的变化。克洛德标新立异的画作《在露天》在一八六三年的落选展上被展出,画中的裸体女人与衣着笔挺的男人坐在河畔,参观的人们对这幅画十分不理解,认为这是一幅题材荒谬甚至是疯狂的作品。该画实则指涉了马奈的名作《草地上的午餐》,这幅作品曾被展出在一八六三年的落选展上,并在当时的舆论界引起了轩然大波。为了追忆当时的见闻和感受,左拉在小说中写入了自己当年参观落选展的真实回忆。当克洛德把目光从参观者们的身上移开时,他很明显地感受到自己的作品别有新意,接下来一段具有浓厚印象主义色彩的描写出现在左拉笔下:

> 他又观摩了一会儿自己的画儿,并且缓缓审视了展厅里其他人的画作。蓦地,从他的幻灭、消沉、自尊扫地的负面情绪中傲然升起一股勇气,一股健康与青春的正能量,它全都来自于这幅欢快大胆的画作,以其强大的激情迅猛涤荡着学院派的陈规旧习、古朽老套。这幅画儿慰藉了他的情绪,提振了他的精神,让他不再觉得自怜和懊悔,而是正相反,奋起与公众的低俗品位作斗争。诚然,他的画中是有某些技艺笨拙不成熟的地方,但从另一方面来说它又是那么色调明媚,光影微妙;银灰色的底光精细而散漫,然后户外明亮的阳光跃然其上、艳舞其间。它就像是在艺术的腐朽老宅中猛地开启一扇新窗,在传统的陈汁旧汤里突然添加新佐料。把鲜亮的阳光放进屋来,让四壁在春潮的侵袭下绽放笑容!①

克洛德对自己绘画艺术的创新性、合理性与正确性充满自信,却无法得到人们的理解与认同,而上面一段所描写的内容恰恰是

---

① [法]左拉:前引书,第118页。

他针对人们的不认同所做出的回应与抗争。克洛德在小说中被称为"户外画派",他早期的绘画体现了马奈、莫奈和早期的塞尚等印象派画家们的自然写生主张,即走出画室,深入原野、乡村和街头,认真观察沐浴在光线中的自然景色,寻求并把握色彩的冷暖变化和相互作用,画出当代生活的全貌。这种直接在户外写生的方式和捕捉到的种种生动印象,及其所呈现的真实风格,赢得了左拉的称赞。在小说中,克洛德还提到了其他的著名画家,他否定了安格尔注重线条勾勒的画法,赞扬了德拉克洛瓦的色彩运用和库尔贝的普通大众题材,并且强调库尔贝的现实主义只是针对题材而言的,实则将绘画艺术的表达技法向前推进了一大步。

说到《杰作》中克洛德的人物原型,人们更多想到的是自幼与左拉相识并结为好友的塞尚。左拉生于巴黎,他与塞尚的童年都在普罗旺斯度过,早在埃克斯上学的时候,左拉就与塞尚成为好友。这位早年深受左拉影响、一度渴望成为诗人的后印象派大师塞尚在自然主义小说家左拉的启发下,充分革新了绘画的表现力,使绘画摆脱了文学性。当塞尚被官方沙龙拒之门外,左拉利用当报社评论员的机会说服官方沙龙的审查委员接受塞尚的作品,但塞尚的作品还是遭到了拒绝。塞尚在屡遭失败后仍然坚守着自己的艺术理想。作为塞尚的密友,左拉曾经在印象主义艺术风潮中协助过他,并且结识了当时很多印象派画家,而他自己的文学创作也深受这些画家理念的熏陶和影响,他甚至将其中一些画家作为人物的原型进行虚构改编,写入他的小说中。与克洛德相似,塞尚早期的画作也被当时主流的美术展览拒之门外,在巴黎度过了一段艰难的岁月,他的作品每年都在沙龙落选,评论家对他极尽嘲笑,公众对他长期不解,社会的压力和社交界的虚荣使他无比痛苦,直到一八八二年,官方沙龙才接受了塞尚的一幅作品。生活拮据的塞尚更加孤僻,索性闭门不出,长期住在普罗旺斯,只在必要时才到巴黎作短暂逗留,他将全部精力和时间用于绘画。《杰作》塑造了一个在绘画艺术的追求中屡遭挫折、一败涂地的悲情画家形象。塞尚的职业经历、家庭生活和个人苦闷在《杰作》这部小说中都能找到相对应的情节或影射,所以自尊心受到严重伤害的塞尚与左拉断绝了来往,至死没有相见。

早在小说《巴黎的肚子》里,克洛德这个穷画家人物就已作为插曲出现,他视野下的景象充满了印象派画面的风格,塞尚知道克洛德就是自己,当时是高兴的。但在《杰作》中,左拉塑造的克洛德·朗蒂耶胸怀大志,却是一位艺术能力缺乏者,令塞尚大为不满。该小说真正触怒塞尚的并非是克洛德这一失败艺术家形象的塑造与悲惨命运的设计,而是左拉根本不理解塞尚艺术追求的真谛和价值,反而将他视为软弱无能之辈。小说中克洛德的作家朋友桑多斯好比左拉自己,像左拉一样功成名就,还常常款待穷朋友们。这对塞尚而言,似乎意味着已在文坛享有盛誉的左拉可以高高在上对画家朋友随意指点和评判。塞尚对左拉的歪曲感到非常失望,从而评价左拉是个目中无人的朋友。因而《杰作》这本小说彻底断送了原本已开始疏远的左拉与塞尚的友谊。一九〇二年,左拉死于煤气中毒,塞尚听闻后痛哭流涕,也化解了心中多年怨怼。一九〇六年,塞尚在户外写生时淋雨,染病身亡,而此时他已经是一位后印象派绘画大师了。

在克洛德身上,左拉融入了塞尚狂热执着的艺术态度和紧跟时代潮流的创作理念。随着两人在各自艺术道路上的深入,左拉对塞尚作品的评价越来越严苛。前期的塞尚、马奈等印象派画家沉迷于描绘瞬间的真实光影和色彩,后期的塞尚已不满足于此,从一八八六年起,塞尚认为绘画不应是简单地在技巧上再现自然,而应表达面对自然时的直接感受,即把个人的主观意念在画面上体现出来,达到心灵作品的目的。后印象派不满意印象派对光与色的客观追求,而是强调绘画要表现出作者的主观意识,因此在主体描绘上通常都进行夸张与变形,并把绘画场景转向室内,这些理念背离了左拉的自然主义思想,令左拉对塞尚的后印象派艺术产生了质疑。

在现实生活中,后期的塞尚抛弃了微小笔触和微妙的色调变化,而是大块地涂抹画布,以突出体积感,寻求整体的统一,他的作品在思考和造型方面都达到新的境界。同样小说中的克洛德后来不再一味追求对自然光色的写真,而是更加侧重于真实地表现艺术家对客观事物的主观感受,并开始以主观感受改造绘画对象:"所谓艺术的全部含义,难道不就是浓缩为把一个女人摆在艺术家面前,然后根据她在艺术家内心激发的真切感受(灵感)再现她吗",①所以当克洛德厌倦了乡村的写实生活,返回巴黎专注于室内画和静物画时,他创作新画《女人》的漫长过程非常不顺利。

左拉实际上是影射现实中塞尚绘画理念的演变,虽然塞尚早期的创作崇尚在户外对自然的写实,但是后印象时期的塞尚认为要用作者的主观感情去改造客观物象,因而艺术形象要异于生活的物象,画画并不意味着盲目地去复制现实。所以当克洛德在绘画中加入虚幻和想象的主观元素,反复地用色彩修改和涂抹《女人》,给她画上金银、珠宝和大理石时,它就愈发变得不够真实:"自己从何时起突然一头扎进了虚空与无限? 从何时起已不自觉地从具象挪移到抽象去了? 他终于明白,尽管多年来他一直致力于征服和重塑现实,但他已不可能再逼真地写实了。"②左拉不理解后期塞尚的改变及其艺术的价值,所以设计了克洛德一败涂地的结局,表达了他对后印象派的否定态度。塞尚去世后很久才得

---

① [法]左拉:前引书,第32页。
② [法]左拉:前引书,第331页。

到承认,事实上他的技法革新了西方绘画,使其由客观再现走向主观表现,推动了欧洲"纯绘画"观念和形式主义绘画的发展,启蒙了立体主义、表现主义、抽象主义等现代画派,被誉为现代艺术之父。

《杰作》也是一部关于十九世纪六十至八十年代期间法国绘画界的调查报告,是对绘画界艺术风尚和艺术品交易市场的生动展现。小说中的名流画家法热罗尔的画作《野餐》在一八七六年官方画展上大获成功,实则抄袭了克洛德的作品《在露天》,不同的是他给画中人物穿上了服装,当初对克洛德冷嘲热讽的人们却对法热罗尔大加赞赏。法热罗尔是法国荣誉军团勋章获得者,却采取这种令人不齿的剽窃行为,克洛德眼睁睁看着自己播撒了印象主义的种子,却不能收获它的成果,光荣让别人占尽,自己却任人盘剥、默默无闻,感到十分悲凉。左拉在此影射了当时学院派权贵们的虚伪,揭示巴黎艺术界故步自封的官方画展和弄虚作假的创作风气,并且通过观众们接受态度的对比,讽刺了那些庸俗肤浅、人云亦云、毫无品位的艺术赏鉴者,也为勇于创新的印象派画家们遭受的不公正待遇发出了抗议的声音。

左拉在《杰作》中探讨了现代艺术的吸引力以及画家们对创新美学的探索与追求,将自巴尔扎克《玄妙的杰作》开始便被频繁表达的艺术家的愤怒与失望表现得淋漓尽致,展现了艺术家们在追求艺术道路上所遭受的苦难与折磨。克洛德身上体现了一种对艺术精益求精的执着态度,他与《玄妙的杰作》中的老画家弗朗霍费有很多相似之处,失去理性的狂热追求反而毁掉了本应成为杰作的作品。透过克洛德一生中的悲怆挫折,左拉也影射了自己的烦恼与困扰,这位孜孜不倦、勤劳多产的作家也曾在一段时间内被失败挫折的威胁所困扰。小说中的作家桑多斯对日常工作从来没有感到满意过,经常质疑自己是否拥有足够的才华,在小说的最后,左拉再次通过桑多斯道出了自己内心的独白:"我虽然写起小说来战战兢兢、谨小慎微,但还是免不了很看不起自己,因为虽然我觉得已经尽了全力,但它们还是那么不完整和不真实",①体现了左拉本人对写作精益求精和不懈追求自然真实的执着态度。

---

① [法]左拉:前引书,第344页。

第九章 莫泊桑小说中的绘画美学

法国作家莫泊桑的小说构思别具匠心，既注重对社会人情世态的观察和分析，也深入到人类心灵深处的动机和本质，从中发掘具有伦理价值、存在意义和审美意识的内容，以点带面地勾勒了十九世纪后期法国资本主义社会的风俗画卷。正是丰富的艺术实践完善了莫泊桑的文学理念，他善于交游，认识很多画家朋友，是柯罗、莫奈、马奈等画家的忠实支持者，同时他也是一位优秀的素描家、水彩画家和艺术评论家，进行着关于感觉、气氛、光线和色彩等问题的思考。例如他曾于一八八六年数次发表专栏文章《在沙龙》，对体制式和沙龙式绘画进行了批评，并探讨了社会政治学背景下画家、画作与接受者之间的关系问题。

在为他的短篇小说《皮埃尔与让》（*Pierre et Jean*，1887）所写的序文《小说》中，莫泊桑指出作家不应满足于生活的纯客观写照，还应如艺术家一般把比现实本身更深刻、更真切的精神图景表现出来，他主张作家减少情节铺陈，根据自己的艺术见解和独特个性来观察和写作，文学作品应当简洁凝练、发人深思、富有诗性意蕴和审美色彩。这些理念体现了艺术美学对其文学创作的启示和影响。莫泊桑的写作同绘画领域的技法融合在一起，其小说空间以视觉画面彰显内在意识，其中不乏对经典艺术家的参照和印象派绘画风格的景象描写，促进了一种可视规则和艺术美学统领下视觉性文本的产生,加强了小说的思想力量。

第一节 肖像画艺术与"图说"式叙事

莫泊桑的主要小说作品发表于十九世纪八十年代至九十年代,在这短暂的十年创作生涯中,他塑造了无数个涵盖社会各个阶层的典型人物形象,他运用精湛的艺术技巧和深厚的绘画素养,成功地用文笔勾勒了贵妇、妓女、政客、画家、记者、公务员等一系列关于各行各业人士的肖像画,从而在心理描写上又开拓出新路。莫泊桑擅于采用速写或文字素描手法,寥寥几笔便使人物形象跃然纸上。例如,在短篇小说《密斯哈列蒂》(*Miss Harriet*,1884)中,莫泊桑塑造了一位稀奇古怪的英国老处女哈列蒂的悲情形象,这个不合群的女士常散发传教的小册子,竟钟情于一位法国青年画家,后来她因为看见年轻画家在吻女佣而投井自沉。哈列蒂初次露面在画家眼里就像一张讽刺画:"她一副木乃伊式的脸包在许多灰白的头发卷儿中间,她每走一步,头发卷儿就轻轻跳跃一下,我真不知道为什么那种样子使我想起一条青鱼干挂上好些卷起的纸条儿。"①

莫泊桑也经常借鉴画家风格来勾勒小说人物,其长篇小说《一生》(*Une vie*,1883)通过参照意大利画家委罗内塞来描写女主人公雅娜的美丽:"她的相貌宛如委罗内塞的一幅肖像画,那黄灿灿的金发仿佛给她的肌肤着了色,华贵的肌肤白里透红,覆盖着纤细的寒毛,仿佛罩了一层淡淡的丝绒。"②在小说《蜚蜚小姐》(*Ma*-

---

① [法]莫泊桑:《密斯哈列蒂》,选自《莫泊桑短篇小说全集》(第二卷),李青崖译,湖南文艺出版社1992年版,第6页。
② [法]莫泊桑:《一生》,选自《一生/皮埃尔与让》,李玉民译,三联书店2014年版,第8—9页。

demoiselle Fifi*,1882)中,古堡饭厅墙上一幅油画中的妇女竟然被加上了两撇胡子:"此外在一个因为年代过于久远而褪色的泥金框子里,有一个胸部紧束的贵族夫人,她却傲气凌人地翘着两大撇用木炭画出来的髭须",①画中被恶意添加的胡须讽喻了绰号为"蜚蜚小姐"的普鲁士军官恣意作恶的无耻性格,成为法兰西被占领历史的一个剪影,具有高度典型性。

在莫泊桑的短篇小说中,出现过妓女形象的篇章多达数十篇,这些妓女形象可以划分为英勇爱国型、社会悲剧型、纵欲放荡型、金钱奴隶型等系列。小说《戴家楼》(*La Maison de Tellier*,1881),又称《戴丽叶春楼》,并未对妓女形象进行社会道德化或悲剧化的处理,而是将卖淫题材作了风俗化的处理,并对戴家楼的妓女进行了肖像画式的绝妙描写,例如:"飞尔南荻代表金黄头发的美人,很高很高,胖得几乎近于臃肿,脾气柔和,农村的女儿,一脸无法消除的雀子斑","拉翡儿是一个马赛女人,到各处海口跑码头的老油子,充着不可缺少的犹太美人的角儿,瘦瘦的,鼓着一副涂满了胭脂的脸蛋子。她那头用牛骨髓擦得通亮的黑头发在两鬓卷成钩形。她那双眼睛本是美的,倘若右边那一只没有眼翳"。② 莫泊桑以轻松诙谐的方式刻画了妓女们的风尘气息。春楼放假停业期间,戴丽叶太太率领脂粉团队到诺曼底乡下度假,这些烟花女子竟被纯朴的乡下人视为纯洁的仙女,她们流下不堪回首的眼泪。这体现了作者对妓女阶层温和的讽嘲与幽默的调侃,而且深藏着他对人性的深刻洞察。很多时候,这些女子沦为娼妓,是被罪恶的社会逼迫的,她们内心深处依然保留了人性最初的真善美。当妓女

---

① [法]莫泊桑:《蜚蜚小姐》,选自《莫泊桑短篇小说全集》(第一卷),李青崖译,湖南文艺出版社1991年版,第162页。
② [法]莫泊桑:《戴家楼》,选自《莫泊桑短篇小说全集》(第一卷),李青崖译,湖南文艺出版社1991年版,第4—5页。

们走进教堂,在经文诵念声及唱诗班歌声的感染中,某种圣洁的力量唤起了她们对纯真时代的回忆。这些妓女的宗教思想是虔诚的,对纯洁的丧失也感到悲伤,领圣体仪式让她们有重回童年的感觉,这与她们在妓院中荒淫堕落的思想和极尽享乐的行为形成了鲜明对照,表现了她们的复杂心理与对立人格。莫泊桑通过对这些妓女外貌形象、人格属性和人生际遇的诙谐式素描,完整地绘制出一幅生动的十九世纪后期法国青楼行业的风俗画。

莫泊桑的长篇小说《漂亮朋友》(Bel-Ami,1885)讲述了没有通过中学毕业会考的乔治·杜洛华从非洲服役回来后,在朋友查理·弗雷吉埃的帮助下进入报社当编辑。他利用自己漂亮的外表勾引上流社会妇人,通过贵妇德·玛海勒夫人、弗雷吉埃夫人(玛德莱娜)和华尔特夫人一步步走向飞黄腾达。最后,他又娶了报社老板、政界议员兼银行家华尔特先生的女儿,前途一片光明。该小说是对第三共和国时期法国上流社会的重拳出击,从政治、经济、金融、新闻,到教会、社交,全方位地进行揭露,对政治界、新闻界与金融界的狼狈为奸进行犀利的批判,尤其对上流社会的男盗女娼描绘得细致逼真,兼具鲜明的视觉效果和讽刺意蕴。

学者康柏尼勒-卡特尔(Campaignolle-Catel)指出,《漂亮朋友》中的人物速写借鉴了十九世纪法国现实主义讽刺画大师奥诺雷·杜米埃的绘画风格。[1] 杜米埃一生为正义奋斗不止,他通过创作大量的讽刺漫画和雕塑艺术描绘各个阶层人物,真实地揭露了第二帝国时期庸俗资产阶级的丑恶嘴脸,批判了君主政体和当时的社会制度,曾因此遭到过监禁和罚款。巴黎公社时杜米埃投身于革命,被选为艺术家联合会执行委员,他的代表作有油画《共

---

[1] Hélène Campaignolle-Catel, "Modèles picturaux, modèles descriptifs dans Bel-Ami", Poétique, n°153, Paris:Seuil,02/2008, p.95-98.

和国》、雕塑《拉塔波尔》和诸多讽刺漫画集、版画集。

《漂亮朋友》中的男性外貌描写使人联想到杜米埃的漫画作品和造型艺术,其中不乏喜剧效果。例如,金融家、报社老板华尔特先生首次出场时的肖像描写与杜米埃一八五〇年创作的《银行家》形象颇为相似:"这时,房门又打开了,来了一个圆滚滚的矮个儿先生,挽着一位高个儿美妇,他们就是华尔特夫妇。"①华尔特先生的土肥圆身材呼之欲出,暗示着他的贪婪,这与杜米埃讽刺画中的夸张技法不谋而合。小说对华尔特手下小记者圣波坦的描写片段让人们联想到杜米埃笔下的办公室职员形象:"一个矮个儿男人坐在大桌子另一端,正在写什么,因高度近视鼻子几乎贴在纸上,他身体相当胖,脸色十分苍白,秃脑壳雪白锃亮。"②莫泊桑使用素描手法将这个职员的官僚主义形象刻画得淋漓尽致,这些政客形象转变为一幅幅讽刺漫画。

《漂亮朋友》中的人物形象线条浓重、极具表现力,外貌特征成为象征性的提喻,暗示出各类行业人物的性格特点,其中不乏具有喜剧效果的素描式书写的例子。例如小说中关于诗人兼报社记者诺尔贝·德·瓦莱纳的肖像描写,虽然年华已逝,他仍然风度翩翩,"衣领发亮,是披肩的长发给磨的,肩膀上还撒了一些白色头皮屑",只见他"上前拉起弗雷吉埃夫人的手,在手腕上亲了一口。他弯腰吻手时,长发像水一样撒到少妇裸露的胳膊上"。③ 头皮屑和如水般的头发具有象征意味,给人一种华而不实的感觉。华尔特先生和诺尔贝·德·瓦莱纳就餐时极不文雅的吃相象征着他们并不是真正的有教养,菜肴十分丰盛,为了一饱口福,他俩都忙得

---

① [法]莫泊桑:《漂亮朋友》,李玉民译,中国对外翻译出版公司2010年版,第16页。
② [法]莫泊桑:前引书,第41页。
③ [法]莫泊桑:前引书,第17页。

不亦乐乎,为了满足食欲而不顾仪态:"华尔特先生大吃大嚼,几乎不讲话,他的目光从镜片下斜射下来,打量端给他的菜肴。诺尔贝·德·瓦莱纳似乎在同他较量,调味汁有时滴到衬衣的前襟上",也不去管它。① 这些政客和资本家人物形象宛如一幅幅讽刺画。

讽刺画风格在男主人公身上也不例外,小说开篇描写了在餐馆首次露面的杜洛华:"他长得一表人才,又保留当下级军官时的威仪,这会儿挺直腰身,以军人的习惯动作捻了捻小胡子",他"像老鹰那样"以捕猎式目光环视了餐厅客人,接着他昂首挺胸地走到街上,肆无忌惮地在人群中走着,"他那顶高筒礼帽已然破旧,斜压在耳朵上,鞋跟踏在铺石马路上嗒嗒作响,但他仍然摆出退伍军人轩昂的派势,傲视行人、房舍,甚至整座城市","他高高的个头儿,相貌堂堂,两撇翘起的小胡子仿佛长在唇上的青苔,小小瞳孔的蓝眼睛非常清亮,一头近棕褐色的金发自然卷曲,正中分缝儿,活像通俗小说中的反面人物"。② 杜洛华的首次亮相令人印象深刻。雄赳赳、气昂昂的军人气势和英俊潇洒的外表似乎将他塑造成一个不妥协的"英雄"形象,而他在饭店中猎鹰般的精明扫视和在马路上目中无人的横冲直撞都暗示着这是一位自私自利、损人利己、为达目的不择手段的流氓恶棍。

莫泊桑塑造的杜洛华形象与杜米埃一八五一年的雕塑作品《拉塔波尔》极为相似。一八五一年拿破仑三世发动政变,展开报复,随后建立第二帝国,于是杜米埃创造了雕塑人物拉塔波尔,他是拿破仑三世的一名打手和密探,其凶狠滑稽的样貌被大众视为令波拿巴主义当众出丑的形象。根据《十九世纪通用大词典》(*Le*

---

① [法]莫泊桑:前引书,第18页。
② [法]莫泊桑:前引书,第1—2页。

*Grand Dictionnaire universel du XIX*ᵉ *siècle*)的标注,由"rat""à" "poil"构成的 Ratapoil 是俗语,意指军国主义的支持者,尤其是拿破仑时期恺撒主义的支持者,Ratapoil 的象征含义与杜洛华绰号"Bel-ami"(漂亮朋友)的内涵有异曲同工之妙,莫泊桑对杜洛华的描述参照了雕塑人物拉塔波尔。① 以下为杜米埃在他的《人与作品》(*L'homme et l'œuvre*,1888)一文中关于拉塔波尔雕像的描述:"这是一个面貌可憎、歪扭着胯部的男人;旧外套松松垮垮地套在他的胸前。一只手插在他骑兵服的裤兜里;另一只手挥动着短粗木棒;双脚穿着过时的靴子。他的头又小又秃,像脱光毛的秃鹫,上戴一顶高筒礼帽,帽檐遮住了他闪烁的眼睛;鹰钩般的鼻子下边是厚厚的胡子,遮住了嘴巴,一撮山羊胡须让人看不见他的下巴究竟在哪里。他是非法人士的代名词,拿破仑宣传运动中不知疲倦的助手,'十二月政变'的煽动者,刽子手。总而言之,他就是拉塔波尔。"②

这两个人物形象,一个是用肉眼看见的雕塑人物拉塔波尔,另一个杜洛华存在于小说中,中间隔了几十年的距离,却有许多共同点:都曾是军人,都有捕食者(鹰或秃鹫的化身)的姿态,戴着高筒礼帽和长有胡须。胡须是杜洛华性感的标志,是男子气概的体现,是他吸引上层社会女性、出卖色相、获取功利的武器。拉塔波尔在法兰西第二帝国和第三共和国时期曾风靡一时,成为巧投机缘的代名词。杜洛华早年在非洲殖民地服役,度过了几年烧杀抢掠、无恶不作的恶棍生活,他回到法国后又开始顺势而为,凭借着他在殖民军里形成的卑劣无耻的习性,在巴黎恶浊的社会环境里从一个

---

① Hélène Campaignolle-Catel, "Modèles picturaux, modèles descriptifs dans *Bel-Ami*", *Poétique*, n° 153, Paris: Seuil, 02/2008, p.97-98.

② Philippe Kaenel, "Daumier, Ratapoil et l'art de la condensation", *La Revue de l'art*, n° 137, 09/2002, p.41-48.

普通的恶棍变成了一个冒险家,实现了从记者到银行家再到政要人物的人生轨迹。杜洛华心里保存着在殖民地肆意妄为的流氓本能,同时他又是一个随机应变的人,努力逢迎着社会的新规则。邪恶的经验与他狡黠的个性相结合,便滋生出这样的野心家。莫泊桑塑造杜洛华形象的夸张技法与杜米埃讽刺艺术的初衷不谋而合,其目的都在于针砭时政、讽喻和揭露畸形的资本主义社会,反映了十九世纪法国资产阶级冒险家的种种反面行为。小说与造型艺术在题材选择和技法应用层面达到了高度统一。

在小说叙述层面,莫泊桑小说经常诉诸如画般的文字描绘和对真实图画的描写、参照来影射现实,这都属于"图说"(ekphrasis)策略。例如杜洛华出人头地后回到父母家,房子里的装饰物仅有"圣书水缸上面的耶稣受难像",以及两组彩瓷,"一组是蓝色棕榈树下的保尔和薇吉尼,一组是骑着黄骠马的拿破仑一世"。①保尔和薇吉尼是法国作家贝尔纳丹·德·圣皮埃尔(Bernardin de Saint-Pierre,1737—1814)的爱情小说《保尔和薇吉尼》(*Paul et Virginie*,1788)的男女主人公,两人谱写了悱恻动人的田园恋歌。上述艺术器物暗示着小说人物的经历,不仅映射出杜洛华与玛德莱娜蜜月期的甜蜜,也将在另一个被他利用的"薇吉尼"(华尔特夫人)身上找到讽刺的回响,因为他对华尔特夫人的始乱终弃将令她像耶稣一样受难,她要承受自己女儿和杜洛华结婚的痛苦,只好一心扑在宗教寄托上,而她的丈夫华尔特先生一直想与拿破仑媲美,在金融财富暴涨之后,一心想拿下巴黎,"这是名副其实的征服者的主意,波拿巴式的主意"。②

华尔特先生为了炫富而花高价购买的一幅画具有特殊意义,

---

① [法]莫泊桑:《漂亮朋友》,李玉民译,中国对外翻译出版公司2010年版,第160页。
② [法]莫泊桑:前引书,第237页。

该画为莫泊桑虚构的画家卡尔·马科维奇所画的《基督凌波图》,该画的内容是这样的:"众使徒乘坐的船只有半截在画框里面,由斜射过来的灯光微微照见,而坐在船沿举着灯笼的使徒,将光亮全部投向缓缓起来的耶稣。只见波涛在耶稣脚下让路,变得平复铺展,柔和驯顺了。化为人形的上帝周围一片黑暗,唯有天上的星光灿烂。"①华尔特先生的妻女都将英俊的杜洛华与画中基督等同起来。

当华尔特夫人得知情夫杜洛华要娶自己的女儿,而女儿也非常乐意,为了阻止这件事的发生,她在绝望中想到了去求助耶稣基督。因为一直以来她时常跪在《基督凌波图》这幅名画前祈祷,用她自己的话来说:"正是这个基督,将来能拯救我的灵魂。我每次望着他,都觉得他给了我勇气和力量。"②所以她在黑暗中举着蜡烛,又来到了这幅油画面前:"她先是狂热地祈祷,结结巴巴讲些情话,进行热烈而绝望的祈求。继而,等火热呼唤的情绪平静下来,她抬眼瞻仰耶稣,突然又感到一阵惶恐。这摇曳灯光是唯一的光亮,从下方照上去,耶稣影影绰绰,那么酷似帅哥儿;凝望她的不再是上帝,而是她的情夫了。瞧那双眼睛、那额头、那脸上的表情、那冷淡而高傲的神态,正是她的情夫啊!"③她心里想到女儿和杜洛华正在一起,在痛苦中仰身跌倒,失去了知觉,一天后才恢复神智。她对这幅油画的理解暗示了她无力走出幻象,因为她真正崇拜和爱慕的其实是杜洛华这个见利忘义的流氓恶棍。可见这段关于《基督凌波图》的图说式描写实质上是用来揭露华尔特夫人虚伪的宗教信仰,她表面对上帝虔诚膜拜,实则被情欲冲昏头脑,将基督与情夫混在一起,满脑子里尽是色欲和占有欲,体现了莫泊桑

---

① [法]莫泊桑:前引书,第243页。
② [法]莫泊桑:前引书,第253页。
③ [法]莫泊桑:前引书,第276页。

对资产阶级腐朽荒淫生活方式的批判,也表现了他对宗教的讽刺与调侃。

第二节 《漂亮朋友》与《女神游乐场的酒吧间》

《漂亮朋友》在主题表达、场景建构和人物形象塑造上都贯彻了丰富的绘画美学手法,画活了一群虚伪狡猾之士的群丑图。小说开篇发生在疯狂牧羊女娱乐场(又译风流牧羊女游乐场、女神游乐场),它创始于一八六九年,于一八七〇年倒闭,一八七二年重新开放,是第三共和国时期巴黎社会各阶层聚会的高级场所,娱乐场人员主要有售货员、杂耍演员和三教九流的观众,莫泊桑和马奈等画家经常光顾这里。杜洛华从非洲殖民地退役回来后的生活很贫苦,地位低下的他偶尔也会光顾疯狂牧羊女娱乐场,约妓女拉歇尔回家过夜。后来他在街上偶遇故友弗雷吉埃,经他引荐得以在报社工作。杜洛华在弗雷吉埃家认识他的夫人玛德莱娜,他拜访过几次后便施展魅力使她成为自己的情妇。

在《漂亮朋友》的开篇部分,作者通过《法兰西生活报》政治主编弗雷吉埃对杜洛华说的话语来描写疯狂牧羊女娱乐场的场景:

> 瞧瞧这座池,全是携带妻子儿女的中产阶级,来看热闹,一个个都蠢头蠢脑。包厢里则是经常逛林荫大道的人,也夹杂着几个艺术家、几个二流粉头儿。我们身后,可是巴黎最怪异的大杂烩。那些男人都是干什么的?你观察观察,干什么的都有,各行各业,三教九流,而占主体的是无耻的恶棍。那中间有银行、商店、政府各部的职员,有新闻记者、靠妓女混饭的枴杆儿、换成便装的军官、穿上礼服的花花公子。……至于那些女人,全是一路货:在美洲人咖啡馆陪人吃夜宵,一两个

路易金币陪一夜,窥伺能给五枚金币的生客……①

弗雷吉埃通过对娱乐场中三教九流的评价,暗指此时巴黎的金融界、政治界、新闻界是一个怪异混乱的"大杂烩",而该小说正是讲述了杜洛华这个无耻流氓混迹于巴黎大杂烩的故事。舞台上的演员正在表演杂技,其中一人纵身跃上吊杆,"悬空一动不动,仅凭手腕的力量停在固定的杠上"。②资产阶级中的无耻之徒与杂耍演员具有行为上的相同点:滑稽与粗俗是常态,善于玩弄手腕是谋生之计。而与杜洛华发迹相关的三个贵妇人好像娱乐场吧台前的三名售货员:"三个涂脂抹粉的半老徐娘,正忙着出售饮料和色相;一帮女子站在一张柜台前,正等待来客;一群打扮得花枝招展的妓女正在游荡,混迹在身着深色礼服的男人群里。三名售货员身后有高大的镜子,映出她们的后背和过路人的面孔","里面烟气缭绕,好似薄雾,笼罩了远一点的部位、舞台和剧场对面。那些人都在吸雪茄和香烟,冒出缕缕白色烟雾,不断上升,在宽阔的圆顶下聚拢,围住大吊灯,在二楼看台的观众头上,形成了烟云密布的天空"。③

莫泊桑是印象派艺术的忠实爱好者,以上关于疯狂牧羊女娱乐场大厅、舞台和吧台场景的建构,以文字的方式再现了马奈的名画《女神游乐场的酒吧间》,两者具有相同的地点和描绘对象(酒吧女、鱼龙混杂的观众和杂技员)。对中产阶级女性及暗娼的描绘是马奈的重要题材,这幅画以出色的光影变化描绘了当时巴黎流行的宴会生活,画里汇聚了他钟爱的主题:女性,酒吧,静物和目光等元素。画面正中是一位金发女招待,她以漠然的表情站在吧

---

① [法]莫泊桑:前引书,第11页。
② [法]莫泊桑:前引书,第10页。
③ [法]莫泊桑:前引书,第10页。

台后面,面朝观众而立。觥筹交错的宴会场景通过女招待身后的一面大镜子展现出来,她身后的镜子映射出熙熙攘攘的宾客,灯火通明的大厅里香烟缭绕,华丽的水晶吊灯交相辉映,这是一幅典型的现代巴黎生活的享乐图景。左上角还露出杂技演员的一双绿色的脚。镜中反射的除了远处餐桌上的顾客,还有女侍者的背影和一个面对酒吧女的男子影像,她正在同这个男顾客谈话。吧台近景位置描绘了水晶果盘中的橙子、一些酒瓶,还有一只插着两朵玫瑰花的酒杯,它们刺激着观者的视觉、嗅觉和味觉,梦幻的光色氛围衬托着酒吧女迷离漠然的表情面貌。

事实上,《女神游乐场的酒吧间》的镜中映像和现实事物之间有矛盾之处,观者无法确定镜中男子在镜前的位置,此外还存在着吧台物品的数量、摆放位置与镜像不符等视觉问题。这种图像的断裂正如法国哲学家福柯(Michel Foucault,1926—1984)所说,"在镜中反映的东西与需要反射在镜中的东西之间存在失实现象"。① 对于这种"失实",英国艺术史家克拉克(T. J. Clark)从艺术社会学角度进行了解读,他将《女神游乐场的酒吧间》看作一份视觉化的阶级史料,从十九世纪巴黎社会实践出发去阐释镜中失实影像和酒吧女模糊表情所隐喻的阶级问题,引发了关于酒吧女身份和阶层不确定性的广泛讨论。② 同样崔斯克(Driskel)在《马奈的二元论:女神游乐场的圣母和/或妓女》③一文中指出,这个酒吧女在商品交易场上表征着阶级归属模糊的女人,一方面过着资

---

① [法]米歇尔·福柯:《马奈的绘画》,谢强、马月译,湖南教育出版社2009年版,第40页。

② [英]克拉克(T. J. Clark):《现代生活的画像——马奈及其追随者艺术中的巴黎》,沈语冰、诸葛沂译,江苏美术出版社2013年版,第322—326页。

③ Michael Paul Driskel,"On Manet's Binarism:Virgin and /or Whore at the Folies-Bergère",12 *Views of Manet's Bar*,Princeton:Princeton University Press,1996,p. 142-163.

产阶级的生活,另一方面由于经济来源有限,得靠出卖色相来养活自己。酒吧女提供商品,无论是吧台上待售的物品还是她的美貌,她无疑是商品的提供者,也是等待被交换的"物",商品与酒吧女的关联是隐喻性的。正如马克思在《资本论》中所指出的,不仅要看到物与物、物与人的关系,更要看到物背后的人与人的社会关系。

《漂亮朋友》中的女人们也处在暧昧不清的阶级关系中,杜洛华猎获的三个贵妇无一不沦为男人的玩偶,有失上层社会女性身份。莫泊桑小说同马奈绘画的密切联系促使我们将玛德莱娜与《女神游乐场的酒吧间》的女侍者进行比较:

> 她那身浅蓝色开司米连衣裙,充分显现她苗条的身段和丰满的乳房。短袖口和开得很低的领口镶有白色薄纱花边,袒露着手臂和胸口。头发束在头顶,脑后部分略微弯曲,颈上的金黄绒毛呈薄云状。
>
> 在她的注视下,杜洛华倒放下心来,不知为什么,这目光令他想起昨天在风流牧羊女游乐场碰到的那个妓女的目光。但她的眼珠是灰色的,灰中带蓝,从而有一种独特的神色。她的鼻子秀气,嘴唇却很厚,下巴颏儿有点胖,那张面孔不大匀称,但有魅力,饱含热情和慧黠。这类女人的面孔,每一根线条都透出一种特有的风韵,似乎都有一种寓意,每一种表情都好像要显露或掩饰什么。①

玛德莱娜的衣着打扮和容貌与《女神游乐场的酒吧间》的女侍者颇为相似,她也有着灰蓝色眼睛、丰满的胸部、盘起的金色发髻、性感的厚嘴唇和圆润的下巴,身穿低胸的蓝色紧身连衣裙。此

---

① [法]莫泊桑:《漂亮朋友》,李玉民译,中国对外翻译出版公司2010年版,第15—16页。

外,玛德莱娜的凝视令杜洛华想起疯狂牧羊女娱乐场某个妓女的目光,这充分印证了她同酒吧女的关联。玛德莱娜作为报社主编的夫人,有着体面的资产阶级身份,实则巴黎上流情场中的高级交际花或妓女,她用知性包裹淫荡,成为沃德雷克伯爵的情妇,并在伯爵病逝之后,获得了百万法郎遗产。而当她丈夫去世后,杜洛华取而代之,不仅接替了主编职务,且与她结为夫妻,拥有了贵族头衔。在此期间,玛德莱娜与外交部部长拉罗舍通奸。当杜洛华有了更大野心,便与玛德莱娜离婚,与报社老板女儿结婚。而玛德莱娜利用从情夫们那里得到的财产包养起了小白脸,她以情色交易获得金钱或以金钱获得色情,处在边界不固定的社会阶级关系和混乱的女性身份里。

德·玛海勒夫人是一位甘被欺骗玩弄的放荡女性,她热衷于和杜洛华鬼混,乔装成女仆,混迹于各种下层歌舞厅和酒馆,毫无廉耻地消费着色情和低俗。华尔特夫人原本正派,不料一旦引燃情欲,竟难以自制。杜洛华本质上是个男妓,当他在街头看见名妓的华丽马车时,他感到:"他和这名青楼女子有共通之处,有一种天然的联系,二人同属一个种族,同处一种心态,而他要飞黄腾达,就要采取类似的大胆手法。"[1]他眼中的女人形同升官发财的工具,在金钱万能的资本主义社会,物质化倾向践踏着两性关系。因而《漂亮朋友》中的疯狂牧羊女娱乐场与马奈的《女神游乐场的酒吧间》涉及类似的社会空间景观(娱乐场)、身份(妓女、交际花)、阶级(资产阶级、无产阶级)、性别(女性、男性)、意识形态(交易、消费、金钱与欲望),体现了文学与绘画艺术的深层交汇,将资本主义社会的浮夸、奢靡以及人性的异化刻画得入木三分。

---

[1] [法]莫泊桑:前引书,第105页。

第三节　小说空间建构与印象主义美学

莫泊桑的身影经常出现在艺术家聚集的沙龙和咖啡馆中,不墨守成规的习惯促使他捍卫着一八六三年"落选者沙龙"提倡的艺术原则,在这个沙龙里,被奉为独立画家或印象派画家的创作得到了人们的认可。莫泊桑经常参加印象派的圈子集会,他在《风景画家的生活》(*La Vie d'un paysagiste*,1886)一文中讲述了自己与莫奈、库尔贝和柯罗等人的愉快交往,他跟随着画家们一起踏上寻找稍纵即逝的印象之旅,观察着他们的工作方法,并逐渐适应他们绘画的主题。莫泊桑深深地沉浸于此:"去年,在同一个地方(埃特塔),我经常随着克洛德·莫奈一起寻找印象的踪迹。我们不再是画家,而是变成了猎人",后来,他遇到了一位坐在苹果树下的蓝衣老者,面前是一块方形小画布,他写道:"他的白头发有些长,他的神情是如此温和,笑容是如此温暖。第二天,我在埃特塔又遇见了他,我才知道,这位老画家其实是柯罗。"[①]与画家的交往深刻地启发了莫泊桑的美学意识,他追随着这些画家的创作踪迹,经常拜访印象派绘画萌生和发展的摇篮所在地:诺曼底海滨地区和塞纳河畔。

十九世纪末的作家引用一些画中的场所进行创作已不再是秘密,莫泊桑在作品中也引用了莫奈等印象派画家常常描绘的地方:塞纳河畔的风光和诺曼底的自然景色。莫奈于一八四〇年出生于巴黎,五岁时全家搬到了诺曼底海岸的勒阿弗尔和埃特塔一带,他在那里结识了风景画家欧仁·布丹(Eugène Boudin,1824—1898),布丹是莫奈油画的启蒙老师。塞纳河口和诺

---

① Maupassant,*Chroniques* 3,Paris:U.G.E.,1975,p.285-286.

曼底海滨是印象派画家的摇篮,莫泊桑也曾经无数次在诺曼底海岸徘徊和观察,非常熟悉当地农村的一草一木、风土人情,对这个美丽的海滨充满了深厚的感情,从中发现了大自然风景摄人心魄的魅力,并且把它作为短篇小说的重要题材,思考如何用文字传达出这种饱含诗意的美景。对他而言,这是一个可以赐予绘画生命的地方,他的很多小说都包含了关于塞纳河港口和诺曼底海岸风景的描述。

莫泊桑在《风景画家的生活》一文中还指出,"我们一定要睁大双眼去关注那些创新的人,他们试图探索大自然不可见的方面",他以印象主义画家般的视野领略着颜色带给眼睛的感动和喜悦:"我只用双眼去看;从早到晚,掠过平原和丛林,穿过峭壁和荆棘,我去寻找真实的色调,寻找未被注意到的色调间的细微差异,寻找被学校、教师、盲目及传统的教育阻止去深入理解的所有的东西。我的眼睛像饥饿的嘴一样张开着,贪婪地看着大地和天空,是的,我有一种要用我的目光觅食、像消化肉和水果一样去消化色彩之美的明确而深刻的感觉",这些发现改变着他的观察方式和写作手法,他说:"一片树叶,一块小石子,一束光线,一簇小草,都会令时间凝固,我忘乎所以地凝视着它们,比淘金者找到金子还要激动,我慢慢地品味着这种神秘而又美妙的幸福,分析着这难以捉摸的色调和转瞬即逝的感受。"①

印象派画家的风景美学原则与莫泊桑的文字书写完美融合在一起,他将笔下故事的场景置于印象派画家曾经参观和提笔绘画的地方,以优美的语言对诺曼底的山川平野、田舍风光、小镇风貌与渔家景象进行了描写,勾勒了一幅幅色彩鲜明的画面。《一生》中的故事主要在诺曼底海岸展开,纯情天真的贵族少女

---

① Maupassant, *ibid.*, p. 283-284.

雅娜完成修道院的教育后,接受了于连·德·拉马尔子爵的求婚,婚后才发现丈夫极为粗鲁、自私和冷酷,而且他和女仆私通后有了一个私生子。痛苦的雅娜生下儿子保尔后,于连又与伯爵夫人打得火热,他们幽会的木屋被伯爵从山顶上推下来摔得粉碎。保尔继承了父亲的恶习,吃喝嫖赌,弄得倾家荡产。小说中关于风景空间的描绘与女主人公的命运时刻关联在一起,如海上之景、山庄之景、朝夕之景、四时之景、欣欣向荣之景与萧瑟凄清之景再现了人物情感的起伏,其审美意识和视觉效果带有自然主义和印象主义的特点。

当雅娜在友人介绍下初次与拉马尔子爵认识,翌日她和子爵一起泛舟海上、驶往埃特塔海域时,海上的绮丽风光与他俩的淡淡柔情非常应景:"帆船先是远离海岸。天幕低垂,同海洋连成一片。陆上悬崖矗立,在脚下投了一大片阴影,但有几处洒满阳光的草坡将阴影劈开几个缺口。向后眺望,只见几片棕帆驶出费冈的白堤;向前眺望,又见一块有孔洞的大岩石,圆圆的,造型奇特,好像把长鼻插进水中的大象。那便是小小的码头埃特塔","她觉得自然万物中,真正算得上美的只有三样:阳光、空气和水"。① 此处描写与莫奈的《埃特塔的悬崖》《象鼻山和海滩》等画作极为近似。对印象主义画家而言,最重要的是光与色调的变化,以及这种变化蕴含的情感、感觉和审美效果。莫泊桑的文学描写与莫奈的绘画之间形成了一种典型的视觉效果临近感,在他们笔下,我们看到的是静止的、清澄的或波涛汹涌的海水,柔和的、乳白的、颤动的、闪闪发亮的光线,轻薄透明或者飘移流动的空气,如同棉絮般的蒸汽或者烟雾营造出的朦胧影像,传达出大自然的视觉印象和诗性

---

① [法]莫泊桑:《一生》,选自《一生/皮埃尔与让》,李玉民译,三联书店2014年版,第34页。

内涵。

雅娜在新婚蜜月短暂的幸福之后,自私的丈夫便判若两人,不再关爱她,她坠入了忧郁和空虚中,此时的环境也变得消极凄清,大风呼啸,苦雨连绵,树叶萧萧飘坠,一切都笼罩着惨淡的阴影:"大地覆盖一层白冰,现在变得又干又硬","白杨树枝上的残叶,一夜之间便脱光了。在荒野后面有长长一条绿线,那便是杂以一道道白浪的大海",这段萧瑟的景象暗示着雅娜曾经憧憬的爱情荡然无存,过上了无聊和愁闷的日子。她常到面海的斜坡坐下,回想起少女时期的美好,以及丈夫向她初次表白的情景,"何处寻觅那五月的田野、五月的芳草和绿树?何处寻觅叶丛间阳光的嬉戏、草坪上绿色的诗意?"①风景成为心理叙事的阐释话语,人们把握住自然的纯美,便是把握住愉悦的纯粹感受,雅娜命运的演变以诗情画意的方式呈现出来。

如同印象派画家一样,莫泊桑是一个尤为注重自然气氛的作家。小说《啊,春天》(*Au printemps*,1881)的主题便是春天的气息带给人的感受和思考。男主人公在春天的清晨醒来,温暖明媚的阳光气息在他心中唤醒了一种莫名的骚动和激情:"每当年初明媚春光来临的时候,大地就苏醒回青了,这时天空中芬芳的和风吹拂着我们的皮肤,吹进了胸膛,就像是一直吹进了心田,我们产生了对无限幸福的混沌期望。"②主人公怀着节日的心情出了门,在春日的阳光和微风中,登上了渡轮在塞纳河上游玩,此时他在船上注意到一位含情脉脉的少女,心中泛起疯狂的欲望和诗情,正想要接近她时,此时旁边一位小伙子却及时警示他爱情是有陷阱的,并向他讲述自己在同样的春天时节遇到一

---

① [法]莫泊桑:前引书,第83—87页。
② [法]莫泊桑:《啊,春天》,李青崖译,选自《莫泊桑短篇小说全集》(第一卷),湖南文艺出版社1991年版,第132页。

位多才多艺的动人姑娘,最终和她结婚,妻子却在婚后变得无比庸俗、狭隘、琐碎和冷漠,所以男人要提防春天给人带来的盲目柔情,否则容易陷入烦恼的深渊。男主人公最终按捺住了自己的冲动。小伙子觉得帮他避免了一个春天容易发生的柔情陷阱。这个故事体现了莫泊桑对女性和爱情的怀疑态度,作家本人曾遭遇初恋女友的戏弄,所以他功成名就之后,虽然有无数的艳遇,却未敢选择步入婚姻,因而这部小说也是他本人恐惧婚姻的一种映射。

莫泊桑好比一台精准捕捉感觉的写作机器,拥有着一双渴望色彩、光线和自然素材的双眼。小说《保罗的女人》(*La Femme de Paul*,1881)叙述了保罗带着女友到游人如织的青蛙塘游玩,而女友放荡不羁的行为令保罗痛苦地投水自杀。阳光下的河道里游船如织,水中反射着天空、太阳和树木的颜色,悠闲的女人穿着春天的衣服坐在游艇上,欣赏着柳树成茵的堤岸和波光粼粼的河面,那些划船的男人敞露着棕色的皮肤。女人们手中的红色、绿色、蓝色和黄色的丝绸阳伞宛如漂浮在水面的花瓣:"在船尾则万紫千红地怒开着许多奇怪的花,一些在水上漂流的花,这是那些女船手们五彩缤纷的稠伞。"[①]小船、阳伞、绿树、碧波、倒影和时髦的妇人所带来的视觉印象令人想起印象派画家们的游船题材绘画,尤其与雷诺阿和莫奈分别创作的《青蛙塘》系列画作颇为接近,这个"青蛙塘"是个离塞纳河不远的娱乐场所。

在小说《皮埃尔与让》中,很多关于塞纳河口的描写令人想起莫奈的《勒阿弗尔港》等系列画作。皮埃尔和让是两兄弟,因为一份遗产的继承人是弟弟,引发了哥哥的嫉妒心,他查出遗产来自母

---

① [法]莫泊桑:《保罗的女人》,李青崖译,选自《莫泊桑短篇小说全集》(第一卷),湖南文艺出版社1991年版,第141页。

亲的情人，而让是他同母异父的弟弟，于是他拿此真相做出了很多伤害弟弟及母亲的言行，最后弟弟决定放弃自己的遗产继承权，哥哥也终于意识到自己的过错，决定远渡重洋去国外发展。海港背景在烘托人物思想和命运转变方面有着寓示的作用，小说以皮埃尔登上客轮后渐行渐远的影像告终，瞬间的印象和情感被定格在海上，暗示着生命深处的悸动和隐秘："可他走了，已经变得很小很小，像一个难以辨认的小点点从巨大的轮船上抹去"，"客轮一会儿小似一会儿，仿佛融进了大海之中"，"那么遥远，那么轻浮，好似一点点海雾"，①海面上水天一色、雾气交融、船只朦胧隐现，令人领略到一种转瞬即逝的印象，勾勒出一幅印象派风格的海景写生画。

  莫泊桑的景观描写与印象派绘画存在着惊人的相似度。《密斯哈列蒂》讲述了一位印象派画家莱昂·石纳尔对他年轻时在诺曼底地区作画生活的回忆，小说描绘了他在临海悬崖边上见证的日落美景："辽远的地方，视界的尽头，一艘张着风帆的三桅船，在着了火一般的天空描出了它的剪影，一艘汽船，在比较近一点的地方经过"，"那个火红的球不断地慢慢往下降。不久，它恰巧在那艘不动的船的后边触着了水面，船在这座光芒四射的星球中央显出来，真像是嵌在一个火样的框子里。星球渐渐下沉了，被海洋吞噬了。我们看见它入水，降低，以至于消灭。结束了，仅仅那只不大的船始终在远处天空的金光背景上剪出它的侧影。"②落日的缕缕金光和火红的色晕突出了光线渐变的过程，此番情景与莫奈的《日落》《夕阳下的象鼻山》等画作颇为相近。画家莱昂·石纳尔

---

① ［法］莫泊桑：《皮埃尔与让》，选自《一生／皮埃尔与让》，李玉民译，三联书店2014年版，第406—407页。
② ［法］莫泊桑：《密斯哈列蒂》，李青崖译，选自《莫泊桑短篇小说全集》（第二卷），湖南文艺出版社1992年版，第12页。

创作了很多关于埃特塔、悬崖、大海和山谷的绘画,这些画作将光色元素、瞬间印象和自然氛围完美地糅合在一起。可见莫泊桑缔造了一幅幅颇具艺术感染力的文字画,与印象主义绘画有很多的默契和共鸣。

下 篇

第十章 二十世纪:文学思潮与艺术风潮的互涉和共建

现实主义在二十世纪的法国文坛仍然占据重要地位,有的作家通过解剖家族的盛衰史来反映时代变迁和个人命运,有的作家侧重表现个人情感、大众心理和文化生活,历史小说、励志小说、乡土小说、爱情小说、传记文学、侦探小说等都有很大发展。然而随着社会历史的发展,传统的文学叙述和艺术范式已经不能跟上日新月异的时代的步伐,当传统的现实主义无法解说现代意义上的新文艺形态的时候,法国文艺批评家罗杰·加洛蒂(Roger Garaudy,1913—2012)提出了"无边的现实主义"的主张,其著作《论无边的现实主义》(*D'un réalisme sans rivages*,1963)是对当代现实主义出路的新阐释,他分别从绘画、诗歌、小说三个角度对现实主义的当代形态提出了自己的观点,认为现实主义可在一定范围之内进行"无边"的扩大。① 虽然现实主义受到现代主义的冲击,但它并没有消亡,而是和现代主义交织在一起,继续反映当下时代的社会生活。

二十世纪上半叶,现代艺术流派的发展对现代主义文学的创

---

① [法]罗杰·加洛蒂:《论无边的现实主义》,吴岳添译,上海文艺出版社1986年版。

新起了很大的推动作用。欧洲的各种新型艺术观念和现代文艺流派呈现出百花齐放、百家争鸣的繁荣景象,它们以反传统的创新形式描绘现代都市生活和战争历史,这些摆脱了理性束缚的表现方法不仅可以帮助现代人更好地认识存在的本质,而且可以凭借新颖离奇的视角来改变人的思维方式,使人们以一种崭新的眼光看待周围的世界,从而在偶然中发现必然。事实上自后印象主义画派以来,西方现代派绘画便摈弃了以逼真再现为宗旨的模仿观和文学性的故事叙述,仅用颜色和形状来传达感觉和情绪。随着摄影技术的成熟与发展,传统绘画的写实功能趋于弱化,工业文明与科技革命铸就的理性思维驱动艺术家们对艺术的抽象之美不断探索,以激发人们的想象和思维。野兽派、立体主义、表现主义、抽象主义、达达主义、超现实主义、波普艺术等现代美术流派竞相登上舞台。

　　二十世纪上半叶是一个荒诞的、充满战争与死亡的复杂时代,不确定性、非理性、开放性、多义性、模糊性已成为普遍的现象。为了更加真实地表现人与世界关系的复杂变化,文学和美术对现实世界的呈现可以是客观和物化的,夸张和变形的,也可以是诗性和抽象的。现代主义美术具有象征性、表现性和抽象性的特点,促进了形与色的独立发展,排斥以写实和模仿为基础的传统美术。后印象派绘画中的暗示法,立体主义绘画中的拆解法、拼贴法,抽象主义艺术中的空间分割法、极简主义,超现实主义绘画中的潜意识、奇幻组合、黑色幽默等元素,也都体现在现代主义文学的写作策略和审美意识之中。现代主义作家们逐渐摈弃了以复制现实为目标的模仿观,不再去追求完整的故事叙述,而是以断续、开放、讽喻的方式展现人类的生存境遇和精神困惑,并以变换、想象、象征等诗性的方式和跨艺术美学手法来表达人的主观世界和心理危机,从而以表达形式的创新提供了形而上意义的暗示,例如世界的荒诞、人生的迷惘、主体的失落、精神的危机和个人的反抗等现代社会的重大问题。

十九世纪法国传统文学和绘画艺术大多从外部世界来关注人的存在,传统现实主义小说更注重年代时间序列的线性叙事,二十世纪上半叶的现代主义文学与造型艺术则更多地把眼光由外部世界转向了人的内心世界和精神意识,更加注重对时间的内在体验和对人类心理活动的探索。法国哲学家柏格森的直觉主义和生命哲学在世纪之交曾有着巨大影响,他指出了"绵延"(持续时间)的观念与科学时间的区别,认为科学时间是借助于太阳或钟表来确定的,不是真正的可掌控的时间,人类唯有在自身意识中持续感悟的时间才是真正的时间,才能自由地领悟自身本质,人类的生命体验是绵延完整的,是各种感觉的浑然统一。再加上奥地利心理学家弗洛伊德(Freud,1856—1939)的精神分析学和哲学家胡塞尔(Husserl,1859—1938)的现象学的影响,二十世纪法国文学创作逐步实现了"内在转向"。现代主义作家们眼中的现实世界是杂乱无章的,所以他们的文学作品突破了线性的叙述时间和因果结构,往往让意识流、想象、回忆、幻觉和梦境纵横交错,着力表现当代人对复杂世界的心理感触和对人生价值的反思,这与现代美术领域的审美情趣达到了高度的契合与呼应。同样现代主义艺术家们的创作放弃了以逻辑有序的经验为基础的现实再现,转向去表现人类主体更为深邃幽秘的内心世界,尝试将现实观念与本能、潜意识、梦的经验相融合,为文学与造型艺术的创新提供了更多的启示。

文学既是时间结构,也是空间结构,正如巴赫金(Bakhtine,1895—1975)在《小说的时间形式和时空体形式》一文中所言:"在文学中的艺术时空体里,空间和时间标志融合在一个被认识了的具体的整体中。时间在这里浓缩、凝聚,变成艺术上可见的东西;

空间则趋向紧张,被卷入时间、情节、历史的运动之中。时间的标志要展现在空间里,而空间则要通过时间来理解和衡量。这种不同系列的交叉和不同标志的融合,正是艺术时空体的特征所在。"① 随着现代艺术自主性的确立和视觉文化的巨大发展,二十世纪法国文学的叙述范式发生了另一个重要转向,即"空间转向",很多现代主义小说家对凝聚着时间的空间形式产生了浓厚的兴趣,从而打破了传统小说只是把空间作为故事发生的地点和塑造人物性格的舞台的单调写法,开始尝试利用空间来安排小说的文本结构或推动整个叙事进程,这种突破线性叙事的空间美学极大地丰富了现代小说的表现力。

二十世纪下半叶,西方进入了所谓的后工业社会或称后现代社会,法国也迈入了一个视觉图像更加流行的时代,电影、电视、摄影、绘画、建筑、广告、动漫、多媒体等视觉艺术强烈冲击着人们的感官思维和想象活动。美国社会学家丹尼尔·贝尔(Daniel Bell)认为:"我相信,当代文化正在变成一种视觉文化,而不是一种印刷文化,这是千真万确的事实。"② 斯洛文尼亚学者阿莱斯·艾尔雅维茨(Ales Erjavec)在他的著作《图像时代》中深刻地指出,持续了半个多世纪的二十世纪语言学转向已经被图像转向所取代,在这样的背景下,文学的语言表征就不能忽视图像美学所带来的影响。③ 在此潮流影响下,文学创作不可避免地更多受到了视觉文化的影响。法国的新小说、新新小说与新寓言派作家们继续打通了文学、艺术、历史、哲学之间的通道,进一步实现了文学书写的跨

---

① [俄]M.巴赫金:"小说的时间形式和时空体形式",《巴赫金全集》(第三卷),白春仁、晓河译,河北教育出版社1998年版,第274—275页。
② [美]丹尼尔·贝尔:《资本主义文化矛盾》,赵一凡等译,三联书店1989年版,第156页。
③ [斯]阿莱斯·艾尔雅维茨:《图像时代》,胡菊兰、张云鹏译,吉林人民出版社2003年版。

艺术化和空间叙事的多元化。他们或致力于颠覆、解构、重写经典,或将历史记忆与生命哲理汇聚在诗性的语言表达、视觉化的文本布局和艺术化的叙述策略中,充分表现了对人类精神处境和生存际遇的反思与关怀。

第一节　现代艺术流派的革新与演变

从整个欧洲美术历程来看,现代派美术思潮始于印象派绘画时期,或者更确切地说,始于法国后印象主义画家塞尚、高更和荷兰画家梵高,他们用主观的几何形体来建构画面,在静物画中缔造了新奇的体积结构和色块效果,使许多艺术家深受启发。后印象主义绘画偏离了西方艺术的客观再现传统,启迪了强调主观情感的表现主义和强调结构秩序的抽象艺术。塞尚将前期印象派绘画的视觉中心主义发展为以心灵、精神的描绘为主,将绘画引入内心感受领域,同时他主张绘画驱逐"文学性",即不再用绘画去讲述文学故事,而是寻求画面自身的独立性,但他并未完全排除诗歌:"'诗',人们或者可放在头脑里,但永不该企图送进画面里去,如果人不愿堕落到文学里去的话。'诗'会自己到画里去的。"[①]塞尚的本意是绘画没必要直接取材于文学和诗歌,这里提到的"诗"并不拘泥于诗歌,绘画的诗性不在于题材,而在于境界。事实上,塞尚曾立志成为诗人并创作了很多诗歌,他也试图在绘画中抵达诗意的境界,这种感受并非单靠视觉来获得,而是要用诗的想象去实现,所以他的画笔以主观情感去改造客观物象,寻求色彩、形式和轮廓的概念化,正如现代主义文学家们以符号化的文字意象创造出物我交融的诗性境界。

---

① 宗白华:《宗白华美学文学译文选》,北京大学出版社1982年版,第214页。

因而，摆脱主题羁绊的作品拥有自我指涉的可能性：作品本身就是最终目的。在这种自主性的背后，艺术家的主观性也在日益增长。在现代艺术史初期，艺术家的个人感性开始被视为美学品质的保证，经过不同阶段的发展，这一观念终于在二十世纪被奉为信条。十九世纪末二十世纪初的后印象主义、野兽派、表现主义、立体主义、超现实主义、抽象主义的发展也能说明这一点。这些艺术家与前期印象派所致力的形象写实传统产生了决裂，他们反对过分追求客观描写和细枝末节的再现，主张在艺术中渗透画家本人的主观想象和个性风格，从而将画布改造为情感表达、感官强化的一席之地。

以法国画家亨利·马蒂斯（Henri Matisse，1869—1954）、弗拉曼克（Maurice de Vlaminck，1876—1958）等人为主力的野兽派从后印象主义绘画中得到启发，用鲜艳浓重的色彩、粗野奔放的线条和扭曲夸张的形体来表达对客观世界的主观感受。表现主义画派把绘画语言视为反抗现实的手段，其直率粗放的笔法和强烈的画面效果充分显示出追求情感表达的主观倾向。挪威表现主义画家爱德华·蒙克（Edvard Munch，1863—1944）的《呐喊》《病室里的死亡》《焦躁》《灰烬》《生命之舞》等画作涉及了生命、爱情、恐惧、死亡和忧郁等主题，以强烈的情感意识来表达人类复杂的精神世界。

随着现代艺术形式的发展，传统艺术的权威性被逐渐解构和消解了，现代主义美术不代表任何事物，以赤裸的物质性满足目光的需求，而不再寻求表达一段历史故事、一种预设价值、一个寓言意义或其他任何使命。法国画家、作家兼理论家让·梅津格（Jean Metzinger，1883—1956）与法国艺术家、哲学家阿尔伯·格雷兹（Albert Gleizes，1881—1953）共同撰写了《论立体主义》（*Du cubisme*，1912）一书，并在书中强调说："绘画没有模仿任何东西，它赤裸裸地展现绘画自身",法国画家兼批评家莫里斯·丹尼斯(Maurice Denis,1870—1943)发表的艺术美学论著《理论》(Théories,1912)是立体主义和抽象主义的基石,他提出了一种将绘画参照价值排除在外的定义:"一幅画在成为一匹战马、一个裸女或某个逸事之前,本质上都是一个平面,上面覆盖着按次序组合的颜色。"①

二十世纪初期,以西班牙画家巴勃罗·毕加索、法国画家乔治·布拉克(Georges Braque,1882—1963)为首的立体派艺术在巴黎出现。立体派绘画继承了塞尚的造型法则,打破了概念化和程序化的惯性思维,从根本上挣脱了传统绘画的视觉规律和空间概念,主张破坏和肢解各种物象,将自然形体进行几何抽象化分解,再将其施以主观组合,借以表达四维空间,解决了多维度空间在平面上的表现问题。毕加索激发了一系列艺术改革运动,促使一些艺术家脱离了以往的写实风格,追求碎片、解析、重新组合的绘画形式。这种草绘般风格和未完成风格的潮流甚至主导了二十世纪的现代文学和艺术,作家和艺术家们刻意留下创作的痕迹。传统绘画中的造型是已经完成的、逼真再现的物象,立体派的造型却是未完成的、破碎的物象,立体派绘画的意义在于画家不再忠实地复制现实,而是画出了一个有待观者重构和发挥想象的世界,这样的画法类似于诗歌的阅读,读者面对的也是不确定的形象,需要动用主观情感去重构诗意的世界。

在二十世纪上半叶的绘画史中,主观性的发展一直持续。第一次世界大战期间,欧美的一些青年知识分子出于对现实的不满,形成了一种否定传统价值的精神状态。一九一六年,法国诗人特里斯唐·查拉(Tristan Tzara,1896—1963)在瑞士苏黎世与一些青

---

① Daniel Bergez, *Littérature et peinture*, Paris: Armand Colin, 2004, p. 36.

年诗人成立了一个文艺团体,以在辞典上任意指定的"达达"一词作为该团体的名称,达达主义即由此而来,它的宗旨是反对一切传统和常规,以空虚的态度对待一切,其行动准则便是破坏一切,并没有建立什么理论体系来维系其主张的发展。紧随其后的超现实主义继承了达达主义的非现实思想,但与只想破坏旧世界的达达主义不同,超现实主义者们有着旺盛的创作热情,试图在摧毁传统文艺的同时重构一种艺术体系。超现实主义存在了半个世纪之久,而达达主义却很快销声匿迹。"超现实主义是法国现代主义文学中历时最久,影响最为广泛的流派,它在政治上不甘寂寞,在艺术上标新立异,以反传统精神和自动写作法著称于世。它在绘画、雕塑、建筑、戏剧和电影等艺术领域里成就卓著,也产生了一些风格独特的小说。"①

一九二四年,法国作家安德烈·布勒东(André Breton,1896—1966)发表了《超现实主义宣言》(*Manifeste du surréalisme*,1924)。该宣言否定了传统的现实主义文学,指出超现实主义文艺不受理智的监督和审美的约束,追求纯精神的自动反应和最初的思维意识。超现实主义既是图像化又是文学化的,同时还表现在摄影和电影领域,例如美国艺术家曼·雷(Man Ray,1890—1976)的超现实主义摄影、西班牙电影导演路易斯·布努埃尔(Luis Bunuel,1900—1983)的超现实主义电影。画家马克斯·恩斯特(Max Ernst,1891—1976)、萨尔瓦多·达利(Salvador Dali,1904—1989)、保尔·德尔沃(Paul Delvaux,1897—1994)、勒内·马格里特(René Magritte,1898—1967)、马塞尔·杜尚(Marcel Duchamp,1887—1968),以及安德烈·布勒东、路易·阿拉贡(Louis Aragon,1897—1982)等作家们,分别用独特的作品将超现实主义带到了公众的视野。

---

① 吴岳添:《法国小说发展史》,浙江大学出版社2006年版,第309页。

抽象绘画的诞生堪称文艺复兴以来一次更加彻底的绘画革命，诸如抒情抽象绘画、行动抽象绘画等画风。德裔法籍抽象派画家汉斯·哈同（Hans Hartung，1904—1989）与法国抽象派画家皮埃尔·苏拉热（Pierre Soulages，1919— ）、乔治·马修（Georges Mathieu，1921—2012）被并称为"抒情抽象三杰"，他们以各自的方式征服了画面的空间，提倡直觉、动势与表现性笔触的至高无上性，融合了简单抽象的图形语言、姿态语言和自由线条主义。剔除了参照性功能的绘画倾向于单色潮流，皮埃尔·苏拉热对"黑色"的艺术运用广为人知，他创造了新词"超黑"（outrenoir），意思是超越了黑色的另一种精神领域，他的作品的主题并不是为了表现黑色本身的价值，而是表现黑色世界的光线，所以它要超越黑色，从此"超越黑色""单色绘画"等术语被用于描绘他的作品。在抽象绘画范畴内，我们还能联想到俄国抽象派画家卡西米尔·马列维奇（Kazimir Malevich，1878—1935）的名作《白底上的白色方块》《白底上的黑色方块》，这些被称为"至上主义"（suprématisme）的绘画彻底抛弃了画面的语义性及描述性成分，也抛弃了画面对三维空间的呈现，平面几何图形不再具有体积感和深度感。马列维奇摒弃了绘画的再现观和模仿观，认为绘画无须再观察和描绘现实生活，只需表达一种至高无上的感觉，把事物抽象到只剩下形式、材料和构成，这种把纯粹的感觉等同于抽象的极致画法被称为极简主义。

第二次世界大战结束以后，许多欧洲艺术家移民到美国，美国逐步取代巴黎成为新兴艺术运动的中心。美国抽象表现主义绘画大师杰克逊·波洛克（Jackson Pollock，1912—1956）开始使用"滴画法"，他摒弃了传统的绘画工具，把巨大的画布平铺到地面或钉在墙上，然后用带有小孔的盒、画棒或画笔把颜料泼洒或滴溅在画布上，有时还用沙子、石块、铁钉和碎玻璃掺和颜料在画布上摩擦，以无意识的动作画成复杂交错的抽象线条效果，画面与身体姿势紧密相关，这种即兴随意的画法被称为行动绘画或抽象表现主义，他的主要作品有《秋韵：第30号》《薰衣草之雾：第1号》《蓝杆：第11号》等。波洛克创立的行动绘画改变了传统绘画的空间，画面没有主题、中心、前景和背景，绘画成了画家情感流泻和自发性运动的载体。波洛克绘画的目的在于摆脱一切束缚，这种自由奔放、无定形的抽象画风格被视为抽象表现主义绘画，综合了抽象主义和表现主义的特点，在注重形式的同时突出感情和色彩，成了美国自由精神的体现，与超现实主义代表马塞尔·杜尚的理念一脉相承。

除了主观性的加重，艺术也面临着自身合法性的危机。当马塞尔·杜尚提出现成的东西（ready made，日常消费的工业制成品）就是真正的作品时，公众被带入了一个话语圈套：所有的东西都可以被视为艺术品，但如果任何的东西都是艺术品，艺术本身就失去了它的特殊性。这一论调还将持续发展，二十世纪五十年代萌发于英国、鼎盛于美国的波普艺术（popular art）的创作大量利用废弃物、商品招贴、电影广告和各种报刊图片来进行拼贴组合。美国波普艺术领袖安迪·沃霍尔（Andy Warhol，1928—1987）将艺术美学思想与商业市场法则融合起来，这位前卫的作家兼艺术家将工业社会所生产的物品和大众传媒图像都视为创作的元素（例如玛丽莲·梦露的照片和可口可乐的瓶子），他凭借以广告为代表的大众传播技术，完全推翻了关于艺术品之独特性的常规论调，其作品全是复制品，并有意消除画中的个性与情感色彩，其画作特有的单调、无聊和重复，传达的是冷漠、空虚、无聊的感觉，反映出现代商业化社会中人们的迷惘和无奈。德国思想家瓦尔特·本雅明（Walter Benjamin，1892—1940）在著作《机械复制时代的艺术作品》（*L'Œuvre d'art à l'époque de sa reproductibilité technique*，1935）中辩证地阐明了现代复制技术对艺术创作的影响，一方面，他认为现代社会对艺术的复制破坏了艺术的灵韵,机械的复制剥去了艺术的原真性,另一方面,本雅明对复制技术表示了宽容,他眼中的艺术品也因技术获得了新的内容,复制技术为艺术品创造了新的内涵和时空。

在"二战"爆发后,反战艺术兴起。瑞士雕塑家、画家和诗人阿尔贝托·贾科梅蒂(Alberto Giacometti,1901—1966)是一位人道主义的艺术大师,在"二战"后期创作了大量作品,揭示战争给人类带来的苦难、恐惧与孤独。一九三五年以后,贾科梅蒂与超现实主义者决裂,和存在主义大师萨特(Sartre,1905—1980)成为好友。尤其在"二战"后期,由于战火的蔓延,欧洲人民处于水深火热之中,贾科梅蒂创作的火柴杆式、细如豆芽的人物形体艺术造型象征着被战火烧焦了的人们,用来揭示战争的荼毒和罪恶。其雕塑和绘画中形同鬼魅的、拉伸延长的形体仿佛是饱受战争折磨的、消瘦的人类,以艺术寓言的方式表达了现代人深切的孤独感、恐惧感和焦虑感,其作品受到萨特的赞誉。贾科梅蒂借鉴了萨特关于人的存在的概念,推导出艺术形而上的外在表现和深刻内涵。萨特关注绘画与雕塑的空间意识与艺术生命,在《贾科梅蒂的绘画》一文中,他探讨了艺术创作与审美中的距离感问题。他将"距离"视为艺术审美的关键点,认为贾科梅蒂"从一种轻盈的实体中创造着真空","贾科梅蒂的每一个作品都是为自身创造的一个小小的局部真空,然而那些雕塑作品的细长的缺憾,正如我们的名字和我们的影子一样,是我们自身的一部分,还不足以构成一个完整的世界。这也就是所谓的'虚无'(void),是世界万物之间的普遍距离"。① 萨特还指出贾科梅蒂的雕塑就是从空间中修剪多余的东

---

① [法]萨特:《萨特论艺术》,韦德·巴斯金(编),欧阳友权、冯黎明译,广西师范大学出版社2002年版,第63—64页。

西,使雕像的外形高度精练,并以淡笔轻抹的模糊性线条创造出符合个性原则的肖像,激发着观者的想象,其目的并非是提供精确的形象,而是创造神似。这种充满了诗性、留白和想象的艺术理念同中国书画艺术中以虚为实的空间美学追求不谋而合。

二十世纪六十年代至七十年代初,欧美国家兴起了照相写实主义(photoréalisme),即利用摄影对现实进行客观的复制和逼真的描绘,写实主义注入了作者的主观激情,是一种主观的或人文的写实,这意味着抽象绘画完成了身份的蜕变,进入艺术沉寂期。在此基础上,超写实主义(hyperréalisme)的绘画和雕塑艺术应运而生,一直延续到二十一世纪,它往往使用照片作为参照,并放大日常事物的尺寸,形成异乎寻常的美学效应。超写实主义创作者们更多地关注细节,有的绘画往往是原始参考照片的十倍或二十倍,但保留了极高的分辨率,还经常通过微妙的灯光和阴影效果来创造视觉上的幻觉。此外,社会、文化、情感和政治等主题要素也参与到视觉错觉的扩展中。超写实主义作品的对象包括画像、景物、风景和日常场面,比照相写实主义更具文学性。

第二节 立体主义拼贴美学与造型诗

二十世纪初期的诗人和画家彼此吸引,毕加索在巴黎蒙马特高地的工作室汇集了画家乔治·布拉克和诗人马克斯·雅各布(Max Jacob,1876—1944)、纪尧姆·阿波利奈尔(Guillaume Apollinaire,1880—1918)等人,创立了立体主义,他们的创作相互影响,倡导了文学和视觉艺术的对应。毕加索在绘画之余也有写诗的业余爱好,但未正式将其诗作发表过:"他的诗句像他的拼贴画,一边写一边还给字母涂上色彩、标上抑扬顿挫的符号,一首诗写在纸上就像一幅画。"[1]毕加索还指出："我要像写字一样,用思想的速度和节奏作画。如果我是中国人,我将不会成为画家,而是一位书法家。我要写我的画。"[2]他提到的"写画"意味着作画就像是写诗,可见毕加索受到了中国写意画和书法画的影响。

毕加索将写诗看成是作画,其诗句就像拼贴画一样被涂上色彩,他也把绘画看成是诗："绘画是'诗',它自始至终都是以一种相互押韵的造型谱写成的诗,而不是'散文'",[3]在他看来,绘画色彩和造型的呼应就像诗歌中的韵律感和节奏感一样相互应和。马塞尔·雷蒙(Marcel Raymond)指出："立体主义画派的训条和波德莱尔的主张十分和谐,和兰波的更是彼此协调一致。"[4]皮埃尔·戴(Pierre Daix)认为毕加索的绘画完全符合前辈兰波对现代作品的定义,"他将绘画自学院传统、宗教谎言与社会礼教的极权中释放出来,为它打开一个源自原始主义与魔法的新境界"。[5] 正如"现代诗歌避免通过描述性或者叙述性的诗句来认可客观世界(也包括内在世界)的客观存在",[6]毕加索的绘画以纯粹的艺术元素组合表达了一个个神秘、未知、自由的领域,激发出观者的无限想象。这意味着摆脱了"文学性"题材束缚的现代诗歌和绘画只在能指层面进行游戏,诗歌的能指就是词语和意象,绘画的能指

---

[1] 朱太珍:《狂暴的公牛——毕加索:艺术与生活》,中国妇女出版社2005年版,第96页。
[2] 朱太珍:前引书,第199页。
[3] [美]鲁道夫·阿恩海姆:《视觉思维——审美直觉心理学》,滕守尧译,四川人民出版社2005年版,第73页。
[4] [法]马塞尔·雷蒙:《从波德莱尔到超现实主义》,邓丽丹译,河南大学出版社2008年版,第187页。
[5] [法]皮埃尔·戴:《毕加索传》,唐嘉慧译,江苏教育出版社2005年版,第101页。
[6] [德]胡戈·弗里德里希:《现代诗歌的结构——19世纪中期至20世纪中期的抒情诗》,李双志译,译林出版社2010年版,第137页。

就是纯粹的色彩和形式。

乔治·布拉克的作品多数为静物画和风景画,画风简洁单纯、严谨统一。他将字母及数字引入绘画,也采用拼贴的手段。他和毕加索在画布空间上引入了异质的材料,发展出了拼贴画和粘贴画,拼贴的材料包括剪报、丝带、彩纸、相片以及大头针、粉笔、铅笔、锯屑、小珠子、树叶、钉子、麻布袋等日常物品,例如布拉克的《水果盘和玻璃杯》,毕加索的《藤椅上的静物》《花》《小提琴》等。各种异质的、毫不相干的事物并置和组合在一起,产生了独特的视觉效果。那么在文学艺术上,拼贴就表现为一种"用诸如典故、引用和源自其他文本的片段等形成一部文学作品的部分或全部的写作技巧"。[1] 法国立体派诗人皮埃尔·勒韦迪(Pierre Reverdy,1889—1960)反对传统现实主义,他坚持现代艺术作品的纯洁性和自动性,将现代绘画和诗同模仿和逸事分离开来,并将立体主义绘画视为"造型诗",指出立体主义绘画的根源是立体主义画家接受了诗人的传统比拟方法,"两个相对遥远的现实的结合会产生一种新的现实",也就是说,两个看似无关的意象的并置反而会产生陌生奇异的艺术效果,"打破事物相互之间的联系以创造、整合新的事物一直都是诗歌艺术的方法,画家把这种方法用于实物。他们不是表现它们,他们运用的是他们发现的事物之间的联系。结果就会产生一种再塑造,而不是一种模仿或解释。它像诗一样也是一种概念艺术;事物的再塑造相当于难以形容的词组的诗意创作"。[2] 勒韦迪认为立体主义画家的创作与诗歌创作是相通的,画家有能力和自由去创造非模仿性的图像,正如诗人创作的形象

---

[1] Chris Baldick, *The Oxford Dictionary of Literary Terms*, New York: Oxford University Press, 2008, p.249.

[2] [英]金·格兰特:《超现实主义与视觉艺术》,王升才译,江苏美术出版社2007年版,第19页。

并非是现实的原样。勒韦迪的诗歌作品与当代立体主义绘画有着惊人的相似:喜爱分解断裂、混合异质元素的拼贴,力图让诗歌呈现出图像效果,其诗歌文本中距离遥远的意象元素组合成一幅幅立体主义画面。

立体主义诗画结合的现代理念也影响了阿波利奈尔等诗人的图画诗创作。阿波利奈尔是法国立体主义诗歌与超现实主义诗歌的先驱,他力图从词语的形式和内容两个方面去再造毕加索的绘画感性。他在诗的形式方面下了很大功夫,把诗句排列成某种图画的形状,有时是一颗心,有时是一面镜子,有时是一匹马,有时是一道穹隆式的门洞,有时是插着鲜花的花瓶,他的诗集《图画诗》(*Calligrammes*,1918)很好地展现了诗歌与绘画、语词与图形之间的对话与融合,一首诗即是一幅优美的画。例如在图画诗《受伤的鸽子与喷泉》中,诗人将战友的名字和表达思念之情的诗句排列成一只受伤鸽子的形状和一个正在喷涌的喷泉形状,给人一种战争的压抑感,鸽子是和平与幸福的象征,而那些丧身沙场的战士姓名及形象从诗人的记忆之泉中喷发出来,仿佛在控诉着血流如注的战争,也在为逝去的生命而哭泣。作者通过这种具有立体美的诗歌形式将自己怀念战友的哀伤怨愤的心情宣泄无余,令人回味无穷。再如诗歌《心》的内容是:"我的这颗心像是一朵倒置过来的火苗",诗人将诗句以心形火焰的形式排列出来,象征着内心情感的火热。除了运用印刷排版的视觉效果,阿波利奈尔还将文字的笔画当成画家的线条来使用,例如《女人》《雨》《领带》《埃菲尔铁塔》等图形诗宛如一幅幅文字速写画,使诗歌直接具有可视性的画面感。

第三节　超现实主义绘画与文学

超现实主义绘画的一大特征是幻象化,但超现实主义画家自愿选择幻觉是为了更好地把玩现实,通过非常规的方式来表达个人的愿景,正如西班牙画家萨尔瓦多·达利的作品。达利将自己的创作精辟地总结为"偏执狂批判法"(méthode paranoïaque-critique),这种理念与真正偏执狂病患者的区别在于,它是通过积极而有意识的狂想来创造一个非理性而又酷似客观世界的幻想世界。达利以弗洛伊德的潜意识精神意象学说为理论基础,用自由联想所激起的意念来诱发幻觉境界,他将信手拈来的物象或形状,或如实刻画,或变形处理,或东拼西凑,营造出大量的超现实境界。达利追求的不是消极的潜意识下的机械自动书写,而是更为积极的超现实表现层次,就像他的画作《记忆的永恒》(1931)里柔软的钟表是一个关于时间的梦境,时间被液化了。达利试图借几只融化的、扭曲的、有延展性的表来隐喻时间和记忆,软表是对时间侵蚀的一种表达,曾经坚硬的钟表在太久的时间中松垮下来,离奇的梦境形象和软化的物体缔造了一种时间流逝的真实感。除了时间的幻象,阉割、堕落的男性生殖力以及崇高的女性形象似幽灵般游荡在达利的多数作品中。

在图文交流领域,画家也可以通过文字对图像的再描述来重塑视觉经验,使人们对形象与文字有了认知程度以外的思考。比利时画家勒内·马格里特擅于表现图像的组合、梦境的隐喻和画中有画的诗意指向,他的画作《形象的叛逆》(1929)表现了一个巨大的烟斗,烟斗下方写了一行字:"这不是一只烟斗",图像表现与文字描述之间的对立使观者产生迷惑,从而引发了再现与被再现之间复杂关系的思考。除了打破图像与文字的逻辑关系,他还通过不同物象的非理性组合来形成超现实的艺术表现形式,例如《红色模型》(1937)开始描绘的是一双脚,然后从脚渐变成一双鞋,可见超现实主义绘画往往把具体的细节与虚构的意境结合在一起,表现出梦幻的境界,这是一种纯粹的精神自动主义。马格里特擅长通过生活中的平凡事物来表现梦幻般的潜意识状态,制造一种神秘魔幻的气氛,激发人们反思生命的本质,他曾经发表过一篇《词语与图像》的文章,从符号学的角度分析了视觉符号与词语符号的指代意义以及它们之间的相互影响。

"主观性"为超现实主义文学和艺术创作提供了有益的动力。超现实主义者们依据弗洛伊德的精神分析学说和亨利·柏格森的直觉主义,主张通过对人类潜意识的发掘来表现人类思维中的世界形象,因而超现实主义是"主观性"最好的表达方式。无意识、梦境和幻想是超现实主义画家和作家之间的合作十分紧密的原因,他们常把相互之间的作品看作是真正的艺术交流。

在诗歌领域,相当多的诗集是为展现超现实主义画家的作品,反过来又充当了画家的灵感来源。保罗·艾吕雅(Paul Éluard,1895—1952)的诗集《痛苦之都》(*Capitale de la douleur*,1926)里就收录了一系列为当代画家创作的诗:《巴勃罗·毕加索》《马克斯·恩斯特》等。

布勒东本人也是一个艺术爱好者,他与诸多画家来往,毕生收集了大量艺术品和绘画杰作。同超现实主义画家们一样,布勒东诗句的组织正是受到无意识的驱使,他谓之"自由结合"(union libre):诗句的形式类似于中世纪絮絮叨叨的连祷,却被无序地插入了一些奇特的画面,文本建立在语义之间的自由联系上。例如布勒东名为《自由结合》(*L'Union libre*,1931)这首诗中的例句:"我的妻子有炭火的头发/炽热的闪电的思想/沙漏的腰身/我的妻子有虎牙间的水獭的腰身/饰结和头号星星花束的嘴唇","我的妻子有貂皮和山毛榉果实的腋窝/圣约翰之夜的腋窝/女贞树和神仙鱼巢的腋窝/海水和水闸泡沫的手臂/混合着小麦和磨盘的手臂/我的妻子有火箭的腿/随着时钟绝望摆动"。① 在上述这首堪称超现实主义爱情诗范文的作品里,"我的妻子"这一主题宛如音乐的主旋律一般反复出现了二十八次,使人感到一种既梦幻又强大的力量。诗人对妻子如痴如醉的爱通过胡言乱语展现在读者面前,正因为这种爱是疯狂的、非理性的,所以它的表现形态也是非逻辑的,形象之间的结合并不是有意安排的,体现了诗人超越现实的自由想象。该诗通篇都是毫不相干的字词或形象的"自由结合",语言之间的逻辑被主观性原则打破,两个事物的距离相隔越远,碰到一起时的审美张力就越大,使诗歌获得一种陌生化的艺术效果。

如果说象征主义诗人保尔·瓦雷里(Paul Valéry,1871—1945)和超现实主义者们反对现实主义小说,那是因为他们认为传统的文学极易过于屈从于"再现"的诱惑。这一反对的声音构成了现代主义文学成长的基石。吴岳添指出:"超现实主义和象征主义的共同之处,是注重源自奈瓦尔等浪漫主义者的感觉、梦幻和下意识写作,信奉波德莱尔提出的感应理论,但是象征主义注重诗歌内在的旋律,使诗歌具有和谐的音乐美,意在通过对万事万物的描绘,去感知隐藏在客观世界深处的更为真实永恒的世界,所以比较容易理解。而超现实主义则是力图下意识地感知事物背后的无穷尽的奥秘,因而信笔所至,随心所欲,充满了朦胧的梦幻。"② 柳鸣九亦指出,这种感应"既可以走向象征,也可以走向超现实。这种走向及其结果如果是可以理解的,可以领会的,往往就是象

---

① 老高放:《超现实主义导论》,社会科学文献出版社1997年版,第170—171页。
② 吴岳添:《法国小说发展史》,浙江大学出版社2006年版,第321页。

征,而这种走向及其结果如果是难以理解的,难以领会的,往往就是超现实"。① 保尔·瓦雷里的《海滨墓园》(*Le Cimetière marin*,1920)等诗歌耽于哲理,倾向于内心真实,往往以象征的意境表达生与死、灵与肉、永恒与变幻等哲理性的主题和思考。

法国现代派诗人亨利·米肖(Henri Michaux,1899—1984)是一位叛逆诗人和抽象画家,他的创作糅合了超现实主义和象征主义的风格。面对着残酷的世界和不幸的现实,他曾经云游四海来逃遁现实和进行心灵的历险,共发表了四十余部自由诗或散文诗集,例如《骚动的夜晚》(*La nuit remue*,1935)、《考验、驱魔法》(*Épreuves, Exorcismes*,1946)等作品以怪诞、奇幻、凶险和烦躁的风格著称,"他深切地感受到人生的艰难和痛苦。他的痛苦来自十九世纪法国浪漫主义作家热拉尔·德·奈瓦尔的'超自然的梦想',来自所谓神秘的灵感和虚构的人造天堂所产生的神秘幻觉",他的诗诙谐怪诞,"是现实生活的一朵变态奇花,反映了一个时代和整个一代人被扭曲的精神状态",②他刻画的病态社会和残缺的人生与波德莱尔的《恶之花》和兰波的《地狱一季》中的景象颇为相似,他大胆创造全新的词汇,赋予诗歌一种驱魔祛邪的能力,试图在虚幻的感觉中寻求精神的解脱。同时他也是一位非常出色的画家,他是最早将中国书法引入抽象绘画的人之一,那些氤氲风格的绘画颇受中国水墨画的影响,常常与诗歌结合在一起,令人回味无穷。

在小说领域,布勒东发表了《娜嘉》(*Nadja*,1928)、《连通器》(*Les Vases communicants*,1932)、《狂爱》(*L'Amour fou*,1937)等类似于意识流小说的叙事体散文,其中夹杂着超现实主义运动的自动

---

① 柳鸣九:"现实与超现实之间",《世界文学》1994年第3期,第249页。
② 刘成富:《20世纪法国"反文学"研究》,江苏文艺出版社2002年版,第79页。

写作法、粘贴法和潜意识的描绘,以及一些评论,有时直接贴上图片来代替文字描写。这些夹叙夹议的作品表达了清醒意识与朦胧梦幻交织的状态。小说《娜嘉》使用了大量的摄影、插图等非文学手段来展开叙述,描写叙述者"我"在街头偶遇贫苦孤寂的女孩娜嘉,她自称是游荡的灵魂,满脑子充满了幻觉和预言,总说着怪诞的故事,结果被关入精神病院。"我"对此感到愤慨,认为这个自由的精灵不该受理性的束缚。事实上娜嘉是叙述者想象中的虚幻人物,源于他脑海中的潜意识和印象,所以这个人物也就忽隐忽现、神秘莫测。小说将主观意识与客观现实混合,叙事极不连贯,思维跳跃、东拉西扯、废话连篇,这种无序的写法是典型的自动写作法。

路易·阿拉贡的小说《巴黎的乡下人》(*Le Paysan de Paris*,1926)包括两个部分:"歌剧院街市"写乡下人第一次从农村来到巴黎,五光十色的大都市令他眼花缭乱、胡思乱想,觉得歌剧院街市充满了疯狂、死亡、色情和梦想。"舒蒙岗的自然感"描写乡下人和布勒东等人前往城外的舒蒙岗,道路崎岖难行,他们四处碰壁,同时对沿途所见的雕像和女人等景象大发议论。这篇小说对哲学、理性、感觉、爱情、肉欲等进行了评述,认为靠纯粹理性的抽象思维获得的知识只是幻觉,每个人或物都包含着无数奥秘,只有靠培育感官才能激发想象力,进入超现实的境界以获得真知。小说中不时插入一幅广告或一页报纸,类似于超现实主义的粘贴画,文章与图像相得益彰。

鲍里斯·维昂(Boris Vian,1920—1959)在小说创作中把现实与超现实融为一体,他的小说作品有《岁月的泡沫》(*L'Écume des jours*,1947)、《脑包虫和浮游生物》(*Vercoquin et le Plancton*,1946)、《北京的秋天》(*L'Automne à Pékin*,1947)、《红草》(*L'Herbe rouge*,1950)、《夺心记》(*L'Arrache-cœur*,1953)等,这些小说是关

于友谊、爱情和死亡的故事,显示出一个个梦幻般的世界,例如孩子会飞翔,物体会变形等,形式荒诞、讽刺辛辣,表现了现代人面对战争和死亡时的焦虑和反思。《岁月的泡沫》写年轻人的爱情故事,情节错乱而怪诞,例如人物的肺里长出睡莲、枪筒上开出玫瑰等。时间、空间、房屋家具等会随着人物命运的变化而变形,物体被赋予生命,人与物之间平等,人会下蛋,动物可以改装。这部荒诞作品充满了象征元素和超现实的奇特想象,并通过不同人物的品质和行为揭示了一个金钱主宰的、异化的世界。维昂的短篇小说《蚂蚁》(*Les Fourmis*,1949)同样具有超现实主义特色,战场上的恐怖场面以荒诞滑稽的笔调展现出来,例如士兵的脸被炸飞了四分之三以后还走去就医。小说以看似滑稽、实为悲壮的画面,批判了战争的恐怖可憎,体现了超现实主义的创作理念。

第四节 现代主义小说家的艺术化写作

二十世纪现代艺术的概念有模糊化的趋势,艺术作品享有更大的自主性价值。然而,现代艺术创作者与作品的联系被削弱了,就像在画家杰克逊·波洛克通过偶然的行为态势和滴画法所绘就的"行动抽象绘画"中,艺术作品的理念变得难以确认。二十世纪艺术的解放运动是极为广泛的,同样体现在音乐领域。奥地利作曲家阿诺尔德·勋柏格(Arnold Schönberg,1874—1951)于二十年代创立十二音体系,他认为古典音乐的大小调体系已经过时,因此他抛弃了音乐的调性,代之以半音阶风格的十二音体系,从而开创了二十世纪现代主义的音乐理论,标志着音乐创作的解放达到了一个高峰。法国作曲家阿希尔-克劳德·德彪西(Achille-Claude Debussy,1862—1918)将法国印象派艺术手法运用到音乐上,视音乐为颜色与韵律的组合,创造出了别具一格的和声,其钢琴作品

《版画集》《意象集》的音乐旋律富有画面感,这些变革意味着现代音乐开始考虑自身,摆脱了所有预设的意义,对欧美各国的音乐产生了深远影响。

文学领域的解放也许没有如此激进的表现,但它的根基同样受到了撼动,我们也能发现作家们为摆脱预设主题和传统限制而做出的创新和努力。如同艺术领域的变革,现代主义文学推翻了昔日的再现式常规,作者不再直接干预作品,也不再有绝对的权威。超现实主义作家们的自动式写作和"绝妙的僵尸"文字游戏对作者的概念提出了质疑,因为文本的产生并不需要一种有意识的意愿,而且文本的意义并不依赖于作家的"权威"。安德烈·纪德(André Gide,1869—1951)和保尔·瓦雷里的思考体现了同样的倾向,且都对作者权威地位的弱化起到了推波助澜的作用。纪德在《帕吕德》(Paludes,1895)一书中指出:"在我向他人解释我的书之前,我期待着他人跟我解释我的书",保尔·瓦雷里则认为:"不存在文本的真正含义。作者并没有解释它的权威。"[1]现代性文学作品本身获得了更大的独立性和自主性,不再致力于复制现实,往往运用大量的象征性手法、视觉化表达、时序颠倒、变换性想象、内心独白、意识流、荒诞意识、文字游戏等手段,文本形式呈现出符号化、内向化、情节淡化的特征。

(一)"乌力波"团体的文学实验

乌力波(Oulipo)团体创作出来的文本受到了一系列预先设定好的技巧的限制,从而限制了个人表达意愿的余地。乌力波(Oulipo,Ouvroir de littérature potentielle,潜在文学工场)是一个由作家和数学家在一九六〇年创立的松散的国际团体,主要作家成员有

---

[1] Daniel Bergez, *Littérature et peinture*, Paris: Armand Colin, 2004, p.39.

意大利作家伊塔洛·卡尔维诺（Italo Calvino, 1923—1985）、法国作家雷蒙·格诺（Raymond Queneau, 1903—1976）和乔治·佩雷克（Georges Perec, 1936—1982）等，其成员至今活跃于世界文坛。

雷蒙·格诺正是基于"组合文学"和"组合数学"的混合概念创作了诗集《百万亿首诗》（*Cent Mille Milliards de Poèmes*, 1961），他一直醉心于文体实验和句法结构的革新，他把自己的小说《麻烦事》（*Le Chiendent*, 1933）分为7章91段，因为91是前13个数字之和，又是13和7的乘积。他还在《文笔练习》（*Exercices de style*, 1947）一书中玩弄文字游戏，把一件微不足道的社会新闻，用99种方式叙述了99遍。雷蒙·格诺在二十年代参加超现实主义小组，后来他与布勒东决裂，但他的作品仍带有超现实主义的痕迹。

擅长于文字和字母游戏的乔治·佩雷克则创作出有史以来最长的漏掉字母e的小说《消失》（*La Disparition*, 1969），该小说的情节如下：安东·伏瓦尔失踪了，只留下些许神秘信息，警察开始调查，随即发生了第二起神秘的失踪事件。失踪者的朋友聚在一起，试图搞清真相，但是新的失踪又来了，每个人都感到危险的逼近，结局难测。小说的文字同故事一样神秘，通篇三百多页，竟然没有出现一个字母"e"，在法文中使用最频繁的元音字母"e"在小说中"消失"了。而在另一部作品《重现》（*Les Revenentes*, 1972）中，乔治·佩雷克只用了一个元音字母"e"，也就是说，小说没有用任何一个其他的元音字母"a""i""o""u"。乌力波的文学思维体现了法国文学标新立异的探索精神，当然也有诸多评论认为这是一种刻板的游戏。

返向自身的文学在伊西多尔·伊苏（Isidore Isou, 1925—2007）于一九四五年在巴黎发起的法国现代诗歌流派"字母派"（lettrisme）中表现得也非常明显，该流派指责法文的文字结构不够理想，主张把文字拆成一个个音节，甚至于分割成一个个字母，创造一种新的语言。作家使用独立于语言规范和社会常识的字母来组成文本,摆脱了表意的功能,从而使语言符号具备更多的音乐性和视觉性。

(二)普鲁斯特的"艺术小说"

马塞尔·普鲁斯特(Marcel Proust,1871—1922)无疑是一位抛弃惯常的"再现逻辑"的伟大小说家,也是一位有着深厚艺术素养的文艺思想家。在自然主义及其替代物式微之后,普鲁斯特对写实文学的价值提出质疑,并试图与他所称的"注解文学"(littérature de notations)决裂。并且他在《驳圣伯夫》(Contre Sainte-Beuve,1954)中批判了圣伯夫的传记批评方法,批评圣伯夫不懂得作家在书中的自我完全不同于在生活中的自我,并批驳圣伯夫将自然史应用于精神史领域,试图在作家之间寻求科学法则般的精神联系,这都是不合理的。

早在十九世纪,诗人波德莱尔的通感论为人与世界万物之间的感应、文学与绘画艺术之间的相通提供了依据,他认为在具体可感的现实深处,隐藏着一个永恒、真实、神秘的世界。普鲁斯特的小说巨著《追忆似水年华》(À la recherche du temps perdu,1913—1927)便是再现了一个芳香、色彩、声音和记忆相互感应的联觉世界。普鲁斯特的目的在于追寻逝去的时光和记忆,该小说借助于空间化美学实现了时间的绵延,叙述者参照了大量经典画家和画作的名字,运用不计其数的视觉意象和影像画面来隐喻人生经历、感情故事和生活感知,从而缔造了空间化的时间和记忆。往昔的人物和事物被迁移到绘画艺术的审美视野之中,当叙述者将自我经历与亘古的艺术原型联系在一起,便使记忆的版画带有了永恒的精神内涵。这部作品的艺术化构思和视觉性叙述对现当代文学产生了深远的影响,从而缔造了一部融合丰富人生体验、哲学感悟和美学内涵的"艺术小说"。

(三)纪德小说的嵌套美学

安德烈·纪德将小说形式和风格的追求放在首要位置,他的小说创作体现了现代性文学的革新意识和艺术思维。其美学思想在他的首部小说《安德烈·瓦尔特笔记》(*Les Cahiers d'André Walter*, 1891)中得到体现,他运用了"纹心嵌套结构",创造了一个"我"的副本瓦尔特,这个人物正在写一本名为《阿兰》的书,同样在小说《伪币制造者》(*Les Faux-monnayeurs*, 1925)的情节结构中,也形成了类似的"小说套小说"的结构。纪德曾经试图借助绘画的实例,运用类比的手段来解释和阐明纹心嵌套这一概念,并将其称为"纹章之法","亦即将第二个嵌入第一个当中的'纹心之法'",[①]在纹章图案的中央再镌刻一个较小的同样图案,纹心就是图案的中心,这样的嵌套结构表现的是整体和部分之间的同质关系和参照关系。冯寿农将纹心嵌套结构称为"回状嵌套法",认为这种结构"必须具备两个或两个以上信息相同的元素,或者说套体与被套体在某个方面必须存在相同的信息",[②]两者在内容和形式上是同构同质的关系,增加了小说意义的空间层次,产生了内外呼应的美学效果。

(四)马尔罗小说的艺术基调

安德烈·马尔罗(André Malraux,1901—1976)的小说美学源于他作为艺术批评家的特质,与纪德相比,他的小说对绘画美学的运用更加广泛和深入。马尔罗整个文学生涯的成果主要由小说创

[①] André Gide, *Journal I*:1887—1925, Paris:Gallimard,1996, p.171.
[②] 冯寿农:"法国现代小说中一种新颖的叙事技巧——回状嵌套法",《国外文学》1994年第1期,第34页。

作与艺术论著两大部分组成,这两个部分在法国文坛都占有重要地位。他的小说和艺术论著都蕴含着一种关于艺术创造和人生价值的思考,这种思考表达了"人的状况"的哲学主题,以及希望人类联合起来用创造和行动来抵抗历史宿命、社会苦难和人生虚无的强有力意志。

现代主义思潮对马尔罗进行了最初的熏陶,他结识了立体派的画家和诗人,同毕加索、布拉克等人的交往塑造了他自由想象的能力,他从一开始便反对模仿事实和追求纯粹的美的写作方法,而是强调语言形式的创造性和价值意义,推崇作家对现实的艺术变换和诗性展现。在《立体派诗歌的起源》(*Des origines de la poésie cubiste*,1920)一文中,马尔罗提到了马克斯·雅各布、皮埃尔·勒韦迪等立体派诗人,这些诗人强调创作主体在主题面前的独立自主性,其立体派诗歌语言浓缩精练,带有微妙的讽喻意识和从平凡事物中洞见神奇的感知力,以及对事物惯常逻辑规律的破坏意识。马尔罗非常欣赏这种突破常规的创造性思维以及在作品与现实之间拉开距离的美学效果,正如他后来选择远东革命作为小说题材,正是为了让西方读者在时空概念上拉出距离,在他者文化与自身境遇的对照中获得新奇的生命体验和深刻的精神启示。

正如现代艺术以诗性手法来改造和变换现实,马尔罗认为现代主义文学应通过"写作的想像"来增强语言的表现力。他最著名的小说《人的境遇》(*La Condition humaine*,1933)并不致力于情节的铺陈或典型人物形象的塑造,也不遵循生活的表象或按部就班展现事物,而是以跨文化想像和跨艺术想像将现实进行加工和变换,采用绘画、摄影和音乐原理构筑小说框架和表达主题思想,使小说成为不朽的艺术作品,从而引导人类超越自我、改变自身的屈辱状况、获取人的尊严。马尔罗巧妙地运用几何线条、色彩基调、光线明暗和框架分割等绘画美学手法缔造艺术化、现代性的叙述空间,从而创作了一种包含丰富哲学、美学和道德思想的艺术小说的类型,讽喻了现代社会人类的荒诞境遇。

第五节　新小说的空间化叙事与后现代特征

法国文学在二十世纪前半期与后半期存在着诸多分歧,五十年代后,在"二战"后新的历史条件下,随着后结构主义、解构主义等思潮的发展,后现代的法国文坛进入"怀疑的时代",阿兰·罗伯-格里耶(Alain Robbe-Grillet,1922—2008)、娜塔丽·萨洛特(Nathalie Sarraute,1900—1999)、米歇尔·布托(Michel Butor,1926—2016)、克洛德·西蒙(Claude Simon,1913—2005)等新小说作家们开始以形式革新为旗帜,以文字历险风格展现人类多面向的生存镜像和本真的心理世界,其文本建构呈现出杂糅性、拼贴性、互文性、迷宫性和虚幻性等后现代诗学特征。

以反叛、解构、标新立异的形式实验为特征的新小说,是现代主义的延续、发展和反叛,这种后现代文学既摒弃了现实主义小说传统,摆脱了传统文学常规的形象塑造与写实功能,也是对现代主义深度意义写作模式的反拨,从"写什么"转向"怎么写",从"冒险的叙述"转向"叙述的冒险",发现能指与所指之间的游戏关系,反对具有预设意义的、围绕中心的整体化写作,体现了消解、质询、开放、差异的精神。人和环境之间的不协调妨碍了总体观念的形成,作者权威的淡化和文本的不确定性促使作家们向碎片化的创作模式进行演变,新小说家们表现的碎片化生存体验恰恰反映了生活的这种变化。

新小说作家认为现实是平庸无奇、琐碎杂乱的,所以他们在小说写作中淡化故事情节,取消了时间标识之间的线性连接,以零碎的片段和场景的罗列来反映生活的本来面貌,大量使用嵌套、拼贴、意识流、电影蒙太奇与绘画美学等表达手法,呈现出鲜明的视觉化特点,所以他们亦被称为"目光学派"。新小说叙述的"空间化"倾向有了很大发展,带有更多的并置、分裂和解构色彩,批评家们认为,"二战"前占据西方思想前沿的是对时间的思考,"二战"后则让位于对空间的思考:"人们进入到这样一种时间性中,共时性超越了历时性。所有的事件叠加在现在时中,现在时就像陈列在博物馆里那样被展览",①被空间化了的时间被物化、并列、展览出来。

(一) 罗伯-格里耶小说的嵌套美学与电影美学

罗伯-格里耶的小说观契合了二十世纪现代艺术的审美追求,即作品摆脱外在的预设主题和意义,获得独立自主的地位,他指出:"艺术不是一个色彩浓烈的信封,用于装饰作者的'信息',不是裹在饼干盒外面的一张金灿灿的包装纸,不是墙上的一层涂料,不是浇在烧鱼上的一勺调料。艺术并不服从任何一种此类的奴役,也不履行其他任何预先指定的功能。它并不依靠任何先于它而存在的真理;人们可以说,它除了它自己,什么都不表达。它自己创造它自身的平衡,为它自己创造它特有的意义。"②传统文学语言把人的主观感受和判断加诸于物之上,罗伯-格里耶称之为"语言的暴政",他反对将人的意志预先赋予万物的"人本主义",努力与传统小说无所不在的"人道主义"划清界限。他在"物本主义"思想的引导下,对纯粹物象世界进行精细入微的描摹和展现,其小说没有连贯的情节或鲜明的人物形象,而是充满了时空交错的文本游戏,并将电影美学、绘画美学等艺术技法融入小说

---

① Bertrand Westphal, *La Géocritique : réel, fiction, espace*, Paris: Minuit, 2007, p. 27.
② [法]阿兰·罗伯-格里耶:《为了一种新小说》,余中先译,湖南文艺出版社2011年版,第53—54页。

创作。

罗伯-格里耶擅长运用美术中的嵌套手法来进行小说创作，使某些主题、场景、字词和形象在小说中循环复现，制造出一种回环往复的对照效果。嵌入法本是在一个纹章中心或一角再放置一个纹章图案的工艺美术技法，在文学中体现为故事套故事或语词套语词的叙述结构，起到局部与整体互相映射和补充的作用。例如《橡皮》(Les Gommes, 1953)中的侦探瓦拉斯在咖啡馆中遇见一个醉鬼时，醉汉突然出了一个谜语让大家猜："是什么动物早上杀父，中午淫母，晚上瞎掉眼睛的？""不对……是早上瞎眼，中午淫母，晚上杀父。"[1]这里的"杀父"典故正是作者嵌入小说中的关键故事，作者以神话中斯芬克斯谜语的方式影射了俄狄浦斯的故事，也影射着主人公瓦拉斯的经历。瓦拉斯受命到一座城市去调查政治经济学教授杜邦被谋杀的案件。早上的调查毫无进展，他如同盲人般无所适从。中午他访问可能是自己继母的文具店女老板，在与她的谈话中产生了一些色情的幻想。晚上，他误杀了杜邦教授，而这个人可能就是他的生父。因而小说人物经历和心理以纹心嵌套的形式表达出来。此外，瓦拉斯买橡皮的几次行为意味着后面的情节推翻和擦掉了前面的情节，《橡皮》在表面的侦探小说结构之下，实际上采用了巴洛克式的螺旋形叙事结构，通过倒叙手法使小说中的叙述时间以螺旋方式向前推进，反映了人物命运的不可抗拒性，也说明了世界往往是不可把握的。

罗伯-格里耶既是作家又是经验丰富的电影人，他曾经执导并参与过多部先锋电影的拍摄，曾获得过威尼斯国际电影节的大奖，是法国"新浪潮"电影的推动者。在他的创作中，电影以及电

---

[1] [法]阿兰·罗伯-格里耶:《橡皮》，林青译，上海译文出版社1981年版，第242页。

影小说也占有很大比重。他徜徉在文字与影像、纸页与胶片两种不同的艺术领域中,既是一位以电影方式创作小说的作家,又是一位以小说方式创作电影的电影人。在他的小说中,读者可以随时发现很多类似于电影或绘画的段落,李清安在《没有嫉妒的嫉妒》一文中指出小说《嫉妒》(*La Jalousie*,1957)里隐身的人物宛如一架摄像机,"他只是有意识地像电影摄像机一样映出一幅幅视觉图像,而且几乎是像无声电影一样仅仅展现某些图景,甚至没有旁白与解说词"。① 《嫉妒》模拟了摄像机的拍摄方式,以影像的方式透过窗户、走廊或镜子反射的角度详细记录妻子的每个神态、表情和与邻居说的每一句话,尽管看不到一个被嫉妒折磨的丈夫,但是偷窥的视角和叙述的方式使得妻子和邻居之间的关系被强行染上了暧昧的色彩。在小说《窥视者》(*Le Voyeur*,1955)的这段描写中,马弟雅思的目光所勾划的视线轨迹就像电影中的长镜头一样进行静物式的扫描:大厅楼上的第二扇门——新的第一扇门——宽阔的卧室——地板上的黑白瓷砖——床——小桌子——台灯——紧闭的门——梳妆台——镜子——地毯——五彩墙纸——床上方的油画——床头小灯——透过窗纱的阳光——香烟——床单——垃圾箱——扫帚——玻璃门——大厅。② 这种逐点前进的空间描述方式好比录像式的电影拍摄手法或快照式的画面叠加。

罗伯-格里耶还经常借用电影镜头中的布光原理来凸显画面细节。灯光是电影导演用来设计电影画面的重要工具,影片中的影像对观众的视觉冲击力往往取决于灯光的运用。《嫉妒》中的一些场景为了突出人物的身体轮廓和面部表情,就运用了光线的

---

① 转引自[法]阿兰·罗伯-格里耶:《嫉妒》,李清安译(序),译林出版社2007年版,第11页。
② [法]阿兰·罗伯-格里耶:《窥视者》,郑永慧译,译林出版社2007年版,第51—53页。

映射效果:"这样一来,餐桌便处在一片昏黑之中。照到桌子上的光线,唯一来源便是平柜上的那盏灯了,因为拿到对面去的另一盏灯,此刻已经离得很远了。弗兰克的头从靠厨房的那面墙上消失了。他那雪白的衬衣也不如刚才被灯光直接照射时那么耀眼了。只有他的右臂从四分之三的后侧面被光线照耀着:肩膀和胳臂镶上了一道亮边,还有稍高处的耳朵和脖颈也是。他的脸几乎完全处在逆光之中。"①灯的亮光勾画出弗兰克的轮廓,让他的身形具有了剪影的效果,叙述者看不到他处于逆光下的脸部表情,因此接下来只能更加密切地观察他的动作和声音。叙述者像摄影机一样进行机械化的窥视,光线和阴影构建了一个封闭、缺乏交流、充满不安和猜疑的现代人心理空间。

(二)克洛德·西蒙小说的拼图美学

克洛德·西蒙对历史和存在命题的诗化之思与现象学方法息息相关,同时他将绘画艺术的共时性赋予了小说,把现实、历史、想象、梦境、潜意识和回忆都编织在一幅幅关于战争、自然、人生和历史的文字画上,建构起开放的语义空间,缔造了文学与视觉艺术交相辉映的互文衍射机制。

西蒙不仅受到了超现实主义运动的影响,而且曾师从法国立体派画家安德烈·洛特(André Lhote,1885—1962),学习了绘画艺术。立体派绘画强调画面的并置和拼贴,使碎片符号相互碰撞,产生独特的视觉效果。由画家布拉克和毕加索发展起来的拼贴画在二十世纪六十年代的法国成了一种大众艺术,而文学拼贴画手法也成为后现代主义小说中流行的写作技法,即在文学作品中嵌入

---

① [法]阿兰·罗伯-格里耶:《嫉妒》,李清安译,译林出版社2007年版,第19页。

图画、他人语录、广告词、新闻、典故、外语等元素。西蒙深受立体派绘画的影响,在他看来:"立体派画家什么原则也不遵守,将虚构的、有时甚至是真实的物体碎片(如报纸、物品或木头等)粘在一起,互相冲突……或直接把颜料倒在画布上。"①所以在他的小说《植物园》(Le Jardin des plantes, 1997)中,文字内容以几何图形的形式在页面上排列出来,在第一、二部分中,叙述不同时空情景的文字被排版组合成长方形、正方形等多种几何图案,让人想起形状各异的苗圃、花坛和树林,里面种满了关于历史、人生、记忆和感知的碎片。可见西蒙创造了一种与自然秩序相呼应的艺术秩序,这样的艺术秩序拥有自己的生命和逻辑,人的生命如园中花草,自有其枯荣生死的生命形态。

《植物园》是一部体裁混杂的作品,兼具了小说、散文和回忆录的风格,采用复杂交错的意识流叙述形式,展现了主人公的人生经历和生命感悟,以及他在世界各国的游历,其中涉及个人对往昔历史的回顾,以及斯大林主义、官僚主义、人性的异化、贫富两极分化和都市生活的放纵等社会现象。西蒙成功地颠覆了传统小说的线性结构,其小说创作不在于说明解释,而在于展示和并置,他的写作设法摆脱时间顺序和社会事件的因果关系,其文本的艺术化结构体现了极强的叙述功能,而且有着鲜明的拼图美学特征。刘成富指出,《植物园》的文本形态与拼图游戏(puzzle)有许多相似之处:"这部作品的图形形式让我们不由自主地想起了《巨人传》中的神瓶形象、阿波利奈尔的图画诗、乔治·佩雷克的方块诗以及其他许许多多实验作家的种种探索。克洛德·西蒙以诗和画的创造性,深刻地表现了人类长期潜在的处境,或者说,他以线形的文

---

① 张容:《法国新小说派》,台北远流出版事业股份有限公司1992年版,第220页。

字,配以版式的图形结构,强调作品所蕴含的可与绘画相比的空间上的外延性。"①

小说《植物园》开头援引了蒙田的话语:"无人能描绘自己生命的确切图像,我们只能取其片段,(……)我们都是小碎块,具有如此无形而多样的结构,每一块,每一时刻,皆有自己的戏。"②这意味着人们对整齐划一的世界观的寻觅是徒劳的,相反,只有浸染着瞬间光彩的片段,才是勉强可信赖的。正如文论家伊哈布·哈桑(Ihab Hassan)所言:"后现代主义者只是拆解;所有他假装信赖的东西只是片段。他的最大耻辱是'整体化'——无论什么样的综合,不论它是社会知识的还是诗学的,都是耻辱。所以,他偏爱蒙太奇、拼贴、信手拈来或切碎的文学材料,喜欢并列结构而不是附属结构。"③西蒙深切感到世界缺乏条理性,因而他在小说创作中将战争体验、社会阅历和人生感知皆以碎块形式"拼接"和并置在一起,他所展现的历史与世界是破碎、混乱和多义的。

(三) 米歇尔·布托小说的空间美学

米歇尔·布托以新小说的形式革新为核心关注,以小说与现实的象征性关系为立足点,要求小说从叙述结构、叙述人称、叙述视角等方面进行革新探索,充分调动读者的参与意识,以适应当代纷繁复杂的社会现实,表现更加本真的世界。对时间与空间的探索是布托小说反复呈现的主题,他借鉴绘画、音乐等艺术美学技巧,以多角度、多层次的时空交错来投射现实生活。布托尤其对绘

---

① 刘成富:《20世纪法国"反文学"研究》,江苏文艺出版社2002年版,第123页。
② [法]克洛德·西蒙:《植物园》,余中先译,湖南文艺出版社1999年版,第9页。
③ Ihab Hassan, *The Postmodern Turn*: *Essays in Postmodern Theory and Culture*, Colombus: The Ohio State University Press, 1987, p. 168.

画艺术很感兴趣,因而他把视觉艺术的形式引入了文学创作,为革新二十世纪的文学叙述手法做出了巨大贡献。布托在《小说的空间》(*L'espace du roman*,1964)一文中指出:"至于小说的空间,其意义并不亚于其他艺术,与其他探索空间的艺术,特别是绘画艺术之间的关系,也是十分亲密的。小说不仅能够,而且有些时候应该容纳这些探索空间的艺术。"①

布托的小说《变》(*La Modification*,1957)把拼贴、组合、叠印等艺术手法引入叙述空间,阐释了现代机械文明下的社会问题和精神危机。《变》描写了一位已婚的巴黎职员从巴黎到罗马的一次火车旅行,对婚姻和城市生活感到厌倦的他想去罗马接回情人,展开新的生活。他的一生通过碎片式回忆穿插于旅途中,然而人物的心理距离和现实空间距离呈逆向运动的趋势,随着火车驶向终点罗马,主人公在物理空间上离妻子越来越远,离情人越来越近,然而在感情的变化上,他却感到与情人逐渐疏远,与妻子更为亲近。他意识到情人的魅力与罗马灿烂悠久的历史文化和辉煌壮丽的建筑有关,脱离了意大利艺术背景的情人也许不会再有那么大的吸引力。小说展示了一个心理、意识与艺术的多维立体空间,过去、现在、未来随着人物思绪来回跳跃。在布托的小说里,"事物的表象与本质之间的区别、历史与现在之间的延续以及符号的所指与能指之间的依存关系被消解了","故事往往可以任意地从其中一个片段跳到另一个片段,而且故事的发展常常不断地回到前一个故事的灰烬里"。② 这种循环式的结构使布托的小说具有迷宫般的艺术魅力,展现了空间美学的无限张力。

布托的小说《日程表》(*L'Emploi du temps*,1956),又译为《时

---

① 柳鸣九:《新小说派研究》,中国社会科学出版社1986年版,第111—112页。
② 刘成富:"影响未来,观照过去——试论米歇尔·布托的创作手法与艺术观",《国外文学》2001年第2期,第110页。

情忆》,叙述了法国青年雷维尔在英国城市布勒斯顿的迷惘生活。布托通过布勒斯顿博物馆摆设的一幅挂毯壁画中的神话故事来隐喻和戏仿小说人物在城市中的冒险经历,从而缔造出"纹心嵌套"的叙述空间。该壁画描绘了希腊神话中忒修斯的故事,这个故事是整部小说的缩影:"一个牛首人身的怪物被一位穿着护胸甲的王子割喉刺杀了,这怪物被关在一个走道错综复杂的地下堡垒里","一位年轻的姑娘……她左手拇指和中指握着一个纺锤,小心翼翼地用手拉纺锤上的线,线蜿蜒于曲折回旋的堡垒走道里","线快要连到王子刺杀怪物的匕首上,王子将匕首刺进了怪物的牛头与人胸之间的喉咙里"。① 布勒斯顿城市宛如一座阴森恐怖的迷宫,城市的烟尘、寒冷、肮脏和无聊使主人公雷维尔疲惫不堪、意志消沉,他的爱情也接连遭遇了失败,所以他想要像神话英雄忒修斯一样深入迷宫探险,杀死怪物弥诺陶洛斯,于是他在进城七个月后开始以回忆录的形式来探索这座充满迷惑性与危险性的城市迷宫,力图使自己从麻木不仁的状态中苏醒过来,他书写的一行行文字好比一条长长的阿里阿德涅线。这场回忆和精神之旅最终展现了人与城市的对立,城市里时常发生的凶杀、谋杀、车祸等事件暗示了杀戮是人类的本能,进而揭示了资本主义的本质和西方精神文明的衰落。布勒斯顿不仅是座迷宫,也是座充满谋杀的罪恶之城,小说中的侦探作家伯顿在他创作和出版的侦探小说《布勒斯顿的谋杀》中指出布勒斯顿的旧教堂以彩绘大玻璃窗而闻名,即描绘该隐诛弟故事的那块彩画大玻璃。布托此处借助于布勒斯顿旧教堂的彩绘玻璃窗空间来援引《圣经》中该隐杀死弟弟亚伯的故事,实则运用嵌套美学的叙述手法隐喻了一个多重的

---

① [法]米歇尔·布托:《时情化忆》,冯寿农译,上海译文出版社2015年版,第79—80页。

谋杀空间,即把圣经中的谋杀故事嵌入小说中其他谋杀故事之中,起到了相互映射的作用,揭示出城市扼杀人的罪恶渊源,也暗示着人类自始祖时期到当下时代一直在不间断地互相残杀。

布托的小说《米兰巷》(*Passage de Milan*,1954)以十二个章节描写了巴黎一幢公寓从晚上七点到早上七点期间的故事,每层住户的生活以平行方式叙述,一个生日舞会将各层平行的叙述联结起来,构成了垂直关系,从而形成了立体的时空结构,体现了文学艺术与建筑艺术的联姻。布托在《小说的空间》一文中还指出:"只要把那些静止的场所并列起来,就已经可以构成十分有趣的'主题'。音乐家把曲子写在五线谱上,横向是时间的进展,纵向确定不同的乐器。同样,小说家也可以把不同人物的故事安排在一个分层的建筑物里,比如在巴黎的一座大楼里,不同事物或事件之间的垂直关系可以同笛子与提琴之间的关系一样具有表现力。"[1]小说叙述不再是单一和线性的,多个故事的合奏使文本犹如立体的、声音的建筑。正如另一新小说家玛格丽特·杜拉斯(Marguerite Duras,1914—1996)的小说《广岛之恋》(*Hiroshima mon amour*,1959)也采取了一种音乐结构,它由声音主题、视觉主题、音乐主题相互交织而构成。

布托在创作主要小说《米兰巷》《日程表》《变》之后,又开始了他在美国、德国等地的旅行,后来他定居尼斯兼任大学教授,其学术研究范围大大地扩展了:绘画、雕刻、戏剧、诗歌、音乐、人种学、乌托邦、梦等。布托好比一个语言建筑家,关心词语之间的架构、文本的组合和空间布局。布托著作《运动体》(*Mobile*,1962)的文本形式颇具画面感,这本奇特的旅游作品本身的形式就带有造型艺术的性质。该书写的是世界各地,有澳大利亚、美国、北半球

---

[1] 柳鸣九:《新小说派研究》,中国社会科学出版社1986年版,第118页。

和南半球等地方,其中写美国时用蓝色的字排印,页码在下方,题目在上方,中间有一块空白,写澳大利亚时以红色的字排印,页码在上方,题目在下方,排印的格式也不一样。这样不同的排印字体和格式也就标出了不同的国家。读者翻阅这本书的时候,可根据各种不同的排印,迅速找到有关世界各国的篇章。

  布托的散文作品《绘画絮语》(*Les Mots dans la peinture*,1969)堪称"文字—图像"研究的有趣文本,这本书的51节是用55幅插图讨论从中世纪到现代艺术史中文字在绘画中的角色。该书将一座虚构的艺术博物馆呈现在读者面前,并模仿游客参观博物馆展览的空间形式来安排文本空间的构建,好比一个"文字的博物馆"或者用语言构成的艺术长廊。布托邀请读者在符号之间、章节之间以及绘画之间游览,正如一位导游带领游客在博物馆中参观。书中的插画在一定程度上启发着布托写完了这部《绘画絮语》,书中的文本部分也作为语言的光环附着在这些图像上。布托表现出对语言的视觉本质的感知,重新构建了视觉图像中的文字的框架,体现了语言文字和视觉图画之间的竞争与对话。

第六节　新新小说的艺术风格

  二十世纪七十年代至八十年代,法国新小说逐渐沉寂,后现代文学呈现解体的趋势,一批更年轻的先锋作家,像菲利普·索莱尔斯(Philippe Sollers,1936—　)、让-菲利普·图森(Jean-Philippe Toussaint,1957—　)、让·艾什诺兹(Jean Echenoz,1947—　)等作家以更激进的方式发起了对传统小说的挑战,被称为"新新小说派"。索莱尔斯和让·里加尔杜(Jean Ricardou,1932—2016)等人创办先锋理论杂志《原样》(*Tel Quel*),"原样派"的文学观就是以文字主义(scripturalisme)来对抗现实主义,索莱尔斯宣称:"我们以为,曾称为文学的东西是属于一个封闭的时代,它正让位于一门新生的科学,即文字科学",让·里加尔杜的著名格言"小说不是历险的文字,而是文字的历险"意味着要用文字创造故事、情节和内容,在文本中进行语言的试验和符号的游戏。① "新新小说"堪称新小说派的极致化发展,其创作理念的革新与符号学、后结构主义、解构主义等批评方向是相辅相成的,无论在思想内容还是叙事形式上都有了更新的突破。

"新新小说"作家们博学多才、勇于创新,他们关注世界与个体之间的相互影响,继承和革新了反体裁、并置、戏仿、元小说、语言游戏、意识流、时空迷宫、绘画参照、电影蒙太奇等叙事手法,继续运用虚实交织的文本表现后工业时代人类复杂的存在境遇和精神境界。他们笔下的人和物不再有具象性,而是作为符号参与到文本游戏中,体现了后工业社会中人的主体性迷失、精神迷惘混乱的生存状态,以及人面对世界时的荒诞感和疏离感。

(一) 索莱尔斯的文本写作与碎片化美学

索莱尔斯的《逻辑》(*Logiques*,1968)、《极限之体验与写作》(*L'écriture et l'expérience des limites*,1968)等随笔杂文阐释了他的文学写作理念,他提出了"文本写作"的概念,认为世界就是一部不间断的、开放的文本,即"任何文本都处在几个文本的结合部",文本与文本之间相互渗透、相互交叉,任何文本既是我们这个时代的产物,又是所有时代的产物。② 文本写作取消了传统意义上的情节或人物,否定了传统叙事和文本的终极意义,文本被切割成碎

---

① 张容:《法国新小说派》,台北远流出版事业股份有限公司1992年版,第11—12页。
② 刘成富:《20世纪法国"反文学"研究》,江苏文艺出版社2002年版,第218—219页。

片,人物只是包含文化内涵的语言符号。

索莱尔斯的小说《天堂》(*Paradis*,1981)从根本上摆脱了文学创作的理性束缚,无任何断句的标点符号,对主体进行象征性的粉碎,以复调音乐般的革命性文本呈现了各种宗教以及哲学思想。他的小说《女人们》(*Femmes*,1983)通过一位美国记者的冒险生活来分析二十世纪政治史和艺术史的巨变,人物的形象、经历和具体情节都不完整,小说由很多碎片构成,柳鸣九指出:"这本书可以说像一个有巨大规模的万花筒,它里面充满了万千块五彩缤纷的碎片,思想观点的碎片,体验感情的碎片,信息见闻的碎片,故事经历的碎片",① 这些碎片构成了包罗世界万物的图像,好比一个吸聚着无限灵感火花的巨大磁场。可见索莱尔斯建构的是一种开放式、对话式的文本写作,即能够被读者反复思索并重新开发的文本。正如罗兰·巴特所指出的"文之悦"在于文本是一种生产力和增殖力,它与读者之间的文字游戏永不终止。

(二)图森小说的马赛克风格

文学理论家吕西安·达朗巴赫(Lucien Dällenbach)将二十世纪六十年代至七十年代的小说叙述称作"拼图"(puzzle)风格,而把八十年代的小说叙述称作"马赛克"(mosaïque)风格,这两种文学风格都是后现代精神的表现,"拼图"旨在将断片重组成完整的图像,而"马赛克"没有统一的意图,"最终成形的图像确实允许断片完全自由地运动,自由放置和移动断片。……因此有很大的游戏空间"。② 让-菲利普·图森的断片式书写正是体现了马赛克风

---

① 柳鸣九:"'碎片'艺术的小说代表作",《外国文学研究》1998年第4期,第3页。
② Lucien Dällenbach, *Mosaïques, un objet esthétique à rebondissements*, Paris:Seuil, 2001, p.56.

格,这实质上是以美学形式揭示了当下的境况不再有利于总体性视阈的形成,它是对后现代语境下无序现象的描述,再现了分裂的世界和迷失的主体。

图森的小说《先生》(Monsieur,1986)体现了"马赛克"式的叙事风格,各部分章节被取消,不同时空框架之间的界限被抹去,段落间用空白隔开,每个片断以松散的方式随意拼接组合,过去、现在、将来的界限不甚明显。《照相机》(L'Appareil-photo,1989)中的主人公照相的方式是图森写作方式的映射,小说主人公在游船上捡到了一个相机,他想将相机据为己有,又害怕被人发现,于是在复杂情绪支配下开始匆忙照相,试图尽快用完胶卷。他不加选择地边跑边拍,所拍的照片好比零乱的片段。这种拍摄风格正如图森的断片式写作,即截取生活的偶然片段和庸常的"非事件",情节不过是碎片化场景的无序叠加,体现了不确定的世界和弱化的主体。在写作小说的同时,图森也拍摄电影。一九九〇年和一九九二年,他拍摄了改编自同名小说的《先生》和改编自《照相机》的《塞维利亚人》。一九九八年,图森拍摄了电影《溜冰场》。

(三)艾什诺兹小说中的电影美学

让·艾什诺兹与电影艺术颇有渊源,一九八二年他创作了电影剧本《粉色和白色》,他的小说《切罗基》(Cherokee,1983)经他改编被拍成了电影,小说《一年》(Un an,1997)于二〇〇六年被搬上银幕。艾什诺兹从电影艺术中汲取了很多灵感,他将电影明星改编成小说人物,其小说《高大的金发女郎》(Les Grandes Blondes,1995)的女主人公常被视作希区柯克电影《迷魂记》女主角的翻版,该小说直接参照了电影《迷魂记》里钟楼那场的几个画面,其中有一个楼梯井的垂直镜头(拉镜头和推镜头组合起来)。艾什诺兹还在小说中引入电影叙述技巧和电影作品元素,以颇具视听效果的方式构建一个故事,他坦承:"写作手法既近乎绘画又近乎摄影机的工作,还近乎对准焦距、画面清晰、画面发虚等问题。……对我而言,电影已经成为小说体的补充培养层。"①

艾什诺兹的小说《我走了》(*Je m'en vais*,1999)对电影叙事手法的运用独具一格,费雷与薇克图娃在分离一年后重逢,叙述者借用电影元素形容薇克图娃的眼神:"她的样子倒是没有怎么变,只不过她的头发留得更长,她的眼神也更为疏远,仿佛一双眼睛的焦点往后退了,以便拥抱一个更为广阔的视野,一片更遥远的全景。"②畏罪潜逃的本加特内尔在穿越西班牙边界时改变了心境:"物体一旦越过某个边界就会发生变化。人们同样知道得很清楚,目光改变了焦距和镜头。"③艾什诺兹运用电影术语来叙述所要表达的内容,并运用诸如镜头推移、正打镜头、反打镜头、广角镜头、变焦镜头、定格和闪回镜头等电影美学技巧,叙述视角宛如隐形摄像机般记录着人物的活动。同样在《我走了》中,在费雷由于心脏病复发而摔倒在地的场景中,叙述者宛如采用"反打镜头"进行拍摄,费雷的视角投向周围,一切景物颠倒了顺序:"现在,他的眼前不是一片黑暗,不是像关上电视机后的屏幕那样一团漆黑,不是的,他的视野继续存在着功能,就像一架摄影机,在它的操纵者突然死掉后,摔翻在地上,但仍然继续拍摄,它以固定的画面,记录着落到镜头中来的一切。"④

艾什诺兹主张叙述者主体与其所述的对象之间要有距离感,其笔触和叙述视角像不同机位的摄像机镜头。艾什诺兹在他的大

---

① Minh Tran Huy, "Le roman, mode d'emploi", *Magazine littéraire*, n° 462 (mars 2007), p. 91.
② [法]让·艾什诺兹:《我走了》,余中先译,湖南文艺出版社2017年版,第226页。
③ [法]让·艾什诺兹:前引书,第189页。
④ [法]让·艾什诺兹:前引书,第146页。

多数小说中都运用交错蒙太奇手法,让不同章节之间的人物、地点、时间等相互交错、来回穿梭,好比用镜头的剪辑组合来衔接过去和现在,或在小说文本空间中交替穿插多条叙述线索。艾什诺兹将现代日常图景转化为电影画面般的影像,实现了小说文学创作与电影艺术美学之间的珠联璧合,这种亦真亦幻、虚实交融的小说境界使读者能够冷静地反观现实世界,获得别样的感悟。

第十一章 保尔·克洛岱尔的东方美学观与诗画智慧

二十世纪初期,西方社会危机层出不穷,智慧祥和的东方形象再次进入西方人的审美期望,法国文人纷纷将目光投向神秘古老的远东,企图通过对东方精神的求索来修补失落的西方文明。法国天主教诗人、戏剧家和外交官保尔·克洛岱尔(Paul Claudel, 1868—1955)在中国任领事达十五年(1895—1909),并担任了六年多的法国驻日本大使(1921—1927),他的散文、诗歌和戏剧等作品大多在远东完成,其文艺思想与诗学理念都烙上了鲜明的东方印记。东方艺术氛围与中国传统文化哲学的浸染既满足了克洛岱尔返璞归真的精神需求,也重塑了他的艺术美学观和诗学观。远东文化的熏陶和影响促使他发表了大量中西合璧的艺术评论和文学作品。他将东方式的"空无"美学和诗画智慧运用到艺术评论和诗歌写作中,最终在中国道家思想与圣经文化之间找到了精神的契合。

第一节 东方文化启发下的艺术审美观

一八九五年,克洛岱尔怀着对东方的向往来到中国,他以外交官身份先后在上海、福州、武汉、天津等地工作和生活,广泛见识了中国的建筑、园林、绘画、书法、戏曲等艺术。在华期间,他在驻华耶稣会士、法国汉学家戴遂良(原名:Léon Wieger,1856—1933)的指引下研读《道德经》和《庄子》。戴遂良撰写的《道教的天师》《哲学讲稿》以及英国传教士艾约瑟(Joseph Edkins,1823—1905)的《中国的宗教》给予他很大启发,他发现道家倡导的返璞归真、少私寡欲的思想与天主教理念有契合之处。在一八九八年首次旅日期间以及一九二一年至一九二七年任驻日大使期间,克洛岱尔对日本的浮世绘艺术产生了兴趣。得益于和日本画家的交流以及对一些画展的观摩,他形成了更多关于远东绘画理念和造型意义的思考和感悟,甚至学会了熟练使用毛笔。

  散文诗集《认识东方》(*Connaissance de l'Est*,1900)是克洛岱尔形成自己的东方文艺观的开端,主要阐述了他在中国、日本等远东国家的所见所闻,书中大多数文章重点勾勒了东方文化情调和一幅幅当时中国底层社会的风情画卷。作为"他者"的克洛岱尔研究了中国和日本的园林形象、山水形象、城市形象和绘画理念,阐释了中国的文字符号及道家思想。例如,他发现中国的园林艺术总是力图达到天人合一的和谐自然状态:"由于园林的四周是封闭的,各个部分必须组合匀称,自成丘壑,使大自然与我们心神契合,这样,园主人目之所及,自然会通过一种细腻的和谐,感到庭居宴处的雅趣。"① 与专注个体自我的西方人不同,东方人始终视自我为世界的一部分,世间万物皆以自然的法则运行。在《认识东方》的《运河上的小憩》一文中,克洛岱尔还引用了《道德经》中的"尚空,空授轮毂以用,授琴以谐和"这句话来揭示中国崇尚以"空"为本的形象,他从老子"有"与"无"的概念解读出中华民族

---

① [法]保尔·克洛岱尔(又称:克洛代尔):《认识东方》,徐知免译,上海人民出版社 2007 年版,第 32 页。

生生不息、百折不挠的原因与其海纳百川、与自然融为一体的宽阔胸怀有关。道家思想为他提供了一种人与外界和谐相处的新概念,为他理解和评论东西方艺术提供了精神基础。

克洛岱尔在《认识东方》的《这儿那儿》一文中对比了东西方艺术家的不同技法,描述了他在日本东京街头所见的版画、盆景、灯笼、刺绣等手工艺术。他认为那些山水盆景的堆砌需要高超的技艺,东方艺人们善于汲取原始素材的生命,他们"绝非死板地模仿自然,而是效法自然,他们从大自然获得巧思,制作出他们的仿制品,虽具体而微,但形象生动"。① "欧洲艺术家按照自己对自然界怀有的感情去临摹自然,日本人则按照他们从自然界获得的手段去模拟它。一个是表现自己,另一个是通过自己的看法去表现自然;一个精心描绘,另一个则是仿真;前者重描绘,后者重创作;前者是学生,而另一个,从某种意义上说,堪称卓然成家;一个是细致地将他凭实在而敏锐的目光观察到的景象加以复制,另一个则眨眨眼睛,体会个中三昧,在驰骋自如的幻想中予以概括",所以对东方艺术家而言,"构图是一种概念"。② 克洛岱尔眼中的日本盆景和版画艺术是以写意的方式演绎自然和现实,而非死板地复制自然的外观,所以更多彰显了事物的灵动韵律而不是追求静滞的形似。这种糅合抽象意念与造型美的简练风格不仅体现在造型艺术中,也体现在俳句中,克洛岱尔随后发现了这种小诗并从中得到启发,东西方艺术形式的分歧在于展现自然的临摹还是神韵。

一九二七年至一九三三年出任美国大使的克洛岱尔开始了第二个东方大发现的时代,一些美国博物馆里收藏了半个世纪以来的众多中国画和日本画,这一时期使得克洛岱尔专心研究东方绘

---

① [法]保尔·克洛岱尔:前引书,第122页。
② [法]保尔·克洛岱尔:前引书,第123—124页。

画,促进了他关于东西方绘画的杰出研究成果。在此期间,克洛岱尔与美国汉学家阿尼斯·迈耶(Agnes Meyer,1887—1970)建立了艺术交流,迈耶是《从李公麟(1070—1106)的思想与艺术看中国画》(*Chinese Painting：As Reflected in the Thought and Art of Li Lung-Mien* [1070—1106])(1923)的作者,据他回忆:"迈耶女士向我展示了她的中国藏画,它们都呈现出一种上升的感觉,同样的主题,或者说沿着垂直的方向被简化",①中国画中简洁化、抽象化的上升特征体现了精神升华的趋势,往往一幅画只是简单勾勒,却"言尽而旨远",构建了无限遐思和冥想的画面空间。一九五二年,为回答他一篇关于宗教艺术的文章《画是什么》所提出的问题,克洛岱尔欣然援引和评论了中国北宋著名画家李公麟的风景画:"实景与想象巧妙地结合起来",画面充满智慧与幸福感,画中景物"布局垂直排列,并沿线留出恰到好处的间隙!"②能够运用想象和留白,正是克洛岱尔从中国艺术家那里学到的美学原则。他发现中国与日本艺术家的调色板非常简化,对透视法并不在意,只用很少的色调画出线条和点。中国画与日本画既不写实也不详尽,艺术家仅仅勾勒重点,通过色调与线条的和谐暗示和微妙变化来构图与表意,图画场景被留白巧妙地填充,大胆的删减使重点孤立出来,而且使得观者以更加开放的方式参悟作品的精神内涵。因此,克洛岱尔建议欧洲艺术家向东方学习,他本人的艺术思想也深受东方美学理念的启发。

第二节 东方美学思想与荷兰绘画评论

远东的发现和熏陶促使克洛岱尔迈向专业的艺术评论的道

---

① Paul Claudel, *Journal*, Tome I, Paris: Gallimard, 1968, p.870.
② Paul Claudel, *Œuvres en prose*, Paris: Gallimard, 1965, p.894.

路。一本题为《荷兰绘画导论》的小册子,最初发表于《巴黎评论》(1935年2月15日),是根据克洛岱尔在一九三三、一九三四年参观荷兰博物馆的经历写成的。克洛岱尔于一九四六年出版了名为《以眼倾听》(*L'Œil écoute*)的艺术评论集,收录了他关于荷兰经典绘画的评论。在《荷兰绘画导论》一文中,他以广博的东西方文化学识对荷兰十七世纪黄金时代绘画大师的创作侃侃而谈:"比之画得满满登登,填满塞足的英法绘画,首先令人注意的是,相对于满实而言,是予空白以极大地位。你会惊讶笔触的迟缓,一种色调,经过层次递变,才慢慢清晰起来,成为一根线条,一种形状。以辽阔去配空旷:从空旷地上的一滩水流,过渡到满天的云彩","看过之后,寂然凝思,更觉得有意味;隔开距离,更觉得有灵气。与日本的绘画杰作相仿,三角形始终是构图的要素"。① 例如,荷兰画家霍贝玛(Hobbema,1638—1709)的《林荫道》(1689)展现了一个"足供想象驰骋"的空间,"前景用工笔手法,色调较黯淡,后景是一片亮色,如现实之于向往,虚无缥缈中托出一座遥远的城市",②画家在创作时渲染出高远的天空、流水、云雾而不作细节处理,恰当的留白使得画面充满了想象的空间和遐思的余地。在克洛岱尔眼中,此类荷兰风景画如同东方画一样是艺术家静观、默想和渲染的成果,具有深刻的内涵和隐秘的启示。

在《荷兰绘画导论》一文中,克洛岱尔提出了一个大胆的想法:"荷兰画家之所以回避主题,回避有寓意的文学典故和戏剧场面,风景里只画些无名人物,从慷慨的大自然里获取意念,那是因为他们所要表现的,不是动作,不是事件,而是情感",③这种亦景

---

① [法]保尔·克洛岱尔:《论荷兰绘画》,罗新璋译,吉林出版集团股份有限公司2016年版,第8页。
② [法]保尔·克洛岱尔:前引书,第10页。
③ [法]保尔·克洛岱尔:前引书,第20页。

亦情、画中有诗的意境与东方绘画颇为相似。在他看来,弗美尔(Vermeer,1632—1675)、霍赫(Hooch,1629—1684)的绘画成为情感抒发的载体,能让观者身临其境,在画面氛围中"有沦肌浃髓之感","正像破空而来的一笔,会在我们心灵上点亮一个意念或想法"。① 伦勃朗则善于运用夕阳余晖和光线反射来赋予绘画灵魂,营造神秘静谧的氛围,从而释放宁静的遐思和智慧的光芒,这样的技法"令人回味","相继牵动记忆的诸多层面,唤起其他意境"。② 这些荷兰画家的创作宛如中国画一般具有内在的灵魂和静观的意味,他们"以智慧的目光来审视现实,用线条和色彩来构建错综繁复的艺库,吸纳聚合,引出一种意义来"。③

克洛岱尔显然对东方画技更加偏爱,对近代的西方绘画充满了鄙视:"漂泊无依的我们一无所获,陷入了愚蠢的彩色荒漠!到处都是风景画、死气沉沉的静物画、女性的裸画","用自大或死板的眼光去粗略地观察现实,以官员或酒鬼之手在画布上磕磕绊绊地涂抹"。④ 在《病人的梦》一文中,他指出法国画家安格尔的画作《土耳其浴室》(1862)只是展现了一堆裸女的身体,过多的堆砌只会牺牲掉画面的灵性和想象空间,所以他以中国的梅瓶为例来说明留白和气韵的重要性,他发现中国的梅瓶不求任何世俗之用,其要义在于"空","空观,就是全部中国哲理,全部中国艺术。凡事皆空,这是神秘之路。这就是'道',就是灵魂,就是倾向,就是审慎的憧憬,而梅瓶是这种憧憬的最完美的形式"。⑤ 克洛岱尔试图借中国哲学之"道"行自己的精神探索之道,从而更好地实现由

---

① [法]保尔·克洛岱尔:前引书,第 22 页。
② [法]保尔·克洛岱尔:前引书,第 56 页。
③ [法]保尔·克洛岱尔:前引书,第 52—53 页。
④ Paul Claudel, *Œuvres en prose*, Paris: Gallimard, 1965, p. 292-293.
⑤ [法]保尔·克洛岱尔:《论荷兰绘画》,罗新璋译,吉林出版集团股份有限公司 2016 年版,第 139 页。

天主安排的"天道"。中国的梅瓶包括三个部分：容器或瓶肚、瓶颈和瓶冠，克洛岱尔认为瓶颈表示一种向往，瓶冠则意味着精神的升华，并将梅瓶比作"一颗悠然自得的灵魂"，"这是流动中的气息，是吸纳灵气的肺部，是朝向天堂的富有弹性的躯体"。①

在《艺术之路》一文中，他赏鉴了荷兰风景画家雷斯达尔（Ruisdael, 1628—1682）的画作，雷斯达尔并不绝对参照现实的真实风景，而是诗意地安排画面中的天空、云朵、树木、植物和光线等，暗示着关于人生的情感和启示，曾被歌德誉为画家中的诗人。雷斯达尔画作《麦田》（1670）呈现了克洛岱尔所钟情的道路："该画就画一条只有人马可通的道路，一条乡间的土路，两排隆冬的枯树，通向看不见的远方，通向无穷，但就有一种不可言喻的魅力。……我独钟情于这条路，这条由我自己的双脚踏出来的路"，②该画再现了高远的天空下方有一条通向远方的乡间土路。此类乡间大道让他联想到"中国哲人所谓的'道'"，以及多年来自己走过的艺术之路和信仰之路，这条道路意味着"从物质走向精神，从日常走向永恒和不朽"。③ 在《麦田》中，平缓的大地镶嵌着阳光和阴影，人物在天空巨大的穹顶下和广袤的大地上显得非常渺小，象征着人类对自然的敬畏之情。雷斯达尔通过压低地平线的手法来突出天空的高耸和云层的厚重，赋予作品天堂般的寓意，深深打动了克洛岱尔这位虔诚的天主教诗人。

如上所述，克洛岱尔的艺术美学观从中国道家思想的渊源中找到了论据和支持。克洛岱尔对东方艺术的向往和憧憬，与他探寻自我生命价值和真福的意愿密切相关。在《艺术之路》一文中，他对荷兰绘画的论述始终隐含着宗教思想："做天主教徒的福分，

---

① ［法］保尔·克洛岱尔：前引书，第139—140页。
② ［法］保尔·克洛岱尔：前引书，第119页。
③ ［法］保尔·克洛岱尔：前引书，第121—122页。

对我来说就是跟宇宙相接,就是跟海洋、大地、天空、上帝的旨意,跟此类原初根本之物都休戚相关",①这种与宇宙万物融为一体的诗性感悟契合了中国古代《庄子·齐物论》中"天地与我并生,而万物与我为一"的思想。雷斯达尔在绘画中通过高远的天空、浩渺的云海和参天的大树等象征性元素表达人类精神的寄托与启示,克洛岱尔发现这种清高玄远的意境与中国传统诗画中"道法自然"的哲思颇为近似:"中国画里,层层叠叠的景致,线条和用色越来越简约,显示目光和意念的探索之深入。底部描绘精细,向群贤汇聚、樵夫牵马、渔翁泊舟的细密画,这些神奇玄妙,这些天柱地级,在云海之上,山峰刺破银空,伸向广寒宫,上下之间的通道,并不总以斜坡、楼梯和桥梁勾连,往往借一株盘曲的老树,一段飞泻的瀑布,一群飞鸟去迎接神仙下凡。整个中国画,旨在引人向上。不禁想到这两句诗:心将万仞攀,目迎山神来。"②绘画构图中垂直方向的升高在克洛岱尔眼中既意味着物理距离的拉远,也意味着精神的升华,中国画融合了现实与想象,强调虚实相生、宁静致远、天人合一的境界。他发现中国道家思想和传统诗画艺术所展现的天人合一的诗意生存方式与圣经文化构建美满和谐世界的内涵是同构的。基督教中和谐的伦理价值取向与东方文化中的自然归属感,契合了克洛岱尔返璞归真的深层心理需求,成为他批判庸俗艺术的有力论据和对抗机械文明、物质主义的精神源泉,这种需求实质上是一种对生命的终极关怀和对美好精神家园的渴望。

第三节　书法艺术、诗画智慧与"空无"美学

克洛岱尔在中国期间对书法产生了极大兴趣。虽然他不懂中

---

① ［法］保尔·克洛岱尔:前引书,第120页。
② ［法］保尔·克洛岱尔:前引书,第123页。

文,颇具悟性的他却将汉字作为符号来考察,于是发现了中国古人将世间万物蕴含于汉字符号中的不朽智慧,意识到汉字体现了中国人的处世哲学和思辨方式。《认识东方》中有一篇题为《符号之宗教》的散文诗,是克洛岱尔一八九六年在福州参观一座孔庙后对汉字的思考。诗人看到孔庙里代表圣人亡灵的是那些庄严地镌刻在碑石上的方块字,便深感文字在中国文化中占据着宗教般神圣的地位。他从文字笔画的象征意义入手来分析汉字:"有些字形如羊首,有的字很像人的手足,或者像从树林后面升起的太阳。"①在他看来,罗马单词靠字母叠加:"字母基本上是分析性的:它所构成的词是通过眼睛和声音拼读的系统来陈述的",所以西方字母符号的组合形式表征的主要是能指功能,表征文化内涵的功能并不明显,而汉字靠点和线条布局,通过笔画赋予整体意义:"在汉字里可以看到一种图解的生命,一个'人'字,就像一个活着的人那样具有自己的性格和行为方式,固有的姿态和内在的功能、结构和面貌。"②他意识到中国文字本身蕴含着丰富的象征意义,符号就是生命,他看到中国人怀着对文字的膜拜和虔诚去焚化那些带有奥妙字迹的纸片,文字具有神圣的功能。所以汉字的笔画和部首并不只是纯粹的能指符号,它将人、事物、自然的存在与内涵都融合在文字符号中。

在中国期间,克洛岱尔与法国汉学家戴遂良有密切往来。他从戴遂良有关中国象形文字的博学著述中获得了很多启发和"取之不尽的快乐源泉",从他的书里了解到汉字的一些基本结构,例如他意识到"人"是一双腿构成的,"木"字是由一个"人",中间有一个"根",两旁有"树枝"构成的,"王"字上面代表"天",中间代

---

① [法]保尔·克洛岱尔:《认识东方》,徐知免译,上海人民出版社2007年版,第52页。
② [法]保尔·克洛岱尔:前引书,第52—53页。

表"人",最下面代表着"土、大地",是"王"将天地合一,使人类在和谐中生存。① 克洛岱尔勇于尝试将汉字的形与意糅进其文学作品中,在戏剧《第七日的休息》(*Le Repos du septième jour*,1901)中,他让中国皇帝说出了这样的话:"人类难道不是一棵正在走动的树吗? 由于他仰起了头,由于他朝着天空伸开了双臂,因此他将根须深深地扎进了土地。"②克洛岱尔甚至将汉字"木"拆解为"人"字与"十"字的叠加,以此象征耶稣受难,并将此意象多次写入诗歌和戏剧作品。可见作为虔诚教徒的他将东方文字置于一种自然的存在的位置来重新思考,始终在基督教文化与中国文化之间寻找精神的契合。

作为汉字的猎奇者,不懂中文的克洛岱尔将书法视为绘画的另一种形式,他对汉字的阐释建立在从文字外观得来的视觉感受上,重点思考了汉字形貌与具体笔画的象征作用,尤其关注了汉字外形体现出的"图画性"以及整个书写系统深层的构图性。在《书的哲学》一文中,他指出汉字好比具有概括性的抽象图画,笔画的添加如同在空白上绘画,例如:"中文里的'水'字是一个约定俗成的草图,象征液体的流动。书写的人在旁边加上点,就变成了'冰',把点放在最上面,意思就变成了'永远''永恒'。"③从以上论述可以看出,克洛岱尔从汉字里看到一种图解的生命,这种表意文字被赋予了一种隐秘的能力。

东方式的美学思考促使克洛岱尔在诗歌的构思布局上开辟了新的疆域。在远东地区,诗人和画家使用的工具都是毛笔,诗与画之间关联紧密。克洛岱尔就此提出了"写画"(rédiger un tableau)

---

① 黄伟:《保尔·克洛岱尔与中国》,外语教学与研究出版社2014年版,第284—285页。
② 黄伟:前引书,第285页。
③ Paul Claudel, *Œuvres en prose*, Paris: Gallimard, 1965, p.72.

这一表达术语,它既适用于绘画也适用于文学,在《法国诗歌和远东》一文中,他指出:"远东的画家和诗人进行创作时都是使用同样的工具——毛笔。汉字这种文字形态能够形象地诠释存在、观念和运动","在页面上纵横排列的汉字诗歌,当中的留白就像飞翔的群鸟","更像是长着黑翅膀的仙鸟,在不可见的世界中留下的黑色坐标"。① 每个汉字的笔画与结构中都流淌着多样化的韵律和强大的表现力,书法卷轴的通篇空间布局亦是如此。克洛岱尔不懂东亚语言,却以汉字为起点,把中国和日本的诗歌看成一个意趣共通的"远东"整体。在晚年,他又再次诠释了关于留白的诗学智慧:"那里的写作由孤立而带有留白的表意文字组成,同时又向读者展示出巧妙的联系。每个文字自上而下排列,犹如传递着文化的波浪。"②

克洛岱尔在他的《纵观日本文学》一文中指出日本的诗歌艺术理念和西方诗歌理念完全不同:"我们倾向于言说一切,表达一切。诗歌的整体框架被内容填满","在日本则相反,他们在纸上书写或作画,(诗中)最重要部分总是留白。一只鸟,一根树枝,一条鱼,这些细小的装饰被用来引导观者去探寻不在场的言外之意,而这种领悟只能通过想象完成"。③ 克洛岱尔在此探讨的日本诗歌中的俳句形式最为简短,寓意却悠长饱满,于是他建议向东方学习:"如果我们不用留白和间断来建构空间,就无法真正精确地表达精神意象。"④

作为诗人的克洛岱尔也实践着这种东方式的"空无"美学,他于一九二六年至一九二七年期间创作的俳句诗集《百扇贴》(*Cent*

---

① Paul Claudel, *Œuvre poétique*, Paris: Gallimard, 1967, p.1040.
② Paul Claudel, *Œuvres en prose*, Paris: Gallimard, 1965, p.1516.
③ Paul Claudel, *Œuvre poétique*, Paris: Gallimard, 1967, p.1153.
④ Paul Claudel, *Réflexions sur la poésie*, Paris: Gallimard, 1963, p.8.

phrases pour éventails)就是将东方诗画艺术与西方诗歌结合的典型代表,其创意来自日本绘有风景的折叠屏风,先后在日本出版过三个版本。前两个版本《四气之气》(Souffle des quatre souffles)和《雉桥诗集》(Poèmes du Pont des Faisans)是克洛岱尔与笃信佛教的日本画家富田溪仙(Tomita Keisen,1879—1936)合作完成的,克洛岱尔仿效汉字书法先用毛笔在扇面上题写短小的法文诗句,留出大量空白,再交由富田溪仙配画,诗画意蕴与空寂之趣相得益彰。一九二七年的第三个版本《百扇贴》共收录了克洛岱尔创作的一百七十二首仿俳句格式短诗,此版不再配画,而是由日本友人们为其诗句设计汉字标题和题写书法,因而诗篇由手写体的汉字和短小精悍的法语诗句对照而成,表现了汉字书法的强大暗示力和法语短句的空灵之美。一九四二年法国伽利玛出版社发行的《百扇贴》取消了原日本版本的艺术装饰。克洛岱尔在《百扇帖》中创建了一种没有韵脚和格律的诗歌,甚至通过拆散一些法语单词的字母来创造一些空白和间断,试图用字母符号的间隔来营造一种意境悠然、自由空灵的禅意境界,实则效仿远东诗画艺术的留白策略来激发无限的思考,表现世界本真的原样,因为我们的生活和思维本来就不乏空白。

  克洛岱尔的诗歌创作秉承着留白的原则,他指出:"空白对于诗歌不仅仅是外部强加的物质需要,而且是它存在、生命与呼吸的基本条件",[1]这在很大程度上源于中国道家哲学的影响。与好友象征主义诗人马拉美一样,克洛岱尔对老庄思想也情有独钟,他承认:"道教很有意思",[2]中国哲学理解现实的方式和巴黎的象征主义学派非常相似,都传达了一种"通灵"的智慧:"它讲究空白、气

---

[1] 余中先:"克洛岱尔与中国传统文化",《世界文学》1995年第3期,第169页。
[2] [法]保尔·克洛岱尔:《认识东方》,徐知免译,上海人民出版社2007年版,第10页。

韵，以在读者心中唤起某种美感。在一切哲学和艺术中，'空'就是中国思想最古老最重要的东西。"①可见东方文化深刻影响了克洛岱尔的审美观，促使他形成了饱含东方美学理念的诗画观，成为他一生笔耕不辍的动力。

克洛岱尔尝试对中国古典诗词进行翻译和再创造，曾创作了两辑《拟中国小诗》，其中有贺知章的《回乡偶书》，李白的《黄鹤楼送孟浩然之广陵》《静夜思》，苏东坡的《惠崇春江晓景》，张若虚的《春江花月夜》，柳宗元的《江雪》，等等。例如李白的《静夜思》被改写成只有两个诗句的《霜》："彻夜我睡在月光底下，清晨我的眼睫上结了一层白霜。"②克洛岱尔并不按照诗歌原文进行逐字逐句的翻译，而是在保留原诗精神的基础上，将原诗意象和情境进行移植和再创造，从而推动了中法诗歌的对话和交流。

总而言之，克洛岱尔对东方哲学、建筑、诗歌、绘画和文字的研究形成了一个美学与诗学的审美整体，与他探寻西方艺术使命和自我人生价值密切相关。中国和日本的传统文艺对克洛岱尔产生了巨大影响，远东文化成为他的精神乌托邦。他在艺术探索和诗学追求之"道"上借鉴了东方老庄哲学的"无"的内涵，但他的天主教精神和象征主义诗艺并未改变，其艺术评论和文学创作依然带有天主教神学色彩。东方文化为他提供了一种人与自然和谐相处的智慧，使他打破了西方拜物教的枷锁和陷阱，在东西方诗画艺术的比较中探索了人类文化的共性，从而在思想上弥补了实（物质）与虚（精神）的矛盾。

---

① ［法］保尔·克洛岱尔：前引书，第11页。
② 徐知免："克洛岱尔的两辑《拟中国小诗》"，《世界文学》1995年第3期，第155页。

第十二章　普鲁斯特小说：记忆建构与视觉艺术的融合

普鲁斯特与绘画艺术颇有渊源，少年的他是一个喜爱文学艺术的富家子弟，常去参观卢浮宫美术馆，年长后他进入巴黎社交圈，多次涉足私人画廊，每次外出游历，他都会借机观看各地的美术藏品，积累了深厚的艺术素养。他的小说《追忆似水年华》（以下简称《追忆》）既表达了他对昔日家庭生活、童年、初恋的追忆和怀念，也展现了十九世纪末二十世纪初法国贵族人士和上层资产阶级的虚妄生活和人情世态。该巨著以不计其数的视觉意象和造型形式来塑造人物形象、建构小说场景和表达生命感知。视觉艺术资源成为小说人物在感知、记忆和情感等层面上的重要参照，绘画、建筑、服饰、摄影等艺术符号都具有重要的隐喻功能和启示意义，其中对图像艺术的参照成为叙述者追寻往昔时光、探寻人生历程和展现心灵世界的重要美学途径。

《追忆》的叙述者在往昔岁月中找寻到的模糊记忆与画作、照片、风景等视觉图像交织在一起，其心灵感悟和真挚情感被绘画、摄影等艺术形式印证、赋形、展现和重构。比利时批评家乔治·普莱（Georges Poulet，1902—1991）在《普鲁斯特的空间》（*L'Espace proustien*，1963）一书中指出，普鲁斯特笔下的时间是空间化的时间："它不再具有时间特性；完全就像一部图像的法国史，它不再是一部历史,而是一套图像集,当这些图像被放到一起,便充满一个地点,形成一个画集的空间。"①《追忆》中的时间和记忆被设想成一系列空间画面形式,这种在空间艺术和心理时间之间自由交流的通感美学正是借助于意识流记忆和人类艺术的永恒审美内涵等维度来实现。

第一节 美学启蒙、艺术构思与审美意识

普鲁斯特的艺术思想大多可溯源至英国作家、风景画家兼美术评论家约翰·罗斯金(John Ruskin,1819—1900)的《现代画家》(1843,1856,1860)、《建筑的七盏灯》(1849)、《威尼斯之石》(1853)等美学著作,尤其在一九〇〇年至一九〇六年期间,他的美学思想在阅读罗斯金的过程中真正形成了。普鲁斯特并不赞同罗斯金将道德修养置于审美情感之上的宗教主张,但他从罗斯金那里熟悉了诗画相通、艺术要观察自然、用艺术提升精神生活等理念,尤其培养了对中世纪、文艺复兴时期意大利绘画和印象派绘画先驱透纳(Turner,1775—1851)的浓厚兴趣。普鲁斯特还翻译出版了罗斯金的美学著作《亚眠圣经》(1904)和《芝麻与百合》(1906),并且特地去朝拜了亚眠和鲁昂的大教堂,对亚眠大教堂的研究促使他"在中世纪建筑艺术和文学作品结构之间找到了共通之处"。②

《追忆》的叙述结构便体现了建筑艺术的造型形式,普鲁斯特曾把《追忆》的写作比喻为修建大教堂的过程,最早他想把各章节命名为"大门""后殿彩画玻璃窗"等,这说明他试图以空间意象来

---

① [比]乔治·普莱:《普鲁斯特的空间》,张新木译,华东师范大学出版社2015年版,第106页。
② Luc Fraisse, *L'Esthétique de Marcel Proust*, Paris: Sedes, 1995, p.10.

建构小说。四处蔓延的记忆碎片到小说的最后互相应合和聚合,从而铺展成空间结构的整体景象。叙述者马塞尔从他童年时代生活的小市镇贡布雷出发展开回忆,展现了两大阵营的情况,一方是新兴资产阶级暴发户斯万家族、外交官、医生、艺术家等群体,一方是遵循旧传统的昔日贵族盖尔芒特家的情况。这两个对立的阵营原来并不融洽,资产阶级很难跨进古老贵族的门厅,但随着时间的推移和复杂的联姻关系,鸿沟逐渐被打破。最后这两大家族通过联姻合二为一,即盖尔芒特家的圣卢娶了斯万家的希尔贝特,两人有了爱情的结晶德·圣卢小姐。这好比在一个中央地基(贡布雷)上方建造了两部分侧堂(斯万家那边、盖尔芒特家那边),这两个阁楼在作品中绵延、升高和发展,最后在空中交汇成一道圆形拱顶(德·圣卢小姐),从而连接成一个"大教堂"式的整体结构。第一部《在斯万家那边》与第三部《盖尔芒特家那边》形成对称,前者讲述斯万家族的故事,包括斯万与奥黛特的爱情、马塞尔与希尔贝特的恋情始终,后者叙述了与盖尔芒特家族有关的故事,包括马塞尔对盖尔芒特夫人的爱慕和追求。叙述者关于斯万家那边和盖尔芒特家那边的记忆犹如教堂拱门两边的立柱,托起整座文学大教堂。他的追忆表现了对昔日美好时光的怀念和对庸俗事物的厌恶,反映了十九世纪末二十世纪初法国巴黎上流社会的社交生活和人性图景。小说中的时代背景正值法国资本主义发展到帝国主义的历史阶段,随着垄断的加剧和社会矛盾的激化,一部分资产阶级上层人物和贵族人士对昔日荣华不胜惋惜,产生了颓废的情绪,其虚妄浮华的生活勾勒出一幅幅畸形社会的画面。

  文学、艺术与艺术家形象在《追忆》叙述者的记忆建构和成长历程中起着重要的作用,艺术家在人物等级中处于最优越地位,促使小说人物发现和发展自己的志趣。评论家吕克·弗莱斯(Luc

Fraisse)指出,"与艺术家们的相遇标记着主人公走过的历程",① 作家贝戈特、画家埃尔斯蒂尔、音乐家凡德伊等艺术家构成了平衡的主题结构,还有二流作家布洛克、演奏家莫雷尔以及未能成才的艺术家斯万、夏吕斯等人,当然还有众多的文艺爱好者,共同构成了小说叙述的内在逻辑。叙述者马塞尔是一个富有才华、喜爱文学艺术而又体弱多病的富家子弟,他受贝戈特影响爱上了写作,从未中断阅读贝戈特的作品,这位作家将他引入一种隐秘的内心生活。叙述者去海滨巴尔贝克度假时,认识了杰出的印象派风格的画家埃尔斯蒂尔,他的创新视角和隐喻画法令叙述者学习到一种更加真实和诗意的观察世界的方式。在埃尔斯蒂尔家里,叙述者重遇海滩少女阿尔贝蒂娜,爱上她后却发现她有同性恋行为,于是把她禁闭在自己家中,她设法逃走后骑马摔死。悲痛的叙述者认识到自己的禀赋是写作,悲欢苦乐正是文学创作的材料,只有写作和艺术才能帮他把昔日的美好找寻回来。绘画、摄影等视觉艺术作为叙述者的个人审美经验,大量渗透和融合在他的直觉记忆中,当他开始用文字追寻时光,往昔岁月的场景便自然地和那些美术图像重叠在一起,艺术与现实的交汇令他开拓了一种充满想象性和超验性的阐释世界的方式。

《追忆》中的人物并非都是艺术家,但几乎人人都有音乐、绘画或文学方面的爱好,例如外祖母喜欢塞维尼夫人的书,夏吕斯喜欢巴尔扎克和圣西门,康布尔梅夫人喜欢肖邦。批评家让·鲁塞就此认为:"所有人物的第一职能是代表一种对待艺术作品的可能的态度",这部小说就是"关于艺术创作的小说"。② 艺术属于叙述者整套记忆建构的一部分,在人物之间建立了密切关联。斯

---

① Luc Fraisse, *ibid.*, p.15.

② Jean Rousset, *Forme et Signification. Essais sur les structures littéraires de Corneille à Claudel*, Paris: José Corti, 1962, p.150.

万是一位对绘画艺术有着深刻洞察力的艺术鉴赏家,他对主人公马塞尔而言是良师益友和人生导师,让·鲁塞指出斯万身上有美术家约翰·罗斯金的影子:"贡布雷时期的斯万送给幼年的主人公一些画片,其中有贝利尼、乔托、卡帕契奥、戈佐里,即罗斯金最喜爱的画家,也就是说他对主人公所起的作用如同罗斯金对作者所起的作用,即绘画启蒙者的作用。"①

斯万附庸风雅的秉性已上升为一种对庸俗日常生活的艺术化态度,他惯于将现实与艺术混为一体,常将身边人加以想象性的艺术再造。貌不惊人的交际花奥黛特放荡虚伪,不知情的斯万却在审美惯势中将她某些特征与意大利文艺复兴时期画家波提切利名画《耶斯罗的女儿》中的塞福拉联系起来,他甚至在书桌上放上一张该画的复制品,权当是奥黛特的相片。这实质上是对名画人物的想象之爱,从中获得幻梦式的情感代偿满足。尽管斯万一开始并没有对奥黛特动心,总是怀疑她的外貌和身材是不是足够标准美丽,然而当他按照某种绘画美学原则来衡量她,这些怀疑就烟消云散,那份模糊的爱情也就得到了肯定。这种想象性的"艺术再造"穿越了人与艺术品之间的壁垒,缔造了一种审美化的人际关系,人物的外貌形态、思维情感、环境氛围的相似性都能成为一系列画面叠印的中介和依据。当斯万在奥黛特身上投射了对幸福的追求时,却带来了不安和焦虑,他开始嫉妒她的过去并跟踪她的行踪,在遭受了多次的欺骗与打击之后,斯万才幡然醒悟,意识到他把最伟大的爱情给了一个他并不真爱的女人。

斯万迷恋上奥黛特后便放弃了对十七世纪荷兰风俗画家弗美尔的研究和对音乐的探索,因而斯万是一个失败的艺术家,用普鲁斯特的话来说,他犯了"偶像崇拜"的原罪。罗斯金在《亚眠圣经》

---

① Jean Rousset, *ibid.*, p. 152.

中曾用"偶像崇拜"(idolâtrie)之罪影射人们"对虚假神灵的信仰",而普鲁斯特在此书译序中将该词由宗教领域延伸到艺术领域,从接受美学、拜物教角度进行了新阐释,指出罗斯金将美的内涵与宗教信仰基础关联起来,其艺术评论的说教性反而会导致"偶像崇拜"的原罪,"没有留给读者足够的诠释自由"和个性选择。① 他还指出艺术家和艺术爱好者们很容易犯下"偶像崇拜"的原罪,他们往往混淆现实与艺术的界限,用对物质细节的片面钟情去代替对现实和艺术的完整认识,盲目的崇拜会令人丧失独立判断的能力,影响对自我、他人和艺术的深刻理解。

斯万总是借助于艺术的想象来象征自我与他人的关系,叙述者马塞尔常与斯万分享"偶像崇拜"的诱惑,他初见妩媚优雅的贵妇盖尔芒特夫人后,便想象"她的深奥而神秘的言谈会散发出中世纪挂毯和哥特式彩绘大玻璃窗的奇异光彩"。② 不同的是,叙述者有独立审美思维,能抵抗偶像诱惑和支配自我思想,不会为了爱情牺牲自己的天赋和追求,有成为作家或艺术家的远大志向。当叙述者靠近和了解盖尔芒特夫人,便感觉她身上不再有他想象的魅力。尤其当他参加了上层社会的社交活动后,便渐渐厌倦了那些庸俗肤浅的贵族人士,意识到一直以来魅惑他的只是贵族的名称,他感觉自己就像理不清一笔糊涂账的商人,"把拥有她们的价值和自己想开的价格搅混一气,以此自慰"。③ 叙述者在贵族阶层中窥视到了一种精神衰败的景象,对此感到无比惋惜,例如德雷福斯事件在贵族沙龙中激起的反犹风潮体现了他们狭隘的民族心

---

① Yae-Jin Yoo, *La Peinture ou les leçons esthétiques chez Marcel Proust*, New York: Peter Lang, 2012, p. 4.
② [法]普鲁斯特:《追忆似水年华》全集(中),潘丽珍、许钧等译,译林出版社1995年版,第120页。
③ [法]普鲁斯特:《追忆似水年华》全集(下),周克希、徐和瑾等译,译林出版社1995年版,第562页。

理,所以全书的叙述基调是低沉的。

艺术审美帮助叙述者演绎了社会忧虑、政治分歧、自我怀疑等主题维度,也使他在回忆中更加懂得了亲情、爱情和人生的意义,明白了精神的欢悦和痛苦的价值。斯万先生对意大利画家乔托的壁画《慈悲图》和《贪欲》推崇备至,曾将两幅画的复制品赠予马塞尔。在第一部《在斯万家那边》中,贡布雷那位怀孕的帮厨女工被斯万戏称为"慈悲图"。她身上的宽大衣裳、饱满的面庞和粗壮的身材令马塞尔联想到乔托壁画中的劳动女性们,但是他发现《慈悲图》中那些本该象征正义善良的女子们面色灰暗、表情峀刻,恰如他在贡布雷做弥撒时见到的某些资产阶级贵妇小姐们的写照,她们相貌漂亮却感情贫乏、虔诚却刻薄,远非慈悲的化身。在马塞尔看来,《慈悲图》的美在于富含隐喻与象征,但象征在现实中未能实现:"帮厨女工的形象由于腹部多了一件象征而变得高大起来,但她本人显然并不理解这一象征,她的脸上没丝毫表情来传达它的美和它的精神意义,似乎她只是抱着一只普通的、沉重的包袱。"①现实中因怀孕而发胖的厨娘脸上也没有丝毫美与慈爱的表情,她昏沉痛苦的样子甚至令人联想到死亡。可见叙述者成了敏锐的社会观察者和艺术赏鉴家,体现了他对某些上层社会庸俗女性的鄙视态度,也揭示了下层劳动女性在生活重压下的麻木心态。

艺术不仅使个体可以更好地认识自我和世界,而且极大地丰富了人们的心灵世界,带来精神的愉悦。在第一部《在斯万家那边》中,叙述者马塞尔对欧洲古老的文化艺术充满了憧憬,渴望去佛罗伦萨、威尼斯等地旅游并探寻艺术的魅力。虽然身体的羸弱不能令他立刻启程,但艺术审美的诗意和梦幻带给他无尽的欢愉

---

① [法]普鲁斯特:《追忆似水年华》全集(上),李恒基、桂裕芳等译,译林出版社1995年版,第49—50页。

和幸福感,宛如"早期基督徒在升入天堂的前夕所可能抱有的那种美妙的希望"。① 在第七部《重现的时光》中,写作和艺术再次令叙述者意识到平凡的生活与理想的王国并不遥远:"作品是幸福的朕兆",创作的智慧会令人更为强大地对抗忧愁,给自我一个自由快乐的天地:"只有借助艺术,我们才能走出自我","才使我们看到世界倍增","有多少个敢于标新立异的艺术家,我们就能拥有多少个世界","不管这个发光源叫伦勃朗还是叫弗美尔,它虽然已熄灭了多少个世纪,它们却依然在给我们发送它们特有的光芒"。②

普鲁斯特借作家贝戈特这个人物阐述着他的文艺思想和对艺术的无比尊崇。在第五部《女囚》中,贝戈特离开家门去参观画展,他先从几幅画前面走过,感到这些虚假的艺术实在枯燥无味,还比不上威尼斯的宫殿或者海边的简朴房屋、新鲜空气和阳光。当他最后一次来到荷兰画家弗美尔的《德尔夫特小景》画前,发现这幅画中竟然还有他未曾注意到的地方——小黄墙。这是一幅弗美尔家门口的风景,天空有云,从一侧透出的阳光照亮了建筑的一面黄墙,它顿时鲜活得如一只漂亮的黄蝴蝶。当时的贝戈特已被身体病痛、功成名就和世俗社会弄得无聊了二十年,这面小黄墙在他眼中达到了艺术的完美境界,点亮了他失去光彩的生命,激起了他作为艺术家的倔强、好奇与雄心,令他好似看到了理想的彼岸世界一样。该画的魅力令贝戈特突感晕眩,遭遇了如司汤达综合征般的猝死,他临死前谦虚地说自己的最后几本书太枯燥了,他的文笔也应像那块黄墙一样涂上几层色彩,既表达了文学应借鉴绘画艺术的观点,也意味着作家受创作疑虑的折磨。贝戈特的死令叙

---

① [法]普鲁斯特:前引书,第226页。
② [法]普鲁斯特:《追忆似水年华》全集(下),周克希、徐和瑾等译,译林出版社1995年版,第517、518、522页。

述者非常难过,因为他深受这位作家的影响和启示。贝戈特一生专注于写作,不喜欢社交界的虚浮生活,这位艺术至上的作家在叙述者眼中具有永恒的魅力和永生的意义:"贝戈特并没有永远死去这种想法是真实可信的。人们埋葬了他,但是在丧礼的整个夜晚,在灯火通明的玻璃橱窗里,他的那些三本一叠的书犹如展开翅膀的天使在守夜,对于已经不在人世的他来说,那仿佛是他复活的象征。"①贝戈特写作的书籍宛如天使一般为世界带来精神的光亮和心灵的温暖,昭示着文学与艺术是人类不朽的创造行为,可以超越死亡的界限和抵御时间的侵蚀。

第二节　摄影机制、记忆底片与风景空间

摄影艺术是启发普鲁斯特用空间画面来回收时间和记忆的重要美学机制之一。在普鲁斯特生活的十九世纪末和二十世纪初,照相术在法国飞速发展,拍照逐渐成为一种生活时尚,越来越多的人拥有了自己的照片和影集。普鲁斯特显然受到了同时代摄影文化的浸染和影响。布拉塞(Brassaï)在《摄影影响下的普鲁斯特》(*Marcel Proust sous l'emprise de la photographie*,1997)一书中阐述了普鲁斯特对摄影的痴迷,指出他热衷于收藏和赏玩照片,而且经常通过书信向亲人朋友索要照片,其中有许多肖像照片成为他塑造《追忆》中贵族、资产阶级、艺术家、交际花、演员等各类人物的灵感来源。②

照片本体在《追忆》中的存在屈指可数,例如叙述者马塞尔渴望从周围的人那里弄到希尔贝特和盖尔芒特夫人的照片,因为每

---

① [法]普鲁斯特:前引书,第106页。
② Brassaï, *Marcel Proust sous l'emprise de la photographie*, Paris: Gallimard, 1997.

当他激动地面对所爱的人时,往往无法建构对方的稳定形象,所以拥有她们的照片就如同一次永恒的相遇,凝视意中人的照片给他带来莫大的精神满足。照片成为情感意识的载体,最典型的例子当属马塞尔的外祖母让圣卢为她拍摄照片的场景,当时她头戴宽檐帽,打扮别致,却受到了马塞尔的抱怨和嘲笑,因为他觉得外祖母的修饰和姿态有些卖弄风情。当外祖母突然去世后,女仆告诉马塞尔,屡次晕厥的外祖母预感自己将不久于人世,所以她主动提出拍照的要求,目的是为亲人留下一张美好的影像,得知真相的马塞尔感到无比懊悔和痛苦。照片上的外祖母乍看上去优雅平和,但她不经意的眼神刺痛了亲人们的心:"她的两只眼睛具有异样的神情,那是一种浑浊、惊恐的神情,就像一头已被挑定、末日来临的牲畜射出的目光,她那副惨样,像是个判了死刑的囚犯,无意中流露出阴郁的神色,惨不忍睹,虽然逃过了我的眼睛,却因此而使我母亲从不忍心瞅照片一眼,在她看来,这与其说是她母亲的照片,毋宁说是她母亲疾病的缩影。"①可见普鲁斯特笔下的人物通过照片中的关键信息更好地感悟了亲情,更加清晰生动地表达了对家人的挚爱和怀念之情。摄影艺术的魔力在于令往昔重新浮现,或令当下的瞬间定格为永恒,从而对抗时间的流逝和遗忘,照片是人们从虚无中拯救出的瞬间。

但摄影艺术对普鲁斯特的影响远非停留在人物塑造阶段,而是更多关涉着记忆建构与文学创作的巨大隐喻。普鲁斯特强调"时间对他来说就像是空间",②所以他笔下的时间往往采用空间元素、图像艺术和地点形式来展现。当《追忆》的叙述者开始用文字追寻往昔,记忆总是和各种视觉画面重叠在一起。当叙述者在

---

① [法]普鲁斯特:《追忆似水年华》全集(中),潘丽珍、许钧等译,译林出版社1995年版,第450页。
② Marcel Proust, *Jean Santeuil*, Paris: Gallimard, 1971, p.126.

画家埃尔斯蒂尔家里重遇海滩少女阿尔贝蒂娜之后,他的内心充满了喜悦,当他独自返回旅馆后,便自比为摄影师:"有些快乐与拍照相似。心爱的人在场时,拿到的只是一张底片,然后回到自己家中,可以使用内部暗室时,才将这底片冲印出来。只要待客,暗房的入口便'关闭'着",①当他回到只属于内心的私密暗室时,才会将所爱之人的形象底片予以冲洗和回味。

在第七部《重现的时光》中,叙述者如此定义文学与生活的关系:"真正的生活,最终得以揭露和见天日的生活,从而是唯一真正经历的生活,这也就是文学",这种生活存在于艺术家和每个人身上,"他们的过去就这样堆积着无数的照相底片,一直没有利用。因为才智没有把它们'冲洗'出来。我们的生活是这样,别人的生活也是这样;其实,文笔之于作家犹如颜色之于画师,不是技巧问题,而是视觉问题"。② 摄影术的完整流程为取景、拍摄、感光、定影、显影,对普鲁斯特而言,文学写作好比摄影的过程,每个人的生活和过去是由无数照相底片构成的,作家通过智慧的写作才将其"冲洗"出来。普鲁斯特认为人脑回忆好比摄影底片被冲洗的过程,这与埃尔韦·德·圣德尼斯(Hervey de Saint-Denys)的"记忆底片"(les clichés-souvenirs)理论不谋而合:人眼通过捕捉图像,将生活以底片的形式存储在大脑里,这些底片会对人的记忆建构起到关键作用。③

普鲁斯特的眼睛发挥着照相机的功能,其文笔如镜头般将人物与景物一同摄入记忆的暗室,他曾写道:"文学在表现女人时,

---

① [法]普鲁斯特:《追忆似水年华》全集(上),李恒基、桂裕芳等译,译林出版社1995年版,第503页。
② [法]普鲁斯特:《追忆似水年华》全集(下),周克希、徐和瑾等译,译林出版社1995年版,第517页。
③ Daniel Grojnowski, *Photographie et langage*, Paris: José Corti, 2002, p. 357–360.

应该使她们成为镜子,反映出在我们的习惯想象中她旁边的那棵树或那条河的颜色。"①《追忆》中的人物被回顾时,永远伴随着人物相继占据过的景点的形象。尤其当人物首次出现时,作者会精心地圈定一个风景空间,当这个人物在其他地方出现时,叙述者的记忆会一直与最初的景点相连,仿佛这个景点已被摄影师定格在一帧照片中,而背景中的人物剪影会永远停留在叙述者内心的花园中。张新木在《普鲁斯特的美学》一书中指出:"普鲁斯特的人物就是一些外部剪影,而这些外表又与其地点环境相连,他们是出现在系列风景中的系列肖像:乡间花园、贴满广告的墙壁、客厅、火车站台等,就像是一本个人影集,展现某个地方的某个人,然后是他在另一个地方的样子,每张'照片'都由它的取景严格确定下来。"②普鲁斯特的人物会轮流出现在一系列的景点中,景点将人物植入记忆。

正是地点与风景赋予人物必要的生命载体,地点能够提升身处其中的生灵的魅力,使其从周围景色和环境中获得一种额外的特质和美感。普鲁斯特在《驳圣伯夫》中指出了风景和人物之间的密切关联:"在某个风景的深处,搏动着一个生灵的魅力。也是这样,在一个生灵身上,整个风景倾注它的诗性。"③在罗斯金关于风景艺术理念的启蒙下,普鲁斯特开始近距离地观察和描写自然景物,发现了目光与心灵之间的契合,在视觉和心理、风景和人物之间建立毗邻性的关联。叙述者承认他的回忆被铆在昔日地点,所以希尔贝特的情影不仅定格在法兰西岛的某座教堂前,而且总

---

① [法]让-伊夫·塔迪埃:《普鲁斯特和小说》,桂裕芳、王森译,上海译文出版社1992年版,第88页。
② 张新木:《普鲁斯特的美学》,南京大学出版社2015年版,第230页。
③ [比]乔治·普莱:《普鲁斯特的空间》,张新木译,华东师范大学出版社2015年版,第29页。

与花草小径或山楂花背景联系在一起,宛如一帧帧昔日美好瞬间的清晰底片。

在叙述者的回忆中,阿尔贝蒂娜与花季少女们的侧影总是投射在海滩的背景上:"对我来说,她们就是大海起伏的碧波,就是大海前列队而过的侧影。如果我到她们所在的那个城市去,我定希望与大海重逢。"①这些海滩剪影好比摄影底片般呈现在叙述者的记忆暗室中:"例如在海上显示出侧影的阿尔贝蒂娜,接着,我们可以把这个形象分离出来,放到我们身边,渐渐地,就好像放到了一架立体镜片下面,我们看清了它的大小和颜色","我对那个心爱的海滩的全部印象都掌握在阿尔贝蒂娜手中","吻她的双颊就如同在吻整个巴尔贝克海滩"。② 最初的阿尔贝蒂娜光彩照人,后来她因不羁的行为引发了叙述者的嫉妒和苦恼,沦落为暗淡无光的忧郁囚徒,叙述者只有在对海滩的重新追忆中,她才重新焕发出动人的光彩。计划逃离的阿尔贝蒂娜留给叙述者的最后印象依然与大海关联,她向他告别的手势就像从前她在海滩上那样,令他仿佛看到了这个少女背后的大海。人与海滩的鲜明对照确保了叙述者鲜活的记忆。

因此风景与人物在并置的前提下可以互为明镜,在文本内外形成恒定的艺术交流。叙述者对往昔人物和时间的追忆得益于风景空间的建构和艺术符号的启示,回忆如同把一系列照片汇集在一起,时间以空间和地点的形式展现,形成一个个影集式、画册式、符号化的时空连续体。所以叙述者的记忆中充满了旅行和空间的位移,例如花园、河边和教堂边的散步,驱车去诺曼底,巴尔贝克旅

---

① [法]普鲁斯特:《追忆似水年华》全集(上),李恒基、桂裕芳等译,译林出版社1995年版,第480页。
② [法]普鲁斯特:《追忆似水年华》全集(中),潘丽珍、许钧等译,译林出版社1995年版,第211—212页。

行和威尼斯之行等,这些旅行可以打破身体和精神的封闭性。叙述者收复的不仅仅是失去的时间,还有失去的空间,例如他从小小的茶杯空间出发,将它拓展到一个更广大的空间,里面放进城市、乡村、花园和教堂。

叙述者在摄影视角下寻找着生命的印记,努力摆脱时间逝去的悲哀,在大自然之美、艺术之美中寻找生活的价值,捕捉着一切能勾起回忆的永恒画面。在第一部《在斯万家那边》中,叙述者将巴黎城市的景致搬迁到照片的视野中:"我记得有一个窗户,从那里望出去,是一幅由好几条街道的凌乱的屋顶组成的画面,你可以在前景、中景,甚至远景的某个层次,看到一座紫色钟楼的圆顶,有时它发红,也有时,茫茫雾霭从灰蒙蒙中离析出黑影,洗印出最精美的'照片',使它呈现为高雅的黑色,这就是圣奥古斯丁教堂的钟楼。"①可见摄影的审美体验给叙述者带来一种发现美好生活的方式,他抓住了摄影的概念与形式,学会了用摄影师的眼光去观看、改造和变换粗粝的现实,从中获得快乐的源泉。

第三节　隐喻视角、通感记忆与绘画参照

普鲁斯特关于时空体验的宏观世界包含着印象派风格艺术家的精神世界,他在《让·桑德伊》《驳圣伯夫》中多次赞赏法国画家莫奈的系列绘画,在《亚眠圣经》译序中也探讨了英国画家透纳的创作,这些印象派风格画家启发了《追忆》的美学构思和风景画面。小说中虚构的印象派画家埃尔斯蒂尔是一位集莫奈、马奈、透纳等艺术家于一身的画家,他的绘画给人一种比较模糊的印象,这

---

① [法]普鲁斯特:《追忆似水年华》全集(上),李恒基、桂裕芳等译,译林出版社1995年版,第41页。

实质上是一种诗意的描述,因为他描绘的是景物带给观者的印象,而不是景物本身。埃尔斯蒂尔教会了叙述者一种更加真实和诗意的观察世界的方式,其画作《卡尔克迪伊海港》中的景物混杂交错,大海与陆地交织难辨、互为隐喻:"对小城只使用与海洋有关的语汇,而对大海,只使用与城市有关的语汇",房顶上露出桅杆,好似构成了船只,教堂仿佛从水中钻出,船只仿佛停在旱地里,"每一景的魅力都在于所表现的事物有了某种变化,类似诗歌中人们称之为的暗喻"。① 该画中的海市蜃楼源于印象派绘画的启发,即混合景物之间的界线,以肉眼感官的直觉印象来展现事物,获得了理性无法言说的顿悟之感。

  法国哲学家吉尔·德勒兹(Gilles Deleuze,1925—1995)在《普鲁斯特与符号》(*Proust et les signes*,1964)一书中对埃尔斯蒂尔的画风做出如下评价:"风格从本质上来说就是隐喻。然而,隐喻从本质上来说就是变形(métamorphose)。"②现实中不同类别的自然景象常常混杂交错,容易给人造成眼睛的错觉。埃尔斯蒂尔致力于用人们原初的视觉感知来展现事物,遵循了观者视觉中的某种远景规律和第一眼印象,其绘画艺术根植于自然,却并不满足于记录直接的自然图像,而是将其变成符号、重新加工,以真实的光学幻觉和景象的隐喻来重塑心理视觉的真实,其原则正如透纳所言:"描绘所看到的,而不是所知道的。"③透纳是罗斯金在《现代画家》中推崇备至的画家,他的风景画不是地形学上机械的自然拷贝,而是传达画家对高山、树林、水域、天空的第一印象,事物轮廓的取消和画面的朦胧感可更好地反映大自然的无限诗性。罗斯金

---

① [法]普鲁斯特:前引书,第481—482页。
② [法]吉尔·德勒兹:《普鲁斯特与符号》,姜宇辉译,上海译文出版社2008年版,第49页。
③ Marcel Proust,*Pastiches et Mélanges*,Paris:Gallimard,1971,p.121.

就此认为:"一个伟大的富有想象力的风景画家要实现的目标必须是给人的心理视觉一个更高尚的、更深刻的真实,而非物理世界的真实。"①这意味着画家要画出眼与心中本真的世界映像,而这种直观真实的原始印象来自记忆。同样普鲁斯特打通了眼与心、视觉感官与心理记忆之间的通道,《追忆》的叙述者指出:"在我的内心深处搏动着的,一定是形象,一定是视觉的回忆。"②叙述者从心灵记忆和视觉画面的交错发展到各种感觉、印象的相通和应和,他不单要在文学与视觉艺术的往返中寻回过往时光,更要找到一系列重现真实记忆镜像的隐喻方式。

普鲁斯特承认:"唯有隐喻才能造就永恒的风格",③法国作家安德烈·莫罗亚(André Maurois,1885—1967)也在为《追忆》所写的序言中指出,"隐喻在这部作品里占据的地位相当于宗教仪式里的圣器","普鲁斯特眷恋的现实都是精神性的",同时普鲁斯特也懂得,"任何有用的思想的根子都在日常生活里,而隐喻的作用在于强迫精神与它的大地母亲重新接触,从而把属于精神的力量归还给它",④因而他需要物质性或感觉性的象征来帮助他在自身的精神和往昔的生活之间建立联系。从展现世界的变换性方式来看,他也是波德莱尔"应和论"的继承人,普鲁斯特笔下不同维度的事物经由通感和隐喻构成了相似性对应,这种对应可从视觉、味觉、触觉、听觉到记忆、情感与心理。但他不处理抽象或理性的概念,而是追求直觉印象和具体之物,所以玛德莱娜点心让叙述者回到了贡布雷的童年,雨声令他忆起贡布雷丁香花的香味,这些描写

---

① John Ruskin, *Modern Painters*, Vol. IV, London: George Allen, 1904, p. 35.
② [法]普鲁斯特:《追忆似水年华》全集(上),李恒基、桂裕芳等译,译林出版社1995年版,第29页。
③ Marcel Proust, *Contre Sainte-Beuve*, Paris: Gallimard, 1954, p. 586.
④ [法]安德烈·莫罗亚《序》,施康强译序,《追忆似水年华》全集(上),第9页。

将各类感知方式打通,促成了感性日常与精神品格的结合,宛如印象派绘画中的多点透视,展现了五彩世界的不同侧显,构建了人对世界、时间的诗性体验和整体认识。

显而易见,庞大的绘画艺术资源为普鲁斯特提供了更多象征性、通感性的帮助,使他以一种诗性、想象和视觉暗喻的艺术方式表达了真实的心理记忆。叙述者试图在虚妄无聊的社交生活和爱情经历中寻找人生的"真实",但两者都被世俗遮蔽,他遭遇的是苦恼和幻灭。他一次次费力回忆带来的是模糊零乱的片段,唯有在视觉、味觉等感官的激发和艺术心理的直观投射中,他才找到了本真的记忆镜像和永恒的审美载体,开启了从物质通向精神的澄明之境。大量交叠的视觉艺术参照和通感化描写割裂了线性叙事法则,以相似性、对等性和联想性为媒介,以纵聚合的多维隐喻方式生动地表达了叙述者对存在、时间、生命与情感的微妙认知和真实感悟。

根据埃里克·卡佩尔斯(Eric Karpeles)的《马塞尔·普鲁斯特之想像的博物馆》(*Le Musée imaginaire de Marcel Proust*, 2009)一书统计,《追忆》宛若一座虚拟的世界美术博物馆,直接或间接指涉了两百多幅真实或虚构、从文艺复兴时期到二十世纪的画家和画作,艺术意象的互涉、并置、拼贴和戏仿使得"身处现代主义初期的普鲁斯特俨然具有后现代主义风格"。① 普鲁斯特宛如博闻强记、旁征博引的展览策划者,他精心调配这些画作,将视觉图像转化为文字记忆,如万花筒碎片般洒入小说情节中,而这些图像将互相参照、互相阐明和互相组合。在小说末尾,这个巨大组画的整体展现在读者眼前。

---

① Eric Karpeles, *Le Musée imaginaire de Marcel Proust*, Paris: Thames & Hudson, 2009, p.21.

源源不断的图像艺术话语滋养着《追忆》叙述者的人生体验和情感意识,他借助于自己的审美心理,将记忆中的人物、场景置入绘画艺术的世界,画作和人物、场景之间的相似性和毗邻性创造了诸多"图说""叠印"的美学效果,现实与艺术形成互补的阐释。叙述者参观威尼斯圣马可教堂时,身旁是表情肃穆的母亲,"她脸上带着卡帕契奥的《圣于絮尔》中那位老妇人的毕恭毕敬而又热情洋溢的虔诚表情",①一种基于神圣母性的毗邻关系使他将母亲和意大利画家卡帕契奥(Carpaccio,1465—1526)的画中人联系在一起。叙述者在巴尔贝克度假时,旅馆窗外的海景令他想起美国画家詹姆斯·惠斯勒的"题为《灰与粉红色的和谐》的画","在海天一色的灰色上,细腻精巧地加上一点粉红",②海滩少女们令叙述者心潮澎湃,粉色的点染突出了他玫瑰色的爱情幻想。

　　叙述者还将阿尔贝蒂娜玩扯铃的场景比作一幅画:"我远远看见阿尔贝蒂娜手上牵着一段丝绳,上面吊着个莫名其妙的物件。这使她与乔托笔下的《偶像崇拜》那幅画很相像,这物件叫'小鬼',早已停止不用。"③该画实际上指涉的是乔托的壁画《不忠》,表现了一个不忠的男人手擎一个女人偶像,偶像已将一根绳子绕在他脖颈上,使他背离了俯身向着他的上帝。画面上方的传道者和先知手持书卷,俯身向他传道,却徒劳无用。崇拜者神情黯淡、躯体笨重,毫无生气和活力,火焰在他足前燃烧。《偶像崇拜》包含着不忠的因素,因而叙述者对这幅画的参照首先暗示着当时他与其他女孩的暧昧之情,一位名叫希塞尔的美丽女孩对叙述者的

---

① [法]普鲁斯特:《追忆似水年华》全集(下),周克希、徐和瑾等译,译林出版社1995年版,第371页。
② [法]普鲁斯特:《追忆似水年华》全集(上),李恒基、桂裕芳等译,译林出版社1995年版,第464页。
③ [法]普鲁斯特:前引书,第513页。

眉目传情引起了阿尔贝蒂娜的不快。其次，这个参照也预示着两人未来关系的走向和结局，叙述者后来对阿尔贝蒂娜的同性恋事件妒火中烧，从而将这位女性偶像变成自己的女囚。叙述者本人也并非忠贞不渝，他承认自己也有喜新厌旧的欲望，喜欢取悦新的女子。最终女囚不堪禁锢而出走，叙述者备受情感之火的煎熬。阿尔贝蒂娜去世后，无数个阿尔贝蒂娜的影像片段却随着空间、季节、周围摆设的变化在叙述者的记忆中增生，他不得不忍受一次次的忧伤。可见小说场景对绘画艺术的参照实则具有昭示人物心理、寓示故事情节的多重作用。叙述者的生活可以比作一幅织毯，将其他人物的生活作为各种不同的线编织在一起，各种形形色色的经历交织出不同的图案。

服饰艺术也成为记忆铺陈的寓意符号，叙述者巧妙地运用服装的语言使人物进入激情、诗意和想象的境界。在叙述者眼中，希尔贝特的母亲在家穿着的衣服有时如初雪一般洁白纯净，有时衣服上面布满了粉色和白色的花瓣，衣裳的图案与季节的氛围关联起来，烘托出浓浓的诗情画意。盖尔芒特夫人的矢车菊花平顶软帽则令叙述者想起童年时代贡布雷的田野，她的每件衣裳都是她内心世界的一个侧面。盖尔芒特夫人的服装大多是著名的裁缝和装饰家福迪尼设计的，后来在叙述者的建议下，阿尔贝蒂娜也开始选购福迪尼的服饰作品，于是在叙述者先后爱过的两个女人之间建立了一种衔接。事实上，福迪尼（Mariano Fortuny，1871—1949）在现实中确有其人，他原籍西班牙，集艺人、工匠和技师于一身，创造了在绫罗绸缎和普通棉布上直接绘画的印染技术。阿尔贝蒂娜出逃和丧生前穿的福迪尼裙衣图案为"象征着生死轮回的东方鸟"。[①] 图饰成为

[①] ［法］普鲁斯特：《追忆似水年华》全集（下），周克希、徐和瑾等译，译林出版社1995年版，第228页。

寓示她死亡的象征符号。阿尔贝蒂娜骑马摔死后,在威尼斯散心的叙述者偶然从卡帕契奥的画作《慈悲族长为中魔者驱邪》中的人物身上认出了阿尔贝蒂娜与他最后一次出游时穿过的福迪尼斗篷,福迪尼正是从该画中获得了设计灵感。斗篷变成了叙述者与女友的那段往事,令他又心痛地怀念起这位昔日女友。感伤与遗憾被涂抹在画布上,艺术与生命合而为一,逝去的时光在艺术思维中被重塑,以永恒的视觉象征符号进入了现在的时光。

因而空间成为时间的投射,空间美学和图像艺术成为感觉和记忆的隐喻性参照,虽然《追忆》的时空是不连贯的、碎片化的,然而"正是隐喻赋予小说整体一种同质性和连贯性"。① 叙述者正是通过强烈的艺术意识去回收往昔时光和探寻人生真谛,人物、时间与不朽的艺术结合在一起,建立了精神的持续感和归属感。吉尔·德勒兹在《普鲁斯特与符号》一书中指出,普鲁斯特的记忆时间包含于艺术符号之中:"艺术使我们发现的,是蕴藏于本质之中的时间,这种时间诞生于被包含于本质之中的世界,它等同于永恒。普鲁斯特所说的'超—时间性'(l'extra-temporel),就是这种处于创生状态的时间,以及重新发现它的艺术家主体",因而艺术能令人重新发现历史和时间,艺术作品"包含着那些最高级的符号,这些符号的意义存在于一种原初的'复杂性'、真正的永恒或绝对的原始的时间之中"。② 这意味着艺术符号具有呈现精神本质的哲学特点,可帮助人们摆脱时间的偶然和短暂,抓住永恒的真理。叙述者正是借助于艺术符号所包含的本质时间、审美特征和隐喻内涵把视觉感知与心灵记忆整合为一体,获得了时间重现的

---

① Yae-Jin Yoo, *La Peinture ou les leçons esthétiques chez Marcel Proust*, New York: Peter Lang, 2012, p.2.
② [法]吉尔·德勒兹:《普鲁斯特与符号》,姜宇辉译,上海译文出版社2008年版,第47—48页。

永恒感。这种看待世界的艺术视角也间接呼应了康德的"审美意象",即把现实中的对象转化为审美对象,将审美对象作为感觉,普鲁斯特曾在孔多赛中学熟悉了康德哲学,可见他最终意识到用艺术审美展现基于感觉的现实是一种更加深层的真实。

综合以上所述,艺术哲思堪称普鲁斯特小说美学的核心,其文笔召唤了艺术博物馆中各路艺术大师的经典画作,让空间艺术和视觉符号参与到时间和记忆的隐喻性指涉中,创造了一种共生和对话的时空美学,从而将现实感知升华为审美意识,呼唤出过去、现在和将来的联系,把精神的力量传递给自我。如果仅凭无意识的思维,记忆难免流于模糊,唯有用心智和文字之光才能照亮体验、寻到真理。正是透过艺术作品的绝对时间和本质象征,艺术媒介将过去拉进现实,时间便完成了它的绵延,绘画、摄影等视觉艺术成为普鲁斯特追寻逝去时光的重要美学手段。

第十三章　安德烈·马尔罗小说：
从"艺术的想像"到
"写作的想像"

经历了损失惨重的"一战"之后，人类开始对生存的状况、孤独和死亡展开深入的反思。在宗教淡化、技术异化、人与人疏离的境遇中，如何重新寻找精神的家园？安德烈·马尔罗始终忧虑着全人类的命运，是最早揭示人类生存荒诞性的法国作家，他将行动熔铸于战争历史和全球文化艺术探索之中，被誉为伟大的小说家、艺术批评家和社会活动家。

马尔罗传奇性的经历主要由三个部分组成：一、他早期在印度支那富有东方色彩的冒险活动，以及他在这块法属殖民地上对殖民当局的反抗。一九二三年他漫游柬埔寨、越南、中国等地，在柬埔寨丛林中寻找一座寺庙废墟，并从那里运出一批石雕，结果被法国殖民当局指控为"掠夺文物"，在案件审理过程中，他对殖民统治有了新的认识，开始同情殖民地人民，后在西贡创办报纸《印度支那》，抨击殖民统治。二、他中期维护正义、反对法西斯主义的斗争，以及他在西班牙革命战争和法国抵抗运动中建立的英雄业绩。三、他后期作为戴高乐将军的支持者和助手，在法国文化政治舞台上所起的显著作用。一九六五年马尔罗以戴高乐政府特使的身份访问了中国，会见了毛泽东、周恩来等国家领导人，并为促使中美建交起了良好的推动作用。

马尔罗针对现代人类状况相继诉诸不同的文学形式。印度支那之行后,他著有杂文《西方的诱惑》(*La Tentation de l'Occident*, 1926),文中通过两个中法青年的书信往来,论述了东西方的文化差异及价值观。马尔罗小说反映的都是二十世纪的重大历史事件,一九二八年至一九四三年间,他创作的亚洲题材小说《征服者》(*Les Conquérants*, 1928)以中国省港工人大罢工为题材,《王家大道》(*La Voie royale*, 1930)叙述了探险家在柬埔寨丛林寻找古代庙宇的故事,《人的境遇》展现了上海工人起义以及汉口工人运动被蒋介石镇压的事件。希特勒上台后,他投入反法西斯斗争,并发表小说《轻蔑的时代》(*Le Temps du mépris*, 1935),在序言中赞成共产主义。一九三六年西班牙内战爆发,他成为马德里国际飞行中队的一名指挥官,之后他发表小说《希望》(*L'Espoir*, 1937),赞扬西班牙人民的正义斗争。法国抵抗运动期间,他加入装甲部队,创作哲理小说《阿滕堡的胡桃树》(*Les Noyers de l'Altenburg*, 1943)。

上述小说通过冒险、革命行动和艺术创造等主题探讨了人对自身荒诞状况的质询、反抗和挑战。"人的概念"是马尔罗全部著作的中心问题,关于人如何解脱死亡的荒诞,马尔罗所做的回答之一就是通过冒险和革命来显示人的尊严和摆脱屈辱状况,另一个回答就是通过艺术的价值世界来证明人类更加伟大。他的文学生涯可分为前期的小说创作阶段和后期的艺术评论阶段,第二次世界大战后,马尔罗成为戴高乐政府文化部部长,这一时期他在大力弘扬法国文化遗产的同时,发表了大量的艺术评论,主要有《想像的博物馆》(*Le Musée imaginaire*, 1947)、《寂静之声》(*Les Voix du silence*, 1951)、《众神的变异》(*La Métamorphose des Dieux*, 1957)等艺术论著,从美学角度继续探讨人的反命运哲理主题以及所有艺术的哲学意义、道德意义。

事实上，马尔罗所有的小说作品和艺术论著可当成一个连续的文本来阅读，不同的文学陈述体裁并列在同一个轴心之上，主题的共鸣、艺术的参照和场景的互涉，构成了一个巨大开放的视觉性文字符号体系和彼此呼应的小说文本结构，从历史、文化和艺术的多元角度阐述了人类对荒诞境遇的反抗和挑战。马尔罗的小说美学源于他的艺术造诣，他成功地在小说空间与艺术美学之间建立了一种对话和融合，激发了小说文本与绘画、电影等艺术的审美共鸣。文化艺术形式在他笔下获得了新的价值和意义，成为揭示人类命运的强有力手段，也是小说人物超越荒诞、获得自由心境的重要途径。尽管小说创作的材料是文字，马尔罗却缔造了与艺术作品相媲美的视觉效果和美学意义。

第一节　艺术的想像

在《想像的博物馆》《寂静之声》《众神的变异》等艺术论著中，马尔罗用比较性的美学评论和丰富的艺术图片资料来探讨人类艺术形式的发展与演变，论述了中世纪以来西方绘画和雕塑的变迁，并对艺术史进行"想像"(imaginaire)的定义，将造型艺术的发展划分为三大时期：第一，"超自然"(Surnaturel)阶段，即"真理的想像"(imaginaire de vérité)。从古代宗教艺术到文艺复兴之前这段时期，教堂凸显了基督教的艺术，歌颂神性的建筑、绘画、雕塑等艺术都得到了惊人的发展。艺术与宗教往往难舍难分，并且服从和服务于它。当形式受到基督教的统治时，人们所能做的就是颂扬上帝，表达神秘的基督生活，人类总是被置于仰视上帝的处境里，宗教和神学占据了人们的意识形态，艺术沦为宗教神学的工具。第二，"非真实"(Irréel)阶段，即"虚构的想像"(imaginaire de fiction)。从文艺复兴开始到十九世纪印象派绘画之前这段时期，艺术创作转向了世俗领域,从圣事中解脱出来的画家们获得了很大的创作自由,艺术不再寻求与宗教意识的融合,不再以宗教理念为轴心,而是以再现现实或唯美欣赏为目的。第三,"超时间"(Intemporel)阶段,即"变换的想像"(imaginaire de métamorphose)。法国印象派画家马奈开创了现代艺术的先河,二十世纪的现代艺术不再依附于宗教精神和唯美的桎梏,而是取得了艺术的自主性和独立自足的地位。马尔罗在其著作《命运未卜的人和文学》(*L'Homme précaire et la littérature*,1977)中将艺术的超时间阶段称为"变换的想像",意味着现代艺术趋向对现实世界的改造和变换,想像因此获得它的真正意义,艺术家们从形式的推陈出新中发现了超越时间的力量。

马尔罗在诸多论著中描述了中世纪以来造型艺术的变迁,而且阐述了人类的艺术知识借助于现代考古学、摄影技术和世界文化的传播,是如何得到极大丰富的。在文化日益全球化的当代,他将世界上的各种艺术形式、各个风格迥异的艺术家,看成了一座名副其实的"无墙的博物馆"。马尔罗认为,随着现代传播技术的进步,古往今来的东西方艺术得以走出最初文明的发源地,在历史的长河中嬗变为超时间的艺术形式,从而组成了一座宏大的"想像的博物馆"(musée imaginaire),向全人类的思维和眼睛开放,凭借这个"无墙的世界",现代人与古今艺术的跨文化对话获得了超越荒诞的意义。

马尔罗的艺术论著以充满文化哲学思辨的方式,探索了人类的艺术财富,颂扬了那些永恒的艺术创造。他的目的既不是研究艺术史,也不是研究美学,而是研究文化作为对人是否不朽这个问题的一个永恒回答所具有的意义。在此基础上,马尔罗建立了"报复性"的艺术使命论、"形式论"的艺术史观等美学思想以及关于艺术遗产继承的主张。

一、"报复性"的艺术使命论：在《寂静之声》中，马尔罗指出艺术家的力量在于向世界呼喊，让世界听到人的声音，过去时代的文化虽已消失，但保存在伟大艺术品中人的心声，却是永远不灭的，因而艺术的"创造性"是不朽的，艺术是对人的荒诞状况的一种永恒的报复。历史使人意识到命运，而艺术则试图将命运改造为自由。艺术作为人类的创造性活动，成为一种"反命运"，成为"通往绝对的硬币"，因为它创造了永恒。艺术世界表达的是个人对人类命运的超越，它使得人类在最古老的赋予宇宙意义的创造中团结起来，证明了人类的伟大，从这个意义上看，古今艺术领域组成了人自身革命的媒介和战场。

二、"形式论"的艺术史观：马尔罗认为作家和艺术家一旦将思想付诸笔端，便从空想过渡到形式的世界，所有的文学和艺术作品都是形式。人类艺术是不断变换原有形式、创造新形式的过程。自少年时代起，马尔罗便被一个艺术的世界所占据，用他本人的术语来说，这是一座"想像的博物馆"，集合了世界上不同时代的艺术流派和风格，这座博物馆并不局限于展示众多的造型和图像，也不囿于使往昔艺术走进现代，它探寻着人类文明的精神价值，深刻地影响着现在或将来的艺术创作。

三、艺术遗产继承的主张：马尔罗主张继承人类一切优秀的、有价值的文化遗产，而不应受时代、民族、社会制度和艺术风格的限制。"一战"后成长起来的马尔罗不可避免地受到了东方文明的诱惑，那时欧洲年轻的知识分子试图求助于中国文化思想以摆脱新世纪病的羁绊。面对西方文化的价值危机，马尔罗试图从东方文化中寻求新的灵感，为西方文明的复兴注入活力。他对东方文化的含蓄、平衡、超脱与和谐抱有欣赏态度，对资本主义商品性、庸俗化的文学艺术采取了批判的态度，认为东西方文化可以互相取长补短。

在《西方的诱惑》中,马尔罗通过两个中法青年的书信往来对东西方文化艺术进行比较,尤其对中国人的自然观与艺术意识作了巧妙的分析,中国青年林对法国青年 A.D. 说:"……我们的画,当它是美的,不模仿,不再现,而是表意。"① 如果说东西方绘画在技法和再现方面大相径庭,那是因为这种对立始源于基本世界观和生命意识的不同。中国传统绘画具有含蓄简约的表意风格,融入了人对世界的认识,是宁静超然的状态艺术。西方的根在希腊的个人主义,基督教将之缓和下来,但在"一战"浩劫后的西方,现代人的痛苦和恐慌源于失去了对上帝的信仰和个体主义的泛滥,而东方人通过否定个人以及将自我融入集体或宇宙来获得心灵的宁静,似乎为西方的顽疾提供了良药,这一点可在艺术领域得到印证,例如宋代水墨画给欧洲带来了崭新的画家态度,即把绘画视为人与宇宙融合的一种方式,中国的儒道释思想传统都不同程度地要求淡化个体意识,因此山水画中人的概念被淡化,画家的情绪与自然融为一体。

在《超时间》(*L'Intemporel*, 1976)一书中,马尔罗对照了印象派风景画与宋朝山水画的时空理念,他意识到印象派绘画抓取瞬间的光线,抓住"人们从来不可能看见两次"的瞬间,是"被嵌入了年代的时间",而东方水墨画力图达到时间符号的永恒,其时间性质为"宇宙的和循环的"。② 中国艺术的时间体现了阴阳交替、四季轮回的永恒意识,而西方绘画体现的是不可逆转的线性时间概念,带有末日论的基调。同样的情感对立体现在雕塑方面,在《众神的变异》中,马尔罗比较了魏朝时期的佛陀人头像和夏尔特教堂的哥特式人头像。佛陀面庞丰满,散发着宁静安详的气息,上扬

---

① André Malraux, *La Tentation de l'Occident*, Paris: Gallimard, 1996, p.135.

② André Malraux, *L'Intemporel*, Paris: Gallimard, 1976, p.840.

的嘴角带着一丝微笑,好比超脱了苦难的梦魇。哥特式头像反而显得痛苦和紧张,因为西方文明充斥了基督教传统的原罪、赎罪和牺牲等观念以及希腊人文传统的个体征服意识,所以往往创造出激烈和痛苦的艺术。可见"西方人追求荣誉、胜利、伟大、抗争等价值,个人与世界处于敌对关系之中,而中国艺术秉承了古老的天人合一思想,把人与自然之间理解为和谐共生的关系"。① 东方文化同西方文明一起,为马尔罗提供了两面反思人生哲理的明镜,共同守护着人类精神的尊严。

第二节 写作的想像

马尔罗的文学创作与艺术思考均可归纳到"想像"这一宏大概念之中。在《命运未卜的人和文学》中,马尔罗指出二十世纪小说与十九世纪现实主义小说的最大区别在于,小说不再是作家对现实的翻版和复制,而是一种"写作的想像"(imaginaire de l'écriture),②这是他对二十世纪现代主义小说创作所寄予的主张,也堪称他本人小说艺术的缩影。他定义的写作或艺术的"想像"(imaginaire)并不等同于一般心理学意义上的"想象"(imagination),而是一种有意识的、基于美学形式的价值创造。亨利·格达尔(Henri Godard)所著的《文学的另一面》(*L'Autre face de la littérature*,1990)一书揭示了马尔罗所阐述的文学想像与艺术想像之间的关联,指出马尔罗阐述的"写作的想像"对应于艺术发展的第三阶段,即"超时间"阶段的"变换的想像"。③

---

① 秦海鹰:"比较的目光:马尔罗与中国艺术",《马尔罗与中国》,上海人民出版社2008年版,第204页。
② André Malraux, *L'Homme précaire et la littérature*, Paris: Gallimard, 1977, p. 180.
③ Henri Godard, *L'Autre face de la littérature*, Paris: Gallimard, 1990, p. 128.

马尔罗本人的文学观建立在对传统绘画和现实主义小说的批判之上。在《命运未卜的人和文学》一书中,他指出:自古以来的文学创作经常以绘画艺术为蓝本,现代文学的诞生受到了现代艺术发展的影响,两者互相促进。文艺复兴以来的绘画艺术在细节上追求同现实的相似性,但是自马奈创作《奥林匹亚》之后,西方绘画逐渐摈弃了对现实的复制,现代绘画自主性的确立同现代小说的发展相辅相成。十九世纪后期,现实主义小说同样遭遇了一场危机,传统现实主义小说家按照生活的本来面目如实反映现实,推崇文学对世界的描摹功能,强调个性化的人物塑造和完整的故事情节。随着现代社会的发展,读者们不再满足于阅读小说的情节,而是渴望更加开放性的文学形式。巴尔扎克提出的作家应该做"历史的书记"的现实主义原则与马尔罗的想像观背道而驰,因为马尔罗把现实看作是文学创作的一个对立面,更注重作家改造现实的手段,提倡"写作的想像"。马尔罗十分欣赏福楼拜将小说的形式与内容区分开来,把小说视为自律自足的艺术品,缔造了诗意的小说语言、客观中立的叙述风格和严谨的文本结构,使小说真正步入了现代文学的殿堂。

另外,马尔罗指出诗人波德莱尔是现代文学的先锋,正如马奈堪称现代绘画的先锋一样。波德莱尔拒绝复制现实,强调诗歌相对于主体的独立性和意义的升华,认为诗歌不等同于科学和道德,其目标不是寻求某种定论,而是诗歌自身的风格。正基于此,深谙艺术的波德莱尔提出画家应该重视色彩的暗示而不是细微之处的逼真,正如诗人应该选用讽喻的语词来对现实进行神奇的变换,而不是用临摹的手段照搬生活的原貌。马尔罗从波德莱尔那里学习到了"将泥土锤炼为黄金"的神奇变换过程,艺术家应创造一个自我统治的形式世界,这是他本人进行小说创作时对社会历史题材施行"变换的想像"的重要动因和方法。

在一九三四年莫斯科作家研讨会上,马尔罗曾对苏联的教条主义文学提出了批评,指出"单纯地复制一个伟大的时代并不意味着可以缔造伟大的文学。"①"作家并不是世界的记录员,而是世界的敌手"。② 虽然马尔罗强调现代艺术的自主性,但是他反对空洞的形式,反对为了艺术而艺术,认为艺术家自我表现的目的是为了创造。马尔罗本人的"写作的想像"意味着跨文化背景的诗意变换,小说人物形象的抽象化、符号化、艺术化和玄学化,以及小说场景对经典艺术的参照。这是一种改造变换现实、创造永恒意义的文学创作机制,即强调文学艺术作品的创造性,主张质询人类的状况,推崇作家对现实的神奇变换,以及作品相对于主体的独立性和意义的升华。

马尔罗擅于将现实进行加工和变换,《人的境遇》《征服者》两部关于中国革命的小说实则进行了东西方世界的移位和想像,故事地点虽然在亚洲,意识的坐标系却从东方拓展到了西方乃至全世界,因为这些小说的语境和问题意识很多来自西方,证据是他笔下人物面对的困境,诸如人生的荒诞感、人的孤独、人与人之间的难以沟通等都是现代西方的典型病症,而当时的中国人对类似的问题还比较陌生。在中国民主革命的框架中,马尔罗描写着爱情、英雄主义、战友情谊、孤独、幻想、权力、反叛、鸦片、性、死亡等题材。事实上,作为西方人的马尔罗正是根据西方精神或文化传统原型来构筑小说的。《人的境遇》中所描写的蒋介石勾结帝国主义、背叛中国革命以及对共产党的屠杀,很容易使人联想到法西斯对欧洲民主力量的迫害。因此马尔罗以二十世纪初中国反动势力和民主力量之间的冲突去折射西方的残酷现实,中国先进分子的

---

① Henri Godard, *ibid.*, p. 96.
② André Malraux, *L'Homme précaire et la littérature*, Paris: Gallimard, 1977, p. 152.

理想价值也凝聚了西方人走出精神危机所需的勇气与胆识。中国革命历史故事本身逾越了原有参照系统的疆域,在写作的想像中获得改造与装扮,以新奇变换的跨文化形象滋养着西方人的思维,有助于西方确定自身存在的位置及意义。

正如普鲁斯特、卡夫卡等现代小说家们摈弃了单纯再现和复制现实的传统,转向暗示、讽喻、变换性的创作观,马尔罗不停地借助于艺术形式创新这个精灵,主题只不过是小说家手中等待塑造的材料,唯有超越情节主题的作品才称得上真正的艺术。正如现代艺术以变换的、诗性的想像来改造现实,马尔罗以比较美学手法向语言素材施以炼金术般的想像,源于文化习俗和文学典故的意象变幻为表达人类忧患的符码,在小说结构和语义范围中获得了"超时间"的意义,提升了小说语言的知性色彩,令感知敞亮起来。例如《希望》中的马宁骑在一匹没有鞍鞴的骡子上,像一尊歪斜的骑士雕像,萨布诺像年轻、有活力的伏尔泰,夏特发现俄国农民像是西方中世纪的人物。这些比喻同"想像的博物馆"中的寂静之声不谋而合。此类意象在历史、文学和艺术的三维框架中获得了新的意义,意味着西班牙共和军和人民群众的英勇壮举就像亘古久远的艺术创造一样,体现了人类永恒的价值和顽强不息的生命力。

此外,马尔罗经常拉近小说场景与艺术作品的距离,其小说场面对造型艺术的指涉无处不在,例如《人的境遇》与《希望》中的酷刑处决场面与西班牙画家弗朗西斯科·戈雅作品中人类遭受摧残的暴力场面遥相呼应,《希望》中的民兵们赤膊上阵,扶着轰鸣的大炮轮子,汗流浃背地投入革命战斗,仿佛法国大革命雕塑中的人物,昭示了人类为自身解放和自由所做出的努力。而且小说多处采用了艺术博物馆、教堂等庄严场所。此类艺术性场景的展示、讽喻和参照功能压倒了叙事中讲述、分析和解释的部分,使小说上升到史诗与哲理的层次。

世界文化可被重塑,为展现当代生活添加共鸣。在对现实的越界和互文的参照之中,写作的想像在开放的释意体系中敞开了它作为文本之源的自我本质。面对可怕的虚无世界,马尔罗始终如一地关注人类的境遇和艺术的变化,对人的概念、艺术的变形、古今文明之间的永恒关系进行思考。他一贯主张创造另一个世界来实现生命的永恒,这另一个世界便是艺术的世界。艺术的世界是对现实世界的修正,现实世界的生命是注定要死亡的,而艺术世界则可以超越人类的处境,抗拒荒诞,战胜死亡,它是人类最高价值的表现。马尔罗的小说创作观与他的艺术观在实质上是共通的,他的文学理念和对艺术世界的长期思考都是对艺术创造的重新诠释。面对现实的世界,画家与作家的创作初衷是一致的,即不屈从于外界的表象,征服世界,抵抗宿命。

第三节 马尔罗小说与绘画美学

马尔罗沉醉于艺术形式永恒的不朽,他说:"我最重视的是艺术。我崇仰艺术如同他人信仰宗教一般",[①]"我对艺术的了解甚于文学"。[②] 实际上,马尔罗的小说创作阶段正是他的艺术观逐渐形成的时期,后期的艺术论著只不过是他对前期观点的总结和发扬,他坦言他从不在他的艺术论著和小说作品之间划出敏感的界限,这实际上引导读者把他各体裁的作品当成一个连续的文本来阅读。追根溯源,马尔罗的小说写作与其艺术思想是密不可分的,他自《西方的诱惑》开始便从艺术哲学角度提到人类与命运的抗

---

① Roger Stéphane, *Fin d'une jeunesse*, Paris: La Table ronde, 1954, p. 69.
② *L'Express*, n° 1316, 27 Septembre–3 octobre 1976, p. 26–31.

争,后来他的小说叙述又体现了他在灵巧运用表达形式方面的才智。

马尔罗作为一个作家的素养与才能,是他长期文化积累的结果,他不仅多次在文学和造型艺术之间展开对话,而且尝试运用艺术美学理念来撰写小说,用他本人的话来说,这是想像的博物馆的功劳,每时每刻,他借助各种手段从视觉记忆中调出那些储藏在想像博物馆中的各种各样的景像。"想像的博物馆"中的现代美学体系和文化艺术资源成为启发马尔罗小说美学的主要机制,促使他形成了求新、求异、求变的创作观。在东西方文化哲学和绘画、电影、音乐等多种艺术形式的影响下,马尔罗缔造了简洁凝练、视觉感强的文体风格和变换性的现代小说观,其小说文本好比画家的调色板,情节、人物、场景、氛围,都像颜色、线条、光线那样调和在一起。

"想像的博物馆"体系是马尔罗为了帮助人类摆脱奴役的处境而缔造的艺术形式共同体,包含着对人类自身状况的永恒的思考。马尔罗把"想像的博物馆"延伸到文学领域,运用非凡的想像驾驭与复活了他头脑中这座"无墙的博物馆"的各种艺术形式。在人物的展示中,他善于利用丰富的文化修养和视觉记忆,引用知名作家、画家和艺术作品的名字。比如,《人的境遇》中绘画爱好者葛拉比克在酒吧看到一位陌生的年轻金发女子时,第一反应是认定她是画家鲁本斯作品中的人物。绘画意象的介入大大加强了小说景物和人物展示的视觉效果,便于作者以迅捷方式刻画人物心理特征,烘托小说的艺术氛围,为读者留下了足够的想像空间。

古往今来的艺术内涵和表达形式在马尔罗笔下成为揭示命运、变换现实的强有力手段。马尔罗成功地在小说文本和绘画艺术之间建立了一种默契,像画家组织颜色和构图一样暗示和讽喻意义,人们从他的作品中能够读出一个"想像"的世界,一个用语言描绘出来的富有造型美和形式美的艺术世界,一个以异常沉重的目光关注人类状况的人道主义世界。为了更好地探究马尔罗小说中艺术形式的魅力,我们将他的小说叙述手段与他在诸多艺术论著中重点探讨的戈雅、卡拉瓦乔、拉图尔、伦勃朗、委拉斯盖兹(Velazquez,1599—1660)等艺术家们的绘画美学手法联系起来,进行对照性的研究。马尔罗小说同艺术美学之间的关联体现在主题表达、叙述场景、文本修辞等各个层面。

(一)色彩渲染

马尔罗非常重视使用那些表达色彩和几何形式的词汇,不同颜色的意象构成了一个象征、暗示、隐喻的世界。在《人的境遇》中,蓝色表征着国民党阵营,至于共产党阵营则直接用红色来指代,小说中的蓝色和红色分别指称"蓝党"和"赤党"阵营人士,例如:"蓝红两党领袖共同发表了联合宣言。"[1]颜色成为意识形态的符号和象征。

西班牙画家戈雅非常重视黑白色彩的运用,马尔罗显然受到了这种"黑白美学"的影响,他著有杂文《萨图恩,命运,艺术和戈雅》(Saturne, le destin, l'art et Goya, 1978),并为《戈雅绘画》一书作了序言。黑色和灰白色也成为马尔罗小说空间中最普遍的颜色,例如在《人的境遇》中,陈施行恐怖袭击之前,恐惧在他内心涌现出来:"陈注视着所有那些无声地流向江河的暗影,这种无法诠释,连续不止的运动,不正是命运本身吗,不正是把他们推往大街深处的力量吗,黑暗的河流面前依稀可见的弧形霓虹招牌不正是通向死亡的大门吗?"[2]中国浓黑的夜幕从此和所有人类陷入的黑

---

[1] André Malraux, *La Condition humaine*, Paris: Gallimard, 1946, p.195.
[2] André Malraux, *ibid.*, p.200-201.

暗混同在一起,陈在实施暗杀之后潜入租界,似乎迈入了黑色的地狱和永恒的孤独,黑色成为马尔罗笔下人物内心孤寂的代名词。

黑白美学是《人的境遇》叙述空间的基本格调,黑色和白色经常被用来渲染死亡的恐怖和夜晚的神秘,例如以下革命者被捕后的片段:

> 那卫兵一手端着枪,一手提着灯,站在他的左边。而他的右边仅留着一块空地,一堵白色的粉墙。卫兵用枪指了指空地。卡托夫带着无可奈何的傲气,凄然一笑。可是没有人能看清他的脸:卫兵也有意不看他,而所有奄奄一息的伤员,有的撑起一条腿,有的支起一只胳膊,有的托着下巴,目送着那还没有很黑的身影慢慢离去,他的黑色身影在受刑者的灰白墙上变得越来越大了。①

黑暗禁锢着《人的境遇》中的革命者,在小说的结尾,黑夜中军官进来了,把卡托夫押赴刑场。这种黑色渲染手法昭示着社会现实的荒诞与白色恐怖的镇压。另外,马尔罗在描绘中国城市时,比较喜欢色彩的淡化处理,运用比较晦暗、模糊的色调,比如暗绿色、暗黄色、暗蓝色、褐色、灰白色等,为的是表达亚洲世界变幻不定的命运:

> 透过春天黄昏时节的淡蓝色光芒,城市终于露出眉目:在清晰的黑色近景的空隙中,圆柱式的银行大楼历历呈现于眼前。
>
> 天色阴霾,笼罩着暴风雨来临之前铅灰色的光线,在污浊的雾气里,鼓突的灯罩上呈现出光线的效果,像是一连串倒置的问号。

---

① André Malraux, *ibid.*, p.254.

> 自国民革命军如扫雪机一般涤荡北方军阀之后,左派都在向往这块福地:革命的摇篮就潜伏在这些炼铁厂和兵工厂淡绿色的身影里,虽然革命尚未接收这些工厂。①

《人的境遇》营造出晦暗和灰白的基调,开启了一个唯有黑色现实的视野,并让上海沉浸在雨夜神秘而混乱的气氛里,黏稠的、苍白的雾,在水洼里倒映着路灯昏黄的光,缫丝厂烟囱喷吐的血红烟雾后面飘着灰色的云朵,周围是一片令人担忧的沉寂,警报器的嘶鸣划破长空。这种恐怖的气氛就是潜伏、隐匿的革命者的地下生活的气氛,在小说中,他们挣扎在焦虑和希望之间,先是为准备起义而战,接着被蒋介石的部队打败、围捕、暗杀或枪决。因而黑白美学很好地契合了作者的意图,既展示了革命人物内心的孤独和恐惧,也揭示了笼罩着中国城市的白色恐怖和历史迷雾。

(二) 光线明暗

马尔罗充分认识到了光线明暗在绘画中的表现力,他有意识地在小说中运用光线和阴影这一对元素来创造强有力的意象,光线明暗成为启示人生哲理、营造艺术氛围的有效途径。首先,他善于运用光线来加深人物面部的线条和轮廓,或者将人物或景物从背景中凸显出来,呈现绘画或浮雕的视觉效果,与文艺复兴时期意大利画家卡拉瓦乔的手法有异曲同工之妙。卡拉瓦乔主张光线与物质的强烈反差,从高处投射下来的光会使黑暗中的人物显得更突出、更有体积感,从而展现一种强而有力的精神。同样在马尔罗笔下,光线不仅可以彰显人物的外在特征,而且还可以起到暗示和质询人物心理的作用。例如《征服者》中病重的加林的憔悴面容在明亮的灯光下暴露无遗,他下垂的面孔上颧骨凸出、皱纹密布。

---

① André Malraux, *ibid*., p.115, p.158, p.100.

光线对人物特征的彰显实质上表达了小说的基本冲突，即人类的意志对人的状况的斗争和反抗。

马尔罗小说中有许多关于残酷战争、牢狱以及民众遭遇苦难的场面，背景大多是忧郁的夜晚，光线明暗的作用不在于再现目标，而在于对现实的象征性变换，这与戈雅画作有共通之处。戈雅画的夜晚堪称人类悲剧和宿命的符号，抒发着人类在失去上帝庇护后的恐慌、苦恼和恐惧，表达了人与社会现实的分裂。戈雅绘画描述了许多惨淡光线下的恐怖场面，《人的境遇》中被哨兵殴打、大声哀号的老人与戈雅画作中大张着嘴巴疯狂吼叫的人物如出一辙，特别是小说末尾乔等革命者被处决的场面令我们想到了戈雅名画《1808年5月3日》中处决犯人的场面。一八〇八年五月三日，法军进军马德里，屠杀了反抗的百姓，戈雅目睹了爱国的游击队员夜间被行刑的惨状。一八一四年法军撤走，他立即拿起画笔，完成了这幅控诉侵略战争残暴的有力作品，这幅画的内容为：深夜，法国士兵在马德里处决起义者。在昏黄惨淡的光线笼罩下，起义者表现出不屈、愤怒、悲哀和恐惧等情绪，中间的白衣人张开双臂，无辜又憎恶地看着对面一排黑洞洞的枪口。而《人的境遇》小说末尾有一段异曲同工的描写：

> 大厅里——从前一所学校的礼堂——有两百个受伤的共产党人在等着别人来处决。卡托夫在最后一批押送来的人堆中撑着胳膊肘子在张望。所有的人都躺在地上。不少人在呻吟，声音异常地均匀……尽管有宽大的西式窗户，但因外边夜色已临，暮霭沉沉，室内已一片黑暗。落日余晖虽还没有全部消失，但室内的那种气氛已经是黑洞洞的了……四个中国执勤人员，枪上都上着刺刀，在伤员堆里来回踱着步子。他们的刺刀又亮又直，在那不成形状的躯体上古怪地闪着寒光……黑夜中，军官又进来了。随着武器撞击的嘈杂声，六名士兵挨

近死囚。犯人全醒了。新添了一盏马灯,也不过映出一些修长而模糊的光影(已有些像翻耕过的土地上的坟冢)和摄入眼帘的折光。①

此处光线的明暗对比烘托了死亡的气氛,其视觉效果犹如戈雅的画作一般表达了人生的荒诞和黑暗统治的恐怖。在《人的境遇》的情节叙述中,灯光成为反复出现的意象符号,暗示着人物的命运,这种意象化叙事极大地拓展了文本的涵泳空间和讽喻色彩。

说到马尔罗对光影的刻画,我们便不能不提到荷兰画家伦勃朗,伦勃朗画中的黄昏和夜晚往往昭示着永恒的轮回,马尔罗不仅在艺术论著中赏鉴伦勃朗,而且他的小说空间与伦勃朗的油画有异曲同工之妙,经常将小说人物的命运与古老神秘的夜晚联系起来。例如《人的境遇》第一部分都是在夜晚展开的,第三部分从夜晚开始,在凌晨结束。投射在上海工人住宅街四分五裂的墙壁上的光,似乎象征着沉陷在屈辱困境中的贫苦民众的希望。夜空中闪烁着清冷光辉的星辰,处于永恒的运动中,对苍穹下上演的悲剧漠然视之。云彩像黑压压的阴影,让黑夜变得更神秘,更具有威胁力。置身于历史潮流中的马尔罗也是有宇宙精神的,历史既包容了人类的起源,又涉及人类的终结,是一个容纳无限可能性的时空区域。再如,《希望》中黄昏和夜晚的柔光被赋予智慧的光芒,昭示着白天—夜晚、过去—现在、人生—死亡的轮回。尤其在一些夕阳映照的场景中,光线仿佛使人物超越了时空,迈入了遥远的史前时代,与漠然的宇宙展开了关于人类命运的对话。因而《希望》这部关于西班牙反法西斯革命的小说超越了政治的事件性,幻化为诗情画意、史诗般的永恒篇章。

法国画家拉图尔也是马尔罗在艺术论著中关注和赏鉴的画

---

① André Malraux, *ibid.*, p.251, p.252, p.262.

家,拉图尔最擅长描绘蜡烛的光影,让明亮的形象从黑色背景中彰显出来,以求在反衬中突出主体。马尔罗小说中的光线明暗技巧似乎受到了拉图尔的启发,同样勾勒了许多灯光笼罩的场面,例如《人的境遇》中凶恶的监狱看守照向起义领袖乔和卡托夫的灯笼,在黑暗的背景中突出了两位革命者的光辉形象,体现了正义与邪恶、光明与黑暗的对立和反差。拉图尔总想把神话的元素渗透到人类的场景中,然而马尔罗却主张从人类的行为出发去缔造新的史诗般的神话,他将历史视为现代宿命的代表,把历史背景视为一个思考人生哲理和反抗荒诞境遇的舞台,将小说作品提升到英雄史诗或现代神话的高度。例如《希望》中马努埃尔在车祸中受伤后,他脸颊上流下的血在电气灯的照耀下闪闪发亮,光线的照耀似乎使人物摆脱了短暂的瞬间而进入超时间性的神话,闪耀的面孔因而超越了荒诞的尘世,被光线突出的鲜血因而多了一层象征意义,暗示着这是为西班牙解放战争而抛洒的热血,带有神话般的传奇色彩。《希望》中多次描写了照亮深夜黑暗的汽车头灯,预示着正义的光明必将穿透法西斯的黑暗。

(三) 框架分割

空间的分割是绘画艺术中的常用创作手法。同样在马尔罗的小说中,文本、物体或人物被嵌入行文框架或视觉框架中定格,形成独特的小说结构。几乎所有马尔罗的小说都具有行文框架,最典型的当数《阿滕堡的胡桃树》,小说的开篇和结尾构成了一个行文的框架,因为这两部分的时态都是现在进行时,用的是斜体字,第一人称,叙述的是第二次世界大战的事情,而小说中间的几部分时态为过去时,用的是第三人称,叙述的是第一次世界大战的事情。马尔罗同样喜欢在某个故事中穿插其他的小故事,形成多个层次的行文框架,例如《征服者》中加林对自我经历的回忆,《人的境遇》中穿插的对卡托夫过去的介绍,《王家大道》中克洛德叙述的父母的逸事,以及《阿滕堡的胡桃树》中发生在研讨会间隙中的小故事。作为叙述中的叙述,这些细枝末节的故事在小说的空间里勾勒了一帧帧微型的行文框架。

除了小说文本的行文框架,马尔罗还借鉴了许多造型艺术的形式来缔造图画般的小说空间。西班牙画家委拉斯盖兹的风格为将画布的空间进行几何分割,画中的人物一般被嵌在门、窗、家具之类的各种四方形框架中间。例如他的名画《宫娥》(1656)的妙处就在于画中人物和事物的摆放位置,也就是画面的布局。图画左侧手持调色盘的画师是委拉斯盖兹本人,他身旁是公主、侍女和宫廷矮人。左边高大的画架表明画家正在作画,作画的对象可在远处的镜子里看到,镜子反射出国王和王后的形象,所以国王和王后所在的位置正是与观众同样的位置。这种独特的手法让观画者有身临其境的感觉。在这种框架构图的前提下,我们可更好地理解马尔罗小说中的视觉框架,以下为三个示例:

> 光的唯一来源是附近一座大楼,射进一大块长方形的苍白的灯光,被窗棂的格子切割成条条框框,其中一缕光线横射在那人脚下的床上,似乎为了凸显某个生命的存在。
> 吉佐尔站在门框中间等着她的到来。
> 外面,漆黑的夜;房间里,灯光聚成一个明亮的四方形,乔的遗体停在那里。[1]

在《人的境遇》中,乔为革命牺牲后的一个夜晚,他家里房间的灯彻夜亮着,敞开的屋门将灯光聚成了一个明亮的四方形,与老吉佐尔房间的昏暗形成了鲜明的对比,这扇空洞的门框便是老父

---

[1] André Malraux, *ibid.*, p. 9, p. 280, p. 263.

亲孤独的写照。窗户也是视觉框架的重要元素,在《希望》中有很多关于伦理道德和革命政治之间矛盾问题的讨论,人物通常是走向窗户,面对窗外或热烈或清冷的景色有感而发,展开行动与死亡的对话。再如,当敌人从窗户里向共和军扫射的时候,窗户便成了荒诞命运的象征,当革命的战士透过窗户向敌人开炮的时候,窗户则暗示着抵抗命运的有意识的行动。如果说马尔罗运用一切的框架来构建他的小说空间,那是因为他知道唯有框架才能把景象变成图画,把现实转化为艺术。

马尔罗笔下的上海是依照牢房或监狱的框架模式来塑造的,牢狱左右着文本内部和外部所有的空间格局。宾馆房间的窗棂,无窗的中国房子,封闭城区的交替,纵横交错的电线、铁道线,总是同牢房的隐喻联系在一起,构成一座庞大的监狱。除了门框和窗户,望远镜、树木、镜子也都是马尔罗分割视觉框架的有效途径,既可展示人物的心理,也可传达寓示的意义。

达·芬奇曾宣称镜子是画家们的老师,马尔罗也喜欢在他的小说创作中挖掘镜子的象征价值。拉图尔在《灯前的玛德莱娜》中刻画了一位面对镜子沉思的少女,她的左手放在一个颅骨上,右手托着腮,凝视着镜中反射的神秘的头骨。我们看到整个画面都处在黑暗的阴影里,只有桌上的蜡烛形成微弱的光源,散发着橘红色的光,照亮很小的一片。镜子映射出那个象征着肉体生命终将腐朽的骷髅头,画家借助镜子放大了宿命的声音,将现实与虚幻交织在一起,反映了对生命与死亡的困惑。同样《王家大道》中的探险者佩尔肯身处逆境,他在照镜子时,感受到一股要毁灭他的神秘力量,那便是人的状况。具有反射功能的镜子成为"寂静之声",诉说和昭示着人物的内心世界。

马尔罗在《萨图恩:论戈雅》(*Saturne*:*Essai sur Goya*,1950)一书中指出,画家戈雅在他的《镜子系列》作品中将人物在镜中的映象进行了漫画式处理,有人看见一只猴子,有人看见一只猫,有人看见自己变成一个怪物。戈雅这种将镜中人物变成怪物的手法在马尔罗看来是从玩笑向神秘的过渡,讽喻人物内心可怕的异化。① 在《人的境遇》中,年轻的革命分子陈在完成他人生中的首次暗杀行为之后,在电梯镜中端详自己,他看到的是"高耸的颧颊,塌陷的鼻子,还有像鸟喙一样细细的鼻梁"。② 他在自己的脸上看不到一丝人性的痕迹,微隆的鼻梁使他看起来像一只怪鸟。镜子将陈反照成动物,寓示他从此踏上血腥、暴力和死亡的道路,杀人的亲身体验在陈的心里造成了无法排解的焦虑、苦恼和孤独。同样在镜子面前,梅意识到了自己对丈夫乔的不忠。梅向乔坦白她和男同事的肉体关系后,乔感到他深爱着的妻子变成了一个陌生人。镜中梅的日耳曼式白人面孔与乔的东方式混血儿面孔的对比意味着东西道德观的反差,昭示着西方的性开放与东方人的爱情观背道而驰,令乔倍感痛苦和忧伤。马尔罗通过镜子使人物在想象的另一个空间进行人生意义的探寻。

第四节　马尔罗小说与电影美学

马尔罗对电影怀有浓厚的兴趣,他受美国喜剧电影和德国表现主义电影的影响,预示了蒙太奇文学的产生。德国表现主义作为二十世纪初的文学和艺术流派,强调表达用语、线条、形体和色彩的强烈感染力,通过象征手法来突出艺术背景,用光与影的变幻来渲染气氛、表达情绪与感觉,折射人物的内心世界。马尔罗还书写了《电影心理学大纲》(*Esquisse d'une psychologie du cinéma*,

---

① André Malraux, *Saturne : Essai sur Goya*, Paris: Gallimard, 1950, p.73-74.

② André Malraux, *La Condition humaine*, Paris: Gallimard, 1946, p.14.

1940)一书,浓缩了他对电影这门艺术的认识和观念,对电影的热爱还促使他把自己的小说《希望》改编成了电影。

事实上,马尔罗小说对电影美学的指涉和借鉴随处可见,电影艺术的表现手法在他的小说叙述中发挥着举足轻重的作用,缔造了诸多表现主义风格的场景和画面。尤其在《人的境遇》和《希望》中,马尔罗将简洁的新闻报道手法与现代电影的表现手法结合在一起。故事不是由一个全知全能的小说家来叙述,而是由当时出场的主要人物的不同角度来体验和展现的,小说文本好比一部电影,由许多镜头片段和对话组成,最常见的有光影变奏、镜头推移、交替剪辑、迭印、特写、渐显或渐隐、音效等电影表现手法。

电影中的镜头推移是指摄像机跟随着人物的移动进行拍摄,围绕着目标时而把镜头推远,时而把镜头靠近,进行局部的特写。而小说的叙述视角好比镜头的推移,将不同的人物和故事慢慢展现出来。在《人的境遇》开头部分,当陈对商人实施暗杀后回到商店时,在灯光的照耀下,镜头从左向右,从后向前对在场的人物一一进行了面部的特写:

> 砰然一记关门声震得吊灯摇晃:人面消失而又再现——左边的胖子是陆有顺;赫麦利奇的面容像心力交瘁的拳击家,光着头、弯鼻梁、双肩下塌。后排阴暗处是卡托夫。右首站着乔·吉佐尔;灯光自上方劈头照落下来,有力地勾勒出他那日本版画式人物下垂的嘴角;灯光晃过去时,影子也跟着移动,这张混血儿的脸几乎像是欧洲人的脸。灯光的摇曳幅度越来越小;乔的两种面孔时隐时现,交替出现,两者的差别越来越小。①

---

① André Malraux, *ibid.*, p. 16.

这是一组电影特写镜头。作者没有详细刻画人物的脸部特征,而是描写在灯光的作用下,依次出现的主人公的面孔给人的不同印象,仿佛一部摄影机在拍摄。此类镜头的推移和剪接可使读者从一个场景跳跃到另外一个场景,好比看电影时从一个镜头转换到下一个镜头,这种切换艺术可使平淡的情节结构增加节奏感和戏剧效果。

　　电影中的交替剪辑是指按部就班地展现同一时间、不同地点发生的事件。在《人的境遇》第五部分,葛拉比克在玩赌球游戏,乔和梅在黑猫俱乐部焦急地等待葛拉比克,赫麦利奇和卡托夫在交流关于迫在眉睫的镇压信息。这些事情其实是同时发生的,所以作者将这些情节并列地展开叙述,有助于保证情节的紧凑性和对照性,突出了人类集体命运的戏剧性和复杂性。这种技法类似于二十世纪三十年代法国小说家儒勒·罗曼(Jules Romains, 1885—1972)宣扬的一体主义(unanimisme),尽管个人面临不同的苦难,但人类是一体的,故事发展的最终要实现人类的融合、团结和友爱。

　　电影中的迭印手法是指在不同叙事元素之间建立关联,例如某个精神意象、梦境、幻象同某个人物、地点的叠加和融合。在《人的境遇》中,当老吉佐尔同费拉尔讨论时,说了一句话:"人总是要寻找自我麻痹的途径。这个国家有鸦片,伊斯兰国家有大麻,西方有女人……或许两性关系主要是西方人用来摆脱人的状况的手段。"[①]这样的意象重叠进一步把相应的人物对号入座:"在他的话底下,自有一股模糊而隐蔽,由各种面孔汇成的逆流:陈与恐怖暗杀,葛拉比克与癫狂,卡托夫与革命,梅和性关

---

① André Malraux, *ibid*., p.195.

系,他本人与鸦片……在他的心目中,唯有乔抵制了这些东西。"①通过一连串寓意深远的意象的叠印,读者记忆中的碎片自动组合,把人物与行动结合起来,很好地理解了老吉佐尔话语的意义。迭印手法可以更加完善小说的剧情结构和心理刻画,起到很好的意义烘托效果。

电影中的渐隐或渐现也是一类迭印,是指某个最初模糊的意象变得越来越清晰,或者某个最初清晰的意象变得越来越模糊。最突出的例子莫过于《人的境遇》中老吉佐尔思念他的儿子时,逐渐陷入了凝想的境界,他的沉思最终变幻成了一个发生在河流旁边的梦境,梦里一些乡民乘船过河。而在紧随其后的小说片段中,乔和他的战友们登上了长江里迎风破浪的一艘大船。水和船的意象把凝思场景和行动场景联系起来,反映了人物之间的心灵感应。同样在小说《希望》第一章的末尾,扩音喇叭散布了巴塞罗那的一些战争信息,而下一篇章的开始展现的便是巴塞罗那黎明的情景。这种衔接手法在剧情方面起到了很好的承上启下的作用。

除了电影画面般的视觉印象,马尔罗还非常注重缔造丰富的声音效果,像警笛的轰鸣、枪械的射击、军队的脚步等音响背景更有助于生动地表达作品的反荒诞主题。声音的背景(警报声、爆炸声、嘈杂声和寂静)以及照明的背景(雾、雨、闪电、灯光闪烁的黑夜),把他的小说世界转化成了一个影音的世界。音乐元素的出现也使马尔罗的小说更接近于电影艺术。在《希望》的最后一章,优美的钢琴音乐成为人类意识的最纯粹、最深刻的形式和幸福的象征,完善了小说文本的音乐性结构。读者的耳朵和眼睛都受到了调动和感染,对小说也就有了更全面、更深刻的感触。马尔罗

---

① André Malraux, *ibid.*, p. 195–196.

把现代电影的展现艺术与简洁的新闻报道手法结合在一起,表达了对于人类命运的反思。

第五节　艺术世界的精神内涵

小说《王家大道》中年轻的考古爱好者克洛德历尽千辛万苦,冲破了莽莽丛林的障碍,发现了基迈庙宇的遗迹,一尊尊表情丰富的雕像被挖掘出来。克洛德不禁惊讶于艺术雕塑虽经历千年却纹丝不动,顽强抵御着荒草丛生的力量,艺术在他眼里是不朽的、甜美的,众佛像重见天日,喜笑颜开,几百年岁月积下的只是果绒般的灰尘,其中一尊石像顶部的青灰色苔衣很像欧洲桃上面的细毛。克洛德向西贡博物馆馆长陈述他的艺术观,表达了对艺术顽强生命力的赞叹,认为艺术可以超越时间,作品的永恒漠视了岁月的侵蚀,一切艺术作品都有化为神话的趋势,表现了对荒诞和虚无的挑战。这一观点同马尔罗"想像的博物馆"中艺术变形和复生的理念如出一辙。

马尔罗曾在一九七二年的一次电视采访中回忆了他在柬埔寨密林里跋涉的一段插曲。下面是他当时的妻子克拉拉在她的个人回忆录中对这次探险旅行的叙述:

> 老人停了下来,举起了短刀。只见野草丛中有一扇门通向一个正方形的庭院,院子地上的石板已被人掀走,尽头是一座紫红色的寺庙,上面有各种雕塑和图案。寺庙的有些部分已经倒塌,两边的围墙依然屹立着。这真是一座丛林中的"玫瑰宫"。斑斑青苔把这座宫堡装点得更加美丽。这座奇迹,虽然我们不是第一批欣赏者,但肯定是第一批看到它的这种状态。它比我们迄今为止所见到的所有庙宇都要美,而且可以说,它的这种自然形态比所有经过修缮加工的吴哥建筑

都更有魅力。它庄严的神韵使我们折服了。①

残垣断壁其实是艺术经历变形和获得重生的舞台。最遥远的艺术作品之所以打动现代社会的灵魂,正因为他们具备了复活的魔力,可以穿越岁月的洗礼,获得了超时间性的存在。艺术不断地孕育出生命的创造力,从而最大限度地对抗了死亡,超越了生存的荒诞。

马尔罗沉醉于艺术的世界,他利用巴黎作为现代艺术之都的优势,而且奔走于世界各地搜集素材,在考证大量艺术品的基础上,对艺术的本质进行了探索。显而易见,马尔罗的艺术论著进一步拓展和深化了其小说作品关于人类境遇的玄学思考。他的艺术论著以充满文化哲学思辨的抒情方式,探索了那些亘古久远的艺术创造,展现了一幅幅人类生存的图景,引导我们去发现历史和文化的永恒。在他看来,艺术反映了人的精神需要,可划分为两大类:一种是表现神圣的艺术,它包括表现神秘崇拜和宗教的艺术,力图展现人面对宇宙所感到的疏离,平息人对痛苦、死亡、陌生事物的恐惧;另一种是表现人性的艺术,即完美地体现人对外界的征服或人与自然的和谐,艺术是一种反命运的方式,因为它创造了生命的永恒,它要使人摆脱奴役和痛苦,创造出人类最崇高光辉的形象。

黑格尔主张研究艺术发展史,必须和经济、政治、道德、宗教的历史联系起来,而且他认为随着历史的发展,艺术的作用日渐削弱,最终要让位于哲学。马尔罗试图摆脱黑格尔神话的羁绊,强调艺术的独立自主性,他在《寂静之声》中指出艺术发展的本质就是为了令人们摆脱受奴役的处境,让人类意识到自身的伟大。在《反回忆录》(*Antimémoires*,1967)中,马尔罗也谈到艺术创造对人

---

① Clara Malraux, *Nos vingt ans*, Paris: Gallimard, 2006, p. 77.

类而言是行之有效的摆脱孤独和烦恼的方式。在马尔罗看来,历史作为人类遭受奴役的因素和发起反抗的对象,必须用文学、绘画、音乐等创造方式来臣服它、逾越它。归根结底,艺术表达的是个人对历史的超越。《征服者》中的加林阅读了拿破仑的《圣赫勒拿岛回忆录》之后,重新激起了自强不息的革命勇气。《人的境遇》中老吉佐尔欣赏着家里陈设的宋朝山水画和魏朝的佛像,大发思古之幽情,进入诗一般的境界,艺术使他感到对付命运挑战的力量。儿子乔牺牲后,他万念俱灰,但音乐的旋律使他感到人生的痛苦犹如大地的歌声一般飘逝,他在舒缓的音乐旋律中暂时忘却了儿子牺牲所带来的巨大痛苦。而吉佐尔的日本朋友、音乐家和画家卡玛埋头于琴房画斋,不问世事,把艺术创作视为对付孤独乃至挑战死亡的强有力手段,因为保存在作品中的心声是永远不会磨灭的。葛拉比克是一个玩世不恭、游手好闲的法国人,他也认为应该把艺术的各种手段引入生活,不是为了单纯地制造艺术,而是为了创造更多的生活。当葛拉比克询问老吉佐尔的日本朋友为什么要画画时,日本画家说如果不再作画便会有双目失明的感觉,而且甚至比双目失明更糟:孤独。

小说《轻蔑的时代》中的音乐家被关在单身牢房里,饱受纳粹的折磨,为了防止精神分裂,他只有一个办法,就是集中思想回忆乐曲的和弦。在小说《阿滕堡的胡桃树》中,夏尔特驻地战壕里的士兵塞尚认为任何行动都不如在白纸上留下思想的墨迹,写作是唯一活下去的方式。塞尚的叔父瓦尔特讲述说,他曾护送精神失常的尼采从都灵坐火车到巴塞尔。在经历一个漫长的黑暗隧道时,车厢内没有灯光,沉闷的气氛几乎令人窒息,好像有什么可怖的暴行将要发生。此时尼采在黑暗中清楚地吟诵起他伟大的诗篇《威尼斯》。这位哲学家吟诵诗的庄严态度令大家感到了振奋的力量。瓦尔特坚信人类自身能够创造出足以否认虚无的强有力的形象。这些故事表明艺术虽然不能解决人的悲剧性命运,却在一定程度上能帮助个人超越某些状况,艺术带来的安慰可以抵御孤独、狂躁以及荒诞引发的种种痛苦。

可见艺术世界表达的是个人对历史的超越,更是人类对命运的一种报复和反抗的方式,它使得人类在古老的赋予宇宙意义的创造中团结起来。马尔罗小说的场景多处采用了体现人类尊严的场所,除了艺术博物馆、教堂,还有图书馆。《征服者》的图书馆中,少年的加林阅读了《罪与罚》等俄国小说,获得了最初的革命价值观。《希望》中西班牙艺术专家阿尔维埃的私人图书馆处于战火纷飞的马德里,是他探讨革命手段与人道主义的场所。《阿滕堡的胡桃树》中的图书馆是欧洲杰出知识分子的精神巢穴,在那里举行的研讨会主题为历史浩劫中人类的永久性和艺术的永恒性。一排排书架、宏大的支柱和罗曼风格的穹顶使得图书馆成为一座圣殿,汇集了人类神圣的信念,笔直的立柱和艺术穹顶象征着建立在空虚之上的精神财富。

总而言之,马尔罗突破了传统文学的封闭模式,试图运用艺术观念来糅合所有人类文明,把语言整合纳入其他艺术话语、代码或文化符号的关联框架中,旨在探寻人生的意义与文化的价值,其小说文本与艺术论著之间具有无限指涉和多种转译可能性的特征。在马尔罗笔下,"写作的想像"如同一个坐标体系,从横向上看,它将文学与其他艺术进行参照和互涉,从纵向上看,它注重东西方社会历史话语和精神文明的交叉研究。这种互文循环表明马尔罗的文学创作和"想像的博物馆"之间构成了深层的互证、互释关系,建立了美学创造与哲学思考、语词形式与其他艺术互相交融对话的广阔领域,最终在深层"想像"结构的层面上达到了所有作品的统一。

第十四章　克洛德·西蒙小说：人生、自然与历史的多折画

克洛德·西蒙是法国新小说代表作家之一，于一九八五年荣获诺贝尔文学奖，得奖理由为通过对人类生存状况的描写，善于把诗人和画家的丰富想象与对时间作用的深刻领悟融为一体。西蒙在诺贝尔受奖词里说道："我的前半生是多事之秋。见过革命，参加过战争，那景况又特别残酷……我活到了七十二岁，对一切事情还未发现有什么意义。要是世界有什么意义的话，那就是它毫无意义可言，除了世界本身的存在。"① 可见二十世纪的历史浩劫使其思想带有虚无情感和悲观意识。他的父亲在"一战"中牺牲，之后他到巴黎求学。在欧洲危难时刻，他参加了西班牙反法西斯内战，"二战"爆发时又到法国骑兵团服役，被俘逃脱后到巴黎参加了地下抵抗运动。"二战"后他到苏联、欧洲、印度、中东等地旅行，进一步见识了人类生存的基本面貌。后来他退避到法国南部乡下，一边从事葡萄种植，一边潜心小说写作。

西蒙始终坚守着作家的职责，他以出神入化的艺术手法和悲天悯人的眼光对二十世纪人类命运和人生感悟进行了独特书写，如画般表达了西方人在历史洪流中动荡不安的境遇。西蒙倡导了

---

① Claude Simon, *Œuvres*, Paris: Gallimard, 2006, p. 898.

文学和绘画的对应,将画面感和共时性赋予小说,从而勾勒了一幅幅历史与自然、战争与和平、生与死的画面。西蒙曾说:"我写小说如同人们作画一样。"①他努力把绘画原则引入小说创作,摈弃了现实时空的逻辑关系,实现了与传统小说规则的决裂。总体上来看,西蒙小说继承了现象学对内心的高度关注以及对现实的诗性之思,并凭借文字画、意识流、戏仿、互文衍射等语言方式质询了人类的复杂境遇,缔造了意趣盎然的文本互涉空间,为当代文学提供了崭新的叙事范式。

第一节 新小说实验与绘画美学

战争与和平、社会与历史、生与死,是西蒙不变的写作主题,其小说创作大致可划分为三个阶段,第一阶段的作品发表于新小说萌芽时期,主要有《作弊者》(*Le Tricheur*, 1945)、《钢丝绳》(*La Corde raide*, 1947)、《春之祭》(*Le Sacre du printemps*, 1954)等小说。这几部作品描写战后法国的物质困境和精神废墟,以及人们生存状况的艰辛,基本采用传统叙事方式,但已出现故事交错、叙事节奏被打乱的现象。《作弊者》叙述一个男青年携带情人私奔的故事,最终他在幻觉中杀害一位教士,导致了自我的毁灭。此小说开始尝试一种巴洛克艺术式的螺旋上升结构,以倒叙、内心独白、多视角交替来呈现个人的回忆和对世界的感觉,体现了西蒙进行新小说实验的勇气。从《钢丝绳》开始,西蒙尝试将叙述的时序性让位于空间的广延性,将场景描绘技法和画面运动艺术运用于小说创作,企图以此开拓一条新路,形成了艺术风格的雏形。《春之

---

① [法]克洛德·西蒙:《弗兰德公路》,林秀清译(序),漓江出版社1987年版,第12页。

祭》没有复杂的情节，小说叙述凭借色彩元素和构图的表现性创造出绘画般的视觉风格，充分体现了西蒙向各个方向实验的努力和勇气。

第二阶段开始的标志为小说《风》（*Le Vent*，1957），西蒙正式加入了新小说家的行列，他开始娴熟地运用绘画美学与意识流手法，引起了公众的瞩目和肯定。《风》的副标题为：《试图重建祭坛后的巴洛克画屏》（*Tentative de restitution d'un retable baroque*）。该小说的叙述完全打破了传统小说的线形时间描述，而是运用巴洛克式的螺旋上升和繁复对称的美学结构安排叙述内容，进行跳跃性的叙事，打破情节的连贯性，讲述了一个品行善良的遗产继承者深陷生活泥潭，最终走投无路、不得不卖掉遗产的故事。支离破碎的叙述表达了作家的世界观：世界是不可知的迷宫，人的命运就像风一样无法驾驭，从而讽喻了经过两战创痛的西欧人民的心境。小说《草》（*L'Herbe*，1958）进一步演绎了人生与历史的无常与混乱，将新小说实验更推进了一步，完全摈弃了故事情节，以少妇露易丝与情人的草地幽会、与夫家谈话为基点，展现了夫家姑母玛丽的坎坷人生和弥留之际的情景，并暗喻人的命运如同没有人看见的荒草的生长，自生自灭，无所依靠。玛丽为培养弟弟成人终身未嫁，一九四〇年法国兵败战乱时，年老的她又逃亡到弟弟家避难定居，为弟弟家全力奉献直到去世。当阳光射进玛丽苟延残喘的晦暗房间，转瞬即逝的光线会透过窗户组成一个字母 T 的形状，这个视觉符号象征着时间（Temps）的流逝。小说中光影与色彩的游戏缔造了虚实结合的艺术效果，充满了色、声、影俱全的画面。

小说《弗兰德公路》（*La Route des Flandres*，1960）的主题可以概括为战争的灾难和大自然环境中人的状况和感受，主要背景是西蒙在第二次世界大战期间亲身经历的法军在北部弗兰德地区被德军击溃后仓皇撤退的场面，贯穿全书的主线是贵族出身的骑兵队长德·雷谢克死亡之谜。小说主要是通过德·雷谢克手下的骑兵佐治在战后与这位队长的年轻遗孀科琳娜在旅店夜间幽会时产生的回忆和联想来建构,同时小说将骑兵队长德·雷谢克与他的一个死于一七八九年法国大革命的祖先进行了"对位式"的描绘,以意识流的方式把不同的历史画面联系起来,大量运用对话、回忆、想象、幻觉,把战死的骑兵队长德·雷谢克的传奇家世、不幸婚姻以及骑兵队里的故事,以诗情画意的语言给涂抹和渲染了出来。西蒙借鉴了速写和泼墨的手法,用画家般的笔触描绘了战争带给人的心理创伤和痛苦感受,其小说空间如同一幅幅巴洛克绘画、印象派绘画和立体派绘画等多种艺术风格结合起来的文字画。西蒙以斑斓浓重的色彩、重复回旋的笔法,绘画出时间的迁移、季节的变化、战争的狰狞、死亡的阴影、爱情的渴望、情欲的冲动、饥寒的折磨以及大自然神奇的魅力,也呈现了一种虚无的世界观:战争对大自然和人类生活的毁坏,人与人之间关系的疏离和畸变,女人和男人之间的背叛和不信任,人受历史和时间的制约,全部都是无法避免的。

《大酒店》(*Le Palace*, 1962)通过主人公的回忆和几个人的议论来推测杀害圣地亚哥司令官的凶手,最终也无法得出结论,说明人对事物的看法总是不全面的。小说中的文字变成了色彩、音符和镜头,词汇、标点和空白宛如一座巴洛克式的感觉建筑物,表现了世界的模糊性和多样性。《历史》(*Histoire*, 1967)继续质询了人与世界的历史,人类历史和家族逸事以碎片形式出现在无名叙述者返乡后一天内的活动和思维中。诸多视觉符号串联起文本的内在逻辑,叙述者在旧宅目睹家庭照片和明信片时,受到一系列画面的激发,打开了家族回忆与想象的闸门,并将自己对西班牙内战和"二战"的记忆与俄国革命和"一战"(他的父亲在"一战"中丧生)相联系,意识到战争是人类周期性发作的非理性暴力。另外,叙述者眼中的城市居民像机器一般生活,机械的工厂、地铁和银行被讽喻为吞噬现代人心灵的怪兽,意味着卷入金钱与欲望争斗的工业社会最终会导致人类的异化。

第三阶段从《法萨尔之战》(*La Bataille de Pharsale*,1969)开始,历经《盲人奥利翁》(*Orion aveugle*,1970)、《导体》(*Les Corps conducteurs*,1971)、《三折画》(*Triptyque*,1973)、《常识课》(*Leçon de choses*,1975)、《农事诗》(*Les Géorgiques*,1981)、《洋槐树》(*L'Acacia*,1989)、《有轨电车》(*Le Tramway*,2001)等小说,这时期的西蒙更注重文本形式和叙述文字的表现力,重点探索小说的空间组合和多层次的画面描述。一维的文本空间变成了四维的叙述,还不断地呼唤读者一起去体会文字背后的气味、联想、幻觉、梦境、回忆、色彩、声音、图像,因为他把这一切都融合到小说中了。此阶段为西蒙创作成熟和多产的时期。

小说《法萨尔之战》围绕着叙述者在希腊古战场法萨尔旅行时的所见所思展开,既取材于古罗马帝国的史实,描写了恺撒大帝与庞培在法萨尔的战斗,也穿插着叙述者对二战的恐惧记忆。整个文本的故事线索和意义并非预先设定,而是产生于书写的过程和各种语言符号、图像符号的创造性。小说《盲人奥利翁》是根据十七世纪法国画家尼古拉斯·普桑的一幅画创作的,即《双目失明的奥利翁朝着初升的太阳走去》(1658),西蒙体会到文学写作的过程就像盲人奥利翁朝着朦胧的亮光摸索前进,该小说取消了传统的情节,故事被完全打碎,糅合在画面的描述中,让读者自己去拼接,书中插图与文字的对照激发出诸多的想象。小说《导体》的叙述视角宛如一部移动的摄像机,忠实地记录着主人公目之所及的一切人物与事物,小说的叙述中还夹杂着种类纷繁的图画、文本和色彩,读者阅读此书如同漫步于美术馆或置身于电影院的放映大厅,感受着一系列流光溢彩的画面和场景,其中包括城市的普通巷陌、美洲的原始森林、一场没完没了的学术会议以及一对情侣之间的爱欲纠缠。

西蒙像一个彻底的形式主义者,在小说叙述的探索之路上大胆革新,他使绘画元素介入到文本叙事的流程,从而构建了新颖的视觉感知模式。他的小说《三折画》在叙事结构上更加体现了巴洛克画屏风格,就像三扇连接起来的屏风一样,把偷情、贿赂和背叛三个各不相干的故事打散,然后又像拼图玩具一样拼凑在一起。小说人物宛如一个个道具,相互联系,彼此映衬,共同演绎了人性的复杂。小说《常识课》篇幅不大,取缔了连贯的故事和情节,剩下的只是描写和画面,描绘了三个被德国部队包围的法国士兵陷入困境,这三个士兵不得不通过一本法国小学生的课本《常识课》来解闷和回忆过去,画面与回忆交错,构建了这三个人的悲剧人生。师从画家的经历深刻影响着西蒙的写作,他出版的《贝蕾尼斯的秀发》(*La Chevelure de Bérénice*,1984)以散文诗的形式对西班牙超现实主义画家胡安·米罗(Joan Miró,1893—1983)的绘画作品进行了文学描述。

小说《农事诗》全书分为五章:第一、三、五章主要讲法国大革命和第一帝国时期的 L. S. M. 将军。他在国民公会投下导致国王被处决的致命一票,从此和孪生弟弟结仇。第二章主要是一九四〇年法国骑兵 S. 在弗兰德兵败溃退时受尽饥寒折磨的场景。第四章主要讲二十世纪西班牙内战中英国青年 O 的悲惨逃亡。第五章叙述了孪生兄弟多年后在故居大树下相见,哥哥立下的法令导致忠于国王的弟弟被处死。每一章都以纹心嵌套形式穿插叙述其他人物,这种并置更加彰显事件本质。小说题目《农事诗》借用了古罗马诗人维吉尔(Virgile)同名长诗题目和思想内涵,宛如一幅战争、农事、历史的三折画。L. S. M. 将军在南征北战中不忘写信给管家婆安排农事,也寄寓了古诗中的哲理:世事多变,唯有四季恒常有序,残酷战争无法改变代代相传的朴素生活和万物生长、春种秋收所孕育的希望。农事周而复始,战争循环相继,表达了西蒙对于社会进程的怀疑态度。

西蒙的小说题材比较重复,不断地展现各个时代战争的侧面,让读者拼接出一幅幅全息图像。小说《洋槐树》继续拷问恶性循环的历史,以一棵百年槐树作为见证,描述了一座古老房子主人的故事,这幢房子里曾经居住过拿破仑时代的一个将军,他战败自杀了,他的孙女后来和一个军官结婚了,这个军官在一九一四年第一次世界大战期间战死了,而一九三九年,军官的儿子又坐上火车,奔赴前线,去参加第二次世界大战,并预感死亡即将来临。那棵百年槐树则是这个军人家族人物命运的见证,勾画出一个家族几代人的历史变迁、人生沧桑和同样的战争遭遇,极具悲怆气韵。主人公的经历显然取材于西蒙本人及其父亲的经历,该小说的叙述策略借鉴了摄影与绘画美学手法。

西蒙擅于把平面文字推展到立体感、画面感的形象,他八十四岁高龄时创作的小说《植物园》再次用新颖独特的文本拼贴形式呈现了他感觉与记忆中的历史与世界,不仅文字排版方式状如花圃,而且内容也零碎不堪,展现了自由、无序、纷纭、零碎、驳杂的感觉世界,散载在花圃中的记忆碎片构成了一个驳杂而琐细的植物园,囊括了工业文明社会里战争、社会、人生三个主题花圃,其中包括主人公C.S(克洛德·西蒙的法文缩写)的中学生活、西班牙内战经历、"二战"经历、写作与获奖、衰老的残年等。

二〇〇一年,八十八岁的西蒙出版了收官之作《有轨电车》。这部小说以他家乡地中海沿岸某小城的有轨电车线路为纽带,浓缩了时光隧道中的人物经历,事件之间没有衔接点。当风烛残年的老人回首往昔时,充满了对年少岁月的眷恋以及对衰老死亡的无奈和调侃。西蒙在小说中将有轨电车的起点、路线和终点等空间线索与他的童年生活联系在一起,通过颠倒错乱的描述和联想,把时间的易逝性与空间里的历史感传达了出来。我们依稀看到童年的"我"在放学后追赶电车、病重母亲的日渐消瘦以及路途中的风光,中间夹杂着老年的"我"对生命的思考。可见在西蒙笔下,世界始终是混沌无序的,个人生命总是受到时间和历史的侵害。他将现代人的欲望、挫败、危机、恐惧、孤独与呐喊注入笔端,终究是以入世态度对现代社会精神生态进行思索和建设。

第二节　巴洛克美学与文字画风格

巴洛克美学作为传统的对立物,违背了古典艺术的恒常原则,追求非理性和自由的格调,自十七世纪起对欧洲国家的文学艺术产生过深远影响,诸多学者视巴洛克风格为反理性文学现象的根源。叶廷芳指出,十七世纪盛行于欧洲的巴洛克文学"在被正统势力压抑了二百年之后,其某些人文观念和审美特征又在二十世纪的现代文艺中再现棱角,仿佛它的生命基因又在今天复活了,而且多见之于第一流的大师笔下,可见其生命力之顽强,它对于创作和理论研究均具有启示意义"。[1] 巴洛克精神也影响着西蒙的文学创作,他在一九六〇年巴黎《快报》的访谈中也说:"我将巴洛克融进创作的体验。"[2]

巴洛克艺术和西蒙小说都是在动荡、怀疑、探索的历史语境下的生成物,人们无法再崇尚原有的理性秩序,相反,他们陷入了悲

---

[1] 叶廷芳:"西方现代文艺中的巴罗克基因",《文艺研究》2000年第3期,第56页。

[2] Claude Simon, "Entretien avec Madeleine Chapsal", *L'Express*, 10 nov. 1960 (repris dans M. Chapsal, *Les Écrivains en personne*, Paris: U. G. E., 1973), p. 163–171.

观、迷惘、空虚的精神危机之中。巴洛克以存疑和反叛的态势来重建对世界存在的认识,这种美学品格在西蒙小说中得到延续和发展,显然两者在审美意识的宏观层面有共同性,在颠覆传统艺术规则、体现形式创新的理念上不谋而合。巴洛克形式的建筑以波折、穿插、旋涡等形式的"浮动感"来打破理性视域的静态化和程式化,而西蒙有多部小说是对巴洛克美学形式和内核精神的继承和延续,其文本叙述的碎片化呈现出凌乱繁复的美感。

从《风》开始,西蒙真正确立了文字画的风格,该小说副标题为"试图重建祭坛后的巴洛克画屏",暗示着巴洛克式风格的叙述方式与主人公高尚的基督式品格。这部小说缺乏连贯的故事情节和叙事逻辑,而是运用了巴洛克式的螺旋图案和繁复美学来编排叙述的结构。小说的框架为一个爱好巴洛克教堂的中学教师作为故事的局外人,根据当事人蒙泰斯与数位见证人的叙述与回忆,以建构画屏的方式拼凑起全文故事,再现了蒙泰斯在南部小城遭遇不公的经历。品行善良的蒙泰斯来到常刮暴风的法国南部小城继承葡萄园,他对旅店女仆萝丝的纯洁爱情被当地人视为扰乱秩序,最终萝丝被杀,走投无路的他被迫卖掉遗产离开了小城。蒙泰斯喜欢随身携带照相机拍照和收集相片,因为他最大的愿望是让时间静止,照片永恒定格的画面象征着他在失控的世界里对稳定的渴望。在宛如法国西北风那样无法控制的力量下,人在混乱的历史中无法驾驭自己的命运。现实世界好比一个庞大荒诞的迷宫,"风"象征着无规则的变化和存在的荒谬。小说的叙述宛如一幅祭坛画跃然纸上,因而读者的阅读好比拼图游戏。人物过去和现在的感知、回忆与印象的零碎片段交织成多幅富有立体感的画面场景,不同角色的出场与感知构成了螺旋上升的叙事形式,各个叙述线索宛如巴洛克式图案花纹的线条,再现了缺乏条理、变化不定的非理性世界。

当《风》的叙述者描述蒙泰斯所逃离的狂风肆虐下的小城时，首先以教堂为背景："飘摇于风中的教堂阴暗寒冷、深不可测，大风席卷了金色的夜晚、蜡烛的呛人香气以及赞美诗的吟唱。心如刀割的、痛苦的圣母裹着华丽长袍伫立在那里……泪光点点地望着受刑后的儿子……赤裸黝黑的犹太人。"①画屏中的形象营造了受难的悲凉氛围，暗示着蒙泰斯在混乱历史中的不幸遭遇，也彰显着他与基督相似的圣洁品格。例如蒙泰斯的善良无私体现在他曾开车不小心碾死过动物，之后便再也不驾驶汽车，还体现在为小城儿童们富有爱心地拍摄照片，他与心上人萝丝的关系也只是柏拉图式的纯洁交往，他被妇女儿童形容为祭坛后画屏上的"圣者"，散发着神秘的受难与宗教仁慈气息。

历尽磨难的蒙泰斯给叙述者的初次印象是："他似乎属于那种不受罪恶、摧残、时间或伤痕影响的一类人，因而刚发生的一切似乎并未在他身上刻下烙印，哪怕是来自岁月深处的任何风暴和挫折"，他的脸"摆脱了原来凹凸不平的粗糙，最终形成这张细腻无痕的脸面，这张对无聊又难解的善恶之谜无动于衷的面庞"。②原文中用的伤痕（stigmate）一词本意有"圣伤痕"的含义，状如耶稣被钉在十字架上留下的伤痕。就像圣人们一样，蒙泰斯的生活充满了磨难，然而痛苦将他的个性磨平或超人化了，因而他的脸庞变得光滑平和、表情淡然。在善恶混淆、是非颠倒的混乱环境中，蒙泰斯家产经营不善、爱情受阻，却不忘救世济人，他在女友萝丝被害后曾试图抚养她的两个孤儿。当叙述者讲述蒙泰斯到达孤儿院试图领养萝丝遗孤的情景时，同样影射了一幅巴洛克画屏中的内容："一幅巨大的色彩晦暗的油画。他告诉我未有闲心看画，因

---

① Claude Simon, *Le Vent*, Paris: Minuit, 1957, p. 42–43.
② Claude Simon, *ibid.*, p. 10–11.

为大部分时间都和她们在一起,只是从左侧瞥了一眼:大致是几位身披蓝纱的女性围绕在侧,还有几颗钉子,被钉穿的血迹斑斑的脚掌。"① 这段图说式描述进一步拉近了蒙泰斯与画屏中受难耶稣的距离,契合了巴洛克文学呼唤人性尊严、克服异化的艺术特质,也带来了一种评判生活的精神向度与生命智慧。小说《风》中充满戏剧性的叙事节奏、嵌套形式的句型结构和夸张离奇的梦幻感皆是巴洛克精神的继承和发展。

小说《草》以少妇露易丝与情人的幽会、与夫家的谈话为基点,通过其联想和回忆来追溯终身未嫁的夫家姑母玛丽的一生。她试图透过玛丽的笔记和家族照片来理解个体存在的意义和不可捉摸的历史。《草》卷首引用了苏联作家鲍里斯·帕斯捷尔纳克(Boris Pasternak,1890—1960)的一句话作为题铭:"没有人能制造历史,也没有人能够真正看见历史,正如我们看不见草怎样长起来一样。"② "草"的意象讽喻了不可捉摸的时间流逝和纷纭无序的世界,也暗示着人的生命卑微得如同荒草的生长。富有牺牲美德的玛丽无法抗拒地漂向岁月汪洋的每一站,在随波逐流中总是受到了历史的侵袭,死时却没有人为她哭泣。露易丝唯有透过玛丽的境遇才能辨清自我的存在,玛丽记录平生账目和琐事的笔记本,锈迹斑斑的首饰盒,还有被喻为法老坟墓的房屋,果园里腐烂的果子,这些物象皆传递着时间的漠然性与个体的脆弱性。由于深切感到世界缺乏条理性,最终对人生虚无性的认识动摇了露易丝与情人私奔的决心,一切又回归表面秩序,回归到原来生活轨道,预示着个人无法脱离历史的定力。法国作家克洛德·奥利(Claude Ollier,1922—2014)评价了小说《草》的艺术化叙事形式:"露易丝

---

① Claude Simon, *ibid.*, p. 231.
② Claude Simon, *L'Herbe*, Paris: Minuit, 1958, p. 7.

的内心独白宛如一幅壁画或挂毯徐徐展开,每个场景都有题铭:试图重建过往的时间,或者更确切地说重建死亡的时间。通过丰富的色香声影的提示与细微的环境描写,每个场景或每幅图画的勾勒都有如下初衷:寻找一个非同寻常的时刻,在时间的运动中抓住静滞的瞬间,完成一切事件和行为的视觉合成与永恒的再现。"①生与死、动与静、光与影、实与虚的对比制造了巴洛克画屏般的视觉效果,再现了玛丽为家人无私奉献却凄凉终老的一生,营造出一个人生如梦的非现实世界。

  小说《弗兰德公路》开头描写"二战"中战败的德·雷谢克队长骑马在公路上行走,主动将自己暴露在敌人面前,后被击毙;结尾仍是德·雷谢克在同一公路上行走;作品正中则是德·雷谢克统领的骑兵连陷入埋伏、几乎全军覆没的场面,而在此片段两侧,分别穿插上对战前赛马盛会的描写,以及科琳娜同男人的幽会场面。小说形成了以德·雷谢克死亡之谜为中心线索的草花结构和对称布局,西蒙坦言:"我曾想象如同人们建造三叶饰那样建构我的书;有一个中心和三个大小不等的环。死马是三叶饰的中心点。"②作者分别在第一、二部分开头与第二、三部分结尾描写了被大地湮没的死马,形成一种螺旋状的叙事模式。而佐治等人在游荡中连续三次看到的死马作为连接点构成了三叶草花 A 叙事模式,即巴洛克式迂回连环结构。此外,赛马、战马和骑兵、驯马师等与"马"有关的语词的呼应建立了小说各个场景间的过渡和衔接,战争与竞技运动相联意味着人类在娱乐和战争中都表现出好斗性。场景的并置、交叉或意象的内在连接,使得多维、可逆的空间

---

① Claude Ollier,"Claude Simon:*L'Herbe*",*La Nouvelle Revue Française*,n° 73,janvier 1959,p. 137.
② Hubert Juin,"Les Secrets d'un romancier:entretien avec Claude Simon",*Les Lettres françaises*,n° 844,6–12 octobre 1960,p. 5.

能指范式代替了一维、不可逆的线性叙述范式。

　　西蒙以绘画原则建构小说,主张"人们不再像巴尔扎克那样把小说看作一种社会性的教育文本,从那时候,人们就可能采用绘画、音乐和建筑所用的创作法:同一因素的重复、变调、结合、对立、反差,等等。或者,就像在数学中那样:排列、置换、组合"。①《三折画》同样以画屏般的视觉结构来演绎混乱无序、缺乏条理的世界,西蒙指出该小说中的乡村、城市与海滨三个场景分别受启发于法国画家让·杜布菲(Jean Dubuffet,1901—1985)、英国画家弗朗西斯·培根(Francis Bacon,1909—1992)和比利时画家保尔·德尔沃的多幅画作,尤其是题目与结构源于培根的同名系列画作。②小说由三组独立故事并置组成:第一组写某个村庄中,女人去和情夫幽会而使孩子坠河身亡,第二组写北方城市中一个新郎为了昔日情妇而背叛新娘,第三组写蓝色海岸的一个女人为挽救吸毒儿子前途向政客出卖肉体。偷情、背叛和贿赂三个不相关联的故事就像三扇连接的巴洛克屏风一样互相映射与对照,例如小说开头描述了乡村厨房里一张明信片中的海滨景致,而这一幕在小说末尾又成为城市电影院所放映电影的一个片段。小说人物宛如一个个道具,"嵌套"手法使得不同片段如画中的色块相互联系和映衬,演绎了人性的复杂和生命的偶然,反映了生活中被掩盖的现实。我们对新小说的阅读不再是传统的线性时间阅读,而是并列的空间性欣赏,因为"并置"方能显出"对照"的效果。

　　西蒙不仅消解了小说与绘画之间的艺术疆域,而且为当代文学提供了新颖的艺术文本范式,为写作的革新找到了视觉性的语汇。在他笔下,时间的原则被空间的原则所取代,美轮美奂的细节

---

① Philippe Sollers,"Entretien avec Claude Simon",*Le Monde*,19 septembre 1997.
② Brigitte Ferrato-Combe, *Écrire en peintre:Claude Simon et la peinture*,Grenoble:ELLUG,1998,p.210.

描绘在不知不觉间将叙述的时间流打断,从而出现场景、画面、事件的并置,时间从"线"变成了"面",现在、过去和将来在同时性的空间结构中得以爆炸和涌现,给读者营造了文字画的立体感,小说的空间形式跃然纸上。

第三节 色彩美学与艺术化篇章

绘画艺术启发西蒙形成了独特的意识流叙述方式和"图说"式的叙述美学,他不仅借鉴了立体派绘画的拼贴艺术,而且借鉴了后印象派画家塞尚的场景描绘技法、色块涂抹和画面运动艺术,其解决之道在于"知觉与结构的融合","使描绘成为小说行为的发动机"。① 这种叙述策略得益于绘画美学为他带来的审美视野,其创作原则恰如塞尚的绘画。一九八二年十月,西蒙在纽约大学新小说研讨会上发言时,明确指出了他被画家塞尚深深打动的原因:其一,塞尚使绘画从表面上看并不完整,要求看画人自己去捕捉色块之间的关系,并将色块有机地组合在一起,从而建构出可视画面的整体性;其二,塞尚笔下的各种画面重叠在一起,各种物体互相渗透,而这正是人们所看到的这个世界的特征,它处于一种混沌不清的状态,它和我们的记忆一样,各种往事、形象、情感不停地重叠、交叉在一起,再被联想组织在一起,互相渗透着。塞尚和西蒙眼中的真实世界皆为内在感觉的世界,两人的美学观颇为接近。

《弗兰德公路》的叙述空间和场景画面如同一幅幅印象派和立体派风格结合的绘画,在构思这部作品时,西蒙用彩色铅笔为每个人物或题材配上一种颜色,才可区分它们之间的联系,他坦言:

---

① Claude Simon, "Un homme traversé par le travail", entretien avec Alain Poirson et Jean-Paul Goux, *La Nouvelle Critique*, n° 105, juin–juillet 1977, p. 32–44.

"事实上,当时我已经写好了片段,但是,这成不了一本书。于是,我写下每一页内容的简短梗概,每次一行字,再在反面配上相应的颜色,然后,我用图钉将它们全部嵌在工作室的墙壁上,接着便琢磨要不要在这里加一点蓝色,那里加一点绿色,别的地方加一点红色,以使这一切取得平衡。有趣的是,因为在这个或那个部位缺少一点绿色或红色",甚至为了颜色的平衡,还"制作"了某些段落。① 从这段自白可以看到,西蒙写作时的情感决定颜色的配置、组合、交织,像作画一般绘出整体,此小说材料的组织不是按照时间顺序,而是依据绘画原理。他首先在《弗兰德公路》开头部分把所有的底牌都亮出,开门见山地在最初十几页里提供了整部小说的概述或要素,大致展现了全书主要人物和场景的缩影:四个幸存骑兵的游荡,德·雷谢克上尉之死,赛马,科琳娜,装运战俘的牲口车厢等。小说接下来的其他部分不过是头十几页在深处的详细发展。作家好像是在绘制一幅油画,先勾画出线条和轮廓,再一层层地增涂上油彩,这是一个从草图到成品的绘画过程。表面上叙述混乱的小说其实服从一个严格的、巧妙的内部结构,全文以骑兵佐治在战后与德·雷谢克遗孀科琳娜幽会时错综复杂的感觉牵引、回忆、联想和多维可逆的意识流动来建构,各个情节碎片像一幅画上流光溢彩的色块,使得作品的不同部分互相呼应、映射。

《弗兰德公路》在色彩运用方面体现了西方印象派绘画浓墨重彩的特点,无论是马、植物、人的服装,还是战场上的残骸、炮弹轰炸的灰尘都在"图说"式的描写中染上了色彩,大致形成深暗色系和明亮色系两种不同的色彩层次:战争的颜色是主色调,多以暗沉和灰黑为主,例如战俘车里令人窒息的黑暗,遍布的栗色的马

---

① Actes du Colloque de Cerisy-La-Salle en 1974, sous la direction de Jean Ricardou, *Claude Simon : Analyse, Théorie*, Paris : U. G. E. , 1975 , p. 407.

尸,炮弹轰炸形成的灰黑尘团,骑兵们胆汁般颜色的衣服,黑漆漆的烂泥和雨水,马尸周围蓝黑色的苍蝇,黑色呈现的是战争、死亡、废墟与残骸的画卷,映射着战争的灾难,成为毁灭、死亡与恐惧的符号。与此形成鲜明对比的是明艳的色系,分别表现在战前赛马场景、性爱场景以及自然景观中。暗沉色系与鲜明色系的对比更是战争与和平、死亡与生存的鲜明对照。在战前的赛马场景中,西蒙用斑斓的色彩描摹骑士们的装束和观看赛马的女人们的衣着,绚丽彩色的衣裙在绿荫背景中格外醒目:"在那儿,现在可以看见五颜六色的长形斑点贴着地面在绿草中迅速移动。……所有的马联成一块,在一块厚纸板或着色的铁皮上剪出,然后沿着专为达到这效果安排的一条槽沟快速移动,背景是画得逼真的涂釉发亮的风景。……后来人们又再次只看见在小树林后面另一些树干和树枝所割碎割断的路",骑师的颜色鲜艳的绸上衣像"一把彩纸屑","也许由于它的材料和鲜艳夺目的颜色——它似乎把阳光明丽的下午那闪耀的光线全部聚拢集中在自己身上"。[①] 此处对大自然和赛马美景的描绘充满了生机盎然的意趣,令人眼花缭乱的色彩与光线具有强盛的生命力,形成一幅可触可觉的动人画卷。

　　西蒙小说的线性文字背后透着一种立体感,语言在他神奇的笔下转化为线条与颜料,被描绘的对象获得了形状、质地、温度、颜色与生机。作品中的叙述单元,从两代雷谢克之死、四个骑兵公路上的梦游、喧嚣的马赛、战俘集中营,到战地风云、山川景物,无一不是用色彩点染出来。色彩充分展现了小说人物的感觉世界,传递出多层次的思想情感。科琳娜与佐治在旅馆的性爱场景、与骑士在马厩里的偷情场景皆充盈着鲜艳的色彩,她的红色睡衣和粉

[①] [法]克洛德·西蒙:《弗兰德公路》,林秀清译,漓江出版社1987年版,第128—129页。

色乳头构成了充满肉欲刺激的画面。当"二战"中的骑兵们在谷仓里安顿下来,面前出现一位手提着灯的少女:"有点似那用烟丝汁液绘的古画中的一个人物","一条紫色的毛线编织的披肩覆盖着她那乳白色的肌肤,从粗糙的睡衣领口中伸出乳白色洁净的脖子。一片黄色的灯光似乎从她那举起的手臂起一直蔓延到她全身,像一层亮光闪闪的油漆",宛如从古画中走出的谷仓少女令佐治感到震撼,她的身体像一种"牛奶般温热、白色的东西",好像她的皮肤本身就是光源。① 少女离开谷仓之后消失在夜幕之中,她在光下透明得很不真实,却成为佐治心中光明与爱的指引:"在疯狂、残杀的高潮中,骑着我们那筋疲力尽的马,穿过时间,在雨淋淋的黑夜中,为了走到她身旁,找到她,看见她在马厩中,在灯笼的光照下,温热半裸的身体呈乳白色。"② 白色有着明亮、纯洁之意,佐治将女性的乳白身体与温和滋养的牛乳相联系,暗示着女性是孕育与维持生命的力量,为男人提供了温暖和安全感,明亮、温馨、洁白、悦目的女性形象和战争的黑暗形成鲜明对比,为在寒冷雨夜中疲于奔命、出生入死的士兵带来了心灵的慰藉与归属感。

  西蒙的"图说"美学具有极强的叙述功能。《弗兰德公路》中的佐治总是渴望揭开其表兄队长德·雷谢克与其祖先背后的秘密,因为他在童年时代听母亲讲述过这位贵族世家的往事,德·雷谢克的曾祖父是大革命时期将军,在波旁王朝复辟后开枪自杀。所以年少的佐治总是喜欢凝神观望墙上的这位祖先肖像画,展开想象:"因为他(这位远代的传种者)的前额有一个血红的洞,一条弯弯曲曲的细长的血流从太阳穴直往下淌","为了使环绕这人物所产生的暧昧不清的传说有形象的说明,得以永传下去——人家

---

① [法]克洛德·西蒙:前引书,第25—28页。
② [法]克洛德·西蒙:前引书,第92页。

为他画了一个肖像,通过结束他的生命的一枪,使他血迹斑斑地站着,视死如归似的",其实画上的血迹不过是"画布上棕红色的草图由于破裂而露出的一条很长的痕迹"。① 战争中的佐治与战友们围绕这幅神秘油画幻想了老雷谢克的传奇生平,引发出一系列的家族故事。佐治见证了一百五十年后"二战"疆场上战败的德·雷谢克故意暴露在敌人枪口面前死去:"好像一百五十年前从小手枪打出的那颗子弹,等了这么些年头,为了击中它的第二个瞄准目标,对一场新的灾难点下一个句号",②祖孙两代相似的命运反映了历史的重蹈覆辙。

  光影造型是西方绘画史上重要的艺术符号和文化现象,通常是用来突出表现对象的深度形态和特定的情绪氛围。在《弗兰德公路》中,年轻妻子科琳娜的背叛与战败的结果让骑兵队长德·雷谢克生无可恋,他在战场溃败后主动迎向敌人的枪口,灿烂的阳光将他的身影照成一座浮雕。当一阵机枪从树篱后面朝他瞄准扫射时,他就举起一只手臂,拔出军刀,做出一种"骑马雕像的传统的姿势","反光仅仅照出一个阴暗的身影,使他显得暗淡无色,似乎人和马一起浇铸在同一种物质、同一块灰色金属中。一瞬间,阳光照射在拔出的刀刃上闪闪发光,接着全部——人、马和剑——一起往一侧倒下,像一个铅铸的骑兵,从脚开始熔化,先是慢慢地往侧面倾倒,接着速度越来越快,军刀一直拿在高举的手里"。③ 此处阳光与阴影的变奏颇具审美意蕴,充分体现了德·雷谢克阳刚坚毅的男性气质,雕塑的意象意味着在残酷的战争中,骑兵队长的英勇壮举和自我牺牲好比神圣的宗教献祭仪式,在人生绝境中彰显了自我精神的尊严。可见西蒙的新小说缔造了艺术化的文字篇

---

 ① [法]克洛德·西蒙:前引书,第41—42页。
 ② [法]克洛德·西蒙:前引书,第59页。
 ③ [法]克洛德·西蒙:前引书,第5—6页。

章,现实、回忆和幻想交织成纷乱驳杂、诗意迸发的画面组合,使小说与造型艺术一样具有了立体感和审美感。

第四节　文本游戏与空间能指

西蒙颇有"文字主义"倾向,其写作好比一种"生产"活动,即语言的"多角度生长"和艺术拓展。① 二十世纪七十年代左右,以德里达和《原样派》杂志为代表的法国解构主义思潮主张探索文本的多义性以及能指与所指之间的游戏关系,罗兰·巴特指出真正的"文之悦"在于文本是一种生产力和增殖力。同样西蒙用作品的自足体系否定其外在逻辑关系,从而排斥了传统小说老一套的道德说教,体现了后现代思潮的语言革新意识,即用语言游戏去构建一个多样性的文本世界。这种创作观自《法萨尔之战》开始渐趋明显,该小说的叙述者到希腊旅行,读到古罗马大帝恺撒的法萨尔战役纪事后,便到古战场去探索,中间穿插着他对"二战"的回忆。"法萨尔"(Pharsale)与"句子"(Phrase)在法语中形态相近,实则隐喻该书为"句子之战",该小说中的拉丁文文本、希腊文铭文、照片说明文字以及墙上的雕刻皆以粘贴画的方式创造出新型的文本形象和彼此"应和"的空间能指,为文字想象和探险提供了广阔天地。

西蒙笔下的社会现实往往以图像的形式展现出来:生活照、肖像画、塑像、风景画等。小说《历史》便融入了一种新型的视觉美学,套装了大量的图案、肖像、广告、电影等各种可视符号信息。在信息化时代,视觉化乃是文学艺术的重要特征,景象画面的冲击力势必成为审美潮流。《历史》的叙述者在旧宅里发现了大量明信

---

① Lucien Dällenbach, *Claude Simon*, Paris: Seuil, 1988, p.139.

片、旧相片、信件等物品,可视符号信息宛如时间通灵者打开了他回忆的闸门:"他内心强大的情感洪流,不停地被外界的诱惑所左右。现在和过去融合在一起。"①意识流因为一个个图像中介点而绵延不断,又不时回望曾经流过的若干点。这些图片定格的"画面"瞬间被无限地延长和放大,作为空间能指嵌入到主人公的人生背景中,折射出他的家庭关系、历史观和人生际遇。五彩缤纷的图像画面滋养着这位无名叙述者探寻永恒时光的幻梦和回忆,他在一天中的所思所为,由无处不在的视像符号激发出来,小说反复截断时间,通过闪回、停滞、意识流等手段,在时间的横切面上纳入多种画面、断片和心理感受,最终形成空间关系的整体性和视觉性,万花筒般的图像碎片和纵横层叠的时空迷宫演绎了小说人物五味杂陈的人生感悟与生命境遇。

《盲人奥利翁》堪称一部"反体裁"小说,并非叙述特定人物的经历,而是叙述多幅插图引发的"图说"、联想和探索,是在"想像的博物馆"中由某一点、某个图像引起的插曲所构成的无主题故事。西蒙在该书序言中指出:"《弗兰德公路》《大酒店》《历史》,还有下面这些篇幅,都是这样写出来的:产生于我用自己喜欢的某些画'编造'点儿故事的欲望。这些作品都是以我起初未曾料到的方式写成的,因为开头的少数几张画,在写作中随着结构的需要经过了精选和增补。"②此书开头插画为西蒙的素描"写字的手",引导出下文普桑、毕加索、劳森伯格、阿尔曼等十余位艺术家的油画、铜版画、拼贴画与摄影作品图像,艺术形象激发出作家的文字符号,勾勒了世界的多彩镜像。其中法国十七世纪画家普桑的油画《双目失明的奥利翁朝着初升的太阳走去》占据了中心位置,西

---

① 徐真华、黄建华:《文学与哲学的双重品格》,上海外语教育出版社2008年版,第117页。

② Claude Simon, *Œuvres*, Paris: Gallimard, 2006, p.1182.

蒙认为这幅画的标题很好地表现了他的创作过程,并指出:"它象征了一个作家的形象:他在文字符号的森林中摸索前进。朝着……对,正是朝着升起的太阳前进。但奥利翁后来变为一个星座,当太阳升起时,这星座也就消隐了。当一部作品完成时,目标已达到,作为其作者的我也消失了,这不是妙不可言的事吗?"①这体现了后现代小说家反对先验意义的立场,正如双目失明的奥利翁,作家一开始并不清楚自己去向何方,只是对着一个光明的目标摸索着前进。小说《法萨尔之战》中的叙述者 O 也将四处游荡的勇士们指涉为古希腊神话中的失明巨人奥利翁:"小夜灯的微弱光线照亮了营房……其中就有蹒跚而行的盲人奥利翁",失明成为战争的体验,士兵们反复遭受苦难却不知为何,因为"被打败的敌人总是不停地复活"。② 在两部作品中循环出现的奥利翁原型缔造了一个相互关联的语义互涉网络,实际上也揭示了人类历史的荒诞性和盲目性,饱受战乱之苦的人类从不吸取教训,依然发动着周而复始的战争。

海德格尔说过,本真和去蔽的语言具有多义性和召唤功能。西蒙亦承认:"我所有的作品都建立在语言的隐喻特性之上",③这其实是强调了语言垂直轴线上的聚合和联想功能,他笔下故事的展开并非遵循因果逻辑和年代顺序,而是以纵横交错的空间结构和语言能指的无限游戏使文本和语义朝着多维度、多层次和开放化发展,西蒙小说的主题元素往往以星云形状分布,文本逻辑来自其多维的空间形式和物质材料(词汇,辞格,转义),西蒙指出:"语词如万花筒焰火光束,四处发射……每个词都是多条道路的交叉

---

① Claude Simon, "Un homme traversé par le travail", entretien avec Alain Poirson et Jean-Paul Goux, *La Nouvelle Critique*, n° 105, juin-juillet 1977, p. 32-44.
② Claude Simon, *La Bataille de Pharsale*, Paris: Minuit, 1969, p. 140. p. 241.
③ Lucien Dällenbach, *Claude Simon*, Paris: Seuil, 1988, p. 159.

口,激发(影响)其他的词,具有像磁铁一般吸引意象群的魔力",①语言横向组合轴线与垂直联想轴线在西蒙笔下共同构建了一个视觉性极强的文本共鸣系统。在西蒙眼中,世界处于一种混沌不清的状态,它和我们的记忆一样,各种往事、形象、情感不停地复叠、交叉在一起,再被联想结合起来,互相渗透,人物和故事之间的跳板正是基于意识和回忆深处的意象的相似性或相对性。

在一九七一年瑟里西的新小说研讨会上,西蒙发表演讲《逐字逐句解释小说》(La Fiction mot à mot),用几何图形阐释了多部小说的结构,其中"《历史》的结构可以用几个变动的波长曲线来表示⋯⋯或出现,或相交,或相切,或相扰,或相离"。②《历史》以同一形象开始和结束,即睡醒的鸟儿站在被照亮的树上的形象,叙述者在观望洋槐树时令回忆以枝丫交错的视觉形式呈现。小说以叙述者自白开始:"它们(她们)之一几乎碰到房子,夏日夜间当我在敞开的窗户前工作到深夜时,我能看到它(她)或者至少它(她)下面被灯照亮的枝杈以及那类似羽毛在黑暗深处微微跳动的叶片。"③这段原文没有标点,要读到第二页读者才肯定这代词它(她)指树枝。之后小说从这棵记忆之树(arbre)引伸出家族谱系图(arbre généalogique),下文便循着这代词的不同"所指",沿着不同的轨迹发展。在上文比喻(类似羽毛的树叶)之后,紧接下文便引发到树间小鸟,以及往昔妇女们佩戴的羽饰软帽。在树枝名词正式出现前,阴性代词它(她)曾再次出现,但其所指已改为旧宅中的祖母和母亲,正是类似羽毛的树叶沙沙声在叙述者那里激起了对她们的美好回忆。可见叙述空间成为能指对所指的追踪和游

---

① Claude Simon, *Œuvres*, Paris: Gallimard, 2006, p. 1182.
② Claude Simon, *ibid.*, p. 1200.
③ Claude Simon, *Histoire*, Paris: Minuit, 1967, p. 9.

戏,能指被刻意"延异",或脱离所指进行自我指涉,或向无限化发展。通过呼应、重复、同音异义、比喻、转义等方式,毗邻语词和代码使文本达到纵向辐射和从远处注释一种前景的作用,从而建构起一个更能自由阅读解译的多义空间,一个具有自身辩证法与互文对话的多维开放空间。这契合了现代语言学和拓扑学所揭示的语言符号自我指涉、以有限包含无限的倾向。

从文本修辞角度来看,西蒙小说大量使用现在分词,从而打破了文字的线形布局,造就了非线性、辐射性的空间能指,使人产生一种纵横发展的空间感,拓宽了文字的表现面。西蒙小说大量采用意识流和不分段的长句子,还常采用粗略的口语表达方式,使用断续且看似没有关联的单词和句型。为表达时间的同时性,他常运用现在分词和括号来表示动作的同时性,现在分词主要表示动作的同时性、现时性,也有连接过去、现在、将来的作用,括号不仅有比较、说明、补充、明确的功能,还起到延长时间的作用。有些段落在句子中间结束,而句子另一半则到后文再出现。这样的叙事不是一次完成,而是需要不断反复和补充,从而形成整部作品螺旋上升的结构,所以西蒙小说作品的内在逻辑往往是通过字词或句子的内部联系——呼应、重复、同音异义、比喻、转义等——实现的,正如上文提到的《法萨尔之战》《历史》与《弗兰德公路》等小说,各个时序颠倒的片段通过魔术般意象的链接和语词的辐射得以组成一个文本整体。

西蒙小说文本编织了不同的能指生态,使之发出不同话语,形成了可供反应参照的多维空间形态。正如热奈特在《隐迹稿本》(*Palimpsestes*,1982)中所指出的,小说诗学的对象不拘泥于具体文本,更多是文本的超验性,即跨文本性(transtextualité),所有使文本之间产生明显或潜在关系的因素,既包含朱丽娅·克里斯特瓦(Julia Kristeva)所定义的文本之间的引用、借鉴和影射等"文本间性",也包含跨体裁的"广义文本性",以及由作品题目、副标题、篇首语、章节寄语、插图等构成的"副文本性"。这些概念可很好地诠释西蒙的创作机制,典型例子莫过于小说《农事诗》借用了古罗马诗人维吉尔同名长诗的题目。古诗《农事诗》描写了四季变换和种植、畜牧、养蜂等农事,生产劳动被赋予诗意,这些诗歌内容以跨文本形式在小说《农事诗》中逐一再现,小说篇首题词为卢梭《忏悔录》中的一句话:"气候、季节、声音、颜色、昏暗、亮光、风雨、食物、嘈杂、寂静、运动、安息,全都影响我们身体的机能,因而也影响我们的心灵。"这句副文本引言的自然元素潜存一种召唤的力量,意味着人类世代生存方式的淤积。L.S.M.将军在南征北战中不忘写信给管家婆安排农事,也寄寓了维吉尔诗中的哲理:世事多变,唯有四季恒常有序,人们在劳作中获得安宁慰藉。残酷战争无法改变代代相传的朴素生活,无法消除春种秋收所孕育的诗意和希望。可见西蒙以宏观文化思维完成了对意象和短语的空间编织,实现了文字的激活和关联,从而打破了孤立的人物和故事界限,使得各自视阈交叉成复调开放的语义空间,意义从多个层面予以观照、生成和展现。

第十五章　莫迪亚诺小说：视像空间美学与艺术化叙事

帕特里克·莫迪亚诺(Patrick Modiano,1945—)是法国"新寓言派"代表作家之一,虽然具有犹太血统的他未亲身经历"二战"的种族清洗,却始终抱有追问那段历史的忧患意识。从总体上看,他的小说创作聚焦"二战"阴影下人类生存的困境和命运,演绎与诠释了遗忘、记忆、身份、寻根等存在命题,不仅探讨了法国被纳粹占领时期的悲剧和犹太人的身份问题,而且涉及人们在战后的生存困境与心理危机。莫迪亚诺并未正面展现战争的残酷,而是将目光聚焦于大众日常生存境遇和凡人琐事,以充满讽喻的文笔演绎了个体生命在战争阴影下的精神诉求。其小说叙述不仅呈现了意识流、意象流、图画流,而且以符号化文本和零散化叙事建构起关乎记忆、灵魂与意识的诗意境界。

在绘画、电影等艺术的熏陶下,莫迪亚诺把小说叙述塑造为一门视像空间艺术,弥补了线性文字的局限,拓展了文本的艺术表现力与纵深感,其文本能指和视觉性意象激发出多元开放的意义,呈现出后现代诗学品格。视像化空间赋予小说叙述更多的思想内涵与诗性功能,空间不仅是故事发生的场地和背景,而且参与叙事的进程,彰显着人物的心理意识和命运轨迹。此外,地理场所、客观意象、艺术家形象与文化艺术符码被赋予伦理色彩和哲理特征,揭示了人类的多面向生存镜像。本章节将针对这种表征化、视觉化、艺术化的空间形式进行文本细读和意义阐释,多维度空间美学与艺术思考使莫迪亚诺实现了小说主旨的极大扩容,揭示了芸芸众生抵御荒诞历史的心路历程。

第一节　城市空间与心理空间的交汇

在《新观察者》(*Le Nouvel Observateur*)的一次访谈中,莫迪亚诺承认:"如果我生在乡村的话,我将是一位风景画派风格的作家。"①然而他在"二战"后的巴黎出生和成长,因而他对城市空间的刻画、描绘和勾勒成为其小说叙述行为的发动机,其小说充斥着巴黎大街小巷、咖啡馆和酒店的名称。他在回顾的视野中将小说人物置于"城市—文本"的空间之中,各种物理空间符号在其笔下具有隐喻意义,同时人物对城市空间的探寻成为抵御时间侵蚀和抗拒遗忘的方式,揭示了战争时期的黑暗恐怖以及芸芸众生的寻根之路。城市空间保留着集体记忆里不可磨灭的痕迹,成为个体记忆的轨道和背景,外部世界与人物的感觉、幻想和记忆交叠成时空交错的文本版图,构成了客观物理空间和主观心理空间两个叙述维度,前者位于横向的地理分布和毗邻轴线上,后者则处于纵向的隐喻、联想和聚合轴线上,闪烁和折射着历史与记忆的多重画面。

巴黎是莫迪亚诺小说的主要背景城市,这个城市内部的空间分裂象征着国家、民族及个人身份的分裂。小说《星形广场》(*La Place de l'Étoile*,1968)的书名寓意于形:一九四二年六月,有个德

---

① Jérôme Garcin, "Rencontre avec Patrick Modiano", *Le Nouvel Observateur*, 2 octobre 2003.

国军官问一个犹太青年星形广场在什么地方,这青年指着自己左胸(犹太人佩戴星形标志的地方)。在占领时期,巴黎凯旋门下以星状形式向四周分裂的星形广场成为盖世太保和法奸屠杀囚禁犹太人的危险区,意味着犹太人身份与法兰西民族身份的分裂与失落。小说《环城大道》(Les Boulevards de ceinture,1972)中"二战"时期的巴黎被描写为一个圆形结构的城市,塞纳河将其一分为二,左岸代表着人民抵抗力量,右岸则聚集着法奸与盖世太保势力,市中心是法西斯警察活动中心:"这是一个磁力场中心,我极力想摆脱,但都失败,因为有一个警察总署","从巴黎这个中心,一股神秘的暗流把我们冲到环城大道,城市在那里倒出它的渣滓和沉积物"。① 巴黎边郊汇集着社会边缘群体和走私犯、诈骗犯,其中就有叙述者的父亲。从小被父亲抛弃的亚历山大从十七岁开始踏上寻父和寻根之路,最终探知父亲是没有身份和国籍的犹太人,甚至与大发国难财的法奸勾结,因而他的寻根之路又回到原点,寻根无果的圆形轨迹与环城大道的环形空间遥相呼应。

城市空间与地理路线代表着个体生命的轨迹和回忆的路径,莫迪亚诺指出:"城市成了一个载体,你整个的人生都在记忆的城市里逐层展开,仿佛你可以在羊皮纸上读出重重叠叠已经隐迹的文字",②叙述者们往往通过还原历史数据和地理路线来建构个体身份和自我价值。小说《暗店街》(Rue des Boutiques obscures,1978)中的居伊·罗朗在"二战"逃难时受到精神打击,失去了前半生的记忆,他的神秘过去掩藏在德占时期的巴黎,那里大街小巷纵横,如同一座迷宫。巴黎的地形迷宫处处弥漫着身份的疑云和遗忘的焦虑,主人公通过浮现于不同街道的零散信息重构出"二

---

① Patrick Modiano, *Les Boulevards de ceinture*, Paris: Gallimard, 1972, p.151, p.155.
② 黄荭(译):"莫迪亚诺获奖演说",《世界文学》2015年第2期,第55—67页。

战"时期的朦胧记忆,最终还要到罗马暗店街 2 号去求证真实的自我。准确的地名并非基于现实主义,而是横亘在现实和往昔之间的多棱镜,旨在把历史中的存在从遗忘和遮蔽中钩沉出来。

在时代的高压下,莫迪亚诺笔下的人物往往逃离巴黎到外省或边境城市来追求新生,却不能遂愿,人际交往危机重重。《星形广场》中的犹太青年什勒米洛维奇在"二战"时期逃离巴黎来到波尔多的一所中学备考巴黎高师以获得身份,但学校中的民族主义者和排犹势力迫使他离开外省,后来他登上了开往以色列的轮船,却被警察逮捕拷打,沦为无根的弃儿。《暗店街》与《八月的星期天》(*Dimanches d'août*, 1986)中男主人公的女友们都在法国边境城市落入坏人的诈骗陷阱后离奇失踪,徒留给爱人心酸痛苦的回忆。《凄凉别墅》(*Villa triste*, 1975)的男主人公年轻时逃离了阿尔及利亚战争阴影笼罩下的巴黎,来到与瑞士一湖之隔的法国避暑胜地,这里曾经如此接近伊甸园或神的应许之地,他在此与一位美丽姑娘坠入爱河,然而女友最终投入别人怀抱,从此这段遗憾定格在湖畔小镇。可见"莫迪亚诺勾勒的边境线是具有矛盾性的符号。不管是真实的还是象征的,它们总是投射出双重的意象,一方面是渴望的虚幻的自由,另一方面是叙述者们难以逾越的障碍"。① 简而言之,在"地理—心理学"的关系空间中,巴黎、外省和边境的地理空间中既聚合了战争年代里危险、彷徨、失落和身份迷失的精神义素,也铭刻着小说人物失去的天堂、青春、亲情和爱情,具有多重隐喻意义。

---

① Martine Guyot-Bender, *Mémoire en dérive – poétique et politique de l'ambiguïté chez Patrick Modiano, de Villa triste à Chien de Printemps*, Paris: Lettres modernes minard, 1999, p. 25.

第二节　明暗维度的视像符号

莫迪亚诺一直热衷于绘画美学的叙事技巧,作为电影剧本作家的他也深谙视觉艺术的布光之道,所以他在小说场景描绘中大量利用光与影的变化效果、电影镜头般的特写、视觉意象的强烈对比和敏感性的目光透视来呈现细节、渲染气氛和暗示人物意识,从而造就了诸多图像式的场景和画面。黑暗维度与明亮维度的视觉符号推动着小说故事的进程。

小说《夜巡》(*La Ronde de nuit*,1969)运用灯光呈现出人物的内心世界,绘就了反英雄的图景。一位无国籍年轻人为了苟且偷生,分别为爱国抵抗组织和盖世太保两方势力提供情报。他徘徊在光荣与耻辱两条道路之间,最终禁不住物质诱惑出卖了巴黎抵抗组织成员,当他在酒吧与即将被捕的昔日战友跳起轮舞,霓虹灯下的他感到天昏地暗,同时他看到了灯光下这些爱国志士们的面容:"吊灯光烤着他们,并像浓酸一样腐蚀他们的面孔。这些人的脸庞凹陷下去,皮肤渐渐干硬……他们没有多少日子好活了。"[1] 他为战友的被捕颇感愧疚,感觉自己日夜周旋的命运好比埃菲尔铁塔的光束:"光束在旋转,好像一位更夫在吃力地巡夜。光束渐渐暗了下去,不一会儿就变成了看不见的一条细线。我也是这样,经过无数次的巡逻和成千上万次的往返,最后消逝在黑暗中","巴黎也和我们一起沉降。我从驾驶舱里看到了埃菲尔铁塔的那束光:那是指示我们靠近海岸的灯塔。但我们永远不会抵达岸边了"。[2] 这些围绕灯塔展开的内心独白创造出绘画般的视觉效应,

---

[1] Patrick Modiano, *La Ronde de nuit*, Paris: Gallimard, 1969, p.55.
[2] Patrick Modiano, *ibid.*, p.111–112, p.118.

也预示着主人公在双料间谍的怪圈中无法自救的悲剧性命运,最终分身无术的他选择了自我揭发的殉难方式。国外学者指出,莫迪亚诺的小说《夜巡》中的"光暗"处理手法和众多人物形象的展示令人联想起十七世纪荷兰画家伦勃朗的同名画作《夜巡》(1642),该画描绘了当时的民兵队将士形象,与小说《夜巡》构成了人物和情节的呼应。① 伦勃朗擅于灵活地处理复杂画面中的明暗光线,他往往用光线来强化画面中的主要部分,也让暗部去弱化和消融次要因素,同样小说《夜巡》也运用灯光的映射来渲染人物个性和心理。

《环城大道》中寻根的儿子为了调查既可怜又可恶的父亲的神秘经历,屡次在饭店中观察父亲与其友人的交往,发现他们衣冠楚楚,但是言谈却粗鄙下流:"灯光也像棉花一样压在他们身上,……只有我父亲的后背例外,令人纳罕:光线何以放过他。然而,在明亮的吊灯下,他的脖颈却十分醒目,中间一道粉红色伤疤甚至清晰可辨。好像引颈就诛,这脖子极度弯曲,伸向无形的断头机铡刀。"②父亲后背处于阴影中,意味着他的身份难以被儿子识别出来,伤疤等字眼似乎在强调他曾卷入秘密的恐怖事件。儿子对父亲的警觉和窥伺透过光线的变化传达出来,在另一个晚餐场景中,"由于暮色昏沉,他们的言语、动作乃至面孔,都显得朦胧虚幻;……我想我的窘迫之感,正如一个人在黑暗中摸索,徒然寻找电灯开关"。③ 模糊的空间昭示着儿子的迷茫,黑暗中徒然的摸索预示着儿子寻根之路的失败,因为父亲被证实为没有身份的犹太

---

① Béchir Ben Aïssa,"*La Ronde de nuit*:De Rembrandt à Modiano",*Écriture et peinture au XXe siècle*,sous la direction de Moncef Khémiri,Paris:Maisonneuve & Larose,2004,p. 329-330.
② Patrick Modiano,*Les Boulevards de ceinture*,Paris:Gallimard,1972,p. 18.
③ Patrick Modiano,*ibid.*,p. 54.

人,甚至与法奸商人勾结。莫迪亚诺本人的犹太裔父亲在德占时期与盖世太保的可疑关系也一直是他心头的阴影,因而这部作品亦体现了作家本人的精神焦虑和脆弱伤疤。

莫迪亚诺擅于将零散的故事碎片糅合在明暗维度的光影画面中,在他笔下的城市空间中,寄宿学校是令人压抑窒息的晦暗之所,渴望自由的寄宿生们迫切地想要逃离它,哪怕外面的世界危险重重。小说《多哈·布慧德》(*Dora Bruder*,1997)的女主人公多哈是个独立而反叛的犹太女孩,同样离开了寄宿的学校。在"二战"期间德军占领下的法国,寄宿学校是女子们唯一感到暂时安全的庇护所:"只要待在里面不出来,保持被遗忘的状态,躲在黑墙的阴影之下",但这并不能阻止多哈逃离了它,出走后的她却依然感到恐慌如影随形,一九四一年十二月的城市对她充满敌意。在调查多哈失踪的漫长过程中,叙述者"很想知道多哈逃走的十二月十四日那天天气是否晴朗,或许是冬天里阳光明媚的一个星期日,人们有着度假的永恒感——然而这只是一种时间暂停的虚幻感,只需通过这个缺口从老虎钳逼近的钳口中滑脱出去"。① 叙述者此处强调的阳光的灿烂与寄宿学校和城市环境的黑暗氛围形成很大反差,表达了他对多哈能够逃离危险、触及光明的美好希冀,然而他最终调查发现,即便多哈逃遁到别处,即便她的父母为了拯救女儿试图抹掉她所有的身份痕迹,她年轻的生命还是被纳粹分子扼杀在集中营。

视像符号如电影镜头般展现着人物的经历,小说《陌生的女子们》(*Des inconnues*,1999)中的灯光符号折射着人物的心理活动,第一个女主人公在巴黎结识了神秘创业青年居伊·樊尚,与他在旅馆约会时注意到尽管天色已亮,他让灯一直开着,她天真地认

---

① Patrick Modiano, *Dora Bruder*, Paris: Gallimard, 1997, p.50, p.59.

为这纯净的光束驱散了围绕在他四周的迷雾。然而他承认居伊·樊尚是化名，或许出于自我保护的目的，之前他的父母被纳粹分子杀害，而他曾两次偷渡越境进入瑞士，第一次时被瑞士海关逮捕移交法国宪兵队，第二次时侥幸越境成功，"二战"结束后又以难民身份被遣送回法国。小说依然弥漫着战争残留的紧张氛围和身份悬疑。居伊后来被疑卷入阿尔及利亚战争事件，警察来到他住所搜捕，他的去向给女主人公留下无尽疑问："他死了？或者他们用手铐将他带走了？晚上，在房间里，他总是让灯亮着。"①居伊总是在夜里梦见自己戴着手铐行走，因而这些曾遭受历史暴力恐吓的灵魂都依赖于灯光的明亮来照亮人生的黑暗和淡化自我的忧惧。诺尔贝尔·查尔尼（Norbert Czarny）就此指出："莫迪亚诺的作品并非颂扬朦胧，反而追求一种明亮、灿烂的光线"，②人物试图通过光线的照耀来驱散内心的迷茫、焦虑和阴霾，体现了"二战"后四处漂泊、不明身份的当代法国青年的困境，他们背负着文化身份的心理负担和沉重的外在压力，在充满危机的社会环境中苦苦挣扎。

值得注意的是，莫迪亚诺在黑暗维度的小说空间建构中并未赋予夜晚绝对的负面内涵，他笔下的夜晚并不都是恐惧、危险、失败与死亡的代名词，有时反而为某些夜游者提供了身心的庇护。人物经常在夜间进行他们反复的探寻和心灵的流浪，例如《陌生的女子们》中第一个女主人公坦承喜欢巴黎的夜晚，它能抚平她心中的不安。有时黑夜反而遮掩了人间恐怖不堪的面容，展现了一种安宁的氛围。例如《暗店街》中的男主人公与女友乘坐火车欲逃往瑞士边境，途中他特意关上包房里的通宵灯："我也不知道

---

① Patrick Modiano, *Des inconnues*, Paris: Gallimard, 1999, p. 52.
② Norbert Czarny, "Entre ombre et lumière (*Des inconnues*)", *La Quinzaine littéraire*, 1er mars 1999.

为什么要这样做,但我觉得在黑暗中可以更放心些",①火车上便衣警察的巡逻和搜查营造了紧张的气氛,而黑夜的掩饰为身份敏感的犹太人带来了片刻的安全感,声、色、光、影俱全的画面缔造了虚实结合的艺术效应和寓意于形的心理渲染效果。

第三节 意象化的空间叙事

除了明暗维度的光影符号,莫迪亚诺小说中还充满了诸多极富视觉性和隐喻性的空间符号。米杨-苏克·吉姆(Myoung-Sook Kim)指出莫迪亚诺小说中"柔软"与"坚硬"两种维度的意象符号聚合成一种诗性的类聚群语义空间,既实现了联觉意象的隐喻增值与互文辐射,也建构了视像化的叙事空间。例如陆地、高山、木屋和钻石等硬意象暗喻着坚强、稳定、庇护和自信的精神维度,而浓雾、大雪、流沙、沼泽、蝴蝶等软意象则讽喻着精神疲软、恐惧、迷失和失败的生存维度,"往往与灾难和无法解释的神秘有关"。②

《暗店街》中的罗朗在"二战"时期担心被送进集中营,于是持着假护照带女友乘火车从法国逃往瑞士,路途中浓雾与雪原的包围令他们无法看清现实:"黑夜消逝了,棉絮般的白雾透过枞树的枝丛笼罩着大地……也许,我们就这样烟消云散了",迷雾暗示着人物命运的多舛。这对情侣来到瑞士边境山区,住在一种名为"南方十字"的高大木屋中,然而由于白雪的覆盖,"我们的行为和生命所激起的回响都被这一团团的鹅毛大雪所窒息了"。③ 十字被基督教赋予救赎意义,然而木屋的庇护也只是有限的,不能根本

---

① Patrick Modiano, *Rue des Boutiques obscures*, Paris: Gallimard, 1978, p.215.
② Myoung-Sook Kim, *Imaginaire et espaces urbains: Georges Perec, Patrick Modiano et Kim Sung-ok*, Paris: L'Harmattan, 2009, p.24.
③ Patrick Modiano, *Rue des Boutiques obscures*, Paris: Gallimard, 1978, p.217, p.225.

改变人物的命运,大雪导致的闭塞渐渐令他们窒息,积雪成为时代灾难的象征,后来他们在跨越瑞士边境线时落入诈骗陷阱,罗朗丢失了女友也失去了记忆。多年后失忆的罗朗不停地寻找自我的身份,友人于特给他举了"海滩人"的例子:"此公在海滩上、游泳池边度过了四十个春秋……在成千上万张暑假照片的一角或衬景里,总能看到他穿着泳裤混迹在不同人群中,但是谁也不知他的姓名和来历。有朝一日,他又从照片上消失了,同样不会引起任何人的注意。"①他们意识到失去身份和被遗忘的生命就像沙子上的脚印或水蒸气一样短暂易逝。流沙与海滩意象揭示了人在现实中找不到支撑点和根基的悲怆状态。

《八月的星期天》再现了"二战"后人们艰辛的生存状况,同样以鲜明的软硬维度的视像符号建构了小说的叙述空间。男主人公到尼斯故地重游,回忆起多年前与女友希尔维亚从巴黎私奔到尼斯。与人们对海滨度假城市印象不同的是,那时的尼斯显得死寂凄凉,房屋总是散发着令人窒息的潮气和霉味:"尼斯只是我们人生的驿站。很快我们就要到国外去。我有许多的幻想。我还没意识到这个城市只是一片沼泽,我将会在这里越陷越深",因为尼斯对他们而言将是"失踪之地",女友佩戴着一颗名为"南方十字"的巨钻:"这枚钻石是我们人生中唯一坚固和稳定的东西",②然而这枚钻石如《暗店街》里瑞士边境的木屋一样,提供的救赎极为有限。当他俩试图卖掉巨钻来获取未知生活的经济保障时,却遭遇坏人诈骗,尼尔夫妇伪装购买钻石,在一次兜风途中趁机带着希尔维亚和钻石一起失踪。男主人公从此永远失去了爱人,他们的悲剧并非因为接触了这块钻石,而是源于生活本身。小说不乏对

---

① Patrick Modiano, *ibid.*, p.72.
② Patrick Modiano, *Dimanches d'août*, Paris: Gallimard, 1986, p.46, p.108.

"二战"时期恐怖事件与黑暗丑闻的回忆和影射(例如希尔维亚婆婆对马纳河岸历史逸事的叙述),潮湿绵软的沼泽象征着战后年代里依然忧虑的精神氛围和动荡不安的社会环境,艰难求生的情侣最终无法走出时代的泥沼,坚不可摧的钻石象征着他们对稳定美好人生的向往和追求。莫迪亚诺在《读书》(Lire)的采访中承认:"我也是那个沼泽般战争时代的产物,占领时期对我而言总是颇有意味。"①事实上"二战"的余震波及战后的二三十年间,纳粹统治的负面影响犹如噩梦般根植在法兰西民族的记忆里。

具象化的空间叙事促成了小说文字的思辨性拓展。轻盈的蝴蝶或飞蛾(papillon)也是莫迪亚诺小说中频繁出现的视觉符号,往往暗喻着迷失和脆弱的生命。《夜巡》中的无国籍年轻人分别为爱国抵抗组织和盖世太保提供情报,好比"一只惊慌失措的飞蛾,从这个灯火飞向那个灯火。每次都烧焦点翅膀",②最终他玩火自焚,选择了自我揭发的殉难方式。未被系缚的蝴蝶随时会飞走,这种不稳定特质亦被用来隐喻父辈身份的失落,《环城大道》中从小被父亲无情抛弃的亚历山大踏上寻父和寻根之路,探知父亲是没有身份和国籍的犹太人,甚至与法奸商人勾结,当他靠近父亲时,"如同捕蝶人接近一只随时可能飞走的珍奇蝴蝶"。③

如上所述,莫迪亚诺关注空间符号的共生、对话和应和等关系,多维度的空间符号体系令叙述的时序性让位于空间的广延性,勾勒了一幅幅历史与记忆的组画。人物的感知、回忆与印象的零碎片段交织成多幅富有立体感的画面场景,拓展了视觉上的审美意蕴。所谓"立象以尽意",只有借助于这些视像符号的诗性把握和感性链接,使客观世界成为人身心体验的延伸,才能更好地破解

---

① Laurence Liban,"Modiano. Entretien",*Lire*,octobre 2003.
② Patrick Modiano,*La Ronde de nuit*,Paris:Gallimard,1969,p.72.
③ Patrick Modiano,*Les Boulevards de ceinture*,Paris:Gallimard,1972,p.139.

复杂的历史世界,接近本质的洞察和直觉的透视。

第四节　艺术家形象与文化参照

在叙述行为的纵向隐喻和聚合轴线上,与文化和艺术有关的人物形象凝聚成另一个颇具辐射力的语义空间,建构了"黑色传奇"和"金色传奇"两种艺术家类型,分别从负面消极和正面积极两个角度诠释了作家的忧患意识与历史批判指向。德占时期法国的文艺圈不乏一些没有道德廉耻、不走正道的"黑色传奇"人物,例如《环城大道》中的杂耍演员吕西安·雷米被如此描述:"他是个颇有魅力的流氓,牙齿洁白,头发油光锃亮。常听到他在巴黎电台广播节目中的演唱,他是在流氓帮和歌舞厅中发迹的",反犹记者弗朗索瓦·热贝尔作为政治介入分子专写鼓吹凶杀、火力猛烈的社论,人们惊讶于这位巴黎高师学生竟如此残忍,饱受政治荼毒的他"愿意充当狂热分子或法西斯突击队员",在题为《您要打犹太网球吗》的报纸专栏中,他冷血地讲述反犹太人的运动规则:"有两个赛手,他们在散步或坐在露天咖啡馆时,谁先发现一个犹太人,就应当告发,因而得 15 分。如果对手也发现一个,同样得 15 分。如此类推,谁认出的犹太人多,谁就是赢家。要训练法国人的反应,舍此别无妙法。"[1]

民族败类和法奸合作分子往往被莫迪亚诺赋予衣冠楚楚的外表或艺术的技能,也许是为了反衬刽子手在虚情假意的面具下掩盖的残忍。《夜巡》的主人公时常混迹于巴黎文艺场所,见证了霓虹灯下的种种野蛮行为。法奸警察菲利贝尔在酒吧狂热地弹奏起华尔兹乐曲,总督高度评价了他钢琴技艺的高超:"他那双手可以

---

[1]　Patrick Modiano, *ibid.*, p. 159–162.

几小时地弹下去,既不卡壳,也不抽筋!真是一个艺术家!"①此处以反讽方式揭示了这个刽子手近乎魔鬼、非人性的一面。事实上他机械般精湛的演奏反而激起了现场民众的惊讶和恐惧,菲利贝尔是一个钢琴演奏高手,却不是莫迪亚诺眼中真正的艺术家,他毫无感情、异于常人的精准演奏只能说明他更像一个技艺娴熟的竞技者,钢琴在他钢铁般的手指下更像是一件武器或冲锋枪,因为法语中演奏(exécuter)这个动词也有"处决、执行死刑"的含义。与之相比,《暗店街》中真正的艺术家瓦尔多·布朗特与其乐器的关系不是征服性和进攻性的,而是无奈和被动的,他在嘈杂的夜总会里弹奏钢琴,时刻带着"那种被围捕的野兽的目光",由于乐曲快慢的需要,他时而"像一跳一跳的自动木偶",时而"像一个精疲力竭的行路人蹒跚地走着","膨胀了的旋律好似陷入泥潭之中,一个个乐音很难挣脱出来",②酒吧里鼎沸的杂音和声浪总是压过钢琴曲的声音,布朗特在战乱期间的弹奏不能被好好倾听。艺术行为在此成为钢琴家本人的副本,讽喻了"二战"时期艺术家们尴尬的身份和失意的处境,艺人形象成为莫迪亚诺影射那段悲情岁月的代言人。

好比加缪《局外人》中的莫尔索,莫迪亚诺笔下的艺术家形象往往肩负着无形的命运负担和历史重压,具有玩世不恭和碌碌无为的漠然倾向,无法实现真正的艺术创造,例如《童年的更衣间》(*Vestiaire de l'enfance*,1989)中小有名气的巴黎作家因为一场事故的牵连,被迫逃遁到一个北非城市谋生,为电台写作长篇连载小说,他坦承不再创作,而是复制,大段照搬从书店买回的陈旧小说的片段,这种退化的、被动的写作源于外部环境对心灵的摧折与麻

---

① Patrick Modiano, *La Ronde de nuit*, Paris:Gallimard,1969,p.35.
② Patrick Modiano, *Rue des Boutiques obscures*, Paris:Gallimard,1978,p.57-58.

瘴,同时他也表达了对一位高产的 80 岁老作家的鄙视,认为商业化的机械写作令文学丧失了灵魂。《春季之犬》(*Chien de printemps*,1993)中的摄影师弗朗西·杰森就像萨特《恶心》中的罗昆丁一样试图通过与艺术的融合来摆脱真实的存在、达到某种自由。叙述者与杰森初识于六十年代巴黎的春天,发现他的摄影专注于微观视角。有时候杰森会非常近距离地拍摄各种植物、蜘蛛网、蜗牛壳、花瓣或爬满蚂蚁的草叶。他似乎将目光定格于一个非常确切的点,从而避免想到其他事物。杰森追求画面周边轮廓的缺失,视野的局限象征着他试图将目光聚焦于事物局部来避免对过往创伤的完整直视。德占时期杰森曾因纳粹大搜捕被关入德朗西的犹太人中转集中营,后作为意大利侨民被保释,这成为他挥之不去的梦魇。他颠覆传统、荒诞不经的艺术行为契合了瑞士批评家让·斯塔罗宾斯基(Jean Starobinski)在《批评的关系》(*La Relation critique*)中的观点:"至少从浪漫主义时期开始,艺术成为修复人与世界失败关系的尝试",[1]不管这种修复是否有效,艺术创作在人与时代之间建立了一种联络。

如上所述,"艺术家们与历史之间和所从事艺术之间的关系是同质的,莫迪亚诺笔下与战争有关的负面艺术家与其作品的关系是失败或扭曲的,艺术家们与艺术活动之间有一种模糊的、复杂的爱憎关系,反映了具体的历史现实",其中"马戏团艺人隶属于一个危险的阴暗世界"。[2]《缓刑》(*Remise de Peine*,1988)堪称一部自传体小说,儿时的叙述者在"二战"期间寄居在父母朋友家中,每当他听到一些严重的恐怖事件或遇到宪兵警察上门搜查,便

---

[1] Jean Starobinski, *La Relation critique*, *L'œil vivant* (tome 2), Paris: Gallimard, 1999, p. 274.
[2] Annie Demeyere, *Portraits de l'artiste dans l'œuvre de Patrick Modiano*, Paris: L'Harmattan, 2002, p. 20, p. 105.

会本能地联想起女邻居埃莱娜的悲惨经历,当过马戏演员的她因一次演出意外受伤而落下腿部残疾,小说屡次用黑体字强调埃莱娜保存在钱夹里的一篇报纸文章的题目:空中杂技女演员埃莱娜·托克因一次严重事故受伤。反复拼贴的形容词"严重"吸引着读者的视线,从而将马戏团艺人与恐怖、受伤和死亡等义素聚合在一起,隐喻了来自历史深处的暴力摧折,构建了一个充满时代忧患的语义网络。

除了这些虚构的艺术家形象,莫迪亚诺小说在叙述中还参照了大量真实的文化人物和文学作品,文化参照与艺术想像成为一种反命运的手段。《环城大道》篇首寄语引用了兰波《坏血统》中的诗句:"若问我在法兰西历史长河的某一点有何经历!没有,一无所有",①该诗塑造了被流放和弃置于邪恶尘世、得不到神灵救助的上帝之子民的悲愤形象,其无所归依的荒芜心态和渴求救赎的焦灼呐喊在此被莫迪亚诺用来指涉德占时期犹太人失去身份根基、饱受磨难的悲怆状态,在"二战"乱世中苦苦寻求立足支撑点的犹太裔主人公亚历山大与反叛现代社会野蛮文明桎梏、勇于追求高贵自由灵魂的诗人兰波构成了诗性的共鸣。

《星形广场》指涉了六十多位文化名人的名字,什勒米洛维奇在波尔多中学面试中被当场录取,他在校长面前表现自信且出色:"难道他不了解犹太人有多么敏锐,有多么聪明吗?难道他忘记我们为法国提供了非常伟大的作家吗?随口就能举出蒙田、拉辛、圣西门、萨特、亨利·波尔多、勒内·巴赞、普鲁斯特、路易-费尔迪南·塞利纳。"②与之形成对比的是与他同行的父亲的自卑,他将父亲卑躬屈膝的表现比喻为跳肚皮舞的印度寺院舞蹈女郎。奥

---

① Patrick Modiano, *Les Boulevards de ceinture*, Paris: Gallimard, 1972, p. 11.
② Patrick Modiano, *La Place de l'Étoile*, Paris: Gallimard, 1968, p. 67.

拉·阿维尼（Ora Avni）指出《星形广场》中层出不穷的文学影射和戏仿参照基于人物内心的分裂："当什勒米洛维奇强调法国犹太人的独特性，只能借助于文学的记忆来抵御现实的遭遇和痛苦。"①文学艺术领域的"金色传奇"记忆和启示令主人公建构起自我的文化身份，他在文化想像中吸附了具有犹太血统的历史名人的精神义素，从而获得了抵御虚无的思想力量，驱除了对世界的疏离感。

《夜巡》同样将叙述场景与文化艺术符码进行参照和互涉，作为双面间谍的主人公向盖世太保势力坦白自我身份之后，在镜子面前展开了奇特的联想："客厅里的花朵一片片地失去花瓣，我飞快地衰老了。我最后一次站到威尼斯大镜子前，从中看到了菲利普·贝当的面孔。我发现他眼光过于精明，皮肤过于粉红，最后我变成了李尔王。这再自然不过。我自孩提时积攒了很多眼泪……于是泪水便像硫酸液一样，在内部腐蚀我。"②这个场景融合了画面感和虚幻感，此处的镜子被赋予志怪和变形的艺术作用，正如西方传统绘画中镜子的功能很多时候并不仅仅限于对外在形貌的被动反射，而更多是具有道德层面的启示或是认知层面的内省，从某种意义上说，镜子成为照镜之人内心的镜鉴。威尼斯镜子在叙述者脸上呈现出历史人物的面孔，折射了法国德占时期的历史现实，贝当在法国战败后出任维希政府总理，成为纳粹德国的傀儡，英国古老传说中的李尔王由至尊的王者沦落为绝望的失败者，这两位历史人物的遭遇与身处人生绝境的叙述者构成了一种命运的原型对应。可见叙述者在文化镜像的映射中一次次转变为他者，以批判的视角来追问历史和审视自我。他探寻到的不仅是自我的个体

---

① Ora Avni, *D'un passé l'autre, aux portes de l'histoire avec Patrick Modiano*, Paris: L'Harmattan, 1997, p. 82–83.
② Patrick Modiano, *La Ronde de nuit*, Paris: Gallimard, 1969, p. 138.

性,还有人类行为共有的原型。艺术想像带来的精神安慰在一定程度上帮助个体逾越了荒诞状况引发的恐惧。写作在对现实的越界和互文的指涉中缔造了开放的释意体系,敞开了它作为文本之源的本质,源于文化艺术体系的隐喻提升了语言的诗性色彩,确保了文本的开放性,令感知敞亮起来。

综上所述,莫迪亚诺的写作植根于对西方战后社会人文精神生态的忧虑、思索和建设,他使绘画美学、电影叙事等元素介入到文本叙事的流程,以多层次的画面描述构建了小说的视觉感知模式。视像化的叙述空间与富有哲理的艺术形象成为小说讽喻现实、拓展生命意蕴的美学路径,如画般展现了历史境遇的荒诞性、残酷性与时间形态的模糊性、断裂性与神秘性。大量的视觉符号与记忆碎片相互碰撞并激发出哲思的火花,地理场所、客观意象与艺术想像构建了动态的心理指涉网络,遗忘、记忆、身份、逃逸、时间的流逝等存在命题成为多维度空间美学的隐喻旨归,令表面散漫无序的叙述形式具有了厚重的思想底蕴和凝聚力。

结　语

从中世纪到今天，法国文学与绘画艺术的发展进程交汇融通。文字符号与图像艺术的对话一直贯穿法国文化史的各个阶段，古往今来的法国作家们不断开拓、探讨和发展着文学叙述与视觉艺术的多重关联，发掘着绘画领域的人文意蕴和美学启示，可读与可视之间的交流使得文学和绘画成为彼此互补的源泉。法国作家与画家之间具有相互关联的思想动机、作品题旨与审美意识，宗教思想、社会历史和文化风尚的演变造就了法国文学与绘画艺术相似的创作原型、精神内涵和美学理念，为文字符号与艺术意境之间的互通提供了重要的意识载体和表达灵感，组成了一幅幅精彩的文学画卷。

中世纪时期，基督教文化为法国文学与造型艺术提供了共同的宗教灵感和意识载体，教堂的彩绘装饰画再现了圣经文学故事，而插图同样在宗教书籍中层出不穷，体现了图文交流机制。诗歌、散文、小说和戏剧等文学形态及其社会功用都脱胎于基督教文化，史诗文学和骑士文学歌颂了忠君爱国的理想和宗教信仰般的爱情，市民文学则体现出对宗教制度的反叛和改写，批判了宗教的禁欲主义和蒙昧主义，揭示了平民阶层与封建贵族、教会的斗争。从辩证法角度来看，虽然宗教符合了封建统治阶级巩固中央集权的需要，但在文明有限的中世纪，带有宗教色彩的文学艺术丰富了审美教育和人格教育的内容，对社会上的不良风气有制约作用，契合了人们超越世俗的需要。

中世纪结束以后，基督教的影响力开始衰落，到了文艺复兴时期，欧洲的人文学者和艺术家们批判了中世纪的神学艺术理想，复兴了古希腊的艺术模仿自然的学说，从中寻找完善自我生命体验、实现人生意义的途径。再现的理念和人本主义思想为绘画和文学注入了自由、写实和快乐的空气。十六世纪法国文学和欧洲绘画共同的演变体现在对人体、自然、享乐和再现现实的推崇方面，人体不再是人类原罪和腐化的符号，世俗化的生活和事物成为作家和画家欣赏和描绘的对象。拉伯雷、蒙田等作家表达了反禁欲、畅饮知识和智慧的主张，呼吁人们顺从天性去追求幸福快乐。文学与绘画领域的享乐主义和人文主义在客观上起到了促进个性解放和反封建束缚的作用。

十七世纪时期，古典主义文艺与巴洛克文艺在法国各擅胜场，文学与绘画之间的联系更加紧密。古典主义画家与文学家们在题材选取和创作风格方面颇为相近，都将理性、秩序和法则奉为准则，并且借古希腊罗马的艺术理想、传说故事与历史事件来表达当代主题，体现了借古喻今、严谨庄重的审美情趣和追求崇高的道德意识，同颠覆传统、自由不羁的巴洛克文艺形成鲜明的对照。十六世纪末至十八世纪初期，流行于欧洲的巴洛克文艺囊括了绘画、建筑、文学和音乐等领域，是一种激情、壮丽、夸张、繁复、动感的艺术风格。法国的巴洛克作家将巴洛克建筑与绘画艺术的运动激情、奇崛构思和夸张手法运用到文学写作中，其小说、诗歌和戏剧创作表现为情感奔放、故事离奇、语言夸张、人物富于变化。在战乱频繁、教派纷争的时代背景下，巴洛克文学的内容涵括了典雅爱情与贵族道德、宗教意识与世俗情感、田园牧歌与战争灾难、宫廷故事与风俗民情、科学幻想与流浪冒险等题材，实则影射社会现实的晦暗残酷,起到了疏导人们精神苦闷和激发美好人生理想的作用。

十八世纪法国的文学家和艺术家们继续表达着关乎人类境遇的价值主题,让人们切实地感受到社会的变革和现实的纷杂。法国绘画艺术具有多样性的美学表现,融合了古典主义的严肃遗风、巴洛克的自由气息、洛可可的闲适风雅以及新古典主义的平衡和谐等各种美学风格。十八世纪上半叶,典雅休闲、柔媚活泼的洛可可艺术由法国宫廷形成后在民间流行开来,从室内装饰扩展到建筑、绘画、文学,洛可可绘画主要展现了上流社会的纵情享乐和社交生活。与绘画领域的多元化风格相比,十八世纪的法国文学创作也呈现出混合与杂糅的美学态势,表现为巴洛克文学、洛可可文学与启蒙文学。十八世纪初的流浪汉小说具有巴洛克文学的奇崛特色,洛可可文学则展现了贵族阶层的情爱故事或腐朽风气,启蒙思想家们的哲理小说将反封建、反教会的理性主义推向高潮,启蒙文学与新古典主义绘画都渗透了社会生活和文化哲学元素。狄德罗的沙龙随笔和艺术评论进一步密切了诗画关联,他要求画家绘出与社会关系有关的细节,主张诗歌应表达出人生的情感,体现了现实主义的观念,而且他批评了骄奢轻浮的洛可可画风,呼吁更符合人民趣味的绘画艺术发展起来。卢梭也对当时法国艺术的功利性、庸俗性和虚假性进行了审视和批判,号召发展健康质朴的艺术来保护良好的社会道德风尚。此外,随着西方传教士将先进的中华文明呈现在欧洲人面前,法国的工艺美术融合了大量"中国风"元素,文学中也不乏中国文化信息,正如伏尔泰的戏剧表现了他对中国儒家道德和传统文化的推崇。

纵览法国文学史与欧洲艺术史,法国文学与绘画艺术之间的关系既相互吸引又相互竞争,而且两个领域之间的对话和融合在历史上并不是均衡的,文学对绘画艺术的巨大影响在封建王权时期一直存在,因为那时的绘画艺术一直沦为封建统治阶级的工具,画家们的创作主题必须参照西方传统文化中的宗教与神话经典著作,以发挥其宗教与政治作用,这种影响一直持续到十九世纪。十九世纪之后,法国资产阶级的地位愈加稳固,人民大众有着强烈的文化诉求,追求个性解放的文学家和画家们要求摆脱封建政权的桎梏和学院派古典艺术题材,追求艺术的创新和变革。随着浪漫主义文艺和现实主义思潮的兴起,绘画艺术一直希望摆脱宗教和神话文学的束缚而自由发展。也正是从这个时期开始,文学创作开始愈来愈频繁地参照绘画艺术。

十九世纪时,法国蓬勃发展的文化环境促进了各种艺术之间的交汇,许多画家从事写作,文人热衷于艺术评论和实践。沙龙美术展览与报刊印刷业的发达促进了绘画批评的发展,司汤达、戈蒂耶、龚古尔、波德莱尔、左拉等作家的艺术评论涉及了绘画、雕塑和音乐等领域。波德莱尔的通感美学为各类艺术之间的相通提供了更多灵感,其美学核心在于追求万物间的精神性和亲密性,以及揭示生活之美的易逝性和永恒性。作家们的艺术评论逾越了文学与视觉艺术的相异性,拉近了两者的距离,为两个领域的交汇开启了更加广阔的天地。与视觉艺术的渗透和融合构成了十九世纪法国文学的一大景观,浪漫主义、唯美主义、现实主义、自然主义和象征主义等文学流派均受到绘画美学的有力渗透和影响。巴尔扎克、福楼拜、左拉、莫泊桑、于斯曼等作家都尝试在文学写作中汇集绘画艺术的视觉特征和审美元素,建构了如画般的人物形象和小说空间。

法国文学与绘画艺术两者现代性的确立是一个并驾齐驱的发展过程。十九世纪六十年代之后,印象主义画家进一步突破了古典主义的陈规戒律,摈弃了传统绘画的"文学性"和"故事性",从画室走到户外并将直觉融入画面,发现了生动的色彩和千变万化的自然,寻求光色的自主性和画面的独立性,用新的技巧展示了客观世界和直观印象的丰富性。印象派画家令绘画本身获得了独立自主的艺术地位,被视为现代艺术的诞生。与此同时,在文学领域,福楼拜认为文体风格和叙述形式比主题内容和情节铺设更加重要,其客观化的写作风格和叙述艺术的自主性理念被视为现代性文学的萌芽。同样十九世纪末的象征主义诗人贯彻了"纯诗"的现代理念,诗歌不再依附于社会惯例和传统唯美的桎梏,诗歌形式本身获得了自主的地位。

古代的柏拉图主张艺术要有助于社会道德,亚里士多德认为艺术应满足人的认知需求,理性曾经使艺术成为概念化、预设性的创作,传统绘画范式因承载了过多的文学、历史和宗教内容而束缚了画家的创作,而现代艺术不再承担教化的功能和摹写外部现实的使命。同样在二十世纪的法国文学领域,随着社会生活的急剧变化和科学技术的飞速发展,以纯粹复制现实为目标的文学理念已不能真实地表现人与世界关系的复杂变化,浪漫主义文学和传统现实主义文学的因果性叙事已不能适应时代的快速变奏,无法反映日新月异的社会现实,人们渴望更加开放型的文学形式。现代主义作家们摈弃了以逼真再现为目标的模仿观,不再致力于故事的详细拓展、情节的深度叙述和典型人物形象的塑造,而是以变换、想象和象征的诗性方式表达人对外部现实的体验、感受和反思,努力表现人内心深处的真实,实现了文学书写的"内在转向"。

二十世纪的法国文学和造型艺术既有适应现代机械世界的尝试,也有对抗复杂历史的主观动机,以及躲避在自我梦幻世界里的欲望,作家和画家们对艺术形式的实验性探索、对现实荒诞性的揭露、对潜意识的发掘和对黑色幽默精神的倡导,极大地促进了现代文学和造型艺术理念的革新。后印象派、立体主义、表现主义、抽象主义、超现实主义等现代绘画艺术为同时期的诗歌、小说、戏剧等体裁提供了更多空间形式和审美意识的灵感。文学与绘画融合的欲望在二十世纪作家和画家那里都愈加强烈了,两者不仅在创作技法和艺术精神上相互借鉴和互通,甚至在文本和形式上也追求合一。在各种现代艺术思潮的影响下,法国的现代主义小说进一步突破了传统文学叙述的连贯性时序和因果性结构,以叙事的间断、形式的创新和想象的拓展提供了更多形而上意义的启示,与现代造型艺术的审美情趣达到了高度的契合与呼应。

人类的艺术创作、叙事活动与所处时代的空间及其对空间的意识有着复杂密切的关联。二十世纪法国现代主义小说的叙述范式有了更多的"空间转向",力求在作品中以空间化的叙述形式来构筑人们对世界、时间和人生的诗性感悟和内在体验,小说空间叙事也更深入地向着跨艺术、跨体裁和多元化方向发展。颇受视觉艺术浸染的现代主义作家们致力于建构艺术化的叙述空间,小说写作对绘画、电影等艺术美学手法的借鉴不仅拓展了文本的空间意蕴和审美内涵,还使文学语言符号表达的内容更为丰富和深刻,使作品更具感性和灵性。普鲁斯特、马尔罗等现代主义作家们更加注重艺术符号的隐喻功能和物象空间的表征功能,其小说文本呈现出鲜明的视觉性风格和寓意于形的叙述美学,在可视、可读与可听之间形成一种互相诱惑和竞争的辩证关系和通感网络。

现代文艺理论也开始从历史的时间性更多地转向空间性的探讨。例如,法国哲学家米歇尔·福柯指出现代人正处于同时性的纪元中,这是远近年代并置、比肩和星罗散布的年代,他揭示出"空间性"和"空间问题"在当下时代的凸显:"我们时代的焦虑与空间有着根本的关系,比之与时间的关系更甚。时间对我们而言,可能只是许多个元素散布在空间中的不同分配运作之一。"①空间与时间密不可分,更是人类生存的立基之地,人类每天都在和社会空间、自然空间与文化空间产生互动。在马克思主义、超现实主义、存在主义等思潮的影响下,再加上符号学、阐释学、社会学、现象学、心理学等学说的发展,二十世纪法国文学的空间体系包含着对历史空间、虚构空间、艺术空间、物理空间、心理空间等多维空间的探索和建构。文学空间的内涵不再是单纯的地理空间和故事背景,而是成为基于人类社会实践、时间感知和审美意识的存在空间和文本空间,作家们以断续、开放、变换、想象和讽喻的方式展现着人类的荒诞境遇和精神困惑。

二十世纪五十年代之后,在后结构主义、解构主义、现象学等思潮的影响下,以新小说派为旗帜的法国后现代作家们不懈地进行写作的历险和语言的游戏,继续把视觉艺术美学的技巧运用于小说空间的建构之中,大量运用拼贴、图说、并置、电影蒙太奇和巴洛克美学等艺术手法来缔造视觉性极强的叙述空间和符号化的文本结构,体现了后现代思潮的语言革新意识。这种虚实结合的艺术想像更有利于唤起读者对社会现实的冷峻思考和对历史的深刻反思。跨世纪的新寓言派作家与新新小说作家们的小说空间美学也与绘画、电影、音乐等艺术美学手法息息相关。新世纪的法国作家们在继承与发展二十世纪文学形式的基础上,继续致力于以革新性、跨艺术的叙述方式解构现实、探寻自我、感悟生命,囊括了政治批判、文明批判与人性批判等多重维度,表现了复杂多变的心理危机和变幻莫测的外部世界,也继续着对文学使命和艺术审美的思考,体现了后工业时代语境下重构人类意志和文学精神的努力。

---

① [法]米歇尔·福柯:"不同空间的正文与上下文",陈志梧译,载包亚明主编:《后现代性与地理学的政治》,上海教育出版社,2001年版,第20页。

如上所述,视觉艺术和图像修辞为法国文学注入了丰富的艺术灵感,更为作家们的创作形式打开了更多的可能性。现当代的法国文学家们更加注重参照绘画美学、电影美学和音乐美学来建构叙述空间,从而能够以丰富的艺术化隐喻来诗性地建构社会文化的审美表征和叙述空间的人文内涵,这种跨媒介的写作不仅令文学作品更具思想启示性和艺术感染力,而且为读者提供了极大的阅读自由和参与文本创造的机会,对艺术手法和文化符码的解读开启了人们视觉印象与心灵感知上的沟通和转换。法国作家凭借不断创新的叙事艺术在世界文学版图上独树一帜,他们笔下的小说场景和叙述空间往往被跨媒介的艺术形式和审美意识重新定义和赋形,拥有多样杂糅的文本形态,人与世界之间的关系问题与小说的技巧问题相互印证和呼应。此外,保尔·克洛岱尔、马尔罗、萨特、让-皮埃尔·理查、雅克·马利坦、让·鲁塞、热奈特、罗兰·巴特、程抱一等近现代作家和文论家们各自从不同的角度针对文字表达与图像美学机制、诗画关联和东西方艺术美学对照展开了深入的审视和探讨,他们的艺术评论逾越了文学与其他艺术门类的界限,形成了独具特色的空间美学思想。

总而言之,古往今来的法国文学与绘画领域具有相近的创作灵感、美学理念、再现技巧和精神内涵,这充分证明了两者之间交汇的广阔性、丰富性和深入性,两者的发展历史和演变进程密不可分,是一个互相影响、互相促进的过程。这从一个广阔宏大的视野提醒我们:针对文学变革和创新的研究仅仅从文学内部去追根溯源和分析论证是远远不够的,作家们往往是处在一个开放互动、错综复杂的历史背景和文化大环境下,他们的创作是文学与其他各种艺术相互交融和互动的结果。本研究选取了法国文学史上最具代表性的作家、作品和欧洲艺术史上的重要美术潮流来进行综合的比较、审视和解析,重点以绘画美学的对照视角对法国文学变革进程与作家创作风格的演变进行脉络梳理和审美解读,同时兼论中国文化哲学和诗画艺术对法国文学的影响,以翔实的素材和丰富的论点提供一幅绘画艺术辉映下的法国文学画卷,是一个较为新颖的尝试。

  本论著立足于法国文学创作理念和绘画艺术思潮的理论提炼,以及经典作家和画家创作实践的比较性分析,透过法国文坛与绘画艺术在不同时代背景下千丝万缕的美学联系,较系统地展现了法国文学与绘画美学的共鸣和碰撞,探究了文字的可视化和文本的空间化,解读了古今文学语言叙事与其他艺术媒介的多维对话模式,最终在深层文化结构的层面上论证了文学创作与视觉艺术高度融合的精彩历程,从而揭示出不同文化艺术形式之间自动关涉的理论体系和互文网络。本研究不同于以往研究中关注单一作家和作品的考察方式,而是针对法国文学史上各时期相关作家的跨艺术思考和实践进行纵向的比较,以及对同一时期的文学和绘画流派进行横向的比较,它所涉及的分支线索必定很多,论述涉猎的时间跨度和空间维度都很大,所以本研究还有很多提升、完善和充实的空间,接下来还有许多论题值得进一步分析探讨和深入挖掘。

  跨艺术研究是外国文学批评的一个传统项目,如何结合古今诗学批评和艺术哲学的方法,进一步拓深法国文学空间建构与视觉艺术理论的研究,更加系统和全面地完成法国文学空间美学体系的梳理、分析和归纳,形成更加丰富和更加创新的学术观点,将是一项任重而道远的工作。本研究的意义在于通过阐述法国文学家们的跨艺术思考和实践,在法国小说、诗歌、戏剧与绘画、电影、摄影等艺术之间建立了一种互证、互释的比较研究,重点发掘了法国小说创作与绘画艺术之间的共通区域和共同规律,总结了两者紧密交融的发展历程和多重交汇,从而在一定程度上丰富了国内外学界对于法国文学空间建构与绘画艺术的交汇研究和比较研究,并为我国的跨艺术文学研究提供了一定的实例参照、美学依据和方法论。最后,在媒介艺术愈来愈深深渗透到文学创作之中的当下,本研究希望把法国文学家们的跨艺术创作经验介绍到中国,引发国人更多关于文学与其他艺术交汇的思考,对当下中国文坛的创新起到一定的启迪作用,并为欧美、亚洲各国跨艺术文学的对话、交流和共鸣提供更多的启示和契机。

参考文献

外文专著

Ora Avni, *D'un passé l'autre, aux portes de l'histoire avec Patrick Modiano*, Paris: L'Harmattan, 1997.

Balzac, *Pierre Grassou, La Comédie humaine*, Tome VI, Paris: Gallimard, 1977.

Balzac, *L'Envers de l'histoire contemporaine, La Comédie humaine*, Tome VIII, Paris: Gallimard, 1978.

Balzac, *Le Curé de village, La Comédie humaine*, Tome IX, Paris: Gallimard, 1978.

Balzac, *Séraphîta, La Comédie humaine*, Tome XI, Paris: Gallimard, 1980.

Marie-Claire Banquart, *Guy de Maupassant*, Paris: Publications du Ministère des affaires étrangères (Sous-Direction du Livre et de l'Ecrit), 1993.

Charles Baudelaire, *Œuvres complètes*, Pléiade, Paris: Gallimard, 1961.

Charles Baudelaire, *Correspondance*, I, Paris: Gallimard, 1973.

Albert Beguin, *Balzac visionnaire*, Genève: Skira, 1946.

Daniel Bergez, *Littérature et peinture*, Paris: Armand Colin, 2004.

Roland Bourneuf, *Littérature et peinture*, Québec: L'instant même, 1998.

Brassaï, *Marcel Proust sous l'emprise de la photographie*, Paris : Gallimard, 1997.

Jean-Pierre Chauveau, *Lire le Baroque*, Paris : DUNOD, 1997.

Ernest Chesneau, *Peinture – Sculpture, Les Nations rivales dans l'art*, Paris : Didier, 1868.

Paul Claudel, *Œuvres en prose*, Paris : Gallimard, 1965.

Paul Claudel, *Œuvre poétique*, Paris : Gallimard, 1967.

Paul Claudel, *Réflexions sur la poésie*, Paris : Gallimard, 1963.

Lucien Dällenbach, *Claude Simon*, Paris : Seuil, 1988.

Lucien Dällenbach, *Mosaïques, un objet esthétique à rebondissements*, Paris : Seuil, 2001.

Annie Demeyere, *Portraits de l'artiste dans l'œuvre de Patrick Modiano*, Paris : L'Harmattan, 2002.

Fernand Doucet, *L'Esthétique d'Émile Zola et son application à la critique*, Paris : Nizet, 1923.

Michael Paul Driskel, *12 Views of Manet's Bar*, Princeton : Princeton University Press, 1996.

Brigitte Ferrato – Combe, *Écrire en peintre : Claude Simon et la peinture*, Grenoble : ELLUG, 1998.

Ulrich Finke, *French 19th century : painting and literature*, Manchester : Manchester University Press, 1972.

Flaubert, *Correspondance*, tome 1–5, Paris : Gallimard, 1973–2007.

François Fosca, *De Diderot à Valéry : Les écrivains et les arts visuels*, Paris : Albin Michel, 1960.

Luc Fraisse, *L'Esthétique de Marcel Proust*, Paris : Sedes, 1995.

Pierre Francastel, *Études de sociologie de l'art : création picturale et société*, Paris : Denoël-Gonthier, 1970.

Paul Garnier, *Malraux et la psychologie de l'art*, Paris: Garnier, 1972.

Gérard Genette, *Figures IV*, Paris: Seuil, 1999.

Bertrand Gibert, *Le baroque littéraire français*, Paris: Armand Colin, 1997.

André Gide, *Journal I*: 1887-1925, Paris: Gallimard, 1996.

Henri Godard, *L'Autre face de la littérature*, Paris: Gallimard, 1990.

Daniel Grojnowski, *Photographie et langage*, Paris: José Corti, 2002.

Martine Guyot-Bender, *Mémoire en dérive – poétique et politique de l'ambiguïté chez Patrick Modiano, de Villa triste à Chien de Printemps*, Paris: Lettres modernes minard, 1999.

Philippe Hamon, *Imageries: littérature et image au XIXe siècle*, Paris: José Corti, 2001.

G. T. Harris, *André Malraux, l'éthique comme fonction de l'esthétique*, Paris: Minard, 1972.

Ihab Hassan, *The Postmodern Turn: Essays in Postmodern Theory and Culture*, Colombus: The Ohio State University Press, 1987.

René Huygue, *Le Dialogue invisible*, Paris: Flammarion, 1955.

Eric Karpeles, *Le Musée imaginaire de Marcel Proust*, Paris: Thames & Hudson, 2009.

Moncef Khémiri, *Écriture et peinture au XXe siècle*, Paris: Maisonneuve & Larose, 2004.

Myoung-Sook Kim, *Imaginaire et espaces urbains : Georges Perec, Patrick Modiano et Kim Sung-ok*, Paris: L'Harmattan, 2009.

Pierre Laforgue, *Ut pictural poesis : Baudelaire, la peinture et le romantisme*, Lyon: Presses Universitaires de Lyon, 2000.

Jean-Pierre Landry, Pierre Servet, *Dialogue des arts*, 1 : *Littérature et peinture du Moyen Age au XVIIIe siècle*, Lyon : C. E. D. I. C. , 2001.

LIU Haiqing, *André Malraux : De l'imaginaire de l'art à l'imaginaire de l'écriture*, Paris : L'Harmattan, 2011.

Stéphane Mallarmé, *Œuvres complètes*, Bibliothèque de la Pléiade, Paris : Gallimard, 1951.

André Malraux, *L'Homme précaire et la littérature*, Paris : Gallimard, 1977.

André Malraux, *Les Voix du silence*, Paris : Gallimard, 1951.

André Malraux, *Le Temps du mépris*, Paris : Gallimard, 1935.

André Malraux, *La Tête d'obsidienne*, Paris : Gallimard, 1974.

André Malraux, *Les Noyers de l'Altenburg*, Paris : Gallimard, 1997.

André Malraux, *La Voie royale*, Paris : Grasset, 1964.

André Malraux, *Les Conquérants*, Paris : Grasset, 1976.

André Malraux, *La Condition humaine*, Paris : Gallimard, 1946.

André Malraux, *La Tentation de l'Occident*, Paris : Gallimard, 1996.

André Malraux, *L'Intemporel*, Paris : Gallimard, 1976.

André Malraux, *La Métamorphose des dieux*, I. *Le Surnaturel*, Paris : Gallimard, 1977.

Clara Malraux, *Nos vingt ans*, Paris : Gallimard, 2006.

Jacques Maritain, *L'Intuition créatrice dans l'art et dans la poésie*, Paris : Desclée de Brouwer, 1966.

Patrick Modiano, *Rue des Boutiques obscures*, Paris : Gallimard, 1978.

Patrick Modiano, *La Ronde de nuit*, Paris : Gallimard, 1969.

Patrick Modiano, *La Place de l'Étoile*, Paris : Gallimard, 1968.

Patrick Modiano, *Chien de printemps*, Paris : Gallimard, 1993.

Patrick Modiano, *Dora Bruder*, Paris : Gallimard, 1997.

Patrick Modiano, *Des inconnues*, Paris : Gallimard, 1999.

Patrick Modiano, *Dimanches d'août*, Paris : Gallimard, 1986.

Patrick Modiano, *Les Boulevards de ceinture*, Paris : Gallimard, 1972.

Georges Molinié, *Sémiostylistique. L'effet de l'art*, Paris : PUF, 1998.

Michel Montaigne, *Essais*, I, Bordeaux : P. Villey et Saulnier, 1595.

Jean-Pierre Montier, *Littérature et photographie*, Rennes : Presses universitaires de Rennes, 2008.

Ruth Moser, *L'impressionnisme français. Peinture, littérature, musique*, Genève : Droz et Lille, 1952.

Laurence Plazenet, *La littérature baroque*, Paris : Seuil, 2000.

Georges Poulet, *L'Espace proustien*, Paris : Gallimard, 1963.

Marcel Proust, *Chardin et Rembrandt*, Paris : Le Bruit du Temps, 2009.

Jean-Pierre Richard, *Littérature et Sensation : Stendhal et Flaubert*, Paris : Seuil, 1954.

Laurence Richer, *Dialogue des arts*, 2 : *Littérature et peinture aux XIXe et XXe siècles*, 2002, Lyon : C. E. D. I. C., 2002.

Jean Rousset, *La Littérature de l'âge baroque en France : Circé et le paon*, Paris : José Corti, 1953.

Jean Rousset, *Forme et Signification. Essais sur les structures littéraires de Corneille à Claudel*, Paris : José Corti, 1962.

M. Serullaz, *L'impressionnisme*, Paris : PUF, 1961.

Claude Simon, *Le Vent*, Paris : Minuit, 1957.

Claude Simon, *L'Herbe*, Paris : Minuit, 1958.

Claude Simon, *Histoire*, Paris : Minuit, 1967.

Claude Simon, *La Bataille de Pharsale*, Paris : Minuit, 1969.

Claude Simon, *Œuvres*, Paris : Gallimard, 2006.

Didier Souiller, *La littérature baroque en Europe*, Paris : PUF, 1988.

Jean Starobinski, *La Relation critique*, *L'œil vivant* (tome 2), Paris : Gallimard, 1999.

Stéphane Vachon, *Honoré de Balzac*, Coll. Mémoire de la critique, Paris : Presses de l'Université de Paris-Sorbonne, 1999.

Davide Vago, *Proust en couleur*, Paris : Honoré Champion, 2012.

André Vandegans, *La Jeunesse littéraire d'André Malraux*, Paris : Jean-Jacques Pauvert, 1964.

Bernard Vouilloux, *Le tournant 《 artiste 》 de la littérature française. Écrire avec la peinture au XIXe siècle*, Paris : Hermann, 2011.

Jean Weisgerber, *Le rococo : Beaux-arts et littérature*, Paris : PUF, 2001.

Bertrand Westphal, *La Géocritique : réel, fiction, espace*, Paris : Minuit, 2007.

Yae-Jin Yoo, *La Peinture ou les leçons esthétiques chez Marcel Proust*, New York : Peter Lang, 2012.

Jean-Pierre Zarader, *Malraux ou la pensée de l'art*, Paris : Vinci, 1996.

Émile Zola, *Le Roman expérimental*, Paris : Charpentier, 1880.

外文文章

J. Adhémar, " La Myopie d'Émile Zola ", *Aescalupe*, XXXIII (Nov. 1952).

Béchir Ben Aïssa, "*La Ronde de nuit*: De Rembrandt à Modiano", *Écriture et peinture au XXe siècle*, sous la direction de Moncef Khémiri, Paris: Maisonneuve & Larose, 2004.

Hélène Campaignolle - Catel, "Modèles picturaux, modèles descriptifs dans *Bel-Ami*", *Poétique*, n° 153, Paris: Seuil, 02/2008.

Maria Lucia Claro Cristovão, "Description picturale: vers une convergence entre littérature et peinture", *Synergies Brésil* 8 (2010).

Norbert Czarny, "Entre ombre et lumière (*Des inconnues*)", *La Quinzaine littéraire*, 1er mars 1999.

Michael Fried, "Painting Memories: On the Containment of the Past in Baudelaire and Manet", *Critical Inquiry*, Vol. 10, No. 3, Mar. 1984.

Jérôme Garcin, "Rencontre avec Patrick Modiano", *Le Nouvel Observateur*, 2 octobre 2003.

Philippe Hamon, "A propos de l'impressionnisme de Zola", *Les Cahiers naturalistes*, n° 34, 1967.

Kelly Jill, "Photographic Reality and French Literary Realism: Nineteenth-Century Synchronism and Symbiosis". *The French Review* 65.2 (Dec., 1991).

Hubert Juin, "Les Secrets d'un romancier: entretien avec Claude Simon", *Les Lettres françaises*, n° 844, 6-12 octobre 1960.

Philippe Kaenel, "Daumier, Ratapoil et l'art de la condensation", *La Revue de l'art*, n° 137, 09/2002.

Guy de Maupassant, *Chroniques* 3, Paris: U. G. E., 1975.

Claude Ollier, "Claude Simon: *L'Herbe*", *La Nouvelle Revue Française*, n° 73, janvier 1959.

Claude Simon, "Entretien avec Madeleine Chapsal", *L'Express*,

10 nov. 1960 (repris dans M. Chapsal, *Les Écrivains en personne*, Paris: U. G. E. coll.《10/18》,1973, p. 163-171).

Claude Simon, "Un homme traversé par le travail", entretien avec Alain Poirson et Jean-Paul Goux, *La Nouvelle Critique*, n° 105, juin-juillet 1977, p. 32-44.

Philippe Sollers, "Entretien avec Claude Simon", *Le Monde*, 19 septembre 1997.

Paul Valéry, "Discours du centenaire de la photographie", *Études photographiques* (Novembre 2001). <http://etudesphotographiques. revues. org/265>.

Geneviève Winter, "Dans l'atelier de l'écrivain", *Je m'en vais*, Paris: Minuit, 2001.

Zola: "Peinture", *Le Figaro*, le 2 mai 1896.

中文专著

[法]阿波利奈尔:《阿波利奈尔论艺术》,李玉民译,上海人民出版社2008年版。

[美]鲁道夫·阿恩海姆:《视觉思维——审美直觉心理学》,滕守尧译,四川人民出版社2005年版。

[斯]阿莱斯·艾尔雅维茨:《图像时代》,胡菊兰、张云鹏译,吉林人民出版社2003年版。

艾红华:《西方设计史》,中国建筑工业出版社2007年版。

[法]让·艾什诺兹:《我走了》,余中先译,湖南文艺出版社2017年版。

[美]露丝·E.爱斯金:《印象派绘画中的时尚女性与巴黎消费文化》,孟春艳译,江苏美术出版社2010年版。

[苏]德·奥勃洛米耶夫斯基:《巴尔扎克评传》,中国社会科

学出版社1983年版。

［法］巴尔扎克:《邦斯舅舅》,许钧译,译林出版社1996年版。

［法］巴尔扎克:《驴皮记》,郑永慧译,译林出版社1999年版。

［法］巴尔扎克:《欧也妮·葛朗台/高老头》,傅雷译,人民文学出版社1983年版。

［法］巴尔扎克:《猫打球商店》,选自《巴尔扎克中短篇小说选》,郑永慧译,人民文学出版社1997年版。

［法］巴尔扎克:《玄妙的杰作》,选自《巴尔扎克中短篇小说选》,郑永慧译,人民文学出版社1997年版。

［法］巴尔扎克:《钱袋》,选自《巴尔扎克中短篇小说选》,郑永慧译,人民文学出版社1979年版。

［法］巴尔扎克:《搅水女人》,选自《傅雷译文集》第三卷,安徽人民出版社1982年版。

［俄］M.巴赫金:《巴赫金全集》(第三卷),白春仁、晓河译,河北教育出版社1998年版。

［美］巴森:《从黎明到衰颓——五百年来的西方文化生活》(中),郑明萱译,台北猫头鹰出版社2004年版。

［法］罗兰·巴特:《明室——摄影纵横谈》,赵克非译,文化艺术出版社2003年版。

［法］罗兰·巴特:《罗兰·巴特随笔选》,怀宇译,百花文艺出版社1995年版。

包亚明(主编):《后现代性与地理学的政治》,上海教育出版社2001年版。

［美］丹尼尔·贝尔:《资本主义文化矛盾》,赵一凡等译,三联书店1989年版。

［法］马克·贝尔纳:《左拉》,郭太初译,上海译文出版社1992年版。

［爱尔兰］塞·贝克特等著:《普鲁斯特论》,沈睿、黄伟等译,社会科学文献出版社1999年版。

［古希腊］柏拉图:《柏拉图文艺对话集》,朱光潜译,人民文学出版社1963年版。

［法］波德莱尔:《浪漫丰碑:波德莱尔谈德拉克洛瓦》,冷杉译,北京金城出版社2013年版。

［法］波德莱尔:《现代生活的画家》,郭宏安译,浙江文艺出版社2007年版。

［法］波德莱尔:《1846年的沙龙:波德莱尔美学论文选》,郭宏安译,广西师范大学出版社2002年版。

鞠惠冰:《布勒东论艺术》,吉林美术出版社2007年版。

［法］米歇尔·布托:《时情化忆》,冯寿农译,上海译文出版社2015年版。

［法］程抱一:《中国诗画语言研究》,涂卫群译,江苏人民出版社2006年版。

程曾厚:《雨果十八讲》,浙江大学出版社2016年版。

程曾厚(译):《法国诗选》,复旦大学出版社2004年版。

程曾厚(译):《法国抒情诗选》,商务印书馆2013年版。

程曾厚(译):《雨果绘画》,人民文学出版社2002年版。

迟轲(主编):《西方美术理论文选:古希腊到20世纪》,江苏教育出版社2005年版。

［法］皮埃尔·戴:《毕加索传》,唐嘉慧译,江苏教育出版社2005年版。

［法］丹纳:《艺术哲学》,傅雷译,广西师范大学出版社2000年版。

［法］雅克·德比奇等:《西方艺术史》,徐庆平译,海南出版社2000年版。

[法]德拉克罗瓦:《德拉克罗瓦日记》,李嘉熙译,广西师范大学出版社2002年版。

[法]吉尔·德勒兹:《普鲁斯特与符号》,姜宇辉译,上海译文出版社2008年版。

[法]狄德罗:《狄德罗美学论文选》,张冠尧、桂裕芳等译,人民文学出版社2008年版。

丁宁:《西方美术史十五讲》,北京大学出版社2003年版。

杜青钢、王静:《克洛岱尔与中国》,武汉大学出版社2010年版。

[意]达·芬奇:《达·芬奇论绘画》,戴勉编译,广西师范大学出版社2003年版。

[法]艾黎·福尔:《法国人眼中的艺术史:文艺复兴时期艺术》,付众译,吉林出版集团有限公司2010年版。

[法]艾黎·福尔:《法国人眼中的艺术史:十七至十八世纪艺术》,袁静、李澜雪译,吉林出版集团有限公司2010年版。

[法]伏尔泰:《哲学辞典》(上下),王燕生译,商务印书馆1991年版。

[法]米歇尔·福柯:《马奈的绘画》,谢强、马月译,湖南教育出版社2009年版。

[美]威廉·弗莱明、玛丽·马里安:《艺术与观念》(上下),宋协立译,北京大学出版社2016年版。

[德]胡戈·弗里德里希:《现代诗歌的结构——19世纪中期至20世纪中期的抒情诗》,李双志译,译林出版社2010年版。

[法]福楼拜:《福楼拜小说全集》(上),李健吾、何友齐译,人民文学出版社2002年版。

[法]福楼拜:《福楼拜小说全集》(中),王文融、刘方译,人民文学出版社2002年版。

［法］福楼拜:《福楼拜小说全集》(下),刘益庚、刘方译,人民文学出版社2002年版。

老高放:《超现实主义导论》,社会科学文献出版社1997年版。

葛雷、梁栋:《现代法国诗歌美学描述》,北京大学出版社1997年版。

耿幼壮:《破碎的痕迹——重读西方艺术史》,中国人民大学出版社2010年版。

郭宏安:《从蒙田到加缪——重建法国文学的阅读空间》,三联书店2007年版。

［法］泰奥菲尔·戈蒂耶:《浪漫主义的回忆》,人民文学出版社2011年版。

［法］泰奥菲尔·戈蒂耶:《莫班小姐》,艾珉译,人民文学出版社2008年版。

［英］金·格兰特:《超现实主义与视觉艺术》,王升才译,江苏美术出版社2007年版。

［法］阿兰·罗伯-格里耶:《橡皮》,林青译,上海译文出版社1981年版。

［法］阿兰·罗伯-格里耶:《嫉妒》,李清安译,译林出版社2007年版。

［法］阿兰·罗伯-格里耶:《窥视者》,郑永慧译,译林出版社2007年版。

［法］阿兰·罗伯-格里耶:《为了一种新小说》,余中先译,湖南文艺出版社2011年版。

［古罗马］贺拉斯:《诗艺》,杨周翰译,人民文学出版社2008年版。

黄伟:《保尔·克洛岱尔与中国》,外语教学与研究出版社

2014年版。

蒋勋:《写给大家的西方美术史》,湖南美术出版社2016年版。

[法]罗杰·加洛蒂:《论无边的现实主义》,吴岳添译,上海文艺出版社1986年版。

[法]彼埃尔·卡巴纳:《古典主义与巴洛克》,董强译,吉林美术出版社2002年版。

[英]克拉克(T. J. Clark):《现代生活的画像——马奈及其追随者艺术中的巴黎》,沈语冰、诸葛沂译,江苏美术出版社2013年版。

[英]安妮-谢弗·克兰德尔:《剑桥艺术史:中世纪艺术》,钱乘旦译,译林出版社2009年版。

[法]保尔·克洛岱尔:《认识东方》,徐知免译,上海人民出版社2007年版。

[法]保尔·克洛岱尔:《论荷兰绘画》,罗新璋译,吉林出版集团股份有限公司2016年版。

[法]拉伯雷:《巨人传》(下卷),成钰亭译,上海译文出版社1981年版。

[德]莱辛:《拉奥孔》,朱光潜译,人民文学出版社1979年版。

[法]拉法格:《文论集》,罗大冈译,人民文学出版社1979年版。

[法]勒萨日:《瘸腿魔鬼》,张道真译,人民文学出版社1957年版。

[法]勒萨日:《吉尔·布拉斯》,杨绛译,人民文学出版社1959年版。

[美]约翰·雷华德:《印象派绘画史》(上册),平野、殷鉴、甲丰译,广西师范大学出版社2002年版。

［美］约翰·雷华德:《印象派绘画史》(下册),平野、殷鉴、甲丰译,广西师范大学出版社2002年版。

［法］马塞尔·雷蒙:《从波德莱尔到超现实主义》,邓丽丹译,河南大学出版社2008年版。

［英］唐纳德·雷诺兹:《剑桥艺术史:19世纪艺术》,钱乘旦译,译林出版社2009年版。

［法］让-皮埃尔·理查:《文学与感觉:司汤达与福楼拜》,顾嘉琛译,三联书店1992年版。

李少林(主编):《欧洲艺术史》,内蒙古人民出版社2006年版。

［法］约翰·利优尔德:《塞尚传》,郑彭年译,上海人民美术出版社1997年版。

李行远:《印象派画传》,花山文艺出版社2004年版。

刘波:《波德莱尔:从城市经验到诗歌经验》,北京大学出版社2016年版。

刘成富:《20世纪法国"反文学"研究》,江苏文艺出版社2002年版。

刘成富:《现当代法国文学研究》,南京大学出版社2018年版。

刘海清:《写作的想像:安德烈·马尔罗小说创作美学》,中国人民大学出版社2008年版。

刘剑:《西方诗画关系研究:从19世纪初至20世纪中叶》,中国文联出版社2016年版。

柳鸣九、罗新璋:《马尔罗研究》,漓江出版社1984年版。

柳鸣九:《未来主义、超现实主义、魔幻现实主义》,中国社会科学出版社1987年版。

柳鸣九:《新小说派研究》,中国社会科学出版社1986年版。

柳鸣九:《自然主义》,中国社会科学出版社1988年版。

柳鸣九:《从选择到反抗——法国二十世纪文学史观》,文汇出版社2005年版。

[法]卢梭:《忏悔录》(第一部),黎星译,人民文学出版社1980年版。

[法]卢梭:《论科学与艺术》,何兆武译,商务印书馆1963年版。

罗治华、吕伟(选编):《法国短篇小说名著选评》,暨南大学出版社1996年版。

[法]马尔罗:《无墙的博物馆》(艺术史),李瑞华、袁楠译,广西师范大学出版社2001年版。

[法]雅克·马利坦:《艺术与诗中的创造性直觉》,刘有元、罗选民等译,三联书店1992年版。

[法]蒙田:《蒙田随笔全集》(下卷),陆秉慧、刘方译,译林出版社2001年版。

[法]莫泊桑:《漂亮朋友》,李玉民译,中国对外翻译出版公司2010年版。

[法]莫泊桑:《莫泊桑短篇小说全集》(第一卷),李青崖译,湖南文艺出版社1991年版。

[法]莫泊桑:《莫泊桑短篇小说全集》(第二卷),李青崖译,湖南文艺出版社1992年版。

[法]莫泊桑:《一生/皮埃尔与让》,李玉民译,三联书店2014年版。

[法]帕斯卡尔:《思想录》,何兆武译,湖北人民出版社2007年版。

[比]乔治·普莱:《普鲁斯特的空间》,张新木译,华东师范大学出版社2015年版。

［法］普鲁斯特:《追忆似水年华》全集(上),李恒基、桂裕芳等译,译林出版社 1995 年版。

［法］普鲁斯特:《追忆似水年华》全集(中),潘丽珍、许钧等译,译林出版社 1995 年版。

［法］普鲁斯特:《追忆似水年华》全集(下),周克希、徐和瑾等译,译林出版社 1995 年版。

［法］热奈特:《转喻:从修辞格到虚构》,吴康茹译,漓江出版社 2013 年版。

［法］萨特:《萨特论艺术》,韦德·巴斯金(编),欧阳友权、冯黎明译,广西师范大学出版社 2002 年版。

［美］爱德华·W. 萨义德:《东方学》,王宇根译,三联书店 1999 年版。

［法］乔治·桑:《魔沼》,罗旭译,人民文学出版社 1994 年版。

邵大箴、奚静之:《欧洲绘画史》,上海人民美术出版社 2009 年版。

沈语冰(主编):《艺术学经典文献导读书系·美术卷》,北京师范大学出版社 2010 年版。

［法］司汤达:《拉辛与莎士比亚》,王道乾译,上海世纪出版集团 2006 年版。

史忠义:《现代性的辉煌与危机:走向新现代性》,社会科学文献出版社 2012 年版。

［法］让-伊夫·塔迪埃:《20 世纪的文学批评》,史忠义译,河南大学出版社 2009 年版。

［法］让-伊夫·塔迪埃:《普鲁斯特和小说》,桂裕芳、王森译,上海译文出版社 1992 年版。

谭立德(编):《法国作家、批评家论左拉》,安徽文艺出版社 1994 年版。

王宁:《文学理论前沿》第七辑,北京大学出版社 2010 年版。

王秋荣(编):《巴尔扎克论文学》,中国社会科学出版社 1986 年版。

王天兵:《西方现代艺术批判》,中国人民大学出版社 2010 年版。

[美]罗伯特·威廉姆斯:《艺术理论——从荷马到鲍德里亚》,北京大学出版社 2009 年版。

[美]雷·韦勒克、奥·沃伦:《文学理论》,刘象愚等译,三联书店 1984 年版。

吴岳添:《法国小说发展史》,浙江大学出版社 2006 年版。

[德]席勒:《审美教育书简》,冯至、范大灿译,上海人民出版社 2003 年版。

[法]克洛德·西蒙:《弗兰德公路》,林秀清译,漓江出版社 1987 年版。

[法]克洛德·西蒙:《植物园》,余中先译,湖南文艺出版社 1999 年版。

徐真华、黄建华:《文学与哲学的双重品格》,上海外语教育出版社 2008 年版。

[古希腊]亚里士多德:《形而上学》,苗力田译,中国人民大学出版社 2003 年版。

[古希腊]亚里士多德:《诗学》,陈中梅译注,商务印书馆 1996 年版。

[美]玛莉莲·亚隆(Marilyn Yalom):《乳房的历史》,何颖怡译,华龄出版社 2001 年版。

杨大春:《感性的诗学》,人民出版社 2005 年版。

杨冬:《文学理论:从柏拉图到德里达》,北京大学出版社 2012 年版。

杨金才、王海萌:《文学导论》,上海外语教育出版社2013年版。

杨令飞:《法国新小说发生学》,人民文学出版社2012年版。

尤迪勇:《空间叙事学》,三联书店2015年版。

[法]于斯曼:《逆流》,余中先译,上海译文出版社2016年版。

[法]于斯曼:《巴黎速写》,刘姣、田晶、郭欣译,中国青年出版社2015年版。

[美]亨利·詹姆斯:《小说的艺术》,朱雯、乔佖、朱乃长等译,上海译文出版社2001年版。

张放、晶尼:《法国文学选集》,外语教学与研究出版社2000年版。

张容:《法国新小说派》,台北远流出版事业股份有限公司1992年版。

张新木:《普鲁斯特的美学》,南京大学出版社2015年版。

郑克鲁:《法国文学史》(上、下卷),上海外语教育出版社2003年版。

朱光潜:《诗论》,上海古籍出版社2001年版。

朱光潜:《西方美学史》,人民文学出版社2011年版。

朱太珍:《狂暴的公牛——毕加索:艺术与生活》,中国妇女出版社2005年版。

宗白华:《美学散步》,上海人民出版社2011年版。

宗白华:《宗白华美学文学译文选》,北京大学出版社1982年版。

[法]左拉:《印象之光:左拉写马奈》,冷杉译,北京金城出版社2013年版。

[法]左拉:《巴黎的肚子》,金铿然、骆雪涓译,文化艺术出版社1991年版。

［法］左拉:《杰作》,冷杉、冷枞译,北京金城出版社2014年版。

［法］左拉:《妇女乐园》,侍桁译,上海译文出版社2003年版。

中文论文

陈旭霞:"福西永与《西方艺术》",《艺术探索》2012年第4期。

陈众议:"'变形珍珠'——巴罗克与17世纪西班牙文学",《外国文学评论》2005年第4期。

郭宏安:"诗人中的画家和画家中的诗人——波德莱尔论雨果和德拉克洛瓦",《外国文学评论》1993年第3期。

冯寿农:"艺苑上的奇葩——巴洛克艺术:从建筑到文学——关于法国巴洛克文学",《外国文学研究》1990年第1期。

冯寿农:"法国现代小说中一种新颖的叙事技巧——回状嵌套法",《国外文学》1994年第1期。

黄荭(译):"莫迪亚诺获奖演说",《世界文学》2015年第2期。

侯洪:"浅谈法国诗学空间意识的表达兼及中法诗学汇通",《外国文学研究》2010年第4期。

金琼:"巴洛克文学的多元化价值及其影响场域",《广州大学学报》(社会科学版)2011年第3期。

安娜-玛丽·克里斯丹:"欧仁·弗罗芒坦——画家兼作家",杜新玲译,《世界美术》1983年第2期。

雷礼锡:"西方传统艺术理想的基本范畴与特点",《中南民族大学学报》(人文社会科学版)2009年第5期。

刘成富:"影响未来,观照过去——试论米歇尔·布托的创作手法与艺术观",《国外文学》2001年第2期。

刘海清:"论普鲁斯特小说美学与视觉艺术的融合",《中国人民大学学报》2019年第3期。

刘海清:"无我之境与艺术之境——论福楼拜小说的客观化叙述和视觉性风格",《国外文学》2019年第1期。

刘海清:"法国文学与绘画艺术:对话与融合",《中国社会科学报》2019年7月16日。

刘海清:"保尔·克洛岱尔的东方美学观与诗画智慧",《美术研究》2018年第4期。

刘海清:"写作的想像——论马尔罗小说互文美学",《当代外国文学》2011年第3期。

刘海清:"人生、自然与历史的多折画——论克洛德·西蒙的新小说创作",《当代外国文学》2015年第4期。

刘海清:"法国文学与绘画的历史交汇",《法国研究》2011年第1期。

柳鸣九:"现实与超现实之间",《世界文学》1994年第3期。

柳鸣九:"'碎片'艺术的小说代表作",《外国文学研究》1998年第4期。

刘石:"西方诗画关系与莱辛的诗画观",《中国社会科学》2008年第6期。

钱培鑫:"从《阿达拉》看夏多布里昂的写景艺术",《法国研究》2001年第2期。

秦海鹰:"比较的目光:马尔罗与中国艺术",《马尔罗与中国》(国际研讨会论文集),上海人民出版社2008年版。

王淑艳、徐真华:"论马尔罗的艺术形式理论",《辽宁大学学报》(哲学社会科学版)2003年第2期。

王岚:"反英雄",《外国文学》2005年第4期。

魏百让:"阿尔钦博尔多组合肖像中'组合形式'的源头",《世界美术》2016 年第 2 期。

吴岳添:"左拉学术史——十九世纪法国的左拉研究",《东吴学术》2011 年第 4 期。

徐和瑾:"时间长廊中的莫迪亚诺",《东吴学术》2015 年第 1 期。

徐知免:"论左拉",《法国研究》1985 年第 2 期。

杨令飞:"浪漫主义:一种文学上的自由主义",《国外文学》2005 年第 1 期。

叶廷芳:"西方现代文艺中的巴罗克基因",《文艺研究》2000 年第 3 期。

叶廷芳:"巴罗克的命运",《文艺研究》1997 年第 4 期。

余中先:"感觉是第一位的——索莱尔斯与西蒙关于《植物园》的对话",《中华读书报》1999 年 5 月 19 日。

乐黛云:"论文学与艺术的关系",《深圳大学学报》(人文社会科学版)1987 年第 3 期,第 8 页。

张亘:"'花束的空无'——东方视角下的马拉美诗学",《外国文学评论》2009 年第 4 期。

臧小佳:"普鲁斯特的艺术哲学——文学中的绘画与音乐",《西北工业大学学报》(社会科学版)2015 年第 2 期。

周皓:"蒙田:随笔的起源与'怪诞的边饰'",《外国文学评论》2015 年第 2 期。

致　谢

我对法国文学与绘画艺术交汇研究的兴趣始于二〇〇二年至二〇〇六年在北京大学和法国巴黎四大——索邦大学攻读博士学位时期。我在博士导师王文融教授和 Georges Molinié 教授的指导下,针对法国作家兼艺术批评家安德烈·马尔罗所定义的"写作的想像"和"艺术的想像"等概念进行了溯源、分析和对比,阐释了他小说中的绘画美学、电影美学等表达手法。博士毕业之后,我先后在中国和法国出版了两部关于马尔罗研究的专著《写作的想像:安德烈·马尔罗小说创作美学》(中国人民大学出版社,2008)、《André Malraux: De l'imaginaire de l'art à l'imaginaire de l'écriture》(L'Harmattan,2011),这两部著作进一步在马尔罗小说美学与其艺术论著之间建立了关联性的比较研究,阐述了古往今来的艺术美学对马尔罗小说创作的影响和渗透,他将文学建构与其他艺术进行参照和互涉,以艺术化的语言质询了人类的境遇。

近年来,我对法国新小说作家克洛德·西蒙写作中的绘画美学手法亦产生了浓厚的兴趣,曾就此在国内外期刊发表数篇论文。这些前期成果的积累为法国文学与绘画美学的交汇史研究打下了扎实的学术基础。二〇一一年,我申请的课题《法国小说建构与绘画美学交汇史》获得了"国家社科基金"的立项和资助,从此我正式开启了一段充满无限挑战和乐趣的学术旅程。在课题初期阶段,我认真制订研究计划,广泛阅读书籍,首先对国内外学界关于法国文学跨艺术研究的现状进行了全面的考察和梳理,然后拟定了详细的研究框架和理论方法,试图发掘法国文学与绘画美学的多重关系与共同规律,在文学作品与绘画艺术之间进行一种比较、互证和互释的对话研究。由于本研究涉猎的文学与绘画领域的时间跨度和空间范围都很大,所涉及的分支、主题和线索非常繁多,所以这本书从开始动笔到正式结项,总共用了六年的时间。

为了更好地开展课题研究,我曾于二〇一四年十月至二〇一五年八月期间以访问学者身份赴巴黎三大进行了为期十个月的研修与合作。在访学期间,我同法国高校和科研机构的专家针对某些议题展开了交流和探讨,大量的座谈会和专题论坛极大开阔了我的研究视野,同时我利用国外的图书馆、数据库和互联网资源搜集了大量宝贵的资料,撰写了五万多字的读书笔记和提纲要点,对重要素材进行了整理、剖析和归纳工作,解决了很多疑难问题和关键问题,取得了很大的收获。在此我要特别鸣谢巴黎三大比较文学研究中心主任张寅德教授向我发出访学的邀请。张寅德教授学养深厚,融贯中西,为人儒雅谦和,多次为我答疑解惑,并协助我解决了各类繁琐的手续问题,确保了我访学任务的顺利进行,这些无私的援助和慷慨的支持永远珍藏在我的心里。

在学术探索和研究的道路上,我从国内学界的研究成果中汲取了充分的知识养料,柳鸣九、吴岳添、史忠义、郭宏安、罗新璋、王文融、李玉民、余中先、许钧、刘成富、张新木、张放、冯寿农、杜青钢、秦海鹰、徐真华、刘波、耿幼壮、杨令飞等专家的著述、译作和论文为我提供了很多关于法国文学与绘画艺术交汇研究的方法依据、素材实例和灵感启发,在此谨向学界前辈们的丰硕成果和学术指引致以敬意和感谢。本论著的某些内容曾发表在《外国文学研究》《当代外国文学》《国外文学》《美术研究》《中国人民大学学报》《文艺理论与批评》《哲学与文化月刊》《中国社会科学报》和法国Synergies Chine等学术期刊上。在此特别感谢何其莘教授、杨金才教授、刘成富教授、陈世丹教授、张鹏教授、黄雪霞教授、刘锋教授、段映红教授和李克勇教授的帮助和支持。

本书的出版不仅得到了国家社科基金的资助,还得到了中国人民大学科研基金和外国语学院985工程建设经费的大力支持,感谢中国人民大学外国语学院为我的研究创造了最有利的环境。同时衷心感谢我的挚友、人民文学出版社的黄凌霞老师,她作为这本书的责任编辑,付出了很多辛劳和智慧,给予我很多建设性的意见,在此深表谢意!

在本课题进行期间,我在繁忙的教学工作之余,同时主持完成了一项教育部新世纪优秀人才课题和数项校级科研项目,因而科研时间颇为紧张,在精力和时间都有限的条件下,目前的研究仅选取了法国文学史上最具代表性的作家和文艺流派来进行重点探讨,接下来还有许多论题值得进一步分析和深入挖掘,这也是本书需要补充和完善的地方。在未来的研究中,我将继续努力拓展和深化法国文学空间建构与视觉艺术美学的交汇研究,形成更加系统和全面的学术观点。希望借助《法国文学与绘画美学:对话与融合》这一著作的出版,进一步丰富我国的法国文学史研究,也为中法两国跨艺术文学的对话和交流提供更多的契机。恳请各位专家学者和同仁们不吝赐教,对本书内容提出宝贵的建议。

在本书即将付梓出版之际,我要把它献给我挚爱的家人、师长和朋友,你们无限的关爱、激励和支持永远是我前进的动力。

刘海清
二〇一九年六月于北京